雷平阳词典

霍俊明 ◎ 著

长江出版传媒
长江文艺出版社

图书在版编目（CIP）数据

雷平阳词典 / 霍俊明著. -- 武汉：长江文艺出版
社，2022.9
　ISBN 978-7-5702-2619-1

　Ⅰ. ①雷… Ⅱ. ①霍… Ⅲ. ①雷平阳－诗歌研究－词
典 Ⅳ. ①I207.22-61

中国版本图书馆 CIP 数据核字（2022）第 051851 号

雷平阳词典
LEIPINGYANG CIDIAN

责任编辑：谈　骁　　　　　　　责任校对：毛季慧
封面设计：璞　间　　　　　　　责任印制：邱　莉　　王光兴

出版：长江出版传媒 | 长江文艺出版社
地址：武汉市雄楚大街 268 号　　　邮编：430070
发行：长江文艺出版社
http://www.cjlap.com
印刷：湖北新华印务有限公司

开本：880 毫米×1230 毫米　　1/32　　印张：18.625　插页：12 页
版次：2022 年 9 月第 1 版　　　2022 年 9 月第 1 次印刷
字数：418 千字

定价：98.00 元

霍俊明

河北丰润人，研究员、中国作协《诗刊》社副主编、中国作协青年工作委员会委员，著有《转世的桃花：陈超评传》《有些事物替我们说话》等专著、译注、诗集、散文集、随笔集、批评集等三十余部，主持"中国好诗""天天诗历""诗人散文"等长效出版计划。曾获中国文联年度文艺评论长篇论文奖、首届扬子江诗学奖、首届"诗探索"理论奖、河北省政府文艺振兴奖、《诗刊》年度青年理论家奖、第四届袁可嘉诗学奖、《星星》年度批评家奖、《草堂》年度诗歌批评家奖、首届金沙诗歌奖·年度诗歌批评奖、《南方文坛》年度论文奖、《山花》年度评论奖、《广西文学》年度散文奖、《芳草》女评委奖等。

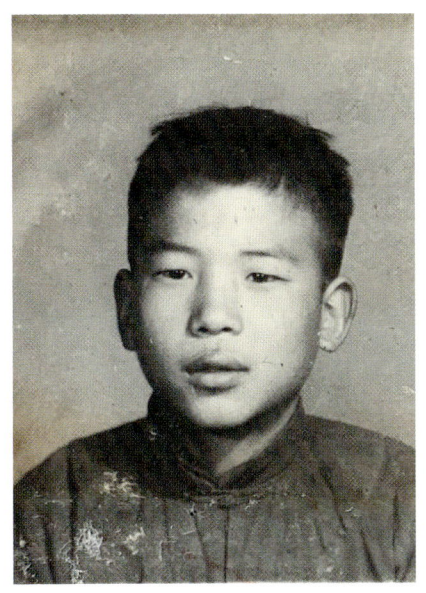

1977 年 7 月，小学毕业，雷平阳的第一张照片

1980 年 5 月 1 日，土城小学 80 届初中三年级毕业合影，后排左三为雷平阳

1991 年从昭通调入昆明云南建工集团工作，做《云南建筑报》编辑至 2003 年

1992 年参加北京某个诗会，这是雷平阳第一次到北京，这张照片拍摄于故宫

1983年考入昭通师范专科学校（现昭通学院）中文系。参加"野草"文学社活动，到昭通著名风景区大龙洞郊游

1985年7月"野草"文学社合影，后排左四为雷平阳

1985年7月昭通师
专毕业，分配到盐津县
工作，图为下乡时途径
牛寨乡白岩洞

1986年第一次从昭
通到昆明出差，在翠湖。
未曾想到，2005年之后，
一直生活在翠湖

1987 年
在盐津

1988 年,"昆明作家金沙江行"一行作家路经盐津,雷平阳第一次与作家打交道。
图左和图右分别为小说家邹长路、黎泉,是对其有引路之恩的两个作家

1988 年 3 月，与诗友冉旗、陈衍强创办《大家》诗报。头顶缠裹纱布的雷平阳刚刚经历了一场生死考验

1990 年雷平阳从盐津调回昭通老家工作，与好友画家顾泽旭、教育家董晓明在欧家营旁边的河堤上

1994 年乘坐滇越铁路货车由昆明到蒙自碧色寨车站。由此开启了抒写滇南的书斋生涯

1996 年过金沙江，进入大凉山

2012年9月下旬，霍俊明和雷平阳一起作为指导教师参加在云南红河哈尼族彝族自治州蒙自举行的《诗刊》社第28届"青春诗会"，在碧色寨

2013年在云南茶山上

2016 年，在昆明书房

2016 年在湖北宜昌，与张执浩、陈先发、毛子在一起

2018 年 12 月在雷平阳作品研讨会上，吉狄马加、雷平阳与傣语、哈尼语、布朗语、基诺语、拉祜语等朗诵者合影

2018 年
在俄罗斯圣
彼得堡

昭通土城乡
的利济河

2021 年 7 月
13 日上午，雷
平阳的土城乡老
宅已经被拆除了
三分之二

2019 年，出访多米尼加，被波多尼各授予荣誉市民称号

2021 年
7 月 14 日
霍俊明与雷
平阳在昭通
大山包

目录

即使在失败时也有金刚石的粉末

（代序） / 001

A

阿来 / 001

阿嬷腰白 / 002

桉树法则 / 004

暗房冲洗员 / 007

B

八大处 / 009

巴旦杏树・石榴树・枇杷树・梨

　　树 / 013

八哥 / 013

八仙海 / 015

白衣寨・奥德修斯 / 016

豹子的趾垫 / 018

悲观主义 / 019

奔丧 / 020

本雅明的微观书写 / 021

本主庙 / 023

笔记体小说 / 024

碧色寨・滇越铁路 / 026

蝙蝠 / 029

边疆 / 030

编年史 / 031

变形 / 032

标签 / 033

冰凉的火，亮星般的火舌 / 035

病童 / 037

僰人悬棺 / 037

不合时宜 / 042

不受欢迎的人 / 043

布景 / 045

垂直视野 / 066

春秋笔法 / 067

词与物 / 068

翠湖饮 / 070

村寨 / 071

C

残 / 046

草垛 / 047

测绘员 / 049

茶山 / 049

蝉 / 051

长诗 / 052

唱书 / 053

超级细写 / 054

陈超 / 055

陈黎 / 056

沉河 / 057

尺寸·位置·功能 / 058

重返盐津 / 059

出处 / 060

出走 / 062

处女座 / 063

创伤记忆 / 065

D

打鼓草 / 073

《大家》诗报 / 074

大地共同体 / 076

大象 / 078

大于挽歌 / 082

代书人 / 082

担当·苍雪 / 084

祷辞 / 085

登高 / 087

地方主义 / 089

地名 / 089

地气 / 090

第三条路径 / 091

地图 / 092

第一张照片 / 094

丁酉暮秋 / 095

东坡饮 / 096

豆沙关 / 098

独坐山冈 / 099

渡 / 100

杜甫 / 101

断流 / 102

蹲伏的迷幻术 / 103

E

额尔古纳 / 105

2016 年 / 106

二十八公里 / 107

F

反常举动 / 109

反类型化 / 111

反游记 / 112

房屋 / 112

方言 / 113

废墟 / 117

坟场 / 118

疯癫之水 / 119

风格 VS 反风格 / 121

风景 / 122

否定性力量 / 124

福克纳悖论 / 125

浮木塞江与杀伐 / 127

复合体 / 129

复活术 / 129

父亲 / 131

G

高速公路 / 136

钢铁神话 / 139

"哥伦比亚的福克纳" / 140

个人总结 / 141

工地 / 142

供养 / 144

孤独的人 / 145

孤筏逆行 / 146

故事的消亡 / 147

挂钟 / 148

怪诞 / 149

观看伦理学 / 151

观世音菩萨 / 153

光影通道 / 155

过渡时间 / 155

H

孩子 / 158

《寒食帖》《祭侄文稿》与《祭父帖》/ 159

嚎叫 / 160

荷尔德林 / 161

黑 / 163

黑白照 / 164

黑人谈河流 / 167

黑色封皮书 / 169

黑色复合体 / 169

黑山水 / 171

黑衣人 / 172

横断山 / 173

弘忍真身 / 174

虹山 / 176

后视镜法则 / 177

互文 / 178

化身·替身 / 179

怀旧的米勒 / 181

幻象 / 182

黄色蟾蜍 / 183

晃动 / 185

灰烬持有者 / 186

魂路图 / 187

火 VS 土 / 187

霍俊明的忧伤 / 188

J

饥饿 / 191

基诺山 / 192

基诺族 / 193

鸡屁股 / 196

极端写作 / 197

麂子 / 198

记 / 199

技术 / 201

记忆类型 / 202

记忆图式 / 203

家具·物件 / 204

加速度 / 205

家族 / 205

假托 / 206

建筑公司 / 207

江河 / 208

讲故事的人 / 211

郊区的癫狂 / 213

椒盐饼 / 216

结构主义的尽头 / 217

阶梯 / 218

借尸还魂 / 219

金 / 219

金沙江 / 221

紧绷 VS 松弛 / 222

禁闭岛 / 223

经验 / 225

景洪酒局 / 226

镜像人：雷天阳 VS 雷天良 / 227

镜子 / 229

酒神精神 / 232

酒徒 / 233

酒与诗 / 235

酒诱 / 237

旧 / 238

K

咔嚓，咔嚓，咔嚓 / 240

卡尔维诺 / 241

考古学分析 / 241

刻碑者 / 243

克努特·哈姆生 / 243

空间时代 / 244

恐惧 / 245

苦难 / 247

旷野 / 248

昆明 / 248

L

老虎 / 250

雷蒙·威廉斯 / 252

雷氏家谱 / 252

利济河 / 254

连续性终止 / 256

练声 / 257

两个没有脸的人 / 260

两极 / 261

疗治 / 262

烈酒 / 263

刘年 / 263

落脚地 / 265

落日 / 267

绿色语言 VS 黑色语言 / 269

M

马尔克斯 / 271

马原的嫉妒 / 273

慢动作 / 273

猫 / 274

冒犯的光谱学 / 275

梦 / 278

梦医生 / 281

孟加拉虎 / 283

梦游症 / 285

米卜·叫魂 / 286

民间 / 287

民族学家 / 289

名士酒 / 290

命运感 / 291

模糊的边界 / 292

末路 / 294

莫奈 / 295

末日阿巴 / 295

母亲的遗失 / 296

母体 / 297

木匠 / 298

N

拟场景 / 300

拟像现实 / 302

聂鲁达 / 304

女友 / 304

O

欧家营 / 306

P

旁观者 / 308

庞然大物 / 309

盆地 / 310

皮鞋 / 311

破裂 / 312

普洱茶 / 313

蒲松龄文学奖 / 314

Q

气味 / 316

契约 / 317

切斯瓦夫·米沃什 / 318

亲熟 / 318

穷乡僻壤 / 319

取景框 / 321

R

热带雨林 / 323

认知测绘学 / 326

荣格的塔楼 / 327

S

380 公里 / 329

三个维度 / 330

丧葬仪 / 331

沙坝中学 / 333

《杀狗的过程》/ 333

沙制的绳索 / 335

山地 / 336

山冈 / 338

山谷的子宫 / 339

山水课 / 341

神·鬼·人 / 342

神示·人事 / 343

生死考验 / 344

声音 / 345

诗歌现实 / 346

失眠症 / 347

诗人散文 / 349

诗人作为小说家 / 350

诗史·枕杜记 / 352

诗性正义 / 355

失忆症 / 355

诗与真 / 357

时间隧道 / 357

时空体 / 359

十三年 / 360

石头·西西弗 / 361

世界 / 364

"世界诗歌" / 365

视觉引导物 / 367

世说 / 367

手稿 / 370

手写体 / 371

守夜 / 373

手艺人 / 374

抒情诗人 / 374

属地性格 / 375

树上的男爵在催眠术与苏醒之间
　　犹豫 / 376

树神之死 / 383

树荫 VS 死亡 / 385

谁？雷平阳？拉格利？周家庄的
　　宰猪匠？/ 387

水 / 389

水国 / 391

水经注 / 393

说书式的诗人 / 396

死亡叙事 / 397

寺庙 / 399

松树开花 / 400

宋朝的病 / 402

T

坛城 / 403

坛子 / 405

掏空 / 407

忒修斯悖论 / 407

替代生活 / 408

田鼠 / 409

跳丧鼓 / 410

铁轨 / 412

童年 / 412

童年照 / 414

童年乌有乡 / 415

统计学 / 416

投石器 / 418

土坯房 / 419

土司的末世 / 423

土纸 / 424

土著的表情 / 425

陀思妥耶夫斯基的旷野 / 427

W

挖掘 / 429

外来者 / 431

完全小学 / 432

晚祷 / 433

晚熟的人 / 434

万物有灵 / 435

胃 / 436

未来·乡村教师 / 437

位移 / 439

《文城》 / 440

文人字·贾平凹·傅山 / 441

屋顶 / 442

乌鸦目 / 443

无限小 / 445

五祖寺 / 447

物体系 / 450

叙事性 / 482

血脉管道 / 484

X

西双版纳 / 452

夏多布里昂 / 454

现代性秩序 / 455

"现实主义者" / 456

"乡愁写作" / 457

乡村 / 458

乡村病人 / 459

乡下镜头 / 461

橡胶林 / 461

消失的象征 / 462

消亡学 / 463

小地方癖性 / 464

肖像条形码 / 465

写作伦理 / 468

新时态 / 469

新闻碾压 / 470

行动 / 472

性格 / 473

修补屋顶的人 / 474

羞耻 / 475

徐霞客 / 477

叙事冲动 / 480

Y

盐津 / 486

燕子矶上的哆啦Ａ梦 / 488

杨昭 / 488

养虎 / 489

夜航船 / 490

液态复合体 / 491

夜行 / 493

一个事件 / 495

1986 年 / 497

1966 年的梦游者 / 498

医院 / 499

《彝良报》/ 501

异乡人 / 502

异名·置换法则 / 504

异质化的"飞地" / 506

异质面孔 / 507

阴阳错乱 / 508

游方僧附体 / 508

语言公民 / 509

寓言 / 511

元宝山下 / 513

元诗 / 513

元素·五行 / 516

云南 / 517

Z

张岱 / 521

昭通 VS 维尔诺 / 522

昭通旅馆 / 523

昭通师专 / 524

昭通酒 / 525

昭通之水 / 526

招魂 / 528

真实 VS 幻象 / 530

真实的压力 / 531

枕边书 / 532

争议 / 533

蜘蛛 / 535

植物的精神分析 / 536

指认·作证 / 540

《致敬》 / 541

志异 / 542

钟表 / 543

终极写作 / 544

终极之诗 / 545

宗教化 / 547

传记的真假 / 549

自供状 / 550

总体性诗人 / 551

最后的告别 / 552

最后的物证 / 553

最后样本 / 555

醉酒 / 556

昨日的世界 / 556

作案现场 / 559

附录 （霍俊明辑录、整理）

雷平阳创作年表 / 561

雷平阳小传 / 575

即使在失败时也有金刚石的粉末

（代序）

我格外留意和阅读雷平阳已经不知不觉有近二十年的时间，其间也陆续写了一些关于他的评论和访谈。尤其感谢李小松兄的激励，感谢《滇池》杂志"昆明作家研究"专门开辟"雷平阳词条"这个专栏，我也得以在 2020 年先后撰写了《谁是雷平阳》《肖像小史或且作心僧》《黑白摄影术与视觉伦理》《树的传记与雨林叙事》《昭通：最后的标识或迟缓的归乡》《"父性"叙事或"正名"考》等六篇专论。

确实，没有朋友们的激励不会有这样一本特殊样态的书。

2019 年初秋，在喧闹的北方大街上，接到雷平阳从遥远的云南打来的电话，因为周围声音过于嘈杂我不得不十二分地留意他所说的话。是关于他专论的一些内容。

我定下心来开始着手这部书的写作。

2020 年整整一年，这个世界被新冠疫情给彻底改变了，一同被改变的还有作家的文学观以及世界观。唯一的好处就是在全城封闭中个人的读书时间多了，思考生命的时间也多了。

老诗人灰娃在送我的诗集《灰娃七章》扉页上工工整整抄录了维克多·什克洛夫斯基的诗句："人类即使在失败时也有金刚石的粉末。"显而易见，这句话非常精准地契合了 2020 年全世界范围内残酷的灾疫现实。

2020 年的岁末，我到了大理无为寺。无为寺有一对联：海水涌金波潮去潮来不生不灭，会台悬玉镜鉴古鉴今是色是空。

2020 年，身居昆明的雷平阳一直在扪心自问写作和世界的真正关联。"闭门编辑《修灯》。但来自整个世界的生死消息，疫情期内自己所面临的现实与精神困苦，还是让我没有因此而找到一个沉静的地方纯粹地去面对诗歌，而是置身在了激浪中一座正在下沉的小岛上，没有片刻安稳。虚构受到的挑战与质问如此严酷，是以前所没有经历过的——尽管以前同样地谈虎色变，同样地找不到月亮可以藏身。这一回，真实的刀与虚构的刀同时剜心，刮骨。"（雷平阳《修灯·自序》）这让我想到当年奥登对叶芝及其时代困境的提问："和我们自己相比，叶芝作为一名诗人在他自己生活的那个时代曾面临过怎样的困难？这困难和我们自己的相比起来有多少重叠之处？它们相异之处又在哪里？"

关于雷平阳的专论，为什么我最终呈现的是这样一本极其特殊的"词典"而不是其他样貌的书？

这个问题我也自问了很多次。

2020 年初春，我偶然翻到列维-斯特劳斯在接受访谈时说的一句话："有些人也许会知道，我是不是自始至终都抱着一种堂·吉诃德式的精神从事研究……着魔似的想要找出现在背后的过去。"

这句话深得我心，也刺痛了我的心。

我曾经为这本书拟了"雷平阳词条"和"雷平阳词典"两个题目。其中，我最想用而又最拿捏不准的正是"雷平阳词典"，因为它对我的挑战也是最大的。我于是藏了一个心眼儿，用"雷平阳词条"向雷平阳和彭明榜征询意见，两个人居然同时提出"雷平阳词典"。这正是我私藏手心里的答案。于是，我越发觉得这是冥冥之中注定的事情。

我从书柜里翻找出一大堆文学、文化以及美食、动物等方面稀奇古怪的"词典"，盯着这些薄厚不一的书我发愣良久。最终，我决定还是再写出一本"词典"来——属于我和雷平阳的"词典"。

实际上从我在《滇池》开设"雷平阳词条"专栏开始，我就是按照"词典"或米沃什、本雅明以及雷蒙·威廉斯的"关键词"的形式来予以切入的。

"词典"自然会让人们想起那些词典体著作，比如《哲学辞典》（伏尔泰）、《哈扎尔辞典》（米洛拉·德帕维奇）、《突厥语大词典》（麻赫默德·喀什噶里编）、《米沃什词典》（切斯瓦夫·米沃什）、《文学术语词典》（M. H. 艾布拉姆斯）、《叙述学词典》（杰拉德·普林斯）、《普鲁斯特私人词典》（让-保罗·昂托旺、拉斐尔·昂托旺）、《想象地名私人词典》（A. 曼古埃尔、G. 盖德鲁培）、《马桥词典》（韩少功）、《我的诗人词典》（邵燕祥）、《福柯思想辞典》（朱迪特·勒薇尔）、《日本文学词典》（上海辞书出版社编选）、《猫的私人词典》（弗雷德里克·维杜）、《猫典》（布鲁斯·弗格尔）、《人类愚蠢辞典》（皮耶尔乔治·奥迪弗雷迪）、《神话辞典》（M. H. 鲍特文尼克）、《魔鬼辞典》（安布罗斯·比尔斯）、《奇遇词典》（克雷格·布朗）、《星空词典》（郑春顺）、《花园词典》（阿兰·巴哈东）、《豹典》（蒋蓝）、《蔬菜水果文学情爱词典》（让-吕克·海宁）、《费雪的美食词典》（M. F. K. 费雪）、《吃货辞典》（崔岱远）、《虎变：辞典的准备》（贾勤）等。

被称为"眼界的开启者"的安妮·迪拉德在《现世》一书中运用

了"关键词"的循环式结构，即全书以"诞生""沙""中国""云""数""以色列""邂逅""思想家""现时"等十个关键词为一个基本结构，然后这个结构不断重复，最终构成了"折叠世界"。更为离奇的是智利的罗贝托·波拉尼奥，他居然伪造出了一部美洲的作家词典《美洲纳粹文学》，其中涉及 92 个虚构的文坛恶棍、怪人、骗子、疯子以及神秘主义者。

每一个写作个体都是为一本"终极词典"增加或补充属于自己的那一部分——不应该被公共话语和历史逻辑表述所遗漏和覆盖的那一部分。甚至像本雅明《单向街》这样的由"意象"构成的"个人词典"，我们感受到了主体性对事物的理解程度以及拓展方式，"就这种哲学方式来说，其根本点在于找到能将其精神、形象和语言凝在一起的界面，那就是梦幻。因此，该书蕴含着无数梦幻的踪迹以及对梦幻的反思，书中居于首要地位的就是那些从梦幻世界赢得的认知"（阿多诺《本雅明的〈单向街〉》）。

韩少功说道："为一个村寨编写一本词典，对于我来说是一个尝试。如果我们承认，认识人类总是从具体的人或具体的人群开始；如果我们明白，任何特定的人生总会有特定的语言表现，那么这样一本词典也许就不会是没有意义的。"（《马桥词典·编撰者说明》）

切斯瓦夫·米沃什还试图在《米沃什词典》中建立个人叙事的历史感和总体性："《米沃什词典》就是这样一件替代品。它替代了一部长篇小说，一篇关于 20 世纪的文章，一部回忆录。书中所记的每一个人，都在一个网络中活动，相互阐释，相互依赖，并与 20 世纪的某些史实相互关联。"

然而在写作愈加碎片化以及电子媒介阅读的时代，我无心也无力写出一部百科全书式的"词典"，而只是想尝试写出一部"私人词典"，"一部私人词典不是一部百科全书。它并不奢望把主题穷尽"

（弗雷德里克·维杜《猫的私人词典》）。

每一种批评话语形式的尝试都有其复杂的文化场域和时代背景。在我看来，"私人词典"对整体的宏大历史和"大词癖叙事"具有校正、撬动甚至对抗的效果，比如最具代表性的瓦尔特·本雅明的《单向街》。

《雷平阳词典》的发生实则也是我对多年来批评生活、研究积习的一次自我反动和不满。

从 2000 年算起，我浸淫于诗歌批评和研究已经二十多年，但回头来看，未免汗颜，我也做不到李白的"事了拂衣去"。很多文章写得太像一篇文章了，很多书也太像一本书了，这是惯性之下的"作文"。我一度对诗歌批评和文学研究丧失了信心。只是在 2018 年写完《转世的桃花：陈超评传》之后，我才重新找回了进行批评工作的理由。

近年来，我越来越反感于宏大的"课题体"、切割式的"学报体"、体大虑周的"文学史病"以及二手知识的"贩子习性"，而是越来越倾心于"诗人批评家"的工作，"批评必须用艺术家的语言说话，因为文艺界圈子里使用的概念是行话，批评的呐喊只有变成行话才能被听见"（瓦尔特·本雅明《单向街》）。

质言之，文学批评家应该具有文体创新意识。文学批评是自由的、开放的，是具有效力和活力的，它们能够映照一个人的生命热度以及才、胆、识、力。我一直坚信文学批评和研究文字应该是可读的、可感的、可信的，是携带了时代体温以及个体悲欣交集的灵魂和命运的。

"词典"这一体式实则淘汰了很多诗人、小说家和普通作者，因为其对所涉对象的要求是极高的。

"词典"专属于那些百科全书式的诗人，属于"诗人内心的诗人""终极诗人""整体性诗人"。"我所谓的'诗人内心的诗人'就是神魔的意思，即一个诗人潜在的不朽，也就是他的神性。"（哈罗德·布

鲁姆《我所遵循的批评观》）

多年来，我们一直处在"当代诗歌"缺乏经典的焦虑之中，我也一直希望中国能够出现方向性、总体性的写作者，即类似于叶芝、里尔克、沃尔科特、米沃什以及杜甫那样的终极诗人。

"词典"的重要性首先来自个体的真实感和历史感，因为个人史和记忆都是属于讲述者的。"我的 20 世纪是由一些我认识或听说过的声音和面孔所构成，他们重压在我的心头，而现在，他们已不复存在。许多人因某事而出名，他们进入了百科全书，但更多的人被遗忘了，他们所能做的就是利用我，利用我血液的节奏，利用我握笔的手，回到生者之中，待上片刻。"（切斯瓦夫·米沃什《米沃什词典》）

建立于文本世界的描述和阐释具有明显的个人化和主观性差异，而这一定会与所谓的客观真实发生偏差。选择"词典"这一"词条"和"关键词"融合的形式也会毫无遮拦地显现出我个人阅读和见识的诸多短板。实际上，最终所呈现出的"词典"是我阅读和理解雷平阳过程中个人最为关注和感兴趣的部分，这是一次次面向自我以及雷平阳的"对话"过程。

这一"对话"涉及四个文本。

雷平阳的属地性格、家族背景、日常生活、工作、交游、田野考察是第一文本，他的诗歌、散文、小说、考察札记、摄影和书法是第二文本，而我对它们的认识和解读形成了第三文本。除此之外，雷平阳还有一个"隐藏文本"，即只属于他个人的而其他任何人都无从打开的"灵魂密码箱"。

写作这本"词典"的过程中，雷平阳为此破了例，将他写在日记本上而从未发表过的诗拍照传给我，于是便有了文中所引用的这些"未刊稿"。

我想到沃尔特·惠特曼说过的这句话："要想有伟大的诗人，那么也必须要有伟大的读者。"

也许"伟大"这个词对于当下的写作者和阅读者来说都太重了，于是加拿大作家阿尔维托·曼古埃尔说："文学所依赖的，不是理想读者，而仅仅是足够好的读者。"

关于文学批评的书，很多人都说读着太累了，甚至不堪卒读。而这本《雷平阳词典》是兴之所至之书，你可以翻开这本书从任何一页开始阅读，可以在 391 个词条中来回切换。

你也大可不必认为真的存在一个"完整"的雷平阳。

我曾反复考虑这本"词典"的体例，最终还是选择了按英文字母和音序的排序方式。

我想写出一本区别于自己以往写法的书。

这是一次挑战，我把自己置放在了刀尖和火焰上。

这也是我近年写作计划中"传论三部曲"的第三部。

无论是形式还是精神内质，这是向"我们这个时代最伟大的诗人之一"的切斯瓦夫·米沃什的致敬之作。

致米沃什

雷平阳

我一直敬佩切斯瓦夫·米沃什

不是因为他的诗篇

仅仅基于他一生都把自己

放在这个国家的外面

写出的诗篇，却是这个国家的碎片

这个国家，至今还在伤口里种土豆

疼吗？他让这个国家

永远疼着，疼给整个世界看

有点像十字架上挂着的圣人

几颗钉子，就能将信仰

钉死，永远挂起来

但愿，我能越来越接近另一个丰富而忧悒的灵魂。

这本词典，如果换另外一种写法的话，它应该叫《忧郁的云南》。

感谢雷平阳、沉河、谈骁，感谢李小松、彭明榜等兄长。没有你们，不会有这样一本书的诞生。

我越来越相信，任何一本真正意义上的书都有它自己不可替代的命运——

好审问的植物学家，

和哑默而处女般的新条目的

综合词典编纂家，此刻凝望自己，

一个皮包骨的水手在窥看航海镜。

什么词语，在咔嗒响的音节里分裂

在多不胜数的语调之下咆哮

（华莱士·史蒂文斯《作为字母 C 的喜剧演员》）

2020 年 8 月 23 日，初稿

2021 年 3 月 27 日，二稿

2021 年 6 月 14，三稿于滇西北

2021 年 8 月 18 日，定稿于怀雪堂

A

阿 来

阿来曾经对广州的朋友如此描述雷平阳——

雷平阳，云南昭通人氏。面黑、心善，怀仁义之心，却常以土匪形象示人，终日流连于茶林酒池……

从"诗言志"的传统来看，诗歌作为"求真意志"的手段是历史的叙述性补充。

雷平阳一直在写作夜歌，写作逆时代潮流而上的不知疲倦的夜歌，"探讨的主题包括：动物的权利，预先决定性，社会对于那些被认为疯狂、怪异，或仅仅是不同的人的羞辱和边缘化"（《明尼阿波利斯明星论坛报》）。这印证了分裂境地和严峻时刻语言的必要性、重要性和紧迫感，也蕴含了写作者操持语言的危险境地，"语言是所有人的房子，矗立在深渊边缘"（奥克塔维奥·帕斯）。

认知的迷途开始了！在喊魂者和安魂曲的层面，我想到了阿来。

阿来酝酿十年之久才完成了长篇小说《云中记》。该书的封底有这样一句话："大地震动，只是构造地理，并非与人为敌。然而大地震动，人民蒙难，因为除了依止于大地，人无处可去，向莫扎特致敬。"这是大地的伦理之书，是对亡者予以慰藉的安魂曲，也是"阿巴"永远逝去时代的挽歌，"一个祭师，回到即将随山体滑落的村庄，与逝去的亡灵为伴，不愿离开……"

多年来雷平阳的写作与阿来的《云中记》同理，都是为了重新走入过去时，都是重新拼贴记忆的过程，都是黑暗质地的安魂曲。他们为中国文学一起贡献出了沉重的"返乡者"形象。"阿巴没有这些用具。他只能像以前云中村人在野外放羊、采药、采蘑菇时一样，俯下身子，直接用嘴把火吹燃。他俯下身子吹了几口，烟消失，变成了火苗。阿巴往火堆里添上几块木柴。那是他往返村里的时候，从自己家的柴垛上取回来的。"然而山崩地裂那一刻，任何人再也回不到过去和故乡了："真实的情形是，地震过去，大地停止摇晃，他从灌木丛中爬起身来，一身尘土，一身忍冬花瓣。跌跌撞撞，哭喊着向着蒙难的村子奔跑。阿巴往村后山上望了一眼。现在，阿巴仿佛看见自己惊惶的身影，连滚带爬，从山上下来。"

阿嬷腰白

基诺族每年最隆重的活动是初春的"特懋克"，即打铁节，要祭大鼓、跳大鼓舞。

大鼓分为父鼓和母鼓，父鼓称"卓色"，母鼓称"卓巴"。基诺族称大鼓舞为"司土拉""司土涡""厄扯埚"。

祭鼓仪式上，掌管母鼓的第一长老卓巴会念诵：

　　阿嫫腰白开天辟地。

　　有了玛黑和玛妞，有了植物、动物和一切万物。

　　用象牙似的槟榔叶，

　　三包用绿叶包着的肉，

　　将酒当银子，

　　用水做金条，

　　给你鼓、锣、镲。

　　自从求神赐给人们金魂银碗三大堆。

　　赐给人们兽魂、鸟魂、民魂吧！

　　阿嫫腰白又译为"阿嫫杳孞""小北阿膜"，她是基诺族的创世女神。每年农历七月，基诺族要举行"洛嫫洛"纪念活动。但是创世神话的时代早已结束，请看 2020 年春天雷平阳完成的长诗《鲜花寺》中这个悲痛而荒诞的对撞式的片段：

　　"阿嫫杳孞，阿嫫杳孞……"

　　史诗中的冥河上，一座电站已然完成了

　　工程量的一半。戴罪求生的工程师惊恐地发现

　　领取赎金的施工人员花名册，由几十张纸页

　　变成了厚厚的一本。多出来的死者姓名

　　用孟高棉文字书写，看不到尽头

　　"阿嫫杳孞，阿嫫杳孞……"

　　开始蓄水的河面上，削去了雨林的边坡上

　　安装机组的人工山洞内，呼喊阿嫫杳孞的声音

像几万头狂奔的野象所有的骨头同时折断
一种诠释多年但又不知奥义的真理
呼之欲出。而且阿嫫杳孪默许他们用肉眼
也能看见施工人员的队列中
正有放弃彼岸的人马源源不断地加入进来
"阿嫫杳孪，阿嫫杳孪……"如空中坠下的
巨石，亦如河面凭空冒出的群岛

桉树法则

关于现代性空间对自然空间的不断侵蚀、剥夺和覆盖，且看当年伊夫·博纳富瓦所目睹的情形："这年，我乘着火车抵达西部的宾夕法尼亚州，在风雪中，穿过黯淡的工厂，在一片支离破碎的树丛中，我突然看见很不协调的几个字：伯利恒钢铁厂。我内心又一次燃起了希望，然而这次是以牺牲土地的真实性为代价。"（《隐匿的国度》）

这不只是"土地"的消失，人类学层面的习俗以及语言也随之改变或发生颠覆。一个诗人发现了这个悖论，"或许，它们真的迷上了消失的魅力"（雷平阳《词语》），"凡是我喜爱的，都找不到了"（雷平阳《我不知道》），"相信美的消亡和死亡的重叠"（雷平阳《相信》）。

这根本性地涉及现代性场域中人存在的本质依据和终极意义上的合理性，这也对人的观念、信仰和记忆提出了挑战，"这些年，我一次次到过哀牢山、乌蒙山、横断山和不少的不知名的山，很多山中小镇和寨子因为人力外出而日渐清冷，甚至沦为废墟，特别是另起炉灶建设新农村集镇，那些搬空了的旧日村寨，当你走进去或站在旁边的山丘上俯瞰，你都会发现它们的灵魂已经不在了，整个村寨包括祠堂、水井、果园、墓地、公共设施都在寂静地腐朽着，朝着地下沉没，而那些屡遭砍伐的树枝、荒草和剑麻则在疯狂地上升着。"（雷平阳《驿站：南糯山记（二）》）

雷平阳不断写到云南的高原、坝子、村寨以及雨林，而他对时代的"生态经济体系""物种交换""物种入侵""生态扩张""桉树法则""橡胶林法则"表示了极大的不适甚至愤怒。原始的自然秩序被快速遍植的桉树和橡胶树给打破和替代了，"一愣：雨林遭受灭顶之灾／替代的橡胶林或桉树，样子与规模／都像一支嗜血如命的军队"（雷平阳《在安边镇，一愣》）。

不只是雷平阳对"桉树法则""橡胶林法则"愤懑甚至痛心疾首。

早在 2003 年，来到云南德钦县明永村小学义务支教的青年诗人马骅（1972—2004）就注意到了澜沧江流域雨林遭砍伐之后带来的巨大灾难，"在澜沧江峡谷周边地带，明永绝对是一个异数。长年的过度砍伐使澜沧江两岸的山都是光秃秃的，阳光一照，一片刺眼的死灰。在山上盘旋的滇藏公路也因此变得脆弱不堪，塌方、滑坡和落石几乎每天都在发生"（马骅《心灵的面具》）。

桉树生长速度快，用途也广，提炼的桉树油可以用来制作牙膏、化妆品、漱口剂，但是又具有极其明显的生态破坏作用，尤其对土壤和地下水有很大的损害。

而"桉树""橡胶林"代表了与原有秩序和原生空间格格不入的异质力量。与此同时，"桉树""橡胶林"又代表了工业法则对原生文明和自然生态的野蛮入侵。雷平阳对"桉树王国"进行了极其尖锐的批判，由桉树构成的空间形成了带有恐怖、邪恶和神经质般梦魇氛围的现代景观："桉树是一种带有神秘的力量顽强生长的植物，就像我当时供职的那家坐落在桉树林里的国有建筑施工企业。几十万亩的桉树统治着昆明远郊的那一区域，在由桉树形成的坡面、谷地、峰峦中，在桉树的深渊和地平线上，据我所知，还有一家盐矿，一个殡仪馆，两个疯人院，一所技工学校，一家职业病医院，一座戒毒所，一座古老的寺庙，几个村庄，两条铁路的某一段，几条永远处于枯水期的河流，一个废旧钢材堆放场，比活人的数量还多的坟墓，若隐若现地运转在其间，而且彼此之间独立、封闭，鲜有往来。而在此桉树王国北面，则是一家大型的炼钢企业和多家规模或大或小的化肥厂，它们冲天而起的灰尘，总是被南下的北风吹拂到桉树林里，像盐，像骨灰，与桉树本身的颜色完美地组合在一起。"（雷平阳《暗房》）

时间终于显现出了空前的残酷性，轮回的原始的古老的秩序已经瓦解。

失败者似乎总是历史和现实的相伴相生之物。"我总是热爱眼泪、天真和虚无主义；爱那些无所不知的人，也爱无知而有福的人；爱失败者和孩童。"（E. M. 齐奥朗《眼泪与圣徒》）

橡胶林和桉树的诞生和惊人繁殖力对应的正是新的时代法则，对峙的世界已经发生难以协调的倾斜和严重不对等。较量的双方总会有胜利者，也必然会有失败者，诗人已经站在了失败者和丧乱者那里，他要完成的就是先行到失败中去的写作——

从孔明山返回基诺山
离肉身的俗世愈近，地狱也愈近
望天树、红豆杉、沉香木
——出自经书
橡胶、桉树、芭蕉林
则来自巫术

在它们之间徘徊，我觉得有燃烧的火焰

在经书与巫术之间，谁都无法扑灭

——雷平阳《火焰》

暗房冲洗员

记忆和遗忘往往是掣肘的。"在这里，在仿佛致幻的喇叭一般的／风的起落之中的某样东西，还有这里，／一个沉没的嗓音，既属于回忆，／也属于遗忘，语调交替变换。"（华莱士·史蒂文斯《作为字母C的喜剧演员》）

遗忘作为负面性的情感和经验总会或早或晚来到一个时代以及它的人们当中。

多年来，雷平阳一直充任了暗房中的冲洗员角色。

他一直在暗房中劳作，四周是胶卷、暗袋、冲洗罐、显影液、定影液……他的工作就是使得现实和记忆留下底片而免于被遗忘。

他小心翼翼地将这些底片从冲洗罐中拿出，用夹子夹住，挂在铁丝或通风干燥处晾晒。

在暗房这一特殊的空间里他一直处在遗忘和记忆、肯定与否定的撕扯、拉拽中。"我了解暗房，在其中沉睡，也在其中写作、爱上别人和伏在窗口向外眺望，但我不想再次回去，为此我有意地将掌握的所有暗房技术遗忘得一干二净。没人知道我曾熟稔地掌握了暗房技术，并在深夜洗出过一张张黑白照片，所以，将这项技术遗忘只需要我下定决心，暗中使劲儿，不需要借助任何外力。掌握然后遗忘，暗房技术所涉及的相机、胶卷、黑暗、专用灯、药粉、粉液、相纸、烘干设备，以及贯穿始终的技术，仿佛一个人在梦境中神奇地用某种陌生的语言完成了一个字词都不曾留下。有过但最终什么也没有。有过但被否决了。"（雷平阳《暗房》）

让我们来看看雷平阳这个特殊的暗房冲洗员和摄影师吧！

他用差异性的视角带来了存在的真相和酷烈的场面，但是更多的时候他只能在暗房中独自操作和冲洗，他处于持续的烦躁、焦虑、疲倦、空虚和痛苦之中，因为他带来的影像并不能被时代所接受，它们的存在是不合时宜的，这一切都要以遗忘和抹平为代价。"他突然吐掉了一直叼在嘴唇上的烟头，用鞋底搓灭，伸出双手就去抓一张张悬挂在铁线上的照片。他冷静地撕碎它们，废相片簸凸了出来，就用手使劲儿地朝下按，继续不急不缓地撕着，直到铁线上的照片只剩下十多张，也就是后来见报的那些。"（雷平阳《暗房》）

B

八大处

2018 年 8 月，北京西郊八大处。

八大处为西山的余脉翠微山、平坡山、卢师山所环抱，三山形似座椅，八座庙宇星罗其间。

这里刚刚下过一场大雨，暑热暂时退却，山间的溪水声变得更加清晰、响亮。晚饭后，我和雷平阳寻找八大处中最为隐秘又据说最为颓败不堪的第一处。我只知道此处在山下，而不是像灵光寺（二处）、三山庵（三处）、大悲寺（四处）、龙泉庵（五处）、香界寺（六处）、宝珠洞（七处）、证果寺（八处）在山上。

我和雷平阳一起下山，顺着坡路向南走，大约走了几百米了，已经到了人流稠密的公交车站。我有些灰心，觉得不可能找到了。雷平阳倒是非常自信，好像来过一样，带着我一转身走到了马路的西侧。走进来是一段土路，路上有散落的垃圾以及瓦砾。

土路的南面正是八大处的第一处长安寺。长安寺原名善应寺，始建于明弘治十七年（1504年）。这里不对游人开放，大门紧闭，安静而落寞，自然也少了喧嚣和俗尘。白皮松的枝干伸开并延展到了寺墙外面，我企图爬上墙头看看其中究竟，但觉得对于清净之地来说我这种极其不雅之举会惹菩萨不悦，于是悻悻作罢。我隔着挂着大铁锁的大红院门缝儿往里费劲地看了看，这是一座两进四合院式的建筑，只见一些年久失修的红壁灰瓦的房屋以及地面砖缝间的杂草。据传长安寺原有五百罗汉像，"寺中四松最奇。门列天兵十，状极诡异，庑下有五百罗汉"。而今，它们早已坍塌破碎，重新成为尘土。

院墙外四处散落着一些废墟，西面缓坡有一片稀疏的树林，再向西就是翠微山了。树林之中的空地有几个老旧佛塔，其中最著名的是量周和尚塔。该塔建于乾隆四十一年（1776年），坐西朝东，塔身正面有字，其他三面有龙纹砖雕。

塔铭是"钦命万寿寺方丈弥勒院开山传贤首宗三十一世上量下周观公和尚之塔"，横批"常寂光中"，上联"现身于恒沙劫中"，下联"证果在菩提树下"。

塔的四周散落着一些低矮的青砖僧塔以及碎砖和断石构件。在寺内（南塔院）还有一个形制与量周和尚塔相差无几的塔，名为惠月和尚塔。塔铭是"庄严示寂贤首宗第三十二世上惠下月承公和尚灵塔"。塔身两侧有联，上联是"空华开落归真谛"，下联是"智果圆成证涅槃"。

雷平阳将此情形写进诗中："在长安寺访旧，一地细碎的槐花／正好与紧锁的庙门匹配／花已落光，庙已死寂／人世上结出再多的恶果也不会引发什么／／存亡之争。量周和尚的塔经过了翻修／四周的沙砾、断碑、枯树／已经在轮回中丢失了原形／'现身于恒沙劫中，证果在菩提树下'／墓联的确提供了宝相庄严的一面／但时间拒绝契合，过往的人／甚至以虎狼之心与之对抗／从佛学上讲，我还不是离欲阿罗汉／所以也难以在明镜中照见／一个新我。蝉鸣如蝉在喊死／空气中的风始终没有动起来／我们原路返回，看见路边草丛中／一个被人遗弃的皮沙发／红色，上面布满了枯叶和尘土"（未刊稿）。

沈从文早就敏感于新旧时代交接或碰撞时刻事物、经验以及人自身境遇的剧烈变动。像诗中提及的红色皮沙发一样，雷平阳总是会格外注视这些老旧的废弃之物，总会格外注意瓦砾、断碑、枯树、墓地等构成的"废墟"。他对过去时间与现在时间之间存在的冲撞格外留神、敏感和警惕，因此他也不得不身兼矛盾性格的多重角色，"当一个诗人，也当一个守墓人"（雷平阳《入山》）。实际上这不只是发生在当代视域下的雷平阳的个人偏好和癖性，而是几乎成为很长时期以来全球范围内人们一直保持的"回顾""恋旧"姿态。

旧器具和废弃之物对应了一个远去的时代，一个已经与今天格格不入的时代。对于 V. S. 奈保尔，远去的印度已经极其陌生和面目模糊，只有那些废弃之物成为召唤记忆的最后方式，"在特立尼达，'印度'并不是现在我们周遭那些人物身上，而是存在于我们家中的一些器物上：一两张破旧不堪、脏兮兮、不再能够睡人的绳床，这些年来一直不曾修补过，只因为在特立尼达实在找不到拥有这种技能的工匠，但我们还是把绳床保存下来，让它占据家中一点空间"（《幽暗国度》）。

雷平阳同样是一个不合时宜的试图返回到过去的老式留守者，不只是在云南，也不只是在北京，他几乎能够在所有的现代性景观中一次次发现别人所忽视的残旧和废墟，"包括那几棵古老的梭罗／它们站在坍塌的舍利塔之下／也被当成了废墟的组成部分／断然不敢表现出反对新生世界的表情／和姿态。失控的，唯有时间"（雷平阳《公园》）。

我们回到住处后，雷平阳还专门在小本子上写了另外一首诗来记述我们寻访长安寺的小插曲。

一大早，他就想翻越围墙

进入那座久负盛名

但已经荒废多年的寺庙

他寻找着围墙的缺口，不时还原地起跳

在落地前，匆忙地朝里面看上一眼

里面古柏森森，几只乌鸦

在琉璃瓦的斜坡上拍打着翅膀

"没有任何场所令我如此着迷……"

从门缝往内看时，他弓着腰

翘着屁股，偷窥者的身体弧线与庙门

形成了危险的对立关系

你知道，此时此刻，如果有谁来到

他的身后，一声霹雳般的怒吼

后果将不堪设想。而我也取消了在他背上

轻轻拍的念头。这念头

是光与善的反面，是另一种摧毁

正如我们所看到的：菩萨一直存在于世

但不允许我们去到莲座之下

——《所见——致霍俊明》（未刊稿）

巴旦杏树·石榴树·枇杷树·梨树

每一个时代的变革、转化、裂变都是从日常之物和身边细节开始的，有时是从冷水煮青蛙的不知不觉开始的，有时候则是大吼一声中的猝然降临。拆除法则一直在延续，"门前的两棵巴旦杏树——多少年来，它们就是家的标志——早已被连根拔去，孤零零的宅子暴露在风吹日晒中"（加西亚·马尔克斯《活着为了讲述》）。

在此过程中总会有人率先发出敏锐、先导、精细、及时、快捷的回应，尽管这一回应的过程是异常艰难的，甚至是要付出惨痛代价的。"城市建设的蓝图埋葬了许多人过去的居所，也埋葬了许多人的树。1995 年的夏天，推土机将一个名叫上乘庵的地方夷为平地，我的阁楼，我的石榴树和我的枇杷树消失在残垣瓦砾之中，七年一梦，那棵石榴，那棵枇杷，它们原来并不是我的树。"（苏童《三棵树》）

马尔克斯的巴旦杏树以及苏童的石榴树、枇杷树都被推土机给灭绝了，而雷平阳的梨树也是如此不堪的命运，"有一天晚上我梦游，第二天醒来，竟然是坐在一棵平常根本爬不上去的梨树上。梨花开得正旺，头上的天空白晃晃的……那些年我爬过的树几乎都被砍光了"（雷平阳《回乡记》）。

八　哥

一次在温州，我对雷平阳说，他是中国当下诗人中最会讲"中国故事"的。这不仅在于我多次听他在会场或酒桌上慢悠悠地讲述云南故事与中国寓言，而且这一讲述故事的冲动更多是为情势所迫。

甚至，雷平阳是一个"囚笼"中的讲述者和不得已的复述者，有时候也是倔强如老僧入定般的沉默者和无声的抗议者。

雷平阳有一首流传很广的诗《存文学讲的故事》，"用诗来叙事很容易滞重，这是现代叙事诗少有成功之作的主要原因。强调叙事性会让语言发僵，这对现代诗的审美就有害了。这首诗在叙事语言上的处理是比较高明的。当然，这只是一首注重叙事成分的诗而并不是完全意义上的叙事诗"（子川）。这首诗甚至被人指认为是"小说诗"，显然这是极其滑稽的外行人说法。现代诗本身就是复杂的综合体，无论是抒情、自白、叙事还是戏剧化都是其应有的属性，都是拓展语言经验和诗歌边界的有效手段，"还有什么文体比诗歌的叙事更古老，更有力量？"（雷平阳《片断感想》）

《存文学讲的故事》里面有一个饶舌而又令人震悚的八哥："大雾缝合了窟窿／山谷严密得大风也难横穿……／之后的很多年，哈尼山的小道上／一直有一只八哥在飞来飞去／它总是逢人就问：'你可见到张天寿？'／问一个死人的下落，一些人／不寒而栗，一些人向它眨白眼"。

八哥的提问是针对一个死人以及另一个死去的空间的，所以它只能四处碰壁而无人能够答复它。

雷平阳有些像那只转世的八哥，他在白日梦、日常生活和朋友圈不停地讲故事，也在不停地死磕式的追问。他是一个痴迷于讲故事的人。有一段时间我一直反复读本雅明的《讲故事的人》，"一个人越是处于忘我的境界，他所听来的东西就越能深深地印在他的记忆中"。

后来，莫言登上了诺贝尔文学奖的舞台。他的受奖词名为《讲故事的人》。

八仙海

雷平阳总是一次次面对昭通，面对那些山地、坝子、庄稼以及河流、垃圾……

这是现实的河流与虚构的河流的交汇，是云南的河流，也是世界的河流，是干枯的河流、截流的河流以及依然有幸还在流淌但命若游丝的河流。

2020年春天，我在北京的古旧书店里买到了一张清末民初的老地图。我发现位于川滇黔交界处的雷平阳老家有一个奇怪的地方。

当地将盆地、河谷冲积平原、冲积扇、河漫滩、宽谷浅丘、高原面、剥蚀面等称为"坝子"。在昭通和鲁甸的坝子之间有一个流域不小的湖。这个湖就是八仙海，湖畔曾设立昭阳书院。这片湖水早已经干枯，连河床的残骸都没有了……

不久之后，我看到了昭通市纪委发布的一个新闻稿，该文的开头赫然写道："八仙营坐落在昭通城东南二十里，离贵州十里。相传原为一湖泊，湖中八石屹立，谓之八仙海，湖水干枯后，在此建村，名八仙营。"

短短一百年的时间，薄薄的容易撕裂和焚毁的地图却成为沧海桑田的最后见证。昭通市南郊凤凰山西麓有一楼名为"望海楼"，其得名就是地理环境的原因，当年的昭通"平畴万顷，映日疏风，水光潋滟"（《昭通志稿》）。

昭通当年有千顷池、八仙海，"朱提郡在犍为南千八百里，治朱提县，川中纵广五六十里有大泉池水，僰名千顷池"（《永昌郡传》），"今昭通府南有小长海水，名千顷池。西流转北，受诸水；又北流为洒渔河"（《汉书地理志详释》）。

清嘉庆年间（1796—1820），为了疏浚昭鲁大河而最终导致千顷池、八仙海泄泽干涸。

2020 年 4 月 1 日，这天恰好是愚人节。我用手机给雷平阳发去了这张老旧地图的照片，顺便写了一首诗送他："我看到了一张老地图／发黄变脆／一个个坐标／那是一个诗人的故乡／东南／二十里／有一片巨大的湖泊／名为八仙海／／我给他发去这张地图／并不是想求证／这片湖水是否存在／我只想让他看看／／其实／他有好几个故乡／有的已经干涸／有的已经死去／有的正在变形／／隔着手机屏幕／我听到了他的呼吸／像是隔着时间的毛玻璃／模仿着流水的声音／／有人一直在干咳／像是一层层的细沙／垂直漏下……"（《给雷平阳发去一张老地图》）

为了这张昭通老地图，雷平阳给我回诗一首："地球是圆的。古老的真理／又一次在现实中找到了铁证／——此时，每一个人／正在这个光滑的球体上徒手攀爬／有的人悬空吊在表面／有的人已经掉进了宇宙"（《2020 年 4 月 1 日》，未刊稿）。

白衣寨·奥德修斯

奥德修斯的"返乡"就是为了重新找回记忆和完整的自我，使得记忆免于丧失——

奥德修斯从忘忧枣、喀耳刻的药和塞壬歌声的魔力中拯救出来的，不只是过去或未来。对于一个人、一个社会、一种文化来说，只有当记忆凝聚了过去的印痕和未来的计划，只有当记忆允许人们做事时不忘记他们想做什么，允许人们成为他们想成为的而又不停止他们所是的，允许人们是他们所是的而又不停止成为他们想成为的，记忆才真正重要。

——卡尔维诺《〈奥德赛〉里的多个奥德赛》

无比残酷的是你记忆的却往往是永远逝去而无法挽回的事物，现实记忆和诗歌记忆都将因此变得异常艰难而虚空，"我觉得我的诗是记忆的产物，记忆的可靠性使其始终弥漫着乡愁与悲悯、敬畏与体温"（雷平阳《小体会——我的诗歌传承》）。

诗人面对的注定是已经彻底丧失的事物，随着时间的推移，记忆将在下一代人那里被彻底中断、抹平。记忆和遗忘是同时进行的，甚至后者的力量更为强大。

雷平阳最终说出的一句话是："无望是我们的信仰。"

这是悲剧但不是雷平阳个人的悲剧，而是属于历史的讲述者和现实的逼问者的悲剧。"一直想去一个地方，它叫白衣寨，但我不知它在哪里。人世间的幻虚之所，我只能到诗歌中去寻找。有很多人给我指引，为我提供了生者与死者共用的地图，在人间与鬼国我因此步履沉重。边界消失、人鬼同体，就连我自己的言行举止都吸附了太多的阴风与咒怨。我穿过河山、旷野、村庄，一路向前，所到之处都不是记忆和想象中的乐土，世界散发着腐朽的气息，挽歌声里人心颓废。白衣寨，设想中的天边的客栈，它也变成了苦难灵魂的集中营。"（雷平阳《去白衣寨》）

雷平阳长诗中的"白衣寨"并不是现实中实有的，起码不只是一个雨林中冷僻的有很多溶洞的边地小镇——"人丁少于象冢，狮虎皆为仆役"，而是诗人通过文字建构起来的精神之所。这种"故国挽歌"式的追念最终面对的只有遗照式的残骸和废墟。这是一个游荡的无望的灵魂，"她砍倒一片竹林和紫藤／想搭建永久的居所／但又觊觎那些无人的石头房子／她高声问我：'我应该怎么做／才能让新建的房屋／拥有记忆和出处，拥有道德感／并有鬼神暗中护卫?'"

最终这只能是一场虚妄的徒劳之举，"它知道它拥有的是不存在的／并将它扔弃如另一个时间的事物，／如早晨扔开陈腐的月光和破旧的睡眠"（华莱士·史蒂文斯《朝向一个至高虚构的笔记》）。

精神乌托邦早已解体，"原乡"的心理根基已经被斩草除根，由此雷平阳寻找的"白衣寨"只能是一场无着无凭的幻梦而已。

这是精神的无着与分裂，是语言的虚妄，是失魂落魄的丧家犬，是不合时宜的恋旧，是精神被禁闭的孤岛。

豹子的趾垫

1976年春天，正在读小学四年级的雷平阳经常跑出学校来到田野上，坐在土城乡与永丰乡交界处的田埂上发呆。

他光着脚，呆乎乎地看着风中摇晃的树木，看着那些几乎可以被忽略的蚂蚁、蚯蚓以及一闪而过的田鼠和蛇。

多年后，这所小学校成了一片废墟——

去年的时候它已是废墟。我从那儿经过／闻到了一股呛人的气味。那是夏天／断墙上长满了紫云英；破损的／一个个窗户上，有鸟粪，也有轻风在吹着／雨痕斑斑的描红纸。有几根断梁／倾靠着，朝天的端口长出了黑木耳／仿佛孩子们欢笑声的结晶……也算是奇迹吧／我画的一个板报还在，三十年了／抄录的文字中，还弥漫着火药的气息／而非童心！也许，我真是我小小的敌人／

一直潜伏下来，直到今日。不过／我并不想责怪那些引领过我的
思想／都是废墟了，用不着落井下石……

——雷平阳《小学校》

这是废墟现场和本事记录，质询、反思和智性因素的介入使得雷
平阳免于沦为一个怀旧的"抒情诗人"。正如雪莱所说："理性重视事
物的差异，而想象力却推崇事物的相似性。"

对《小学校》解读最精准的是陈超："这首诗是将'怀旧''反
思'与'当下'的感悟扭结一体表达的。由于雷平阳是云南乡下出来
的小伙子，我打趣地将这首诗中的'说话人'比喻成一头云豹。诗中
那徐缓而逡巡的语势，像是豹子踩着柔韧的趾垫儿在走。诗中充满鲜
润和破败感的小学校场景，像是映照在豹眼中，真切而恍惚。诗中迂
回盘绕的节奏和心思，既有豹子的机敏狐疑，又有豹子的木讷和天
真……这只豹子在旧地址低回徜徉，安静而伤怀，就要沉入习见的
'趣味'写作……就要落入俗套啦……突然，它（他）的双眼一闪，
鬃毛猛地抖动，写出了最后四句。这四句，使结构犹如峰回路转或异
峰耸起，恰当而有力地打入读者的眼眸。在此，我内心的云豹也复活
了，涌出一股'呛人的气味'。"（陈超《"融汇"的诗学和特殊的
"记忆"——从雷平阳的诗说开去》）

悲观主义

雷平阳在现实境遇和精神渊薮上经历了一个剧烈动荡和沦丧的过
程，所以雷平阳坦然承认自己是一个悲观主义的诗人，"2013年7月，
时隔七年之后，我又重返基诺山，初衷是重走从杰卓山到司杰卓密的

那一条雨林之路。在基诺人史诗般的精神谱系中，其祖先曾有过一次天启般的'人鬼分家'之盟，杰卓山是人的生活息壤，司杰卓密则是鬼的世界也就是天国。走过这样一条路，其实也有着从人间到理想国的象征性，令我痛彻心扉的是，七年前，这条路的两边植物丰沛、虫羽翻飞、人鬼混杂，仿佛太初。可是，时间仅仅过去七年，七年前的世界已经彻底颠覆"（雷平阳《出云南记（增订本）·自序》）。

由此，我想到了捷克伟大作家赫拉巴尔《过于喧嚣的孤独》中那个在废纸回收站的打包工汉嘉，"三十五年来我用压力机处理废纸和书籍……每一个月，我平均用压力机处理两吨重的书籍"。从本质上来说，写作和生存都如同废纸和纸浆，真实不虚地存在过但是最终不被记忆，没有任何可供追踪的依据和线索，所以赫拉巴尔说："基本上我是一个乐观主义的悲观者和一个悲观主义的乐观者，我是双重的、两面墙的，有着拉伯雷式的笑和赫拉克利特的哭。"

奔　丧

1988 年秋天，雷平阳返回昭通。

他此次回乡是为了参加家族的一个葬礼。

奔丧的路、死亡场面、送丧仪式，这些既是乡村和家族意义上的临终告别，同时又是精神层面的乡土悼词，"作为奔丧者，我只是少数得到死讯的人之一，她的儿孙遍布四面八方，她没有惊动更多的人。奔丧的路沿着白色的金沙江上溯，半躺在敞篷汽车的车厢里，我透过公路上腾起的红雾遥望着与我持不同去向的江水，时间之于我，每一刻都是一个生死的站台，每一刻都寓存着生死之外的命运中未曾兑现的种种幸福与痛苦"（雷平阳《远方的歌唱》）。

本雅明的微观书写

雷平阳有一大摞笔记本。这让我想到了本雅明式的"微观书写"。

笔记本确实最为直观地体现了书写行为与写作者之间的关系。每一个字，无论是大小轻重甚至一个笔画，都可能对应于那一时刻书写者的身体状态甚至精神状态。

瓦尔特·本雅明（1892—1940）反复强调手写体的重要性，在本雅明那里哪怕只是几个手写的字词都是与身体、潜意识以及自身性格密切联系在一起的。本雅明独有的"小书写""微书写"体现了他特有的哲学思维、记录方式、交流方式以及写作特质。大大小小的笔记本上是他一贯的密密麻麻的、修补的、粘贴的、删改的小字体书写，"本雅明微书写的效果，从积极的意愿来说是一种麻烦——对书写者如此，对读者亦如此。正如作家被迫注意每一个字母那样，收信人会觉得'这种不得体的书写方式一点儿也不像我最友善观念的其他任何表现'"（《本雅明书信集》）。

本雅明会同时使用多个笔记本，而每个笔记本承担的功能不同，比如书信、日记、游记、摘录、目录等等。我惊讶于本雅明这些极其怪异的近乎梦游般的书写行为，这些文字排列极其怪异，里面有大量的特殊符号和标记，他曾经在笔记本上抄写了关于克里斯多夫·海因勒之死的十四行诗，而整个抄写的文字只是占用了一张纸的极其小的甚至可以忽略不计的部分，却留出了太多的空白。本雅明对读者的专注与注意力提出了近乎苛刻的要求，给阅读者设置了诸多障碍，这还呈现了"一个私人印刷厂的无政府主义的图像"（《本雅明书信集》）。

具体到雷平阳，他的手写经验还带有乡村贫穷生活的印记。"上初中了，同班的同学们都使用起了水笔，只有我仍在使用毛笔，我非常羡慕他们的抄写速度和作业本的整洁。"（雷平阳《关于母亲的札记》）实际上，当年本雅明的"小书写""微书写"也与经济拮据有着不可分割的联系，比如本雅明对自己恶狠狠而又无可奈何的批评——"可耻的为了报酬的抄抄写写"。

任何手写行为以及手稿都带有一次性的特质，包括它的诞生、保存、破碎或者焚毁、遗失。1940年9月25日，瓦尔特·本雅明徒步进入西班牙边境小镇波尔特沃，他准备翻越比利牛斯山，从西班牙前往美国。他在翻越比利牛斯山时随身携带的公文包下落不明，那里有他极其重要的手稿、文件、信件、创作笔记、论纲和档案。关于这份公文包的另一个说法是，本雅明将其委托给了另一个同行的逃亡者，但是这位逃亡者把公文包遗失在了从巴塞罗那开往马德里的列车上。本雅明的出逃计划宣告失败，他在9月26日晚上10点于边境小镇吞服了大量的吗啡，自杀身亡。

雷平阳的这些笔记本最终汇聚成了一个手艺人的个人图书馆和档案室。自20世纪80年代开始，雷平阳一直坚持用手、心、笔和纸的互动打开精神之窗和黑暗之门，"许多年来，我始终迷恋动手在纸上书写的感觉，很多时候，与朋友通信，我还用八行笺、毛笔和墨。写信，有地址，有送信的人，缓慢地送达，写与读有仪式感……"（雷平阳《故乡对我写作的影响如土地之于物种》）

这是人和笔、纸以及精神世界彼此依赖、"肌肤相亲"的行动，也是古老而特殊的交流方式、讲述方式和记忆方式。本雅明就曾经把笔记本看作是"手工艺人的百宝箱"（《本雅明书信集Ⅲ》）。

本主庙

地方宗教和民间祭祀作为个人信仰、族群秩序以及乡约制度的重要手段在维护"乡村共同体"时起到了极其重要的作用，"在乡村和其他地区，中国人修建了许多庙宇，用来祭祀山岳、溪流、岩石、石头等等。土地神特别受到尊敬。……在全国各省、各府和各州县的主要城市里，人们经常到某种国家级庙宇里去祭神，特别是祭城隍和东岳"（萧公权《中国乡村：19世纪的帝国控制》）。

在白族中，"本主"的白语为"武增"的意译，即"我们的主人"，属于村寨的保护神。尤其是云南等地的本主庙，它们是地方族裔的语言衣钵，因为承担了原始崇拜、氏族崇拜、自然崇拜、英雄崇拜和多神崇拜而起到了维护民族根性、民间文化和地方性知识的重要作用，"人们树什么为本主，树谁为本主，并不是盲目的、随意的。正因为如此，绝大多数村寨的本主，几乎都有被尊为本主的传说故事，有些故事内容非常丰富而生动，成为白族民间文化的重要组成部分"（《中国各民族原始宗教资料集成：彝族卷·白族卷·基诺族卷》）。

然而时过境迁，庙宇等以往的祭祀、祈祷场所成为历史残骸或观光旅游景点。正如雷平阳目睹的那样："昭通前段时间拆城，这段时间则是在建城。拆城时，拆出了很多寺庙、牌坊、空地，这让我很吃惊，我在那儿生活了那么多年，从来不知道无数摇摇欲坠的房舍里面，埋着寺庙和牌坊，更不知道这些寺庙和牌坊为什么会被房舍吞噬。有的已被消化殆尽，有的还残存几根遗骨。由此，我对那个古代的昭通城更加肃然起敬，那是个有寺庙和牌坊的伟大之城，看着它们被拆出来又被埋回去，我既悲伤又略感欣慰。"

苍雪禅师（1588—1656，云南呈贡人）住锡苏州中峰寺的时候立下了"聚石为徒"的公案。雷平阳则是聚乡为诗、聚诗为魂、聚魂为野，他守着这个世界的最后衣钵。他微微发颤的笔尖上供奉着亡灵、废墟和方言、胎记。由此，在迷茫的时刻雷平阳要一次次确立坐标，他进行的是"在寺庙旁写作"以及"生活在有寺庙的地方"。这不是宗教信徒的产物，而是白日梦状态的摇篮，也是竹篮打水般的虚妄，"我幻想中最好的生活与写作空间，类似于我在叙事诗《养猫记》中所描述的那样：在云南海拔最低的某个洼地，构筑一座只有一个人居住的小寺庙，侣影俦灯，生活在世界的下面。四面有山，可以是点苍、无量、乌蒙、哀牢、高黎贡、梅里和白茫中的任何一座。旁边有水，怒江、澜沧、金沙、驮娘、李仙和白水，哪一条江都行……大的、猛的、刺骨的风，在山上。大的、猛的、刺骨的浪，在江中。庙不是佛堂，它应该是座本主庙，本主可以是孔丘、屈原、李白、苏轼、但丁、布罗茨基、鲁迅、托尔斯泰中的任何一个。我会倾向于刘义庆或蒲松龄。"（雷平阳《枯水期的诗歌写作》）

显然，"本主庙"对于雷平阳来说是精神支撑。

笔记体小说

雷平阳是这个时代不多见的一意孤行的写作者。

雷平阳的诗歌、散文以及早期的那些小说总是让我想到刘义庆、段成式和纪晓岚，想到《世说新语》《酉阳杂组》《阅微草堂笔记》等笔记体小说，"或录秘书，或叙异事，仙佛人鬼，以至动植，弥不毕载，以类相聚，有如类书"（鲁迅《中国小说史略》）。

众所周知，笔记体小说是介于散文、随笔和小说之间的一种特殊文体，"是以退食之余，惟耽怀典籍，老而懒于考索，乃采掇异闻，时作笔记，以寄所欲言。滦阳消夏录等五书俶诡奇谲无所不载，洸洋恣肆无所不言，而大旨要归于醇正"（盛时彦《阅微草堂笔记·序言》）。

在笔记体小说中，作者的叙述态度、笔调以及观世法则是至关重要的，他们往往通过异闻、笔记、怪谈、广记而携带了讥诮、讽刺、批判，通过人话、史话、梦话、戏话、鬼话、神话、疯癫之话以及无稽之谈打通历史的内在机关和人性以及社会的复杂程度："夫《易》象'一车'之言，近于怪也。诗人'南箕之奥'，近乎戏也。固服缝掖者肆笔之余，及怪及戏，无侵于儒。无若《诗》《书》之味大羹，史为折俎，子为醯醢。炙鸮羞鳖，岂容下箸乎？固役而不耻者，抑志怪小说之书也。成式学落词曼，未尝覃思，无崔骃真龙之叹，有孔璋画虎之讥。饱食之暇，偶录记忆，号《酉阳杂俎》，凡三十篇，为二十卷，不以此间录味也。"（段成式《酉阳杂俎·序》）

雷平阳则是这个时代最擅长写作迷离恍惚的笔记体和寓言的人。

他不断将笔力的重点投向人心、物异、遗迹、广知、事感、时变、变局。这些构成了讽喻化的时空织体，它们与现实相关但是又区别开来，尤其是半真半假、若真若假、非真非假的幻象带有讽喻、自审和批判的戏剧化效果。这是对现实和历史的另一种理解方式和表述方式，也加深了人们对内在以及外在世界的理解程度。

在雷平阳这里，笔记体和寓言化表达更多带有"黑暗传"的性质。这使我想到葡萄牙的伟大作家若泽·萨拉马戈的诺贝尔文学奖授奖词："用充满想象、同情和讽喻的寓言故事，不断地使我们对虚幻的现实加深理解。"

碧色寨·滇越铁路

2012年的9月下旬，我和雷平阳一起作为指导教师参加在云南红河哈尼族彝族自治州蒙自举行的《诗刊》社第28届"青春诗会"。

27号这天，我们一起走在草坝镇有着一百多年历史的三等小站碧色寨的铁轨上。

徒步24公里的铁路（米轨），对每一个人来说都是一次不小的挑战。

滇越铁路是中国近代史上最早的铁路之一。1903年开始动工，历时7年才完成。不到500公里的铁路有至少6万多劳工葬身于此。

突然有一天，曾经无比热闹、呼啸、热气腾腾的时代冷却了下来，"旧时代的铁，风一吹／就是一个窟窿。不知名的野花和青草／扛着它们的腿、胳膊和心脏／若获浮财，喜气洋洋，朝着天空之家／快速地运送，掉下一堆螺丝和轴承／像上帝餐床上落下的面包屑"（雷平阳《碧色寨的机器》）。

如今这里更像是钢铁打造的历史废墟和锈蚀的时间空壳，一切都是空荡荡的，连乡愁的一根针线都容纳不下了——

铁路沿线有无限风光／风套着风，光堆在光上／声音的粉尘像红色的石榴籽／被包裹在壳中。那些高高矮矮的山脉／抱着气团反向飞奔／红河带着／浓重的乡愁流向越南／沿途的法式建筑，它们的黄颜色／是时间的侧影，犀利的棱角／止住了雨过铺车站的那一台子母钟／一切都是旧的，鸡街的一排仓库／存储着三十年代的茶叶、烟土／焦虑、寂静和笑容。在蒙自／一间扳道工住过的小屋里／水门汀地板上，则横陈着上百只老鼠／细碎的骨架，紧张、密集、孤独／它们就像那些被遗弃在草丛中的／蒸汽机车，仿佛真的跑到了尽头……／多少年来，我一直在这条铁路上／来回奔跑，带着烟草、耐力／和内心的风景，以及一点点旧的忧愁

——雷平阳《滇越铁路沿线》

我想起来，2011年曾经读到过云南另一位诗人兼小说家海男的一部小说，名之为"碧色寨之恋"。

雷平阳第一次到碧色寨，是在1996年的夏天。

当时他从昆明火车北站乘一夜的火车到达蒙自，然后再搭马车到碧色寨。"我也想去远方，只是我的远方是云南的山川，那些我向往却没有到过的地方。因此，每到周末，我就在黄昏，来到昆明火车北站。多么美妙的时光，那会儿，昆明到滇南的火车还开着。晚上九点的票，睡一觉，第二天早上七点就到蒙自。吃一碗菊花米线，转乘马车，就到碧色寨、草坝……有时，道路两旁都是生机勃勃的玉米、桑树；有时，那无边无际的石榴，就像世界尽头的灯盏。闪光的铁轨到过的地方，我看见了一部另类的时间史，矿石飞舞，群山下降，村庄做梦，每一寸土地都充满了迷幻的气质。我以为，那是世界为我打开的另一座五脏庙。"（雷平阳《蒙自及段落》）

第一次到碧色寨，雷平阳的观感就不容乐观。

他在这个近乎废弃的冰冷的钢铁空间听到了隐隐的来自历史的微弱呼吸，而他又分明感受到了新与旧同时撕扯的噬心力量，"我屏住呼吸，捏了自己一下／爱，还是不爱?／／我有一道难题无法破解／遗忘还是记住；走，还是不走?／／滇南旅行时，我与树说了这些／踢了树一脚／／身子转不过来啊／所以，一直没看见你／也没用骨头喊你"（雷平阳《在碧色寨车站》）。

这是无人车站，已然没有听者和记录者，只有精神苦役还在徒劳地试图走进往日的幻象之中，一次次制造白日梦，一次次从惊悸中起身，一次次置身于虚无之地……

时光拨转到 2012 年秋天。此时，阳光打过来，洒落在雷平阳的侧脸上。"我在铁轨上行走，我之所以选择铁轨，并决定顺着走到一个陌生的地方去，是因为我觉得铁轨上有足够的铁锈，可以让我看见那些死亡的时间。"（雷平阳《火车》）

我们一行人在仅仅一米宽的铁轨上慢慢走着，步幅不能太大也不能太小，总之每一步迈出去都很不舒服。我们遇到的不只是那些杂草、砾石、枕木、铁轨以及废弃的机车和车站，还遇到了玉米、红土、墓地、石碑、隧道以及老鼠、昆虫的尸体。

在这样的空间行走我们总会听到极其复杂的声音，总会感到莫名的不安，"路上遇到什么人／你一定要问／他有没有看见那些／压在铁轨下的信／过隧道的时候，请不要／心生闪电，黑暗／由来已久。但这种黑暗／是真实的黑暗／里面除了黑，什么也没有"（雷平阳《从碧色寨去芷村》）。

真切而又恍惚之际我们和历史打了个照面，"现在这条路还在运营，你可以在昆明买张车票，坐上旅游列车，半天一夜才到中越边境上的河口，如果坐汽车却只需一个白天，这就是'云南十八怪'之一怪：'火车没有汽车快'。不过，急什么呢？这也许是中国仅存的'米轨'铁路——轨距仅为一米，小火车在崇山峻岭间爬行，晃晃悠悠，似乎穿过了一个世纪"（李敬泽《两封信，自昆明》）。

"现代"道路的打通是需要时代以及具体的个体为此付出代价的——甚至是惨重代价，修筑滇越铁路死去的六七万劳工的尸骨一百多年来一直埋在铁路和山地中，"山野上的／美学，也随时会提走／你血液中的温度"（雷平阳《从碧色寨去芷村》）。

人们慢慢走散了。我和沈浩波结伴行走。走在黑漆漆的隧道里，沈浩波拿着几乎没有什么亮光的手电筒不停摇晃，还模仿着舞台剧演员的声音——"你们从哪里来？""你们要到哪里去？"

起初是太阳暴晒，走到中途的时候，突然遇到一场狂风暴雨，我们毫无躲避之所，只能在大山间的铁轨上任雨水落下。登时，浑身湿透。铁轨更加幽亮而打滑，鞋子里已经浸了雨水，走起路来吧嗒吧嗒地响。

行走在碧色寨的铁轨上，恍如一梦。多年后回想起来仍然觉得这一切都不是真实的。

多年后，雷平阳在高铁里遇到了低诵《金刚经》的老妇人……

蝙 蝠

物体的色彩有时对应于人的情感、心理和意识状态，比如黑色和白色都同时具有积极和消极的心理对应和情感暗示功能。

黑色的事物往往会形成压抑和不祥的气息，比如"蝙蝠"，它们总是让我们想到怪异、幽秘、丑恶的一面，而这些"似鸟而不是鸟"的黑色怪物总是置身、倒挂于潮湿和黑暗之中。

> 说不出的快乐浮现在它们那
> 人类的面孔上。这些似鸟
> 而不是鸟的生物，浑身漆黑
> 与黑暗结合，似永不开花的种子
>
> 似无望解脱的精灵

盲目，凶残，被意志引导

以上诗句出自西川当年的代表作《夕光中的蝙蝠》。

雷平阳却对"蝙蝠"另眼相待，在它们身上他发现了一个个精神性的时刻。尽管视力欠佳，但是蝙蝠有很强的飞行能力，同时也是多种人畜共患病毒的天然宿主。在白天和日常境遇中它们不得不成为悬空、倒挂的"另类"，生活在人们不解、厌烦甚至恐惧的目光之中。这是旁人永远都不懂的精神真相和灵魂遭际，或者也是诗人作为"黑夜中的精神飞行者"的自况，"生来就善于飞翔的野兽，注定有着黑暗中／预判方向的禀赋。举目皆老奴／相聚无羞耻。奢谈什么对与错，如果穿顶依旧／胸腔里的蝙蝠还飞着／你在死亡之前写好的碑文，谁的喉咙／即使有奇异的超声波，也羞于念出来／除非你原本就是一只蝙蝠／一只美洲的吸血蝙蝠，寿命长，丑陋／但善于用利爪梳理皮毛，吸血不露行藏／有着花样百出的群居生活"（雷平阳《蝙蝠》）。

边　疆

广谷大川，边疆多异制、异俗、异人、异禀、异见。

云南地貌特殊，异土殊俗，多产异禀作家。在雷平阳这里，"边疆""边地"上升为精神场域和整体命运，正如布罗茨基所说"边远地方并非世界终结的地方——它们正是世界展开的地方"。但是对于长期生存在"边地"的本地写作者来说，要想对"边疆"自身进行有效的反思则是非常艰难的，对于周边环境也更容易熟视无睹或失语，"乌蒙山里的云朵，在天上怎么飘、聚散、消失，人们并不在意，也很少抬头去看。阳光刺目。即使阳光照射在白岩石上，又反射回来，也还像刀光，还伤人"（雷平阳《嚎叫》）。

确实，如何将"空间""地方"以及附着其上的传统、伦理、秩序个人化、历史化并且让其在美学上具有重要性和创造力，这一点重要而棘手。

文学中的空间是现实空间和修辞空间融合之后的"第三空间"，"在列斐伏尔看来，实际的空间是感情的、'热的'，充满了感官上的亲昵；构想的空间则是理智的、抽象的、'冷的'，它疏远人。各种构想的空间虽然也能激发人的热情，但它们的重点是心灵而不是肉身"（爱德华·索亚《第三空间》）。

我们也必须明确包括"边疆"在内的任何地方和空间都是存在性体验的结果，都是时间、想象和修辞同时参与的过程，只有如此，一个个或大或小的空间才能够被充实起来变成有血有肉有灵魂，"这些空间标着所有的界线，标着光照和风的情况，标有经纬度，标有各个天体的位置，它们被当作人人共享而又不属于任何人的永远和谐的图像，是属于那些能够想象出的事件的图像"（彼得·汉德克《缓慢的归乡》）。

编年史

摄影是生活经验的呈现，而在特殊的时代节点上摄影还必然承担着主体的认知、判断。而一度作为绘画特权的肖像如今是直接与摄影尤其是数字化摄影联系在一起的，包括肖像照在内的摄像也是一种修辞手段，并非是纯然客观和自然化的呈现，有种种主观因素的介入，甚至也是一种特殊的拟像手段。

在杨昭编选的《温暖的钟声：雷平阳对话录》一书中，责任编辑兼出版人彭明榜专门做了一个特殊的设计，他将14张黑白照片以及雷平阳为这些照片撰写的14段文字说明放在了该书的开端。

这些照片分别是《我的父亲和母亲》《老屋》《河流》《我有过癫狂的郊区生活》《虹山新村的五金杂货铺》《碧色寨》《海鸥》《定西桥》《对话的时候》《清迈》《在文字中间》《我的朋友杨昭》《房顶上打太极拳的人》《与胡弦的外衣合影》。这些照片构成了一个人生活中的重要链条，也是一个个的取景框，它们甚至凸显出家族的命运特征。

正如苏珊·桑塔格所说，通过照片每个家族建立了本身的肖像编年史。

变　形

细节不是刻板的镜像，而是在写作者的凝视和观照中发生了变形。由此，我们必须正视雷平阳的"变形"法则。

"变形"不是吸引眼球的噱头，更不是装神弄鬼不说"人话"，而是为了抵达和加深"语言真实"，拓展想象力的极限。里尔克说："我们应当以最热情的理解来抓住这些事物和表象，并使它们变形。使它们变形？不错，这是我们的任务：以如此痛苦、如此热情的方式把这个脆弱而短暂的大地铭刻在我们心中，使得它的本质再次不可见地在我们身上升起。我们是那不可见的蜜蜂，我们任性地收集不可见的蜂蜜，把它们储藏在不可见物的金色的大蜂巢里。"

不可见之物更具有本质和原初的力量，而这又是终极意义上的存在问题，而对不可见之物予以关注的诗歌必然具有记忆和唤醒的功能，"这种对不可见之物的附着，便是原初的诗歌，就是使我们会对我们内在深处的命运关注的诗歌"（加布里埃尔·邓南遮《对死的静观》）。

正是得力于这一"变形"能力，雷平阳能够重新让那些不可见之物和逝去之物得以在词语和细节中现身，就如我们在梦中见到那些逝去的一切重新回来一样，"我只用一种很笨的、异常不艺术的文字，捉萤火虫那样去捕捉那些在我眼前闪过的逝去的一切"（沈从文《〈第二个狒狒〉引》）。

这是存在意识之下时间和记忆对物的凝视，这是精神能动的时刻，是生命和终极之物在器具上的呈现、还原和复活："从鞋具磨损的内部那黑洞洞的敞口中，凝聚着劳动步履的艰辛。这硬邦邦、沉甸甸的破旧农鞋里，聚积着那寒风陡峭中迈动在一望无际的永远单调的田垄上的步履的坚韧和滞缓。鞋皮上粘着湿润而肥沃的泥土。暮色降临，这双鞋在田野小径上踽踽而行。在这鞋具里，回响着大地无声的召唤，显示着大地对成熟谷物的宁静馈赠，表征着大地在冬闲的荒芜田野里朦胧的冬眠。这器具浸透着对面包的稳靠性的无怨无艾的焦虑，以及那战胜了贫困的无言的喜悦，隐含着分娩阵痛时的哆嗦，死亡逼近时的战栗。这器具属于大地，它在农妇的世界里得到保存。正是由于这种保存的归属关系，器具本身才得以出现而得以自持。"（海德格尔《艺术作品的本源》）

标　签

围绕着雷平阳的写作，阅读者和评论者不断兴冲冲地给其贴上各式标签，诸如云南写作、地方主义、乡土诗人、现实主义写作等等。雷平阳也由此被框定为一个"云南作家""地方作家""地域写作""乡土诗人""现实主义者"。"2006 年，《雷平阳诗选》出版后，让我始料未及的是，批评界有一种声音，不由申辩地将我的写作定格为

'草根性写作'和'地域性写作',其理论旨趣生成于诗歌生态之上的地理学,并将'题材'有意无意地放大成了一项重要的诗歌美学指标。开始的时候我对此一方面保持了沉默,另一方面则充满了警惕。在中国当代的现实主义书写的小传统中,'地方性'屡屡被认定为'局限性',它并不是道拉多雷斯大街之于佩索阿,也不是马孔多小镇之于马尔克斯,一个写作者一旦被认定为'地方性'的,似乎永远就不能成为'中国的'和'世界的','地域性'抑或'地方性',它纯粹就意味着不入流,是所谓的外省写作。当然,我的警惕倒不是担心自己被当成了'地方性'的,就成不了'世界性'的,而是这种命名方式并未建立在现代性书写与现代美学之上,且保持了令人惊恐的文化观和世界观。"(雷平阳《我诗歌的三个侧面》)

为此,雷平阳不得不有些气闷地反问:"为什么我的文字只能属于某个地方、某些人、某种狭隘的审美?"吊诡而不幸的是,这些"标签"已经在 21 世纪以来的文学场中变得愈加流行和时髦。在我的阅读视野中,这种体现于非虚构以及小说、诗歌、散文中的类型化写作在社会学和伦理维度下不是变得越来越开阔,而是越来越狭窄和急功近利,甚至有时变得如此媚俗欺世、面目可憎。

雷平阳警惕于别人称自己为"地方性诗人""云南诗人""乡土诗人""苦兮兮的现实主义者",而这又无形中加深了别人对他的误解和刻板印象。"我们几乎无法阻止滑行:这里有一个诗人,他的'故乡'在云南昭通土城,地理上的和文化、精神上的故乡,然后,这种确切的地方性或根性与'全球化'构成二元对立的紧张关系,诗人由此获得某种特性和诗学上的合法性。如果说,这是一种掉到沟里去的打滑,带领人们走向对雷平阳的诗的简化理解,那么雷平阳本人也要负一定的责任,他刻意强调了自己的'地方'。"(李敬泽《三段旁批:关于雷平阳》)

而在我看来，雷平阳的"地方""云南"等同于整个世界或通往世界的入口。

冰凉的火，亮星般的火舌

从生活经验的普遍性需求来说，人总是需要身体和精神的各种刺激物。这时酒作为特殊的液体就发挥了不可替代的作用，它闲置的时候是常温的甚至是冰凉的，但是一旦进入口腔和胃部它就登时会变得灼热起来，"当我把它打开／我闻到食物储藏室里／渐渐弥漫起灌木丛／那被扰乱的酸味宁静。／／当我倒出它／它形成一片刀刃／并吐出／亮星般的火舌"（谢默斯·希尼《黑刺李杜松子酒》）。

酒，确实是极其特殊的液体，看起来和水差别不大，一旦喝下去，整个人就会被重新清洗或点燃。"冰凉的火，这是青稞酒，也是二锅头、伏特加。和二锅头比起来，青稞与伏特加酒性稍薄，如果加上冰块，它的薄就越见明亮、锐利，森然逼人。有时我也在二锅头里加冰，酒性虽然分薄，但也更狠，像打了赤膊的泼皮光棍。然后，就喝醉了。第二天醒来，阳光从窗帘间照到脸上，头脑清新得像一棵雨后绿树，酒精把人洗过一遍，或者蓝色的火把人烧了一遍，这时就想，喝醉了是好的，醉了醒来也是好的。"（李敬泽《酒安足辞——酒徒自白之一》）

酒的浇灌使得人的身体感受和心理意识都发生了区别于日常惯性状态的变化。从生存意志力和理性程度来说，很多人在很多时候处于迷醉不清的状态，"生命是一种酩酊状态，间或被怀疑的闪电划破。大多数普通人已经烂醉如泥。若有人独醒其间，会连气都不敢喘"（E. M. 齐奥朗《眼泪与圣徒》）。

酒精更容易对那些艺术家和作家发挥巨大的催化作用，"酒精的最大坏处是它能把我们都变成傻瓜。然而我们内心睁着一只清醒的眼睛，事后将各种丑态摆在面前，毁掉我们对自我的良好评价。这使人感到羞愧。这种羞愧也有其教诲意义，它提醒我们，无论取得怎样的成就，驻留在我们身上的愚蠢都会暗中把它们破坏"（《米沃什词典》）。

1916 年，苏黎世。在一个名叫伏尔泰的餐馆里，一群喝醉酒的先锋艺术青年宣告成立"达达主义"。E. M. 齐奥朗曾经说过："为什么几乎所有疯子都谈论上帝，或自以为就是上帝？他们的心智丢掉了记忆的现实内容，得以在记忆的原始深处完好如初。醉酒也同理。人喝醉是为了回忆上帝；可能他发疯的缘故也差不多。"（《眼泪与圣徒》）

齐奥朗还说过另一句针对"醉酒"的话："美酒使人接近上帝，远胜神学。不过，悲伤的酒鬼（难道还有别的类型吗？）令隐士自惭形秽已经是很久以前的事了。"

有时，我们在日常生活或午夜街头总会看到一些摇摇晃晃、酒气熏天的人。"我还记得有天晚上我爸爸回家晚了，发现我妈妈从里面把门锁上不让他进来之后发生了什么事。他喝醉了，把门弄得嘎嘎响时，我们能感到整座房子在抖动。他硬是弄开一扇窗户时，她抄起一口滤锅打在他的鼻梁上，把他打晕了，我们能看到他躺在草地上。后来有很多年，我一拿起那口滤锅——它像根擀面杖一样重——就会想象被那种东西打到头上会是什么感觉。"（雷蒙德·卡佛《我父亲的一生》）

雷蒙德·卡佛眼中的"酒鬼"父亲形象是可憎的，可是令人不解的是卡佛后来也成了一个酗酒者，"可是他的眼神暴露了他，还有那双手／无力地拎着那串死鲈鱼／和那瓶啤酒。父亲，我爱你，／可我又怎么能说谢谢你？我也无法饮酒有度，／而且根本不知道去哪儿钓鱼"（雷蒙德·卡佛《我父亲二十二岁时的照片》）。

卡佛还写过一首与酒有关的诗，题目看起来更吓人——《开车喝酒》。

这让我想到韩愈的诗："断送一生唯有酒。"

病　童

雷平阳讲过自己的一个极其奇特而诡异的经历。

这是一个似真似幻而又极其恐怖、难解的故事："有一回，我的祖父带我去给一个死人守灵，我们坐在棺材旁边，可以清楚地看到灵灯暗淡的光线，从棺材底下爬出来，把唱着孝歌的众多守灵人的脸照得半明半暗。守到大约午夜时分，我在欢快的孝歌中，伏在棺材上睡着了。等我醒来，已是拂晓，灵堂里竟然只有我一个人，我那粗心的祖父也没在。睁着一双惊恐的眼睛，我身边的棺材正渐渐地长大，最终和黑夜连成了一体。灵灯熄灭了，整个世界都是一盒装了死人的棺材。据说，天亮的时候，孝子贤孙们来到灵堂，看见我躺在地上，踢翻了灵灯的那只脚上，还沾了许多菜油。童年时，我害的那场大病就从那天开始了，我总是不停地游荡，说话的声音非常苍老，好像永远都在寻找着什么。"（雷平阳《拉车》）

僰人悬棺

除了盐津豆沙关、底坪、棺木岩和灵官岩之外，威信县长安乡瓦石村、佛滩乡以及永善县的黄华乡亦有僰人悬棺——

河流迅急，峭壁铁立，上高天而下深渊，岩疆也。岩际有棺累累，路人且睨且指，传为焚古迹。

——《昭通县志稿》

此外，四川宜宾境内的珙县、兴文、筠连也有悬棺分布。《珙县志》："珙本僰地，僰人多悬棺。"

关河北岸是秦代的五尺道、西汉的南夷道以及唐代的石门道。

在位于川南（筠连县、兴文县、珙县）和滇东北盐津县豆沙关石门村关河南岸，雷平阳第一次真实不虚地目睹了悬崖峭壁上的僰人悬棺，他一下子就被深深震撼住了——

身前无力撰写的内容

由死后的选择进行补充

艰难了一生

就得了一双翅膀

飞上高岩，飞上天空

看够了世界的眼睛，又开始俯瞰

——雷平阳《悬棺》

悬棺位于距离地面50多米、30度倾斜的峭壁鳞隙间，悬棺下面有木桩支架，而棺材由一根整木剖挖而成，"棺刳木而空其中"。

这些棺体早已破损，透着棺木缝隙和破损处依稀可见骨骸。有些悬棺的棺盖已经被人撬开，这是对死者以及那段历史的莫大亵渎。早在1923年，悬棺就已遭到人为破坏，"共有三四十具，陈铎令一阮者攀藤坠岩掀下三具，中有骨骸一具送昭通中学，一具逐波去，余此一具存豆沙小学校，因用以抵门，下端陷入淤泥中，上端露天沐雨，恐其致朽，固教员徐家祥、李兴恒度之长约五尺五，头宽一尺三寸，徐尾稍上有寸厚之盖相称，系剖整木四分之一挖空中部，酷似人家猪槽，木纹尤显"（《大关县志》）。

"僰人"最早见于《吕氏春秋·恃君览》："氐羌、呼唐、离水之西，僰人、野人、篇笮之川，舟人、送龙、突人之乡，多无君。"《说文解字》："僰，犍为僰蛮也。"

《珙县志》载："珙本古西南夷服地，秦灭开明氏，僰人居此，号曰僰国。"僰人，又称濮人、都掌人，是西南地区的少数民族。面对着僰人在明朝万历年间被彻底毁灭的历史以及特异的悬棺文化，雷平阳受到了巨大冲击，"后来人站在岩底仰观／像看一场／惊心动魄的黑白电影"（雷平阳《悬棺》）。

回到盐津县委大院的宿舍后，雷平阳按捺不住内心的激动，立刻着手写作平生第一部也是唯一一部舞剧《僰人悬棺》。这既关于生与死的本质命题又关乎湮灭的僰人文化，"悬棺作为一种解释消亡回答消亡的方式，它与天葬、土葬、火葬、水葬、瓮葬等葬身方式，在本质上并没有什么不同，只是其形式的采用始终令人难解其中的寓意"（雷平阳《悬棺》）。

当时雷平阳还联系盐津县文工团准备把他的第一部舞剧搬上舞台，甚至已经和演职人员讨论场景、舞台动作以及剧情，但最后不了了之。

值得注意的是，很多昭通诗人都写过"悬棺"，比如陈衍强、夏吟、樊忠慰、李骞等，显然 20 世纪 80 年代的文化寻根热潮对此起到了推波助澜的作用。樊忠慰在 1997 年写了《悬棺》一诗，自况生命光景并对生死进行了终极追问，"一个死去多年的人／他想飞，他在岩石堆起的天空／咀嚼盐粒和木头／像所有的梦睡在一起／他不知道自己死了多久／／我没去过这地方／我不想去，去了，也看不见／看不见时间打败的英雄／流水带走的美人／大风吹散的文字／／我咬碎牙咬碎血／咬碎夕阳下的山峰／如果那个想飞的人／从开遍野菊的小路上回来／／一切都会永恒／一切都会绝望"。

欧阳江河于 1983 年到 1984 年间写成了长诗《悬棺》，整首诗分"无字天书""五行遁术""袖珍花园"三章。《悬棺》与当时的诗歌最直接的区别就是不分行："我觉得若是采用分行的写法，没法将此诗所处理的那种混沌的、苍茫的东西体现出来。"（欧阳江河《个人与文学史的延长线——关于欧阳江河四十年诗歌写作的对谈》）

这首极其繁复、晦涩的散文体长诗在当时是拒绝了众多读者的，甚至诗人和专业批评家对其也难以置喙。它具有"反诗歌"的"文"的特质，而欧阳江河一贯特有的智性写作和词生词的语言方式更是制造了阅读难度。这对于阅读者来说简直就是"冒犯"："最早读到的是《悬棺》，该诗的浓密晦涩半文半白使我大伤脑筋，我认为这是对读者的一种要挟，就弃之不读。但很奇怪，《悬棺》使我放心不下。欧阳江河在我心目中是充满才气、炫耀、危言耸听和目空一切的，这使我对其写诗的方式而不是对其诗产生了兴趣"，"我耐下心重读了《悬棺》，从彼此缠绕、冲撞、强暴的复杂关系中，理出头绪。对种族精神历史的多向度刺穿，对人类整体生存的亵渎、不信任乃至弃绝，在此诗中企临了巅峰的高度。"（陈超《印象或潜对话》）

今天，我们可以再领略下这首面貌怪异的诗——

　　所有的瞬间是同一个瞬间。现在听到的寂静至高无上：它以暴君般的荣耀入主众物的血肉之躯，朝五个方向狂奔成五匹烈马。五内俱裂，散为五行——金，木，水，火，土。现在读到的天书以眼睛为文字：每一只眼睛是一种语言的消逝或一堆风景的破碎，繁殖禁忌和遁词。回声浮动，层层山群睡如美人。黄梅之雨在无可奉告中悬挂，遍地歌哭晒成盐中之盐。现在触摸到的本体形同乌有：面对空旷八荒，面对生生灭灭、聚散无常、千人一面的族类，悬棺无魂可招，无圣可显。皇皇天道泼为风水，一空耳目幻象。无冕无国的诸王之王：那是谁？

——《悬棺·第一章·无字天书》

孙文波认为欧阳江河这首诗带有翻译体和仿写、改写的特征："不管现在承认不承认，但当时很多人的确从西方现代主义诗歌中学到了不少东西。像欧阳江河的《悬棺》一诗，当时他写这首诗时，正是读了钟鸣主编的一本诗选后，那本书里有孟明翻译的圣-琼·佩斯的《远征》一诗的几段。在这之前，人们对现代诗的理解最关键的一点是它的分行排列形式，但圣-琼·佩斯这首诗却像散文一样是以段为单位的。还有就是欧阳江河在《悬棺》中有一句诗：'所有的死亡都是同一个死亡'，让人读到觉得好像很有玄秘的神秘主义色彩，其实这一句不过是墨西哥诗人帕斯的《瞬间》一诗中的句子'所有的瞬间都是同一个瞬间'的改写。"（孙文波《还有多少真相需要说明——回答张伟栋》）

2021 年，欧阳江河在接受何平访谈的时候针对当年的《悬棺》又提供了一些看法。比如孙文波说《悬棺》这首诗受到了圣-琼·佩斯《远征》的影响，欧阳江河自己也不否认，当时他确实正在考虑改变当时"抒情诗"的写作面貌，尤其是开始尝试语言的综合使用："是不是还有新的可能性？中文还有没有其他的写法？我把这个问题搁置在脱胎换骨的痛彻层面加以拷问，加以鞭挞。我把当时看到一些港台腔的翻译也结合进来，邀请其他语种的诗人（经由翻译的中介）共同参与我内心深处的中文之问：阿莱桑德雷、里尔克、聂鲁达、叶芝，以及一点点的圣-琼·佩斯，一点点的庞德。为什么是一点点？因为整个二十世纪八十年代，我只读过很少的圣-琼·佩斯，读到的庞德也主要是他的早期作品。庞德的大作《诗章》，我在 1985 年读到过一小节，好像是张枣翻译的（也许是柏桦译的），那一节正好是写中国历史的，写孔夫子，把中国古代史用另一种语言，一种完全散碎的、半神的语言写出来。我就看了一遍译文手稿，十分钟的短促阅读，带来极大的震撼。我想，哇噻，这也是诗歌。我暗忖这个东西我也可以写，可以拿到中文里来把它重新发明一番。"（欧阳江河《个人与文学史的延长线——关于欧阳江河四十年诗歌写作的对谈》）

1986 年翟永明到山西太原参加《诗刊》第六届"青春诗会"的时候，把欧阳江河这首诗给于坚和韩东看，韩东看完之后说"拜托欧阳，诗不能这么写"。欧阳江河也认为韩东的意见是对的："《悬棺》这种诗不能写第二次。它就是一个怪物，一半汉语和一半中文加以杂糅，无论对于诗学批评还是对于翻译，它都是一种近乎灾变的折磨。"（欧阳江河《个人与文学史的延长线——关于欧阳江河四十年诗歌写作的对谈》）

不合时宜

吉奥乔·阿甘本在《何谓同时代人?》开篇追问的是："我们与谁以及与什么事物同属一个时代?"直至今天，这个疑问仍然不会终结。

我们必须追问：在"同时代""同时代性"的视野下一个诗人如何与其他的诗人区别开来？一个真正的写作者必须首先追问和弄清楚的是"同时代"意味着什么。

罗兰·巴尔特说"同时代就是不合时宜"，尼采也做出了类似的精神回应。

同时代人就是不合时宜的独立个体，是持有某种清醒、分裂甚至歧异的个人观念和行动实践，就像是本雅明的"土星式的淡漠忧郁"。这最终体现的是主体世界的震荡过程，而写作者将因此震荡而变得更加孤独和另类，正如谢默斯·希尼评价华兹华斯时所说的："他感到自己在所熟悉的人和所爱的人之中如同一个叛徒。为了忠实于他自身的某部分，他必须背叛另一部分。个人内心的状态因而被震撼，而意识中的冲击波则反映了周围世界的动荡。"（谢默斯·希尼《地方与移位：北爱尔兰近期诗歌》）

世界的动荡会让我们看到那些不合时宜者的忧郁的面孔，"我坐在这不可收拾的破烂命运之舟上，竟想不出办法去找一个一年以上的固定生活。我成了一张小而无根的浮萍，风是如何吹——风的去处，便是我的去处"（沈从文《一封未曾付邮的信》）。

不合时宜并非是一个引人注目的姿态，而是诗人个体主体性的最基本要求。显然，雷平阳就是一个不合时宜的写作者。

不受欢迎的人

雷平阳是一个不受欢迎的人。

"讲故事的人"需要遵从一个本质化的古老法则，即"口口相传"，但是吊诡之处正在于新旧裂变中倾听者消失了，"——天啊，云南已成焦土／跪在父亲的坟头，我把泪水／一半给了蚂蚁，一半给了自己的嘴"（雷平阳《清明》）。

废墟、焦土给讲述者带来了重重考验，"到处都是废墟，满眼都是荒草、藤蔓和杂树，我的田野调查一度陷入困顿"（雷平阳《我诗歌的三个侧面》）。废墟是时间的最后躯壳，面对废墟的讲述者正是试图校对时间的人，"谁校对时间／谁就会突然衰老"（北岛《无题》）。

当年的特德·休斯也是带有原始精神和宗教力量的异端写作者，他也一次次写到废墟。"诗人则是废墟中的漫游者，灾变使他与安慰和哲学隔绝。"（谢默斯·希尼《心灵的诸英格兰》）

在分裂的语境下讲故事的人还不得不付出代价，因为他要诉说、流泪，他要痛苦、撕裂，浑身都是暗疾和隐痛，然而难堪的是听他讲故事的人越来越少，能听懂这些故事的人更是少之又少。

　　有时，心情不错

　　他就绕道前往一个个荒僻的村庄

　　坐在石碑上，给村民讲解北回归线

　　村庄里没什么人了，都是些

　　灵魂出窍的老人，听不明白是什么线

　　一口咬定，这线，就是一条看不见的

　　鬼走的路线。他也不反驳

　　跟着大家笑得满脸掉尘土，或者

　　什么话也不再说，静静地抽烟

　　　　　　　　　　　——雷平阳《无人车站》

讲述者成了一个不受欢迎的人，因为他的讲述内容无人再有同感，尽管他一直在诉苦和絮絮叨叨地回忆，"春草稀疏的江岸欠我一幅骑牛图／平坦的田野欠我一幅农耕图／小路欠我几个额上流汗的农妇／池塘欠我一阵蛙鸣和捣衣声／屋顶欠我丝绸一样的炊烟／寺庙欠我一个个心事重重的香客／村庄欠我天人合一的生活现场／树荫欠我讲故事的人／以及那荒诞不经的故事"（雷平阳《去白衣寨》）。

村庄亘古不变的秩序、样貌和稳定性已然终止，乡村"永恒的瞬间"消失了，讲故事的人也沉默了……

布　景

　　摄影需要主体和背景，在更早的时候背景是由布景构成的，名副其实地在一块布上画上流行的建筑或风景。推而广之，一个时代影像也是由个体和整体的背景搭建起来的复合结构。

　　当年的余华在浙江海盐老家拍照，背景是一块描画着天安门图像的布景，"照片中的我大约十五岁，站在广场中央，背景就是天安门城楼，而且毛泽东的巨幅画像也在照片里隐约可见。这张照片并不是摄于北京的天安门广场，而是摄于千里之外的我们小镇的照相馆里，当时我站着的地方不过十五平方米，天安门广场其实是画在墙上的布景。可是从照片上看，我像是真的站在天安门广场上，唯一的破绽就是我身后的广场上空无一人"（余华《十个词汇里的中国》）。

　　余华在南方小城是通过照相馆里的天安门画像背景来认识北京和中国的，多年后他真实地站在天安门前的那张照片被国内外刊物和媒体广泛使用。

　　雷平阳远没有余华那么幸运，作为乡村孩子，他对北京以及中国的认识比同时代人要晚上好几年。他留下的第一张照片，没有任何布景……

C

残

雷平阳说："我非常渴望做一个云南山川之间的行者，它的陌生、温暖、梦幻、迷失，它的远在天边的自由与孤独，它的扑面而来的不可知，它人类童年期的记忆，它白银时代的神灵和英雄，它的创世古歌和英雄赞美诗，它还预留着体温的土地，它的阿央白和司岗里……可惜我至今听不懂巫师的符咒，也无力解读那魂路图上不朽的乡愁，更把握不了被切割的自成体系的山川之间的生死哲学……"（雷平阳《故乡对我写作的影响如土地之于物种》）

白族有生殖崇拜的阿央白，佤族有史诗《司岗里》，然而它们的后裔基因被强行改变了，"创世"的声音越来越遥远了。这是典型的梦想诗学和原型神话彻底衰落的时刻，世界主义轰响的巨轮已经无处不在，原有的空间秩序和时间结构被彻底击碎。雷平阳发现、留意和注目的往往是残缺的事物和破败的空间，他甚至对此有着近乎本能的挂怀和忧虑："这些年，我一次次到过哀牢山、乌蒙山、横断山和不少的不知名的山，很多山中小镇和寨子因为人力外出而日渐清冷，甚至沦为废墟，特别是另起炉灶建设新农村集镇，那些搬空了的旧日村寨，当你走进去或站在旁边的山丘上俯瞰，你都会发现它们的灵魂已经不存在了。"（雷平阳《驿站：南糯山记（二）》）

既然奇迹和原文不可能再现，既然到处都是废墟和空壳，那么只能用挽歌和夜歌的方式来书写一个个残破的瞬间，来记述一个个陨灭的故事。最后，招魂者也将面临灭顶之灾。这是一个人最后的乌托邦面对异托邦的时刻。

草　垛

今夜没有露珠浸湿干草。

树荫之下也没有水汽；

风吹吹停停，干燥而轻悄

——雪莱《黄昏：在比萨马勒》

顺着雪莱干燥而轻悄的草垛，我们注意到它们是"大地伦理"或"大地共同体"的表现物、剩余物以及最后的证物。

草堆曾被赋予了农耕文明的温暖光环。

威廉·燕卜逊（1906—1984）对草堆和割草人有着这样的描述："在这些草堆中，他感觉他自己即使没有标记一切，也标记了一片巨大的领域，作为一种典型的形象他修割了世界上所有的草堆，在每一处，大自然都赋予他神圣和神奇的荣耀。"（哈罗德·布鲁姆《诗人与诗歌》）

在 1972 年爱尔兰的黑夜中，一个诗人则在为卑微的命运寻求干草般的温暖和慰藉，"这些漫长的夜晚／我将搬带来安慰的／干草，任何给牲畜棚／做铺垫的东西"（谢默斯·希尼《饲料》）。

威廉·福克纳也曾享有如此惬意的时刻："他仰卧在俄亥俄州的干草堆上。温暖的干草几乎盖没了他的大腿。干草吸收了整整一个夏季的阳光，将他托起在干燥、发出嗞嗞声的温暖之中。"（《那么现在该干什么了呢》）

雷平阳眼中滇东北大地上的草垛是时间的废墟和最后的温暖窝巢，"人烟很少的山上，百分之百的红土，收割后的荞秸垛，保持着一定的距离，分别堆放。远看，它们像歇脚的云团；近看，它们红色的躯干很像一大堆血管。有放羊的人斜靠着它们，它们是抵御冷风的庇护所"（雷平阳《远处的秋天》）。

草垛是大地收割之后最后的残余物，"只有草垛。草垛，草垛，稻田溃走时寄存于大地的包裹；草垛，草垛，秋天的新娘带不走的细软！我看见它们一包接一包地摆放在田野上，像冬天王朝寄不走的邮包。同时，它还像收敛阳光的一个个磁场。阳光，这天空的奢侈品，守财奴临终之夜抱不住的金币，它们潮水一样涌向草垛"（雷平阳《草垛，草垛》）。雷平阳连用两个"草垛"，这是压抑不住的呼唤方式，这是乡村抒情的高光时刻，自此之后就是黄昏和暗夜的到来。

在现代性和城市化的推动器面前，草垛已然成了时代废弃物，草垛属于破碎中的最后乡村遗骸。诗人不得不对那些消失和正在消失之物报以格外的关注，也不能不对那些现代性和城市化时代的现实之物报以以卵击石般的不解和失败之心。

测绘员

卡夫卡笔下的"土地测绘员"同样是雷平阳的精神肖像，"我非常喜欢'乡村测绘员'这一命名，它的确十分到位地概述出了我的写作态度。客观、准确，但又饱含地图般的迷幻，这是我乐此不疲的写作方向。需要说明一点的是，在我的乡村地图中，也许每一根笔直的线条都存在着想象。没有想象或许才是最大的想象"（雷平阳《83路车上的一个乘客》）。

作为文学领域的测绘员，他的重要责任在于用语言与地貌进行一次次精神对话，他要一次次纠正、确定精神的坐标和参照物，尤其在大地伦理遭受到挑战的时候这一责任会变得重要而又充满分裂和焦虑，"一再地，他描摹着自己的那些机缘性的思想与产生它的复杂地形，在写作的庞杂话语风貌之下，透露着他所生活于其间的各种隐藏的和公开的状况，直到显出思想的地貌。重要的还不是它本身，而是能够把一切观念与经验置入这个思想的地形中进行言说。他的话语是地貌、地形赐予的语言，日渐从柔弱变得粗粝。没有这个坐标，一个人就会随风而逝，他的脚下没有地形的根基"（耿占春《地形测绘员》）。

茶　山

我一次次看到这样的情形。

雷平阳坐在云南的茶山上，正对着镜头，表情严肃甚至微微皱起了眉头，身后是一片古树和石块，脚下是经年的落叶。我听到了类似于玛格丽特·阿特伍德的叹息声，"现在我们在故乡的土地——陌生的领土上"。

雷平阳从 2000 年开始一直行走在云南的六大茶山，即基诺山、革登山、莽枝山、易武山、蛮砖山和倚邦山。他是田野考察者，也是民俗学者，同时是行者和游方僧。对云南茶山的考察涉及地域文化、民族文化以及植物学、文化人类学以及地缘经济学等等。正如雷平阳所言："20 世纪 90 年代末期到 2010 年以前，我经常在版纳、临沧、德宏、红河几个州跑。我去版纳不是调查茶山，相反，是因为对当地的少数民族感兴趣，想了解他们的生活。"

在寻访茶山、丛林、古寨的过程中，雷平阳一次次确认"遥远的目光里，是民族的起源"（列维-斯特劳斯）。他始终怀有终将丧失的焦虑和悖论，"茶神在山上，虽说其本义缘起于万物有灵的茶山文化传统，可'茶神'在承担山神身份的同时，还意味着今天的道义、诚信、律条与良知，如一尊多面佛，肃立在众路分岔的地方"（雷平阳《茶神在山上·自序》）。

在走访、考察六大茶山的过程中雷平阳拍摄了大量的黑白照片，它们中的一部分收入到《天上攸乐——普洱茶的八座山和一座城》《普洱茶记》《八山记》《茶神在山上——勐海普洱茶记》等书中。

这些黑白影像携带了亡灵的味道，关于茶山、山寨、废墟、街道、山林、坟墓以及各种无名的人像一起组成了过去时的影像，它们牵扯出地方根性、空间记忆和民族历史，只可惜它们越来越多地沦为了废墟和遗迹，"假如照片上的人是我们的熟人而目前却远在他乡或者已经去世。在这样的场合，照片比大多数回忆或纪念品更加令人难忘，因为它似乎预言性地确认了由缺席或死亡所带来的不连贯性"（约翰·伯格《摄影的含混性》）。

蝉

2018 年，酷夏。不时有聒噪的蝉声从北京八大处以及西山的树枝深处传来。

按照幼虫在地底蛰伏的时间长短，蝉可分为 1 年蝉、5 年蝉、13 年蝉以及 17 年蝉，它们在地面的存活时间都非常短，是适宜在地下和黑暗中存活的生物。

在基诺人的世界里，蝉就是孤魂野鬼的化身，"基诺人认为，蝉是人间通往天国的路边，那些孤魂野鬼的化身，它们的任务就是不停地叫，叫到天国和人间的门都打开。我觉得他们说的是诗人。我的写作就是叫，哀鸣。这不是反思的结果，是本能"（《"我只是自己灵魂阅历的记录者"——雷平阳访谈》）。

一连半个月，我和雷平阳在山脚的住处时时都能听到八大处那些不分昼夜的蝉鸣。于是，我就有了极其怪异的感觉，这些蝉有灵魂，有因果。

> 背板排水
>
> 腹部有发音器。三只单眼。以帝王蝉
>
> 为偶像，孤单地探索着一只蝉在叫声响起
>
> 之后，寡居、孤鸣的正义
>
> 同时铆足了劲，将自己固定在前赴
>
> 声音戛然而止的演唱会高潮的途中，像一个
>
> 洞窟里对着自己反复赌咒发誓的
>
> 隐修的老和尚。
>
> ——雷平阳《瓮中之蝉》

长　诗

雷平阳非常擅长写作长诗。

在总体性精神失范的情势之下，长诗可以作为一个时期诗歌的综合性指标。长诗最能考察一个诗人全面的写作才能，这是对语言、智性、精神体量、想象力、感受力、判断力甚至包括体力、耐力、心力在内的彻底而全面的考验。

确实，长诗对诗人的要求和挑战近乎是全方位而又苛刻的，不允许诗人在细节纹理和整体构架上有任何闪失，同时对诗人的思想能力、精神视野、求真意志以及个人化的历史想象力提出了更高要求。

雷平阳的系列长诗《郊区》《渡口》《采访纸厂》《松树》《村庄，村庄集》《怒江，怒江集》《地上的阳光》《祭父帖》《去白衣寨》《大江东去帖》《春风咒》《昭鲁大河记》《基诺山》《某》《鲜花寺》《修灯》《焚稿》《蔚蓝》《畹町》《化念山中》《松鹤图》《湖上诗章》《动物园》《夜晚的晴空》一直强化了他作为总体性诗人的精神主旨和写作方向。

这些长诗中反复出现被时代、社会和现代性力量所闲置和荒废的物象、器物以及大大小小的残破空间。它们对应了一段历史记忆、社会构造和心理痕迹，代表了更具命运性和寓言化的本质关联。无论是对一条消失的小路、一座颓圮的寺庙，还是对废墟以及流到中途就消失的河流，雷平阳一直都有追挽"逝去之物"的冲动；"时间的纵向刻度上发生的一切，我以为是一个个空间的联结体在平行的进程中展示其幻象。那些灭亡的王朝，那些死去的人，他们并未消失，只是他们所在的那个空间我们尚无深入的法门。"（《勐宋山：沧海与白雾》）

虚无和迷幻中的"废弃物"作为最后的见证者角色揭开了沉重的事实,"它们是独一无二的、巴洛克的、民俗的、异国情调的、古老的物品。似乎与功能计算的要求相抵触,它们回应的是另一种意思:见证、回忆、怀旧、逃避。我们可能会倾向于去把它们视为传统和象征体系的劫余"(让·鲍德里亚《物体系》)。

雷平阳在长诗中不断使用一些似是而非的充满了矛盾和互否的词语,这再次印证了写作与现实之间的强烈龃龉。

唱 书

在昭通地区民间最流行的传统曲艺方式是唱书,又称念书、小说书。

唱书人手执唱本边说(白)边唱,大体有固定的底本,以传奇故事为主,比如《柳荫记》《蟒蛇记》《白鹤记》《凤凰记》《八仙记》《大孝记》《三元记》《三孝记》《富贵图》《摇钱树》《四下河南》等。

这一唱书形式基本没有乐器伴奏,其唱腔以五字调、七字调、十字调以及莲花落为主,夹杂当地的方言土语。

白天唱书的地点大多是在空地、街头和茶馆。夜晚唱书是在火塘旁边,听众以火塘为中心围坐,这成为古老的倾听姿势。在雷平阳早年的乡村生活中他深深痴迷于唱书,"这次瞎子再没叫停,直唱得我有气无力,也将一弯残月唱到了天上,冷冷地照着瞎子满脸的泪水。瞎子从秋风中站起来,四周的杨树叶立即填满了他坐的地方。'回吧。'瞎子说,然后伸过干枯的左手。拉着他回家,至今我想起来,感觉是拉着一个影子"(雷平阳《我跟瞎子学唱书》)。

请注意,民间的唱书人竟然是一个"瞎子",他们是"非正常人"。"异端的人""残缺的人"秉承了这一特殊的传统技艺。

超级细写

雷平阳极其精通"超级细写"。

感官化和超写实主义式的精确再现像摄影术一样的直观、真切。在镜头般的拉伸、移动、放大或者背景虚化的过程中，真切的绒毛般的质感被放大和强化为感官化体验。这一切如此真实但又经过了作者精心的摆放、筛选甚至过滤和变形。比如雷平阳《白鹳》这首诗，近景和远景通过虚实相应的方式得以并置、互现、共通："三只白鹳，一动不动 / 站在冬天的水田 / 水上结着一碰就碎的薄冰 / 稻子收割很久了，冰下的稻茬 / 渐渐变黑。它们身边 / 是鹳的爪子和倒影 / 寂寥而凄美。水田的尽头 / 白雾压得很低。靠近尘世 / 三棵杨树，一个鸟巢 / 结了霜花的枯枝。在冷风里 / 一枝比一枝细，细得 / 像水田这边。三只白鹳 / 又细又长的脖子里 / 压着的一丝叹息"。

这首《白鹳》看起来有些像以阿兰·罗布-格里耶为代表的法国"新小说"派，物的地位亦即"物本主义"得以空前强化，如阿兰·罗布-格里耶的名言："世界既不是有意义的，也不是荒谬的，它存在着，如此而已。"

无论是物本主义还是人本主义，它们都在雷平阳的写作中得到了一以贯之的彼此呼应。

现实和历史需要细节来保存并获得拯救。经由超级细写雷平阳得以揭示并进入历史和人性的整体象征体系，这成了很多重要作家的共同选择。他们不约而同地从细节之处出发，最终却揭示了整整一个时代的本相："一般来说，根据经验原原本本地叙述一个时代的面貌，要比再现那个时代的人的心态容易得多。人的心态并不存在于官方的事件中，而是最早存在于细小的个人生活插曲中。"（茨威格《昨日的世界》）

雷平阳的细节呈现和场景物态最终提升为现实物候和精神气象。自然秩序瓦解，乡土法则土崩，前现代性的时间终结，如何在这一严峻时刻继续写作和发声？在这一精神断裂和灵魂无依的严峻时刻，诗人要想有效发声确实是太难了，因为以往的参照体系都不再生效，连华莱士·史蒂文斯都曾说过如此虚妄和痛苦的话——"我说过，我们突然记起灵魂已经不再存在。于是我们在飞行中坠落。那是因为，驭者和马车都不复存在了。结果是，象征没有变成非真实，因为我们的灵魂有了麻烦。"（《高贵的骑士和词语的声音》）

于是，诗人或者是在真实中寻找非真实，或者是在非真实中寻找真实。无论是真实还是非真实都在"断裂"年代变得如此吊诡而又尴尬，这是对诗人的及物能力、精神能力和语言能力不断制造压力的时刻，"在一个时代与另一个时代之间，词语的声音的变化是真实的压力"（华莱士·史蒂文斯）。

陈　超

陈超（1958—2014）和雷平阳的交往开始于2006年。

2021年，雷平阳给我的《转世的桃花：陈超评传》修订版写了一个序言《没有陈超的世界将更显空寂》。我把其中的两段话抄录如下，大家看看一个杰出的诗歌批评家是如何"对话"甚至影响一个同样杰出的诗人的。

2006 年前后，林建法先生主持的《当代作家评论》组织了一个关于我诗歌的评论专辑，其中一篇《"融汇"的诗学和特殊的"记忆"——从雷平阳的诗说开去》，是陈超先生手笔。他从"融汇"与"记忆"论我，当时我被吓了一跳，认为他目光如炬，一下就找到了我写作的策源地。尤为重要的是，这篇文章里，他是第一个对我写作的"综合能力"做出充分肯定的批评家，等于在我的心脏上安装了几台马达，"命令"我继续动力十足地写作。如此知遇之恩他赐赠过无数人，我不因为自己只是其中的一个而认为分量不重，重，非常重。

一个以山峰为道路的人，他送给每一个人的礼物都必然是山峰。所以，后来的两次见面，也就是我们终于面对面地坐下，我的记忆中，他均无心于闲聊、酒席，而是坐在我的对面从他的口袋里，不停地把火焰、冰山、燕鸥、海啸……摆放到桌面上，他的肯定与激励，充满了召唤与接引。面对这么一个身上带着彩虹或鹊桥的智者、美的信徒，我受益良多。特别是其对生命诗学、噬心主题和独立人格之于诗人的洞见与阐释，令我如见一线天光。

陈　黎

1999 年，雷平阳终于找到了自己的真爱——陈黎。2005 年，他给心爱的人写了一首《献诗》："我希望你永远消耗着我的生命／让我们一起瓜分：这么多的尘埃和空气／这么多的劳役和汗水……／说好了，我多分一点，就一点／说好了，你是我的女儿，你有足够的理由／指使我，在家里，在世上，在空中／不停地飞奔。我们都厌倦了／人多事多的生活，那里面埋藏着太多／不可告人的秘密，虚伪和背叛还是次要的／有的甚至是罪恶……但这并不妨碍／我们一再地使用拒绝的技术／除了你，谁又曾一直默默地庇护过我／谁又曾谅解过我的过失？谁又曾／为我的付出而像你一样感动并投桃报李／明天是你的生日，我们一起生活了六年／就让我也媚俗地在此说说植物学里的玫瑰／'它一般有五片花萼，在其叶柄基部／就连刺芒也总是成双成对。至于它的花蕊／雌蕊总躲在花托中睡眠，雄蕊则自生而始／一直守护在花托边缘，直到死。'／尽管它的花期最长也只有八个月／但詹姆斯说：'远远不止于一万年／甚至更长。'我的意思并非想以这蔷薇科植物／象征什么，时间史、伦理学和家庭史／我只是想说，在中医领域，它的药用价值／也许可以作为我们生活的参考／'性温，味甘，微苦／可活血止痛，可解郁行气。'"

陈黎是白羊座。

在她的眼中雷平阳是一个"身体里面装满了沙子的人"，"这些沙子融入了他的身体，成就了他的生命意义，而他乐于接受这份责任，他觉得这是他活着的意义"。

沉　河

雷平阳曾做过《大家》杂志的编辑。

1998 年夏天，武汉的沉河在鲁西西的建议下把刚完成的几篇散文邮寄给了昆明的《大家》编辑部，那时主编是李巍。

这年年底，12 月的一天，正在湖北某中学担任高中语文教师的沉河在教学楼下的门房接到了一个嗓音低沉的外地电话，电话那头正是雷平阳。三个月后，沉河收到了《大家》1999 年第 2 期的样刊。"没有全部发，发了一半，两万多字，总题目叫'游戏之梦'。我在照相馆正襟危坐的大幅照片和几乎没有几个字的简介赫然占了半页纸。又过了两个月，一张两千三百多元的稿费单引起了全校的轰动。那时我的工资一个月不到一千元。那期《大家》给我带来的影响巨大。很多认识的朋友重新认识了我。"（沉河《"把诗歌写在密封的心脏"——我给雷平阳做编辑》）从此，雷平阳和沉河的交往开始了。雷平阳几乎所有诗集的首版都出自沉河负责的长江诗歌出版中心。正如沉河所说："我给雷平阳做编辑。"

尺寸·位置·功能

摄影是一种特殊的讲述方式，具有视觉化、感官化和欲望化的修辞功能。这需要认知、阐释也需要剖析和甄别，因为摄影不可避免地掺杂了个人态度、经验过滤、社会成见、道德眼光、伦理判断以及历史意识的概念化。

照片的颜色（同样一张照片其是彩色的还是黑白色的，观看效果会完全不同）、尺寸以及存放和使用照片的空间（比如相册、档案、证件、报纸、橱窗、电视），悬挂照片的场地、居所和建筑（公共空间与私人空间）也会起到非常不同的功能。比如一个 2 寸的照片放大几倍之后就是遗像的大小，比如一张照片继续放大到展览尺寸则会起到强烈的视觉刺激和精神引导作用，而一个悬挂在公共空间或广场上的照片则是政治文化和意识形态的表征。

如果祛除了时间背景和必要的说明文字，影像的功能和指向有时候充满了含混性："照片上确定无疑的信息只有马头上套着的缰绳，而这显然不是要拍这张照片的真正缘由。光是看着这张照片，人们甚至弄不清它究竟是什么样的：是一张家庭照，还是一张报纸上的新闻照，抑或是一帧旅行者的快照？会不会照片不是为那个男子，而是为那匹马儿拍摄的？那个男子会不会只是一个饲养员，牵着自己马儿的饲养员？他会不会是个马贩子？要不，这是某部早期西部片当中的剧照？照片当然提供了无可辩驳的证据，表明这个人、这匹马，还有这根缰绳是存在过的，却丝毫也没有告诉我们他们的存在有过什么样的意义。"（约翰·伯格《另一种讲述的方式：一个可能的摄影理论》）

重返盐津

1990 年 7 月的一天，雷平阳和朋友再次经过盐津。

突如其来的一场极其罕见的大暴雨凭空而下，而更让人想象不到的是雷平阳看到了他的前女友和别的男人在大街上共打一把伞……

多年之后，雷平阳再返盐津。

一切都变了，仿佛一只时代的大船所有的材料和部件都被替换成了新的一样。雷平阳真真切切地成了一个"陌生人"："1980 年代中期，我到盐津县工作时，关河、白水江、横江、金沙江都是奔流的，自由的，这个月初我又回去，它们都被一座座电站腰斩并变成了不动之水。这些古老山川孕育的山水文明，与之对照，显得非常荒诞。"（雷平阳《诗歌本未没落何来复兴》）

此后，雷平阳笔下的盐津更多是带有虚拟、寓言和想象化的元素，"盐津"可以被替换为任何其他别的地方。"这日，吊桥上同样地铺满了凉席，坐或躺满了人。突然起了一阵浩浩荡荡的江风，把吊桥吹翻了，上面的人统统落入江中。大江的黑暗，给打捞工作带来了巨大的困难。事后统计，二十三人获救，七人下落不明。"（雷平阳《江水三

题》）

出　处

说到雷平阳的"精神出处"我们的目光会不由自主地转向他写作中的"云南空间"。

这一特殊的精神世界和修辞空间关乎他的个人成长史和写作发生史，关乎他前现代性的母体与乡愁，关乎一个写作者的伦理和操守。写作者的"地方血统"可以获得发言的权利，甚至在某一个特殊的时期占得优先权，但是这种方言属性的话语权利一旦在写作中定型，其危险性也会接踵而至。

考察一个人的写作，最终还是要凭借语言活力、写作效力、思想载力以及精神膂力。

当年汪曾祺在谈论沈从文的时候反复强调沈从文是"凤凰人"，而今天人们谈论雷平阳的时候为什么就不能说他是"云南人""昭通人"或"乡下人"？

> 一直以来，苗民都自称"乡下人"，在他人眼中，也总脱不去乡下人的模样。这个称谓就如同一个自制的迷宫，格局像苗民居住的寨子，不设主路，而是许多小道错综交叉，用以迷惑外人。
> ——孙德鹏《乡下人：沈从文与近代中国（1902—1947）》

我认同汪曾祺对沈从文的评价："他从审美的角度看家乡人，并不因世俗的道德观念对他们苛求责备。"我想这句话也应该适应于雷平阳的写作。而反过来看，沈从文一生的人生教育和文学教育恰恰不是来自某个人和某个学校，而是来自湘西的山野河流。这是精神的母体和最初的胎教。

我的耳边响起的是沈从文一直强调的"我总是那么想，一条河对于人太有用处了"。

雷平阳所说的"山水课"与此同理。

无疑，雷平阳是有精神出处的写作者，这也是他三十多年来的写作宏旨或精神底线："多年来，我希望自己永远都是一个有精神出处的写作者，天空、云朵、溶洞、草丛、异乡、寺庙、悬崖，凡是入了我的心，动了我肺腑的，与我的思想和想象契合的，谁都可能成为我文学的诞生地。"（雷平阳《乌蒙山记·自序》）

这一精神出处更多来自"云南"，但需要强调和纠正的是这并不意味着雷平阳是一个封闭的地方主义写作者。"云南"在他这里是入口、切口、样本，是精神出路或退路，是一个个有机的精神空间，是可以不断生成意义也可以不断消解意义的想象世界。

正如当年海德格尔所说："唯回溯到世界才能理解空间。"

对于很多云南作家而言，"云南"似乎是不言自明的，但是对于真正的作家来说要想写出真正有效的"云南之书"是需要在诗内、诗外下长年的苦功夫的，要从个体、小处、细微处以及熟悉之处、陌生之地寻找、拓殖。这印证了温德·贝尔所说的："如果没有对个体所在地域的充分了解，不忠诚于建立在了解之上的地域观念，地域不可避免地将会被利用甚至于破坏。"也正如昭通的杨昭所说："我正在埋头写一本《神灵游荡的高原》，写的就是昭通这块土地上的石头、水、草、土地、房子、农具、家谱和亡灵……为写这本书我差不多走遍了整个滇东北高原。我可能会一再改写、重写，推迟它面世的时间，因为在写作之时我才发现我对这块自以为十分熟悉的土地事实上一无所知。它的物质实况和它的内在精神绝不是单凭走走看看听听记记就能把握住的，我必须以一种真诚与客观的态度重新去认识它们。我梦想自己能写出一本'昭通之书'，为了这个让人心跳过速的愿望，我什么苦都肯吃。"（《群峰之上的夏天——云南昭通文学现象调查》）

"精神出处"对于雷平阳来说是辨认、验明、确认、判定自我的出处和坐标，他必须在变形和挤压的时间空间中不断调整。这既是社会现实的结果，又是精神现实不断寻找契合点和突破点所致："他极其需要准确感知自己每时每刻所在之处；判定各种距离；确定倾斜的角度；推定每时每刻自己脚踏之地的岩土材料和地层情况，至少要达到地下相当的深度；通过测量和划定界线首先为自己造出一个个空间，作为'纯粹的纸上形态'，借助这些形态，他甚至也拼合自己（至少是短时间的），让自己不受到伤害。"（彼得·汉德克《缓慢的归乡》）

雷平阳在"云南"获得了属于自己的人生阅历、文化教育以及习气禀性、精神生活。这是"人气""地气"和"天气"的时时贯通。一个人与云南、中国乃至世界的关系最终只能落实为语言。具体到雷平阳，文本中的"云南"不是外在于主体的，而是肉身、灵魂以及历史个人化的延伸和综合。这其中既有一般旁人感受不到的深情、热爱又有着自责、虚妄、无着和焦虑。这也是雷平阳反复写到杀伐、自戕和各种非正常死亡的原因所在。

你不能阻止一个幸福的人放声歌唱，同样不能阻止一个悲痛的人放声大哭。

出　走

回到昭通一年零五个月之后，也就是 1991 年夏天，雷平阳决计出走。"由于当时的报社领导是写古体诗的，看不惯他写的新诗，经常说他编辑的诗歌不是诗歌，在几个吸大烟筒的老者的排挤下，被置之死地而后生的雷平阳愤然离开。"（黄代本《雷平阳：为云南的大山立传》）

这让我想到瓦尔特·本雅明曾经说过的一句话："因此，有一件事是绝对无法再去尝试的：未曾从父母身边逃走过。"（《回来吧，一切都得到了原谅!》）

这一年夏天，昭通闷热而多雨，而雷平阳也经历着人生的又一个挑战。此时，雷平阳决定出走昆明，为生存所迫也为情志所苦。那些天，母亲一直在泪水中挽留雷平阳，但几个月之后，雷平阳还是踏上了离乡之路——

> 母亲和父亲都没露面，只有妹妹来送我。几年后我才明白，母亲之所以没来车站，除了伤心外，还忌一个"送"字，白发人送黑发人，在昭通乡下的风俗里，是谁都避讳的。
>
> ——《关于母亲的札记》

离开昭通的时候，心怀梦想的雷平阳写了一首诗《出了昭通路就平了》。可是，现实就是现实，它总会在一瞬间或在漫长的拉锯战中消磨掉所有与现实相龃龉的部分，"当时就想去这个世界闯荡，可世界何其壮阔，坐在汽车上，跑了一天还没跑出乌蒙山这颗泥丸的一半"（雷平阳《我是故乡的孩子，也是文学的病人》）。

处女座

一个人成长的草蛇灰线总会让我们来到他的起点。

一个人出生的那一刻，似乎在冥冥之中与今后的命运走向有了极其隐秘的关联。"我觉得自己好像一个中国的星象家，给一个人细批终身，预卜未来，那么清楚，那么明确，事故是那么在命难逃。中国的星象家能把一个人的一生，逐年断开，细批流年，把一生每年的推算写在一个折子上，当然卦金要远高出通常的卜卦。但是传记家的马后课却总比星象家的马前课可靠。今天，我们能够洞悉苏东坡穷达多变的一生，看出来那同样的无可避免的情形，但是断然无疑的是，他一生各阶段的吉凶祸福的事故，不管过错是否在他的星宿命运，的确是发生了，应验了。"（林语堂《苏东坡传》）

陈超说过："占星术是不坏的一分钟小说。"

在中国古代，天文学家为了观测日、月以及金、木、水、火、土五星而把黄道、天球赤道的恒星分为四组，每组七个星宿，故称二十八宿、二十八舍或二十八星。二十八星分为东方青龙七宿：角、亢、氐、房、心、尾、箕，北方玄武七宿：斗、牛、女、虚、危、室、壁，西方白虎七宿：奎、娄、胃、昴、毕、觜、参，南方朱雀七宿：井、鬼、柳、星、张、翼、轸。远在公元前270年，希腊诗人阿拉托斯在《物象》中就提到了四十七个星座。在西方的占星学上黄道分成相应的十二个星座，即白羊座、金牛座、双子座、巨蟹座、狮子座、处女座、天秤座、天蝎座、射手座、摩羯座、水瓶座、双鱼座。

大约在隋代，"黄道十二宫"传入中国，在宋代大为流行。

按照出生时间，雷平阳是处女座——雷平阳的儿子也是处女座。

对于自己的性格，雷平阳认识得很清楚，"我老是在干着右手与左手互不相让的拔河比赛，我即矛盾的统一体"，"生活中，我是一个极其枯燥、无聊的人，没有什么爱好，不会炒股，不打牌，聊天也聊得不好，随便跟人聊天，怎么把别人得罪了，自己都不知道"。

处女座的人一般来说记忆力好，责任心强，做事认真、有计划，有时显得较真而有追求完美主义的倾向，对人对事会比较固执和挑剔，甚至会有洁癖。

正如星相学所说的，处女座男性大都给人有思想、有智慧的印象，他们对世界的洞察力是一流的。从写作的精神气质来说，雷平阳一直是自我为敌式的矛盾写作——

> 决不与人为敌，只能铁了心地
> 往死里、无休无止地折腾自己
> 我想，这就像在铁屋子里
> 自己给自己开批斗会，没有什么
> 不可以，没有什么值得同情或反对
>
> ——雷平阳《行为艺术》

创伤记忆

雷平阳的写作带有极强的命运感，也不乏元素之诗。他的诗歌和散文更像是现实和寓言的结合体。值得注意的是这些文本都有他蚀心刻骨的与"大地情结"相关的"创伤记忆"："当人们承认了心理情结，似乎就更综合地、更好地理解某些诗篇。事实上，一篇诗作只能从情结中获得自身的一致性。如果没有情结，作品就会枯竭，不再能与无意识相沟通，作品就显得冷漠、做作、虚伪。"（加斯东·巴什拉《火的精神分析》）

这些不无特异的文本还来自他徘徊在废墟和旷野的特有的讲述故事的表情和叙述方式，来自他始终对现代性景观的警惕和对复杂人性以及现实场域的起底式揭示，来自昭通、云南以及整个中国空间一个个闪亮的针尖式的细节与创伤记忆。

这是一个人的"黑暗传"，他不断操持着怪诞的寓言。

垂直视野

雷平阳的老家是典型的山地环境。

具体到昭通以及云南的特殊地貌环境，尤其是高山、坝子以及河流与人之间的特殊关系，值得我们注意的是山地的自然环境、生活条件、生存方式以及文化形态对一个写作者的现实态度、世界观和文学观念产生的重要影响，比如雷平阳对地方空间的凝视和区域想象、底层叙事、死亡意识、现实关怀、乡愁情结、异乡人形象等等。

这是仰望与俯视同时进行的抒写，其中向上的视角使得空间更为开阔，但是这一精神维度的维持却更为艰难，"想从星空获得想象力，思想力，独白式的提问／首先就无比苍白，得到的回应／全是高攀不了的沉默／那一束束下射的光，一直没变／还保持着冰碛的温度"（雷平阳《昭通的星空》）。

与此同时，向下的姿态和平民视角使得雷平阳的写作一直关注着普通生命和身边的现实，"不是为了强调诗歌的乌托邦精神，而在于它非常及时地删除了我面前的十字路口，两条道路神奇地重叠在了一起，我要做的，无非是从迷幻或造像的场域中萃取诗歌观念的现代性，继而以仰视或平视的目光去寻找和发现动人心魄的诗歌元素，并最终归结于干净而质朴的语言"（雷平阳《我诗歌的三个侧面》）。

这种垂直视野凸显了"词与物"的原生关系，进而打开了具有强烈象征效果的真实和幻象同在的精神空间。"有那么一会儿，我似乎听到了它们的呼喊、吆喝与叹息。但也正是因为如此，我突然对登山失去了兴趣，索性平平地躺了下来，视角低过了草叶，身体低过了羽虫，一任蚂蚁在我的身体上没完没了地折腾。目光上看，天空与自己平行，几朵白云，在飞着，却没有飞的姿态，远离了飞，把清风清空为零。阳光很柔和，但在它的照拂下，空气里有山茅草的清香，蒿艾的药香，野枸杞的苦凉，大地约等于腐殖土，活泼泼地散发着持久而又绵密的母性气息。我感到这世间的各种气味，或穿透我，或洗涤我，或将我浮起来，为我在草根之间建起了一座气味学的醉人的小天堂……"（雷平阳《我诗歌的三个侧面》）

春秋笔法

雷平阳借助文学形象传达了自己以及同时代人的无根感和废墟式的体验："作为时间的亲人，我的朋友庞晃，几乎在昆明的每一座废墟中晃荡过、迷失过。世界一直在前行，他却一直在往后跑。用他的话说，他是在跟世界拔河，结果总是被世界手中的那根粗麻绳拖着跑，开始时拖在地上，激起漫漫灰尘，后来，就被拖得飞了起来，变成了世界手中的风筝。"（雷平阳《宋朝的病》）

这位喜欢收藏旧物的庞晃患上了罕见的"怀乡病"，这是雷平阳惯用的寓言和春秋笔法，"庞晃迷恋一切旧的东西，旧窗子、旧门、旧凳、旧桌、旧柜、旧石墩……如果谁能帮他把一堵旧墙搬回他的家，他也一定会笑得发抖"（雷平阳《宋朝的病》）。

这是一个过时的人，他对应于过往幻象以及当今世界的幻景，也印证了外物入侵时刻的紧张和不安，"他从密西西比河旁高高的悬崖绝壁上往下俯望，盯着一艘载有三个法国人的奇珀瓦独木舟——这印第安人几乎来不及旋过身子看背后有一千个西班牙人从大西洋那边横穿大陆而来，他还余下一点时间有幸看到各种外族人交替进进退退，速度快得像魔术师手中那些转瞬即逝的纸牌"（威廉·福克纳《密西西比》）。

词与物

关于"词与物"关系的估量已经成为人文学科的重要传统。

首先"词"和"物"都要经过现象学和考古知识意义上的还原、纠正。这是对惯性认识和传统秩序的拨正，是对熟悉的事物进行"动摇"，由此来重现词语和事物的本源和可能，从而重绘一个时代的语言和精神现象学，"本书诞生于博尔赫斯（Borges）的一个文本。本书诞生于阅读这个段落时发出的笑声，这种笑声动摇了思想、我们的思想所有熟悉的东西，这种笑声动摇了我们用来安顿大量存在物的所有秩序井然的表面和所有的平面，并且将长时间地动摇并让我们担忧我们关于同与异的上千年实践经验"（米歇尔·福柯《词与物：人文科学的考古学》）。

"词与物"是在场域中进行的。

这涉及词语和物体系的连贯性、相似性以及差异性、经验性区分，甚至在一些优异的作家比如博尔赫斯那里最终呈现出来的是"复杂的画像""紊乱的路径""奇异的场所""秘密的通道"和"出乎意料的交往"。

罗兰·巴特就认为每个看起来微不足道的词语背后都是隐含的复杂的地质构造，因为这不仅是一个历史化的过程，也会因为二者在不同时代所处的具体处境而发生诸多非文学的变化与龃龉，尤其是当世界发生巨变而激荡不已的时刻。

"词与物"的关系在20世纪80年代以来中国的写作语境中变得愈加紧迫。这不只是与写作观念有关，更与社会生活、时代情势和整体写作方向有关，"观念对于社会生活这部庞大机器来说好比机油与机器之间的关系：人们并不是站在涡轮机前用机油浇它，而只需往看不见但必须知道的铆钉接口里注入一点点机油"（瓦尔特·本雅明《单向街》）。这让人们思考的是现实中的焦虑、分裂、挫败感、道德丧乱、精神离乱以及丰富的痛苦与写作之间的内在关系，以及这些精神性的体验是否在文本世界中得以最为充分和完备地体现。

雷平阳的写作并非单纯地向终极意义上的诗歌文本"致敬"，而是带有强烈的精神自审以及时代大势之下的思想重力。正是在此焦灼的"词与物"的紧迫情势下，词语与精神互涉和洞开，而更多的时候则是二者之间的抵牾。

在一个失去象征的世界，在一个去除精神寄托物的时代，曾经存在于自然、乡野和世道的秩序、神秘和意义都瞬间土崩瓦解。一切都成了逝去之物，体验失去了根基。

不可逆的社会空间只能使写作者把头颅和视线时时转向身后，而如何能够重绘一份沦丧的、破碎的"精神地图"，成了多年来雷平阳未竟的工作。

社会的转换无形中改变了语言与世界的关系，改变了"词与物"的关系。从写作者来说，"词与物"的关联发生了倒置，这甚至是前所未有的，正如雷平阳所说"有些词，阳寿已尽，没了"。物取代了词，所以写作的无力感、虚弱、尴尬和分裂就成为普遍现象。这种词语无力感或语言的危机如何能够被拯救而免于颓圮就成了显豁的写作难题。由"词与物"的瓜葛，值得我们思考的是作者与现实和社会的关系。而这一关系在当下已经变得愈发复杂而难解，单纯躲避或者强烈反抗都仍然是二元对立思维的庸俗化判断。由雷平阳的写作方式我尤为认可列维·斯特劳斯所说的"象征世界的功能是在观念层面上解决现实层面上体验的矛盾"。

翠湖饮

在聚会中往往笑眯眯的雷平阳不喝酒的情况很少，除非情况极特殊。当然，他完全喝醉不省人事的情形我也没有遇到过，也很少听云南的朋友们提起过……

2021年7月13日，在昭通的夜色里，王单单和我说，最近雷老师的酒量好像小了！

失意的人和痛苦的人更容易与酒牵扯起来。

我本人不太爱喝酒，从家族遗传来说我的酒量又很差，但是也有过偶尔"酒胆"上来吓唬人的时候。

记得是在2014年冬天，我来昆明开会。晚上和雷平阳在翠湖东边的一个酒馆小聚，还有他的两个研究生。这两个女孩基本没怎么喝，不知不觉两瓶白酒我和雷平阳就喝完了。这还不算，又一起出来和周明全等人喝云南土酒。当时甫跃辉也正好在酒桌上，闲聊时他提起了陈超老师。那时陈老师刚辞世不久，我几乎时刻沉溺于黑暗与死亡的漩涡中不能自拔，又几乎夜夜失眠。我当时就接连喝了好几大杯的土酒。那夜居然没醉，趁着酒性还去了雷平阳的办公室写字……

在昆明的夜色中我想到的是明代的杨升庵（1488—1559），他在滇南流放长达三十余载，亦终老于此，也许只有夜色中的浓酒可以暂时息心，"酝入烟霞品，功随曲蘖高。秋筐收橡栗，春瓮发蒲桃。旅集三更兴，宾酬百拜劳。苦无多酌我，一吸已陶陶"（《饮咂酒诗》）。

雷平阳面对翠湖和大观楼发出的喟叹同样令人唏嘘——

之前登楼的几个少年

正在打赌：如果谁背诵不出

大观楼长联，就得从楼上

跳下去。跳到楼下风起云涌的

老年游客的汪洋大海中

"啪"的一声，谁都知道

世界马上就会

陷入暂时的寂静

——雷平阳《登大观楼》

村　寨

　　废墟代表了时间丧失之后的空间骨骸，正如那些已经空空荡荡的失魂落魄的村寨一样，"这些年，我一次次到过哀牢山、乌蒙山、横断山和不少的不知名的山。很多山中小镇和寨子因为人力外出而日渐清冷，甚至沦为废墟，特别是另起炉灶建设新农村集镇，那些搬空了的旧日村寨，当你走进去或站在旁边的山丘上俯瞰，你都会发现它们的灵魂已经不在了"（雷平阳《南糯山续记》）。

　　布朗族和哈尼族的传统村寨都是依据人的四肢和心脏来建造的，而对于新旧对撞中的这些村寨来说，显然心脏已经死了，灵魂也灰飞烟灭了。它们需要最后的招魂人！

　　但是对于特殊的人群来说，村寨仍是记忆的另一种空间形式，仍然是召唤记忆的最后结构。

当村寨以及房屋成为废墟，旧时间和空间结束，这是原心不再的分崩离析以及精神错乱的时刻。

母体消失了。

遗留物、空壳使得记忆的合法性不复存在，而人们观看它的视角注定是回溯、怀旧式的。废弃的房屋实则是亡灵的存在方式，"每一个守灵者都可能向你讲述一个故事"（雷平阳《拉车》）。

D

打鼓草

昭通地区曾流行一种锄禾民歌"打鼓草",是打鼓和歌唱相配合的形式,由歌词、套本和曲调组成。"套本由相对独立的唱段组成,从早到晚有请土地、办交聑、清早歌、接太阳、吃烟歌、立学堂、吃饭歌、唱古人、放风流、送太阳、连姣歌、送郎歌、收工歌、花歌、扬歌、茶歌等16章组成,每章都有特定的开头结尾,中间可以即兴编唱。唱词内容大多与自然、历史、社会、人生礼仪、爱情生活相关联。"(张荣《对昭通锄禾民歌"打鼓草"的保护与思考》)

"打鼓草"在不同地区会有一些差异,甚至负责领唱的鼓师会有即兴创作的成分。

《大家》诗报

20 世纪 80 年代到 90 年代是中国的民刊诗报的黄金时期，那是一个个诗人的心脏被激励和点燃的时刻。

于坚有一次去昭通，路边突然钻出一个人来对着他高喊："于坚，我请你喝酒。"于是于坚跟上那个从没见过的人，上了单车的后座，车子一阵飞奔之后到了一个酒馆，接下来就是喝高度数的苞谷酒……

那时，二十岁的雷平阳和昭通诗友都处于被青春和诗歌双重力比多的催发和刺激之下，这是典型的荷尔蒙爆棚期。

1986 年的时候雷平阳已经与陶永平、冉旗、陈衍强、陶永标、万声平等形成了一个诗歌圈子。1988 年 3 月，"大家"诗社宣告成立，后来又更名为"大家"诗群，成员是十三个人。"在盐津这几年，正是诗歌的浪潮风起云涌的时候，几乎在昭通所有的县都有他写诗的朋友。他一到昭通，多数时间待在西街二楼的木板房里，就有万声平、陶永平等人在冉旗的宿舍里出没。冉旗准备了许多大碗，每一次都用面条招待大家，几个人成立的诗社也就叫'大家'。"（黄代本《雷平阳：为云南的大山立传》）

《大家》诗报是铅印，到 1990 年初的时候已经推出了三期，影响不小。其间，雷平阳和冉旗各自印制了诗歌册子《红瀑》和《尘缘》。

一天夜里，雷平阳读到陶永平的组诗《木叶震响的地方》，颇为惊异，那些超验的怪异意象是他以前从没有接触过的。

从 1988 年 3 月开始，雷平阳和朋友办《大家》诗报的过程中，酒是必不可少的。"稿子编完，风雪更紧，酒量最小的万声平跑到街上，像个圣诞老人似的提回了三瓶昭通葡泉二曲，外加几袋 8 号花生。喝到兴致上，冉旗把陶永平的被褥抱起来就往外面跑，等我们追出去，他已经把被褥铺在了雪地上。漫天大雪中，我们就这样像坐着飞毯一样坐在雪地中的被褥上喝酒，直到天亮，雪地上的人仿佛一串披雪的草垛。说实话，那一夜我们真的不冷。推到极致的诗歌生活，不是谁都能承受的，也不是随便和哪个诗人在一起都可以营造的。"（雷平阳《何平小学》）

《大家》诗报以及"大家"诗群的集体公开展示是在 1990 年初，《诗歌报月刊》1-2 期合刊号推出了地方诗群大展，上面还刊载了雷平阳的《天堂守门人》以及冉旗的《黑色棉袜》。

透过《天堂守门人》这首早期诗作，我们可以看到雷平阳已经比较成熟的诗歌面貌，尤其是他寓言化的写法、怀疑主义的立场以及对草芥般"上不了天堂"的普通人命运的深切关注一直延续在此后的创作中——

> 在高高的天堂里
>
> 他们矮矮地守门
>
> 他们矮矮地守门
>
> 在高高的天堂里
>
> 我相信那天堂的门
>
> 形同虚设　昼夜敞开
>
> 他们坐在门下
>
> 欣赏进进出出的各路神仙
>
> 或者了望凡尘
>
> 那把手中紧握的大锁
>
> 不曾被用过又不敢放下
>
> 尽管他们比凡人更清楚

天堂的门

凡人的脚步永远也不可能抵达

我想他们比我还活得寂寞

把一生的日子过完了

见到的都是比自己高大的神

比他们矮小的凡人

比神多得多

他们却从没接触过

天堂的门前秩序井然

也许只有他们才会因

矮又不愿矮

高又高不起来

而弄出触犯天规的是非

但他们守门守天堂的门

作为上帝矮小的近邻

　　高高的"天堂"和俗世凡尘，二者都具有强大的精神吸附力，任何强调一方的沉溺和偏执行为都会导致精神偏差甚至悖谬，而雷平阳早就深谙此道。"圣洁也是吸血的。我们失血越多，对天国就热望更切。通往天国的道路被种种犯错的直觉磨成了坦途。没错，天国就是这些错误的产物。"（E. M. 齐奥朗《眼泪与圣徒》）

大地共同体

　　雷平阳的写作一直对应于大地共同体的诞生或崩毁。

"大地"并不单是空间维度的，而是对应了时间、文化和心理体系的，所以"大地伦理"既是生态环境伦理又是民族文化伦理。在固态的封闭社会，大地对应于人与环境之间的血肉脐带和命运关联。"康巴，每一片草原都犹如一只大鼓，四周平坦如砥，腹部微微隆起，那中央的里面，仿佛涌动着鼓点的节奏，也仿佛有一颗巨大的心脏在咚咚跳动。而草原四周，被说唱人形容为栅栏的参差雪山，像猛兽列队奔驰在天边。"（阿来《格萨尔王》）

关于"大地"的本源性写作曾一直是世界文学的重要传统，"大地共同体"的提出对应了人们深层的原初的心理结构和精神视界，"大地是扩大了共同体的边界，把土地、水、植物和动物包括在其中，或者把这些看作是一个完整的集合：大地。伦理学的研究对象要从人与社会这两个领域扩展到大地"（奥尔多·利奥波德《沙乡年鉴》）。

大地首先是一个有机体，"里面的组成部分和人体组织很相似，每个部分相互竞争，也相互合作。无论是竞争，还是合作，都是有机体内运行的一部分。你只能小心翼翼地调节各个部分，却不能去掉某个部分"（奥尔多·利奥波德《沙乡年鉴》）。由此衍生出来的是"大地伦理"，它代表了稳定、完整、原生、固态的精神结构。

大地直接对应了地区经验以及相应的体验方式和文学叙述方式，也就是说描写地区经验的文学是区域文化生成和消亡过程中的一部分，"它们并不因作者的意图开始或停止，不寄居在文章中，不局限于作品的创作和推广，也不因读者的类型和特性而开始或结束，它们是所有这一切或更多综合作用的结果。它们是历史发展过程中空间被赋予意义的时刻"（迈克·克朗《文化地理学》）。

如今大地阶梯已经断裂、陷落，"作为一个漫游者，从成都平原上升到青藏高原，在感觉到地理阶梯抬升的同时，也会感觉到某种精神境界的提升。但是，当你进入那些深深陷落在河谷中的村落，那些种植小麦、玉米、青稞、苹果与梨的村庄，走近那些山间分属于藏传佛教不同流派的或大或小的庙宇，又会感觉到历史，感觉到时代前进之时，某一处曾有时间的陷落。问题的关键是，我能同时写出这种上升与陷落吗?"（阿来《离开就是一种归来》）

"大地"与"天空"是彼此映照的垂直共同体，失去了任何一方都会导致世界秩序的土崩瓦解。"盲女在里尔克的诗里哀叹：'我再不能与头上的天空共存。'我们该对她说什么呢? 若说我们再不能与脚下的大地共存，可会令她稍感安慰?"（E. M. 齐奥朗《眼泪与圣徒》）

大　象

大象是如今世界陆地上体量最庞大的动物。"世传荆蛮山中亦有野象。然楚、粤之象皆青黑，维西方拂林、大食诸国，乃多象。樊绰，《云南记》皆言其事。象出交、广、云南及西域诸国。野象多至成群。番人皆畜以服重，酋长则饬而乘之。有灰、白二色，形体臃肿，面目丑陋。大者身长丈余，高称之，大六尺许。肉倍数牛，目才若豕。四足如柱，无指而有爪甲。"（《本草纲目》）

大象是兽中之德者，是智慧、力量、稳定性和愿行殷深的象征。大象的宗教和文化象征意义更是神圣的，比如普贤菩萨的坐骑是六牙象，释迦牟尼佛的母亲摩耶夫人有一晚梦见了白象而醒来后已怀有身孕。《异部宗轮论》则称"一切菩萨入母胎时都作白象形"。

大象的背上不仅驮着方尖碑而且是天神王者的坐骑，"大象累死的地方，他们建起了 / 一座寺庙。不是纪念大象 / ——纪念累死在大象背上的那个僧人 / 我亦骑象而来"（雷平阳《泰国某寺》）。甚至大象还是支撑整个宇宙的神物，"这一点就像背上支撑着世界的、神话中的龟一样。毫无疑问，是因为大象有力气，并且大象那四只支撑巨大圆形身体的脚，看上去就像支撑宇宙的支柱"（涩泽龙彦《幻想博物志》）。

大象的政治、宗教、礼乐和民俗文化的寓意丰富，就大乘佛教而言大象代表了"自渡渡它"的教义："世有三兽。一兔，二马，三白象。兔之渡水趣自渡耳。马虽差猛，犹不知水之深浅也。白象之渡尽其源底。声闻缘觉其犹兔马，虽度生死不达法本。菩萨大乘譬若白象，解畅三界十二缘起，了之本无，救护一切莫不蒙济。"（《普曜经·卷一·所现象品第三》）

中国文化中一直有比德的传统，其中大象就占有重要一席，"安南有象，能默识人之是非曲直。其往来山中遇人相争有理者即过；负心者以鼻卷之，掷空中数丈，以牙接之，应时碎矣，莫敢竞者"（《太平广记》）。

从殷商时期开始，大象的活动区域一直处于变化、流徙之中，比如黄河流域（中原地区）、江淮流域、珠江流域及岭南、云贵高原……

2021年，15头野生亚洲象组成的"断鼻家族"北上"逛吃团"刷爆媒体和朋友圈。此前的2020年3月，它们已经从西双版纳勐养子保护区一路北上，历经普洱市思茅区倚象镇、景谷县、宁洱县、墨江县、玉溪市元江县、红河州石屏县宝秀镇、玉溪市峨山县、玉溪市红塔区、昆明市晋宁区双河乡、夕阳乡……2021年8月10日，在人类的干预和指引下，云南北移亚洲象群已跨过元江，平安回归适宜栖息地。

这使我想到雷平阳早年所写的关于大象的诗句，这种比社会事件和现实提前抵达的精神预见能力简直令人瞠目——"走下神坛，向人间迈开步伐／那一瞬，一种生命对另一种生命／散发的天生的威慑力、冲击力和统治力／令我内心崩溃，令我眩晕，令我窒息／令我体量缩小，再缩小／它们从我身边经过，视我如无物／我主动示弱，藏身于灌木丛／目送它们远去，双手死死抱住自己／像抱着一头侥幸逃生的小野兽／像抱着一棵突然软下来的松树"（雷平阳《两头大象从我身边经过》）。

人类与动物、自然、社会之间的复杂关系已毋庸多言，但是"大象北上"给人类社会上了最为生动、深刻又难解、神秘的课。人类不是全知全能的，更不存在"人定胜天"的强力哲学。

多年来，我们可以发现雷平阳一直凝视着"大象"这一神秘的庞然大物，"我喜欢大象的外形，从中可以找到／菩萨和父亲"（《大象之心》）。当然他也展开了以"大象""自然""生态"为中心的叹息和诘问，也一次次留下人类制造的灾难和擦痕，比如《大象》《红色的大象》《两头大象从我身边经过》《大象之死》《大象之心》《肉做的起重机》等。这些实有的、虚无的庞然大物一次次印证了诗人彷徨于无地的尴尬之境。

> 此刻，没有入睡的人
>
> 已经是少数。而且他们已接受我的邀请
>
> 关掉灯盏，静静地听着
>
> 夜空中那些翅膀折断的声音
>
> 之后，万籁俱寂，没有入睡的人
>
> 也假装睡了，小心翼翼地在夜空中攀登
>
> 不往地面掉下一滴眼泪
>
> 我无事可干，用红纸剪了一群大象
>
> 命令它们，在我的书房里
>
> 向声息全无的夜空游行示威
>
> ——雷平阳《红色的大象》

人类对大象的猎杀早就开始了，据《太平广记》记载："象尤恶犬声。猎者裹粮登高树，构熊巢伺之。有群象过，则为犬声。悉举鼻吼叫，循守不复去。或经五六日，困倒。则下，潜刺杀之。耳穴薄如鼓皮，一刺而毙。胸前小横骨，灰之酒服，令人能浮水出没。"《太平广记》又载："广之属郡潮循州多野象，牙小而红，最堪作笏。潮循人或捕得象，争食其鼻，云肥脆，偏堪作炙。"而《本草纲目》则列举了大象的肉、皮、骨、胆的药用价值。

2018 年 12 月 13 日，在云南西双版纳的雨林中，一场大雨刚过，雨林中道路泥泞，雷平阳对我谈起了大象以及大象的坟冢——

我喜欢大象的外形，从中可以找到
菩萨和父亲。在它四周的丛林或者栅栏内
还能找到一些硕大无朋仍然唯美、自洽
天生苍老的词语。

——雷平阳《大象之心》

在时间法则面前大象的坟冢和蝼蚁的洞穴并没有本质的区别，但是庞然大物的诞生和死去以及更为殊异的精神自尊在雷平阳这里转换成了"羞耻的诗学"。我注意到热带雨林中一些巨大的树木正在被砍伐，泛红的污泥上是树木刚刚死去的木屑的味道……而在过去时的文化景象中，大象往往是作为化身与宗教联系在一起的。"'章朗'是傣语地名，意为'冻僵了的大象'。这头大象，就是玛哈洪托运经书的那一头。为什么会被冻僵了？白象寺的碑文中，说的是白象到此便坐卧不起，向玛哈洪传递在此建寺的神旨，一如泰国清迈双龙寺传说中的那头身负舍利子寻找供奉之地的大象。冻僵之说，可能意味着另有一则启智的故事存于山中史册。"（雷平阳《西定巴达：佛陀的

茶园》）

大于挽歌

看看作为亡灵记忆方式的照片就说明一切了。

雷平阳的父亲在 2008 年谢世，生前患了老年痴呆症。

他留下这样一张照片：站在三间土坯房前，脚下尽是荒草……

在雷平阳的写作中家族和亲人谱系一直占据着非常重要的位置，而雷平阳的抒写基本延续了挽歌的基调，但又不仅仅是挽歌，而是容留了比挽歌更为复杂的感情、经验以及想象方式："但雷平阳诗歌的调性，又不是挽歌式的。一般地说，诗歌整体语境构筑于回溯或追忆之上，诗人往往会以失落、怅惘的情致贯穿经络，这几乎是相沿不替的种族诗歌审美性格。长期以来，众多乡土诗人铸形塑模，延续了这路'感伤乡土诗'的语境。众口一声的挽歌合唱，天长日久会渐渐损坏我们的听力。"（陈超《"融汇"的诗学和特殊的"记忆"——从雷平阳的诗说开去》）

代书人

在昭通的大街上我看到了那些几乎已经灭绝的古老职业——代书人。

当我满怀好奇经过时，负责写信的人正在给一个中年妇女念刚代笔的那封信的内容。一个用方言读着，另一个认真地听着。这种古老的交流方式居然仍然在这个时代存活着，以被人们普遍忽略的方式。

雷平阳曾经提到过这样一位乡下代书人——

> 这个人，头发凌乱，脸盘瘦削，戴一副老花镜，正伏在桌上写着点什么，手上青筋暴露。这位伏在桌上写字的先生，他是在代人写书信。我离家近二十年，所有收到的家书全出自他手。我的母亲经常会坐在他的桌子前，把想对我讲的话、想告诉我的事，先讲给他听。
>
> ——雷平阳《关于母亲的札记》

雷平阳还写过一个"病人"，他整日关闭房门把自己囚禁起来，只有在接到朋友信件的时候病症才会有所减轻。

在代书人和传话者之间有一个现场的缺席者，即那个模糊的异地的收信人。

这个收信人是一个隐喻！如果没有了精神世界的对话空间，那么将会有越来越多的失语者和自语者产生，将会有一个个邮局的倒闭，一个个邮筒成为废墟，一个个收信人独对空茫无告的时空。"他便坐车去到一个不洁的小城／自己给自己写信。在虚构中／认真问答着世界上所有棘手的难题／如此往返奔波，令其病情急剧恶化／夏天的一个雨夜，他掉进了／小城邮局旁边的一个水塘。过了两天／人们把他打捞上岸，他的衣袋中／装着一封信。信纸上面，字写得很费力／而且被水泡散了，只有两行／——'一个星期没有收到你的回信了。／告诉我，你还会给我写信吗?'／到那时，已经是第九天没人给他写信"（雷平阳《寓言：信件》）。

我曾注意过雷平阳拍摄的黑白色的代书人形象。

一位代书人倚靠在泥皮脱落的墙角，代书人头发花白，目光没有任何光彩。折叠的小方桌上是一沓本地产的草纸，小桌上的笔筒里插满了笔头快磨秃的毛笔，还有一两瓶墨汁。桌子底下是一个钢化杯，桌子有些矮，所以四个腿儿各垫了一块砖头。

还有一张照片。

代书人是一个中年人，衣服披着，坐在小板凳上正在代一位中年妇女写信。桌子上有胶水、涂改液以及一本《新华字典》。

担当·苍雪

有一段时间，雷平阳的书法、诗歌以及散文中反复出现担当大师和苍雪和尚的诗句。

这是一个在文字中淬火、在乱世里修身、在精神上苦修的人，"在梦里，我一会儿酿酒／一会儿打铁，还抽空去了一趟／苍山感通寺，向和尚买茶／在诗僧担当的墓塔前鞠躬"（雷平阳《在大理，夜宿梦蝶庄》）。

清顺治十三年（1656年）闰五月二十三日，苍雪和尚在即将圆寂之时作《辞世偈》："我不修福，不生天上；我不造罪，不堕地下。还来人间，生死不怕。有一宝珠，欲求善价。别开铺面，娑婆世界。"

岁月流转，一个精神上的异乡人不得不一次次面对苍雪、担当在白纸黑字上留下的精神禅林——

苍雪和尚诗云：

"访旧只疑未曾到，逢君亦是暂还乡。"

他忘记了很多遗迹与胜景

但他始终把朋友当作故乡

我其实并不执着于写作

只想抄袭他

并求他赏我一记耳光

——雷平阳《苍雪》

雷平阳手抄的担当诗句已经挂在了我的房间里："山僧戒饮兴偏豪，解愤还须借浊醪。好置一樽于座右，助余佯装读离骚。"担当和尚这首《离骚》印证了雷平阳的精神趋向。"这首担当诗，铭刻我心，成为我为诗的标杆之一。与所谓的观念和气象没有关系，喜欢这首诗，基于情性，基于作者真实地存在于诗中。"（《诗歌不是高高在上的》）

经由文本累积而成的雷平阳的肖像，我想到的是枯坐的罗汉或云游的行脚僧、托钵人。

他是精神的信使或邮差，是一个人的精神漫步与幻象涉渡，这也是替代性的心理补偿行为。更确切地说，这带有极其显豁的精神泅渡和自我救赎的悲怆意味。"我上布朗山的本意是重访十二年前拜访过的勐昂缅寺大佛爷都言坎和章家村抱经塔教职高至'西滴天'的静修和尚岩坎谈，意欲从他们那儿获知一轮甲子之中，和尚眼里的茶山与人世出现了什么变幻。空门永远开着，一万四千卷佛经里神灯不灭，一座座缅寺里又新塑了巨大的佛像或又在烟火供养的佛身上敬绘了金粉，无处不在的法眼不会看不到信徒的喜悦和异教徒的背离，当然也不会忽视原始宗教中众神统治的山野上更迭不休的诸多幻象。"（雷平阳《布朗山记（二）》）

祷　辞

雷平阳对方言、族裔、土著文化、地方性知识有着宗教般的虔敬。

面对着那些沉暗的异乡人、出走的人、再也回不到故乡的人，雷平阳只能发出"经书""巫辞"一样的祷告。

诗人一次次遇到宿疾和难解的悖论。

祷告有用吗？

由此诗人承受的只能是一次次的虚无，因为"念咒的母语灭绝"。

在时代变革中历史性结构已经不复存在，诗人在废弃物、边缘物或废墟上的"祷辞"就只能是极其无奈之举，甚至这一举动在世人眼中显得更为荒诞。雷平阳长诗《去白衣寨》就属于"祷辞"的话语方式，只不过内省、虚妄、无着的意绪更多是通过反讽、悖论和寓言场景凸显出来。

此外，长诗《春风咒》第一节也使用了极其繁密的祈使句式："我们就成全它们吧""我们就默许它们吧""我们就为它们超度吧"。

诗人无望的祷告开始了！

面对被拆的旧城以及连根拔起的寺庙、牌坊和祖屋，诗人除了祷告别无他法。雷平阳是水深火热的介入者、冷静祛魅的旁观者、若即若离的测量者以及冷暖自知的夜行者。

他只能在纸上重建地基："有一点我一直很警惕——我使用的诗歌材料，是否适合我的嘴唇、舌头、喉咙和胸腔，我的声音是否是人的声音。如果一切都处于反面，我宁愿闭上嘴巴，在云南的山山水水之间醉酒、游荡、发呆，决不把自己当诗人。"（雷平阳《小体会——我的诗歌传承》）

呓语者、挖药者、祈祷者、流浪者、彷徨者、摆渡者、信使、土司、僧人、无名者一起构成雷平阳文本中的复合体形象，但是他们对重建秩序都无能为力。虚妄、徒劳、无望，这近乎重演了当年卡夫卡和马尔克斯的世界，如此现实又如此荒诞："我想象出一个由迷宫组成的迷宫，一个错综复杂、生生不息的迷宫，包括过去和未来，在某种意义上甚至牵涉到别的星球。我沉浸在这种虚幻的想象中，忘掉了自己被追捕的处境。在一段不明确的时间里，我觉得自己抽象地领悟了这个世界。"（博尔赫斯《小径分岔的花园》）

登　高

风急天高猿啸哀，渚清沙白鸟飞回。

无边落木萧萧下，不尽长江滚滚来。

万里悲秋常作客，百年多病独登台。

艰难苦恨繁霜鬓，潦倒新停浊酒杯。

《登高》这首诗作于大历二年（767年）秋天，杜甫当时去蜀后正流寓夔州。

在四年之前，杜甫在成都时还写过一首《登楼》："花近高楼伤客心，万方多难此登临。锦江春色来天地，玉垒浮云变古今。北极朝廷终不改，西山寇盗莫相侵。可怜后主还祠庙，日暮聊为梁甫吟。"

尤其是《登高》，满卷都是晚景的凄凉和垂暮之感。前两联都指向了萧瑟、苍茫、冷涩的秋天景象，字字含"秋"但是并未直接提及"秋"字。尤其是颔联，落叶自上而下不断簌簌飞落，而长江则自西向东不尽流淌。一上一下和一左一右刚好形成了空间上的呼应，同时又对整个秋天的自然物候和精神氛围起到了非常好的对应作用。"万里"是空间，"百年"是时间，在时间和空间的交汇点上以及瑟瑟冷风中独立着一个垂垂老人，其情其景是如何之苍凉而又触目惊心！

《登高》是杜甫的"巅峰之作"，它会赢得此后每一个时代的读者。"这首诗，我多年来每次读都有一种苍茫的感觉，杜甫是那个时代中草芥一样的人，根本不被人看重，在他的时代根本没有人在意他，但是他就这么写出了这首诗，然后他病了，他又老又穷，他的生活基本上是失败的，就这样写下了这首诗。我们看见的是他的眼界和胸襟是那么壮阔，这个老人站在那儿，他看到的是'风急天高猿啸哀……无边落木萧萧下，不尽长江滚滚来'，看到的是无尽的时间与空间，看到的是茫茫宇宙，然后才写到自己，'艰难苦恨繁霜鬓，潦倒新停浊酒杯'，这样的人，一生的使命是深刻地见自己看自己，他看自己卑微的命运时，从来没有丧失对茫茫宇宙的感知，没有失去对苍生天下的爱，没有失去对于他人的关心和责任。"（李敬泽《万古江河鸟飞回》）

自古以来，中国文人有登高望远、自比心志的传统，而泛着幽光的新时代玻璃幕墙不再制造登临者和抒情诗人。在现代性日常生活中登上高楼的人却往往怀有一颗灰暗之心。诗人的凝视状态在混乱的时空前也宣告结束，眼神茫然无措而飘忽左右。无限提升的城市建筑不仅使得诗人的根基越来越飘摇不定，而且使向上的目光也给遮蔽住了。向上的路和向下的路都被堵塞了，"天气"和"地气"也被阻断了："当下的文化领域人云亦云地说着接'地气'，其实我们最不缺乏的就是'地气'，因此我自然会觉得'地方性写作'是一个伪命题，是误导。对一片类似云南这样具有神性的土地来说，我以它为精神出处，目的还是去往天空，与'天气'相融，方可得现代性乃至全球性等一系列的文学品质。"（雷平阳《让诗继续拥有唯美与批判的双重力量》）

地方主义

雷平阳是一个地域主义或地方主义的写作者吗?

关于这个疑问,可以让雷平阳自己来回答:"与普一楠的观点相反,马小雄认为《基诺山上的祷辞》,是我诗歌中的次品。他们的分歧综合起来就一句话:汉语新诗该不该有地域主义倾向?普一楠持肯定的态度,马小雄反对,他们各执一词,各自的理论后来完全脱离了诗歌本身。"(雷平阳《构树小径》)

雷平阳文本中的每一个地点和空间都对应了一个个的生命,对应了严峻时刻的精神记忆和见证者的喊魂。"我的记忆会一一喊出他们的名字:卡都卫欧人、波洛洛人、南比夸拉人、蒙蝶人、吐比卡瓦希普人、墨人和库基人;每个名字都提醒我这地球上的一个地点,以及我人生中和世界历史上的一个时刻……他们是我的见证,是我的理论观点与现实之间活生生的联系。"(列维-斯特劳斯《结构人类学》)

地　名

雷平阳文字世界中的"地名"你大可不必当真,不要像地理学者那样去言之凿凿地敲定,它们实则都是精神或幻象的客观对应物,完全可以被置换成任意的别的地名。写诗就是到世界上去寻找它们贴心的对应物。这些"地名"携带的是诗人的精神现实和寓言的混合体,"我在自己虚构的王国中生活和写作,大量的现实事件于我而言近似于虚构,是文字的骨灰在天空里纷纷扬扬。采用真实的地名,乃是基于我对‘真实’持有无限想象的嗜好"（《雷平阳乌蒙山记·自序》）。

由地名我们进而可以将雷平阳文本中的人名、植物、族类、动物做等量齐观。他在寻找也在一次次丧失，他一次次建构又一次次自我拆解。这是身心异处、丧家无门的令人不安的写作。

现实空间之种种怪现状和异象对应的正是现代性中并不乐观的那一面。我喜欢雷平阳散文中的那种"土气""固执""小地方习气"，而不像现在作家中流行的那股土鳖式的洋洋自得和世界主义的幻觉，"有一条神秘的邮路，是未来的人们也没有发现的。他们寄出的书籍，巧家群山里的这位中学语文教师竟然全部收到了。书籍上的文字，没有像世界主义者想象的那样变成了英语，仍然是汉字"（雷平阳《在巧家县的天空下》）。

地　气

草木有本性，地气潜通使然，山川和风物在地理区隔上的差异亦是如此，"这是一种原始的生态理论，它不需要高度发达的宇宙学或本体论来解释这种现象"（薛爱华《朱雀：唐代的南方意象》）。

雷平阳在写作中，一贯强调的是人气、地气与天气的融会贯通，所以他的文本充满了各种奇异的精神气象。尤其是对于地气而言，雷平阳总是通过细节、场景、动作以及地方性知识来强化土壤、动物、植物、矿物、气候与人的深层精神关联。"在某些体系中，‘气’被看作是一种无限的、流动的母体，按照造物者事前的选择而赋形万物，但是更常见的，则被看作当地土壤地形所放射的能量，即我们现在称之为‘生物群落’的活动原则。这些气活动的结果，便是形成各种动物区、植物区、矿物区，甚至文化区。"（薛爱华《朱雀：唐代的南方

意象》）

土壤生长什么样的农作物和植物，动物活动的边界，地下矿藏的差异以及人的面目、体型、性格的不同，它们都构成了我们所说的"地气"，"蜀郡无兔鸽。江南无狼马。朱提以南无鸠鹊。"（《酉阳杂俎》）这里所提到的"朱提"就是昭通。

第三条路径

新时间对旧时间的背弃使得二元对立的心理结构产生，汉学家金介甫在评价沈从文时认为这一城乡差别是一道"值得诅咒的鸿沟"（《沈从文传》），但是对于写作者而言站在任何一方都会导致偏狭，所以要在新时间与旧时间的巨大鸿沟中寻找"第三条路径"，"不确认，不排除。基诺山／妖娆的夜色中，虫声明灭，夜鸟人啼／不确认我陷入了生死迷局／不排除我知道了生死无边的自由／另辟第三条小径让自己求生"（雷平阳《虚无》）。

新旧时间的冲撞中，一个地方的神秘因子，某一个民族的图腾，它们只能在文本中拼合和重现，"在宋晓安的记忆中，那一张虎皮最终又从缅寺的房顶上飞走了。许多在夜色中赶赴约会地点的傣族少女曾受恩于它。它发出的色泽照亮了途经的天空和山冈，少女们的盛装因此更加绚丽多姿"（雷平阳《画卷》）。

此时，注定感受到无力和颓败。然而，雷平阳被现实逼视的同时进而又去逼视文字世界，残酷的真相和绝非轻松的话语方式由此诞生。"尽管人们攻击有关真相的种种概念，尽管人们再也不相信那种对过去的客观发现的可能性，但大家还在继续热情地写作回忆录，想揭示事情的真相。这迫切地需要一种证据，表明我们的叙述基于所谓的事实，

而不是屈从于变动不居的观点。"（米沃什《米沃什词典》）

地　图

　　曾有人把李白、杜甫、岑参、韩愈一生的行迹通过地图的形式标识出来，让后来人对他们的出生地、壮游、升迁、贬谪、流放、动荡以及死亡有更为直观的体认。

　　地图既是日常视域下物质文化和视觉文化的融合体，又是一个国家政治文化和地理政治在空间想象上的缩影。"地图与测绘也是将空间转化为实物的方式之一，在明代文化中，地理空间的视觉图像十分盛行。这些图像中既有最负盛名的绘画形式'山水画'，也有田契上黏附的微小的多边形图案，描摹的是被交易的土地的大致轮廓。明朝伊始，太祖皇帝便颁发了一道敕令：'令天下州郡绘上山川险易图。'"（柯律格《明代中国的视觉文化与物质文化》）

　　中国古代的制图术已经达到了很高的水平，比如北宋的沈括（1031—1095）就是一位制图高手，沈括还独创了更为特殊的制图技术，比如"木图"，"遍履山川，旋以面糊、木屑写其形势于木案上。未几寒冻，木屑则不可为，又熔蜡为之"。

　　在文学家、考古学家以及田野考察者这里，地图对应的并不是平面空间，而是具象化的自然和历史融合的构造，甚至是生命化的对应。对于族裔和居民而言，家乡地图还意味着他们最后的精神依托和记忆坐标。"根据规定，如果这座山不足 1000 英尺，它将不会出现在新绘制的国家地图上。生活在小镇的人们并不清楚富农加鲁山究竟有多高，但在他们眼中它就是一座高山，甚至是'圣山'。所以，当测量员在一番忙碌之后，告诉他们，这座山只有 984 英尺，属于土丘而非山峰时，整个镇子在瞬间陷入了空前的恐慌。因为在镇上的人们看来，如果地图上没有了这座山的位置，小镇将不复存在，他们也将随之沦为没有家乡的人。于是乎，一场'把山抬高'的运动由此展开。"（张执浩《为了高高的小山丘》）

《云南记》的插页有一幅将雷平阳诗歌中涉及的空间连缀成的云南地图。显然，这是精神标识意义上的。循着这些小点以及点和点之间构成的线、面，我们看到了一个诗人的精神路径：丙中洛、怒江、密支那、腾冲、保山、德钦、香格里拉、大理、祥云、临沧、楚雄、武定、昆明、曲靖、昭通、玉溪、普洱、澜沧、惠民、勐遮、勐混、布朗山、西双版纳、基诺山、易武山、勐腊、奠边府、红河、蒙自、蔓耗、丘北……

当我们将这些地图、空间与雷平阳的精神型构联系起来，再结合他三十多年的写作历史，就会发现一个庞大的精神地理已经诞生，甚至蔚为壮观。他不断拓展，不断在上面插满个人标识，这近乎一种本能驱动。"沉默于云南的山水之间／不咆哮，不仇视，不期盼有一天／坐在太平洋上喝酒。那年春／过泰山侧，朝圣曲阜，我清洗了／喉里的鹦鹉，脑内的菩萨／胸中的雪山，不想，不说，不动／本能地呆若木鸡。最后，本能地跪下／匍匐时，我把耳朵贴在源头，听见了／大地的心跳，一个不死的人，出于本能／在下面，怀抱着雷霆……圣贤已逝，魂还在／出巡。云南虽然偏远，他亦频频／莅临，令我更加沉默、拘束、昏沉／唯傣历年，饮酒，泼水，狂欢／方才像他一次：'暮春者，春服既成／冠者五六人，童子六七人／浴乎沂，风乎舞雩，咏而归。'"（雷平阳《本能》）

第一张照片

　　乡村和城镇（城市就更不用说了）之间存在明显区别，这一度是两个不相容的空间和世界，只是在特殊的节庆时刻和商品采购期才具有短暂的流通性。

　　20世纪80年代，时在乡下读初中的雷平阳第一次进城拍照。

　　当时是什么样的情形呢？

　　极其遗憾的是，从影像记录来说雷平阳的童年消失了，因为他人生的第一张照片就是这张初中毕业照。

　　城市、照相馆、摄像机和背景幕布成为乡下人既向往又不适之物，因为那种陌生和新奇的经验显然与长期以来的乡村经验有着天壤之别，甚至照相馆和摄像机作为城市化的代表已然对乡村、农民以及乡土经验形成了压抑。

　　还是让我们回到雷平阳当年那个拍摄现场吧！

　　三年初中将尽，班主任通知全班统一进城照毕业相，并特别强调要洗头和穿干净的上衣。裤子照不着，可以不管，脚上自然也可以不穿鞋子。记得当时的我，因家贫，鞋是没有的，脚上常因踢到石块而血迹殷殷。至于裤子，膝盖上通着，两瓣臀也通着。是的，这些在照相时都用不着，便老老实实地用皂角在河滩里洗了头，衣服除了两肩有些破之外，还算新……第一次坐在照相馆的高凳子上，我记得我的一双黑脚悬空，双手死死地按住膝上的两个洞，在强烈的光线里，摄影师曾用他的手左左右右地摆弄过我的头，而同学们则在黑暗处逗我笑。"嚓"的一声响过，摄影师对着暗处高声喊道："下一个！"

——雷平阳《一张照片》

破裤子、光脚以及窘迫、饥饿都被这第一张照片给抹去了！

摄影的独特之处在于它指导和影响着人们了解和认识事物的方式，但是往往忽略了摄影对人们生活的介入。雷平阳的这张照片确实有不可抹去的特殊心理创伤和时代印记："照片上的我，半身，穿当时乡下颇流行的天蓝色棉布对襟衣服。样子比现在的我还要精神，一点也没有饿饭的感觉，头发也极其意外地清爽顺畅，有几缕发丝上还闪着白光。眼睛稍微有些上抬，很难说清是因为怎样的心态而流露出一些与年龄不相当的傲慢和冷酷。"

丁酉暮秋

在北京后圆恩寺胡同的一个老旧的院子里——小众书坊，在浅黄色木桌上，雷平阳打开《袈裟与旧纸：雷平阳诗手稿》的扉页，在上面写了一段话：

丁酉暮秋，于北京遇河间书生霍俊明，饮茶与酒，饭毕，一同签书，余以此书为赠。

平阳

二〇一七年十月廿日

这是机械复制时代的一本罕见的线装书、手写体的书。这不只是他个人的写作行为，而是带着这个时代的一次性行动，近乎不可复制地带有"最后性质"的行动。

《袈裟与旧纸》这本诗歌手稿是异形书，其长度、宽度和厚度刚好是一块长城的古砖。这也是一个人递过来的温厚的手掌。

手稿时代已经结束，人们习惯了提笔忘字，取而代之的是发达技术的复制时代，是日新月异的技术手段对写作行为和习惯的改写或控制。无论这是一种硬性的监狱铁栅还是柔软的天鹅绒，它们都形成了对一个时代的写作者无处不在的影响，也给社会位置、生活经验、感受方式、精神踪迹和写作姿态带来不可避免的影响甚至规训。然而，任何怀旧和旧物在新的时代都被视为是无效的、无意义的，"喜爱已经逝去的事物，是一件新奇的表现"（奥尔多·利奥波德：《沙乡年鉴》）。

人在成长，技术在进步，现实在拆迁，一个又一个崭新的时刻在到来。但是人与语言的关系，人与世界的关系，发现与命名的惊奇以及写作的行动性，却几乎都已经结束或正在结束。

任何人都不可能回到过去，回到手写，回到灯下的黄纸，回到信笺的桌前，而任何对技术的抵制也是专属于老式人物的"不合时宜"的举动。但是，我们必须对曾经的写作方式和交流方式做出一种精神的回应。

雷平阳的诗歌手稿更像是手写时代的一次回光返照。

东坡饮

雷平阳能饮且好饮。无论是苞谷酒、红薯酒还是高粱酒、小麦酒，他都能如饮甘醴。

苏东坡（1037—1101）酒量不大，一般一次不超过五杯，却偏爱饮酒。在最为落魄而无米可炊之际，苏东坡难以放弃的却是一个小小的荷叶型酒杯。"张方平饮酒甚豪，他的酒量是一百杯。据苏东坡自己说，他自己的酒量则小得多，但是他说他并不以为自己酒量小而戒酒。欧阳修也是海量，但是张方平能胜过他，因为张方平开始喝酒时，他不向客人说他们要喝多少杯，而是多少天。苏东坡说：'对你们海量的人我并不羡慕，我喝完一杯就醉，不是和你们一样得其所哉吗？'"（林语堂《苏东坡传》）

"颓然醉里得全浑"这样的诗句只能出自苏东坡。正如他所言："天下之不能饮无在予下者，天下之好饮亦无在予下者。"

古人流行饮酒夜游。正所谓饮酒乐甚，扣舷而歌。于是苏大学士发出慨叹："呜呼天下士，死生寄一杯。"（《和陶乞食》）

甚至爱酒、饮酒、嗜酒、醉酒、写酒还不够，苏东坡还自己酿酒。他能就地取材且时有创新，比如米酒、桂酒、蜂蜜酒、天门冬酒、中山松醪酒、"罗浮春"、"真一酒"等。由《庚辰岁正月十二日，天门冬酒熟，予自漉之，且漉且尝，遂以大醉二首》这首诗的题目，苏东坡与酒的关系可见一斑。

至今，黄州、定州、惠州和儋州都流传他酿酒的故事，甚至据说一些酒的秘方被保存下来，被当地商家用作噱头批量生产。关于酿酒方法，最可信的当然是苏东坡的自述："收薄用于桑榆，制中山之松醪。救尔灰烬之中，免尔萤爝之劳。取通明于盘错，出肪泽于烹熬。与黍麦而皆熟，沸春声之嘈嘈。味甘余而小苦，叹幽姿之独高。"（《中山松醪赋》）

在《东坡酒经》《酒子赋并引》《浊醪有妙理赋》《饮酒说》《蜜酒歌》《新酿桂酒》《桂酒颂并序》等诗文中苏东坡对自己的酿酒心得颇以为豪。

酿酒之快乐简直溢于言表，对于流放途中的苏子而言世间至乐似乎只有酒和诗了。值得注意的是，苏东坡在《中山松醪赋》中专门提到了嵇康、阮籍以及刘伶。物以类聚，人以群分，每个人都在寻找"同类""知己"和"精神伙伴"，"这么多年来，我没参加过任何诗歌利益集团，有一拨拨人一再召唤，我装着没听见。其实，我做梦也想有几个志同道合的同仁，商山四皓、竹林七贤……可现实生活中，真的引不来传说中的甘泉，你能见到的流派团队，很多都是《西游记》剧组，一堆牛鬼蛇神，飞禽走兽。他们的目标就是吃唐僧肉"（雷平阳《诗歌本未没落何来复兴》）。

豆沙关

1988 年，雷平阳跟随昆明作家"金沙江行"活动路经盐津豆沙关。五尺道和僰人悬棺让这位青年人唏嘘不已。盐津对雷平阳有特殊的意义，这里有他的青春和爱情。

豆沙关又称石门关，是由蜀入滇的必经之所，素有"滇南第一关"之称。

明嘉靖四年（1525 年），贬谪云南的杨慎（1488—1559）返乡新都探望病中的父亲。他从安宁出发途经乌蒙（今云南昭通）、盐津石门关。经过乌蒙铺时，杨慎感怀作诗："绝壁千重树万里，琼林锦石带丹枫。何僧肯住悬岩寺，虎啸猿啼夜半钟。"此外，杨慎还写有七言歌行《乌蒙山》："此山奇绝不可比，郁郁苍苍孰能纪。晦明幻化神器潜，让帝艰难不到此。"

独坐山冈

从黄昏到暮晚，这是最后的发光时刻，也注定是一个短暂又恍惚的告别时刻。"正是在这种人与世界互相决裂又惺惺相惜的时光节点上，我竟然对那些日渐模糊的黑色风景产生了病态式的依恋，并总是以之对应眼前更加惨烈的现代性戏剧。"（雷平阳《黄昏记·序》）

这也是迫不得已的返观自我和"心生万物"的时刻。

在渐渐暗淡的光线和越来越模糊的景象中，我看到了一个逆着城市方向行走的人，在山中攀援的人，在旷野枯坐的人，在破庙祷告的人，在废墟徘徊的人，在热带雨林抚摸残碑和坟墓的人，在寻找大象骨骸和神秘归所的人，在收拾行装准备返乡的人。

更多的时候我看到的是一个暮色中于山冈独坐的人。山冈和山顶曾一度作为通往天堂和圣洁之地的阶梯，那里也是众神和灵魂的居所。这也是在山顶修筑寺庙和宗教场所的内在动因。

黄昏很快带来的是不断扩大、散开、弥漫的阴影，黄昏中独坐的人往往需要独饮黑暗并以忧患为食，E. M. 齐奥朗还格外强调"孤独者的任务是加倍孤独"。

独坐的人总是让我们最为直接地想到孤独和忧郁。

孤独者的感官更为精敏，尤其视觉和听力。

孤独者首先必须是清醒的，因为异常清醒才会被孤立起来："一个人开始认识孤独，是在他听到万物的沉默之际。于是他知道了埋藏在石头里并在草木中觉醒的秘密，大自然那些隐蔽与敞开的路径。孤独的古怪之处在于，它不觉得有什么东西没有生命。万事万物都有其语言，我们只能在全然的沉默中加以破译。在极度的孤独中，一切都是生命。灵性

在自然中沉睡，而我愿意为草木解梦。"（E. M. 齐奥朗《眼泪与圣徒》）

在山冈的黄昏景象中孤独者与环境和世界建立了精神关联，如果这一关联再掺杂进现实境遇的话这个孤独者必将是分裂的："一个发自肺腑、深沉而骄傲的嚎叫声在山谷之中回荡，然后从山上滚落，消失在苍茫的夜色中。嚎叫声充满狂野，又透露出哀愁，似乎在反抗，蔑视世界上的所有苦难。"（奥尔多·利奥波德《沙乡年鉴》）

由黄昏至夜，于山冈独坐的人往往是被逼迫到了没有退路，退无可退之时必然是触目惊心的战栗场景和苦难戏剧的诞生。

> 绝不会在某个深夜
>
> 踏着月光，摸下山来
>
> 我会安心地住在那儿
>
> 一个人的寺庙，拧紧水龙头
>
> 决不能传出滴水的声音
>
> ——雷平阳《寺庙》

渡

雷平阳不为别的，只为渡己，渡心，渡自己的心劫、生存的渊薮，渡身边的草木和一条条生命，"坐船过澜沧江，江面上／水神抱来的石头，大如房屋／不知是为了制造还是镇压／江底的暗流。铁皮船偏离了航线／擦石而过，一朵朵火花／引出了一声声呼救"（雷平阳《过澜沧江》）。

现实的巨浪不断摇晃着每一个人的根基，雷平阳只能把自己作为压舱石。

在诗中他一次次完成摆渡，一次次在精神的庙宇中重建个体世界的乌托邦，"给我一座洞窟做书房／我还会在里面堆满经书，在黑漆漆的／空气中，画壁画。让我／昼夜不息地以血抄经，抄出的经书／肯定会有很多的错字和别字／还会有肃清不了的脂粉味／如果你在沙漠中听见我诵经的声音／那一定是秋风吹开了沙粒／一个风干了的云南和尚／他的嘴巴还没有关闭"（雷平阳《在敦煌》）。

2020 年 2 月在北京接连不断的大雪中，我看到了雷平阳的一张黑白照片。

这是一个侧身像，头发照旧短硬，侧脸和头发都在光亮处。头顶是一堆缠绕的藤蔓，藤蔓的当中是中空的，正好光线从上而下贯通在雷平阳的头顶，四处则是黑暗。

这多像是一个面壁或囚禁的老僧！在雪花飞旋中，我一次次这样想着。

杜　甫

雷平阳很多次写到杜甫。显然，以何种诗人为师至关重要。严羽强调："夫学诗者以识为主，入门须正，立志须高，以汉魏晋盛唐为师，不作开元天宝以下人物。若自退屈，即有下劣诗魔入其肺腑之间，由立志之不高也。"（《沧浪诗话·诗辨》）

杜甫真正开创了诗歌的现实传统，其所见所闻所感所想既来自个人经验又最终转化为语言经验、时代经验和历史经验。这是跨越了时空的诗歌共时体，正如苏轼所评价的："老杜自秦州越成都，所历辄作一诗，数千里山川在人目中，古今诗人殆无可拟者。"

苏轼在《次韵张安道读杜诗》中将杜甫称为"巨笔屠龙手"。这并不只是强调杜甫的才高而运不济，也强化了杜甫高超的诗歌才能和技艺。

显然，杜甫对雷平阳构成了重要的精神传统："置身于现在的时代，我甚至觉得，我们最需要的诗人，不是李白而是杜甫，如此多的丧乱、癫狂、沉痛，理应有大慈大悲的苦难灵魂去对应、去铭记、去歌哭。也就是那一段时间，我把写作的视点集中到了'野草般的人民'身上。"（雷平阳《我诗歌的三个侧面》）

当代诗人"向杜甫学习"不应该成为空谈和口号，应该像当年的杜甫那样真正地去面对生活、发现生活、想象生活以及再造生活。"诗人在任何时候都有一个功能，就是通过自己的思想和感觉来发现那一刻在他看来是诗歌的东西。通常他会在自己的诗歌里以诗歌本身的途径来显露他发现的东西。"（华莱士·史蒂文斯《必要的天使》） 这才是当代人向杜甫以及传统致敬的真正动因，而杜甫是我们每个人甚至是世界范围内的"同时代人"，"如果杜甫（他生前看到唐朝文化的衰败）没有在大唐的首都长安（现在是现代工业化城市西安）的郊区沟上纳凉遇雨而写出'雨来霑席上，风急打船头。越女红裙湿，燕姬翠黛愁'，我也不知道我们如何看待内华达山脉，不知道那些山对我们意味着什么"（奥克塔维奥·帕斯《诗歌与地点》）。

断　流

在截流和断流的时刻，在一个个断裂、破碎的空间，"天国的走廊"还存在吗？

2007 年夏天，我和雷平阳站在贵德清澈的黄河边，而不远处已经建起了水电站。雷平阳无奈地说：澜沧江已经到处都是水电站了……

多年后，雷平阳再次说起同样忧虑的话："路过金沙江时停下车来，土黄色的浩荡江水被水电站拦截之后，有一种安静碧绿的美，美得甚至和两岸的夹山很不相称。后来雷平阳跟我说，'你看到的金沙江现在是这样，我们以前看见的金沙江是会飞翔的，江水哗一下流下来，然后飞走'。"（林东林《雷平阳：行走在故乡云南》）

蹲伏的迷幻术

当挖掘和废墟联系在一起的时候，我们会发现现象学的还原过程已经变得近乎不可能。

记忆之根由此被斩断。废墟是后来者用来观瞻和凭吊历史的，而对于当事人、见证者以及讲述人来说，废墟则是坍塌的母体。

废墟对于雷平阳来说是炼狱，也是语言荆棘中的修行地。

这是一个蹲伏在河边、山地以及废墟上讲故事的人，这是一个废墟上的梦想家，这是一个无家可归者和偷渡客的撕裂式的喊魂。这是一种幻想的直观方式和本雅明式的迷幻术。

废墟和记忆成为一体正是大行其道的拆除法则使然："到废墟上面去，也许针对记忆中的人群，那些泥胎石体的众神又会重新出现，各自归位，这是宗教力量和心理学教程一再涉及过的古老话题。"（雷平阳《在佛滩街上眺望吞都》）

那么，废墟之上还有什么值得关注和凝视之物呢？

一个蹲伏其上的人在迷幻术中如此痛心地予以回答："时间的废墟上，经常有昆虫灿烂的集市；还有蜘蛛，躲在空中，外壳碧绿；还有蜈蚣，一种白颜色的虫，有毒。"（雷平阳《场景》）

这是迷幻术，这是怪异的观察方式和分裂的语言，这是在纸上之地的操劳者和白日梦者，"诗歌行为随着诗人的意识所包含的背景现实之深浅而改变。在我们这个世纪，那个背景在我看来是与那些被我们称为文明或文化的事物之脆弱性相关的。此时此刻，围绕着我们的东西，并没有获得什么保障。它完全也有可能不存在——因此，人用废墟中找到的残余来建造诗歌"（米沃什《废墟与诗歌》）。

E

额尔古纳

2007 年 1 月下旬，在内蒙古额尔古纳大草原的冰天雪地中，我第一次见到雷平阳。那时他获得了第二届"明天·额尔古纳华语诗歌双年奖·新锐诗人奖"（2005—2006）。

当时的气温已经是零下 20 多度，我和雷平阳、李亚伟、默默、沈浩波、小引、谭克修、曹五木等人用热酒来取暖。在冰天雪地中，雷平阳在《雷平阳诗选》一书的扉页上写道："霍俊明吾兄批评"。后来整理书架时，我又发现了另一本《雷平阳诗选》，扉页上写着"俊明一读 老雷"。

半夜，我们从木屋中出来小解（屋里没有卫生间）。一抬头，尽是宝石般闪烁的浩瀚星空。

在白茫茫森林里，雷平阳一次次按下相机的快门。一天晚上，雷平阳在酒桌旁伸开嗓子吼出了"月亮出来亮汪汪"。在他沉暗发红的脸上，我第一次领略了"边陲"的含义。

深夜赶来的沈浩波被层层的衣服包裹着，还蹬着一双高帮皮鞋。摘下皮帽子后，他的光头在寒夜里闪亮，"又圆又秃／是我大好的头颅／泛着青光／中间是锥状的隆起／仿佛不毛的荒原上／拱起一块穷山恶岭／外界所传闻的／我那狰狞的面目／多半是缘于此处"（沈浩波《自画像》）。在大兴安岭，在厚厚的积雪中，我和一行人穿越雪路缓缓下山。沈浩波一时兴起，对着一棵白桦树就是一脚，嘴里还说着什么，树上的雪簌簌落下来……

2016 年

2016 年的夏末秋初，我跟随雷平阳第一次来到昭通。

一行人走在昭通街头，在经过十字路口的时候我竟然想到了这样的问题：诗人在滚沸人世中到底充当了怎样的角色？一个诗人的诗歌观念是在什么样的情势下逐步建立起来的？诗人该如何去"发现"无处不在的日常现实、人性渊薮和精神自我？

也许，此刻的滇东北给出了答案。

在昭通街头我看到很多穿着灰衣、黑衣的老年人静坐在路边，犹如落满了灰尘的泥塑，他们浑浊的眼睛近乎一动不动地呆望着某处。我还看到很多不明职业和身份的年轻人在路上闲逛、游荡、徘徊。路边是形形色色、高高低低的商铺、餐馆、药店，尤其是那些针灸店、按摩店、药店和中药铺吸引了我的注意。

在一条磨得光亮而黑黢黢的石板路小巷的入口，我目睹了一个近乎失传的行业——代书。一个中年妇女局促不安地坐在小板凳上，那个写信人已经写完信正读给她听。在一个资讯如此发达的时代，你很难相信这个近乎古老的场景是真实的。

现实犹如幻象。

呆坐者、沉默者、观察者、游荡者、疗救者、病人、代书人、失语者……

也许这些形形色色的形象还不够，还需要更多的形象叠加在一起才能构成这个时代无比广阔而又无比复杂的现实本相。

二十八公里

在昆明西郊这个叫"二十八公里"的地方，雷平阳在云南第九建筑工程公司工作。当时，他还有一件事情要处理。

就如当年在盐津小城一样，他要为自己心爱的书找一个居所。

雷平阳和几个工友从建筑工地捡回来一些钢筋和铁板，最后焊接成了两个巨大而笨重的钢铁书架。两个书架整整占了一面墙。

从书、书架和书房出发，雷平阳揭开了一个个身边的现实和底层的现实，"搬家时，民工们的汗水／透过一个个纸箱，打湿了我的书／这些浑身汗臭的家伙，站在客厅里／双手对搓，一脸愧疚。我没有说什么／但气氛明显有些不对。其中一个／年龄很大，极不自然地对着我笑／'同志，你的书足足有四吨啊。'／其他几个开始应和：'是啊，是啊／从来没见过谁有这么多的书。'／我还是没说什么，把受损最重的那些／放到了露台上，那儿有昆明／最灿烂的阳光。也许是因为我的动作／过于迟缓了些，还是年龄稍大那个／他说：'同志，太不好意思了／是不是把搬家费减掉三分之一？'／其他几个一样地应和：'是啊，是啊／应该减去，都怪我们汗水太多了。'／……我没减他们的工钱，他们走时／都夸我：'同志，你是个好人。'／边说边往门外走，其中年龄最小那个／（估计只有十五岁）不留神，脑袋／碰在了防盗门上，咣的一声"（雷平阳《四吨书》）。

这更像是戏剧化的"小品"和日常生活中的"小事件"，而诗人则把它们进一步提升为社会和世界的切口。它们很小，很锋利，像是一张白纸的边沿。它们都是我们极其熟悉之物，而它们与我们的对话关系却被搁置了，只有诗人能够代替它们说话。

多年后我出了一本诗集《有些事物替我们说话》，我请雷平阳写下书名，把它们烫印在了银灰色的封面上。

F

反常举动

雷平阳一直有虚构的热情，显然这来自对现实的特别观照方式。"虚构不仅是幻想，更重要的是一种把握，一种超越理念束缚的把握，虚构的力量可以使现实生活提前沉淀为一杯纯净的水，这杯水握在作家自己的手上，在这种意义上，这杯水成为一个秘方，可以无限地延续你的创作生命。虚构不仅是一种写作技巧，它更多的是一种热情，这种热情导致你对世界和人群产生无限的欲望。按自己的方式记录这个世界这些人群，从而使你的文字有别于历史学家记载的历史，有别于报纸上的社会新闻或小道消息，也有别于与你同时代的作家和作品。"（苏童《虚构的热情》）

苏童关于作家虚构能力的这一描述非常适合用来考察和评价雷平阳的文本。雷平阳的虚构并不是对现实的漠视或反动，而恰恰是对现实的深度透视——这些虚构正是现实本身的怪异力量所致。

现实自身就是魔幻的、变形的、异质的、不可思议的，如露如电如梦幻泡影,"一座孤坟前只跪着一个／枯叶一样的扫墓人／回乡路上只走着秋风似的一个人影／这魔幻现实主义的寂静／搅乱了时间,也令我内心失重／令我想做魔术师、驯兽师／和古典主义的刽子手"(雷平阳《去白衣寨》)。

而无论是以前的"现实主义""革命现实主义""社会主义现实主义"还是后来的"新写实""新现实主义""魔幻现实主义""神实主义""科幻现实主义",它们都体现了作家的世界观以及相应的语言观。

> 这些板结了的水,由形形色色的原料组成,有农耕时代的死畜、玉米秆和稻草,也有充满现代性的塑料泡沫、塑料袋子、牙刷、避孕套、塑料模特等等,如果你戴着防毒面具,决心对这些东西进行更准确的细分,里面还有超现实主义、魔幻现实主义、象征主义、野兽派、存在主义和革命的浪漫的现实主义的边角废料。
>
> ——雷平阳《天国上空的月亮》

人人身上都有一个时代的印记。正因如此,雷平阳文本中的人物很多都是反常的、变形的、残缺的,比如瘸子、鳏夫、寡妇、瞎子、傻子、疯子。这是空间变形和断裂之后的怪异产物,"在纽约,疯子们已经被释放出来。他们被丢弃在城市,同出入这个城市的其余朋克、瘾君子、吸毒者、酒鬼或穷人相差无几"(让·波德里亚《美国》)。

曾经尝试过"新现实主义"的卡尔维诺强调:"我讲述了一些不是发生在我身上而是发生在别人身上的故事(或者说是想象发生过或可能发生的),如通常所说,这些人是'人民'大众,但总是一些有点非正常的人,至少是一些奇怪的人,不会过多迷失在思想和情感中,

而能够只通过他们所说的话和所做的行为来加以描写。"（《树上的男爵·后记》）

卡尔维诺提到的"奇怪的人"显然就包括诗人和作家，他们面对现实的想象往往会显得更加虚妄，也许这才是写作者的内在悲剧所在，"作为一个诗人，我有失斯文地与生活贴身肉搏，我失魂落魄，现实生活却依然按照它的方式不为所动地前行，这是我为之痛苦却又无能为力的"（雷平阳《雨林叙事·后记》）。

反类型化

《澜沧江在云南兰坪县境内的三十三条支流》是一首看起来极其类型化的诗，但是最终却达到了反类型化的目的。

其所涉的场景可以区分为表层文本和深层文本，而其引发争议的恰恰是表层文本。一再被忽略的深层文本是向"传统"的致敬，实则更为精准地印证了雷平阳的应激心理和现实焦虑。

而从更广泛的"世界诗歌"来看，"反诗"的出现往往代表了写作者对以往写作惯例和类型化的"反动"。"在早一些的诗里，史蒂文斯似乎爱用两种颇有差别的语式说话，一种偏向讥讽，甚至在不少人的感受中，是恶意，这类语式的诗一般显得怪异，奇想迭起，用词忽而粗俚，忽而艳俗，一种雅皮士的姿态讥讽自身的出格与世界的格格不入，因而在元诗的层面上也就故意摆出反诗的派头，来渲染对温雅守旧的写作的不满。"（张枣《"世界是一种力量，而不仅仅是存在"》）

反游记

很多作家成了负载游记的背包客，而雷平阳的写作印证了毫无退路可言的现代性景观的一次次逼迫。

雷平阳道出了真实不虚而又真假难辨的时代法则和文本法则。诗人必须留下证词，留下区别于现实和历史的纸上真实，这可以视为整个世界的灵魂缩影。

在现代性和城市化景观的情势下很多文本沦为了"游记"、地方志和景观手册。所以，我还是重申一下李敬泽在 2007 年所强调的"反游记"："我一向认为写游记在这个时代是一件无聊而可疑的事。在这个时代，无数人飞来飞去，旅游已成大规模工业，驾着汽车的先生小姐们探遍穷乡僻壤，摄像机和数码相机把世界的每一个羞处打开。'游记'的生活前提和文化全体几乎不复成立。"（《反游记·序》）

房　屋

2020 年 7 月 13 日，我再次来到欧家营土城乡雷平阳的乡下老宅。

此时，三间土房已经被拆掉了三分之二。这残存的老建筑旁边就是雷平阳的弟弟雷建阳刚刚兴建起来的三层楼房。一大一小、一黑一白、一高一低、一新一旧，恰好形成了时代的特殊装置。

作为物质文化和社会组织的结合物，作为家庭生活和社会生活的连接物，私人空间和公共空间的房屋具有极其重要的功能。与此相应，房屋和建筑还对应了不同居住者的社会地位和身份差异。

我们先来看看当年昭通地区的普通房屋是什么样的，"那是什么样的屋呵，土春的墙裂了许许多多的口子，最长的一道从墙根裂到墙头，娃娃儿的手都伸得进来。终年的烟熏火燎，屋里黑黢黢的"（夏天敏《好大一对羊》）。

这些房屋是日常化的情感空间，进而激发了空间现象学，让人热爱、记忆、焦虑。"'有人居住'的空间是一种缓慢而有机的创造的结果（这就是为什么我们可以谈论扎根的原因）。你不可能被动地待在那里保持不变：我们所保持的流动的相容性、协调性要求一种永久的生产活动或精神的创造。你在那里等待，在那里恐惧，在那里热爱，在那里记忆被唤起，焦虑或仇恨被突出"（让·欧米努）

雷平阳借助房屋完成的则是命运共同体般的黑色寓言和卑微故事，"我发现，每一寸电线上都结满了／蚂蚁，而且每一只蚂蚁／都在忙碌，模样惊人地相似／电线通到屋顶，再往前／就是远距离的跨度，直达另一座屋顶／电线上，仍然是密密麻麻的蚂蚁／我心头的恐惧更甚，担心电线／一直通向基诺山厉鬼的领地／它们这么来来去去，空着的身体／不知是否真的只在搬运空着的身体／我给蚂蚁拍照的时候／潘洗尘打来电话，说着我的诗歌／《大象之死》，我与他／一边聊着大象，一边看／电线上的蚂蚁火拼／它们为何内乱谁也不知道／但电线下方的屋顶上／很快就落满了蚂蚁的残肢断腿"（雷平阳《蚂蚁》）。

方　言

方言（topolect、dialect）以及次方言（方言片）、方言小片是原始思维，是记忆方式，也是世界观，它们最为直观地体现于人名、地名和器物名。晋代葛洪《抱朴子·钧世》："古书之多隐，未必昔人故欲难晓，或世异语变，或方言不同。"唐代皇甫冉《同诸公有怀绝句》："移家南渡久，童稚解方言。"明代唐寅《阊门即事》："五更市买何曾绝？四远方言总不同。"

2019 年的《中国语言文字概况》把汉语方言分为官话方言、晋方言、吴方言、徽方言、闽方言、粤方言、客家方言、赣方言、湘方言、平话土话等十大方言，而少数民族地区的语言则要更为复杂。

由雷平阳的说话腔调、语气我们总会想到云南方言。

对于方言来说，尤其是"地名"承载了空间历史和属地性格，"在西双版纳雨林中做田野调查时，我问香堂人：'哪一座山是蛮砖？'他们回答：'这儿没有这座山。'又问：'哪一座是倚邦？'他们回答：'这儿没有。'再问，回答都一样。后来才知道，他们认为，蛮砖、倚邦之类的山名，都是汉人叫的，他们有他们的叫法，汉人叫出来的山名，他们不接受"（雷平阳《建水追忆》）。

人们处于沉默和孤独的幻想之中，随之到来的还有焦虑与紧张。对于写作来说，云南以及昭通反倒是获得了格外的活力和效力。这印证了诗歌在本质上属于"方言"，"诗歌是脱离了大陆的一座岛。在我眼里，岛上的这些方言就和那人像额头的雨滴一样清新。它不是大理石像蹙眉而凝成的汗水，它是另一种清新的元素，雨滴和海盐调和的精华"（德里克·沃尔科特《安的列斯：史诗记忆之碎片》）。

方言对特殊的群体、族裔和地方性知识起到了最后的发声权利，词语范围、用语习惯和特有语调、语气构成了诗歌不可替代的癖性，也成了名副其实的族裔共同体。"滇南群山中，很多兄弟民族的母语均系孟高棉语系。从外形上看，该语系的字符类似于密码，也似杂草丛生的地方铺天盖地的羽虫，细碎，迷幻，互相勾连，感觉它们除了字符本意之外，还别有奉命。如果你进入了这个语系的覆盖区，在村庄里、火塘边、广场上、荒野中、道路的尽头、空山、墓地、寺庙，听到这一语系的使用者开口说话，无论他们是老人还是孩童，是僧侣还是妇人，是乡干部还是行踪迷离的文身师，是巫师还是与女神结婚后一生独处的未亡人，你都会发现，他们的语调、音质和开口说话时的表情，全都带有独白的性质。语调如雨林中层层落叶间的小溪流，若有若无，像游魂路过；音质似隔山听见的鸟啼，也似众蝉鸣响中突然迸出的白鹇之音，不经意地出现了声音的异响，不经意地又倏然地被空谷收走，仿佛灿烂的女神在彩云上现身；而他们说话时的表情，统一地有着善意与羞涩，又统一地对说话没什么兴趣，诉求少之又少，说了，说多或说少，意思表达后，说话的自身功能迅速作废。"（雷平阳《基诺山地名诗意考》）

在曾经的封闭社会——卡尔·波普尔将社会区分为封闭社会和开放社会——诗歌的语言和日常用语无论是符号、表象还是精神指向都与"地方性知识"联系在一起：

也许永远有一个天真的时间。

从没有一个地点。或假如没有时间，

假如它是一个无时间，亦无地点的事物，

唯独存在于它的理念里

在对抗灾祸的意义之中

——华莱士·史蒂文斯《秋天的极光》

"天真的时间"与"天真的空间"都不存在了，即使在诗人或哲学家的幻象里它们也不再是纯粹之物了。

然而，无论是封闭社会还是开放社会，它们对应的时间、空间、秩序以及经验、语言、心理结构都已经在全球范围内消失了。"时间恒定不变，就像一个封闭的空间。当某个更为复杂的社会成功地意识到时间时，它的工作更像是否定这个时间，因为它在时间中看到的不是一掠而过的事物，而是重新回来的事物。静态的社会根据其自然的即时经验去组织时间，参照的是循环时间的模式。"（居伊·德波《景观社会》）

一旦空间和地方因为异质力量而发生了颠覆性变化，那么包括方言在内的语言构成以及表述方式也必将随之改变并产生焦虑和恐慌。"当我朝着这个方向——以云南的原生文明特别是民族史诗中不容置疑的叙事方式为母体——艰难地挺进时，众多的业障内现之后，最要命的难题也出现了。因为'老天爷'有形无形地存在于字词中间，我开始放弃与无神论者关系密切的那些名词、动词、形容词，并反反复复地使用数量上处于劣势的有限的词。如此偏激、冒险的行动，当它均衡地分布在我的日常生活中，不用猜测，我身边的一切东西都开始变得反常，而且留在了过滤器上方的少量的词语，似乎也在行动中开始变得僵硬、无力，没有展现出我想象中的圣斗士的威力，'老天爷与真相'同样消失在了外部世界的茫茫迷雾之中。"（雷平阳《鲜花寺·自序》）

"词"和"物"的任何一方发生断裂，后果都是不堪设想的。"在'没有'与'空'高度统治的地界内／松树、岩石、溪水、飞鸟、白云、断崖、蝉鸣／死寂、野花、橄榄、枯草、阴影、日光、蚂蚁／凉风、构树，无疑都是另册之中的物种／应该有着另外的命名，至少只能用傣语／基诺语和布朗语称呼它们。面对未经许可的汉语的喊叫／它们有权保持沉默。"（雷平阳《鲜花寺》）这是现实和历史记忆层面的"词与物"的错乱，地方语言史的剧烈变更也正是自然史和地方史的变化甚至陨灭过程的对应。"自然史与语言是同时的；它与那个在记忆中分析表象的自我活动处于同一个层面上，确定了表象的共同要素，在这些要素的基础上确立起符号，并且最终强加名称。分类和言语都起源于表象在自身内部打开的同一个地方，因为这个地方是奉献给时间、记忆、反思、连续性的。"（米歇尔·福柯《词与物》）

方言是诗人的"原乡"，也是真正意义上的"母语"和"万古愁"。当这一"母语"和"方言"以及地方性知识被空前强化的时候，我们就只能说诗歌所要维护的那些精神元素已然到了被挑战的严峻时刻。诗人维护的正是将永远丧失的东西。这一悖论越来越不可避免地纠缠于雷平阳的写作中。这是方言和现实的双重悖论，而诗人必将背着这一悖论的巨石行走。

方言携带的地方记忆功能成了自我救赎的最后一根稻草，也是一个族群的最后表情。"在与他们交流的过程中，你明显地能够觉察到，他们没有什么想告诉你，也没有什么一定要问你，他就是一个独立王国，所有的话语均是家传的宝物，让你看一眼，他马上就要藏好了。当然，他们与他们相处、吟唱史诗、鲜花盛开的山顶上对唱情歌、田间地头互相调侃、巫师命令人与鬼通话、婚宴或葬礼上纵情歌哭、人迹罕至的林莽中结伴猎象、一次次的部族间血仇伐异、一场场抵挡汉人血洗而肩并肩站在一块儿、寺庙里诵经，他们的语调、音质和说话时的表情自会别开生面，语言回归语言，语言即是他们的传说与故乡。"（雷平阳《基诺山地名诗意考》）

废　墟

正如德里克·沃尔科特所说："历史的叹息起于废墟之上而非天地之间。"

废墟首先是反自我的，是异己的，"我们活在一个地方／不属于我们自己，更有甚者，不是我们自己"（华莱士·史蒂文斯《朝向一个至高虚构的笔记》）。

　　废墟是特殊的时空体残骸，是空间坍塌、物证破碎之后的特殊时间遗存："马楠山的废墟包括两个方面：一个方面是指搬迁的苗族人留下的残垣断壁；另一方面是指诗人孙世祥生前留在那儿、至今仍魂魄不散的小小天国。两种废墟如此亲密地胶着、互融，像一只鹰飞着的两只翅膀，充满了矛盾，却又有着一样的方向。"（雷平阳《马楠山废墟》）

　　当人们有朝一日突然发现自己站在了废墟前，曾经的一切已不复存在，他们就只能宿命般地在瓦砾堆和灰尘中寻找与自己相关的逝去的信息。"你甚至都不能称它为废墟——犹如一头巨大的动物死后所留下的骸骨，被虫蚁蛀食一空，化为齑粉，让风吹散，仅剩下一片可疑的印记。最后，连这片印记也为荒草和荆棘掩盖，什么都看不见。这片废墟，远离市声，惟有死一般的寂静。"（格非《望春风》）

　　废墟作为即将彻底丧失的空间是时间的最后印记，这一"最后"印记会使得任何人怀疑曾经拥有的空间和相应的时光。伤感、恍惚、怀疑、自我怀疑一起出现——当然也包括愤怒："和我行走在华沙废墟上时，阿尔法像所有幸存者一样，只感到被一种情绪支配：愤怒。"（米沃什《道德家阿尔法》）

　　废墟是精神分裂的事实。

坟　场

　　靠近城市的墓地都是整齐划一的，墓碑的材质和形状也是完全相同的，"亡者"被集体取消了差异。与此不同的是，错乱的高低起伏的乡村坟场有时候会让人隐隐不安或不寒而栗。

当我们从生与死的边界来审视坟场、墓地这一特殊空间的时候，人类的共同经验和心理结构就会滋生出来。"狮子山的海拔高度是多少，村里没人知道，它像一个几千米高的屏风，稳稳地顿在那儿。其阳面正对着村庄，一片斜坡，六十度左右，上面有一片坟地，坟墓的数量，远远多于村庄里的人数。每天，太阳一出来，首先照着的就是坟地，墓碑上镶嵌的小圆镜，也总能把太阳的红光变成白光，闪闪发亮，让村庄里许多往西走或往西看的人们，很难把眼睛彻底、自然地睁开。它们俯视的角度太逼人了，像祖先还端坐于上，而目光灼灼。"（雷平阳《村里人送葬处》）

在《狮子山的秋意》中雷平阳采用细描和深度描写的形式写到了刑场，这是对死亡的深度逼视，也是对历史地表掩盖之物的重新发掘："行将死去的人，当他最后一次抬起头颅，企图最后一次把自己的目光全部用尽，他很少看见自己的亲人，满眼都是陌生的山坡、发白的光线和戴着面具的行刑队员。"

疯癫之水

水是空前复杂的时间和物质的混合体。水，绝对不只是自然之物，它还对应了社会史和极其复杂的心理结构。水也是理性与非理性、神圣与癫狂的复合体，比如夜晚之水和白天之水的差异，比如清净之水、平静之水与浑浊之水、决堤之水的不同，比如"圣水"与日常饮用水的迥异等。"超出日常规范之外的行为总是隐含着某种未知的神圣性，疯癫似乎更接近神圣性的领域，就像一切痛苦与疯狂中都隐含着一丝神圣性一样。疯狂、痛苦、非理性行为，似乎提醒着被理性形式所切断的人与世界的未知部分的联系，非理性是二者之间一种充满危险的关系的体现，却能够将人送回到生命与宇宙最深层的秘密中。神圣行为具有放逐、遣返与送回的双重性质。"（耿占春《神圣性》）

如果在互联网搜索"怒江""澜沧江""金沙江"，我们就会惊异地发现这些水系与一个个崭新的水电站、拦河大坝和发电厂"焊接"在一起，"却也是／地产商得而诛之的澜沧江，是漫湾／电站、大朝山电站、小湾电站／糯扎渡电站、景洪电站和即将动工的／橄榄坝电站一再腰斩的澜沧江"（雷平阳《渡口》）。

从精神地理学的角度，这是血管被阻断的过程，也是记忆断流期的开始。水，在雷平阳以及其他同时代作家这里已经成了癫狂的象征之物、伦理之物甚至道德之物，它们对应于一个个失衡、失重的离心力的时刻，"缅甸人说：'她秘密地处死你／又让你感到她的优雅和高贵／又让你觉得，被她吞噬／乃是一种荣光。'他们说的是伊洛瓦底江／一条穿着黄色袈裟的大江，像一面／带状的、流动的镜子，人们用它校正／诵经时的词义、音调和口形／孟加拉虎因它而具有了菩萨心肠／僧侣的队伍行走在岸上／怀中经卷，被血汗泡软，预示了／一个王国庞大而华美的哀伤"（雷平阳《穿着袈裟的江》）。

弥漫在文字中的水汽让我想到当年米歇尔·福柯将水置放于精神病院的情形：

水，在精神病院的道德氛围中，使人面对赤裸裸的现实，它具有强大的洁净力，既是洗礼，也是忏悔，在使患者回到误失之前的状态的同时，使他彻底认识自我。

我们再来看看雷平阳笔下的"疯癫之水"：

这些河流／它们更像是几支精神病患者组成／的队伍，在梦境中演练癫狂／／我们为之恐惧的景象／当然还没有绝迹，孕育这些景象／的高原依旧矗立。不幸的是／在与河流赛跑的队列中／我们常常是最醒目的，像一圈圈／蚂蚁在腐朽的牛骨上雕刻出的花纹

——《有几条河流在赛跑》

风格 VS 反风格

从 1985 年在《彝良报》发表作品至今的三十多年时间里，雷平阳的文本面貌以及他的文学观和世界观都发生了变化。这些变化的部分以及没有变化的一直持守的部分一起形成了雷平阳的文本风格和精神肖像。这也使得他标志性甚至风格化地区别于同时代的诗人和作家。

那么，雷平阳的写作已经风格化了吗？

风格化，对于一个作家而言是双刃剑。

自然的风格主义，在一片透镜中被捕到

并在那里成为一种精神的风格主义，

一片透镜挤满了能走多远就走多远的事物。

——华莱士·史蒂文斯《望过田野看鸟飞翔》

雷平阳的诗歌以及散文写作也许是偏执的、一意孤行的，不给自己和这个时代留任何退路的，但是这种写作策略在形成其文本内在性

的法度以及思想深度的同时，也使得风格化的雷平阳逐渐成形。

雷平阳的散文基本上是笔记体的写法，雷平阳早期的《白毛记》《金色池塘》《丧心病狂》《斧头》《哺鼠小记》《毒药》《意外》《诅咒》《屋顶上的歌者》《自由落体》《乌鸦之死》《毒药》（大多收入了2003年百花文艺出版社出版的散文集《云南黄昏的秩序》）等散文都可以当作笔记体小说来读。

大体而言它们都携带了极其怪诞、恐怖、酷烈和残忍的场面，"这些随笔，诞生于我持守'无意义写作'的那些特殊年头。吊诡的是，这些自称'无意义'的作品，因为毒药、凶杀、放蛊、丧乱、阴邪和乡愁等元素的存在，它们的幽暗之光便硬生生地迸射着，令人心神恍惚"（《黄昏记·序》）。

陈超先生曾经如是说："那些只为一种风格而写作是可疑的，那是一种源于阅读或是累积象征资本的写作。"显然，这是对风格化和伦理化写作者们的警告。

然而，在一个比较长的时段内，在由工业社会向后工业社会过渡和急剧转换的过程中，文学中到处都是"痛苦法则""怨愤诗学"以及流行的社会学阅读，而人们已经忘却了阿尔贝·加缪所说过的话："从未有过一部天才的作品是建立在仇恨和轻蔑之上的，这就是为什么艺术家在其行进终了时总是宽恕而不是谴责。他不是法官，而是辩护者。他是活生生的创造物的永远的辩护人，因为创造物是活生生的。"（《艺术家及其时代》）

风　景

裂变化的"风景"是现代性的产物，是认知装置被不断调整甚至颠倒的过程，"不是固有的风景被人们发现了，而是个性觉醒和内在主体性的确立使人们以全新的认识范式将自我投影到客观'风景'中"（赵京华《日本现代文学的起源·译者后记》）。

"风景"曾经存在过凝恒的稳定状态，它们在中国传统画家和诗人那里成为现实游历或精神"卧游"的乌托邦。青绿山水、金碧山水、水墨山水、浅绛山水、没骨山水无不是"山水比德"的化身，人是山水的灵魂，山水是人的精神子宫，"郑公粉绘随长夜，曹霸丹青已白头。天下何曾有山水，人间不解重骅骝"（杜甫《存殁口号·之二》）。

"山水画"和"山水诗"构成了静止或动态的文人宗教——

> 一个老人坐
> 在一棵松树的阴影里
> 在中国。
> 他看见飞燕草，
> 蓝白色的，
> 在阴影的边缘，
> 随风而动。
> 他的胡子随风而动。
> 松树随风而动，
> 于是水流
> 过野草。
>
> ——华莱士·史蒂文斯《六幅有意味的风景画》

"风景"也往往意味着陌生，更易于激发观察者的冲动和惊异效果，"眼前的壮观风景与列维-斯特劳斯所熟悉的欧洲风景截然不同。

这风景属于一个不同的层级，其恢弘他从未体验过。多年之后，在回忆这段往事的时候，他指出，要能欣赏这风景，看的人必须做心理调适，调整心中的视角和比例，因为其巨大无朋会让人整个被缩小"（帕特里克·威肯《实验室里的诗人：列维-斯特劳斯》）。

现代性"风景"的发现与观看者的主体意识、心理结构以及时代伦理密切关联，其差异并不仅仅来自自然环境本身。雷平阳的"风景"更多与"云南"有关，而"云南"在雷平阳这里就是个体主体性以及整个世界的化身或替身。具体到雷平阳，这些"风景"往往是残破的，是受到了现代性力量巨大戕害的，"单一的橡胶林，取代了雨林的迷局"（雷平阳《渡口》）。

雷平阳残破的惊悚的"风景"让我想到当年患病期间的荷尔德林。

荷尔德林对故乡风景的观察和抒写让我们看到了无法逾越的距离和心理障碍，"在这些诗中，已经不再出现故乡了。这个词在荷尔德林的语言宝藏中消失了，风景的描写不再包含熟悉的特征。也许，大自然使观察者平静下来：'观察使内心安宁，正如画面那样。'但这是纯粹的画面，风景不再受到喜爱，因此也不再属于故乡。荷尔德林在观察风景的时候，保持着跟他的客人同样的距离。精神上故乡的缺失或许也同属于患病的症状"（沃尔夫冈·宾德尔《论荷尔德林》）。

否定性力量

伴随现代性的席卷，曾经不变的风景已经发生变异，事物的连续性终止，与此同时所有事物的相似性和同质化程度空前加强。标准化的世界正在诞生，否定性力量无处不在，"所有伟大的事物都已被否定，我们生活在一种新的、本土的神话的错综复杂之中，政治的、经济的、诗学的，它被一种日益扩大的不连贯性所肯定。与之相伴的是一切权威的缺席，除了力量，正在实施的或即将逼近的力量。所谓理性的降格是权威缺席的一个例子"（华莱士·史蒂文斯《高贵的骑士和词语的声音》）。

正如雷平阳所说："红色将变为黑色。只有速度依旧。"

"断裂""否定"情势下的时代风物是和历史废墟叠加在一起的，一个现代人同时也是一个老旧的前现代者。他们互相发问、彼此质疑。

福克纳悖论

对于很多作家来说写作就是重新回到母体和"家"，这是免于异化的精神维护，正如余华所说："我只要写作，就是回家。"但是，福克纳式的还乡悖论来到了很多人身边，"深深地爱着这里虽然他也无法不恨这里的某些东西，因为他现在知道你不是因为什么而爱的；你是无法不爱；不是因为那里有美好的东西，而是因为尽管有不美好的东西你也无法不爱"（福克纳《密西西比》）。

达尔文提前发现了"还乡"的阴影："只不过几天前，我还期盼，这一座荡漾在大海中虚无缥缈的堡垒会成为我们返乡航程中的一个定点，但是，现在我发觉，就像我们的想象力停驻的每一个地方，它其实只不过是一个阴影。"（达尔文《小猎犬号航海记》）

关于"重返"的悖论主题一次次出现在雷平阳的写作中，尽管这是徒劳的辨认过程，是一次次被抛离和遗弃的过程："'故地重游'或'重返现场'，在精神史上一直是人们证实思想依据、寻找情感皈寄和记录时间断面的一个有效途径。我之后的一次次重返勐海和这一次在物是人非、物非人是的激烈现场上所做的勐海梦游，大抵也可以看成是我对思想依据、情感皈寄和时间断面兴之所至的反复体验与确认。"（雷平阳《茶神在山上·自序》）

埃利蒂斯说过："因为即使太阳和海浪也只是一种拼音的笔迹／它只有在流放和忧愁的时候才能辨识。"（《银白色礼物的诗》）一切都变了，回乡者也在返乡途中变成了十足的陌生人和游荡者，成了永远无法返回的奥德修斯，"今夜，他提着空酒瓶／醉步走近了院里的水缸／水中的脸，祖父、父亲，娘……／换了一张又一张，张张／都是月亮，张张都有他的泪水／在上面流淌，变成晚霜／／醉了的指头不敢敲门／只能用酒瓶底，叩了叩院墙／像个苍老的盗贼一样，他爱上／院角的一堆羊骨。羊骨泛白／由内向外，几只蚂蚁／搬运着孤苦，和荒凉"（雷平阳《返乡》）。

正是因为永远无法真正返乡，所以雷平阳这个无比孤独、沉默的"异乡人"会时时有回到故乡去的虚妄和冲动，"我常常一人在天空里喝酒／地面上的亲朋们／他们一直想不明白，我为什么要一个人／在天空里喝酒：'为什么？'／他们忍不住问我的时候，我往往／酩酊大醉了。舌头肿大，思想混乱／根本回答不了他们的提问／只会像头狮子，在天空中／发出一声声空洞的怒吼"（雷平阳《天空里喝酒》）。

一些人注定成了孤筏远洋者，即使有朝一日重返故地，那种情感的复杂性已经难以言表，而悖论正在于时代的"史诗"是由离乡者们来完成的，"半个多世纪之后，我重返我的出生地维尔诺，这就像一个圆圈最终画成。我能够领会这种好运，是它使我与我的过去重逢，这太难得了。这一经验强大，复杂，而要表述它则超出了我的语言能力。沉浸在情感的波涛之中，我也许只是无话可说。正因为如此，我回到了间接的自我表达方式，即，我开始为各种人物素描与事件登记造册，而不是谈论我自己"（米沃什《米沃什词典》）。

圣-琼·佩斯甚至在《流亡》中更为直接地揭示了无乡可返的残酷真相——

　　哦，诗人啊，是时候放弃你的名字，你的出生，和你的族裔了……

浮木塞江与杀伐

　　现代生活与自然形态之间越来越多的是冲突和不解，奇异树种曾经带来的陶醉、震惊最终转化为生存的矛盾和人性的龃龉。

　　在历史上，昭通的关河、横江、永善一带盛产楠木，明清时期的皇家宫殿和陵园的特大木料多取自于此，时有"浮木塞江"的景象。时过境迁，随着现代性和城市化空间的快速扩张，尤其是自然生态边界的日益缩减，人与树木原生的日常关系和精神关联早就遭受到了挑战，而树的命运也正是现代社会下人的命运——

　　用木头，我们建起了寺庙
　　或教堂，也建起了宫廷、战船和家族
　　的祠堂。紫檀或沉香，雕出的佛像
　　念珠和十字架，今天，我们还佩戴在身上
　　尺度和欲望不同，木头的建筑
　　大的，享有专用的邮政编码
　　小的，小如尘埃。"你看，这根廊柱
　　粗得不可思议！"老宫殿里

人们常常忍不住惊叹。景区的宣传册

一般都会重点强调，这些原木

出自遥远的南方，江水上浮来

九万九千根下水，到了这儿，只剩下

九百九十根……多么幸运

这些木头，它们还活着

以宗教或宫殿的名义，肃穆、庄严、神圣

金碧辉煌。那些走丢的、下落不明的

被焚毁的或腐烂的，它们的传奇

已经不会被调查、记录和讲述

它们成长的山峦，变成了梯田、化肥

和农药，让泥土患上了健忘症

——雷平阳《木头记》

我想到 E. M. 齐奥朗说的一句深刻而惊心的话："只有在命悬一线的时候你才真正活着。"

在现代性的法则之下，人和树一样都成了没有自主权的被动搬运物，命运是被动的，也永远是黑暗的，生存空间彻底变了，"把它育大，让风吹它／它就有了姓氏，在高出屋顶的地方／开出白颜色的花；把它的花收走／让它和瞎子一起抱着云团，在空气的楼梯上／爬上爬下，并在躯体的最低处／筑起一座座汁液的宝塔……／它带来的不是意外之喜，有着姓氏的树／有梨，还有杏、李、枣和柿／一大堆，在站台上，等待着搬运／像瞎子想象了一生的光，它们是黑的"（雷平阳《梨树》）。

雷平阳一次又一次写到那些被杀伐的令人震颤不已的事物和场景："所以人们都知道，毕生活在真理的流水上／谁都不会在枝断叶落时奢望真理的护持／为生死尽义务，拯救之光顾及不了朽木／谁还会在灭顶之时高喊救命／伐木机轰隆隆地响着，挥舞着／长长的钢铁巨臂，粉碎机被扬起的灰尘／所笼罩，嚼食硬物的声音却清晰无比／我能给窗外的银桦树一点点／安慰吗？对它施加的刑罚／难道没有针对我？难道不是它在替我／以沉默应对这一切？我下了楼／向伐木工索要了一袋银桦树发烫的灰烬／静静地放在书架顶层。我想，百年之后／它们将掺进我的骨灰，成为我的一部分"（雷平阳《对银桦树的安慰》）。

复合体

借助这一复合体的"父亲"结构，雷平阳得以一次次异常艰难地完成对人性、家族、命运、现实的持续考察和内在挖掘。

"父亲"这一形象的寓意和精神指向，显然既是变化的又遵循了个人的精神法则。总之，这是一个不同寻常的"父亲"形象或"父系"精神谱系，可以由"父亲"向家族的上游（"祖父""祖先""历史"）和下游（"我""儿子""孙子""后代""未来"）两个维度扩展。由此，这一复合形象具有明显的符号性和文化意指，尽管附着其上的细节、场景和故事极其真切而如在目前。

复活术

赞美和苦难是一体的，真实和幻象也是一体的，而从终极的生存角度来看，叩访时间本身是异常艰难的，这时往往会有白日梦和复活术用来缓解现实中的焦虑和分裂，"白鹤是一个美人／在树冠和云朵之间／用裙子赶路。它将埋骨于气流里／它将往来两空／我躺在松针上假寐／唉，松针，这些天空里落下的／鸟骨，它们托举着我／在高出山梁一寸的高空"（雷平阳《白鹤》）。

雷平阳在 2020 年春天完成的长诗《松鹤图》中再次给我们上演了精神意义上的泅渡者、下沉者和获救者的复活术，"——神话的伦理已然忽视了我们新一轮的溃败／不负责任的想象将语言的本质改了又改。我将书籍／插进书架，坐在瘿木制成的茶台边俯首于虚无／仍然没有意识到不朽的神话只是为了让我们／盲目赴死的戏剧反反复复地重演无数次"。

想象中的松鹤图是梦，是白日梦，梦中的山冈、松林、白鹤、湖水和月光经由黑夜中的泅渡者完成，"现在的水变成过去的水／一只白鹤飞过，像一封信从水面寄出"。但是，梦中的一切图景都已经随着一个时代的结束而彻底消散了。这是一个独白的幽灵在表演过去时间复活的幻术，但是这一幻术只能在梦里完成，一旦从梦中醒来则一切都不复存在，"我从梦境中带出来／一根松枝和一只塑料鹤，松枝未朽／沾黏着几缕无名氏的毛发，塑料鹤已是一堆零件"。

"松鹤图"是雷平阳在乌托邦中的最后一晚，"左手鹤翅，右手松枝，文字中的天堂／正在惨遭洗劫"。

精神传统意义上的"松鹤图"时代早已一去不返了，"嚯，嚯，嚯……松风卷走了白鹤，几十米外的道路上卷过来的尘雾罩住了我们。待尘雾散开，他磨刀的地方空空如也，松树已经被他砍倒，他早已不知去向。几片鹤羽在夕光中上下翻飞"（雷平阳《梦见》）。

寄托，最终成了无所托，归途到了尽头成了穷途末路。正如唐初的王梵志一样，最终在生活无着而"身无一物"时遁入空门。

父　亲

　　列维-斯特劳斯曾经在《猞猁的故事》中引述了发端于弗拉特瑞角地区的一个神话，年老的丑陋的父亲、年轻优雅的妻子与年少英俊的儿子之间发生的乱伦故事。斯特劳斯将其引申为"家族气象学"，父亲往南被称为南风，儿子往北被称为北风，值得注意的是女人被贬称为一棵树，"临走之前，老头命令女人走进森林深处，人们今后就叫她簇嘎结，一种长满结疤的针叶树。从那时起，南风带来暴风雨，北风带来晴天，簇嘎结生出很旺的火"。

　　《春秋·公羊传》中有言："圣人皆无父，感天而生。"可惜，我们都很难成为圣人，而是凡人。无论是从精神分析、原型还是日常家庭生活和人格心理的影响而言，"父亲"的作用对于孩子的成长、性格尤其是童年经验来说至关重要，"在家庭生活中，父亲的作用与母亲的作用一样重要。开始时，他与孩子的关系没有那么亲密。后来，他的影响才产生效果。如果母亲未能把孩子的兴趣扩展到父亲身上，对此我们已经提到会出现的一些危险。在发展社会感的过程中，这种孩子会遇到严重的障碍"（阿尔弗雷德·阿德勒《父亲的作用》）。

　　在父权家族体系中"父亲"是家庭权威和日常生活的象征，他所在的位置需要其他家庭成员尤其是孩子们仰望，"作为父亲　您带回面包和盐／黑色长桌　您居中而坐／那是属于皇帝教授和社论的位置／儿子们挂在两旁　不是谈判者／而是金纽扣　使您闪闪发光／您从那儿抚摸我们"（于坚《感谢父亲》）。

　　赫伯特·陶贝尔认为"父亲是上帝的一个侧面"，而在瓦尔特·本雅明看来"父亲是一个惩罚者"。阿瑟·密勒则强调："父亲其实是这样一个角色，他集权力和道德法则于一身，对此他抑或亲手破坏，抑或备受其折磨。他扮演着一个巨大的阴影。"

对于有着不同的童年经验的人来说，"父亲"的形象是具有差异性的，甚至汤养宗曾在一首诗中强调"父亲"（书面语）和"爸爸"（口语）所携带的情感含量和功能的差异，强调它们指向的绝对不是同一个事物，"父亲与你们习惯叫的爸爸绝不是 ／ 同一个词。绝，不是。／ 棉布与纤维板，一嗅就嗅出差别在哪里"（汤养宗《父亲与爸爸绝不是同一个词》）。

有一点是肯定的，"父亲"所携带的是特殊的家庭教育和成长氛围的印记，"对父亲最早的记忆来自一张老照片：背景是天坛祈年殿，父亲开怀笑着，双臂交叠，探身伏在汉白玉栏杆上。洗照片时，他让照相馆沿汉白玉栏杆剪裁，由于栏杆不感光，乍一看，还以为衣袖从照片内框滑出来。这张照片摄于我出生前。喜欢这张照片，是因为我从未见他这样笑过，充满青春的自信。我愿意相信这是关于他的记忆的起点"（北岛《父亲》）。

由北岛所展示的陌生的青年时代父亲的照片，我想到的是雷蒙德·卡佛的诗《我父亲二十二岁时的照片》。卡佛为我们展示了更为隐秘和戏剧化的父子基因和性格的承续，这是带有密码的家族档案，也是难解的家族命运的缩影——

> 十月。在这阴湿，陌生的厨房里
> 我端详父亲那张拘谨的年轻人的脸。
> 他腼腆地咧开嘴笑，一只手拎着一串
> 多刺的金鲈，另一只手
> 是一瓶嘉士伯啤酒。

穿着牛仔裤和粗棉布衬衫，他靠在

1934 年的福特车的前挡泥板上。

他想给子孙摆出一副粗率而健壮的模样，

耳朵上歪着一顶旧帽子。

整整一生父亲都想要敢作敢为。

但眼睛出卖了他，还有他的手

松垮地拎着那串死鲈

和那瓶啤酒。父亲，我爱你，

但我怎么能说谢谢你？我也同样管不住我的酒，

甚至不知道到哪里去钓鱼。

（舒丹丹 译）

卡佛在《我父亲的一生》中再次提到了《我父亲二十二岁时的照片》这首诗，他着意告诉读者的是诗和现实是有一定区别的，而这一区别显然来自诗人的选择和变调："在细节上，这首诗是真实的，只是我父亲死在 6 月，而不是像这首诗第一个词所述的 10 月。我需要超过一个音节的词，好拖长一点。然而这不仅仅是这样。我需要找一个适合写这首诗感觉的月份——一个白天短、光线变暗、空中有烟雾、事物在消失的月份。6 月是夏天的日夜，毕业典礼，我的结婚纪念日，我两个孩子之一的生日。6 月不应该是父亲去世的月份。"

"父亲"总会成为作家们叙述道路中绕不开的关键形象，雷平阳更不例外。

"父亲"有时是个案，有时则带是整体的象征，后者更像是一个个寓言支撑起的家谱、档案或草丛中的一角墓碑。

如果"父亲"成为一个时期的社会符号或历史象征，那么他会更加复杂甚至充满了重重矛盾。那么，什么才是真正意义上的与时代、个体相关的"真实的父亲"？

先锋作家们一次次写到"父亲"，而他们的写法以及"父亲"形象之间的差别判若云泥。

"真实"这个词本身就是可疑的，每个人的体验和命运不同，而通过文字再现或虚构的途径也不同。我们从现象学的角度看到的更多是镜像、碎片、点阵或拟像，它们所建立起来的是"复数的父亲"："所以我选择了镜子。我喜欢镜子。镜子，放置在侧面。我用镜子对准父亲（未曾获得他的允许），并且不止一枚：这样，我就有了多个父亲，有了不同的侧面——镜子使父亲从单一中解脱出来，成为复数，获得形象的繁殖：镜子里的'父亲'远比站在那里、拿着嗡嗡作响的剃须刀修剪胡须的父亲丰富得多，甚至真实得多。"（李浩《镜子里的父亲》）

雷平阳的长诗《祭父帖》则将"父亲"形象推向了极致，这是现实痛苦境遇的折射和驱动使然，"在长诗《祭父帖》里，我曾写到父亲出殡的前夜，母亲用衣衫不知疲倦地擦拭着父亲的棺木，仿佛想用油光可鉴的棺木做镜子"（雷平阳《我的父亲和母亲》）。

《祭父帖》影响非常大，追随者甚众，而写同题诗的人不在少数。"最近我很难过，唯一能想到的亲人就是你／可你在深土里，那年我们一起动手把你埋了，／我很后悔。现在。／也许你试过很多种方式，想重新活过来。／要是选择植物，你一定能高出自己大半截了。／可你坟头的草，长高的那些都被村里的傻子割了。／我刚刚从田边走过，每年的庄稼哥哥都收了，／他说你也不在其中。"（离离《祭父帖》）

围绕着这位"父亲"我们看到了黑夜重压下的一个沉默的父亲、疾病的父亲、困厄的父亲、无名的父亲、异名的父亲。需要有人站出来让他说话，为他疗治，为他"正名"，让他复活、流泪并再次受难、失忆、死去。

像在天边，我们都看见了他的泪

像掺了太多的骨粉，黏糊糊的，不知有多重

停在脸颊上，坠歪了他的脸。他又一次

找了根绳索，把自己升起来，挂在屋檐

一个还没有嚼完黄连的人，想逃往天堂

　　这不只是一个人现实生活中的乡下的父亲，而是"同时代人"意义上的精神共时体的父亲。这是一个世代又一个世代"父系"影像的叠加和基因承续，就如威廉·福克纳所说的那样："正如他在自己的故事里所讲的那样，他的父亲不仅肉体上为他播下种子，而且往他身上灌输了做一个作家必须具备的那种信仰，那就是相信自己的感情是很重要的，父亲另外还灌输给他一种欲望，迫切希望把自己的感情诉说给别人听。"（《舍伍德·安德森》）

G

高速公路

地方性和本土化的弱化、崩毁、破碎成为全球化的事实。

米兰·昆德拉十分敏感而焦虑地发现时代变化导致的时间和空间的差异和断裂，比如他对道路和公路的区分："道路：这是人们在上面漫步的狭长土地。公路有别于道路，不仅因为在公路上驱车，而且因为公路只不过是将一点与另一点联系起来的普通路线。公路本身没有丝毫意义；惟有公路连接的两点才有意义。而道路是对空间表示的敬意。每一段路本身都具有一种含义，催促我们歇歇脚。公路胜利地剥夺了空间的价值，今日，空间不是别的，只是对人的运动的阻碍，只是时间的损耗。"（《不朽》）

看着一条条高速公路，比江水孔武百倍
更能迅速掠走仅有的血滴，请允许我战栗

——雷平阳《大江东去帖》

高速公路没有起点也没有终点，而是网状的运输结构，共性的参照体系消失了，"此世的反常之处／就是对未来层层设防，对现实则采取／苛责与丢掉的态度。高速公路直通遗忘／山峰在跳高。所以他们不敢把水声弄得太响／返程路上也放轻了步伐"（雷平阳《在弥勒县》）。这导致的是没有归路甚至没有未来的写作，写作者无论是现实境遇还是精神情势都要经受持续的摩擦和龃龉。就如土路、道路和公路、高速公路的区别，现代性时间总会让人产生分化甚至异化的噬心经验，"我沉陷在了对关双山世外桃源般生活的无限向往与对关双山滞后于景迈山的无限焦虑的剧烈矛盾中，进退失据"（雷平阳《关双山的空寂与焦虑》）。

　　一个悖论是交通空间又形成了巨大的吸引力和扩散力，空间的快速抵达带来一个又一个景观，"交通庞大的、自发产生的景观。一种彻底的集体行为，被全部人口搬上舞台，一天二十四小时不间断上演。由于设施的规模和将这个循环网络联系起来的某种共谋性，交通在这里具有了一种富有戏剧性的吸引力，获得了某种象征性组织的地位"（让·波德里亚《美国》）。

　　雷平阳在奔赴了几十座大山、几十条河流以及上百个村落、寨子之后，在极其痛苦的寻找中他一次次失败而归，过往的一切只能是乌托邦幻境而不可能实实在在地发生于脚下和现实，"我想找一个地方，建一座房子／东边最好有山，南边最好有水／北边，应该有可以耕种的几亩地／至于西边，必须有一条高速公路／我哪儿都不想去了／就想住在那儿，读几本书／诗经，论语，聊斋；种几棵菜／南瓜，白菜，豆荚；听几声鸟叫／斑鸠，麻雀，画眉……／如果真的闲下来，无所事事／就让我坐在屋檐下，在寂静的水声中／看路上飞速穿梭的车辆／替我复述我一生高速奔波的苦楚"（雷平阳《高速公路》）。

这种"坐下来""静下来"的凝视和观察方式显然是过去时态的，在"当代"境遇中这是绝对不可能实现的，所以不能实现的就只能安放在诗中了。诗歌成了安身立命的手段。面对"高速公路"以及眩晕的景观和隔离带，雷平阳在给我们设置了虚幻的田园乌托邦向往的同时也在紧紧地盯视着当下，他提供的是黑色的精神事件——严酷而又无解的现代性事件，"他们都不相信／没有恶灵附体，石头也会飞夺人命／更重要的是，在公路上／无端死去的人已经不少／都死得惨不忍睹。他们双手合十／不敢继续深挖事件的谜底……"（雷平阳《事件》）

雷平阳文本中不断出现"速度"和"高速公路"，他试图一次次给加速度的景观踩下刹车，"速度创造了纯粹的物体。它自身就是个纯粹物，因为它抹平了地面和地域的参照点，因为它溯时间之流而上而取消了时间自身，因为它比自己的动因走得更快，通过回溯动因而毁灭了它。速度是结果对原因的胜利，是瞬间性对作为深度的时间的胜利"（让·波德里亚《美国》）。

一条条蔓延和覆盖的高速公路网络与过去时的空间和时间背道而驰，它们是以抹平以往踪迹、地标和记忆为前提的。这是遗忘对记忆的胜利，这是速度对驻足、凝视和漫游的取缔。由此，诗人只能借助于超验和幻象来完成减速、折返或者僭越的心路历程——

> 今夜的雨声模仿了
>
> 大海和钟声。它还想模仿大象和猎象人
>
> 两种不同的心跳，但没有如愿
>
> ——在通往印度支那半岛的国家高速公路上
>
> 我驱车向南，又看见它模仿月光
>
> 啊，月光如水的世界

一头大象横穿公路

它捣毁了冷灰色的金属隔离栏

庞大的身躯悬挂溪水，悬崖一样行走

仿佛蒙垢多年的铜佛来到了暴雨之中

———雷平阳《雨夜》

显然，雷平阳揭示的"高速公路"的场面是惊心动魄的。

钢铁神话

在隆隆的钢铁巨兽时常在耳边吼叫的时候，我一次次想到罗兰·巴特所描述的"埃菲尔铁塔"式的现代钢铁社会和资本化时代的寓言："钢铁的神祇为罗马的火神，其生产地则为车间：它是一种不折不扣的可运作的材料。这种材料在象征的意义上，与人对自然的一种粗暴而趾高气扬的支配观念相联系。铁的历史，实际上是人类晚近历史发展的一部分。"

曾经乐观的时代伦理耗散殆尽，而被现代性制度击败的惨烈事实却几乎无处不在，"橡胶林的队伍，在海拔 1000 米／以下，集结、跑步、喊口号／版纳的热带雨林／一步步后退，退过了澜沧江／退到了苦寒的山顶上／有几次，路过刚刚毁掉的山林／像置身于无边的屠宰场／砍倒或烧死的大树边，空气里／设了一个个灵堂。后娘养的橡胶苗／弱不禁风，在骨灰里成长／大象和孟加拉虎，远走老挝／那儿还残存着一个梦乡／一只麂子，出现在黄昏，他的脊梁／被倒下的树干压断，不能动弹／疼痛，击败了他。谁领教过／斧头砍断肢体的疼？我想说的是／或许，这只麂子的疼，／就是那种疼，甚至更疼——／一种强行施赠的、喊不出来的／正在死亡的疼。活不过来的疼"（雷平阳《2007 年六月，版纳》）。

"哥伦比亚的福克纳"

从普泛性和影响的焦虑来说，每一位真正的作家都不想沦为仿写者和二手货色："出名之后，加西亚·马尔克斯发现自己一再地被诱导去讨论他的作品受到多少福克纳的'影响'；在这个问题的背后常常隐藏着一个更阴险的问题：他是否'抄袭'福克纳？也就是说，他是否缺乏真正的原创性？"（杰拉德·马丁《加西亚·马尔克斯传》）

任何一个有所作为的写作者都不希望降格成为"哥伦比亚的福克纳""拉丁美洲的卡夫卡"或者"中国的米沃什"。在任何时代，没有生命感、现实能力和本土精神以及创造能力的写作从来都是无效的，然而我们目睹了越来越多的"世界诗人"的得意洋洋的面孔。"你的这些诗，太洋气了。让我挑出一些词——只挑扎我眼的——看看你的趣味（但愿我不是统计学的滥用）：脱脂牛奶、麦片粥、苹果派、杜松子酒、旅行支票、万圣节、海格利斯、圣水盆……还不算那些'不扎眼'的洋词儿以及你诗歌语境的洋味儿。我去你那儿住过，也看过你工作的地方，我相信你的城市这几年发展很冲但还没有猛到这等地步。为什么不能写写你用来放翻我的'花雕'？写写我返石那天早晨一场暴雨阻断了排水不畅的著名马路？写写你的老'永久'自行车被我压瘪（你却写什么'灰狗汽车的后视镜'之类）？总之，这些诗感动不了我，它和我无关呵，也和你无关。"（陈超《写写我们的生活》）

雷平阳早就深刻地意识到"想要写出一首好诗，是一个／世界性难题"（《难题》）。

当年昌耀把自己的写作比为"穷途之哭"，但是任何诗人都必须面对真实读者和想象中的读者——也包括未来的终极读者，"请原谅，在这虚幻／而又寒冷的人世／我没有什么具体的礼物／奉献给诸位。就让这些文字／和文字中幸存的尊严、自由和爱／在诸位的手心停顿一会儿／供诸位的手心停顿一会儿／供诸位借以想象：那诱人的／家园、烈酒与火焰……／我也在这些文字中，面对未来／有时缄默，有时微笑"（雷平阳《致读者》）。

个人总结

评价一个诗人必须放置在"当代"和"同时代人"的认知装置之中。

雷平阳对自己的写作有着极为清晰和清醒的描述与评价："2006年出版的诗集《雷平阳诗选》是我的第一本诗集，立足于'记忆'与'梦幻'，书写了正在失散的精神乡愁；2009年出版的诗集《云南记》则产生于我尽情游历云南各地的旅途之上，力图找到诗歌语言与原生山水文明之间契合的交流通道，自建一片纸上的旷野，让旷野上的人神鬼世界和佛教文明与汹涌而来的工商文明展开对话、对质、对抗，并从中获取自己心灵的第三条道路；2010年至2014年间，我一直在云南西双版纳的热带雨林中做田野调查，特别是多次寄居于基诺山中，对产生于其间的基诺族文化进行了认真的了解与思考。其间写下的诗作编辑成册，即为《基诺山》，于2014年底出版发行。这部诗集，我确认了自己是山地文明与工商文明之间的'偷渡客'身份，试图将'现实生活'有效而又无迹可查地变为'诗歌中的现实'。为了实现这一看似常识化的诗学目标，我给自己设定了第二个身份，也就是基诺山上一个与女神结婚而又孤守于人世的诗人，让天堂之门敞开，让生与死同行。2014 年至 2017 年，我继续着我的山水漫游，但视角有了变化，我不再执着地关注世界的有限性、受伤的文明和山水间的黑暗，而是通过自己的观察与思想，试图在书写中像送流水一样送走这一切，于中国诗歌的叹息传统中增设可以'悠然见'，可以'人不知'的现代'南山'或'辋川'，于是 2017 年秋，我所出版的两本诗集《击壤歌》和《送流水》在一以贯之书写的人、神、鬼同在的山中王国中，更多地出现了因为虚构而产生的未知之美，因为宁静的审视发掘出来的日常性中的人性乃至神性，而不仅仅只是一个王国的孤独与焦虑；吟唱挽歌的声音里出现了阳光和月色，而不仅仅只是哀鸣。"（《云南记·再版序》）

工 地

正如余华所说："没有一种生活是可惜的。"

当年，雷平阳任《云南建筑报》的副刊编辑，负责给上级机关写新闻报道。他时有机会出入于大大小小的工地。这使得一个人的眼界发生了根本性变化并进而影响到了写作观念，"那一段时光，我生活中充斥着的元素更多的是建筑工地、底层务工人员和朝夕难保的生计。住在狭小的活动房或四面漏风的工棚里，我想得最多的就是什么时候才会有一间书房；其次，我早已厌倦了漂泊，想有一个可以停顿的地方"（《奔跑中呼喊》）。

工地带来的不只是空间层面旧建筑的消失和新建筑的诞生，而且与旧建筑相关联的其他事物、痕迹以及记忆也一并抹去了。

从 1991 年开始，昆明郊区、建筑工地以及殡仪馆、精神病院给雷平阳带来了完全不同的生存体验，他也目睹和直击了不同以往的生活方式甚至死亡方式，"死亡来临的方式／与惯常没有什么不同：一个年老的／四川民工，提着一桶红色的油漆／他想涂红女儿墙上的那个新鲜的鸟巢／结果是：鸟儿以最快的速度／教他学会了飞翔。他的叫喊／像红油漆一样，在空中散开／结果是：几千吨水泥都听见了他的叫喊／只有那一只鸟儿没有听见"（雷平阳《工地上的叫喊》）。这段奔波而苦痛、艰难而孤独的底层生活深深影响一个人的生存观念以及现实态度，正如王国维所说的对于"客观之诗人"而言不可不多阅世，因为"阅世愈深，则材料愈丰富，愈变化"（王国维《人间词话》）。

昆明郊区工地旁有一座并不高的山冈，一个昭通来的年轻人偶尔会在闲暇时枯坐一会儿，而"抒情诗人"的时代一去不返了，"早年，在西郊二十八公里，那儿野草疯长／一张纸片上，我曾这么写：'天苍苍／野茫茫，风吹草低露出我发白的脊梁／天苍苍，野茫茫，风吹草低／露出姑娘的乳房。'许多年过去，我不声不响／寄居的城市，犹如一节节放空的车厢……／我成了自己的障碍，身体正渐渐地／呈现出石头的形状，外表和内部／都跟真实的石头有些相像"（雷平阳《空中运来的石头》）。

"工地法则"实则已经成为强势的时代伦理。空间变了，人的处世法则、生存方式、活动半径也随之变了。"那些年，我所在的企业集团所属的施工队伍，几乎遍布了云南高原的每一个角落。工人们一如撒向野地的豆子，有的落地生根，有的被风吹得晕头转向，四海为家又处处不是家。他们中间的很多人，也许刚刚在西双版纳的热带雨林中修完电站，还来不及抽空去旅游景点走走，大卡车开到了工棚前面，跳上去，几天几夜的颠簸，下了车，香格里拉的雪山就横在了眼前，雪花和刺骨的风中站着，有人用手指着一片洼地，告诉他们：'这儿要

修一座水库。'"（雷平阳《酒宴记》）

在雷平阳这里，"工地""工棚""工人"都已经是象征化的真实了，"至于工人们，足可以说这个词语已经变成文学性的了。在他们的工作中，在面对机器的时候，他们已经变成了某种近似抽象的东西，一种能量"（华莱士·史蒂文斯《高贵的骑士和词语的声音》）。

供　养

雷平阳手工作坊式的抄写和写作，确实在精神层面类似于寺庙里的抄经者以及旷野上的刻碑人。诗人和僧人有时处于同一个话语声道。

当我们将雷平阳写在宣纸或普通纸张的手写体文字放大几倍或数十倍，那些笔锋扫过纸面时的点线、笔画的运动轨迹和晕散效果就构成了纸上的奇特建筑，那甚至是一个人的精神山林和烟云供养之所。

雷平阳一直偏爱僧人尤其是一些无名和尚的书法和字帖。那是纸上的山林、寺庙和云霭，是精神宗教，是墨书、血书和经书。

每一个手写的字都是复活的生命，每一个字都是参悟的印证，每一个字都对应着书写者的生命微变和现实潮汐，"近几年来，胸中烟霞遮住了丘壑／僧侣的书帖我读得相对多一些／墨书，血书，有的帖子完成于深山／走的是世俗的老路。有的帖子无形无骨／字字落空，找不到出处和归途／大多数的帖子结缘于抄经，上面的字／没有章法可言，也不见新章法的端倪／必须一再地认真分辨／方见字字均有托寄。有星斗或秋蝉在鸣叫／鲜花或信众在来往；有的页面上／纯粹是一群僧侣在静修，或在集镇化缘／页面的反面，往往又是无解的奇文形同命运／有一些字，是往死里写，笔笔全是幻灭／集体圆寂的景象，唯有人间的静默可比／令我费解之处，不是僧侣也有气贯长虹的刀锋／

而是经卷里的部分常用字，屡屡写别、写错／感觉抄经的僧侣神思已不在经内"（雷平阳《读帖》）。

供养。这是道成肉身般的精神执念。

孤独的人

什么是故乡呢？拥有故乡的人不会孤独，"一个发育完备的村庄必然有着都市里难以想象的绵密的社会生活，那是文化、岁月和具体境遇共通形成的安稳秩序，人在其中不会孤独，孤独的人无法生存"（李敬泽《大地上的标记》）。

没有家族的村庄已经与个体无关，这片土地也不再是"故乡"，而是一次次滋生孤独的特异场所。维系乡土文化、家族血缘、生活秩序的命运链条一旦从根底丧失或断裂，一旦乡村大地上的血亲、标记和根基成为废墟，那么这些怀乡的人顿时走投无路，徒剩一个个躯壳而成为孤魂野鬼。"父亲辞世的头一天，我的朋友、小说家谢挺从贵阳来昆明，我陪着他在其母校云南大学晃荡了一个早上。之后，我和他去了圆通寺，吃素餐的时候，小说家潘灵也赶去了。至今我还记得，坐在餐桌上的时候，我就发现我的脊梁仿佛被谁抽走了，身体只剩下一堆肉，只想瘫软到地上。以至于到翠湖边上的一个茶馆喝茶时，我只好对谢挺说：'老谢，很不礼貌了，我想在沙发上躺下！'可当我真的躺下了，我仍然觉得我的身体在不管不顾地朝下坠落，每一块肌肉都失去了向上支撑的力气。我只好又对谢挺说：'老谢，对不起，你和老潘聊吧，我想回家去。'回到家，我的脑袋里突然跳出了《汉书》的一行字：'原本山川，极命草木'，并在筋疲力尽的状态下，找出了一沓黄颜色的宣纸，不停地用毛笔写这一行字。坚持不住的时候，才躺到了床上。傍晚，妻子下班回来，见了一屋的黄宣纸，问我怎么了，我脱口而出：'我怀疑父亲……'那一夜，我的睡眠一如悬浮，无处可依。凌晨五点多钟，家里的座机电话骤响，翻身起床，未接电话，我已泪流满面……我居住的地方离父亲所在的地方，有近四百公里的距离，他抽身离去，仿佛还把我也捎上了，这种骨血间的感应，给予我的不仅仅是对生命关系的认知，也让我洞察到了他与'一群人'的命运之链。"（雷平阳《关于〈祭父帖〉》）

孤筏逆行

遗忘和废墟取代论文记忆共同体。而作为"语言"和"记忆"的操守者，雷平阳时刻反观黑暗深处的虚无和断崖时代的废墟。雷平阳对语言、文化、地方性知识有着"山野土著"和"宗教徒"一样的虔敬。

雷平阳更像是这个时代的"孤筏重洋"者，逆时间之流而上。

他驾着想象之筏逆行在令人恐慌、颤悸的汹涌无比的河流之上。两岸的丛林、城镇、文化的遗迹、惊险的小路、生死的宿命和动物的鸣啼都在他的打量中展现出极其特殊的构造。然而，秩序和空间却正在不可挽回地消失。

雷平阳确实是一个时时回溯的逆行而上者。"众所周知，雷平阳的诗歌还有一个重要特征，即鲜明的'地方性'。如果说写诗就是给自己的灵魂盖一所房子，雷平阳的这所房子，使用的材料不是'先锋''实验'的集装板块。他更乐于从他的故乡，那浑莽凝恒的西南边地开采出一块块粗粝的青石，把它们安放结实。对故乡深入而持久的观照，决定了雷平阳的诗基本姿势不是前倾的，而是立足于当下去回溯、追忆并命名。他要处理的，不是即将'到来'的东西，而是那些与历史记忆、心灵烙印密切相关的东西，或是那些笨重壮硕、憨朴温热的快要'失去'的东西。"　　（陈超《"融汇"的诗学和特殊的"记忆"——从雷平阳的诗说开去》）

故事的消亡

> 每一个守灵人都可能向你讲述一个故事。只要你问他，他都会对你讲："只要灵灯不熄灭，这个人的故事就没有完。"如果你再问他，他就会对你讲："如果灵灯熄了，你就再点燃它。"
>
> ——雷平阳《拉车》

对于雷平阳讲述的故事而言，它们是一个个自我、现实以及历史的化身或替身，"小时候，几乎所有会讲故事的人都这样绘声绘色地描述过：用乌鸦的肉擦眼，就能看见众多的鬼魂。乌鸦是一种阴性的鸟。讲故事的人如今很多都已经死掉了，他们所说的乌鸦却一直在飞着"（雷平阳《乌鸦》）。

无法阻挡的是"讲故事的人"已成过去时的产物，"故事"贬值了，这是行将消亡的讲述艺术，"这样的人作为讲故事者并不意味着使他接近我们，相反却增大了我们和他的距离。从某种距离观之，勾画讲故事人特性的宏大、简明的轮廓在列斯克夫身上十分醒目，或曰变得清晰，恰似于一定距离、一个角度观之，一面岩层中的人头和兽身化石明晰可辨。这种距离与视角是由我们几乎每日都会感到的一种经验所预备。这经验告诉我们，讲故事的艺术行将消亡。我们要遇见一个能够地地道道地讲好一个故事的人，机会越来越少。若有人表示愿意听讲故事，十之八九会弄得四座尴尬"（本雅明《讲故事的人》）。

负责讲故事的往往都是老人、盲人和民间唱师，"从四岁左右开始，我就一直跟着村里的一个盲人，唱《柳荫记》《蟒蛇记》等唱本，到升了高中，进县城寄读才终止。盲人拉着二胡，我在旁边张着嘴，童音老调，满脸通红地大唱。读高中了，同学们都在为英语、数、理、化挑灯夜战，我却依然中了邪似的抄唱本，或收集民歌、俚谣"（雷平阳《小体会——我的诗歌传承》）。

随着故事所依托的时间背景和空间结构发生颠覆性变化，"讲故事的人"的面孔越来越模糊，围坐的人越来越稀少，能听懂这些故事的人行将绝迹。

"讲故事的人"与听众越来越隔膜，新奇化的效果不复存在。

挂　钟

顾名思义，挂钟是指挂在墙上的时钟。挂钟最早是由塔钟演变而来的，在 16 世纪的欧洲出现塔钟建筑，当时的钟表体积都很庞大。

挂钟最先对应的是家庭生活的时代属性，正如荣格所说："家庭的精神又深受多数人无知无觉的时代精神本身的烙印。若这种家庭精神构成全体共识，则意味着天下太平；但若它与许多人对立并且自身受挫，则会产生世无宁日的感觉。"（《荣格自传：回忆·梦·思考》）

雷平阳乡下老宅里曾经有一座挂钟，在雷平阳很小的时候它就已经挂在墙壁上了。

尤其是夜晚，挂钟的滴答声直接与乡村时间联系在一起，那是乡村生活的直接对应。挂钟这一实体成为乡土时间的象征物。"农家大挂钟广受收藏，正是因为它们稳稳地把时间接收在一件家具的亲切感中，世界上再没有比这更能令人感到安心的事了。时间的计算，如果是用来给我们编派社会性事务，便会令人焦虑；但如果它是把时间转化为实体，继而将其切割，有如可以消费的事物，这时它带来的反而是安全感。所有人都曾感觉过，座钟或大挂钟是如何地促进一个地方给人的亲密感：因为它把一个地方变得像是我们的身体内部。"（让·鲍德里亚《物体系》）

我的冀东老家也有这样一个挂钟，甚至时至今日它仍在滴答作响。当钟摆偶尔停止了，父亲就会再次给它上紧发条。在寂静的夜晚，钟的滴答声尤为清晰，它就在你睡眠的耳畔响起，仿佛整个世界在夜晚只剩下了滴答声。无论如何时过境迁，它总是在一瞬间让你与乡村生活和童年记忆登时融合在一起。

在很小的时候，陪伴我的唯一乐音就是那座挂钟。

如今，农村的挂钟早已经成了摆设和废弃之物，与之对应的乡村时间已经悬停……

怪　诞

唐代刘知几《史通·古今正史》："发言则嗤鄙怪诞，叙事则参差倒错。"

怪诞，是雷平阳的叙述风格以及个体经验在特异语言中深化、延异的结果。新旧现实、末世与创世的交接点以及相应的体验方式经过拼贴、错位、共置、混搭而出现在文本中，"这是一个以时间为敌的人／热衷于以旧翻新，同时又把新的放弃／她的誓言只针对暴烈的思想／并没有危及伤痕累累的人群"（雷平阳《1999 年 8 月 6 日日记》）。

经验世界与象征体系在雷平阳的陈述和转述中带有"自传"色彩和"原型"意识，不一而足，它们都是怪诞的、反常的、变形的，"在瓮内，热气腾腾地书写着一部与我同时代／有自传性质的声音史"（雷平阳《瓮中之蝉》）。这也是写作并不能用流行的社会学意义上的关键词涵括的原因。写作对于雷平阳而言成了一场场的"精神事件"。请注意，是"事件"而非偶然"发生"。由此，写作就是对自我以及旁人的"唤醒"。

与替身和幻象相应，一个个怪诞的文本得以产生——

> 整整一个晚上，全家人就这么不停地舔石头，石匠的父母年纪大了，口舌不灵，双唇还被石头碰出了血。天亮了，雪停了，太阳升起来，照耀着洁白无瑕的世界，他们终于舔累了，各自睡去。只有石匠不想睡，把双手背在身后，在村庄里转了一圈，看见了铁匠家的铁猪、铁羊和铁鱼，也看见了木匠家的木鸡、木牛、木马，还看见巫师用红纸剪出来，抛撒在雪地上的红人和红心。最让人惊奇的，在结了冰的河面上，石匠看见，几个失去了寺庙的和尚，穿着单衣，正在打坐。他们的面前，有序地放着用冰块雕刻而成的鸡、鱼、馒头、经书和木鱼。
>
> ——雷平阳《宴席》

雷平阳越是在叙述和描摹中克制、冷静、不动声色，他就越是比同时代的其他作家承担了更深层的分裂、焦灼、悖论、无望和心悸。这在其散文集《乌蒙山记》中表现得尤为突出。

日常的、怪诞的、已逝的事物获得了民间文化、乡村经验的现象学意义上的支撑。现实总会变得真假难辨，真实和幻象原本就是双生结构，虚妄、怪诞并非就不是"正道在心"。"我有着漫长的乡村生活经历，从那儿往外看，云南就是一座神灵与鬼魂游荡的高原。我的老家昭通不仅每个村庄都有一本行进中的《聊斋志异》，而且现实生活中也总是房屋与坟墓混在一起，没有边界。人们在讲述某些事件的时候，也老是将死人与活人放在一起，分不清谁死了谁还活着。我的父亲在去世之前生过一场大病，不得不住院手术，一大群乡下的穷亲戚闻讯赶来，站满了医院的走廊。结果，见此阵势，我的父亲被吓坏了，他以为人们都是来'送'他，死神找到他了。所以，在上手术台之前的那个晚上，他惊恐万分，脸色煞白，双手颤抖得连衣扣都扣不上……可在第二天早上，他忽然镇定自若，将我叫到他的床边坐下，有话要说。他都说了些什么呢？他历数了村里他一生所见的一个个人的死和死的情状，以及这些人死后转世投胎的去向，听得我惊心动魄，而他则从这些死亡案例中获取了面对死亡时的那份从容与坦荡，似乎还夹杂了'我见过了那么多的死，我的死又有何惧'的潜在意识。他所描述的人死转世的那些场景，鬼魅幢幢，离乱纷纷，人间与鬼国交织在一起。"（雷平阳《寻找宁静的力量（访谈）》）

观看伦理学

我越来越感兴趣于一个写作者的日常影像和精神肖像。

从画面和摄影的角度切入雷平阳的世界是别有一番意味的，也是非常必要的。每个人借助手机和摄影成了"讲故事的人"，这同时也是关乎个人、现实乃至社会的"观看之道"和视觉伦理。

当我们通过镜头的捕捉最终将目光凝视在一张张照片上的时候，那些面孔、景物、空间以及细节就具有了此时此地与彼时彼地之间的互动和往返功能。

雷平阳说过："我甚至期盼诗歌写作应该具有摄影术的功能，或尽力地去找到摄影术所不能呈现的感人部分。"

雷平阳一贯爱拍照，尤其喜欢用手机拍黑白照。如果把这一个别现象展开、辐射，我们就会发现每一个人是拍照者，同时也是被拍者，"照片是一种观看的语法，更重要的，是一种观看的伦理学"（苏珊·桑塔格）。

摄像术在雷平阳这里成了避免遗忘的必要手段，而遗忘又恰恰是现代性图景当中最令人痛苦无着而战栗不已的残酷元素："对我而言，纸上的文字带给世界一种连贯性。当马贡多的居民在百年孤寂中为一天降临的健忘症而备受折磨时，他们发现他们对世界的认知在迅速地消退，他们可能会忘记什么是牛，什么是树，什么是房子。他们发现，解药藏在文字里。为了想起世界于他们的意义，他们写下标签挂在牲畜和物品上，这是树，这是房子，这是牛……"（阿尔维托·曼古埃尔《恋爱中的博尔赫斯》）

摄影最初带有与镜子一样的反映外物的动能，这是人类自我表情的映照时刻，而摄影也一直被认为是极其重要的关于时间和空间的静止艺术，保留了已经逝去的时间和空间。

当看到在云南的大山、大河、高原、森林、坝子、湖泊、乡村以及废墟之间雷平阳的身影，我们就应该意识到摄影者还往往是参与者和见证人，由此摄影还带有"田野考察"的发现方式。

一张张照片勾勒出人类学家在"边缘文化"地带发现的图像和深层的人类心理结构。"列维-斯特劳斯从田野拍回来的照片哪怕在当时都已显得过时。在这些照片中，我们看见他们驮着板条箱穿过荒野，看见戴遮阳帽的白人男性与几乎全裸的土著混处一起，看见考察队以珠子和布料换取弓箭和仪式器物，看见满载东西的独木舟和丛林里的帐篷营地。还有一张照片呈现的是一条剥了皮的 7 米长的大蟒蛇，它刚产下的十几条幼蛇还活着。"（帕特里克·威肯《实验室里的诗人：列维-斯特劳斯》）

拍照最终体现在定格的瞬息，其万变的光影一度被赋予了神性的象征。"有个摄影师告诉我他在拉萨附近花了许多时间在等一只老鹰凌空展翅的一刹那。其实，他没意识到，他等的是光线，一种神性。要不我们为什么会选择天气呢？——因为我们不知道谁在那云层的背后给我们光线。"（钟鸣《涂鸦手记·光线》）让·波德里亚更是说过"光是图像的想象力"。

如今人们越来越关注摄影的视觉文化研究，因为摄影的光线、色调、距离、角度、构图等要素的形成总是带有难以避免的主观意绪的参与或渗透，观看的位置、角度因人而异，拍照者携带的选择和过滤的意图也是明显的，而每个人的取景框都是有差异的。

摄影既是一种呈现、还原，也是特殊的表现与再造。从场域来看，摄影者的目光与社会环境、身份阶层、公共空间和私人空间之间形成了既日常化又象征化的伦理关联。这是一种特殊的观看形式和讲述方式，由此形成了"视觉社会学"和"观看伦理学"。

观世音菩萨

历来的作家和知识分子都会强调写作与真相、现实的关系。

实际上，现实和真实、现实和现实感以及现实主义并不是一回事，然而它们却一再被混为一谈，甚至在很多紧迫的社会学情境之下它们附加了各种政治文化、社会学、伦理学的要求。"当代诗歌的主要问题，是某个人所称的缺少现实，也即留在严格限定的对世界的反应方式的粉笔圈里造成的与现实的脱节。这不应与'生活在象牙塔里''为艺术而艺术'之类的问题相混淆，因为该问题实际上是一个技术问题。"（米沃什《一封关于诗歌的半公开信》）

我们不能把新闻化的"真实""现实"作为文学标准。必须明确，作家的责任或道义在于他要不断完成类似于现象学还原的工作，并且要不断强化写作和修辞中的"真实""现实感"，而绝不是现实投射的影子或新闻化现实的下脚料。

对于中国作家而言，责任和道义还要额外加上一份现实经验的负荷，因为作家不只是一个"现实"写作者，还是在"现实"中生存的个体，而多年来的现实以及现实经验又是流动、变化甚至动荡的。

历史已经做出证明，越是严峻和动荡的时刻，作家的道义和社会现实越是会极其复杂地缠绕在一起。

世事洞明皆学问，人情练达即文章。关于写作文章之法，当年刘文典（1889—1958）在回答学生提问时有一个说法"观世音菩萨"："'观'乃多多观察生活；'世'乃需要明白世故人情；'音'乃讲究音韵；'菩萨'，则是要有救苦救难、关爱众生的菩萨心肠。"雷平阳在很多场合都借用过刘文典这一说法，"观世，看世界，悟世界；音，语言的音韵之美；菩萨，诗人都应该有慈悲心肠"。

这是入世哲学，也是拯救的法度。李敬泽则认为雷平阳的诗歌其实也不是"观世音菩萨"的产物，而是"游方癫僧，泥腿子不衫不履"（《三段旁批：关于雷平阳》）。

现在看来，"观世音菩萨"的确已经不能涵括雷平阳的写作路径和精神方向了。

我想起《维摩诘经》中的一句话："菩萨直心是道场，无谄曲众生来生其国。"

光影通道

在雷平阳这里，来自故乡的照片是不可被替代之物："在回家之前，我曾拜托两位画家朋友为它做插图，并分别给他们送去了几十张我拍的老家的照片。可当他们画的图交到我的手上时，我觉得它们离我很远。"（雷平阳《画卷》）

显然，在雷平阳这里，照片是最为本源的记忆方式和故乡认同机制。这不只是来自暗盒、胶卷、快门、曝光、显影液、定影液的神奇效果，而是照片以更为真切和鲜活的直观方式打通了读者和文学史家进入沧桑历史的光影通道。借此，单向道的人生有了再次返回的途径，诡异、荒诞的现场和现实空间留下了蛛丝马迹。

在这些凝固的熟悉而又恍惚的影像中，捕捉和遗漏、真实与虚构（比如摄影中常用的布景、道具、构图就是另一种层面的虚构）、再现与表现、场景与细节、可见的和不可见的都因为被有意或无意地"放大"而格外引人注意。这些影像具有了打通过去、现在和未来的物理性和精神性兼而有之的时间结构和心理空间。甚至在特殊的社会转型期以及重大事件的历史时刻，时间和空间凝结成的照片更具有刺激化的戏剧性效果。

过渡时间

黄昏是黑夜到来前的过渡期。

在"大地伦理"还没有被终止的时候，黄昏只是一个客观的过渡时间，如果按照埃文思·普里查德的说法，黄昏代表了人与环境关系的"生态时间"，"天色已黄昏。大地的轮廓消失了。黄昏是'明'与'暗'、'生'与'死'、'动'与'静'的交界处。越过这个界限，一切可见的'动'都变成了'静'。大地上的一切事物，都以一种仿佛'死寂'的形式在悄然生长。土地沉睡了，但它的分子和元素还在悄悄地行动"（张柠《土地的黄昏》）。

黑暗意识或异乡体验总是从黄昏开始的。"但我看出来了，你们不是这地方的人，不知道我们的黄昏能做什么。要我告诉你们吗？"（萨缪尔·贝克特《等待戈多》）在雷平阳的写作中，我们会遇到一个又一个黄昏，比如"我为什么与生俱来就喜欢黄昏"（《黄昏》），"我在黄昏，提前点亮夜行的星宿"（《双柏县的美学》）。

白天和夜晚作为物理时间的接续、循环并不存在本质区别，而区别的产生更多建立于事物的秩序、视觉经验以及人们的生活习惯和日常秩序。"许多事物都有其局限性，黎明只有在黑暗不再傲慢无礼而变得谦逊时，才会到来。世界上有些事物到了白天就会告退、隐去。"（奥尔多·利奥波德《沙乡年鉴》）

城市和高山似乎存在着天然的对峙关系，如果一座高山之中的城市迎来了黄昏时刻，那么该是一番如何不同的景象呢？鲁热蒙在《两个世界日记》中如此描述："先前没人告诉过我……纽约是座高山城市。我是10月第一个黄昏才意识到这个，那时，落日用虚无缥缈的橘色把摩天大楼的楼顶点燃，就像山岳间的落日，河谷随之笼罩在一片冷凉的阴影里。我就站在底下的峡谷里，站在砖头变暗的街道上，有一阵猛烈但清爽的强风吹过。"

海德格尔认为"伟大的正午"代表的是最明亮的时代和意识觉醒的时代。德里克·沃尔科特的"黄昏的诉说"和雷平阳的"黄昏记""黑暗记"则对应了模糊、晦暗、恐惧的过渡时刻以及以非理性为中心的怪诞境遇。"在土语喧哗的黄昏，水桶和鱼贩的黄昏，目睹遍地的赤贫，我开始畏惧黑暗，那吞噬了所有父辈的黑暗。"（雷平阳《黄昏的诉说》）

H

孩 子

　　成人的世界代替了儿童的眼光，作为一个不合时宜者，雷平阳也像是一个只能安慰自我的"玻璃钢孩子"。"儿童令我望而生畏。他们眼睛里有太多不幸的应许。他们为何要长大成人呢？正如疯子，儿童被赋予了与生俱来的天赋，转眼就失落于徒劳的清醒。"（E. M. 齐奥朗：《眼泪与圣徒》）

　　这是幻想或分裂带来的产物，在现代性的时刻"孩子"甚至是反现代的，他尤其与速度景观以及一系列典型的现代性象征之物格格不入，"望着山谷间悬空的高速公路，沉重地叹了声气／无力再想更多，权当那目光坚毅的孩子是一个／玻璃钢孩子。但他比玻璃钢柔软、亲切／配得上你给他的爱，值得你一脸紧张／在岔路上，尽快地把爱活出来／车窗外，一列反向急驰的火车正穿过／甘蔗田，和你一样。空气甜丝丝的，自然的或／超自然的气息，就像玻璃钢孩子在你熟睡时／将一颗棒棒糖轻轻地放在了你的嘴唇上"（雷平阳《玻璃钢孩子》）。

《寒食帖》《祭侄文稿》与《祭父帖》

2011年春天，我自台湾南部乘火车来到台北，那时我在屏东教育大学（现已更名为屏东大学）做为期四个月的讲学。

在台北故宫博物院，我亲眼所见苏轼《寒食帖》（纸本，33.5×118cm，共计17行、129个字）和颜真卿《祭侄文稿》（纸本，28.8×75.5cm，共计23行、234个字），并毫不犹豫地买下了珂罗版高仿本。

在一场场时间的苦雨中我们与苏轼、颜真卿不断相遇。

无论是被称为"天下第三行书"的苏轼的《寒食帖》（又名《黄州寒食诗帖》《黄州寒食帖》）还是被誉为"天下第二行书"的颜真卿《祭侄文稿》，一个写作者或波澜不惊或跌宕起伏的运笔、走势、书写时的连贯、停顿、修改、涂抹以及字体的轻重大小、疏密正斜的变化都让我们看到了贴近心脏的现场和活生生的写作者，甚至感受到了他们挥毫运笔时的神态和呼吸。

雷平阳心仪颜真卿的《祭侄文稿》是事实，但这一影响还不只是"书法"和"书写"层面的，而是精神内里和命运共时体意义上的："我心仪的书法作品，唯一标准，每个字都是有生命的。现在的汉字，被一些书法家写出来，就像死掉了。我喜欢颜真卿的《祭侄文稿》，过去这么长时间了，每个字看上去，还是那么鲜活，它是有生命的，生活在纸上，有那种永垂不朽的感觉。"（雷平阳《不运动，就写诗，写好诗——答程一身十问》）

雷平阳反复提及颜真卿和《祭侄文稿》的影响："那是我最崇敬的书法作品，其品质之高，高于以血抄经。以血抄经，有宗教之力和

仪式感，《祭侄帖》则出自情怀而又以书法靠近神灵，道成肉身。"（《字是肉做的，有命，有魂》）

尤其值得注意的是，颜真卿《祭侄文稿》与雷平阳长诗《祭父帖》之间的"血缘关系"。"颜真卿有幅书法作品，名叫《祭侄文稿》，也叫《祭侄帖》，《祭父帖》的标题源于此。"雷平阳如是说。

嚎　叫

雷平阳的故事往往是沉重的、压抑的、"父性"的，这方面代表文本是《弑父》《嚎叫》《泥丸》《祭父帖》等。

"父性"代表的是一种原始的、朴素的、粗粝的、滞重的、沉默的、隐痛的、深广的生命根底。

那个一生没有出过远门而在临死前买了一匹马、铸了一把铁剑打算去蜀国的"父亲"很容易让我们想到唐·吉诃德。

雷平阳笔下的这个"父亲"是一个失败者，不被"儿子"们待见。

父亲必然是历史化的，父亲就是历史的气象站——

父亲不是从手中的镰刀片上看见云朵变黑的，他是觉得背心突然一凉。这一凉，像骨髓结了冰似的。天象之于骨肉，敏感的人，能从月色中嗅出杀气，从细小的星光里看出大面积的饥荒。父亲气象小，心思都在自己和家人的身上，察觉不到云朵变黑的天机，他只是奇怪，天象与其内心的恐惧纠缠在了一起，撕扯着他，令他的悲伤多出了很多。

——雷平阳《嚎叫》

低吼如隐隐的雷鸣。

这声音只有雷平阳一个人能听到。这也是自我确认、追挽与招魂。不是对具体事物或个体的招魂，而是针对整体化的历史以及普遍的命运。

荷尔德林

雷平阳的写作中总是有那么多的幻象，这来自他所处的时代境遇以及自己的精神法则。雷平阳并非单纯而直接地记录个人的感受，而是上升和转化为具备深刻寓意的幻象、寓言和笔记体小说。

孤岛式的文学滋生出白日梦，诗人对事物、空间和记忆的追挽更多借助于幻象来安抚精神现实。幻象是境遇和超验的结合体，这注定是幻象与现实、记忆与遗忘时时较量的过程。这个过程是痛苦的，正如当年荷尔德林遭遇的："因此痛苦永存。我是大地的／儿子，我拥有爱，同时我也拥有痛苦。"

精神分裂者和故乡之间形成的正是戏剧化的悖论。这是时代悲剧的诞生，荷尔德林的长诗《归乡》也成为一个时代最后的"大地"歌咏者。"归乡；踏上开满鲜花的旧路，／我要去追寻大地和美丽的内卡河谷，／还有青苍神圣的林莽，橡树／欣喜地与白桦和山毛榉相亲而居，／青山深处，正待我魂销神迷。／／他们在那里将我迎接，哦！故城的声音，母亲之声！／哦！你感动着我，唤起我久违的往事！／而他们依然如故！哦，我至爱的人们！阳光与喜悦／依然焕发你们的容颜，你们的目光依然明澈。／呀，一切依然如昨！成长着成熟着，在此／活着爱着的一切，依然挚诚不改。／而世间至善之物，横陈在神圣和平／

的彩虹下，被白发老人与垂髫少年珍存。／我迂阔妄语。喜悦满怀。而明天与未来，／当我们走过看过花树下生机盎然的田野，／我爱着的人们，我将在阳春的佳日里，／与你们一道倾谈、憧憬。／我曾听闻许多关于我们伟大天父的事迹，／曾因他而长久地缄默，他在巅峰之上／重振易逝的流光，宰制着崇山峻岭，／他应许我们上天的恩典，呼召／铿锵的歌咏，遣派众多良善的神灵。哦，别再犹豫，／来吧，永生的你们！岁月之神！"

这既是哀歌也是颂歌。

荷尔德林是不幸的归乡者，此后这一归乡者长期处于精神分裂之中……

1806 年，荷尔德林住进了图宾根精神病院，生活不能自理，此后是长达 37 年之久的黑夜。后来，一位中国诗人说道："从荷尔德林我懂得，诗歌是一场烈火，而不是修辞练习。"

"黑暗时间"开始了！

"归乡者"的形象总是在转型时期出现在作家视野当中，这近乎终极命题带来的焦虑和恐惧的本能反应："你听听我说吧。我不愿走向毁灭。在这一巨大损失来临之刻，我的反应是归乡，不仅仅是回到一个国家，不仅仅是回到一个确切的地方，而是回到我出生的故居。"（彼得·汉德克《缓慢的归乡》）

2021 年 7 月 13 日，我和雷平阳等人再次来到欧家营。雷平阳指着一个红色小楼说，背后就是他父亲的墓地。一个昭通的年轻诗人会经常到他父亲的墓地上读诗、喝酒、发呆……

黑

阿来对雷平阳的突出印象就是"面黑"。

雷平阳看起来确实肤色比较黑。"雷平阳长得黑。男人黑点有好处，一笑，便露出一副憨憨的样子来，很能迷惑人。那种黑是天生的，是昭通的大山包里长出来的，是没施过化肥的健康食品。"（朱零《存在的理由：读雷平阳〈云南记〉》）

雷平阳是这样认识自己的黑以及外貌的："笑起来，厚厚的嘴唇像石头开裂；不笑的时候，嘴巴荒芜，鼻梁落满白霜，小眼大雾茫茫。我从来不用额头思考问题，但皱纹一层叠着一层，头发悄悄变黄。我知道我皮肤的漆黑，像有一片不变的夜色把我与世界隔开，所以，我怕太强的光；所以，我一直身体向内收缩，像个患了自闭症的诗人。"（雷平阳《随谈》）。

"黑"是第一印象，然后是性格、癖习，再然后则是文本中塑造出来的公共认知形象。"说到平阳的面黑，在朋友中我只敢以'第二黑'自黑，在他面前，狂妄如我也不敢以头牌自居。平阳早年生于苦寒之地，又常年游走于云南那片阳光最充足的地方，有时像一个封疆大吏，坐拥他昆明的太阳城堡，以滇池、阳宗海割据自治，更多时候则如一个通山达水的邮差、信使，穿行于乌蒙山、哀牢山、高黎贡、基诺山、南糯山以及莽枝、倚邦、景迈、布朗之间，或沿澜沧江而下，或逆怒江而上，或于盘龙江中段取石，或于独龙江源泉之处汲水。与很多写作者不同，平阳的写作一方面是低到尘埃里去的，另一方面则又腾挪翻身、将面孔朝向天空。太阳给了他光环，也必以自己的暴烈舔舐他。赤日流金，阳光以液体的形态在他的身上完成施洗，并渗入

他的底里。一个暴露在尘世之中并与太阳对视的人，太阳也必将还以颜色。"（黄惊涛《雷平阳：洞悉太阳的旨意》）

雷平阳从外貌上看也许是长得老成了些，按照朋友圈的说法是"雷老汉"。

确实，雷平阳的"黑"是出了名的，甚至网上有人说过这样一句话："就算天下人反对，也阻挡不了我对雷平阳（的诗歌）的喜欢。黑皮肤的人有很多，谁也没有他性感。"

雷平阳具有滇东北高原坝子土著的典型外貌特征，面黑、和善、粗粝、憨厚、壮实。

难怪当年车延高在昆明长水国际机场第一次见到雷平阳还以为他是一个货车司机或跟车的搬运工。

黑白照

当我们隔着时光再去看那些老照片尤其是黑白照片，历史似乎会重现。

黑白照片带有天然的历史感和追挽意味，也更容易与逝去、废墟（空间）和亡灵（时间）建立起直观的视觉关系。"1998 年 3 月，顾华明拿来几百张老上海照片，从上海图书馆和南京第二历史档案馆翻拍的，在我家大餐台上堆成一座小山，说让我写作时用来参考。我再次眩晕了。全是黑白照片，朦雾一般，时间深处的微弱影像，一些不知出处的踪迹，轮廓正在消失，顽强的、暧昧的、淡漠而不自主的，它们被多次拷贝，似乎已经习惯，并耐心等待着，等待一切对它们发生兴趣的浏览者，还有一些因特殊职业原因而屏息凝视它们的图像恋尸癖：历史学家、作家、画家，以及某些莫名其妙的人。"（吴亮《九十

年代小纪事》）

2008 年 6 月出版的《我的云南血统》一书中也有雷平阳拍摄的黑白照片。深有意味的是每篇文章的标题都是单独为一页，除了标题那几个字是白色字体外，整个纸页的背景都是黑色的，只在最外围留了一个白色的边框。黑色背景白色框边的纸页的背面，就是雷平阳拍摄的那些黑白照片。

在《我的云南血统》中，这些黑白照片近四十张，上面有老旧的楼房、盯着镜头的乡下孩子（他们的眼神好奇而又茫然）、小贩、代书人、卖甘蔗的中年人、菜市场、街道、荒山、老建筑以及标语、废墟、废弃的农具、荒废的田园……由此，面对废弃之物，追挽、悼怀的意味就非常明显了，"从废弃的东西中，他们看到了物质世界直接向他们，而且唯独向他们展现的面孔"（瓦尔特·本雅明《单向街》）。

的确，雷平阳一直对这些"旧事物""旧空间"予以强烈的主体参与和精神观照。

凝视着一张张黑白照片上的那些熟悉或陌生的面孔、物件、建筑，我们不得不一次次寻找逝去之物以免于记忆的衰退，但是这种特殊的记忆方式已经随着旧物的彻底丧失而变得愈加茫然无措，"我此时感到我衬衣口袋中母亲的那张相片在我心口阵阵发热，她好像也在出汗。这是一张旧相片，四边已遭虫蛀，但这是我看到过的她仅有的一张照片。我是在厨房菜橱子里的一只砂锅中发现它的，砂锅里还有许多草药，有香水薄荷叶子，还有卡斯提亚花和芸香树枝"（胡安·鲁尔福《佩德罗·巴拉莫》）。

黑白照，这注定是充满了悖论的记忆方式："很多东西是模糊的，比如黄昏；比如云南北部青草滩上的拂晓，以及在那儿萦绕着的气若游丝而又确切得如针尖刺背的喊魂的声音。不要指望我们的身体里都有着一台高密度的照相机、设备先进的选矿厂和冶炼车间，让事实和

警示继续潜伏，好比让容易腐烂的樱桃上面继续盖着一层墨绿色的叶子。"（雷平阳《关于卡尔维诺的谶言》）

2016 年 8 月，单向空间的北京花家地店举行"无边的现实主义——雷平阳《我住在大海上》"分享会。中午，我单独陪雷平阳在院子里吃饭。他从随身的挎包里掏出这本诗集，在扉页上写了这么一句："住在大海上　俊明大三郎正　平阳　丙申秋月"。

翻开这本诗选，我又看到了雷平阳拍摄的黑白照片。当这些关于乡村、城市、异域、山林、底层、人物和场景的照片串联起来之后，它们实则构成了雷平阳的个人生活史、观照空间以及精神视野。这些不同时期的照片共同组成了特殊的空间结构和精神背景，比如故乡、老宅、河流与郊区、城市的对话关系。我们很容易认为这些照片构成了一个作家的生存背景，实则对于雷平阳来说它们却并非简单的背景交待，而是构成了一个个看似波澜不惊实则惊彻心扉的时间节点和转捩点。它们对雷平阳意味着痛彻和丧失，代表了一段真实和虚构相夹杂的现实寓言和生存档案。

大家应该已经注意到了这个特殊现象，雷平阳近年来所拍和自拍的照片基本上都是黑白色调的。这一摄影癖好印证了苏珊·桑塔格所说的："很多摄影师继续偏好黑白影像，因为黑白被认为比彩色较得体、较稳重——或者说较不那么窥淫癖、较不那么滥情或粗糙得像生活。但是，这种偏好的真正基础，再次是暗暗与绘画比较。"（《摄影信条》）

这也让我想到了英国伟大的诗人、小说家、画家、摄影家和艺术评论家约翰·伯格的那本黑白照片的书《另一种讲述方式：一种可能的摄影理论》。

对于很多底层者来说，他们就是名副其实的沉默者、匿名者和隐在者，是最容易被忽视的面孔模糊的人群，而只有摄影或者文学能够给他们以重现甚至"重生"的机会："有一天，伐木者的老婆在村口停了下来啊，对我说：'我想请你帮个忙。你能给我丈夫拍张照片吗？我一张都没有，如果他在林中死去，我连张用来纪念他的照片都没有。'"（约翰·伯格）

这个无人知晓的深山中的伐木者经过摄影或特殊的命名而得以重生或者死后仍被亲人铭记，这是加了黑框式的个人肖像。经由约翰·伯格的黑白摄影，我们看到了那个名叫加斯顿的伐木者，他挥舞着斧头用力地砍着雪松，树木被砍削过程中渐渐变大的裂口……他拿着电动锯切割木头，浑身上下都是撒落下来的木屑，他抬头看着那些即将倒下来的巨树。这些照片不一而足，统统都是黑白色的。

正如雷平阳所说"有个地方必将一生往返"（《慈善家——献给母亲》），这产生的结果类似于挽歌和追悼，类似于灵魂出窍、肉体下沉。尤其是黑白照片，过去和当下之间进行着无声对话和彼此凝视。这种拒绝了颜色的单向度的呈现方式正印证了一种特殊的观照方式，而最终这形成的是一个人经由个体主体性所构筑的精神肖像。

在雷平阳这里，他的黑白颜色的空间和物象所支撑起来的正是过去时代的废墟和遗弃物，他关注的是表象背后的生存真实。"既然我们称那个小东西为 ／ '过去'并这样记着它，／ 难道过去不是必然的吗？"（威廉·马修斯《洪水》）

黑人谈河流

雷平阳《澜沧江在云南兰坪县境内的三十三条支流》作为再现、还原、记忆和凭吊"地方性知识"之作让我们想到了兰斯顿·休斯的《黑人谈河流》："我了解河流：／ 我了解像世界一样的古老的河流，／

比人类血管中流动的血液更古老的河流。/ 我的灵魂变得像河流一般的深邃。/ 晨曦中我在幼发拉底河沐浴，/ 在刚果河畔我盖了一间茅舍，/ 河水潺潺催我入眠。/ 我瞭望尼罗河，在河畔建造了金字塔。/ 当林肯去新奥尔良时，/ 我听到密西西比河的歌声，/ 我瞧见它那浑浊的胸膛 / 在夕阳下闪耀的金光。/ 我了解河流：/ 古老的黝黑的河流。/ 我的灵魂变得像河流一般深邃。"

休斯写作这首诗的背景值得关注。"1920 年某个炎热的夏日，诗人兰斯顿·休斯坐在开往墨西哥的火车上。日落时分，火车驶出圣路易斯，跨越了密西西比河，休斯开始思考起这条河在非洲裔美国人的历史上的重要意义：'那时我开始想起在我们过去历史中的其他河流——非洲的刚果河、尼日尔河和尼罗河，对河流我已有了解，这个想法浮出脑海。'在 15 分钟之内，他在一只信封的背面写下了也许是他最著名的诗篇。"（尼古拉斯·米尔佐夫《视觉文化导论》）

休斯在《黑人谈河流》中专门提及"人类血管中流动的血液"。这是为了强调河流的历史生命力，试图完成从自然资料的呈现到精神还原和重新命名的过程。

多年后，雷平阳要完成的是相近的工作："2000 年前后，在这条江上奔走，采用这份公共材料，我认为资料复活了，因为它，世界重新有了地老天荒的气象，一条条支流犹如人的血管，又仿佛这个区域众多的兄弟民族原生文明体系之间的秘密通道。"（雷平阳《不运动，就写诗，写好诗》）

在抹平和遗忘的时刻，黑暗中的流水无疑已经起到了还原的作用："一滴有威力的水足以创造一个世界并驱散黑夜。要梦想巨大的威力，只需一滴在深层中想象出的液体。"（加斯东·巴什拉《水与梦：论物质的想象》）

黑色封皮书

文字成了记忆的最后载体和亡灵。

雷平阳写下的是黑色封皮书。这是时间的废墟，也是黑暗之门。这注定是永无靠岸之日的漂泊和动荡，"终身没有归宿的人，总是占了最大的份额"。显然，一个写作者需要面对的不只是生活，也不单纯是故事，而是往往处于二者之间的隐秘细节、褶皱地带或个人精神乌托邦的细微闪电。

雷平阳一直在黑暗中寻找甚至希图重建精神词源，"在地狱里寻找非地狱的人和物，学会辨别他们，使他们存在下去，赋予他们空间"（卡尔维诺《看不见的城市》）。

黑色复合体

从色彩来说雷平阳带来的更多是压抑的黑色之物，"有多人死于／爆炸的瓦斯，有多人活在地底／但是，我一无所获。在黑暗的斜坡上／我选择了小睡，天啊，我多么需要安慰"（雷平阳《曲靖：一年之后》）。

黑色构成了巨大的遮蔽性的帷幕，无论对于自然之物还是人类社会它们都一视同仁，边界消失，物体模糊，连同熟悉感以及温馨感也一同消失。"让我们想象一下高耸的阿尔卑斯山，当映现其轮廓背景的不是天空，而是一块层层叠起的黑色帷幕时，那庞大的山体轮廓就只会是模糊不清。一幅厚重的帷幕就这样完全遮住了德国的天空，即使

连最伟大人物的侧影，我们也不再看得清。"（瓦尔特·本雅明《单向街》）

黑夜是积极和消极的复合体，它既代表了忧郁、孤独、恐惧、死亡、诅咒、邪恶、污秽，又代表了智慧、潜力和大地、母亲般的萌芽和孕育，"人们对黑色抱有消极的态度，原因之一可能潜藏于孩童对夜晚的恐惧之中——夜晚是孤独、无眠和梦魇出现的时段，是身边熟悉的事物里的未知因素豁然迸发出来横冲直撞的时段。另外，人类对双目失明的恐惧也是原因之一"（段义孚《恋地情结》）。

黑色的事物、场景以及黑夜之所以一次次出现在雷平阳这里，其深层动因在于隐匿时刻对精神发光体的本源性寻求，"他的黑袈裟比夜色还黑，夜色和他不是谁消失在了谁的黑色之中，而是天然地合化为了一体，他的声音就像是从无死角的统治了天地的黑色轴心发出来的，他身上的黑袈裟无非是黑色深海中偏冷的一块残冰。假如我们内心相对仁慈，把夜色与黑袈裟分开，认为夜色之黑其实只是纯粹的自然之黑，如墨汁之黑、头发之黑，用不着为之动心动情地去辨析，更用不着千方百计地去制造光以求将其破除。那我们就会觉得黑袈裟的黑色远比夜色更黑，仿佛正常的夜色只是为了掩护它而产生，为它所利用，盲从地围绕在它的四周，从而让它致力于令有限之黑扩张为无穷之黑的梦想变为了现实"（雷平阳《梦见》）。

黑色、黑暗和黑夜在雷平阳的文本中俯拾皆是，比如"黑颜色，我用它覆盖小鸟的天堂"，"我是个黑暗的人／阳光也不能穿透"，"我是个黑暗的人／行走在光明的旷野上面／像一个温柔乡里的孤独英雄"。

黑山水

经过车窗，我们看到的是一个快速移动的世界，景观是模糊的充满了马赛克的。

于窗口张望的人不断处于光线和阴影的交错之中。"当越野车驶进布朗山系，沿着两旁长满了山茅草和飞机草的盘山公路向上跃进时，每一次我都感到了一个世界的开始，它们竟然没有任何的铺垫与过渡，仿佛人的身体，腹部与头颅不是一个整体。"（雷平阳《布朗山记（二）》）

雷平阳笔下的山水已经与黑夜同色，这让我想到黄宾虹晚年的"黑山水"。

中国的传统绘画和田园诗往往都是将田园、山水、风物置于春和景明之中，置于"白天"和可见之中，但是对于那些黑夜中的山水和田园却很少观照。对于黄宾虹来说，"黑山水"是他个人的"国画民学"和"蜀山夜色"的记忆，"青城坐雨乾坤大，入蜀方知画意浓"（黄宾虹《雨中游青城》）。更为重要的是，"黑山水"为黄宾虹的"衰年变法"，甚至也是整个中国山水绘画史上的一个"突变期"。

对于雷平阳而言，"枯山水""黑山水""残山剩水"是他对整整一个时代空间剧变的抗议和见证。为此，他带来的是一个又一个黑夜，他对黑暗中的事物保持长久的凝视，而无比孤绝的暗色调构成了精神隔绝地带。

> 梦中有人用拳头击打隔墙
> 问我名头与来历。恼怒这人打扰了我的清梦

但还是披衣下了床榻，对着铜墙

轻声应答："一只白鹭。"

转身推开临湖的窗子，但见湖山之间

四望皎然，一条小舟泊在窗下

舟头的鱼笼里，赫然禁闭着一只白鹭

——雷平阳《来历》

黑衣人

鲁迅笔下那个黑夜荒野上的黑衣人回来了。

这是孤独的人，是前行者，也是失败者。雷平阳说出的则是："我向荒野上奔跑的人们致敬，我向黑夜中独自奔跑的人们致敬，我向在梦中奔跑的人们致敬。"（《奔跑》）

由那个被儿子追杀骑在梨树枝上的"父亲"，我听到的是黑暗深处的杀伐之声——

父亲在梨树上诅咒着，老泪纵横，儿子用铁剑砍伐着梨树，嘴巴里也在不停地诅咒。老人和孩子都知道，再粗的梨树总会在天亮之前被砍倒，但谁也没有力量去阻止，也阻止不了。后来，大家就散了，没人在意月光里响着的伐树的声音。

——雷平阳《弑父》

横断山

在丙中洛，我想有一座房子

建在飘着经幡的雪山脚下

在丙中洛，我还想有一座

插着十字架的坟墓

怒江的水，从平躺着的墓碑上流过

——雷平阳《怒江上》

由雷平阳文字中频频现身的怒江、澜沧江和金沙江以及高黎贡山，我们自然会想到横断山区之于他的特殊的诗学意义和现实寓言般的灰暗指涉，"过横断山，途经了不少村庄／老人都像一座座破庙／孩子没有朝着人类的方向成长，胆怯地／向后退，蜕变成了野狗或迷途的羊羔／在两者中间，应该有一群／烧香和施粥的慈善家，但我的迷惑与悟觉／反复替换，还是难以确认这一群人／他们将自己像独木桥一样抽走／现在又把自己横卧在了／疯癫世界的哪两座桥墩之间"（雷平阳《横断山》）。

横断山区域涉及七条山脉和六条大江，由东向西分别是岷山、邛崃山、大雪山-贡嘎山、沙鲁里山、芒康山、他念他翁山、伯舒拉岭-高黎贡山，岷江、大渡河、雅砻江、金沙江、澜沧江和怒江。

高山、峡谷、河流以及草原（高原盆地）构成的特殊地理样貌成为多民族、多文化的迁徙、交流、融合以及发展的重要廊道。

费孝通在1978年提出历史-民族区域概念，将发端于青藏高原的怒江、澜沧江、金沙江以及雅砻江、大渡河、岷江等六江流域的迁徙、流动通道称为"藏彝走廊"，又称为"藏彝羌走廊""横断走廊"。这条地貌生态、区域文化和民族样态的走廊，北起西藏昌都市芒康县，南至云南大理。

横断山区有二十多个民族聚居，比如藏、羌、彝、白、傣、瓦、苗、瑶、怒、纳西、普米、傈僳、独龙、阿昌、景颇、拉祜、基诺、哈尼、布朗、德昂等。

其动植物的多样性是举世闻名的，全球 1／2 的杜鹃花、1／4 的报春花、1／4 的龙胆以及 1／3 的马先蒿都分布在这里。但是其脆弱的生态系统早已遭到了人为破坏。"以若尔盖为例，1935 年当红军来到这里时，河沟交错，积水泛滥，沼泽广阔。可在二十世纪六七十年代，若尔盖却开始了一场'向沼泽湿地要草场'的激进运动，开出上千个排水沟，把水排到黄河里。星罗棋布的高原湖泊不见了，沼泽却并没有如设想的那样变成丰美的草场，反而板结、硬化，进而退化、沙化。"（《中国国家地理》2018 年第 10 期）

弘忍真身

有一段时间，雷平阳抄写最多的一幅字是"且作心僧"。

雷平阳喜欢自己的这样一张照片。

照片上的他刚刚剃了发，只留一点头楂儿。他憨憨地童真式地笑着，脸上沾有一些细沙粒儿——它们在光线的作用下变得闪闪发亮。

我又留意到雷平阳近年的另一张黑白照片，它经常出现在很多报刊的显豁位置。

他刚刚剃了头发，那种凝视的眼神以及沧桑的表情更像是尘世中的一个老僧。

寺庙的场景和僧人形象反复出现在雷平阳的文本之中，更多时候他们并不是现实的具象化的，而是想象和寓言化的，带有雷平阳特殊的精神愿景和心理图示，"在滇东北调查猎狮家族源流的那些年，我曾经结识过一位身着黑袈裟的老和尚，他所在的小庙就是他用'狮子肉'砌筑而成的。我和他坐在经堂里聊天，这小小的寺庙就会像传说中的飞毯那样腾空而起，在高于地面一尺左右的空中神奇地飞行，那种感觉就像坐着澜沧江上的竹排前往大海"（雷平阳《梦见》）。

2017年6月底，正值湿热难耐的夏天，在湖北黄梅东山五祖寺的客房中我和雷平阳住一个房间。

来黄梅之前，雷平阳在沉河的武汉家中抄了几个字要带给五祖寺，这几个字也是雷平阳那时最喜欢抄录的，"磨砖作镜，积雪为粮"，此时，山上安静，只有虫鸣，第一夜是连绵不断的雨。早上我和雷平阳都醒得早，一起出来到人迹罕至的后山转了转，四周沉寂，唯有鸟鸣。连日来，从潜江到武汉再到黄梅，雷平阳有些失眠，精神不振，他随身的棕黄色牛皮挎包里带着一个诗歌笔记本。

在五祖真身殿，雷平阳写下——

> "恩典赐降我等有罪之身
>
> 不是唯一的。应该多赐降一些给寺庙外
>
> 无缘到此的那些热锅上的蚂蚁
>
> 那些放生后又被捕获的鱼类……"
>
> 我匍匐在那儿，没有祈求醍醐灌顶
>
> 这位佛的使者，我只是恭请他
>
> 把上面几句话，转告给佛
>
> ——雷平阳《在弘忍真身下》

五祖弘忍（601—674）圆寂前，开示："吾灭后可留真身，吾手启而举，吾再出矣。"

然而令人痛心疾首的是，五祖真身在 1927 年被毁，1935 年重塑弘忍像，置于法雨塔内。弘忍的油沙像后来又毁于"文革"。

雷平阳天然地与山林、寺庙、废墟亲近，如同己身。凡俗之心和脱离之心兼而有之也不足为奇，可怕的是那些清醒者，因为清醒就更加痛苦，而无知者无畏，有知、有感、有自知自觉就只能增添烦恼心和嗔恨怨，"匍匐在弘忍真身下，有一瞬／的确接近了神灵／但站在青檀树底往山下看／又觉浊浪多于清流／不洁的人世与醒着的个体／仍然是前者埋葬后者的关系／和尚们的大自在／退回了庙门内／为此，这来到与回去／东山古道的芦花丛中／我只是一根白色的羽毛／被风吹上山来／又被风吹下山去"（雷平阳《白色的羽毛》）。

虹 山

对于雷平阳而言，无家可归既是现实中发生的又是从精神根源彻底丧失之后产生的困厄和无力，"终于挣脱了垃圾和噪音的城／置身于通往乡村通往庄稼地的大篷车／但这并不是我写作诗之外的起因／城市不是诗／诗之外也不等于郊外"（雷平阳《诗之外》）。

在 1999 年至 2004 年之间，雷平阳暂住在昆明西北郊的虹山。

其所在的社区位于一座小山丘上，对面的山丘矗立着闪着银光的巨大煤气罐，它们随时都可能发生爆炸。

这里是典型的城乡接合部，雷平阳每天要乘坐 83 路公交车在郊区和城中心往返。印象最深的是这里的农贸市场以及各种杂货铺和形形色色的人群。

在虹山，雷平阳写出了令人极其震悚也极其不适的《杀狗的过程》。

1999 年 8 月 6 日，雷平阳写道："但是，我清楚地记得 1999 年秋天我曾写过的一句诗：'让我在此终身孤独／我高贵的身体，只献给／无人挖掘过的泥土。'"

后视镜法则

现代性时间是不可逆的单行道，历史在现实的拖拽中发生了轨迹偏移和认知变形，我们很难再长久地记住事物并保持其完整的形象。即使是现实和回忆本身因此变得不可靠，因为现实总是在参与对记忆的修改和想象以及情感的过滤，"在记忆的反光镜中，一切都消失得越来越快"（让·波德里亚《美国》）。

在一切向前看的整体情境之下诗人还必须遵循后视镜法则。

雷平阳是一个频频后顾者。他因此获得了慰藉，也一次次在离心力中携带着绝望，"心上一座座房屋建起来，很快就／毁于火，毁于水，毁于战乱或地震／毁于无人看守。所以，我废墟一样的心／现在仍然是一片废墟，而且多出了几个／没有身份、饭量惊人、一身臭汗／不断地清理着废墟的人／他们用铁锤重击断墙，在混凝土中取出／钢材，就像剥皮抽筋似的／令我在重归安宁时如遭酷刑"（雷平阳《在守界园》）。

在频频后顾的姿态中那些面孔越来越忧郁，"可怕的美已经诞生"，"全球化带来了一个荒凉的世界，其最大表征是建筑和文化越来越趋于一尊。波利尼西亚各岛屿曾经是自然之美的田园诗，但如今正逐渐被水泥覆盖，一如亚洲许多景致的地方文化网络正沦陷为穷途末路"（帕特里克·威肯《实验室里的诗人：列维-斯特劳斯》）。

诗人能够做到的只能是说出最后的事实。

互　文

散文写作的重要性对于雷平阳来说不言自明。

雷平阳并不是在诗歌无话可说的时候转向散文或小说，散文更不是日常式的废话。需要注意的是他的诗歌和散文之间的互文特征，即同一个主题或题材甚至意象以及场景会持续地进入他的诗歌、散文以及小说中。

一个叫"张雪蓉"的乡村寡妇反复出现在了雷平阳早期的散文作品中。

我们可以在互文的关系上看到一些诗歌和散文在某些方面相通的构造，可以看到写作谱系和精神光谱上的相似性。当然，这种相似性并不是仿写，而是重新命名的过程，在语言的层面互文呈现了事物的真实和精神的可能。

交织性的原型、原文和其他文本构成了共生以及彼此阐释的互动关系。

与此同时，雷平阳的诗人身份和散文写作是双向往返和彼此借重的。由此看来，雷平阳写诗和写散文并没有本质上的区别。

雷平阳的散文带有"起底式"的特征，他拔起了那棵现实土壤上怪异的语言之树，树干、根须以及连带其上的昆虫、腐殖土都一起被等量齐观。

这需要阅世也需要预见。

化身·替身

在"象征–寓言"的话语声调中，雷平阳需要的是"化身"和"替身"。

这些"替身"和"化身"又细化为诗人、盲人、说唱艺人、孩子、死人、僧侣、巫师、亡灵、鬼魂、守夜人、守灵人、镂骨人、摆渡人、庞然大物、神秘主义者、行者、大象、老虎、狮子、蜘蛛……

"替身""化身"与"原型"相似但又不同，这都需要象征或幻象来支撑。

> 人们不会去
> 梦见狒狒或玉黍螺。
> 只有，随处可见，一个老水手，
> 醉了穿着靴子熟睡，
> 捉老虎
> 在红色天气里。
>
> ——华莱士·史蒂文斯《十点钟的幻灭》

生死、道义、怀乡病、朴素的原神都需要在文字的"替身"中寻得对应和安顿。对于雷平阳来说"替身"与"原型"之间不是等价交换，而是彼此救赎。

"替身""化身"以及"象征体系"最终形成的正是幻象。幻象弥散在雷平阳的整个文字世界。写作对于雷平阳而言成了一场场的个体化的"精神事件"，进而能够唤醒个体之间各不相同的经验。

雷平阳讲述的这些故事融合了日常境遇和精神事件，从而与日常之物拉开了距离。它们恍兮惚兮，光怪陆离，真假参半，似幻似真。我喜欢这些天马行空又有精神根基的故事。你不必去较真和考证这些故事的真伪，更重要的恰恰是这种修辞化和伪托性，就像历史上的那些"伪经"和自我杜撰的"引文"一样。它们能够复现、还原、拆解、重构甚至超越现实层面的故事与其真实。衰败、冷硬、干枯，最终是水落石出、纤毫毕现。

"讲一个刚刚从乌蒙山听来的老故事。"

这是雷平阳作为故事讲述人的声音和语调，是低沉的昭通普通话，是已经失传的滇东北的一支镂骨噬心的骨笛。"一种用骨头雄凿而成的笛子，可以公正而准确地传达人的本性以及人对整个世界的看法。那种笛子的声音是气若游丝的，但又是隐忍的，在消失的边沿，它会突然变成一棵锋利的铁针，而在尖厉高飘的瞬间，它亦会因为被推上极致变成一只昆虫的叹息。"（雷平阳《镂骨》）

"替身""化身"等象征体系最终形成的正是新旧时代夹缝中的幻象。"我们对丛林语言一窍不通，我们的举动自相矛盾。这中间只浮现出一幅景象。一群游客，灰暗的身影，像探险者一样来到干燥而草木茂盛的山岭上。那里空气清冽，沁人心魄，四周的景色全被遮蔽，然后视线缓缓降落到他童年时满眼铁皮屋、像玩具一样的市镇上。因为细节越来越逼真，感觉也越来越虚幻。山上清凉、微颤的草叶，风吹草丛的窸窣声，时间的双重性，过去和当下被串连在一起，仿佛儿时那些健谈的人偶猛然间复活了。"（德里克·沃尔科特《黄昏的诉说》）

"童年期"幻象一直弥散在雷平阳的整个文学世界。由此，我们发现一个个怪诞不已的化身和替身，以及一个略显神经质的而又不无沉重的讲述者。

《短歌行》中身心疲惫又无比孤独地去观斗山仰望星空和企图安顿灵魂的人正是雷平阳的化身，"那一束束下射的光，一直没变／还保持着冰碴的温度／但你并未因此低估它存在的奥义／甚至现在也还认为，它与自己／有着神秘的内在关联／仿佛自己就是某颗星斗的儿子／自己某一天能够骑在这颗星斗的肩头／看一场尘土飞扬的乌蒙四筒鼓／人世上不追求星空恒定的秩序与面貌／一张张仰着的脸庞／像旷野上的葵花／每一年都会遭到大规模的斩首／有的人猛然发现自己的头颅不翼而飞／就是在仰望星空的时候／而且这掉了脑袋的人不会奢望／那一刻必有星斗因自己而熄灭"（雷平阳《昭通的星空》）。

这让我们思考的是现实中的焦虑、分裂、挫败感、道德丧乱、精神离乱以及丰富的痛苦与写作之间的内在性关系，以及这些精神性的体验是否在文本世界中得以最为充分和完备地体现。

怀旧的米勒

雷平阳面对土地和万物的表情总是让我想到怀旧的米勒形象。

与农民、土地相关，我们在米勒（Jean-Francois Millet）的画作中目睹了这个怀旧者的深刻表情："米勒的怀旧并不只是局限在个人方面，怀旧也影响到他的历史观。他对各方宣称的'进步'抱持怀疑的态度，并且认为进步是人类尊严一个潜在的威胁。与莫里斯或是其他浪漫中古学家不同的是，米勒并没有美化村庄的形象。他对农民的了解大都是他们的生活，特别是农夫，已简化到与野兽无异。无论他概括性的观点怎样的保守与负面，我觉得他感受到两件同时代其他人没有预见到的事：一是城市和其郊区的贫穷；一是工业化所产生的市场，牺牲了农民的利益，有一天会令人丧失所有的历史感。这就是为什么米勒认为农民代表人类，为什么他认为自己的作品具有历史使命。"
（约翰·伯格《米勒与农民》）

幻　象

当年波德莱尔通过酗酒、印度大麻以及鸦片产生的"人造天堂"的幻觉是来自感官的迷醉，他对印度大麻以及不同阶段的感受和幻觉做过非常详细的描述。显然，这是具体物刺激之后产生的即时性幻觉、快感和沉醉状态，还有吸食者难以想象的依赖症和不断累积的痛苦。"幻觉开始了。外界的事物具有一种怪诞的样子。它们在您面前以前所未有的形式呈现出来。然后，它们变形、演化，最后它们进入您的身上，或者让您进入它们之中。这时发生最奇特的暧昧，最不可解释的观念的颠倒。声音具有色彩，色彩具有曲调，音符成了数字。"（波德莱尔《印度大麻》）

文学幻象和文化幻象的产生是极其复杂的，甚至从时代精神和当代寓言的角度来看幻象还具有强烈的伦理、道德感和命运遭际的多重因素的介入，而这又是与时代的整体振动牵系在一体的。

与波德莱尔的感官化幻觉不同，雷平阳的"替身"和"幻象"是对应于时代寓言和终极存在的，是从个体的生命体验以及时代经验中生发、过滤、提取出来的命运幻象，这一过程经过了情感、伦理、超验和想象力的参与。参与的结果就是"幻象"与生存和现实乃至未来有关，但又完全是另一个更富有情感当量、思想载力和精神重力的复合象征体。人与现实以及历史的关系通过幻象而发生了扩张与变形，甚至发生了质的变化。

诗学阅读与社会学阅读往往是彼此交叉的。经验世界与幻象世界、象征和隐喻体系在雷平阳的叙述和转述中带有了"自传"色彩和"原型"意味，当然这也是极其有效的修辞手段和叙述策略，也代表了属于雷平阳的诗歌观和真实观："我也有耍小花招的时候，'真实'是我所看见的'真实'，未必同于他人的目光所见。再说，观念上的'真实'与融入血液的'真实'存在着不小的区别，有时我动用观念，有时我还原，有时还会有意将它们混在一块。其实，真或假并不重要，只要'幻象'发乎于心，有一根根血管，有血液在奔流，它未尝不是真实之躯上永远不散的魂魄。它与我的'真实观'存在抵牾和冲突，基于我的想象力经常处于贫血状态，不足以达成我的审美愿望，不足以陪衬真实事物的壮丽与枯败，不足以让'灵'与'肉'妥帖地结合在一起。"（雷平阳《寻找宁静的力量（访谈）》）

黄色蟾蜍

2014年盛夏，我和雷平阳暂住在北京八大处山脚下。

雷平阳的房间在我的对面。8月3日（星期日）一早起来，我一开门就发现雷平阳的门前有一只一动不动的黄色蟾蜍。

雷平阳似乎对此物有着天生的恐惧，催促我赶快把它弄走。

我虚张声势地对着那个黄色之物喊了几声，它一动不动。我只好用扫帚把蟾蜍慢慢扫进撮斗然后放到前面院子的草地上……

当天下午4：30，雷平阳的老家云南昭通鲁甸发生6.5级地震。

截至2014年8月8日15时，地震共造成617人死亡，其中鲁甸县526人、巧家县78人、昭阳区1人、会泽县12人；112人失踪，3143人受伤，8.09万间房屋倒塌，22.97万人紧急转移安置。

接连几天，雷平阳因为鲁甸地震而失眠。8日这天夜里，雷平阳在稿纸上追悼故乡的亡灵。我几次进他房间，他都几乎是一个姿势，一手持笔一手拿烟，烟灰缸里的烟头越堆越多……因为雷平阳是手写，报纸刊发需要电子版，于是我就承担了文字输入工作。

8月9日的《春城晚报》刊发了这篇悼文《让我们默哀吧》："乐马厂十万人挖银的景象已成过去，以白银撑起国家经济脊梁的辉煌历史也早已变成'神话'。但我们不得不承认的是，因为长时间的矿产开采，这一带早已变成了残山剩水。十多年前的一天，在牛栏江边的一个小镇上，我敬仰的小说家邹长铭先生还曾告诉我：'这片土地，处在小江至莲峰的地震带上，每天都会发生人们觉察不到的上百次细微的地震……'也就是说，人为的原因加上自然的地质条件，8月3日鲁甸地震的核心区域，一直都是一块悬浮在矿洞之上的随时可能碎裂的土地。我们为什么世世代代将这样的一块土地当成家园？原因很多，本应有一系列的从古到今的悲天悯人的对策，但我们一一地忽视了。所以，当我得知地震的消息，虽然身在热浪滚滚的北京，我亦为之如坠冰窟，泪雨滂沱。彝良地震的余波尚未消散，灾难又一次像悬在头顶的刀剑果断地刺向故乡的心脏。昭通，或说乌蒙山，这个总是以贫困与灾难、铁血和悲怆向世界展示自己存在的地理坐标，又一次承受了大地短短几秒的震颤，众多的家园被揉碎，众多的生命被强行拿走。在书写这段文字的时候，请允许我语无伦次，因为媒体上说，死难人数与失踪人数又一次升高，那600多个死去的父老乡亲，在我的眼中，他们像600多个鲜血染红的灵魂，在天国里一边奔跑，一边呼救，那呼救的声音，仿佛不是出自他们之口，而是出自他们的列祖列宗，出自他们的子子孙孙。也可以说是出自丰饶而悲情的乌蒙山。"

晃 动

雷平阳的"云南"是精神地理学的投射，是整个世界的化身，是任何一个我们熟悉或陌生的地方。它们是自我心象的投影，是开放的时代场域，是收纳大千的精神坛城，是容纳了历史、现实和个人的精神能动结构，"诗歌的词语将空间有机地连贯成一块向那个地方开放的领域，穿过并超越任何一个地方。它来自地址不详之处"（亨利·马勒蒂内《空间与诗歌》）。

这也是一个个物象、风物以及命运、世情构成的晃动不已的共同体。

雷平阳的写作更像是在现实和梦境之间持续晃动的产物，他是不折不扣的"现实主义者"，又是语言的魔术师和神秘主义的占卜者，他有历史主义的理性又有怀疑主义者的冷彻。"要么通过怀疑主义，要么通过神秘主义，知识面前的这两种绝望形式，使一个哲学家免于平庸。神秘主义是对知识的一种逃避，怀疑主义则是一种无望的知识。不管在哪种情况下，世界都绝非解决之道。"（E. M. 齐奥朗《眼泪与圣徒》）

他的语言是绵密、缝制化的，但有时候又是疯狂而失控的，正如内心在那一时刻的震动、眩晕和不能自持一样……

雷平阳一直用近乎个人乌托邦的语言和乌有乡的表情在描述、追忆和想象，他试图将一个个沙粒重新黏合起来成为精神意义上的坛城，"金沙江一直都在群峰之上晃动，太阳是它的姐姐，月亮是它的妹妹，而石头，石头是它晃动中的流速，而群山，群山总是站在永恒的对面。它在群峰之上晃动，在它与群峰之间，是风的通道，是云朵赛跑的地盘"（雷平阳《晃动》）。

灰烬持有者

一个个芒刺、针尖、碎片和废墟实则是精神的灰烬，然而雷平阳却一次次试图持有它们，"我在那儿有过自己的一堆篝火／在真实和虚幻之间，慢慢地变成了灰烬，无色，无味／没有声音。有人说，它是石块的浆汁／或者，风的身体"（雷平阳《阿鲁伯梁子以西》）。

昭通坝子西边是层峦叠嶂的西凉山，翻过一个个坝子之后，能看到金沙江……

雷平阳提到的阿鲁伯梁子（阿噜伯梁子）是由昭通往大山包的必经之地，平均海拔 2200 米，现在已经被隧道贯通。阿鲁伯梁子的命名来自彝族的民间故事，阿鲁伯死之后灵魂化作了一只相思鸟，发出"嘛噜麻薯"的叫声。在彝语中"嘛噜麻薯"是"不见不散"之意。

在现代性的铲平法则之下，列维－斯特劳斯通过"灰烬持有者"这一尴尬的形象道出了严酷现实，然而随着岁月流转、世事变迁，他曾经持有的灰烬也最终消散了："在今日的马托格洛索州和龙东尼亚州，列维－斯特劳斯昔年从事田野工作时曾看过的风景已所剩无几。这片曾经尘土飞扬的稀树干草原现已变成一个农工业的前沿地带，布满甘蔗田和黄豆种植园，其间夹杂着一些用圆拱形炉子烧制木炭的小村子（制造木炭的木材是从更北的亚马孙雨林用货车运来）。在一片鲜明蓝天的映照下，一些小尘球在种植园间的支路上滚动着：那是由运送农产品的巨无霸联结货车所卷起。大草原上一度开满炫目紫红色和黄色花朵的地带已经被整片铲掉。"（帕特里克·威肯《实验室里的诗人：列维－斯特劳斯》）

魂路图

少年时代"失魂落魄"的意外事件倒是成了此后雷平阳文学世界的精神底色。

他忙不迭地为自己喊魂，为家族和贱命立碑，为山川草木立命，为大江大河抹去水电站，为一个个废墟重新安置灵魂："在基诺族人的魂路图上，小黑江是一条冥江，是其送魂词中所说的几勒河。死者的灵魂，只要乘筏东渡，踏上对岸天国的土地，就能听见天国的鸡叫声了，也能看见天国的牛蹄印了，还能看见天国的猪打滚了，当然，也就能听见天国里的人们砍柴的斧声和歌声了。"（雷平阳《地名记》）

失魂的人，必须找回自己的魂路图。

雷平阳说过："在少年时代，我就是一个魂不守舍的人。"

如果我们把他丢魂的坟地转换成乡村和废墟这样的特定空间和社会场景，那么极其惊悚而乖戾的场面正对应于过去时空结构在经受颠覆那一刻所发生的不能自控且失魂落魄的过程，"眺望几公里外，我生活过的村庄／那儿灯火通明，机声隆隆，它已经／变成了一座巨大的冶炼厂／一千年的故乡，被两年的厂房取代，再也／不姓雷，也不姓夏或王。堆积如山的矿渣／压住了树木、田野、河流，以及祠堂／我已经回不去了"（雷平阳《在坟地上寻找故乡》）。

火 VS 土

雷平阳的写作一直是分裂的，焦灼的。

太阳、火焰、灯光、烈酒、热能、灰烬、骨灰、火葬场、发电厂与内心的分裂时时搅拌在一起。它们以空前的热度逼视着一个人的荆棘、沟壑以及深渊。

土地一直是被烘烤的中心。

雷平阳一次次写到旷野和荒野，写到乡村、山寨、屋舍、土地、坟墓、庄稼、草垛。他直言道："我有过寂寞的乡村生活，种地打柴放牛，在那些寂静得最接近人的本性的红色厚土之上听大人歌，听大人说。"

土地代表了贫苦，代表了乡野伦理，代表了乡村共同体的根基。令人痛心的是土地伦理已经在一次次大火中被耗损而成为灰烬，大地共同体已经烟消云散。雷平阳不得不把一个个废墟和弃置物在黑暗的时刻推到世界面前，把土地以及自己再次推到颤动不已的火舌之上……

霍俊明的忧伤

基于本事、传记与虚构的关系，雷平阳的写作更类似于寓言体。甚至雷平阳在一篇散文中以我为主角："霍俊明，河北唐山人氏，吴门弟子。他来到昭通，让我带他去拜访山梁上一个会'放阴'的女巫师。女巫师披着染了霜花的头发，对着他的脖子吹巫气，然后对他说：'如果你有兴趣，我把你的灵魂拿出来，把它放到阴间去，让它到那装满了惩戒之书的图书馆去看看，再参观一下审讯室和古老的行刑方式，但我不敢保证，到了阴间之后，你的灵魂还愿不愿意回到人间。'"（雷平阳《霍俊明的忧伤》）

张燕玲对此做如下分析："他笔下的'霍俊明'既有虚构之笔，

也有精神的真实。'霍俊明'游离于阴阳两界，探寻天堂与尘世之间的关系，其中自我也在不断的自我启蒙和生长反思中完善和成长，最后实现自我与文本较高的完成度。其实霍俊明的忧伤就是雷平阳的忧伤，也是我们的忧伤，因为一种失败主义总在笼罩着我们，这也是当下'70后'作家写作的一个普遍主题。在忧伤里，我们看到了天堂与尘世之间霍俊明的踟蹰不前、进退两难，且生的苦闷与欢喜同在。这是一种深切的时代之忧。"（张燕玲《人神世界的别样文本——关于雷平阳的〈乌蒙山记〉》）

　　我带着他离开了女巫师的家。他非常忧伤，既不敢去阴间，又想远远地躲着人世。出门前，他只拜托那个戴面具的女人，把他的那封遗书带到阴间去，同时，他把刚换下来的衣服交给了那个女人，让那个女人在阴间显眼的地方，随手给他建一座衣冠冢。

　　为此，有很多人非常好奇地问过我，雷平阳写的那个霍俊明是真实的吗？你的灵魂真的到了阴间走了一遭吗？

　　人神鬼世界的魔幻叙事、通灵式的寓言以及荒诞不经的笔记体已然成为雷平阳写作的重要特征。"以《霍俊明的忧伤》一文为例，霍俊明是现实中的人，是雷平阳的朋友。雷平阳该怎么处理这样的人物？在文中他通过霍俊明与女巫师的对话，来沟通现实与阴间。灵魂在阴、阳二界间游动，这样的题材在包公戏《探阴山》中曾有过，包公的灵魂到阴间探明真相，再回阳间断案，阴阳二界是非常分明的。而《霍俊明的忧伤》则不是这样的路数，雷平阳借现实中的霍俊明来做他作品的主角，把他穿越于阴阳两界间的探寻、犹豫、痛苦的经验写出来。现实中的霍俊明，在特殊的语境中成了贯穿人、神、鬼世界中的一个诗性符号，在他身上融入了诗人对人性的深度解剖与思考，以及对人的自我完善的渴望。我觉得这种在现实、巫师、梦境、鬼域世界的来回穿梭，在当代诗歌中是很少见到的，确实拓展了诗人想象的天地。雷平阳骨子里是忠于现实的诗人，他在诗歌中营造的人、神、鬼相通的世界，并没有脱离现实。诗人没有沉溺于神鬼世界的传说，也不想通过基诺族人那条连接人间与天国的'魂路'而飞到天国去。他的根基始终扎根在现实当中。"（吴思敬《雷平阳诗歌的两重世界》）

J

饥　饿

雷平阳经受过一次次的"饥饿"，这甚至形成了自童年期开始的恐惧感。

这种"饥饿体验"来自现实生存的酷烈经历。"一九七四年的冬天，大雪封锁滇东北高原／粮柜空空，火塘没柴，一家人跟着他吃观音土／喝冷水，感觉死神已在雪地上徘徊／一小块腊肉，藏于墙缝，将用于除夕，五岁的弟弟／偷了出来，切了一片，舍不得吃，用舌头舔／他发现了，眼睛充血，把弟弟倒提起来／扔到了门外。雪很深，风很硬，天地像个大冰柜／光屁股的弟弟，不敢哭，手心攥着那片肉／缓缓地挪向旁边的牛厩。牛粪冒着热气／弟弟把肉藏进草中，才把冻僵的小手和小脚／轮流塞进粪里取暖。母亲找到弟弟，像抱着一截冰块／疯了似的，和他拼命。他不还手／胸腔里的闷雷，从喉咙滚出来"（雷平阳《祭父帖》）。

不忍直视的饥饿场面几乎成为当时贫穷乡村的普遍缩影。经由诗

191

人，饥饿事实成为时代寓言，"芬芳的草药、糯米、半锅猪油／在燃烧的柴火上，从黄昏／熬到天亮。饥饿的村庄，有人／半夜起床，捂紧身上的破棉袄，蜷缩在／旁边的草垛。只为闻一闻空气中／食物的香味，只想在这香味中／痛痛快快地假寐一夜"（雷平阳《昭鲁大河记》）。

如果将饥饿感和生存空间联系在一起的话，我认同英国著名的中国文化史专家柯律格所说的"思想很亲密地与地域以及特定的生活方式联系在一起"（《大明：明代中国的视觉文化与物质文化》）。

基诺山

雷平阳不断将目光投向基诺山，而我也对此产生了浓厚兴趣。

这不只是人类学层面的关于自然思维和原始思维的田野考察，而是建立于急迫和焦虑的现实境遇、文化"灾变"以及认知系统的失衡。"变"是任何时代的主题，而"不变"的部分只能在诗人、族群以及巫师那里得以精神化地隐秘延续。

方圆600多平方公里的基诺山又称攸乐山，为无量山的余脉，居普洱茶六大古茶山之首，三国时期即开始种茶，"普茶名重天下，出普洱府所属六茶山：一曰攸乐，二曰倚邦，三曰革登，四曰莽枝，五曰曼专，六曰慢撒，周八百里"（《滇海虞衡志》）。六大茶山的山名由来据传与诸葛亮有关："六茶山遗器，俱在城南境，旧时武侯遍游六山，留铜锣于攸乐，置芒于莽芝，埋砖于蛮砖，遗木梆于倚邦，埋马镫于革登，置撒袋于曼撒，因此名其山。"（《普洱府志》）

基诺族推崇诸葛亮，甚至连建筑形状都与此有关。基诺族村寨特有的干栏式建筑"长房"的外形就酷似孔明帽，屋脊两头用茅草扎的

"耳环花"象征着父母的灵魂。基诺族的长房设有专用的神器屋，基诺语称"阿六"。此外还有用于男女结交和娱乐的公房（尼高卓）。

基诺山是自然植被、原始森林的王国，动植物种类繁多，曾被誉为"植物王国皇冠上的绿宝石""热带植物宝库"。

在基诺族的文化中，这些天然林木是不能以任何借口来砍伐的，犯规严重者甚至可以被驱逐出山寨。正如恩格斯所说："一个部落或民族生活于其中的特定自然条件和自然产物，都被搬进了它的宗教里。"然而，物种入侵和市场法则使基诺山的生态结构、地方性知识和文化生产方式发生了根本转变。在强势的时代法则面前人神鬼共居的时代已经结束，相应的人性、物性、神性以及原始思维方式、民俗文化甚至生活方式也受到了前所未有的挑战。

基诺族

斯特拉桑认为一些族群通过宗教等特殊仪式利用物质、身体来影响社会运转："如果一个灵魂永久地凭附在一个人的身上，这个人就变成了一个先知，成为一个反常的，'不受控制'的角色。"（斯特拉桑《身体思想》）。

万物有灵。

鹿站在雪地里，雪已经没过了它们的肚子。它们平静地看着我们，就好像是在执行某个仪式时被我们逮到了一样，那是一种我们无法理解的仪式。

——奥尔加·托卡尔丘克《糜骨之壤》

仪式来自自然万有的秩序，来自领受和敬畏的人与物的关系。

基诺族就是具有鲜明的原始宗教信仰的族群，相信万物有灵，"如果把基诺族原始宗教喻为热带山寨的攀枝花树，那么，那挺拔伟岸的树干就是神圣观念体系；那向四方舒展的树杈、树枝就是仪式行为规范；那飘洒大方的绿叶与如火的大红花恰似因人而异的神性体验；那蔚为壮观的树冠宛如涵有众生无限幸福向往的神圣世界。而这棵攀枝花树的根，即基诺族原始宗教的根，就是反映人们改善生存与繁衍的热烈愿望和创造力的生命文化"（《中国各民族原始宗教资料集成：彝族卷·白族卷·基诺族卷》）。

很大程度上，我们也可以认为这个先知或巫师就是诗人。

多年来雷平阳在高温多雨的基诺山、杰卓山、革登山、莽枝山、孔明山以及小黑江、澜沧江、南线河、生妞河、么羊河、龙帕河、石灰窖河、勐养河、莱阳河寻找着基诺族先民的遗迹。

据 2010 年第六次全国人口普查统计，基诺族共有 23143 人，是云南人口较少的七个民族之一，也是我国人口最少的民族之一。其母语为基诺语，属汉藏语系藏缅语族彝语支，没有文字，先民以采集和狩猎为生。

"基诺"的意思为"舅舅的后人"或"尊重舅舅的民族"，在清代被称为"三撮毛"："三撮毛，即罗黑派，其俗与摆夷、僰不甚相远，思茅有之。男穿麻布短衣裤，女穿麻布短衣筒裙。男以红黑藤篾缠腰及手足。发留左、中、右三撮，以武侯曾至其地，中为武侯留，左为阿爹留，右为阿嬷留。以捕猎野物为食。男勤耕作，妇女任力。"（《云南通志·宁洱县采访》）另见清代伯麟（1747—1824）的《滇省夷人图说》："种茶好猎，薙作三髻，中以戴天朝，左右以怀父母。"

基诺族有各种传统仪式和礼俗，比如砍地仪式、烧地仪式、播种仪式、农业大祭仪式、拉牛求丰收仪式、吃新米仪式、叫谷魂仪式、祭兽鬼仪式、盖山地茅屋仪式、上新房仪式等。

基诺族有祖先崇拜，相信万物有灵。

万物有灵思想不仅体现了基诺族人对自然的崇拜和禁忌，而且反映了人居与自然环境在长时间的社会发展中形成的共生关系。在基诺族的民间传说中很多殉情男女死后都幻化成了动物，比如白鹇、松鼠、马鹿等。

基诺族的万物有灵崇拜是与其山林环境离不开的，比如树神崇拜。

　　劈柴的时候，误伤了手指 ／ 他们就会放下斧头 ／ 祈求树神的宽恕，也向手指致歉 ／ 祈求手指的灵魂不要借故远走 ／ 如果亲人死了，他们则视为 ／ 自己的生命也死掉了一部分 ／ 就会在身体上挖个小孔 ／ 存活新人的一点血肉 ／ 或一根细小的骨头

　　　　　　　　　　　　　　　　——雷平阳《离合》

基诺语称超自然的鬼、魂、神为"乃"。类似的情况也发生迁徙到昭通地区的苗族和彝族，这两个民族也都信奉自然神，相信万物有灵。在基诺族中，巫师、铁匠因为具有宗教功能而具有极其重要的地位。

古老的万物有灵思维方式和内在生命法则影响到了雷平阳的世界观和创作观念，比如《酒歌》：

　　丢一个石头，也会打出血来

　　这是我理解的神。你们

　　来到云南，但是，朋友们

　　我不能杀，不能杀瓜招待你们

　　它们会疼：我设想过

我该不该提一桶江水

给你们洗脸，噢，我还是放弃了

这罪恶的想法，沾上了你们的风尘

它们将不再纯洁；树木都有它们的命

一个异教徒，他曾动员我

拿出心中的斧头，砍些枝条

为你们燃起一堆篝火

可这怎么行呢？古老的法则是

让它们自己老去，臭在寂静

而和谐的山谷……生活在

伟大的云南高原，你们知道

在每一个角落，都有碰到神的可能

小鸟会叫春，花朵会叫床

石头会叫魂。可爱的酒神

他住在我的隔壁，所以，朋友们

我只能用酒招待你们

让它们，到你们的身体里去

以魂魄的名义，陪你们

鸡屁股

雷平阳上高中时校舍极其简陋，甚至冬天也没有热水，只能喝冷水。一年到头吃不到肉菜，最难以忍受的就是饥饿。

那时，雷平阳家里养的鸡起到了至关重要的作用："我在那时候一度对城里人充满了仇恨。仇恨，不是基于他们的富有和我的仇富心态，而是基于某些人的不良。三年的高中，父亲说：'你靠的全是鸡屁股。'他说的是真理，因为，为了供我上学，母亲只好养鸡，下的蛋，就到城里去卖，1块钱10个蛋，换取的钱，就花在我身上。有几个星期天，母亲忙不过来，就让我去卖鸡蛋，每次20个鸡蛋，我卖，往往只有18个，总有2个要被人偷掉。他们是怎么偷的呢？我的一个堂嫂说，他们装出挑三拣四的样子，讨价还价，趁你不备，一个鸡蛋从手心就滚到了衣袖里。"（雷平阳《我为什么要歌唱故乡和亲人》）

极端写作

一个具有异质感的写作者，一个区别于同时代人的诗人，往往具有冒犯、反常、行动化的"极端写作"特征。这一"极端写作"往往不为大众趣味所接受，甚至会一次次冒犯读者以及批评家们的口味。

《杀狗的过程》《澜沧江在云南兰坪县境内的三十三条支流》是雷平阳"极端写作"的代表文本，它们因为极其怪异的面貌而引发困惑、不满甚至攻讦。真正的诗人并未因此而付出代价，因为他并不需要那么多庸俗的读者，诗性正义激励着"极端写作者"建构起一个个"极端文本"。这一特殊类型的文本不可以被复制也不可以被取代，连当事诗人自己也不能进行仿写。它们独一无二，是一次性的；它们另类、异端，具有行动力；它们具有重要的诗学意义和文本谱系史价值。

早在1988年2月，陈超针对当时先锋诗歌存在的问题而率先提出"极端写作"的概念：

就极端写作的动态性质而言，我以为它源于诗人对语言的无力和耗空状态，所表现出的高度焦灼感和拯救意志。它是我们这个缺乏精神历史的时代里，少数觉悟分子找到的一种对失败感的心理补偿。相对于那些投靠大众话语的诗人而言，极端写作状态下的诗人，意味着自身属于一个狭小的特殊精神社区。他并不因为自己是一个被大众接受的诗人而体现意义，相反，正因为他是一个诗人才不被大众接受。

"极端写作"这一概念和相应的写作实践至今仍然处于被忽视被拒绝的尴尬境地，越是如此，就越需要"极端写作者"出现并予以拯救。正如荷尔德林在颂歌《佩特姆斯》中所说："哪里有危险，／拯救之力就在哪里生长。"海德格尔也强化危险境遇中诗人拯救之力的必要性："危险作为危险存在之处，拯救之力也已经蓬勃生长了。拯救之力并不是偶然产生的。拯救之力也不是附带出现的东西。正是危险，当它作为危险存在时，本身就是拯救的力量。"（《人，诗意的安居》）

麂　子

在基诺族这里，猎取了麂子、马鹿、野牛、野猪、竹鼠等动物后会有对应的祭兽鬼仪式。

猎取麂子之后的仪式："第一，猎获麂子'号脚'后，必须砍一根长约50公分的马刺树棍，并用夹子藤将麂子的四只脚捆在马刺棍上，放入大通帕内背回。麂子的头要露在外边，并用马刺叶盖着麂子的眼。第二，如一人狩猎，要制作三音竹筒，三人以上要制作七音竹筒，竹筒比大兽的细，音清脆，口朝上敲击着回寨。第三，麂子不在寨边的吃兽肉处举行仪式，到家门口时长老和家长不举行跪拜仪式。

只是麂子放到兽房台架上时，请巫师来举行一简单的祭兽鬼仪式。"（《中国各民族原始宗教资料集成：彝族卷·白族卷·基诺族卷》）

2007年夏天，雷平阳在基诺山参加了一户猎人的家庭晚餐。

在饭前，这户人家还请来寨父，以猎获的一只麂子敬谢神灵。寨父的一席祷辞让雷平阳非常好奇，这类似于"遥远的目光"让人恍惚而亲近，由此他写了下面这首《基诺山上的祷辞》：

神啊，感谢您今天
让我们捕获了一只小的麂子
请您明天让我们捕获一只大的麂子

神啊，感谢您今天
让我们捕获了一只麂子
请您明天让我们捕获两只麂子

记

古文常见的四种文体为记、表、书、志。"记"一直是中国文学的重要传统，在发展过程中其变体则有"杂记""碑记""札记""笔记""游记""散记""日记"等。

在中国当代作家中将诗歌、散文、随笔以及田野考察以"记"的形式命名且成为写作标识的非雷平阳莫属，甚至其身后追随了大量的仿写者，他们动不动就在诗歌标题上加个"记"字。

与雷平阳此种写作方法和个人标记类似的还有于坚的"便条集"、

柏桦的"史记"注释体、臧棣的"协会""入门""丛书"以及陈先发的"九章"。

记，是记录、摄取、记忆和标识，是一系列关于现场、真相的记录动作和证词，也是一个个瞬间、切片、线索以及档案。

"记"在雷平阳这里有一个明显的变化过程。

以"记"为标识的写作方式在雷平阳早期的写作中非常少，比如第一本诗集《雷平阳诗选》中只有两篇，即《1999年8月6日日记》《2002年冬天日记》。而到了2007年10月，《天上攸乐——普洱茶的八座山和一座城》收入的六篇文章全部以"记"来命名，即《南糯山记》《布朗山记》《基诺山记》《蛮砖莽枝革登记》《倚邦易武记》《宁洱记》。到了2009年12月，《云南记》则使得"记"作为雷平阳特有的标识而蔚为壮观了，比如里面收入的《月亮记》《惠民乡日记》《昭鲁大河记》《狱中哺鼠记》《哺鼠小记》《矿山屠狗记》《少年筑墙记》《木头记》《养猫记》《生活记》《杀鳝记》《青蚨记》《山中迷路记》《山中赶考记》《牧羊记》《屠麻记》《猎虎记》《渡白水记》《在某口岸日记》《八哥提问记》等等。2012年1月出版的《雷平阳散文选集》又收入《关于母亲的札记》《桧溪笔记》《地名记》《文身记》《仙停记》《砍树记》《求爱记》。此外，还有《出云南记》《八山记》《普洱茶记》《乌蒙山记》《吞都小记》《筑路记》《行路记》《地名记》《黄昏记》《白毛记》《回乡记》《往事记》《建庙记》《枯骨记》《埋魂记》《上坟记》《复仇记》《饮空记》《酒宴记》《越南记》《吴哥窟游记》《勐海茶厂记》《巴丹吉林沙漠日记》《派出所日记》等。

这样一脉下来，雷平阳大量的以"记"命名的诗歌和散文已然成为文体学意义上的写作谱系，"在装满了责任和良知的社会学列车上，一直都是诗歌的灵魂。满眼都是推倒重来，颠覆，覆盖，销毁，未来的某一天，当我们决心返回'故乡'的原址，这些'记'，可能会让我多死一次，但也可能将我守灵人的表情存放在个人的心灵史之中。为此，近几年来，我写了《昭鲁大河记》《木头记》《养猫记》《狱中哺鼠记》《少年筑墙记》《生活记》《牧羊记》等一系列叙事体诗作。今年八月底，在陕西榆林的无定河边，我还写了一首《枯骨记》"（雷平阳《我诗歌的三个侧面》）。

技　术

海德格尔早就对技术主义对人性和物性带来的双重伤害进行了严厉批判："技术统治之对象事物愈来愈快、愈来愈无所顾忌、愈来愈完满地推行于全球，取代了昔日可见的世事所约定俗成的一切。技术的统治不仅把一切存在者设立为生产过程中可制造的东西，而且通过市场把生产的产品提供出来。人之人性和物之物性，都在自身贯彻的制造范围内分化为一个在市场上可计算出来的市场价值。"（海德格尔《诗人何为?》）

技术主义带来了便利，比如人口的流动性空前增强，而文学的乡愁和无家可归者也就不可避免地激增："在一个被技术和大规模流动性主宰的世界，我们大多数人都是从农村迁往大城市的移民的第一代或第二代。故乡的主题，自奥德修斯重返伊萨卡岛的旅程以来文学提供的整个关于家乡的怀旧修辞，已被弱化，如果不是已被遗忘。重返我的河谷，我身上仍带着这些已经逐渐显得苍白无力的值得尊敬的陈词滥调的遗产，而我对它们那感伤的吸引力有点不为所动。"（米沃什《幸福》）

在现实境遇和文学世界我们目睹了越来越多的无家可归者——

在一个三岔路口，书来拉住一个老人问："我该往哪里走？"老人不假思索地说："往家走，你的家乡在哪里就往哪里走。"书来说："我的家乡被水淹了，那么大的棉田，那么多的房屋，都让水淹了。"老人说："水淹了也是你的家，给我回家去吧，哪里都没有活路，我们都回家去吧。"

——苏童《我的棉花，我的家园》

记忆类型

博尔赫斯笔下的富内斯具有对一切事物和细节都能够记忆的超常能力，而对于作家而言记忆是选择、筛选和重新辨别、确认的精神过程，甚至有时候是因为社会情境的剧变而被迫为之的应激行为。

翁贝托·艾柯按照媒介的差异区分了三种记忆类型："博尔赫斯笔下博闻强识的富内斯和部落老人篝火旁的娓娓道来，我们称之为肉身的记忆；石洞壁上的楔形文字和哥特教堂矗立的尖顶，我们称之为矿石的记忆；然而散发出最浓郁的知识芬芳和铭刻下最隽永的历史选择的却是纸张书籍上的文字，我们把这种最美好的形态称作植物的记忆。"（《植物的记忆与藏书乐》）

在电子媒介和自媒体无限膨胀的时代，肉身、矿石和植物这三种记忆形式都显得过于古老了，而记忆和时代之间的冲突从未像今天这样焦灼、难解。在焦灼和冲突中古老的三种记忆类型也被强行稀释甚至篡改了。"已至拂晓，还在想着西双版纳州／一种鲜花是灰色的。它们开满了／老挝丰沙里省与镇越县之间，有苦味的／阿卡人久居的斜坡。阿卡人相信／——任何一棵花树根底，都埋着一位／'香得令人喘不过气来'的美人——我反复／猜想，这是不是美学冰封期在局部区域／尚未融化，还是人们被迫承认／植物终将取代人类的事实，植物的肌理中／存在着人的灰烬？"（雷平阳《求生如卷入暴乱》）

记忆图式

每一个写作者都有自己现实故乡的地图和记忆图式。这些点、线、面、体连缀成了想象的共同体，进而维持了记忆的根基和往昔的景象："老家所在的村庄成形较早，村旁的大道笔直地对着远处大山的一个垭口，而村旁的河流则又笔直地对着远处大山的另一个垭口。盐巴客和布客在过去的时光中总是像羊群的出现和消亡，他们曾使某些寂寞的时光片段充满了神奇的动感。"（雷平阳《乌鸦》）

"地图"是属于记忆的，是全息的，整体的信息包含在每一个线条中。对于精神漫游者而言"地图"不是平面的而是立体的有生命力的，可以一次次重返、凝视、抚摸和漫游："我在地图上寻找这些地方，那是一些点、一些细小的线，但是我希望有一张更大的纸，就像圣埃克絮佩利绘制自己的地图那样，把那些沟渠和桥梁、农舍和祠庙、街道和集市，把一弯曼妙的檐角、一段粗悍的石墙、一扇雕镂富丽的隔断，还有某些表情、某些姿态甚至某种难解的乡音，把这一切全都画上。"（李敬泽《大地上的标记》）

安托万·德·圣埃克絮佩里在《人类的大地》中绘制的地图以及地图上的标识显然区别于地理学家和古代的堪舆者，他完成的是对具体而微事物的再现以及精神还原的过程。在他这里，地图是有生命有灵魂的，因为本来就是如此，只是人类的工具理性和伦理视角改变了这一常识。"我们从不可思议的远方和被淡忘的记忆中获得了不为世界上所有地理学家所知的细节。因为地理学家感兴趣的，只是哺育了多个大城市的埃布罗河，而不是这条位于莫特里尔西部、隐藏在乱草丛中、滋养着三十几朵鲜花的小溪流……我地图上的西班牙变成一个童话里的国度。我画一个十字表示避难所和陷阱，我给那个农场、那三十头羊，还有那条小河都画了标记。我还精确地标出了被地理学家忽视了的牧羊女的位置。"（《人类的大地》）

家具·物件

从人类的生活环境来说，人们和家具、物件的关系更像是胚胎和母体的关系："在一个功能性的环境中，人不会觉得真的'在家中'，他需要的，像是使得教堂成为神圣处所的光芒四射的木质'真正十字架'，像是一个幸运符、一个绝对真实的细节，而且要它在现实的中心，镶嵌在现实之中，以这样的东西给现实合法地位。"（让·鲍德里亚《物体系》）

雷平阳在文本中总会给那些废弃的老物件留下容身之地，尽管使用这些物件的人、环境以及时代都隐匿、消散了。故乡是精神的，也是物质的，"我的故乡与其说是一片开阔的地方，不如说是一种物质；是花岩石或土，是风或干旱，是水或光亮。正是在故乡使我自己的遐想得以物质化；正是通过故乡，我的梦有了它的适当的实体；向它，我询问我的基本色彩"（加斯东·巴什拉《水与梦：论物质的想象》）。

加速度

加速度的时间进化论使得一切都在改变，连乡土的后裔们也已迅速地改变了基因，"世界上没有永恒的东西，如果有，那就是变化"（叶芝）。

2015 年春天，我和雷平阳、海男在翠湖边喝茶，老雷的儿子皓程拿着手机在搜索另一个世界。在城市空间里，我们都已经不再是当年的乡下孩子了。

流寓德国的张枣更是直接而真切地感受到速度带来的灾难性后果："我对这个时代最大的感受就是丢失，虽然我们获得了机器、速度等，但我们丢失了宇宙，丢失了与大地的触摸，最重要的是丢失了一种表情。我觉得我们人类就像奔跑而不知道怎么停下来的动物，所以对我来说，梦想一种复得，是我诗歌中的隐蔽动机，我追求浪漫和缓慢，其他一切都不令我激动，都是悲哀。"（颜炼军、张枣《"甜"》）

家　族

每一个人从童年期开始就从父母人格、家族命运那里继承过来显性或隐性的精神基因，甚至包括对疾病、死亡的认知以及想象。由此，我们无论是对一个诗人的现实境遇还是文学文本都不得不考虑精神剖析的方法，"人啊，要警惕自己的父母 ∕ 和家族，投给自己的阴影 ∕ 这影子随着太阳的方向 ∕ 时长时短，跟定你的一生 ∕∕ 直到被你看见，然后 ∕ 命运翻转，打马过来"（靳晓静《命运：一个精神分析师的手记（四）》）。

先来看看雷平阳的一段话："如果说，一个家族总是在轮回，那么我一生下来就是苍老的，借用了爷爷的身体和奶奶的魂魄。我一直走在从乡村通往城市的路上，石头的模样，泥巴的心肠，庄稼的品质。"（《随谈》）

关于一个人与家族命运的关系，荣格曾经如是说："雕刻祖宗牌位时，我明白自己与先祖命运相关，这值得注意，我强烈感觉到父母、祖父母与其他祖先留下的那些未完成、未及解答的事物或者疑问影响着我，一个家族中好像常有业障从父母转到了子女身上。我总觉得命中注定在祖宗那里已经提出过的问题，我也得回答。"（《荣格自传：回忆·梦·思考》）

陈超一度将自己的抑郁症归结为家族的遗传因素，"今天仍抑郁。我知道这是病态，不是真实。想想，自己的家族有这样的病人，说明DNA有可能有此种因素。你一定要凭理性战胜之"，"今天又是抑郁，肯定是生理导致。看《情绪心理学》一书，知道家族有此类病人者，孪生兄弟姐妹发病概率更高。我必须高度重视，调整自己的心境。理性地反省病态反应，这我能够做到"（陈超日记，未刊稿）。

假　托

梵高笔下的乡村教堂，是一个灰蒙蒙的而又沾染上早晨阳光的时刻，是一个模糊而又异常深刻的精神背景。

现实变得如此吊诡而不可思议，现实由此显得虚幻而不够真实，生活的幻觉和文学的幻象彼此加深而形成了寓言和白日梦。

假托性质的寓言是既介入现实又疏离于现场的双重声调的文本，

它是隐喻场。假托的故事以及讽喻和劝诫功能需要讲述寓言的人要时时地注意分寸，既要投入又要保持适度的疏离。这是有些冒险的修辞话语方式，也只有这种特殊的故事形态和讲述方式能够有效地揭示历史和现实夹缝深层的本相，进而体现讲述者的分裂体验或求真意志。在雷平阳这里，寓言突破了经验和现实表层的限度，表层故事和内在指向形成了"夹层"般的异质性空间，也带来了意外的阅读感受。这印证了华莱士·史蒂文斯所说的"伟大的诗歌是某种现实的解脱"。

雷平阳也意识到光有寓言的支撑是远远不够的，在一定程度上他还要进行"反寓言"的工作。正是在此意义上雷平阳讲述的并不是一般意义上的"寓言"，他的"寓言"当然也有假托的成分，但是更多则是极其复杂的现实对应与精神投射，从而带有个人精神传记的"本事"特征。在分崩离析的临界点和断崖时刻，一个人要想维持或完成精神传记是极其困难和痛苦的事情，"与神秘主义者比照，圣徒是最活跃的人。然而他们苦恼的一生并非传记，因为其中只有一个维度，单一主题上的变奏：绝对的激情"（E. M. 齐奥朗《眼泪与圣徒》）。

这种真实和伪托、现实和象征相夹杂的"寓言"完成的就是返回的工作，如同一个人返回故乡，如同一个人在悬崖上做体操练习，如同一个人在黑夜中点燃自己的书稿。

雷老汉在絮絮叨叨地拦住你讲故事，他在喘息的空当不断把烟头在鞋底踩灭。

建筑公司

1991 年的夏末秋初，雷平阳出走昭通，来到昆明西郊二十八公里处的一家建筑公司当了宣传干事（政工干部）。

公司位于昆明西郊的一个缓坡上，其环境非常的"卡夫卡"。

东面是昆明西郊殡仪馆，南面是一家精神病医院，西面是一个巨大的钢材堆放场。两条铁路和刚修建不久的高速路从这里穿过，日夜都是巨大的轰鸣声，屋舍时刻都在微微抖动而像极了癫痫病人。

雷平阳的工作就是不停地前往一个个工地，然后赶写一篇篇新闻稿。

难得闲暇时，雷平阳就呆坐在小山尖上。这里的岩石以及无精打采的稀疏荒草已经被工地漫卷过来的尘土覆盖，而远处的昆明城处于一片灰暗的迷蒙之中。

这个曾经对城市抱有幻想的二十五岁乡下青年，心中渐渐累积起了死灰。

两年后，雷平阳调入集团，任企业报社的记者和编辑。

1994 年初春，雷平阳读到了罗丹的《法国大教堂》。办公楼靠东边的露天晒台上，雷平阳一边读着这本书一边对不远处的殡仪馆发呆，"生与死的问题令我一筹莫展"（雷平阳《教堂》）。

江 河

空间、环境与地理学者、诗人和哲学家的关系不是外在的，而是时间、空间被实践和想象深度参与的结果，而诗人必须通过时间和空间确立个人的位置和坐标。"宇宙万物的寂静在一个永恒瞬间废除了我们的记忆。空间令我们沉迷，世界似乎变成无用、无穷的期望。在那样的时刻，对寂静的渴望占据了我们的身心，因为空间就是来自静止的一阵遥不可及的颤抖。"（E. M. 齐奥朗《眼泪与圣徒》）

如果从空间来考察诗人的写作，我们必然会发现如此多的云南诗人都在写作大江大河，并且他们所写出的"江河之诗"非常具有代表性，无论是写作水准还是思想内里都在其他省份的诗人之上。这印证了当年威廉·卡洛斯·威廉斯所说的"普遍性只存在于地方性之中"。"云南籍诗人于坚，写过很多关于怒江的诗歌和散文。怒江，在另一个云南籍诗人危辰的笔底下，那些愤怒的水，是全世界的麻风病人在集会，在赛跑。而于坚要平静得多，于坚认为，这条江是陌生的，在诗歌之外，它一直'干着把石块打磨成沙粒的活计'。于坚的平静中，似乎也有着一种能够察觉的疯狂，而塑造这种疯狂的材料就是时间，给水一点时间，水什么都干得出来。"（雷平阳《小翠》）

大江大河是人类文明史的源头。在美索不达米亚人那里，天神、气神、水神和母神这四位主神居于众神之首，其中水神代表了生命力和创造力以及智慧。流域环境形成的正是不同族裔的生存观和世界观。"我们已经跨越林木界线，这会儿，正向奶绿色的舍施纳格湖和湖中的冰川一步一步行进。从克什米尔大公卡兰·辛格的那篇文章，我得知，冰冷的舍施纳格湖水具有神奇的疗效。他那个进香团的一些成员，不辞劳苦，徒步走下半英里长的山坡，来到湖畔，就是为了能够在这个神圣的湖泊中浸泡一番。"（V. S. 奈保尔《幽暗国度》）

具体到雷平阳的江河书写，它们既有赖于云南特殊的地方性知识，又与诗人具体的现实情势以及水流所携带的终极时间命题有关。对于雷平阳而言，这些静止的物象和空间是建立于生存和语言的双重机制上的，它们既是地方之物又最终成为语言之物和命运之物。与此相应，个人经验、即时经验必须转换为现实经验和普世经验。"诗人的声音不必仅仅是人的记录，它可以成为帮助人类忍耐与获胜的那些支柱与栋梁中的一个。"（威廉·福克纳）

昭通境内有金沙江、牛栏江和关河。关河又称横江、崩容江、石门江、羊官水。这里还有昭鲁大河、甘河、大坝河、利济河（荔枝河）、洒渔河。洒渔河即七曲水，其北 130 里是溺水，"穷年密雾，未尝睹日月辉光，树木皆衣毛深厚，时时多水湿，昼夜沾洒。上无飞鸟，下绝走兽，唯夏月颇多蝮蛇，土人呼为漏天也"（《元和郡县图志》）。

江河具有不可言说的神秘力量，具有不容辩白的精神牵引力。"一条河流穿过大地，它会俘获这个世界，并加倍回报。那是一个变幻不定、银光闪烁的世界，比我们习以为常的安居之地更加神秘。至于河流吸引我们的原因却神秘难解，因为它们起源于隐秘的地方，河道变化不定。但跟湖泊和大海不同，河流会流向某个终点。它朝着终点奔流不息，这种坚定不移让它拥有抚慰人心的力量，对那些失去人生目标的人来说尤其如此。"（奥利维娅·莱恩《沿河行》）

江河湖海成了雷平阳绝对不能缺少的精神空间，如同呼吸、血液一样，比如《昭鲁大河记》《过怒江》《红河》《湄公河上的沙》《阿普笃慕的河流》《车过瑞丽江》《翠湖三帖》《滇池岸边》《海边的模糊算术》《江水流淌》《河流》《河流之二》《有几条河流在赛跑》《从东川方向看大海梁子》《怒江》《大江东去帖》《澜沧江在云南兰坪县境内的三十三条支流》《在巢湖湖心岛上》《湖上夜景》《湖边白日梦》《重写湖泊》《海边》等。

这些水系已不再是地图上或粗或细的动脉或毛细血管，而是还原为精神意义上的存在史、边地志以及亡灵书，"最好结成冰，再不动荡／冷至骨髓。最好笔直地站起来／像两边的悬崖，变成白云的楼梯／最好的，是选择第三条道路：向下沉／猛烈地向下沉，压进河床／消失得无影无声／／但它们仍然东去。在云南境内／只是多绕了几个圈子，多发出了几声／石破天惊的叫鸣。没有谁／能挡下，在它们一再劈开的山冈上／清明时节，很多人找不到埋葬前人的／土堆，只好把纸钱，烧给江水／／数不清的人，奢望过停顿／谈论过重返雪山的可能性"（雷平阳《大江东去帖》）。

讲故事的人

雷平阳擅长讲故事。

他的声调不高，夹杂着方言，有着乡下人特有的微笑。他的讲述足够吸引人。

2021年7月13日上午，在由昭通市区开往雷平阳老宅的旅游大巴上，一众广西作家感受到了雷平阳讲故事的魅力。

他的故事更接近于白描式的寓言，有正史也有野史，有筋骨，有灵魂，又有惊堂木般的震惊效果。

由这些故事，我们还可以关注讲述人的腔调、语气、神情以及气息。雷平阳带给听者的是近似于末日般的腔调。

当下很多写作者却在重复着看似新奇的陈词滥调又自以为是，每个人都证据确凿地以为自己发现了写作的安全阀，而文字从来没有像今天这样变得如此自由而又如此平庸。

值得注意的是雷平阳有时候会在诗歌和散文中陈述同一个故事，只是侧重点和角度不同，它们之间构成了互文关系。布罗茨基曾经说过："在日常生活中，把一个笑话讲两三回，并不是犯罪。然而，你不能允许自己在纸上这么做。"那么，如何能够避开布罗茨基所说的"重复"的危险而又能够有效地叙述互文的"故事"呢？

应该记住这句话："文学不是基于生活的，而是基于对生活的命题。"（华莱士·史蒂文斯《徐缓篇》）

我们可以留意雷平阳世界中那些面孔沉暗的"说话人"："每一个守灵人都可能向你讲述一个故事。只要你问他，他都会对你讲：'只要灵灯不熄灭，这个人的故事就没有完。'如果你再问他，他就会对你

讲：'如果灵灯熄了，你就再点燃它。'"（雷平阳《拉车》）

雷平阳的故事既是面向当下的又是回溯过往的，而讲故事的人"已变成与我们疏远的事物，而且越来越远"（本雅明《讲故事的人》）。这些故事既是真实的又是虚构的，甚至后者的分量会大于前者，"线是由一系列的点组成的；无数的线组成了面；无数的面形成体积；庞大的体积则包括无数体积……不，这些几何学概念绝对不是开始我的故事的最好方式。如今人们讲虚构的故事时总是声明它千真万确；不过我的故事一点不假"（博尔赫斯《沙之书》）。

在以往的小说和民间故事中我们总会遇到一个又一个的"讲故事的人"，他们更多是老者或者瞽叟，"今天晚上我答应给你们讲一个童话，通过它，你们既不会回忆起任何事情，也将回想起所有的事情"（歌德《童话》）。

1993 年冬天，大雪封路。

雷平阳在去往昭通永善县桧溪镇的长途汽车上遇到了一个"讲故事"的长者，"坐在我身边的是一个老人，从坐上客车开始，他就不停地给我讲故事。我记住了他脸上的老年斑，像风化石上面的碎片，车一颠簸，就飕飕往下掉。客车在不知名的山脊和金沙江峡谷里行驶，在飞鹰的眼中，就像一个刚会走路的虫子，可在我的眼里，它是在无所寄托的地方，以悬浮的方式，把我和老人往虚空之地运送"（《桧溪笔记》）。

雷平阳是"民间叙述者""乡村叙述者""郊区叙述者""城市叙述者""现实叙述者"以及"记忆叙述者"。这是综合的声音传达，它们具有一意孤行者的倔强和尖锐，"可以理解为一种本能的故事化写作，讲述的愿望是'写作'最大的驱动力之一，简单、直接、没有修辞，故事的寓意来自讲述，同时，在故事的讲述进程中，那似乎并不重要的故事寓意因讲述的方式而更加纯粹"（雷平阳《自然的写作者木祥》）。

雷平阳是一个擅长讲故事的人，不停地在现实和语言中寻找倾听者和对话者，他往往"用虚构的故事来陈述真事"（丹尼尔·笛福）。这个讲故事的人在城市、广场、工地、山野、雨林、民间、旅馆、地下室、废墟、寺庙出现，他讲述的故事无论平淡抑或怪异都折射出世态人心的百相和幻象。

从讲述者所面对的空间环境、时代氛围以及讲述的内容来说，雷平阳作为一个讲故事的人一遍遍地讲述着"暴力美学"之下的酷烈、残忍、虚无以及怪诞，由此我想到保罗·瓦雷里说过的"感觉是万物，实则是虚无"。也正如沈浩波所说的："无论是作为一个诗人，还是作为一个讲故事的人，雷平阳都用一种残忍的方式体现了他的称职。"（《雷平阳：这是杀狗的唯一方式》）

郊区的癫狂

1991 年夏天，雷平阳从昭通远走昆明。

在昆明西郊二十八公里处，雷平阳对郊区有了切肤般的体识。以至于多年之后，他还心有余悸，称自己有过"癫狂的郊区生活"。

由郊区生活以及雷平阳特殊的生存心态和观照角度，我们会与卡夫卡般的荒诞而又冷酷的"超现实"相遇，"爬上水塔去干什么？这城郊的／旧水塔，尚有几十个烧水的锅炉／仰仗它生锈的积水。鹦鹉／被乌鸦替代，我扶铁栏向上的身形／逃不脱它的俯视"（雷平阳《爬水塔》）。

对更多的人来说郊区只是一个中性的生存空间和日常生活的发生地，但是对于雷平阳而言这一特殊的空间却代表了时代主导性话语的场域："朱朱是一个'迷失'在郊区史中的优秀诗人，在他的眼中，南京的郊区，并不是市区伦理与美学的延伸，它不渴望困扰它的市区，它是它本身的延伸，它指向城市以外的所有地方。"（雷平阳《昆明作为路过的城市》）

雷平阳的责任就是要借助郊区去发现一个时代的内部机制，郊区正在成为怪异而癫狂的时代伦理的表征。"郊区美学正在演进为一门具有时代性的显学。它提振了四野的物质欲望，又把市中心漫溢而出的精神泡沫悉数消化得一干二净。抛开飞短流长的城市唯美观，但从客观的认知角度去看，所谓郊区，已经不再是'城乡接合部'，它应该被视为城市之狮与乡村之虎媾和而诞生的群落怪兽。"（雷平阳《在曲靖市的郊外》）

后来，雷平阳写出了长诗《郊区》。

2015 年出版的长诗集《大江东去帖》将这首诗的写作时间标注为 1983 年，显然有误。那时雷平阳才 17 岁，那年 9 月他才踏进昭通师专的大门。也正如雷平阳自己所说："我的写作就是一笔糊涂账。"当然这里面蕴含了一个写作者对写作命运的焦虑，指向了对文学功能和意义的茫然与不确定。

> 我总是想起西郊的那座仓库 / 黑颜色的仓库，装满了冷冷的钢铁 // 它坐落在一座小山的后面 / 那儿很低，而且平坦，而且有一条铁路 // 从那儿穿过。往来的火车很少 / 货车像跑着的棺木，客车里的人 // 昏昏欲睡。他们一晃而过，他们的脸 / 像闪电下的黑夜骤然举起的花朵

"他们的脸 / 像闪电下的黑夜骤然举起的花朵"让我想到埃兹拉·庞德："人群中这些面孔幽灵一般显现；/ 湿漉漉的黑色枝条上的

许多花瓣。"（《在一个地铁车站》，杜运燮译）

"郊区"不再是城市的边沿地带或弥漫、过渡区域，而是成为观照时代空间景观的一个重要入口和切口，在雷平阳这里"郊区"是作为"不洁"的时代伦理的象征物，而与此相应癫狂已经诞生。"强烈的情绪也能引起疯癫，因为情绪既是灵魂中的冲击，又是神经纤维的震颤：'凄惨的或动人心弦的故事、可怕而意外的场面、极度悲痛、大发脾气、恐怖以及其他效果强烈的感情，常常会引起突然而强烈的神经症状。'"（米歇尔·福柯《疯癫与文明》）

"郊区"和"城市"是沆瀣一气的，它们都代表了对土地伦理和人性以及自然进行碾压和粉碎的力量。"昆明的郊区，它的每一个角落或说细节，都明目张胆地带着向市区献媚的德性。而昆明的市区，除了不停地喷发着瓷砖、马赛克和玻璃，以求让'新颜'代替'旧貌'之外，它也是涣散的，没有灵魂的。"（雷平阳《昆明作为路过的城市》）

"郊区"这一空间以人们的不适、陌生、焦虑甚至排斥为前提，比如雷平阳在《郊区》中设置了仓库、钢铁、铁路、铁轨、火车、货车、铁丝网、殡仪馆等冰冷而强硬的空间和意象，而年老的搬运工、矮屋以及外省人显然成了癫狂郊区的受害者和被侮辱者。"郊区"是黑色、阴鸷、怪异的，它给人以无限的压抑和焦虑，由此这一空间便挤压出了失眠者和梦游症者，"和别的地方不同，这郊区／也是阴霾的郊区，我坐着的小山对面／／是另一座小山。那儿天天举行葬礼／殡仪馆——天堂的站台，修筑得十分华丽／／一条白色的山道，灵车，花圈和纸钱之后／飞扬的尘土，像我梦中的阳光"（《郊区》）。

这些"郊区"空间印证的是城市化和工业化的时代法则，"机翼下的博尚镇，与五年前比变化不大，也有可能它变了又变但我看不出来"（雷平阳《构树小径》）。面对怪异而压抑的郊区，甚至雷平阳直接说出"我知道我非常讨厌火车和钢轨""我很烦躁""我心境很坏"。

此后一段时间,"城郊""郊区""郊外""远郊""开发区"不断来到雷平阳的文字中,"过去这儿有许多老厂 / 他们在里面上班 / 现在老厂没有了 / 他们已没在里面 / 我想把他们从夜色中喊回来 / 可他们却不要我代言 / 流落在道路之上的人 / 他们有他们的尊严"(雷平阳《远郊》)。

椒盐饼

从小学开始,雷平阳的字就写得很好。上中学时他经常帮女生抄歌词,自然就多了几分吸引女孩子的魅力。

不光如此,雷平阳在高中时开始学习写诗了。"雷平阳将他写的诗歌拿给我们看,我们都说写得好,只是不押韵,如果押韵就更好了,其实好不好我们也不知道,他当时写了些什么,到今天我们已经一句都记不得了。有一个城里的女生,对雷平阳有点那种意思,经常在校门前买椒盐饼送雷平阳。十多年后我在昆明西郊一个叫二十八公里的地方见到雷平阳,他买了许多椒盐饼在办公室里就着开水吃,说是怀念沙坝中学的那一段时光。"(黄代本《雷平阳:为云南的大山立传》)

极其怪异的是雷平阳与同学分享和朗诵自己诗歌的地点不是在教室和操场,而是在学校围墙外面的坟地和苞谷地。

结构主义的尽头

旧时代结构毁弃。结构主义走到了尽头。

记忆的底座和文化的模型被彻底颠覆,取而代之的是一个个碎片和废墟。这些碎片和废墟类似于当年马尔克斯的"枯枝败叶":"蓦地,香蕉公司好似一阵旋风刮到这里,在小镇中心扎下根来。尾随其后的是'枯枝败叶',一堆由其他地方的人类渣滓和物质垃圾组成的杂乱、喧嚣的'枯枝败叶'。"(马尔克斯《枯枝败叶》)

来看看几个废墟吧!

> 人用废墟中找到的残余来建造诗歌。
>
> ——切斯瓦夫·米沃什
>
> 他们悲壮的身躯庞大如黄昏的城堡。他们是我们唯一高尚的废墟。
>
> ——德里克·沃尔科特
>
> 下着小雨,我终于站在了这片废墟前。
>
> ——格非
>
> 都是废墟了,用不着落井下石……
>
> ——雷平阳

废墟之上不只有漫游者和彷徨者,还有"守墓人":"我们还有一件事情/没有做完:一位用担架抬进屋内的访客/他是个守墓人,用毕生的时间/守望了一座空山。眼泪从墨镜后面流出来/舌头肿胀,气息细弱,他哀求我们/为他做伪证:那座山绝对不是空山,每一棵松树下／都埋葬着南诏国的国王，反抗者的首级／骏马、老虎、孔雀和少女的白骨"（雷平阳《鲜花寺》）。

阶　梯

阿诺德·汤因比将"大地母亲"视为人类的摇篮，而"大地"一度是精神上升的阶梯。

"大地"已经被灌注了人类情感和记忆，这一词汇甚至成了人类的母体和精神策源地，而从具体的每个人与大地的感受和物质依存关系来说也充满了差异。这是"原初"的个人性与普遍性的交互。"地表的性质是高度差异化的。就算是一个为我们所熟知的地方，它的自然地理状况和多样的生命形式也会告诉我们很多东西。不过，人们对地表的感知和评价方式还存在着更大的分异。"（段义孚《恋地情结》）

"大地"还具有空间、区域以及作物、植物、动物等生态方面的差异，这一差异也形成了不同的视觉感受，比如奥尔多·利奥波德曾经统计过郊区、学校与偏远地区农场在开化植物数量上的差别，结果发现后者的数量近乎是前者的一倍。利奥波德又进一步指出，对于普通人而言他们往往忽略了和这些植物的关系，"不过，不管是偏远地区的农民，还是城市里的学生和商人，他们都不曾认真观察过他们所拥有的植物"（利奥波德《沙乡年鉴》）。

差异性和普遍性是相对而言的，个体经验和人类的整体经验也是如此。

借尸还魂

在一次文学论坛上小说家苏童指认雷平阳是"狂热的地方主义者",雷平阳则说自己"欣然接受了这一对我的戏谑性的角色定位"(雷平阳《巨石上的曼糯山》)。

"地方主义者"这个词放在雷平阳这里并不合适。

在很多的情势下他的写作只是借助一个个具体的空间、地域来完成他想要的象征和寓言,这是"借尸还魂",是障眼法,是不得已而为之的"移花接木"。

雷平阳的眼界一直是世界化的而不是地域性的,而他又总是从最基本的细枝末节来抵达宏阔、深邃和超拔。

金

山脉、山地、山冈、矿石、矿山、工地以及与之对应的金属、钢铁、电钻、铲车、铁轨、火车、汽车反复出现在雷平阳这里,"其本身通过它们的流动性和自动变速装置,制造了一个同它们相似的环境,人们轻柔地滑入其中"(让·波德里亚《美国》)。

如果读过《布朗山之巅》《布朗山的秘密》《基诺山上的祷辞》《我爱苍山》《夜宿九仙山》《小山》《阿鲁伯梁子以西》《凉山在响》《乌蒙山素描》《乌蒙山脉》《过哀牢山,听哀鸿鸣》《哀牢山行》《哀牢山的雨季》《过无量山》《易武山顶》等诗,你就会发现雷平阳是一个典型的"山地诗人"。

"石头"如果从精神源始来看具备凝固人类记忆的功能，它们本身就是时间淬炼的结果。在雷平阳这里"山""石头""矿"是与"故乡"空间同在、一体的，卑微而坚硬，冰冷而严峻，"这真是奇迹，我的时间为他们倒流／我的身躯因他们而裂开。那是从前／我的寨子：云南，昭通，石头生崽／处处都弥漫着生命的尘埃"（雷平阳《记忆》）。

山曾经作为自然宗教、精神山水和诗意乌托邦成为中国文人的"道场"，但是随着时代裂变，我们看到的是庞然大物裂变成为一块块碎石，一座座自然之山、神圣之山成为轰隆作响的矿山，"我热爱它们／完整的形状，在这如此寂静的夜晚／傻傻地，在高原之上／被风提起来，放下去，放在黑暗的／心脏旁边。是的，我不想看见／它们黑暗的心脏，在裂口内／被虚假的火光，镀上一层／金灿灿的光亮。这些无须唤醒的物种／在我的时间段上，还得经历／一次次在劫难逃的沉降"（雷平阳《石头》）。

由矿石产生的是钢铁和机器，这些钢铁机器对准了一座座大山的心脏和头颅，钢铁作为异物从中轰隆隆穿过，"挖掘机在胸膛里挖掘时／它浑身抖作一团／多小的山呀／它被串在铁轨上／火车轰轰烈烈驶过／它根本受不了两根／庞大异物的同时贯穿"（雷平阳《小山》）。

这一"异物"体验并不只是在自然空间发生，而且还进一步全面侵入了日常生活和城市空间。"异物"在视觉上带来的是硌疼的体验，震动时带来乌烟瘴气，听觉上是轰隆作响，感受则是"恐惧、疼痛和悲伤"。

金沙江

黄金产丽水，白银出朱提。

此处的丽水，指的是金沙江，"男女犯罪，多送丽水淘金。长傍川三面山并出金，部落百姓悉纳金，无别税役征徭"（樊绰《蛮书》）。

金沙江又名黑水、绳水、淹水、泸水、丽水、马湖江、神川。

诸葛武侯曾经"五月渡泸，深入不毛"。北魏郦道元在《水经注》中对金沙江进行了详细的描述。

金沙江是长江的上游，发源于青海而穿行于藏、川、滇，其间有最大的支流雅砻江汇入。

金沙江流域面积 47.32 万平方公里，约占长江流域面积的 26%。金沙江的落差很大，一说 5100 米，另说 3300 米。金沙江占长江水力资源的 40% 以上，沿江开发了诸多的大型水电站，金沙江下游河段从上至下依次为乌东德、白鹤滩、溪洛渡、向家坝四座水电站。

直到 1993 年，时年 27 岁的雷平阳才第一次见到了真实不虚的金沙江和峡谷，尽管是隔着车窗遥望，"传说中相对高度达几千米的一座座石山，我只看见了它们贴近车窗的一块块巨石，它们的顶峰和底线究竟在哪里，我没有看见"，"大山和金沙江同样是人们没有边界的教堂，在远处，我们看见它们只有一片屋顶大，像一条灿烂的帛锦，可走近它们，一切都会颠倒过来"（雷平阳《桧溪笔记》）。

此后，关于金沙江雷平阳反复进行了田野考察，他的描述既充满了细节又不乏象征："金沙江由西向东流，左边是大凉山，右边是云贵高原，左右两边除了细小的冲积扇之外，全是陡峭的山。所谓陡峭，意指站在山腰的一个石嘴上往下看，金沙江不是在咆哮或者奔跑，而

是真的很像地图上的一根弯曲的线，地图与地理在此互为参照。"（雷平阳《县城》）

关于金沙江，雷平阳还有着一段独特的经历和阅读史，甚至还有过噬心刻骨、惊心动魄的体验："那之前的某一天，我还在金沙江边的一座木楼里，读过布罗茨基《献给约翰·邓恩的大哀歌》。在这首了不起的长诗中，布罗茨基向人们提问：'如果生命可以与人分享，那么谁愿意与我们分享死亡？'当时，我被震慑得说不出话来。站在窗口，金沙江宽阔、平缓的水面上，只有阳光在奔跑。许多云南诗人诗歌中黑铁一样的鹰，也不知藏到什么地方去了。"（《死亡》）

紧绷 VS 松弛

作为心怀执念的写作者，雷平阳不得不一次次奔波于文字丛林的白纸黑字，这使得雷平阳最终呈现出来的是灰色、黑白色的表意模式。

雷平阳以往的写作大体处于紧绷的状态，意象的密度很大，给人难以喘息的压抑之感。他在繁密的物象和空间中投入更多的精神想象和愿景，这是焦虑中完成的"加法"过程。

法国的 E. M. 齐奥朗曾经尖锐而轻蔑地批评过诗人们不负责任的"松弛"态度："只有热爱诗歌的人在精神上是松弛而不负责任的。每次读一首诗，你都会感到一切都是被允许的。诗人不必向任何人（除了他自己）解释任何事，他对你毫无益处。去理解诗人是件倒霉的事，因为随后你就会明白，弄不懂他们也没有损失。"（《眼泪与圣徒》）

2016 年以来，雷平阳的《送流水》《击壤歌》《鲜花寺》《修灯》这几本诗集则出现了松弛、放松的写作迹象——当然是相对意义上的。诗歌中的意象密度明显减小，缝隙和孔洞开始增多，长久以来的压抑和紧张也逐渐得以舒展，"加法"正在转化为"减法"，比如《伐竹》——

> 登山及顶，有古松成片／清风吹动单衣／几座古墓的对联也写得贴心，不羡死生／我想坐上半天，看青草凌乱，看白云变形／但电话响个没完，一个声音在咆哮／"快速下山，喝酒、吃肉、畅谈／多年不见的老友已经到齐！"／我斫一根竹子扛在肩头／下山路上，逢人便说："春酒上桌了，／我伐竹而归；春酒上桌了，我伐竹而归！"

相较此前的散文集《我的云南血统》《云南黄昏的秩序》《雷平阳散文选集》《黄昏记》《八山记》《天上攸乐》，近期的散文集子《宋朝的病》《乌蒙山记》《白鹭在冰面上站着》也明显少了"沉滞""臃肿"以及阅读的"阻塞感"。一度焦虑和紧绷式的话语方式转换为开阔和松弛的叙说姿态。作为一个试图重写证词和"原文"的写作者，这仍然是在文字中进行的一次次自我撕裂以及疗愈的过程，只是呈现方式和表意路径有了差异而已——这是从游荡到信步的过程。

禁闭岛

我们回头会发现当年托马斯·莫尔的乌托邦正是一个岛国，孤岛可以生成强烈的稳定性、固化性以及地方性知识，也是绝好的乌托邦精神的象征地，"乌托邦岛中部最宽，延伸到二百里，全岛大部分不亚于这样的宽度，只是两头逐渐尖削。从一头到另一头周围五百里，使全岛呈新月状，两角间有长约十一里的海峡，展开一片汪洋大水"（托马斯·莫尔《乌托邦》）。

伴随着雷平阳的黑夜意识和返乡冲动，我们看到的是黑夜掩盖中的精神孤岛。

> 我们活在一场旧日的太阳之混乱里，
> 或是昼与夜的旧日属地，
> 或是孤独之岛，无援，自由，
> 属于那片宽大的水域，无从逃遁。
>
> ——华莱士·史蒂文斯《星期天早晨》

这是穷途末路式的写作境遇，"有时候，我觉得自己就是米歇尔·图尼埃笔下那个被弗吉尼亚号抛置于'荒凉岛'的鲁滨孙，四周都是'生活'的闪着金属之光的大海，自己的时间、伦理、美学自主生成并与世界一刀两断，孤独加剧着炽烈的生物性，绝望则不停地拓展着他渊薮的边界，我能做的唯一的事，就是以真实的方式，按虚构中的诺亚方舟的形制，为自己造一艘自我救赎的'越狱号'木船"（雷平阳《我诗歌的三个侧面》）。

孤岛的不远处是闪亮的碎片和残骸，一切被连根拔起之后就只剩下这一小块孤岛或精神飞地，"岛屿被视为一处'非地'，一个无法到达的地方，偶然一次靠岸之后，一旦离开，就再也回不来了。因此，只有在岛屿上才能实现一种完美的文明，一种我们只能通过神话才能了解到的文明"（翁贝托·艾柯在《关于岛屿志》）。

诗人已经被迫退守在了孤岛的位置上，没有退路也没有出路，"波涛来自湖心的潜流，我在同一座土丘上／等待摆渡的船。波涛的后面躲着从彼岸／折返的革命党人。语言尚未万能，复述的力量／尤其薄弱。我只是记得波涛消失之后／他们把我当成了对方的哨兵。我逐一／介绍自己，解释高坐于土丘并非因为立志／仅仅因为湖边就这么

224

一座土丘。捍卫我／遽然变成捍卫土丘的纯洁性，一张嘴／止于辩白，止于对另一个登上土丘击鼓而歌的人／无情的构陷与批判"（雷平阳《寓言：击鼓》）。

幻觉和现实的波浪一次次席卷，一次次逼近在诗人面前，"我和我们／谁都想借助幻觉，远远离开幻觉化的现实"。

雷平阳的这种陌生记忆和孤岛写作还并未简单停留于伦理和道德层面，而是回复到生命经验和时代写作的自身命题，通过文字在想象的孤岛上垦荒，在现实的废墟上进行精神重建和记忆再现。

经　验

关于作家和经验的关系，我想到捷克作家赫拉巴尔的一段话："我和他们称兄道弟，水乳交融。我认为，那些人和画面蕴含了面包的酵母，我的故事就像我们每天食用的面包，用自古生长于这块土地的谷物糅合而成，只是，在面包边上我搁了一把实用的小刀，它不仅面包需要，人类的命运也需要，那就是写作。"

是的，对于"经验写作"来说，我们都需要这把修剪经验的"小刀"。华莱士·史蒂文斯更是说过"随着年龄的增长，从自身的经历中采撷诗歌与纯粹的诗歌写作是两码事"（《徐缓篇》）。

写作途径迥异，但大抵离不开经验的参与，只是程度不同而已。具体到雷平阳的写作这一经验既是个体的现实经验、地方经验又是文化经验以及想象化的历史经验。

从来没有像今天这样，现实经验对作家的要求越来越高，因为时时翻新的各种现实新闻已经超出了作家想象力的极限。由此，作家们必须重新认识"诗与真"的问题，必须在文学世界中重建经验的真实感和命运感，"为既决定整个现实的命运又决定诗歌的命运的那个维度而努力是必要的"（米沃什《七宗罪》）。

景洪酒局

2018年12月12日，西双版纳。

在景洪的夜色里，众人散去后，雷平阳、李亚伟和默默还一直在喝酒，而不胜酒力的我勉强陪了几杯之后就趁机溜走了。

我和默默还是多年前在额尔古纳的冰天雪地中见过一面，此次在景洪他已经不认得我是哪个了，还是李亚伟提醒了他。

雷平阳曾经极其生动地描述过他与李亚伟、默默在勐海城外的哈尼山庄喝酒吃肉的场景："菜肴上桌，除了土鸡和常规的麂子干巴、牛汤锅、炒冬瓜猪肉等几样外，还有形形色色的十多种山茅野菜。李亚伟喝三口酒才吃一口菜，默默吃三口菜才喝一口酒，我的食量不如默默，酒量小于李亚伟，喝一口酒就得吃一口菜，三个人与郑旺强和拉祜兄弟一起，吃相各异，但又满心欢喜地对着落日就是一阵狂嚼海喝，先还举杯送落日，喝着喝着，不知落日什么时候熄灭了，也不知一轮明月已经高悬在勐宋山与南糯山之间的峡谷上空。"（雷平阳《布朗山记（二）》）

李亚伟和默默在西双版纳都有房子，对他们来说茶是小事，美食和饮酒则是大事。

一有空闲他们就和朋友们在云南的客栈、山寨、街头和酒吧喝酒，一来二去他们也成了半个云南人了，"酒至微醺，他便欣欣然躺倒在茶树林里，不准人们找他、喊他的名字，一直躺到黄昏的酒席又开始了，他才喜上眉梢地走下山来，夕照里，笑得满脸全是牙齿"（雷平阳

《布朗山记（二）》）。

镜像人：雷天阳 VS 雷天良

雷平阳诗集《云南记》的扉页上有一句献词："献给我的父亲雷天良"。

土城村当年住了二十多户姓欧阳的人家，雷平阳的母亲家族就位于其中。

爷爷雷明阳，父亲雷天阳，接下来是雷朝阳、雷平阳、雷建阳和雷阳艳兄妹四人。

雷平阳曾有一个姐姐，不幸夭折。

关于雷平阳父亲的名字，更是具有戏剧性和荒诞感，叫了一辈子"雷天阳"的人居然应该叫"雷天良"。

无名、误名、异名、正名构成了底层草民可以忽略不计的卑贱史，"像一出荒诞剧，一笔糊涂账，死之前／名字才正式确定下来，叫了一生的雷天阳／换成了雷天良。仿佛那一个叫雷天阳的人／并不是他，只是顶替他，当牛做马／他只是到死才来，一来，就有人／把66年的光阴硬塞给他／叫他离开"（雷平阳《祭父帖》）。

雷天阳和雷天良构成了一个镜像人，他们彼此作为参照，但是其中一个注定充当了映象和替身的角色。

《祭父帖》将抒写"父亲"的诗推向了另一个高度。这是融合了不同个体的差异性经验之后的"父亲"，是现实和寓言相夹杂的"父亲"，是命运共同体层面的"我们的父亲"。"父亲之死，我祈盼的是他们这一代人生不如死的命运戛然而止、永不重演。我的几位朋友，每年清明节，都会复印《祭父帖》，烧在他们父亲的坟头，我想这集体主义式的命运，假如再延续，它会让多少生者或后人变成未亡人，生不如死。这是必须呈现并进行审判的一种命运，如果我们因为死去的是父亲而对其进行美化甚至神化，那就绝对不是情感问题、写作问题、孝道问题，而是一个严肃的锋利的道德问题，至少我们会因此失去一次政治学也不可能横加干涉的控诉的机会，更别说其中还存在着'为生民立命'之类的永恒课题。"（《"我只是自己灵魂阅历的记录者"——雷平阳访谈》）

我曾经在大雪飘飞的时刻和雷平阳来到他父亲的坟地，看到了雷平阳给他父亲建立的石刻档案。

墓碑上分三处刻着：

生如五谷土生土长，归若八仙云卷云舒。

农耕一生尘中尘，极乐千载仙上仙。

望田畴犹在梦中，辞浮世已在天上。

这是艰难的"正名"和重新寻找"真身"的过程。

雷平阳的父亲在去世前几年患上了老年痴呆症，他的记忆彻底消失了。

耐人寻味的是雷平阳在《三甲村氏族》中将"雷"改成了"钱"。这既真实又虚构的戏剧化的家族关系值得关注："钱天阳的父亲叫钱明阳。钱天阳是'天'字辈，钱明阳是'明'字辈。钱天阳的妻子名叫欧阳秀芬。他们共养育了四男二女。儿子分别是钱俊阳、钱发阳、钱朝阳和钱贵阳；两个女儿分别是钱阳芬和钱阳芳。都是'阳'字辈。钱天阳的爷爷的名字中有没有'阳'字，谁也不知道，其儿女的名字中会不会又有'阳'字，我们将拭目以待。但就目前而言，这是一个亮堂堂的家族。"

镜　子

让·波德里亚说："镜子中的物体会比它们看起来的要近！"

诗人总会面对各种时间命题，尤其是在新旧时间决裂、对决的时刻。

雷平阳为我们带来了复杂的时间结构以及迷离的速度史和斑驳的镜像色彩学。

他一次次写到镜子，一次次让黄昏和黑夜在发着微光的文字中猝然降临。

《昭通旅馆》中那个背着肮脏的镜子上楼的理发师形象耐人寻味，我更愿意将之看作雷平阳在一个时期所呈现出来的精神肖像。

> 接着，是一个理发匠，背着一面
> 肮脏的镜子，他向上攀登的一瞬
> 我看见他把我带走了，包括一个
> 17 岁少年的青春……

中国的镜子文化是博大精深的，光从其生产技艺来说就非常了得。"青铜镜子的生产，虽早在二千三四百年前，一直使用下来，到近二百年才逐渐由新起的玻璃镜子代替。如以镜子工艺美术而言，发展到宋代特种官工镜，已可说近于曲终雅奏。劳动人民的丰富智慧和技巧以及无穷无尽的创造力，随同社会发展变化，重点开始转移到新的烧瓷、雕漆、织金锦、刻线等等其他工艺生产方面去了。"（沈从文《古代镜子的艺术》）

沈括则在《梦溪笔谈》中谈及古人在大镜和小镜制作工艺上的差别："古人铸鉴，鉴大则平，鉴小则凸。凡鉴洼则照人面大，凸则照人面小。小鉴不能全视人面，故令微凸，收人面令小，则鉴虽小而能全纳人面，仍复量鉴之小大，增损高下，常令人面与鉴大小相若。此工之巧智，后人不能造，比得古鉴，皆刮磨令平，此师旷所以伤知音也。"甚至沈括还谈到制作水平更为高超的夹镜和透光镜，比如关于透光镜的铸造原理："以谓铸时薄处先冷，唯背文上差厚，后冷而铜缩多。文虽在背，而鉴面隐然有迹，所以于光中现。"

至于镜子的功能则是多样而神奇的："有方镜，广四尺，高五尺九寸，表里有明。人直来照之，影则倒见。以手扪心而来，则见肠胃五脏，历然无碍。人有疾病在内，则掩心而照之，则知病之所在。又女子有邪心，则胆张心动。"（葛洪《西京杂记·卷三》）沈括谈到他的堂兄沈批曾经从一浙江僧人手里得到一枚宝镜，此镜"斋戒照人，当见前途凶吉"。

镜子在佛教和道教文化中是非常重要的法器，即所谓照妖镜："万物之老者，其精悉能假托人形，以眩惑人目而常试人，唯不能于镜中易其真形耳。是以古之入山道士，皆以明镜径九寸以上，悬于背后，则老魅不敢近人。或有来试人者，则当顾视镜中，其是仙人及山中好神者，顾镜中故如人形。若是鸟兽邪魅，则其形貌皆见镜中矣。"（《抱朴子内篇·登涉卷十七》）

镜子属于日常之物，最直接的功能就是"正衣冠""端仪容"。进而，镜子又可以识己去疾，与人建立极其特殊的命运关联和精神对应关系："人思形状，可以长生。用九寸明镜照面，熟视令自识己身形，久则身神不散，疾患不入。"（葛洪《神仙传·刘根传》）

镜子是观己正心的日常器具，也是驱除疾病以及魑魅魍魉的法器，"小儿夜啼明鉴挂床脚上"，"镜乃金水之精，内明外暗。古镜如古剑，若有神明，故能辟邪魅忤恶。凡人家宜悬大镜，可辟邪魅"（李时珍《本草纲目》）。

镜子是神奇的，甚至会带来戏剧性的效果，"镜子是件奇妙的东西。它似乎能吐露真言，把生活原原本本地反映给我们；然而，只要摆放恰当，它也能瞒天过海，让某些东西凭空消失，让你相信装满鸽子、旗子和蜘蛛的箱子是空的，让躲在舞台中或乐池里的人们成为舞台上飘浮的鬼魂。只要角度得当，一面镜子就能变成一扇魔法之窗；它可以向你展示你能想到的东西，甚至还有一些你想不到的东西"（尼尔·盖曼《烟与镜》）。

作为重要的日常物质文化，镜子在中国的古代绘画中尤其是女性和闺阁题材的画作中是必不可少的，而磨镜人也是其中常见的形象。同样，在欧洲绘画史上镜子形象也占据了非常重要的文化位置，比如提香的《镜中的金星》、鲁本斯的《镜中的维纳斯》以及委拉斯凯兹的《镜中维纳斯》。

镜子直接对应于自我，这不只是"我是谁"式的认知，还与不同时刻的精神境遇有关。诗人鲁米写道：

> 每一秒钟，他都会对着镜子鞠躬。
>
> 如果有一秒钟，他能从镜子中看出里面有什么，
>
> 那他将会爆炸。

中国人在很长的历史时期使用的是铜镜，于是就形成了传统而又经典化的姿势"揽镜自照"，但是铜本身并不具备映照容貌和事物的质素，必须经过人为的淬磨、抛光和一些技术处理才能达到映照的效果，所以磨镜人（也称"负局生"）的重要性不言而喻。

磨镜人能映照世相，还能够医治自己和旁人的宿疾："常负磨镜局

徇吴市中，磨镜一钱。因磨之，辄问主人，得无有疾苦者，辄出紫丸药以与之，得者莫不愈。"（《列仙传》）

由此，我想到晚唐传奇小说《聂隐娘》中那个"但能淬镜，余无他能"的磨镜少年。雷平阳正是这个磨镜人，他使得进入文本的各种物象都具有了映照人性、存在、时代和历史的观照功能。

酒神精神

激动、亢奋、狂热、本能、过度、燥热、不稳定、忘我体验的酒神状态不一定能成就伟大的文学艺术，但是文学艺术又往往离不开狄奥尼索斯式的酒神精神，"美酒使人接近上帝，远胜神学。不过，悲伤的酒鬼（难道还有别的类型吗?）令隐士自惭形秽已经是很久以前的事了"（E.M.齐奥朗《眼泪与圣徒》）。

尼采自称为"酒神哲学家"。

诗与酒在中国诗人这里是一体的，诗神与酒神也就合二为一了，所以在古代酒被称为"钓诗钩"。独酌无相亲的杜甫是"醉里从为客，诗成觉有神"（《独酌成诗》），而苏东坡则称道"俯仰各有志，得酒诗自成"（《和陶渊明〈饮酒〉》）。

特殊的调制的酒甚至能治病："王文正太尉气羸多病，真宗面赐药酒一注瓶，令空腹饮之，可以和气血，辟外邪。文正饮之，大觉安健，因对称谢。上曰：'此苏合香酒也。每一斗酒，以苏合香丸一两同煮。极能调五脏，却腹中诸疾。每冒寒夙兴，则饮一杯。'"（沈括《梦溪笔谈》）

李白的"百年三万六千日，一日须倾三百杯"（《襄阳歌》），可谓是鲸吞牛饮，正是典型的酒神精神，也印证了中国古代在蒸馏酒出现之前所饮大多为米酒。其时成品酒的酒精含量一般在3°–15°之间，只有极少数的酒能达到20°。"汉人有饮酒一石不乱，予以制酒法较之，每粗米二斛，酿成酒六斛六斗。今酒之至醨者，每秫一斛，不过成酒一斛五斗，若如汉法，则粗有酒气而已，能饮者饮多不乱，宜无足怪。然汉之一斛，亦是今之二斗七升，人之腹中，亦何容置二斗七升水邪？或谓：'石乃钧石之石，百二十斤。'以今秤计之，当三十二斤，亦今之三斗酒也。于定国饮酒数石不乱，疑无此理。"（沈括《梦溪笔谈》）但是，对于中国何时出现蒸馏酒的技术有不同的说法。"很多学者都认为，中国的蒸馏酿酒术是在蒙古人征服中国之后才被引入的。十六世纪后半叶，李时珍就曾提到'烧酒非古法也'，并将其列入元代的发明。"（薛爱华《朱雀：唐代的南方意象》）薛爱华根据白居易的诗《荔枝楼对酒》（"荔枝新熟鸡冠色，烧酒初开琥珀香。欲摘一枝倾一盏，西楼无客共谁尝？"）中出现的"烧酒"认为9世纪的中国西部已经出现了蒸馏酿酒法，但当时的烧酒只是作为鲜为人知的地方特产而不可能被推广而世人皆知。

"酒神精神"是乘物而游、自由意志、悲剧意识和强力自我的综合体。

酒　徒

酒徒在任何时代都会玩出各式喝酒的花样，都会乐此不疲地制造出一波又一波戏剧性的场面。

南北朝时期政权仅存在二十八年的北齐（550—577）有一桩不可思议而又张扬之至的酒事："高季式豪爽好酒，又恃举家勋功，不拘捡节。与光州刺史李元忠生平款游。在济州夜饮，忆元忠，开城门，令左右乘驿马，持一壶酒，往光州劝元忠。"（《北齐书》）

接下来看看雷平阳心中的"酒徒"生涯——

抱病月余，且奔波于海南

和江南。水路边上的医生再三叮嘱

"戒饮，戒饮啊……"

我仍饮酒如江海

每一次醉了，宿华厦如卧孤舟

总听见有人在流水上赶路

说着话："仓库里的药材

我用砒霜泡了又泡……"

另外的声音则说："金陵城快到了

那些唱昆曲的纸人儿

全是我遣回世间作乱的幽灵……"

我起身四望，暗流之上并无

其他舟影，猛然一惊

我竟然与鬼魂同舟

关于饮酒，雷平阳曾生动地描画过一个"酒徒"的自画像：

我常牛饮，鲸吞状，醉不醒。好友三五个，人间烟火中，没
酒便无趣。

在一次接受媒体访谈时雷平阳又复述了上面的内容，这一"重
复"实际上正是为了强调酒的不可或缺："有时候，好友三五，喝杯
酒，说些投机的话，我视为生活之神对我的奖赏，但它不是消遣。"
（雷平阳《我是个悲观主义者》）

雷平阳还曾说过更为大胆的话："酒是中国人的另一种血液。"

酒与诗

说到酒，我们首先想到的自然是诗人，二者之间自古以来存在着极具戏剧性的血缘关联。

饮酣视八极，俗物多茫茫。

——杜甫《壮游》

呜呼天下士，死生寄一杯。

——苏轼《和陶乞食》

曹操要禁酒，说酒可以亡国，非禁不可，孔融又反对他，说也有以女人亡国的，何以不禁婚姻？

——鲁迅《魏晋风度及文章与药及酒之关系》

酒与人相似：人们永远不知道可以尊重它或蔑视它、爱它和恨它到什么程度，也不知道它能做出多少高尚的举动或可怕的罪行。

——夏尔·波德莱尔《酒》

二十年的，三十年的，原浆的汾酒

哪一款更虚无？哪一个人

坐在对面昂首而饮，更让你

走投无路？

——雷平阳《山西饮酒后》

关于诗人与酒非同寻常的伙伴关系，陈超对此有着深入而有趣的描述："诗人善饮，一个有趣的问题。诗史一半是酒史。现代诗的饮酒诗篇亦不在少数。借'酒'，道出了诗人对一切陈规禁忌的不屑，对自由敞开生命的向往。何谓'酒神精神'？酒被诗人赋予了新的生命价值内涵，它所造成的形神相分的欣快幻觉，消解了世俗中人与人的隔膜和森严的等级制度，大家面对的是同样的'内心火焰'，诗人们开怀畅饮，尽欢而散。酒是诗人液体的火焰，他吁求充沛而沉醉的生命力，行动的欢乐，欲仙欲狂的激情，出神入化的灵性。在酒中纵蹈的人生，既有直观的敏悟和无畏的吟啸，又有直面苦难的勇气。无羁的饮者具有个体生命的本真性和不可替代性，在这种狂喜与痛楚交织的状态中，生存的黑暗、实用理性的压抑、道德的禁忌被悬置一旁，酒神——强大的生命力的解放与欢乐——显示了最充分勃发的人性，使他敢于与痛苦和灾难相抗衡。在诗人笔下，酒又是'四海之内皆兄弟'平等的象征。"（陈超《诗野游牧》）

　　酒是中国文化的重要组成部分，尤其代表了诗人、名士、隐士文化，也就是雷平阳所说的"酒是中国诗人的特有血液"。"在中国，无论从道德或是身体层面出发，适当饮酒都不会受到谴责。甚至孔子也被传说为没有限度地饮酒，尽管他总是有所节制。在杜甫的时代，一般是把酒温了后喝的，就跟今天的中国一样，酒劲来去都很迅速。像杜甫《饮中八仙歌》中描述的那种过量饮酒比较少见，即便如此，这种近乎紊乱的沉迷于酒也被普遍视为乐观旷达而非受到强烈反对。"（洪业《杜甫：中国最伟大的诗人》）

　　美国著名汉学家比尔·波特在寻访中国古代诗人遗迹和写作《寻人不遇》《意念桃花源：苏东坡与陶渊明的灵魂对话》的过程中经常以威士忌或中国本地白酒来祭拜。显然，他深知酒与中国文人的血缘关系，"我把苏东坡喜欢的桂酒倒入大运河，让运河水把我们的敬仰带给苏东坡，也把苏东坡的仰慕传给陶渊明"（比尔·波特《飞鸿雪泥：

驾鹤常州》）。

确实，诗人与酒存在着血缘关系，诗人对酒有着本能式的反应。无论是壮游、宦游、交游还是独游、冶游、仙游、夜游、梦游，其实都离不开酒，是名副其实的载酒游。酒中诗篇俯拾皆是，杜甫一千四百多首诗中关于酒的有三百多首。甚至在民间传闻中李白和杜甫的死都与酒有直接关系——尽管对这两个公案历来说法不一，郭沫若更是认为杜甫一生嗜酒如命："舟行至耒阳遇大水，县令聂馈以牛酒。天热肉腐，中毒死。"（《李白杜甫年表》）

酒　诱

雷平阳善饮，一般的圈里人都知道。雷平阳认为酒这一特殊的液体里存在着另一个"我"，这是日常的我与精神的我的彼此对视或弥补，"与好友三五，安静地喝酒是不可思议的。我的理解，酒里面存在着另一个我，他长期被关押在太平间里，得让他活过来，得到应有的自由"（雷平阳《书写时代的个人命运感》）。

结婚之后，雷平阳和陈黎没有急着要孩子，一则是工作忙，再有就是还没有做好当父母的准备，而该来的总会来的。

2001年，雷平阳35岁，陈黎说我们该要个孩子了，但前提是你要戒酒一年。"我说不清楚，喝酒是否会对生育产生重大影响，但基于对妻子的尊重、对母亲意愿的尊重和对那个未知的孩子的生命的尊重，我决定戒酒一年。身边的朋友，人人怀疑我的决定。酒徒戒酒？犹如天方夜谭。但事实上，我也真的把酒戒了。"（雷平阳《酒诱》）

对于"酒徒"雷平阳来说，戒酒一年确实是天大的难事，但他总算言而有信，说到做到。

雷平阳儿子长到 12 岁那年，父子俩一起去了一趟四川泸州的酒厂，而儿子天性里对酒的迷恋已然印证了酒量、酒品确实在家族中具有遗传性。"听到可勾兑美酒，在中午的烈日下面，儿子的双眸金光闪闪，高兴得手舞足蹈，并吼出了一嗓子：'没有什么能够阻挡，你对自由的向往……'美酒与自由，酒神与自由之神，在人类的文化传统中，两者从来就是一对孪生兄弟，很多时候，它们甚至就是两具躯壳共用着同一个灵魂。儿子还在酒国的流水外、竹林外、长亭外、包厢外、烧烤摊外徘徊，但天性使然，他已经嗅出了遍地酒香中飘忽不定的自由元素，酒杯里的太平洋，载酒的胸腔里屹立着的喜马拉雅，酒徒睡去之后朝廷、寺庙和图书馆一再地坍塌又重建，他还无力体认，可那酒液生成的过程一如圣诞，早已令他心驰神往。"（雷平阳《带着儿子去酒厂》）

旧

雷平阳从来不否认自己对"老事物"和"旧空间"的迷恋，他一次次书写它们，频繁叩访它们。

他是这个时代罕见的"怀旧主义者"。正是因为"怀旧"和"不合时宜"所以愈发显得另类、孤独、无助。以往的法则失效了，雷平阳所喜爱的一切在当下都不能存在——甚至不能苟活，"到了晚上，白云还在天上／但已经看不清楚／白天，星斗也仍然在天上／但也难以在众多的光芒中／将它们找出来／有人把自己送入空门／他们也还在世上，却没了踪影／——我已经羞于谈论自己喜爱什么了／凡是我喜爱的，都找不到了"（雷平阳《我不知道》）。

2018 年 8 月 31 日夜，昆明城突降暴雨，整个天空是一道接一道的闪电。

黑暗中的雷平阳写下了他作为一个"老旧者"的自白，同时也是一个无告者的呼号："它的气象、事物和审美都是旧的，每一个字也是旧的。它所提供的一切，一如我们曾经拥有的一张张照片、一次次的冲动和一次次的忏悔，存放在神秘的档案里。世界日新月异，我连反对的力气都没有了，只愿记录下来的场景和故事，能成为时间的骨头和血液，一直存在于我个体历史的出发点，继续坚硬，继续燃烧。"（雷平阳《旧山水·序》）

K

咔嚓，咔嚓，咔嚓

手拿相机的人，有的充当了观光客或哑巴的角色，有的则充当了痛苦、焦灼的时代见证人的角色。

手机已经成为无比时髦且令人激动不已的日常修辞的工具。有时候，我们又不自觉地沉溺于照片所营造的现实光斑以及历史光晕中。"咔嚓，咔嚓……一个世界都是咔嚓声，有的来自冰川的坍塌，有的是旧世界的屋脊在折断，有的则是人心与傲骨在碎裂，当然，有的来自照相机。当你拍摄杀猪场景时，我不知道，来自与猪有关的咔嚓声更响呢，还是相机的咔嚓声更让你有快感？"（《相机不会流泪——雷平阳与孟涛涛笔谈录》）

卡尔维诺

雷平阳制造出了冷凝而又焦虑的叙述方式。这让我想到雷平阳所心仪的作家卡尔维诺。

在昆明即将倒闭的光明书店甩卖图书的时候，雷平阳买下了所有的《我们的祖先》（包括卡尔维诺的三篇小说《分为两半的子爵》《树上的男爵》《不存在的骑士》，蔡国忠、吴正仪译，中国工人出版社1989年3月第一版）并寄给了一些远方的朋友。

卡尔维诺极其特异的叙述方式让雷平阳着迷不已，这契合了雷平阳的心理结构和精神路径："但在卡尔维诺那儿，他似乎天生就握着一种最普通也最有效的魔法，无论是作为收集人、整理者，还是幻想家，他总能在避重就轻的过程中，准确地、轻松地完成其伟大的叙述，而且，我们所要的、许多作家往往费尽九牛二虎之力也难以呈现的话外音很难在他的文字中成为空白。从这个意义讲，他是作家们的老祖母，借老祖母之口及神态和讲述的节奏和氛围，完成了一次对叙述性文本的革命性颠覆。"（雷平阳《关于卡尔维诺的谰言》）

日常的、怪诞的、已逝的事物就在特殊的叙述方式中获得了现象学意义上的支撑。

考古学分析

对于雷平阳而言，写作过程除了带有必不可少的修辞和想象成分之外，写作者还必须在田野考察中准备第一手资料。"考古学的分析是在另外一个层次上进行的：表达的、反映的和象征的现象对于考古学来说只是寻找形式的相似性或意义的转让。"（米歇尔·福柯《知识考古学》）当然，文学有时比拼的不只是经验和践行能力，修辞和想象同样重要甚至会弥补个体现实经验的不足。

雷平阳的出走、行走和漫游、考察，与云南地方经验以及人本和世界问题密切关联。他投射出去的考古学家般的目光是为了维系记忆不被抹去，他在碎片和地下的幽暗中寻找着最后的物证，"时间从记忆中消失得越彻底，人就越接近神秘主义。没有善忘就不可能有天堂。记忆力越健全，它就越是执着于此世。记忆的考古学从另一个世界中发掘文物，代价是牺牲此世"（E. M. 齐奥朗《眼泪与圣徒》）。

如果说年轻时谁都有过出走、远行之梦想的话，一个人在几十年中仍在文字和现实世界不断出走和远行，那么他一定是一个异端。也恰恰是这一异端带来了时代真相和灵魂档案，而其精神肖像也因此变得与同时代人不同。"那时候我乐此不疲的事情，还是往尘土飞扬的公路旁一站，见到大卡车开过来，就招手。孤独的大卡车司机们，都会把头伸出车窗：'你要去哪里？'我则反问：'你要去哪里？'管他去哪里，我跳上车就跟着他走。以这种方式，我到过云南、贵州、四川、重庆的多少县城多少小镇？我记不起来了。记忆里，到过什么地方，没到过什么地方，已经无足轻重，最让我屡屡思念得碎心的还是九十年代风暴来临前公路上的孤单与宁静、田野和远山之间的黄昏、菩萨诞生之日清晨才有的空气透明度、干净的风、纯净的人心和目光、谈论着梦想的陌生人……别人怎么理解物事的变换我不知道，在我这儿，当覆盖旧事物的东西丧失了伦理、道德和美学，我确实为之焦虑、心慌、愤怒。"（雷平阳《建水追忆》）

刻碑者

雷平阳是一个刻碑者。黑夜之中，錾子和石头发出撞击并迸发出火星儿……

如果没有这个刻碑者存在的话，乡野风物、生存现场、家族命运乃至民间历史都将和没有被抚摸和錾刻过的石头一样是一片空白。

这个刻碑者为一个逝去的时代和正在更新的千变万化的时代提供了证词："无非是在荒草之中给一个个孤魂野鬼立个石碑。"

克努特·哈姆生

由《杀狗的过程》所呈现出来的令人不忍直视的超级细写和不厌其烦的精细叙事，由惨烈的日常现实到更为酷烈的人性以及历史，我想到了1920年获得诺贝尔文学奖的挪威小说家、剧作家和诗人克努特·哈姆生（Knut Hamsun）。

1911年哈姆生从城里回到乡下，买下一个极其偏僻的农场，然后就开始了自得其乐的耕种生活。在此过程中他的现实感受和文学观念都发生了非常大的变化。《时代的儿童》《塞格福斯村》《大地的生长》都在关注震动中的"土地伦理"及其变化，他不断表达对工业化、商业化的反感，甚至无情揭示了农民价值观的堕落。

哈姆生在划时代巨作《大地的果实》（1917年）中对仆人杀猪的细节描写令人浑身一惊。

这是无辜的牺牲者面对行刑式的死亡时刻——

然后，刀子插进去了。仆人稍稍推了两下，让刀穿透皮肤，长长的刀锋似乎熔化了，只剩下刀把斜插在肥肥的脖子上。起初，这头种公猪毫无察觉，它躺了几秒钟，思考了一会儿。噢，它突然明白有人在杀它，便震耳欲聋地叫起来，直到再也叫不出来。

陈染在《我们的动物兄弟》中专门提及哈姆生小说中这个经典的杀猪场景："记得读到这段文字的时候，我心里非常难受，眼睛里盈满眼泪。我放下书什么也看不下去了。然后，把我家的爱犬三三搂在怀里，它长时间无言地凝视着我，与我心照不宣，我自言自语一般冲着它表了一通决心、抒了一通情。三三在我心中已然成了全天下所有无辜无助的让我心痛的动物的替代。"

空间时代

空间不是客观和"均质"的，而是与个人感官密切关联——"每个人都有一个感官场地，它之外不存在其他。每人的场地都有所不同。"（华莱士·史蒂文斯《徐缓篇》）甚至空间还表现出一个时期特有的精神征候、文化功能甚至带有不可避免的政治文化和意识形态特征。

在福柯看来，20 世纪是一个由时间转向空间的时代，以往的时间秩序被终止或打乱，空间成为复杂的社会网络。"19 世纪以前的西方思想史一直与时间的主题相缠绕，人们普遍迷恋历史，关注发展、危机、循环、死亡等问题。而 20 世纪则预示着一个空间时代的到来，我们所经历和感觉到的时间可能并不是一个传统意义上的由时间长期演

化而成的物质存在，而更可能是一个个不同的空间相互缠绕而组成的网络。"（福柯《不同空间的正文与上下文》）

可见的空间和不可见的空间，实体的空间和虚构的空间，它们都可以成为作家的精神词源，正如卡尔维诺在《看不见的城市》中的做法那样，"我在一个文件夹里汇集了有关我经历过的那些城市和风景的纸页，而在另一个文件夹里则是那些超越于空间和时间的想象的城市"。

空间是记忆和凝视参与之后的结果，经由这一途径，一个实体的、象征的或符号化的空间就会成为所有空间的表征，一个人的空间经验就会经过虚构、变形而提升为整体性的反思场域："火车停靠在一个没有镇子的车站，没过多久，又途经路线上唯一一片香蕉园，大门上写着名字：马孔多。外公最初几次带我出门旅行时，我就被这个名字吸引，长大后才发觉，我喜欢的是它诗一般悦耳的读音。我没听说过甚至也没琢磨过它的含义，等我偶然在一本百科全书上看到解释（热带植物，类似于吉贝，不开花，不结果，木质轻盈，多孔，适合做独木舟或厨房用具）时，我已经把它当作一个虚构的镇名，在三本书里用过了；后来我又在《大英百科全书》上见过，说坦噶尼喀有一个名叫马孔多的种族，居无定所，四海为家。或许，这才是词源。"（马尔克斯《活着为了讲述》）

恐　惧

1986 年 11 月 16 日，余华完成了一部短篇小说。

他借此表达了对外面的世界、公路、汽车、司机以及旁人的恐惧。这一恐惧感并非来自现实而是来自对以往"成长小说"的反拨，来自一个作家对现实以及世界的观察方式和想象方式。"天色完全黑了,四周什么都没有,只有遍体鳞伤的汽车和遍体鳞伤的我。我无限悲伤地看着汽车,汽车也无限悲伤地看着我。我伸出手去抚摸了它。它浑身冰凉。那时候开始起风了,风很大,山上树叶摇动时的声音像是海涛的声音,这声音使我恐惧,使我也像汽车一样浑身冰凉。"(余华《十八岁出门远行》)

雷平阳也有自己的恐惧。

他是对采石场、火力发电厂和水电站等现代性场景心怀恐惧的人,这一恐惧并不单是个人体验而是带有普遍化的焦虑。

在 2020 年完成的长诗《鲜花寺》中,雷平阳反复设置了两个场景,其中一个场景就是水电站的建设工地,而另一个场景则是被摧毁的植被、森林等自然环境以及文化根基。

这首诗中出现了傣族、基诺族、布朗族、哈尼族、拉祜族,基诺族的创世女神"阿嫫杳孛"以及高僧、祭司、巫师基本处于隐身和缺席的状态,"工程师把'翻译体'里悲观主义的成分/平移到大坝,泄洪闸和机房的平面图上,用彩色铅笔/补充了密密麻麻的人影。他听见了自己的心跳声/看见了研究史料中所说的'劳工们正把银河里的沉船/打捞上岸,燃起篝火,烘烤狮子肉'的场面/另一个场面也就接踵而来:'开挖山洞的劳工/窒息而亡之后,身体全部风干,继续挖掘着,如果/遇到新来的劳工,他们的骷髅就会走过去搭话……'/蓝图眨眼之间变为旧纸。史料中洪水泛滥/工程师夹杂在钻进大鼓或葫芦/向着应许之地远航的兄妹情侣之间"。

苦　难

陀思妥耶夫斯基说："苦难是意识的起源。"

雷平阳在写作中不回避自己强烈的社会伦理和良知道义，尽管这处理不慎的话很容易沦为社会学的下脚料和残次品，但是从一个时期整体的写作向度来说，这样类型的诗歌又是具有必然性的，比如雷平阳那一时期的代表作《战栗》："那个躲在玻璃后面数钱的人／她是我乡下的穷亲戚。她在工地／苦干了一年，月经提前中断／返乡的日子一推再推／为了领取不多的薪水，她哭过多少次／哭着哭着，下垂的乳房／就变成了秋风中的玉米棒子／哭着哭着，就把城市泡在了泪水里／哭着哭着，就想死在包工头的怀中／哭着哭着啊，干起活计来／就更加卖力，忘了自己也有生命／你看，她现在的模样多么幸福／手有些战栗，心有些战栗／还以为这是恩赐，还以为别人／看不见她在数钱，她在战栗／嘘，好心人啊，请别惊动她／让她好好战栗，最好能让／安静的世界，只剩下她，在战栗"。

后来，我们还能在其他同时代诗人那里看到这一写作的缩影，这是社会现实与诗人命运交相碰撞的结果，"她解开第一层衣服的纽扣／她解开第二层衣服的纽扣／她解开第三层衣服的纽扣／她解开第四层衣服的纽扣／在最里层贴近腹部的地方／掏出一个塑料袋，慢慢打开／几张零钞，脏污但匀整／这个卖毛豆的乡下女人／在找零钱给我的时候／一层一层地剥开自己／就像是做一次剖腹产／抠出体内的命根子"（王单单《卖毛豆的女人》）。

旷　野

摩西带领以色列人出埃及，在旷野上漂泊长达四十年之久。

雷平阳文本中反复出现旷野和野地。"恰恰就在荒野中，伴随着对那广阔土地的感受，他常常无疑就感到心满意足。"（彼得·汉德克《缓慢的归乡》）

这一空间更多是被置于黄昏或黑夜的背景之下。

正如梭罗所说："野地里蕴含着这个世界的救赎。"对于雷平阳而言，旷野也正是他的另一个心灵属地，是一次次救赎的开始，也是一次次绝望的开始……

昆　明

崇祯十一年（1638 年）农历 11 月 6 日，徐霞客（1587—1641）来到昆明武成路。

他游览土主庙，看到了一棵巨大的菩提树而倍感惊异："树在正殿陛庭间甬道之西，其大四五抱，干上耸而枝盘覆，叶长二三寸，似枇杷而光。土人言，其花亦白而淡黄，瓣如莲，长亦二三寸，每朵十瓣，遇闰岁则添一瓣……"（《徐霞客游记》）

自然山水在很多时候能影响一个人的心境以及写作时的精神情势，甚至会成为名副其实的"教育课"："昆明附近的山水是那样朴素、坦白，少有历史的负担和人工的点缀，它们没有修饰，无处不呈露出它们本来的面目；这时我认识了自然，自然也教育了我。在抗战时期中最苦闷的岁月里，多赖那朴质的原野供给我无限的精神食粮，当社会里一般的现象一天一天地趋向腐烂时，任何一棵田埂上的小草，任何一棵山坡上的树木，都曾给予我许多启示……它们在我的生命里发生了比任何人类名言懿行都重大的作用。"（《山水·后记》）

　　说这段话的是在 1939 至 1946 年间任西南联合大学外文系教授的诗人冯至。

L

老　虎

在雷平阳这里，"老虎"的所指并不是固定的，而是时时变动的，比如《父亲的老虎》：

> 我的父亲，一个只敢用枪打水的人
> 那天晚上，在招待錾磨人的家宴上
> 喝得大醉，他说，那头困扰了
> 他一生的老虎，正从他的梦中来临

实则在雷平阳这里，"大象""老虎""狮子""麂子"等在现代性的境遇下是"被侮辱与被损害"的代表，它们是两种对立时间冲撞之际的碎片和牺牲品。

"老虎之死"不只是现代性境遇的特殊产物，而一直以来都是人类制造的悲剧之一。"虎初死，记其头所藉处，候月黑夜掘之。深二尺当得物如琥珀，盖虎目光沦入地所为也。"（《酉阳杂俎》）《酉阳杂俎》又记之："虎夜视，一目放光，一目看物。猎人候而射之，光坠入地，成白石。"到了明代，李时珍对"虎魄"又进行了"复述"，"凡虎夜视，一目放光，一目看物。猎人候而射之，弩箭才及，目光即堕入地，得之如白石者是也。"（《本草纲目》）

老虎绝望的目光一直在黑暗的历史地表之下冷寂地凝结。

"老虎"总是让我们想到日常视野之外的空间，它们属于丛林法则、民间叙事和族裔的地方性知识，如今"老虎"只是一个抽空的词，成了毫无依托的空洞，在"老虎"这里"词与物"都失效了。"老虎"因为携带天然的恐惧特质而不容于世，由此只能诞生一个个悲剧，"今夜，世界在我身上／提灯外出找人／今夜：一头白老虎。唯美，骄傲／出现在昭通府一位僧侣的书中／始终与作者保持几公里的距离。但它后来／还是被饥饿的人士所屠"（雷平阳《今夜》）。

老虎在雷平阳这里只是一个充满了可能性的寄托之物，是变动不居的心象。甚至有时与老虎自身以及生态命题关联不大，"我尤其喜欢看他写老虎的段落，听他复述射虎的故事，那不是威廉·布莱克的老虎，不是豪·路·博尔赫斯的老虎，不是另两个酒徒武松与李逵打的老虎，不是完全形而上或完全形而下的老虎，而是雷平阳的老虎，有分身的老虎，会变幻的老虎，养在他心里准备有一天自饲的老虎"（黄惊涛《雷平阳：洞悉太阳的旨意》）。

"老虎"在雷平阳这里是历史的还魂过程，通过替身和幻象来回顾过去时的景象，"一头孟加拉虎渡江而去／对面就是梅里雪山……／雨林中的动物奔向寒冷／我怀疑事件的真实性／也怀疑孟加拉虎临死前的叫鸣／和一座神山的寒冷"（《渡江》）。与此同时，这也是对现实和现代性力量极力不满的产物，"老虎"由此获得了救赎和个人宗教的功能。

雷蒙·威廉斯

雷平阳不厌其烦地对事物投注了凝视的耐心，而对于细节则进行了象征化的处理方式，他给一个个空间、事物以及细节赋予了时间内核和历史结构，进而完成了由个体实体向命运共同体的转换。

这一做法让我想到雷蒙·威廉斯对乡村事物超级细写般的呈现和还原，这些事物实则转化为情感化的景观，它们对应于作家的精神结构和世界观。"乡村生活对我而言具有多重意义。这种生活就是我书桌对面的窗外田野里的榆树、山楂花和白马；是 11 月傍晚时分，修剪完树枝步行回家的男人们，个个把手插在卡其布外套的兜里；是戴着围巾站在自家小屋外的女人，等待着男人们的蓝色公共汽车，孩子们上学的时候，这些女人又到地里收获作物；是路上行驶的拖拉机，在路上留下锯齿状的轮印；是凌晨对面那家养猪场母猪下崽，关键时刻开着的灯光；是急拐弯处遇到的缓慢行驶的黄色货车，车上装满了绵羊，都挤在两边用板条隔开的空间里；是无风的傍晚青草垛传来的夹杂着蜂蜜味的浓浓的清香。乡村生活也是满是黏土和石块的贫瘠的天地，以 1.2 万英镑一英亩的价格卖给投机的地产商，做住房建设之用。"（雷蒙·威廉斯《乡村与城市》）

雷氏家谱

"得鱼便沽酒，一醉卧江流。"

这句话出自云南昭通欧家营土城乡土城村雷氏家谱。

农村家谱是在极小范围内传播的，但对于涉及的每一个人而言却是意义重大的。"酒酣耳热，我向父亲说出了读读家谱的愿望，父亲开始不肯，最后还是同意了。他跟跟跄跄地走向里屋，黑暗中碰倒了箩筐和锄头，然后听见开箱的声音。父亲在把家谱递给我之前，用袖子轻轻地擦了几下家谱的封皮，而当我翻动着家谱的时候，父亲的眼神更是从未从家谱上离开过半瞬，见我翻重了，他就骂一声。那时，屋外的雪下得很大，整个世界洁白而安详。"（雷平阳《家谱的酒香》）

按照家谱记载，雷家出得最多的是木匠。

乡村、出生地、家谱、童年经验之间的互动就渐渐凝成了一个人的精神出处，如同不断向下挖掘而最终成形的地窖，如同坍毁的老宅门上的封条以及墓碑上的那一行简短的刻痕，"在我的洞口贴封条／我会叫他在封条上写一行字：／洞内诗人雷氏，出生于云南昭通／葬于南，葬于北，葬于西，葬于东"（雷平阳《出生于云南昭通》）。

家族、宗族既是血缘枢纽又是合作群体，曾长时期在乡村起到凝聚作用，而修撰家谱和祭祖活动在其中占有重要位置。雷平阳之所以要不断写到雷氏家族正是为了揭示这一凝聚作用已经遭受了空前破坏，流动性的液体社会使得乡绅文化、乡村秩序和伦理空间不复存在，乡村的斗殴、凶杀事件不可避免地在异族甚至同族之间发生。此时已不存在化解矛盾的手段，只能是以暴抗暴，以血还血。

这是"雷氏"的家族史、生存史、疾病史和死亡史，更是一个个与"雷氏"家族一样命运的一代人或几代人的整体象征，是一个个黑色寓言或空白档案。

利济河

欧家营位于利济河的下游。

利济河又名荔枝河，我在网上找到一段关于利济河的介绍文字："在昭阳区境内，有一条南北走向、贯穿全境的河流。旧时该河河水清澈，波光粼粼，十分美丽，河水引上来后灌溉农田，滋润大地，历来被视为昭阳区人民的'母亲河'。河两岸柳树成荫，景色宜人。因风景优美，该景被文人学士们取名'利济浮光'，列为'昭通八景'之一。民国年间利济河为昭通城主要饮用水源。如今已经过整修，在河边建造河滨公园，林木秀丽，空气清新，玲珑别致，成为城市一道美丽风景线。"

2021 年 7 月 13 日上午，在昭通雷平阳老家，我看到了利济河边的一块"昭阳区旧圃镇利济河河长制公示牌"。

上边有乡级河长和村级河长的名字和电话，以及河道的起点（五甲围）、终点（高鲁桥）、河道长度（2.9 公里）和流域面积（268 平方公里）。

河长职责：负责制定并组织实施挂钩联系河道辖区内河段的水环境治理，定期开展挂钩联系河段的巡查，负责与相关责任部门进行对接，推动各项治理工程、工作落实。

治理目标：河道畅通无淤泥，河道水质基本清澈，河道内无垃圾，河堤无违章建筑。

治理措施：河面、河岸实施保洁，绿化带实施专人管护，河道实施清淤，河岸无违章建筑。

通过河长职责以及治理目标和治理措置，我们能够看到当地职能部门对生态的重视，而以往的利济河到处都是垃圾，河道污染严重。"去年春节我没回来，一年后，家门口的那条河竟然清澈了许多，这是我特别特别意外的一件事。我在一篇散文里曾经写过，我大哥在父亲的坟头烧纸，妈妈就跟大哥开玩笑：烧这么多钱给他，他根本用不完，一定要让他把这些钱拿出一部分来，把这条河流清理干净。我当时就站在旁边，听到妈妈跟哥哥对话的时候，我觉得妈妈的幽默中有无奈，也有渴望。今天看见河道变清了，心里真的挺高兴。"（雷平阳《我是故乡的孩子，也是文学的病人》）

是的，利济河曾经是另外一副惨不忍睹的不堪模样："利济河、秃尾河是流经昭阳区的两条主要河道，关系着昭通中心城市的生态环境，关乎着城区居民和沿岸群众的生产生活。由于历史原因，利济河多年来污染严重，2016 年，利济河、秃尾河、东门小河被国家住建部、环保部挂牌为黑臭水体督办。"（《多措并举除黑臭 一河清水润昭阳》）

我们也可以在雷平阳这里得到印证："从环保的角度来讲，我所诞生的村庄是污染的直接对象，是上诉者，是证词，当然，更多的是叹息者和浑浑噩噩者。"（雷平阳《利济河》）

雷平阳一次次提到这条被严重污染的河流："我家门前这条河，名叫荔枝河。太阳没出来前，它黑黝黝的，像在暗处睡着了，扑哧扑哧地吹着梦呓的白泡。可当它迎着阳光醒来，变色龙似的，马上变成灰白色，继而又从灰白中泛起颗粒状的黑色。按道理，灰白色非常想死死地压住黑色，但黑色是沸腾的、向上的、压不住的。至于蔚蓝色，这水的本色，或说这清水与蓝天共同合成的色，多年没见了。当然也可以这么说，当腐烂的动物尸体和一座城市所有的污秽之物，汇聚到这儿，也许只有灰白色和黑色是协调的，是同一个话语谱系。我也曾一次次从骨头上冒傻气，总觉得古代文化传统中的'故乡'仍然存在，一厢情愿、不管不顾地想把自己与之相依为命的那条荔枝河，重新找回来，什么碧波荡漾，鱼虾成群，天神的客厅，活命之水之类，忙乎了半天，只剩无语哽咽，有些词，阳寿已尽，没了。"（雷平阳《上坟记》）

利济河上有座水泥桥，设有水闸，"有时候，洪水不大，闸门依然不动，我们就会在桥周围的河埂上打捞浮物，那些新鲜的破玩意儿，诸如牙齿、避孕套、装脂粉的塑料袋子，捞起来，晒在洒满阳光的青草地上，有着一种令人眩晕的美"（雷平阳《一座桥》）。

雷平阳在诗歌和散文中不断描述着水泥桥、闸门以及现代性的幽灵，"远远看去，它像个古堡，幽灵出没／拦截下来的秽物，淤积在河床／人们第一次发现，真脏啊／这河流真的很脏"（雷平阳《昭鲁大河记》）。

连续性终止

一个云南的秋日午后。

云南省文联的院子与翠湖只有一墙之隔。湖边游人如织，院内有巨树两棵。从西伯利亚飞来翠湖越冬的红嘴鸥还在长途跋涉的路上……

阳光抖落在院子里，我已久不闻内心的咆哮之声。在那个渐渐到来的黄昏，在雷平阳堆满了普洱茶、报纸、杂志和废弃纸稿的办公室，我想到的是孔子的一句话"出入无时，莫知其乡"。

在封闭的近乎静止的前现代性时间里，人们倚赖的是结构和秩序的连续性和稳定性，"大自然的连续性是被所有的自然史所要求的，也就是说，任何想在大自然确立起一种秩序并在其中发现普遍范畴的努力（无论这些范畴是真实的并被明显的特征所规定，还是方便的并且极其简单地由我们的想象勾勒出来），都是这样的要求。只有连续性能够保证大自然重复自己，保证结构因此而成为特性"（福柯《词与物》）。

"日出而作，日入而息。凿井而饮，耕田而食。帝力于我何有哉"的"击壤歌"早已是乌托邦旧梦。"连续性""稳定性"已被强行终止，转捩点上的两个时空必然是分裂、对峙和彼此敌视的。连带其上的这些词语也成了躯壳、骨骸和废墟。诗人的记忆脐带被斩断了，原有的词语依托的事物和空间底座已经消失，词语也随之失效了。

在此分野境遇下诗人必须寻找到新的词语、精神原型或替代物，必须重建语言的效力，重建词语的信任感，重建个人与历史和现实命运的关联。

连续性终止产生的是防守型写作，这是写作者受到胁迫之际对身份、合法性的怀疑或确认。作为社会公民和语言公民的写作者被逼迫得一退再退，最后到了孤岛或悬崖地带。雷平阳是在传统仪式被整体取消之后一个心怀执念的人，他在完成"最后性质"的仪式，在词语和纸上完成救赎或忏悔。

在雷平阳这里，我强烈地感受到了"词语即肉身"。

练 声

雷平阳处于起步阶段的这些诗更像是朗诵诗和广场诗，充塞着抒情、慨叹、宣告以及高分贝的声调，喜欢用那一时期中国诗坛流行的"祖先""子孙""土地""岁月""水罐""命运""世纪"等"文化大词"——

祖先们的鲜血流尽了

黑土地变成了黄土地

彝良，由黄肤色的男子汉举着

跨过了荒颓的命运之河

在滔滔的母性流滨安家落户

以深沉的气概

笑对着南来北往的风潮

竹丛和蔗林像诗的意境清新明亮

泥屋和大石像古贝遍撒于山漠

桐子像飘过街心成熟了的少女

垂柳在马路上温柔诉说

横亘了多少世纪的永恒啊

蠕动了像龙

绵延了多少岁月的渴望啊

点燃了像火

洛泽河电站这鬼斧神工的造型呦

——雷平阳《彝良印象》（节选）

　　到了后来，雷平阳对这些"大词癖写作""文化诗"主动予以自我反思和拨正，"早期，我是一个狂热的浪漫主义诗人，华美、高蹈、有一副金嗓子；之后，我听命于河山和心灵，麻木不仁、呆若木鸡，缓慢地低吟着并随时接受外来的击打和内在的刺痛。所谓突破，很大程度上是随着生存状态、审美追求、道德立场等因素的转变而转变的，在某些时候，它并非是向前的，而是倒退的。从极具'先锋气质'转而'现实主义'，我的写作正一步步摒弃形式与谵妄，笔尖更多地指

向人性的挖掘和内心的审判。'诗艺'是隐形的，不是模具。"（雷平阳《"诗艺"是隐形的，不是模具》）

雷平阳意识到"词与物"的关系必须回到有效、活力和发现的层面上来，诗必须回到生命的内在化过程。"雷平阳还有一种对'大词'的化解能力，'大词'在诗中难以驾驭，因而有人直接反对'大词'入诗，但在雷平阳这里，这个问题得到了很好的解决。在他的诗里，爱、悲悯、大地、青春、生命、灵魂，这些词由于有清晰、微妙的细节铺垫和语境营造，这些词语立即呈现甚或还原了它们的本质，不再飘浮无着、大而无当。"（《诗人档案·编者按》，《诗刊》2008 年 1 月号下半月刊）

即使是这些练声期的诗也已经显现出雷平阳诗歌的一些特质，他更为关注的就是他所经历的生活以及地方、空间中的一个个被忽视的命运体。

《白水江》《金沙江》可以看作这一时期的代表文本，雷平阳已经逐渐深入到空间和事物的内部，精神主体的介入能力正在逐渐增强，空间的历史构造以及地方性知识正在显现，"白色的鹅卵石上 ／ 有密集的白色水纹 ／ 许多痛苦在其间 ／ 精美地埋藏 ／ 我还在白水江里游过几次 ／ 我因此而发白 ／ 白水江淹没或袒露的一切 ／ 在我的脸上就可以找到 ／ 满意的回答 ／ 当地的老人对我讲过 ／ 在没有人烟之前 ／ 白水江就是这个样子 ／ 人们生活在它的身边 ／ 就仿佛在逐步走回去 ／ 白水江的隔世感 ／ 不是只有我一个人默认"（雷平阳《白水江》）。

在后来的诗歌和散文中雷平阳数次提及白水江。这条江不仅有雷平阳过往的影子，而且波涛中加载了他隐忧的灵魂，"当我从白水江回到昆明不久，一场惊天动地的大滑坡几乎是毫无预兆地发生了。这场大滑坡发生在白水江一个叫庙坝的地方。它深夜来临，把一个熟睡中的村子顷刻之间全部摧毁，近二十个做梦的人死于非命"（雷平阳

《再过白水江》）。

"白水江"是一个能动性的装置，其所牵涉的这些文本都起到了精神还原的效果。"根据常识，这一区域，一般可能涉及几十个县的孤独和荒芜，但我们只须途经四个县的鬼魅般的低洼处的疯狂与潮湿。我画过一个草图，白水江的反向页码主要由这样一些地名串联：柿子、黄草、小坝、大寨、民政、庙坝、牛街、柳溪、洛旺、罗坎、牛场、赫章、毛姑等等。在这本小册子中，露出头来的植物主要是一些不知名的灌木丛，间杂着珙桐、算盘子、厚皮香、南烛、三颗针、桤木、三脉水丝和马醉木等木本植物及箭竹、筇竹、天麻、草玉梅、过路黄、木贼、独活、王不留行、刘寄奴、淫羊藿等草本植物。在这些植物中飞翔和奔跑的动物，更多的是猪、羊、牛、狗和麻雀，以前，据说这儿是金钱豹和三尾褐凤蝶及红瘰疣螈的天堂乐园。"（《再过白水江》）

这既是时间和空间的原生属性又是历史构造和心理图示，这是一种化学和光电反应式的独特眼光，这是词语正义和求真意志彼此求证和相互打开的过程。

两个没有脸的人

去雷平阳老宅的路上，杨昭低低地对我说了一件极其诡异、惊悚之事。

雷平阳父亲去世时，杨昭在去往雷平阳家的夜路上遇到两个人。他们没有脸，声音仿佛从胸膛内传出，一直不紧不慢地在后面跟着他。有过夜路经验的人都会有丝丝的恐怖，总会觉得后面有什么东西。那时杨昭的感受可以想见……

对这件极其诡异看起来像是无稽之谈的事，人们一般都不会相信，雷平阳对此事予以过复述和认证："父亲弃世时，小说家杨昭夜里赶路去陪我守灵，他说在这儿他曾碰上了两个人，一定要与他相伴走上一截。两个人都没有脸，声音直接从胸膛传出。过一片坟地时，两个人就没影了，路上又只剩下他一个人。"（雷平阳《回乡记》）

2018 年冬天，在西双版纳的夜色中杨昭对我以及雷杰龙再次提起此事，那时雨突然下了起来……

两　极

城市化进程中城市和乡村成了被反复观照和书写的特殊空间，而二者之间的重心发生了偏移。在乡愁的驱动下写作者们对城市投入了更多的不解和批判目光。与此同时，他们又对乡村予以深情怀旧和理想化的回忆，此间充满的伦理和道德判断是不言而喻的。

不只是中国发生着城乡对立的两极情形，在世界范围内这种情况早已发生。"对于乡村，人们形成了这样的观点，认为那是一种自然的生活方式：宁静、纯洁、纯真的美德。对于城市，人们认为那是代表成就的中心：智力、交流、知识。强烈的负面联想也产生了：说起城市，则认为那是吵闹、俗气而又充满野心家的地方；说起乡村，就认为那是落后、愚昧且处处受到限制的地方。将乡村和城市作为两种基本的生活方式，并加以对立起来的观念，其源头可追溯至古典时期。不过真实的历史历来都是多种多样的，多得令人惊异。"（雷蒙·威廉斯《乡村与城市》）

对于雷平阳来说，他时时处于文学伦理和现实伦理的对冲之中。"我是否经历过这些黄昏的心灵景致？这些愈来愈陌生的景致与冥想，它们是否有过最为丰饶的土壤？滋生这种精神气质的土地是否才是我们难以割舍的人鬼同在的故乡？在目前的语境中，任何形式、角度、观念上的拷问，都显得苍白无力了，都好像是一个孤独的中年书生在漆黑的书房里无端地咆哮。多么不可理喻，正是在这种人与世界互相决裂又假装惺惺相惜的时光节点上，我竟然对那些日渐模糊的黑色风景产生了病态式的依恋，并总是以之对应眼前更为惨烈的现代性戏剧。"（雷平阳《黄昏记·序》）

建立于废墟之上的乡愁意识也尤为值得反省："在中世纪的欧洲，医生有时被指控为传播疫病的罪人，由于他们是瘟疫流行时期仅有的从中获利者。我从乡愁中获利，或许我也是一个罪人。"（雷平阳《我的云南血统·自序》)

疗　治

疾病和死亡无论是对于常人还是诗人来说都具有格外特殊的意义，甚至文字具有心理疗治和对抗死亡的特殊功效："有一晚，我发现教育台在放瑞恰慈读十四行诗的节目，他读完还对诗的形式做了点评。我心想：'这个没准我也可以做，不妨试试。'于是我就坐下来，写了一首十四行诗。第二天又写了一首，就是这样。我的医生鼓励我多写一点，'别把自己给杀了，'他说，'有一天，也许你的诗对某些人来说会有那么点意义。'这就仿佛给了我目标，一点动机，不管我多么无药可救，总感到生活还有事可为。"（安妮·塞克斯顿）

雷平阳疾病式的写作在本质上接近于人格重建，因为他们不得不借助强力意志以及分裂心理去一次次面对失落、苦难以及精神的无着处境："所有圣徒都患了病，所幸并非所有病人都是圣徒。对圣徒而言，苦难的终结等于恩典的失落。疾病带来恩典，因为它滋养了不属于此世的激情。我们透过疾病领会圣徒，又通过圣徒领会天国。并非每个人都以疾病为终极知识。"（E. M. 齐奥朗《眼泪与圣徒》）

烈　酒

盐津这五年，雷平阳住在一个有木地板的老房间。

那时他天天写诗、练字，墙上挂着手书的"南山采薇"和下乡时从山里背回来的一只大鸟形状的竹根。在此期间，他还着手创办了一份油印诗刊《山里人》。

毗邻四川宜宾的盐津当时酒厂林立，甚至形成了有村就有酒厂的特殊景观。当时的庙坝白酒，素有盐津"五粮液"之称，主要以玉米、高粱为主要原料，经蒸煮、糖化、发酵、蒸馏、陈酿而制成。

有着善饮的家族基因的雷平阳在盐津被激发出来，用各种当地的烈酒打发清寂的青春时光："后来我才知道，刚刚烤出的酒是天下最好喝的酒，香软无比。那是我第一次喝酒，大大的一碗，我却没醉，之后便一发不可收拾。"（雷平阳《家谱的酒香》）

刘　年

我本土匪，落草多年
被命运通缉，惶惶然，如丧家之犬
这位云南的土司，封我为骑士
并为我点了一支云烟

关于骑士，我认为是这样的

敬畏天地，给寡妇孤儿以帮助

防备女人，相信爱情

轻金钱、重荣誉、说真话

为多数人幸福而战。不背后拔剑

酒后，他回他的乌蒙山

我一个人来到他说的中世纪

这里十面埋伏，这里胜算渺茫

这里连风都不敢吹得很响

我需要一匹瘦马

一面皮盾，以及一支矛

这是刘年写给雷平阳的诗：《与雷平阳饮酒后作》。

2021 年 7 月 12 日，我深夜到昭通时王单单说刘年骑士已经骑着摩托车到了。在深夜的昭通大街上，刘年从一个乡村妇人的三轮车上买了两个西瓜。我们很快将它们一扫而光。雷平阳那天连喝了三场大酒，我也是第一次看见他走在大街上微微摇晃。7 月 14 日早上我们准备去大山包，一打开手机就看到了刘年微信发的大山包日出的照片。原来他在早上四点已经出发了。临近中午时分我们在大山包的小镇街道上相遇，匆匆饭后，一众人等看着刘年独自骑着摩托车前往昆明……

落脚地

作家的经验和想象都离不开具体的空间——"想象永远是空间的"（米沃什），他们都要借助场景、位置、区域来完成人物或故事。空间的变化会影响一个作家的心态、伦理乃至世界观，"如果没有意外，我们每天都在写作，雄鹰、峡谷、高山、河流、船工、山道、种麦子的人、山村、风暴和闪电，毫无例外，构成 20 世纪 80 年代初云南民众诗歌的主要材料，无一不是我们灶膛里的煤。"（雷平阳《条形峡谷》）

雷平阳的昭通和云南就如佩索阿的里斯本道拉多雷斯大街以及帕慕克的伊斯坦布尔。尤其是他的"云南地图"让我直接想到 V. S. 奈保尔笔下反复出现的米格尔街以及蓝色马车、灵车、粉红房子、咖啡馆、裁缝店、商店、木匠、厨娘、清洁车夫、疯子、乞丐、懦夫、骗子和诗人 B. 华兹华斯。它们是作家的落脚地，又是精神容器以及世界体系本身。

空间作为自然和人为的结合体势必会携带诸多功能，与此相关的则是生活方式、族裔经验、社会秩序以及地方性知识，德里克·沃尔科特就认为加勒比海是夸饰、张扬和善于表现的地区。

有一段时间中国诗坛非常强调空间属性和地方特征，雷平阳甚至被视为这一写作路向的重要代表人物。这与雷平阳的诗歌和散文中反复出现的"云南"给读者和评论者带来的阅读印象有关。

雷平阳对这种指认非常反感，对"云南写作""地域性写作""地方主义"他一直是持审慎、反思和怀疑态度的。"我不认为佩索阿一生都在写里斯本的道拉多雷斯大街，也不会有人认为帕慕克只意味着伊斯坦布尔。在我看来，云南是无穷尽的，是宇宙或比宇宙还要高大的天堂。但有必要说一下的是，在很多时候，我们迷失于云南的异美和生命力，无从找到它所展现出来的人类梦寐以求的精神标高，也无从在诗人笔下的云南身上发现我们时代的肉身沦陷与灵魂反抗，那么很多阅读均可视为无效，这也就是现代性为阅读者设置的一道苛刻之门。"（雷平阳《诗歌之血一直是红的》）

雷平阳的"云南"有时候恰恰是以"反云南"或"非云南"的方式来呈现出来的，即"云南"是乌托邦和异托邦胶着在一起的"怪异"产物。这使我想到华莱士·史蒂文斯关于"天堂"的抒写及其对"天堂"质疑的态度——

> 在天堂里没有死亡的改变吗？
>
> 成熟的果子永不落下？或者枝条
>
> 永远沉沉垂挂在那片完美的天空，
>
> 一成不变，却好像我们朽亡的尘世，
>
> 有着相似于我们所有的河流在寻找
>
> 它们永远找不到的海

确实，雷平阳的很多集子都是以"云南"和"地名"来命名的，比如《云南黄昏的秩序》《我的云南血统》《云南记》《出云南记》《在云南》《基诺山》《普洱茶记》《乌蒙山记》《八山记》《雨林叙事》《古滇王国上的小镇》《茶神在山上——勐海普洱茶记》《西双版纳在天边》，至于文本中的"云南"就更是数不胜数了。

雷平阳在云南八座茶山的田野考察笔记中使用了大量的历史文献、民族档案以及地方文化研究资料，比如《云南志略》《云南通志》《云南志》《滇考》《滇系》《滇略》《清一统志》《景泰云南图经志》《滇南志略》《普洱府志》《云南省勐腊县地名志》《滇边野人风土记》《云南民族史》《云南刀耕火种史》《水摆夷风土记》等。

"云南"在雷平阳这里既是现实的又是虚构的，既是具体实践的又是理解和阐释的，既是个人现实又是想象真实，以"云南"为中心的地方和空间更多是作为个体主体性和个人历史化想象力的载体——"想象力消耗了现实中的一些东西"（华莱士·史蒂文斯），"我写云南是因为'云南'这词太显眼了，所以人们知道我一直在写云南。但我想说的是，我笔下的'云南'，其实完全可以改成任何一个省份的名字，我'不懈地、执着地向纵深处挖掘'，挖的不是几口云南水井，更不是想以云南的异质文化蒙人，相反我很少涉及奇风异俗和风土人文，在我这儿，'云南'的背后，乃是人类共同的疼痛、焦虑和梦想。只是我才力平庸，常常到不了自己想去的地方"。

虚构是诗人的信仰。"最终的信仰是信仰一个虚构。你知道除了虚构之外别无他物。知道是一种虚构而你又心甘情愿地信仰它，这是何等微妙的真理。"（华莱士·史蒂文斯《徐缓篇》）

雷平阳的这段话印证了德里克·沃尔科特所言："除了圣卢西亚，我从来没有觉得自己属于别的地方。这里有地理和精神的落脚地。"（《巴黎评论——诗人访谈》）

落　日

黄昏时分最引人注目的是落日。

落日照耀着好人也照耀着坏人，落日照耀善的事物也照耀恶的事物，落日照耀着新时代也照耀着旧时光。落日代表了时间教义和命运本相，在黑夜到来之前所有的可见之物将赢得最后的亮光，"车厢里紧紧地挤在一起的黑山羊咩咩咩地叫着。卡车爬上山顶，一轮落日，像金字塔那样，从青灰色的天空里，向着莽莽苍苍的群山落了下来。一瞬之间，我听见山谷中，传来了寺院的暮鼓声，清凉而又沉郁，仿佛落日发出的回响"（雷平阳《滇川道上》）。

落日时分不同于白天也区别于黑夜，过渡性质的空间以及多层次样态都格外值得关注。"消失点"（又称"没影点"）越来越临近的时候一切事物都有些异样，似乎一切都即将被翻转过来成为完全陌生的事物，"反过来看，旭日是落入了天空的巨坑／落日则升上了夜空／我们悬空倒立，脚上还托举着／统称为大地和大海上的万事万物"（雷平阳《反角度》）。

"一点点变灰，一点点变黑"（雷平阳《卜天河的黄昏》），落日代表了最后的救赎时刻，这类似于精神仪式。

废墟之上的落日更是强化了过去时的幻象，这伴生的是认领和招魂的过程，"那时候，我看见了废墟上面的落日。它是血红色的，无光，肃穆、悲悯而又遥远。这样的落日，它往往出现在一部部伟大史诗中灭亡与新生更替时的结尾部分，偶尔，它也出现在暗黑之书的开篇，从白日梦中醒来的人们，总会把落日误认为日出"（雷平阳《落日》）。

在黄昏中一个人已经站在了万丈深渊的边缘。我再次听到了 E. M. 齐奥朗的声音："想到夜晚的孤独，还有孤独的剧痛，我就渴望在圣徒所不知的路上漫游。往何处去，往何处去？就连灵魂外面也有深渊。"

在光影翻转之后，整个世界迎来了它的反面。这是时间带来的棋局，是循环往复的事实本身，同时也是全新的时代景观带来的噬心体验的象征，"黄昏时太阳往下落／有人安慰我／'太阳落下，只是为了从反面／再一次照亮天空……'／我生活在他所说的反面／夜色茫茫，冷飕飕的甘蔗地里／和一只萤火虫下盲棋"（雷平阳《盲棋》）。

绿色语言 VS 黑色语言

一旦这些古老的"少数族裔"式的植物不再重现或整体遭受到城市化时代连根拔起的时候，这一切都将成为挽歌中依然闪亮的针尖，时时挑动着一个人的神经。

"绿色的语言"正逐渐向"黑色的语言"过渡。

城市空间的植物是被规划过的，它们的栽种、移植、修剪甚至砍伐都是被动的，甚至城市树木也经历了近乎天翻地覆、改天换地的杀伐过程。"有一天，我正在办公室赶写新闻稿，一位朋友，风一样冲进来，拽起我就往楼下跑。我们来到了东风东路，只见街道两旁那些比楼房还高大的银桦树，已经被一棵棵砍倒。令人惊异的是，前面有人在砍树，后面则有一个人，一身绿军装，提着红色的油漆，把一个个巨大的树桩涂得血红。他一边涂，一边似乎在诅咒着什么。几个亦步亦趋的摄影师不断地按响快门。"（雷平阳《砍树记》）

在城市化的进程中，世界上的很多作家对此都有不适感，生态已经发生了根本性的变化。"城市本身相当丑陋，这一点是不得不承认的。它的外表很平静，但要看出它在各方面都不同于很多商业城市，那就必须花费一些时间才行。怎么能使人想象出一座既无鸽子又无树木更无花园的城市？怎么能使人想象在那里，既看不到飞鸟展翅，又听不到树叶的沙沙声，总之这是一个毫无特点的地方？在这个城市里，只有观察天空才能看出季节的变化。只有那清新的空气，小贩从郊区运来的一篮篮的鲜花才带来春天的信息，这里的春天是在市场上出售的。夏天，烈日烤炙着过分干燥的房屋，使墙壁蒙上了一层灰色的尘埃，人们如果不放下百叶窗就没法过日子。但到了秋天，却是大雨滂沱，下得满城都是泥浆。直到冬天来临，才出现晴朗的天气。"（阿尔贝·加缪《鼠疫》）

城市里一棵棵树的命运也正是现代人的命运，它们都是分裂的、残缺的、自我敌对的。"马克思称之为'异化'，弗洛伊德称之为'压抑'，古老的和谐状态丧失了，人们渴望新的完整。这就是我有意置放于故事中的思想-道德核心，但是除了在哲学层面的深入探索工作之外，我注意给故事一副骨骼，像一套连贯机制良好运行，还有用诗意想象自由组合的血肉。"（卡尔维诺《树上的男爵·后记》）

这一特殊的现代性"城市风景"是以拦腰斩断一切事物、旧空间以及连带其上的时间记忆和世界观为代价的。"因为读书越多，对城市世界越熟悉，就越加剧我的印象，自己现在了解的现实，属于事物的另一种秩序，不同于与我在乡间一同发展的那种世界观，那种世界观在河流与森林之间，在动物与人之间，在阳光照耀的小村里，风起风过，云卷云舒，暗夜笼罩，充满不明事物。那只是地图上的某地，而且是神界，规定如此，充满隐秘意味。"（《荣格自传：回忆·梦·思考》）

在新的空间法则和时代伦理认知装置中我们看到的世界是残缺的、变形的、面目全非的，"在云南省会泽县／一个叫迤车的小地方／我看见大路两旁的大树／／一种叫作白杨的树，全都很粗／在冬天，大雪已经落了多次／这些成长了多年的树／在这个到处是荒山野岭／缺少更多树木的地方，在一个个／村落旁边，在大路旁边／／全被齐腰砍伐！／／像被大火烧毁的古代建筑群／这些被齐腰砍伐的树／是一根根寂寞的石柱子，横切面／全都敷着高原上最普通的红土／／也许来年这些树都会长出新的枝叶／但在今年冬天，我看见他们／就像看见了古代的刑场，看见了／／那些被砍掉了头颅依然狂奔几步／才倒下的罪人。他们令我感到恐怖"（雷平阳《在会泽迤车看风景》）。

M

马尔克斯

一定有一个打通现实世界的隐秘通道，对于诗人来说这就是语言面对的特殊空间和精神物态。

由此，我想到《聊斋志异》（第四卷）中的一个故事。

> 白莲教某者，山西人，大约徐鸿儒之徒。左道惑众，堕其术者甚众。一日将他往，堂中置一盆，又一盆覆之，嘱门人坐守，戒勿启视。去后，门人启之，见盆贮清水，水上编草为舟，帆樯具焉。异而拨以指，随手倾侧；急扶如故，仍覆之。俄而师来，怒责曰："何违吾命？"门人立白其无。师曰："适海中舟覆，何得欺我？"

水盆中的纸船与真实的江海之上的船只正好形成了内部与外部、主观与客观、微观与宏观、心象与物象的戏剧化呼应，而诗人与世界的能动关系亦如此。

现实本身就是奇异的不可思议的传奇，马尔克斯对此有过极其精彩的描述："现实并不是西红柿或鸡蛋多少钱一斤，拉丁美洲的日常生活告诉我们，现实中充满了奇特的事物。对此，我总是愿意举美国探险家 F. W. 厄普·德·格拉夫的例子。上世纪初，他在亚马孙河流域做了一次令人难以置信的旅行。这次旅行使他大饱眼福。他见过一条沸水滚滚的河流，还经过一个地方，在那里，人一说话就会降下一场倾盆大雨。在阿根廷南端的里瓦达维亚海军准将城，飓风把一个马戏团整个儿刮上天空，第二天渔民们用网打捞上来许多死狮子和死长颈鹿。"（马尔克斯《番石榴飘香》）

神奇、魔幻以及超自然因素在雷平阳的写作中被强化为观照事物的特殊方式，这当然与云南的空间文化以及本土环境存在着关联。

> 滇东北的秋天，白天阳光灿烂，晚上则霜冷砭骨，等到我在冷霜里醒过来，曲终人散，身边全都是坟堆，鬼影幢幢。
>
> ——雷平阳《上坟记》

由此看来，蒲松龄、马尔克斯以及雷平阳很可能就是同一个人。"我认为，加勒比教会我从另一种角度来观察现实，把超自然的现象看作是我们日常生活的一个组成部分。加勒比地区是一个同别处截然不同的世界，它的第一部魔幻文学作品是《克里斯托弗·哥伦布日记》，这本书描述了各种奇异的植物以及神话般的世界。是啊，加勒比的历史充满了魔幻色彩，这种魔幻色彩是黑奴从他们的非洲老家带来的，也是瑞典、荷兰以及英国的海盗们带来的。"（马尔克斯《番石榴飘香》）

现实的"魔幻色彩"既来自地方性知识又来自命运和现实的特殊

交互角度。

马原的嫉妒

雷平阳在《远征》中通过对神父拉格利的历史回溯和田野考察再次回到了云南空间。这一空间确切地说代表了个人志而非一般意义上的地方史。这种"土著"化的写作方式甚至引起作家同行马原的嫉妒："雷平阳更甚，居然是南糯山数十年的知己，山中大小茶厂的主人都是他的挚友。呜呼！悲夫！头彩早让别人抢了，我的自鸣得意连一个月都没能维持住。"（马原《南糯山记》）

雷平阳笔下尽是山川风物、遗老遗少以及现实的浮世绘和想象世界的魑魅魍魉。

雷平阳是土著——乡下人，也是外乡人，是超微观的观察者也是身不由己的精神游荡者。他甚至是一个消极的避世主义者："我的确是一个木乃伊式的避世者和乡村世界中的巫师或放蛊人，在脱离现实的地方，我的心最安宁，我浑身的力量最圣洁，我的想象力和思想力也最丰饶。人们言必说未来，把创造力和探索性，连同革命的愿望，全部交付给了未知和虚无，我则在往回跑，只想跑回太阳落下的群山里去。"（雷平阳《旧山水·序》）

慢动作

徐则臣说："这是一个蜗牛都打算装上四个轮子的时代，我们的阅读慢不下来。我们要闪电般快速推进的情节，对信息量的胃口前所未

有地强悍，谁会去读普鲁斯特的慢呢?"（《〈纯真博物馆〉和帕慕克》）

雷平阳是例外。

他一直慢的，是慢动作式的观察者和写作者。与此同时，快速、无方向感和碎片还形成了暧昧的假象和悖论，"他终于可以用碎片谱写一个完美世界的时刻"（米沃什）。这对应的不再是个体时间而是总体性的世界时间，地方时间被抹杀、篡改和整体忽略。由此导致了"本地人"的时间错乱，导致"自我表达"的焦虑和个体主体性认知的缺失，而作家则是要恢复时间、空间、记忆和认知的特殊群体。"而我孜孜寻找的是这块土地上的人的自我表达：他们自己的生存感，他们自己对自己生活意义的认知，他们对于自身情感的由衷表达，他们对于横断山区这样一个特殊地理造就的自然资环的细微感知。为什么自我的表达如此重要? 因为地域、族群，以及因此产生的文化，都只有依靠这样的表达，才得以呈现，而只有经过这样的呈现，才成为真正意义上的存在。"（阿来《为"康巴作家群"书系序》）

猫

雷平阳曾经几次给我发来他新书房的照片，其中书桌和稿纸上经常趴着一只白色的小猫。

雷平阳是白天和黑夜过渡时刻的精敏者，他甚至在继续加深的黑暗中维持了猫科动物的超常视力。

我们知道猫的来源非常神秘，它的目光、表情、举止、性格以及世界观与众不同。

2006 年 4 月的一天，李敬泽来到昆明。

偶然间他看到一个极其特殊的不属于这个时代的老事物。"现在谈谈那只猫。上河会馆和'老车站'是相邻的两幢旧式洋房，前两年才被人租赁，分别改为餐饮场所，但老房子里有一只猫，它完全不能理解世界的变化，它固执地认为这是它的地盘，这只猫不肯离开，晚上它在月光下的昆明城里游荡，天亮了，它就回家，回到它一直睡觉的地方，安然地睡。"（李敬泽《两封信，自昆明》）

这只仍在"新时代"怀有"旧记忆"的猫让我想到了雷平阳笔下那些旧物以及不合时宜的游荡者，当然它们都是雷平阳的化身或替身。

由怀旧者和不合时宜者，我们需要避免的是修辞和精神双重层面的"陈词滥调"，然而不幸的是"怀乡者"似乎变成了天然的"感伤主义者"和"地方主义者"。"怀旧文学虽然普遍，但它只是我们处理与故乡的疏离关系的众多模式之一。那个用于确定空间方向的新立足点，就其本身而言是不能消除的，即是说，你不能抽离你在地球上某个确切地点的有形存在。这就是为什么会出现一个奇特的现象，也即两个中心和环绕在它们周围的两个空间互相妨碍或——这是一个快乐的结果——合并。"（米沃什《流亡札记》）

冒犯的光谱学

华莱士·史蒂文斯强调"诗歌不断地要求一种新的关系"。

《澜沧江在云南兰坪县境内的三十三条支流》是一首"仿写的诗"，也是极端的诗和冒犯的诗，是冒险之诗、反拨之诗，是充满行动力和践约精神的意志之诗，是很多人一生都没有勇气也没有能力完成的"一次性"的诗。

这是一次写作事件。

在诗歌史上，雷平阳这种"冒犯的诗"绝对不会是第一个。在这一历史序列和写作光谱学中，华莱士·史蒂文斯早就做出了表率——

    二十个人过一座桥，

    进一个村子，

    是二十个人过二十座桥，

    进二十个村子，

    或一个人

    过单单一座桥进一个村子。

    这是老歌

    不会宣示它自己……

    二十个人过一座桥，

    进一个村子，

    是

    二十个人过一座桥，

    进一个村子。

    那不会宣示它自己

    但确凿如意义……

                    ——华莱士·史蒂文斯《一个显贵的若干比喻》

如果我们不提这首诗的作者，那么估计会有很多人指认这根本就不是"诗"。华莱士·史蒂文斯还写过一首题目极其怪异的诗，名之为《青蛙吃蝴蝶。蛇吃青蛙。猪吃蛇。人吃猪》。

写作事实证明，诗歌所谓的"意义"恰恰正是通过"无意义"或"反意义"的方式来予以达成的，比如雷平阳这首《澜沧江在云南兰坪县境内的三十三条支流》。

2000年10月26日，雷平阳在大理古城的一家客栈写下《澜沧江在云南兰坪县境内的三十三条支流》。最初发表于2001年第9期的《滇池》，发表时的诗作标题是《澜沧江在云南兰坪县境内的37条支流》，于《天涯》2005年第4期发表的时候改为《澜沧江在云南兰坪县境内的三十三条支流》。该诗又刊发于《诗刊》2005年10月号下半月刊。

接下来看看这首诗的特异面貌——

　　澜沧江由维西县向南流入兰坪县北甸乡／向南流1公里，东纳通甸河／又南流6公里，西纳德庆河／又南流4公里，东纳克卓河／又南流3公里，东纳中排河／又南流3公里，西纳木瓜邑河／又南流2公里，西纳三角河／又南流8公里，西纳拉竹河／又南流4公里，东纳大竹菁河／又南流3公里，西纳老王河／又南流1公里，西纳黄柏河／又南流9公里，西纳罗松场河／又南流2公里，西纳布维河／又南流1公里半，西纳弥罗岭河／又南流5公里半，东纳玉龙河／又南流2公里，西纳铺肚河／又南流2公里，东纳连城河／又南流2公里，东纳清河／又南流1公里，西纳宝塔河／又南流2公里，西纳金满河／又南流2公里，东纳松柏河／又南流2公里，西纳拉古甸河／又南流3公里，西纳黄龙场河／又南流半公里，东纳南香炉河，西纳花坪河／又南流1公里，东纳木瓜河／又南流7公里，西纳干别河／又南流6公里，东纳腊铺河，西纳丰甸河／又南流3公里，西纳白寨子河／又南流1公里，西纳兔娥河／又南流4公里，西纳松澄河／又南流3

公里，西纳瓦窑河，东纳核桃坪河／又南流 48 公里，澜沧江这条／一意向南的流水，流至火烧关／完成了在兰坪县境内 130 公里的流淌／向南流入了大理州云龙县

《澜沧江在云南兰坪县境内的三十三条支流》在 2005 年海南尖峰岭诗会上引起激烈争论。

徐敬亚、李少君、陈仲义、臧棣、潘维、谢有顺、蒋浩、黄礼孩等参会。尤其是臧棣与徐敬亚的观点针锋相对，甚至徐敬亚在讨论的中途愤然离会。2005 年 8 月 6 日的《羊城晚报》动用五个版的超大篇幅对此诗进行讨论，而批评者大有人在。有人认为此诗是极端类型化、格式化和简单化写作的代表，比如徐敬亚《一首絮叨叨的口语诗》、陈仲义《警惕类型化写作——从雷平阳诗作看张小云等人的创作倾向》、蒋浩《愈演愈烈的简单化倾向》。

直至今天，仍然有很多所谓"懂诗"的专家和读者认为《澜沧江在云南兰坪县境内的三十三条支流》不是诗。这只能说明他们的诗歌观念和阅读趣味是如何之陈腐又自以为是，历史证明很多具有探索性和实验性的文本都具有"非诗"和"反诗"的特异面貌，比如 1993 年于坚的《0 档案》和西川的《致敬》。

梦

雷平阳的文本更像是寓言性质的幻梦，而他处理基诺族题材的时候梦也占据了非常重要的位置。

人与自然环境和生存场所的关系在雷平阳这里已经更多地转换为紧张和焦虑，这是心理、体验和情感的症结式写作，写作是为了维持

最后的记忆，这些已经失去了精神依托的事物成了最后的梦想和隐喻。"诗歌不会游戏，而是产生于自然的一种力量，它使人对事物的梦想变得清晰，使我们明白什么是真正的比喻，这类比喻不但从实践角度讲是真实的，而且从梦的冲动角度讲也是真实的，因此，可以说它的真实性是双重的。"（达高涅《理性与激情：加斯东·巴什拉传》）

梦，按照《西藏生死书》（索甲仁波切著）的说法是一种意识境界（六种中阴：生处中阴、梦里中阴、禅定中阴、临终中阴、法性中阴、投胎中阴），即"梦里中阴"，指晚上睡着到早上醒来的这段时间所有的意识活动。它包含梦中的潜意识活动，"死亡过程中所展现的三种中阴境界，也可以从在世时其他的意识层次来认知。我们可以从睡梦的角度来看它们：1. 当我们入睡时，五官知觉和粗意识消失了，而绝对的心性（我们可以称为地光明）会短暂地裸露。2. 接着会有一个意识层面，可以比喻为法性中阴，它微细得让我们几乎觉察不到它的存在。毕竟，有多少人能够觉察到自己入睡后、做梦前的时刻呢？3. 对大多数人来说，觉察到的只是下一个阶段，此时我们的心又开始活动起来，进入类似受生中阴的睡梦世界。这时候，我们有了'梦生身'，通过各种梦经验，这些都是由清醒时的习性和行为所影响和塑造的，我们把它们当作是具体真实的，而不知道是在做梦。"（《西藏生死书·睡梦的过程》）

关于梦的发生机制、精神构造以及象征意味，历来有各种各样的解释和认知。

《周礼·春官》从心理机制出发将梦区分为六种：正梦、噩梦、思梦、寝梦、喜梦、惧梦。明代陈士元则进一步将梦分成九种：气盛之梦、气虚之梦、邪寓之梦、体滞之梦、情溢之梦、直叶之梦、比象之梦、反极之梦、厉妖之梦。

古人云"至人无梦"，可惜我们都是俗人而非圣人。

梦，有一部分肯定来自日常生活中的一些刺激和反应，比如"日有所思夜有所梦"，比如生死两隔而思念一个人只能在梦中相见的无奈与惆怅——"十年生死两茫茫，不思量，自难忘。千里孤坟，无处话凄凉。纵使相逢应不识，尘满面，鬓如霜。夜来幽梦忽还乡，小轩窗，正梳妆。相顾无言，惟有泪千行。料得年年肠断处，明月夜，短松冈。"（苏轼《江城子·乙卯正月二十日夜记梦》）

梦在肝胆相照的兄弟和抵足而眠的知己之间承担了心理桥梁般的作用，比如乾元二年（759 年）李白接连三夜来到时在秦州流寓的杜甫梦中："浮云终日行，游子久不至。三夜频梦君，情亲见君意。告归常局促，苦道来不易。江湖多风波，舟楫恐失坠。出门搔白首，若负平生志。冠盖满京华，斯人独憔悴。孰云网恢恢，将老身反累。千秋万岁名，寂寞身后事。"（杜甫《梦李白·其二》）

甚至更为神奇的是具有心灵感应的朋友在同一时刻梦见彼此，比如唐宪宗元和四年（809 年）三月二十一日，白居易和朋友在游曲江、慈恩寺之后在李杓直家大醉时突然想到了元稹——"花时同醉破春愁，醉折花枝作酒筹。忽忆故人天际去，计程今日到梁州"（《同李十一醉忆元九》）。而几乎在同一时刻，元稹于出使东川的路上刚好抵达梁州并在驿馆的夜梦中与白居易、李杓直同游曲江："梦君同绕曲江头，也向慈恩院院游。亭吏呼人排去马，忽惊身在古梁州。"（《梁州梦》）诗前有小序："是夜宿汉川驿，梦与杓直、乐天同游曲江，兼入慈恩寺诸院，倏然而寤，则递承之阶，邮使已传呼报晓矣。"

多年前读庄子的时候，我注意到了这句话——"方其梦也，不知其梦也，梦之中又占其梦焉，觉而后知其梦也；且有大觉，而后知此其大梦也。"（《庄子·齐物论》）

死为大觉，生为大梦，苏轼说过："世事一场大梦，人生几度秋凉？"

在苏轼的几十首记梦诗中有一首非常特殊，即梦中所作之诗。这就是《数日前梦一僧出二镜求诗僧以镜置日中其影甚异其一如芭蕉其一如莲花梦中与作诗》："君家有二镜，光景如湛卢。或长如芭蕉，或圆如芙蕖。飞电着子壁，明月入我庐。月下合三壁，日月跳明珠。问子是非我，我是非文殊。"

此外，苏轼还有一首梦诗也颇为奇特：《十一月九日夜梦与人论神仙道术因作一诗八句即觉颇记其语录呈子由弟后四句不甚明了今足成之耳》。

雷平阳在写作中对基诺族与梦的关系予以了更多的关注，比如巫师和梦医生与梦进行沟通的特异能力，甚至他们的身份和等级都是通过梦来予以确认的。

梦对于基诺族来说有着极其特殊而重大的意义，涉及宗教仪式、万物有灵论、原始思维方式。"20 世纪 80 年代后期，我写《心理诗学》'诗与梦'这一节的时候，查阅了一些心理学的文献，其中有我国心理学家对西双版纳基诺山原住民的调查。发现基诺人回忆梦境的能力非常强，他们遇到重要的事情要做决断前，往往祈之于梦。比方说盖房选址是否恰当，便由一家之主祈梦，若梦见打得野兽，敲着竹筒进寨，在生活中本是好事，但在梦中却主凶，便另选地基；如果梦见死人，装棺入土，反倒是主吉，便兴高采烈地盖竹楼。值得注意的是，基诺族人祈梦便能得梦，这应当说这是基于独特民族信仰而代代相承的一种原始思维模式。"（吴思敬《雷平阳诗歌的两重世界》）

梦医生

基诺族的丧葬习俗是独木棺、唱哀歌和土葬。基诺族文化最重要的传承者是巫师、祭司和铁匠。巫师又称为"莫丕""布腊包""白腊泡"，他们具有与"乃"（基诺语中神、灵、鬼、魂、魄的意思）相通的特殊能力，成为仅有的能够记述基诺族历史和传统的特殊群体。

他们擅长歌唱，是基诺族长篇民族创世史诗《巴诗与米诗》《阿嫫腰白》、叙事长歌《贝壳歌》《巴什》以及《祭司鬼女》的口头传唱人。他们有着特殊的驱鬼辟邪、祭神叫魂的占卜方法和祭灵仪式，注重巫医并行。

在宗教仪式和族裔思维中，梦和解梦一直占据了非常重要的地位。即使对于普通人来说梦也是具有特殊性的。"梦是心灵最深处、最隐秘处的小暗门，它开向那个宇宙鸿蒙之夜，尚在远无自我意识之时，它曾是心灵，它将成为心灵，远超自我意识将会实现之事。"（荣格《心理学对现代的意义》）

基诺族有巫师传统，巫师按照神女显示异兆的次数分为三个等级。

巫师，又称"巫医""梦医生"，因为他们治病和占卜等能力很多是通过梦境（神谕）来学习和完成的，而治病驱邪的一个重要手段也是通过梦。

在基诺族的观念当中神、鬼、魂与梦密切联系。他们认为梦是灵魂活动的产物，也与鬼神的意志有关。在长时期的心理意识积淀中，基诺人形成了关于各种梦兆的约定俗成的解释。这一点与萨满教的巫师有些相似。"这种治疗方法在于能制造一个可想象的感情情境；它能使头脑接受身体拒绝承受的痛苦。萨满巫师的神话与客观现实不相符并不重要：病人相信它就行。保护力量和怀有恶意的力量，超自然的怪物和有魔力的动物组成了一致系统的一部分，这个系统是当地人对宇宙观念的基础。"（玛丽·道格拉斯《洁净与危险——对污染和禁忌观念的分析》）

阿赞德人则把梦分为巫术梦和神谕梦："灵魂会在睡梦中脱离身

体，自由自在地四处漫游，或是和其他幽灵会面，或是进行冒险活动。他们还承认灵魂的经历也有神秘难解之处。同样他们很确信巫师可以在睡觉时派出自己的巫术灵魂吃掉受害者肉身的灵魂。"（E. E. 埃文思–普里查德《阿赞德人的巫术、神谕和魔法》）

孟加拉虎

"虎"在雷平阳这里是深度意象，并且其所指是变动和不断生成的。"我诗歌中的老虎特指孟加拉虎，出现过，消失了。在西双版纳，我多次听人说虎，早期说的是 1950 年代的猎虎队、打虎英雄，每一头老虎的背后都有人持枪追袭。后来人们谈论着缅甸集市上的虎骨架、虎牙、虎骨酒……现在，人们谈话中的虎，更多的是依靠想象力，前不久，在布朗山，有人说对面无人的山上突然出现一头老虎，就一会儿，又不见了。这些言辞中的老虎，在我诗歌中，不是森林之王，是缅怀与祭奠的隐喻。"（雷平阳《诗歌本未没落 何来复兴》）

对生态体系的观照和反思是雷平阳的一个基点。"去年冬天，在靠近老挝丰沙里省的丛林中，他还看见过一头孟加拉虎，可一闪身，就跑到老挝去了。"（雷平阳《习空山中的对话》）

雷平阳叙说着类似于"最后一只老虎"的故事。彝族推崇老虎为图腾，然而现代暴力美学之下的一切都成为被规训者，"一再地为人世提供凶恶的伪证 / 反过来，又接受丛林瓦解之后 / 无情的灭绝。禁杀令，不管禁杀什么 / 通常都形同一张白纸。尖锐甚至诅咒 / 的批评声，也难以让生命自治 / 难以让思想自治"（雷平阳《老虎》）。

孟加拉虎是濒危动物，它们和其他灭绝动物一样让我们产生"罗曼蒂克式的空想，就如同失去的大陆和消逝的文明一样，无限激发着我们的想象力"（涩泽龙彦《幻想博物志》）。

19 世纪末到 20 世纪上半叶，四川和云南常有虎、豹以及犰狳出没。在昭通大关县还曾经有老虎袭击人的事件发生。"石杨氏，大关海子人。夫万金家住半山，门临大路，一日傍晚，与借宿客数人同坐门前，突来一虎，衔石狂奔，众皆惊惶。氏起持铁锄追及，以锄猛击虎，后虎痛极奔去。氏见其夫卧地，叫唤不应，已气绝死矣。"（《昭通旧志汇编》）

有虎豹等动物，自然就有猎杀者，"猛虎的餐桌上，摆上来 / 虎头，虎心，虎胆，虎爪，和一双虎的大眼 / 大瓶虎骨酒微微泛红，估计浸泡多年"（雷平阳《猛虎的宗教》）。

法国传教士保禄·维亚尔记述了云南撒尼人狩猎的情形："通常使用弓箭和伏击。把弓牢牢地固定在道旁，其高度与猎物的身材相仿，弓弦拉满，用一根细绳横拉到道路的另一边，拴在小树上。箭头有毒，毒液是用一种汉语叫黑草乌，俚语叫毒玛的植物块茎的汁制成的，大概属于马钱子类毒物。豹子当然不知道危险。它的脚绊到细绳上，箭就射了出来，豹子觉得被刺了一下，掉过身抓挠，把伤处抓得皮破血流，最后倒在地上。"（《保禄·维亚尔文集——百年前的云南彝族》）

有猎杀者，就有贩卖动物皮毛和兽骨的商贩。"在中国，人人都知道虎骨豹骨的用途。所谓虎骨，是指其四肢的骨头，特别是髌骨。当地的豹骨约合四法郎一斤，最重的豹骨不超过七斤，收购商把骨头运到师宗，可以卖一倍或两倍的价钱，然后沿江而下运到府南被加工成胶状，是治疗贫血和各种麻痹症的特效药。"（《保禄·维亚尔文集——百年前的云南彝族》）

在李时珍的《本草纲目》中，虎骨（头骨、胫骨）自然具有药效价值，但是"药箭射杀者，不可入药，其毒浸溃骨血间，能伤人也"。

由雷平阳笔下的孟加拉虎我们还会想到博尔赫斯，而博尔赫斯正是雷平阳不断致敬的伟大诗人，"'时间永远分岔，通向无数的将来。'/冷酷的断言夹带着喜悦，如此空茫茫的喜悦。/——如果这仅仅局限于站在/道路的分岔之处，'无数'源自修辞，/特指一条道路向前延伸引出了几条道路。/那么几条道路分散的终点或圆我们就/一定可以找到。即使所有的终点、连环套，/意味着谜团、未知、杂耍，意味着新的分岔"（雷平阳《博尔赫斯的信徒在香巴拉》）。

在博尔赫斯那里，老虎所对应的是生命终极体验和纯粹精神的至高秩序，"随着岁月的流转/其他的绚丽色彩渐渐将我遗忘/现如今只剩下了/模糊的光亮、错杂的暗影/以及那初始的金黄"（博尔赤赤斯《老虎的金黄》）。

梦游症

历史上很多诗人都把自己置身于黑夜中，这甚至成了文人的习惯和特殊举动。这是夜行动物式的特异存在，是精神能见度的非常规的养成方式。"在拥挤的公寓里，/经常移动家具。坐的地方/成了床，床成了祭坛，/祭坛——祭奠的是曾经有过的东西。//白被单拍打着窗户：/趁着战斗尚未开始，向夜晚投降。//并且像一个还活着的人，为自己买一块墓地，/现在，我已经爱上了/让我爱的一切/在夜的时辰，在双重洞穴的内心。"（阿米亥《面向暮晚的房子》）

他们借助诗歌在黑夜中游荡，在黑夜中返回原点，在黑夜的渊薮中将文字拧成一股绳拉拽自己以寻生路，更决绝的干脆把绳索套在了自己的脖子上。

黑夜中的雷平阳不是枯坐就是漫游，或者准确地说是梦游，他的目光越过现实的藩篱回到他想要回溯、驻足和凝神的地方。"你在生命中愈行愈远，就愈发意识到没有什么事是习得的，不过是在记忆中回溯的结果。就好像我们重新造出一个自己曾在其中生活过的世界。我们一无所得，只是重新赢回了自己。"（E. M. 齐奥朗《眼泪与圣徒》）

在回溯的过程中雷平阳所遇见的黑夜中的人、事物以及空间都带有了夜歌和挽歌的况味。

多年前阅读创世史诗《黑暗传》，一整夜我都处于失语之中。这印证了极端的悖论——而悖论在历史序列中又是循环的。"固执于同样的历史次序等于慢性自杀……我们将不得不弃绝自己的清明神志（它向我们揭示了太多不可能性），在一个失明的国度里，去征服光……"（E. M. 齐奥朗《罗马尼亚的变形》）

一位诗人一直在旷野和黑夜中奔跑和漫游，而这一形象至今未变："我向荒野上奔跑的人们致敬，我向黑夜中独自奔跑的人们致敬，我向在梦中奔跑的人们致敬。"（雷平阳《奔跑》）

米卜·叫魂

基诺族巫师通过占卜（主要是米卜）和"叫魂"（分为"叫大魂""叫小魂"）的方式来驱邪并治疗一些"怪病"和"疑难杂症"，"魂走而叫归，在基诺人的观念中，乃是生者阳寿未尽，被去不了司杰卓密的孤魂野鬼所惑，叫其归，让其尽人事"（雷平阳《基诺山记》）。

傣族的叫魂仪式则有 81 种之多。

基诺族的巫师用生病者上衣包裹的大米进行问卜，所以往往称为"米卜"。在宗教信仰和祭祀仪式中灵魂被认为是人或者物特有的精神属性，而灵魂与人或者物有时则处于分离的状态，这时候人的身体或精神就会出现一些疾病或怪症。

基诺族的"喊魂"方式与万物有灵的生死观以及宇宙观相关，他们认为丕嬷女神赐予人以魂魄，男有九魂，女有七魂——

> 把你做成九魂的郎，
> 把我做成七魂的妹，
> 又在我俩额头手心，
> 画上成双成对的纹。
>
> ——基诺族民歌

在基诺族看来，如果连续三天都梦到在山林里面追赶一只鸡，那么这个人的一个魂就丢失了。

身处断裂带的雷平阳，就是一个时刻穿着黑衣的招魂师和"梦医生"，"当我有一天把文字付之一炬时，它就会变成一束火焰。接下来，是黑蝴蝶一样的灰烬"。

在雷平阳的虚无与浩叹中我想到1925年写作《墓碣文》时的同样穿一身黑衣的鲁迅，"于浩歌狂热之际中寒；于天上看见深渊。于一切眼上看见无所有；于无所希望中得救"。

民　间

"诗人"并非总是意味着是"创设"和"发现"的代名词，他们的个人能力实际上往往是有限的，也是受到种种因素制约的，甚至在严峻的时代转捩点上他们还更为不幸地沦为了失语者，但是民间资源却仍具有膂力，"在经历了所有那些'日日新'的运动之后，你反而坚持一个事实，也即某些苏格兰边境民谣依然比过去四十年间人们所写的东西都要更带劲。各种影响似乎使一个诗人变得愈来愈不大可能写出只有他能写的东西"（谢默斯·希尼《心灵的诸英格兰》）。

民间文化是与人和人性最为直接地关联在一起的，也是非常具有活力和大众基础的，但是它被视为"粗鄙文化"而遭到挤压和打击。

一个诗人写出"只有他能写的东西"，这个诗人就是"诗人中的诗人"，然而事实却是诗人都像是同一个人，他们写的东西往往与他人无异。在同时代诗人中雷平阳显然写出了区别于他人的文本。

雷平阳在乡村时期的阅读资源是比较贫乏的，更多是借助于民间文化的滋养——"只要扩大文化范畴，包括民间文学的智慧，中国新文化运动就会赋予中国部族以智慧和创造力。最后部族的民歌、艺术会感染一切隐秘的心灵"（金介甫《沈从文传》），而偶尔一次难得的阅读经验则伴随着生存困境而转化为并不轻松的精神成长史。"1981年夏天某夜，我手推一个空铁盆，横渡流过村庄的利济河，前往对岸的陈医生家借读《三国演义》。返回时，一个浪头跳进了铁盆，将放在里面的《三国演义》全部打湿。我的母亲因为担心无钱买书还人，急得哭出声来。她先是抱来一堆柴火，点燃了，把书一页页地烤干，然后又把书放到磨盘下压了一夜。泡胀的书没有压平，陈医生也没有让我买新书还他，但之后的许多年，只要陈医生家有事，我的母亲都会前去帮忙。2008年秋，我父亲辞世，墓地离陈医生妻子的坟堆不远，每次去上坟，我的母亲也都会到陈医生妻子的坟头烧堆纸钱。"

从雷平阳的民间资源和传统来说，民间唱本以及鬼怪故事并非全然是无稽之谈，而是有着根深蒂固的乡野文化积淀和心理结构，"一些所谓的民谣派生自文学作品，比如我童年时代生活过的基日达尼地区流传过一首民谣，唱的是一个墓地鬼魂夜里将他喜爱的人劫持到马背上"（米沃什《米沃什词典》）。

民间文化观念的诞生与自然环境、时令文化直接相关，"地域的闭塞为大众文化的保存提供了土壤。人们对大自然显得无能为力，遂把自己的命运托付于鬼神。"（王笛《跨出封闭的世界：长江上游区域社会研究（1644—1911）》）

民间文化和乡村经验在雷平阳的写作中占有重要位置，其中民间说唱文化对于其文学观念的影响很大。"我对乡村生活始终充满迷恋。为此，我一直认为，我的诗歌创作无非是年少时那些唱本的延续，特别是唱本的叙事性、韵律和直白而又生动的文风，无需纠正地为我设定了我自认为不错的创作框架。"（雷平阳《小体会——我的诗歌传承》）

残酷的事实是民间文化及其传统已经在全世界范围内遭受到了巨大的挑战，甚至遭遇了灭顶之灾。"想要树立对民间艺术的信心，国家就必须将其神话神圣化；不仅如此，还要对逝去的神明重新建立信仰，不是奉为皈依的神，而是当作创造的神。可是，新大陆的人都以为上帝已死，他们无法相信神还活着，而且数量如此之多。"（德里克·沃尔科特《黄昏的诉说》）

民族学家

民族学家或田野考察工作者的个人化视野如果与土著的生存空间发生互动关系，那么他们仅仅作为一个旁观者是远远不够的。"（民族学家）就像摄影师，注定只能通过相机镜头看东西：他只看得见土著，而且是看得见最细微的部分。我不想放弃这一点，但想要扩大视野，把风景、非原始族群和民族学家自己也收纳进来，显示他工作时的样子、自疑时的样子，还有怀疑本学科时的样子。"（列维–斯特劳斯

《灰烬的持有者》)

名士酒

文人、隐士、逐客借助"名士酒"会获得特殊的社会效果或立世之法，比如以酒明志、以酒惑众、以酒佯狂、以酒避祸、以酒避世等等，"晋人多言饮酒而有至沉醉者。此未必意真在于酒。盖时方艰难，人各惧祸，惟托于醉，可以粗远世故"（叶梦得《石林诗话》）。要不然，当年的鲁迅也不会写出《魏晋风度及文章与药及酒之关系》这样的文章来。"走了之后，全身发烧，发烧之后又发冷。普通发冷宜多穿衣，吃热的东西。但吃药后的发冷刚刚要相反：衣少，冷食，以冷水浇身。倘穿衣多而食热物，那就非死不可。因此五食散一名寒食散。只有一样不必冷吃的，就是酒。吃了散之后，衣服要脱掉，用冷水浇身；吃冷东西；饮热酒。"这是典型的超脱放纵，怪诞任性，"囚首丧面而谈诗书"。

竹林啸聚、欢饮达旦、觥筹交错、纵酒狂歌、嗜酒佯狂、任性放浪、率直任诞、扪虱而谈等不一而足，它们都能折射出不同时代的政治环境以及"文人心态"，尤其在乱世更是如此，"魏晋六朝几百年乱世，是肉体最痛苦，命运最无常的时代。秩序大解体，礼法大崩溃，也给行为的狂放、思想的自由留出了巨大的空间。醉酒、清谈、裸游、扪虱，不过是肉体在乱世之火煎熬下的绝望挣扎；他们寻求的，是精神的出路与解脱"（张新奇《南京传》）。

名士之酒与扁舟夜游、雪夜访戴、穷途而哭一样，凸显了万端世相与心态。

中国历朝历代都不乏"酒怪""酒痴""酒癖""酒狂""酒鬼"

"酒癫子"，至于能够称为"酒仙""酒圣"的就是极少数了。

名士饮酒不只是单纯的日常所需，而往往是借酒以显"魏晋风度""名人风范"，比如宋代"三豪"之一的石延年（994—1041，字曼卿，一字安仁）的"豪饮""剧饮""痛饮""囚饮""巢饮""鳖饮""徒饮""鬼饮"就属于登峰造极般的"典范"："石曼卿喜豪饮，与布衣刘潜为友。尝通判海州，刘潜来访之，曼卿迎之于石闼堰，与潜剧饮。中夜酒欲竭，顾船中有醋斗余，乃倾入酒中并饮之。至明日，酒醋俱尽。每与客痛饮，露发跣足，着械而坐，谓之'囚饮'。饮于木杪，谓之'巢饮'。以稿束之，引首出饮，复就束，谓之'鳖饮'。其狂纵大率如此。廨后为一庵，常卧其间，名之曰'扪虱庵'。未尝一日不醉。"（沈括《梦溪笔谈》）石延年当时酒名甚盛，被时人称为"酒仙"。宋仁宗爱惜石延年的人品和才华曾对大臣说想劝其戒酒。石延年知道后，痛下决心不再饮酒，结果反而生病很快就去世了。石延年死后，苏舜钦写诗悼怀："去年春雨开百花，与君相会欢无涯。高歌长吟插花饮，醉倒不去眠君家。"（《哭曼卿》）

至于写有《酒德颂》且自称"惟酒是务，焉知其余"的"醉侯"刘伶就更是酒界之中的大神和极品了："先生于是方捧罂承槽、衔杯漱醪；奋髯踑踞，枕麴藉糟；无思无虑，其乐陶陶。兀然而醉，豁尔而醒；静听不闻雷霆之声，熟视不睹泰山之形，不觉寒暑之切肌，利欲之感情。"（《酒德颂》）

命运感

命运感在文学中的意义非同一般。"小说富于意义，并不是因为它时常稍带教诲，向我们描绘了某人的命运，而是因为此人的命运借助

烈焰而燃尽，给予我们从自身命运中无法获得的温暖。"（汉娜·阿伦特编《启迪：本雅明文选》）

就文学经验而言，这就不只是一个人对经验的介入那么简单了，而是关乎作家整体的精神能力、命运感以及写作能力。"虽然诗人描写真实事物，但并非每个诗人都能在一件艺术作品中赋予这些真实事物的存在以必不可少的真实感。诗人也有可能使这些真实事物变得不真实。我肯定，写作时，每个诗人都是在诗学语言的规定与他对现实事物的效忠之间做出选择。"（米沃什《诗的见证》）

模糊的边界

从雷平阳因为"散文化的诗""小说化的诗""不像诗的诗"，而招致了一些内行和外行们的不满与批评。

我非常认同西川说的"太像诗人的诗人不是好诗人"以及"太像诗歌的诗歌也不是好诗歌"。雷平阳这种脱离了惯性表达而具有"反诗歌"倾向的写作方式实则代表了写作者对文体和现实的双重理解。既然写作经验和现实情势都已经发生了变动，写作者就不能站在固化和传统化的文体意识中如陀螺般原地打转。

现实和文学都如不断延伸的地平线一样，它们都是生长状态的，所以今天的文学面貌已经大不同于往日，一切都是动态的，所以在这个意义上文学是"动词"。我们可以在鲁迅、昌耀、西川、欧阳江河、于坚、雷平阳等人混合杂糅的写作中找到这一"融汇的诗学"。"在我这儿，'写什么'和'怎么写'，我的左手和右手从来不打架，形式和内容本来就是同一个躯壳，谁把他们拆散了，谁就得承担风险，为了'完美'，我主张双向的自然而然。"（雷平阳《坎坷生活断肠诗》）

米沃什早就说过文体之间的边界已经变得模糊且正在消失："今天的诗人，不用受十四行诗形式束缚，也不必遵守对一位文艺复兴时期诗人或十八世纪诗人来说是有效的众多诗学规则。现在他似乎比任何时候都更能自由地追求现实。尤其能说明这点的是，他可以随时借用街头语言，而且文学体裁之间的差别正在消失：长篇小说、短篇小说、诗歌和随笔之间整齐的界限，已不再保持得那么分明。"（米沃什《与古典主义争吵》）这是文学发展的必然结果，也是现实复杂性以及时代经验对文学提出的要求。

诗歌与散文、小说、非虚构之间的文体边界以及真实和幻象的关系在雷平阳这里发生了深度渗透和互动。"我则常常同时看见了诗歌、散文和小说，它们是滚沸的大海皮肤之下共同起舞的岛屿，缺了谁，都不能称之为文学的狂欢。唯其如此，我的诗歌写作，偏爱叙事，也乐于画面的呈现和词意的准确与单一，同时，我还崇尚误读空间的有效设置……总之我喜欢干一些与'诗'无关的活计。"（雷平阳《空身无获者的旷野（访谈）》）这一互动带来的文本边界的弱化和相互渗透往往被称之为"跨文体写作"。

雷平阳是同时代人中较早摆脱"天真之歌"，经由"经验之歌"而最终达到"现实感写作""寓言写作"的少数诗人，他深谙"理想主义者和现实主义者归宿都来自虚构"（雷平阳《灯塔博物馆》）。尤其是 20 世纪 90 年代以来，只有真正地对文体和现实具有双重敏感甚至超级写作能力的人才能呈现出"综合文本"，才能在文体融合、内容拓展以及繁复经验的多元化呈现上有所建树，比如诗歌中"反讽""反抒情""叙事性"和"戏剧化"元素的加入就是为了经验和想象扩容的需要。"90 年代以来，我的写作想法是：扩大诗歌文体的包容力，由对抒情性的痴迷，转入对经验的专注；由居高临下的所谓'精英独白'，转入平视角的沟通与磋商、对话；由'独与天地精神往还'，转为对世俗生命的涵容和吟述；由对语言幻象境界的生成性展示，转为对现实'场景'的准确的寓言化处理。与我的许多同行一样，在我的诗歌中也出现了显豁的叙事性、多声部对话感、戏剧独白、反讽……乃至滑稽模仿成分。"（陈超《从天真之歌到经验之歌》）

无论是文体的跨界还是各种抒写以及叙事手段的融合，都印证了现实经验和写作经验的动态化过程，有什么样的文学观念就必然产生什么类型的写作。无论是小说还是诗歌，当代中国作家的文体观念和现实观念都要重新"补课"，都应该进一步在文本"可能性"的方面有所突破。"《山南水北》，不知是小说还是散文。两年前，读《暗示》的时候，我就认为，作为新时期以来在小说艺术上走得最远的小说家之一，韩少功可能已经深思熟虑、义无反顾地走出了小说——至少是走出了你我想象所及的那种小说。我愿意相信，当中国的小说家们正沉醉于'史诗'的宏伟规模、幻想着自己是托尔斯泰，至少是小若干号的托尔斯泰时，韩少功看到了小说的'不可能'，小说艺术的几乎所有基本假定都在这个时代备受考验。"（李敬泽《词典撰写者》）

末　路

瓦尔特·本雅明说："有时候，远方唤起的渴望并非是引向陌生之地，而是一种回家的召唤。"然而，对于雷平阳这样一个退守者而言，他只能在旷野中呼喊和自救！

这种呼喊或自救是这样的一个情形："春天里一个沉闷的主日下午，死一般的静默突然被一只公鸡的啼叫撕裂，仿佛是最后审判的通告。"（E. M. 齐奥朗《眼泪与圣徒》）

这是丧家犬般的乡愁，这是燃烧自己骨骸的"虐心"式写作，这是时代的噬心体验蚀心钻骨的应激反应，"生死有艰险，乡愁无穷尽"。

莫　奈

由雷平阳的草垛和茅秸垛，我想到1890—1891年间的印象派大师克劳德·莫奈（1840—1926）。

那两年，莫奈的目光一直注视着吉维尼村的草垛。

莫奈在不同的季节里，在黎明、清晨、中午、下午和黄昏的不同时段中捕捉着变幻不定的光线，描绘着他眼中的那些干草垛。莫奈甚至会在同一个位置面对同一个草垛进行反复的创作，只是背景、光影、颜色具有差异："我一天到头和这些画布打交道。画了一张又一张，有些颜色在前几天画的时候消失了，调不出来了，可是画着画着又突然出来了。当我以为我捕捉到一种颜色时，我尽全力把它落实到画布上，可是它来去无踪，刚出现，就消失了，呈现出另一种我等待了好几天，想画在另外一张画上的奇妙颜色。所以我一天到头停不下来！"

莫奈的这些干草垛的组画有几十幅之多，不管其背景是模糊的还是清晰的、是明亮的还是暗淡的，金黄色的干草垛一直处于画面的近景和中心，显然它们已经成了画家的精神寓所和灵魂的安栖之地。

末日阿巴

雷平阳的写作带有"末日审判"的意味。

多年前，雷平阳非常坚定地说："信仰／并没有因为废墟而改变"（《听汤世杰先生讲》）。

2019 年，汶川地震十年之后，阿来在《云中记》中重返废墟和末日。

他为此设置了一个决绝的与废墟共存亡的乡村祭师阿巴的形象。"他打算转身回到村子里去了。他想再穿上法衣，摇铃击鼓，去安慰一个人，准确地说是一个鬼魂。云中村的死人们必须和这个村子一起消失，那是他们的命运。"

阿巴试图重返过去的时间和现场——更确切地说是死去的时间和死去的场景，尽管那里早已是一片死寂的废墟和坟墓，"寂静，连一声鸟叫都没有的寂静。连草都吓呆了一动不动的寂静"。要想面对这片废墟和坟墓，要想与这些亡灵为伴，要想重新获得安宁，阿巴就要带上与过去时空相关的信息和物证。比如旧物件和照片，它们是连通那个逝去的世界和乡野文明的最后可凭依的稻草。"除了照片，还有一些旧东西。属于死人的东西。拿走时是要个念想。又担心死人要用的时候，这些东西不在手边。一把牛角梳子。一个麂皮针线包，里面是锥子、顶针、大小不一的针、麻线、丝线、牛筋线。一件旧衣裳。一枚边缘泛紫的旧铜钱。一把钥匙。一朵褪色的红丝绒簪花。一盒头痛粉。一把小刀。半盒火柴……"（阿来《云中记》）

这使我想到加斯东·巴什拉所说的："另一种想象力深挖存在的本质；它欲在存在中既找到原初的东西，也找到永恒的东西。它主宰着季节和历史。"（《水与梦：论物质的想象》）

母亲的遗失

雷平阳在进入昭通师专之初写的第一首诗是《歌唱母亲的歌》。它在相关材料中亦作《献给母亲的歌》。

这首诗是雷平阳参加"野草"文学社的征文，当时获得了二等奖，也因此加入了文学社。

1985 年 7 月，"野草"文学社的骨干成员拍了一张合影，黑白色的。共 11 个人，前排 5 个，后排 6 个，女生 8 人，男生 3 人。雷平阳站在后排的左四位置，穿着军绿色上衣，头发较长，很瘦，明显营养不良。

遗憾的是这一首关于母亲的诗已经遗失。以至于后来雷平阳不得不在《母亲》《背着母亲上高山》《母亲的月亮》《关于母亲的札记》《给母亲写封信》《母亲的刺绣》等诗文中予以补偿。李敬泽将之视为写作态度的隐喻："这是一个值得深入考证探究的自传性细节。我可以有把握地确认，这次遗失意味深长。至少在修辞上，'母亲'更近于我们通常所理解的'故乡'那个维系着游子之认同的意义中心。而这首诗的遗失，预示着诗人根本态度的某种变化。后来，他写了很多'献给父亲的歌'，包括那首著名的《祭父帖》，他反复写到父亲：自己的父亲、别人的父亲，甚至当不成父亲的男人。"（李敬泽《三段旁批：关于雷平阳》）

母　体

对于雷平阳来说，云南、昭通、欧家营以及土城乡既是写作和存在的母体，同时也是可以在复杂的时代语境下被置换的象征性符号和精神元素。"土城乡在我的写作中，类似于一个永恒的母体。再说，在思想、欲望、美学都'大一统'的今天，任何地名都是可以置换的，'昭通市'可以换成中国的任何一个'市'，关键是所谓的地域性是否因巨大的公共空间的出现而不复存在。从这个角度讲，土城乡又是我

写作过程中的一个象征性符号。"（雷平阳《答安琪十二问》）

你很难说雷平阳笔下的故乡是完全真实的，而事实证明雷平阳笔下的地名只是一种想象性的空间和精神寄托而已："前一本诗集的名字是《云南记》，将这本取名《出云南记》，没有置身云南之外，获取另外空间的意思，我只是觉得选取的这些诗作，其场域和趣旨不应该囿于云南，它们可以应对地域性之外的更多的虚无、丧乱和沉默。"（雷平阳《云南记（增订版）·自序》）

从写作风格、精神姿态以及现实境遇来说，雷平阳只是借助了"云南"这一开放的象征空间对历史、现实、传统以及现代性的世界问题所发出的持续叩问和盘诘。在雷平阳看来，家族、乡土、城市、郊区、现实、云南、中国是彼此交叠在一起的，而他的工作就是为它们重新安置一个寓言化的身体或精神性的场景，进行一次次的现象学的复原和还魂。据此，它们已经由实体转换成了精神寄托物和寓言化的载体了。但是我们又必须正视，这一精神出处的发生和境遇让人感受到的是鲜血淋漓的"惨败性的现实体验"，诗人避免不了感伤、痛苦、分裂和愤怒，但是这些情感在进入文本中的时候显然要经过转化、提升和变形。

雷平阳的"母体"类似于奥登的"葬礼蓝调"。

木　匠

雷平阳在盐津经历了失败的爱情和不太顺心的工作。

他每天基本上都是在看报纸、读报告、接电话、写文件，得到的唯一好处就是他对盐津以及云南有了更为切实的了解。在盐津的五年时间，雷平阳走遍了八十多个行政村。在此过程中他对现实的理解也发生了根本性的转变。与此同时，田野考察正在渐渐改变雷平阳对现实和诗歌的认识。"在盐津县穷得大山都咆哮的某些村落里，我曾试着将一张张巨大的白纸用来包裹行将破碎的石头，像一个站在楼梯上的布道者，我动员我身边的布客和盐巴客，用纸折了数不清的枪支，借以捍卫幸福。我也曾将纸片剪成人，渴望以某种咒语调动它们的灵性，因为我还是明白万物皆灵这一道理，只是苦于找不到一条环形走廊，以便抵达它们的内心。"（雷平阳《风中的诺言》）

那时雷平阳和县城的新华书店已经混得非常熟了，一有了新书店里就会第一时间打电话给他。很快，雷平阳狭促的宿舍就被书给占满了，其中一些书还是记账赊来的。

为了给这些书找一个安身之所，雷平阳当了一回木匠。

他找来几块木板，叮叮当当一番之后，一个摇摇晃晃的书架就诞生了。

在昭通雷氏家谱中，雷家出得最多的就是木匠。

N

拟场景

以"云南"为代表的空间是雷平阳精神愿景的依托装置，也是戏剧性和寓言化的"拟场景"。

这一精神气质极其强烈的拟场景介于现实、寓言与幻梦之间，很多场景都是极其怪异的，比如《白衣寨》中老年瓜农在河滩瓜田里挥舞着铁锤不断砸烂西瓜的场景，两个人骑在即将被施工队刷成红颜色的生锈的引水管道上。

雷平阳的很多代表性文本都具有"拟场景"的特征，包括那首极其著名又极具争议的《杀狗的过程》。这种"拟场景""寓言化"的文本效果显然要比那些过于胶着于"现实"的写作更具有虚构的开阔性和想象的纵深感。

诗人必须打破现实的镜像而呈现出精神深层的真实，正如博尔赫斯所说："必须显示一个人，他自己钻入镜中，留在那片幻境中（在那里，有形状和颜色，但被静止的空寂所耗损），并感觉到羞耻，因为自身就是一个完全被黑夜抹去，又被微光勾勒出的存在，除此之外，什么都不是。"

雷平阳的拟场景有时呈现为实有之物，但是这一实有之物在当下迅速推进的城市化和现代性景观中成了亡词和虚妄之词。长诗《白衣寨》的精神空间中"故国""村庄""土地""河流""山顶""稻草堆"的荒芜和废墟般的存在再次印证了雷平阳对现代性城市化景观的警惕和批判意识。而这种批判意识必然使得诗人面对两种性质不同的景观、空间以及时间背后的历史法则，比如乡下王屠夫凄怆地死于乡下猪厩，而五个儿子则"在五座城市的五间出租房里酣睡"。由此意识出发，诗人也必须对与此相关联的语言系统和意象谱系的"病症"进行重新的"清洗"，"月亮，我在一个肮脏的乡下诊所里／与医生讨价还价／补回来的硬币像一堆月亮／她浑身的水泡像月亮／为了止痛，她大声叫着／'杂种，月亮，杂种，月亮……'／医生说：噢，月亮／输液的梅毒患者也说：噢，月亮／他们叫着他们自己的月亮／唯独一个濒死的老人，无人守护／他一声不吭，偏着头看月亮／那真实的月亮挂在诊所的屋檐上／只有这个月亮是上帝的月亮"。

在雷平阳这里，寓言化的拟场景更多则是虚拟和想象的，它们最终要达到的效果就是"现实感""拟真"以及"魔幻现实主义的寂静"，"我的写作不一定非要去写发生过的，或者说看见的那些事件，更重要的是写我们内在之眼看见的，心里感受到的那些东西，那些不真实的，那些属于梦幻的东西。怎么把它们变现，让虚构、虚无、思想之物落到实处"（雷平阳《我是故乡的孩子，也是文学的病人》）。

拟像现实

摄影是一种观看的语法，是观看的伦理学。现实即影像，影像就是现实。现实和影像之间往往会形成修辞关系。"让一个消逝的时代留一些重返的线索，功莫大焉，但要让自己拒绝浮华，始终'暮气沉沉'和'麻木不仁'也不容易。在拍摄地震、干旱这样的意外事件时，我们知道，相机也会哭，但如你所摄，相机成了身体中的骨头，不哭了，却有了痛感。"（《相机不会流泪——雷平阳与孟涛涛笔谈录》）

罗兰·巴特曾经提问："我不顾一切地想知道照片'本身'是什么，它以什么样的特点使自己有别于一般影像。"（《明室：摄影纵横谈》）我想，这个问题在诗人摄影家或作家摄影家这里很容易得到解答。最基本的，这是在场的真相！当然，涉及的这一"真相"所涵括的内容、目的以及作用是非常复杂的，对于影像来说，这一在场的指认和记忆手段既是真实的又可能是虚构的。

一定程度上摄影和图像正在代替现实本身，拟像已然成了新的视听法则和理解现实的主导方式，"这里的一切都是真实的、适用的，这里的一切却又让人陷入幻想。可能美国的真相只能被一个欧洲人发现，因为只有他在这里看到了完美的拟像，对一切价值的内在性和物质转换的拟像"（让·波德里亚《美国》）。

人们越来越依赖于影像来表达和寻求答案："影片开头出现的是一间与世隔绝的房间。这间房间如果让我去描述，我将使用上诸如荒凉、萧条和死寂之类的词语。它里面，能让人清楚地看见的只有一张床和一缕游魂一样飘着的烟雾。因为有了这缕烟雾，我们才得以注意到深陷在床上的那个吸烟的人。这个镜头是缓慢的、凝固的、幽暗的、死的。我们没法知道这个吸烟人在荒凉中、萧条中、死寂中吸了多长时间的烟卷，正如我们没法真切地把握镜头中随后出现的字幕：'没有什么比 Samurai 更孤独，或许除了森林中的一只老虎——'"（雷平阳《三十八公里》）。

视觉经验和现实拟像只会越来越流行，也会越来越具有话语权，"拍摄就是占有被拍摄的东西，它意味着把你自己置于与世界的某种关系中，这是一种让人觉得像知识，因而也像权力的关系"（苏珊·桑塔格《在柏拉图的洞穴里》）。

我们还必然注意到另一个同样重要的问题，即写作者以及拍摄者对景观和空间的态度——认同、赞颂、否定、批判、沉默、不偏不倚："对相机背后的人们所持有的丰盈的想象力，我持肯定的观点，但是，作为借助机器而产生的艺术品，我希望它是及物的、在场的，它甚至应该是最有力的证词和档案。事实上，我们常常受骗上当，有的'纪实'，让相机也学会了流泪。"（《相机不会流泪——雷平阳与孟涛涛笔谈录》）

相机，在一些主导性力量的介入之下，这一特殊的看起来清晰确切的"窗口"却具有无比暧昧的欺骗性："照片并非像它们现在这样——或者更准确地说是像从前那样——是一些让人们观察世界的透明窗口。照片提供证据——经常是以假乱真的证据，始终是不完整的证据——来支持占统治地位的意识形态和现有的社会秩序。它们虚构出这些神话和秩序并且加以确认。"（苏珊·桑塔格《意大利摄影一百年》）

聂鲁达

当年昭通的城市生活发展很慢，昭通师专的四周是大片的荒地："所谓郊区，十多年以后，依旧是稻田和苞谷地，人迹稀少，没有更多的喧嚣。站在男生宿舍顶楼的平台上，或者坐在礼堂前的石台阶上，就可以看见田地间那条通往一片白杨树林的白色土路。"（雷平阳《医院》）

雷平阳读大学正赶上文化环境渐渐开放以及火热的"朦胧诗"席卷全国的时候，包括聂鲁达在内的外国诗人也进入云南青年诗人的视野，"1983 年秋天，我到昭通师专中文系读书，从图书馆借了一本聂鲁达的诗集，坐在足球场上读，一读便吓了一跳，顿觉体内热血翻涌，只想高声地朗诵，见四周有人，便压着嗓子读，越读越难受，身体仿佛要爆炸了，便合上诗集，在田径跑道上跑了三圈，直到大汗淋漓"（雷平阳《寻找宁静的力量》）。

之后，蜂拥而来的是泰戈尔、普希金、莎士比亚、但丁、北岛、舒婷……雷平阳被吸引和推搡着跟跟跄跄地向着诗坛走去。

女　友

大学时雷平阳正式交了一个女朋友——同班同学，此前经常给他买椒盐饼的高中女生已没了联系。"我跟同班的一个女生因为相互倾慕而学会了往田间独去，全是一副漫不经意的样子，然后见面，然后在秋收后的草垛中坐下来，甚至冬天，大雪飘飘的晚上，我们也总是乐此不疲。牵着手望着星空，嘴巴或喋喋不休，或紧紧闭着。然而，每一次都有医院的味道环绕着我们。这使我在之后的许多年的时光之中，总是在一次次风花雪月般的故事中，感觉到那医院的味道，它们浸透到了我的血肉之中，时光也无力把其分析出来。"（雷平阳《医院》）

1985 年师专毕业后，雷平阳选择和这个情投意合的女生一起来到了盐津。但是始终围绕着青春和恋情的医院的来苏水的味道似乎预示了不祥即将到来……

O

欧家营

欧家营位于东经 102°52′～105°19′ 和北纬 26°34′～28°40′ 之间，是一个完全可以被忽略的小点，其实整个昭通在中国地图上也很容易被忽略。

这是典型的弹丸之地和困守之地，"背着母亲上高山，让她看看／她困顿了一生的地盘。真的，那只是／一块弹丸之地，在几株白杨树之间／河是小河，路是小路，屋是小屋／命是小命。我是她的小儿子，小如虚空／像一张蚂蚁的脸，承受不了最小的闪电／我们站在高山之巅，顺着天空往下看／母亲没找到她刚栽下的那些青菜／我的焦虑则布满了白杨之外的空间／没有边际的小，扩散着，像古老的时光／一次次排练的恩怨，恒久而简单"（雷平阳《背着母亲上高山》）。

2021 年 7 月 13 日晚上，在雷建阳开的饭馆里我第一次见到雷平阳八十三岁的老母亲。"我三岁的时候，母亲二十八岁。在我的印象里，六十一岁的母亲与二十八岁的母亲，形象上根本没有什么差异。老了，头发白了，说话的语速变慢了。这些老年人的基本特征，不是迅速出现的，而是与生俱来的。我感觉我的母亲一直都很老，从来都没有年轻过。"（雷平阳《关于母亲的札记》）老太太看起来慈祥而又聪慧。她坐在一楼过道的椅子上，我过去拉着她老人家的手，雷平阳站在旁边笑着。突然一个人就跑过来，赶着要和老太太合影。

土城村曾名欧家营，还改名叫过爱国村。

欧家营、土城村作为雷平阳文本中极其重要的空间，既是个人、具体的，又是公共、象征的。它们构成了独特的"乡村共同体"。"欧家营"是一个符号或是一个胎记，是一个个村庄的对应和显形。

中国的乡村结构非常复杂，最为明显地体现在自然环境、地理位置、生产条件、民居建筑等物化层面。

村庄之间的距离和稠密程度也印证了不同地区的经济状况。至于处于不同文化圈和地域区隔的村庄更为内在的地方习俗、文化秩序、宗教活动、生活习惯、群体癖性、家族性格就差异更明显了，"在老家，在欧家营，妻子多次说起 / ——我常常会在睡眠的中途 / 突然弹身坐起，一阵东张西望 / 眼中满是警惕……老家的夜多黑啊 / 在睡眠中我能看见什么，有什么东西 / 正逼向小小的床铺 / 妻子每次提及这事，我都一笑了之 / 我知道有一种恐惧已成了我的邻居 / 像一批骨头的影子"（雷平阳《恐惧》）。

P

旁观者

这个时代的"旁观者"和"观光客"越来越多。

V. S. 奈保尔在印度之旅中注意到印度人很喜欢随处大小便，尤其是早上沿着河边一溜儿蹲满了人，甚至大便之后他们径直走到河里去清洗一番。而对于这一现象，"旁观者"和"当事人"之间充满了戏剧化的龃龉。"他说，印度人是具有诗人气质的民族。他自己就常常跑到旷野上大解，因为他是个诗人，热爱大自然，而大自然正是他用乌尔都语写的那些诗歌的题材。在他心目中，人世间最美好、最具诗情画意的活动，莫过于黎明时分迎着朝阳蹲在河岸上。在外国旅客眼中，这一群蹲着的人影，简直就像法国雕刻家罗丹的作品《沉思者》一样永恒，一样具有强烈的象征意义。"（V. S. 奈保尔《幽暗国度》）

实际情况却是印度人从不提随地大小便这个话题，文学、艺术和电影也基本不去涉及，甚至会因为出自对污染的恐惧对此现象持奇怪的缄默或搪塞态度。

庞然大物

雷平阳一再写到大象和老虎这样的庞然大物。

天生的庞然大物足以激起敬畏和避让，这是形式上带来的震慑，也是伟大精神的降临。"它们轰隆轰隆的脚步声／突然就从树林中传了出来，伴着枝条／折断之声和汽车轰鸣似的呼吸／土地在震颤，空气像受到冲击的玻璃／当它们出现在我的眼前，庞大的身躯／像两座移动的皇陵／像寺庙中的两尊大神／走下神坛，向人间迈开了步伐／那一瞬，一种生命对另一种生命／散发的天上的威慑力、冲击力和统治力／令我内心崩溃，令我眩晕，令我窒息／令我的体量缩小，再缩小／它们从我身边经过，视我如无物／我主动示弱，藏身于灌木丛／目送它们远去，双手死死抱住自己／像抱着一头侥幸逃生的小野兽／像抱着一棵突然软下来的松树"（雷平阳《两头大象从我身边经过》）。

古时，大象、老虎等这些动物又具有特殊的象征性："后崦栗复遣六王攻鹿茤。鹿茤王迎战，大破哀牢军，杀其六王。牢人埋六王。夜，虎掘而食之。哀牢人惊怖，引去。崦栗惧，谓诸耆老曰：'哀牢略徼，自古以来，初不如此。今攻鹿茤，辄被天诛，中国有受命之王乎，是何天祐之明也？汉威甚神。'"（《华阳国志·卷四·南中志》）

庞然大物在雷平阳这里既可以像大象、老虎一样是具体、可见的，也可以是抽象、无形的。它们既是世界法则的对应和显影，也是世相人心的精神反光。当庞然大物也遭遇暴力摧毁的时候，它们就不只是智慧和神性的象征，还是孤独、废墟和现代性悲剧的化身。

雷平阳的庞然大物对应了一个残缺和灭绝的世界，这是人类的肆虐活动毁尸灭迹的结果。"大象""老虎"本身是自然界的巨像和大作，但是它们的现实命运也不堪一击。它们更多成为记忆幻象和大地伦理的关联之物，雷平阳只能借此完成人类共时体结构的记忆"修补术"。

"大象""老虎"这些庞然大物只能一次次在语言的废墟和记忆的碎片中沉重地挪动，"如今每周都有数个物种灭绝，这个过程还在加速。完全是因为人类的活动，完全是。物种灭绝是自然的过程，但是不会以人为催化的速度。各种语言、文化以及我们自己的语言也正在遭受同样的命运。这不是不同的过程。它们不是书架上不同的书，它们就是同一本书。任何试图扭转这一趋势的举动都是有益的"（W. S. 默温）。

盆 地

昭通仅有 230 平方千米的盆地，其中 140 平方千米蕴含煤层，"地处乌蒙山腹地的昭通盛产褐煤。平展展的昭通坝子，村庄、良田和墓地，不管哪儿，只要把土盖子揭开，乌黑油亮的褐煤就会迅速露出，像露出黑夜的一角。但由于这埋在地下的深不可测的黑夜，除了可做燃料外，还能用来提炼汽油、煤油和焦油等"（雷平阳《泥丸》）。

这里可用于耕种的土地面积非常少，可以看看雷平阳对这一特殊地形的描述："它坐落在云贵高原向四川盆地倾斜的大斜坡上，是乌蒙山的腹地。但是，众山行到此处，仿佛累了，一一伏下身子，可能短暂的休息便成了永恒的长眠，这也就使得在山的眼皮子底下，有了一块难得的平地。大地怀中的弹丸，小小的一点，却成了昭通市昭阳区下辖的鲁甸县几十个乡镇几十万户人家的生命之土。欧家营就处在它

的心脏旁边，像它的肺的一个组成部分。"（《土城乡鼓舞》）

这里生存环境闭塞、窘迫，生产条件极差，海拔落差大且气候条件恶劣。昭通是云南贫困面最大、贫困程度最深的地区。这也是昭通作家群的作品中饥饿场面出现得如此频繁的原因。"天空之上的过剩物资，对素来饥寒得高耸着巨石般灰色骨头的乌蒙山来说，足以满足另一种幻象的奶粉、盐和面粉，完全可以在萧瑟的梦境中变成求之不得的实物。人们从用来逃避饥饿的睡眠中翻身爬起，赤着脚，兴冲冲地就跑到了一座座千仞绝壁之上，打开久握的拳头，双掌从空中抓来一把把白雪，狠狠地往自己嘴巴里塞。边塞，边叫，脸上热泪滚滚。"（雷平阳《虎吼》）

皮　鞋

因为家穷，雷平阳几乎没怎么穿过鞋子。

那时乡下都是土路，一到下雨天，四处都是烂泥。一年四季雷平阳都是光着脚，风里来雨里去。这是贫穷的乡村生活的见证，也是一个人和大地肉贴肉的摩擦式的记忆。

雷平阳考上昭通师专临行前，一个亲戚专门送了他一双皮鞋作为贺礼。

关于这双皮鞋，杨昭曾经做过详细而戏剧化的描述："雷平阳考上了昭通师专中文系。这令他在当时的农村人眼中，不啻一颗下凡的文曲星。一位亲戚送了他一件贵重的贺礼：一双昭通皮革厂生产的价值三十八块钱的'三截头'皮鞋。这是雷平阳有生以来拥有的第一双皮鞋，令他激动的心情久久不能平静。因为担心穿坏皮鞋，他在昭通师专的校园里走路的样子总是显得很别扭，像是怕踩死蚂蚁似的小心翼翼。为了省下伙食费资助家里，下午放学后雷平阳常常会回家去吃饭。他先是穿着那双皮鞋如履薄冰地慢慢走到同学们看不见的地方，然后把皮鞋脱下来塞进书包里，撒开光脚丫子朝家里跑去。他家距昭通师专大约有十公里，每次都跑得上气不接下气。"（《诗人的魂路图》）

1983年8月31日，雷平阳穿着一身崭新的军装离开村庄前往昭通城。"路上，父亲扛着背包走得很快，我一身崭新的军装，双臂好像变成了两只翅膀，身体想飞起来，却又行动迟缓，怎么也走不快。脚下的泥泞路，路两边的田野，田野里的禾苗、昆虫、阳光与阴影，在那时似乎都在讨好我，以卖命的方式向我呈现它们最单纯、最鲜活也最诱人的美。父亲走远了，见身后没人跟上，就大声地咳上一声以示提醒，而我也又才风一样地跟上。"（雷平阳《上坟记》）

破　裂

雷平阳的"云南之书"和地图是破裂的，他一次次在纸上重新描画、修补属于往昔的正在消逝和已经消逝的世界。

世界地图越来越清晰，可以快速抵达、实时导航，看起来一切都确定无疑。然而，快速移动也导致了"认识装置的颠倒"和感受力的弱化以及体验方式的同质化。每个人在地图上选择的不同线路实则代表了不同的世界观和价值观，也代表了差异和冲突："河山不是地图，这是他也明白的常识。但是，甫一走上这条直线，他才发现直线的距离并不是最短的，特别是当断崖、江河、阴森森的坟地和森林，都汇聚在这根直线上，其实直线比任何弧线和曲线还要漫长得多。令他大为光火的是，要想完成直线上的旅行，他还不得不结束曲线和弧线，甚至得在曲线和弧线上不断地迟疑、重复、惊恐。"（雷平阳《从镇雄

（《到赫章》）

现代性地理和风景是以消失标记和抹去记忆为前提的。

这是震荡和摇撼的时刻。整体被切割、撕裂为一个个碎片，视网膜和透视法被快速的工具、技术和物化机制给遮蔽，"在机械时代来临初期的欣喜后，技术带来的是无精打采的满足，而纯洁无瑕的物品会产生一种特殊的焦虑"（让·鲍德里亚《物体系》）。

关于世界的物化趋势及其强大的日常影响，雷平阳一直是非常警惕的，尤其是当他面对城市、郊区、土地、旷野以及草木山川的时候，就更强化了焦虑意识。这让我想到瓦尔特·本雅明所说的："这物的世界对他来说变得清晰得可怕，并不声不响地与他靠得这么近。只有一个被施以绞刑的人才会如此这般地意识到绳子和木头究竟是什么。"（本雅明《单向街》）

普洱茶

20 世纪 90 年代，雷平阳开始接触普洱茶："当你遇到陈年普洱茶、上百年的普洱茶，像龙马同庆之类的普洱茶的时候，你会产生一种敬畏，它经过了一百年的时间的凝炼或历练，已经不是你的什么红颜知己，而是你的老祖母，靠近它，当是一种古老的返乡，一次魂归。但更多的时候普洱茶依然只是一种即时消费的东西，我觉得它只是生活的必需品。"（雷平阳《真想回到清朝去》）

雷平阳对云南茶山和普洱茶文化的田野考察也从这时开始了："20年前的那个秋天，我与一个朋友应邀前往勐海，在那儿漫游了一个月左右的时间。我们去了布朗山、巴达山、南糯山等等当时还笼罩在层层迷雾中的普洱茶世界的奇峰，在人们无视普洱茶存在的苍茫背景之

下，第一次在神话诞生的实地对普洱茶的文化源流进行了认真的梳理。"（雷平阳《茶神在山上·自序》）

2018年冬天在西双版纳，我们一行人外出，中午吃饭的时候大雨瓢泼。

本来准备下午去茶山看古茶树，但因为山路难行又加雨至，所以大家放慢了吃饭的节奏。当时雨越下越大，山里的寒气也一阵阵逼来，大家多喝了几杯酒。我准备和雷平阳拼下酒，边上也有人起劲儿吆喝凑热闹，但想万一要是喝醉了古茶山可就看不到了，于是作罢。

到茶山上时雨已经停了，层层叠叠的茶山都在迷茫的云雾中了。茶花的香气弥漫过来，此时你才发觉已经站在一棵棵古茶树下了。

蒲松龄文学奖

2009年雷平阳凭借小说《铁匠》获得了《小说选刊》主办的首届蒲松龄文学奖（微型小说）。授奖词这样写道："《铁匠》是玄妙的。雷平阳以其特有的诗人气质，运用诗化的语言，把一篇微型小说经营得如此诗意盎然。作品充分体现了雷平阳瑰丽的想象力。再者，作品对传统的人文关怀给予了极大的照顾，使得作品平添一份厚重。值得称道的还有其灵动、飞扬的语言。"

该小说的开头具有强烈的寓言化效果："红色的张铁匠，迎亲的那天，遇上了一支白色的送葬队伍。一条狭路，两边是水田，绿色的稻子正在怀胎，蜻蜓像飞着的花朵，蚱蜢像灵魂的尘埃。一边是花轿，一边是棺木，不是谁不给谁让路，的确是在红与白之间，谁也找不出一截宽余的角落，让红过去，或让白过去。然而，两支队伍，所有的人，都清楚，对峙的时间越久，白的悲哀将升级，红的喜悦将转变为血的凝固。最后，是红为白让路，鲜活的生灵主动向后退，沉默的死者唱着哀歌朝前走。"而这一寓言化的场景以及强烈效果离不开雷平阳精确而生动的个人化历史想象力的参与。"只有心中的形象才能给意志带来生机。相反，单纯的词语至多只能激起它的热情，以使它不要枯萎。没有精确生动的想象力就没有完好无损的意志。"（本雅明《单向街》）

Q

气　味

　　草垛具有温暖的触觉，尤其是阳光下的草垛让人觉得更像是窝巢。与此同时，草垛还具有干枯的草茎特有的气味以及混合着泥土的味道。按照段义孚的说法，气味成为童年感知和记忆的重要部分。"在人的童年时期，鼻子不仅更为灵敏，而且与大地、花坛、高草、湿土这些散发各种气味的事物离得更近。这样，当人进入成年以后，一丛草的清香就能激起我们的怀旧情结。"（段义孚《恋地情结》）

　　个人的切实感受是一到了夏末秋初我就格外敏感地闻到了那些干草的特殊气味，混合着土腥味、发馊的汗水味。由这些干草水分消失之后的涩硬感，我也一下子就回到了童年和少年时代。这些干草的气味让我与炎热季节里在庄稼地拔草的劳动场景和身心疲惫联系在一起。

　　雷平阳的文字是有气味的，总有弥漫不散的"土气"和"黑沉之气"。这种特有的土腥味让人觉得心里踏实，也恍如昨日般地悬空于无地。

契　约

在城市、郊区与乡村的对峙和冲撞中，诗人的精神能见度至关重要。一个写作者必须同时做出社会选择和精神选择，而雷平阳选择站在弱势的那一方，近乎出自本能，"昆明的秋天一贯反对／透明，这和我故乡的秋天天壤／之别。两种秋天，我只喜欢／其中一种。它是谁，相信每一个人／都能轻易地猜中"（雷平阳《昆明的秋天》）。

这注定是秋天衰败中的表态，是失败式的写作。"我常常觉得自己创造的世界与现实生活一比较马上就变得很苍白，写作费尽了所有的心思，神的视角也好，天才也好，神助也好，一并出现在文字中，伟大作品产生的时候，现实往往很快就否定了它。"（雷平阳《我是故乡的孩子，也是文学的病人》）

一个诗人只能黑着脸、苦着心，枯坐在日渐荒芜的山顶上看着城市和郊区不断扩散的阴影，看着暮色中不时闪亮的铁轨和钢铁的屋顶。

这是仍然持守土地契约精神的人，具有"最后一个形象"的分裂式特征，"一个地方特殊的精神……是人们体验到一个地方那些超出物质的和感官上的特殊的东西，并且能够感到对这个地区精神的依恋。如果地方的意义超出了那些可见的东西……深入心灵和情感的领域，那么，文学、艺术就成了回答这个问题的答案，因为它们是人们表达这种情感意义的方式"（迈克·克朗《文化地理学》）。

切斯瓦夫·米沃什

雷平阳在不断追问的是时间立法者何在，写作者的精神自律以及尊严何在。

这是现实和语言的双重困境。我想到强调"见证诗学"的切斯瓦夫·米沃什的诗句：

> 专注，仿佛事物刹那间就被记忆改变。
> 坐在大车上，他回望，以便尽可能地保存。
> 这意味着他知道在某个最后时刻需要干什么，
> 他终于可以用碎片谱写一个完美的时刻。

米沃什及其"见证诗学"正是雷平阳不断在写作中践行的契约，在《致米沃什》一诗中他如此表态："我一直敬佩切斯瓦夫·米沃什／不是因为他的诗篇／仅仅基于他一生都把自己／放在这个国家的外面／写出的诗稿，却是这个国家的碎片……他让这个国家／永远疼着，疼给整个世界看／有点像十字架上挂着的圣人／几颗钉子，就能将信仰／钉死，永远挂起来"。

亲　熟

雷平阳有一首诗《一分钟年华老去》。这是对加速度和离心力到来时刻"乡愁"的焦虑化表述，是无法返回原地的宿命性认知。无论你如何试图重返但最终都是徒劳的，你只能成为自己的敌人，"到底是怎样的一种命运，命令你／向后转，却又怎么也转不过身来／像颗铁钉，一直存在于刀刃里"（雷平阳《在孤鹤亭》）。

中国古代诗人与万事万物之间的"亲熟"关系历来是伟大的写作传统之一，晚年的切斯瓦夫·米沃什在编选国际诗选《明亮事物之书》（*A Book of Luminous Things*，1996 年在美国出版）时收入了中国古代 16 位诗人的 50 首诗作。

米沃什尤其注意到了中国诗人的"亲熟"传统，只可惜这一传统在中国 20 世纪后期的现代性革命中被强行斩断了。与此形成反差的是中国的诗学传统更多在西方诗歌中得到了回响，"无论去往何处，世界跟随着我。／它带给我忙碌。它不相信／我不需要。现在我理解了／中国古代诗人为何要遁入山间，／走得那么远，那么高，一直走进苍白的山雾"（玛丽·奥利弗《中国古代诗人》）。

穷乡僻壤

特殊的地理环境导致昭通在长时期处于"边地"和"外省"的位置。这也是边缘性精神和个体差异得以维系的特殊地带。

从童年开始，雷平阳看到的是一个带有传统农业社会缩影和遗留因素的故乡，村庄、盆地（坝子）、河水以及向四周辐射开来的自然环境对一个人的成长和精神视野起到了非常关键的塑形作用："地理环境和气候作为一个长期相对稳定的因素，时刻影响着人类的活动，研究政治制度、历史事件及人物思想或许可以轻视自然环境的影响，但考察一个以农业为主的传统社会，这却是一个必须注意的重要因素。"（王笛《跨出封闭的世界：长江上游区域社会研究（1644—1911）》）

尤其是这一封闭的"穷乡僻壤"经历了由传统农业型乡村结构向现代性社会的过渡之后，相应的自然空间和心理结构、生活习惯、社会习俗也一同发生了变化。这印证了大卫·伊格尔顿所说的传统是文明的母性与政治的父权之间的一门辩证学。

"穷乡僻壤"对应的是受到了城市文化强烈冲击的"乡野"，"人们很容易把土地和乡野混为一谈。土地是玉米生长的地方，是沟壑、溪流存在的地方，是可以用来抵押的。乡野则不然，它是土地的性格，是泥土、空气、生命和谐共处的氛围。乡野并不明白什么是抵押，也不认识各种机构"（奥尔多·利奥波德《沙乡年鉴》）。

华莱士·史蒂文斯说："生活变得可怕，生活的文学也会变得可怕。"（《徐缓篇》）

雷平阳通过"乡野"试图恢复已经消逝的记忆，但是可怕的虚幻已经诞生："十多年前，我所居住的这个村庄以盛产葵花而闻名滇东北，巨大的圆形花朵像带着火焰的飞环，在肥沃或者贫瘠的土地上面不舍昼夜地盘旋，它们常常让阳光失色，或者说，它常常令阳光更加疯狂。"（雷平阳《葵花飞旋的村庄》）

葵花，闪耀的金黄和飞旋的村庄，这近乎就是梵高加速度燃烧的麦田和灿烂而眩晕的星空。诗人和艺术家最终成了麦田上的乌鸦，那是黑夜的化身和不祥者的陈述。

"乡野"这一空前耗散的记忆空间使得写作者无论是在现实世界还是精神文本中都时时充满了焦虑症。无论是指向了乌托邦和田园诗还是直指渊薮深处的乡土命运和黑夜中的挽歌，这一特殊类型的记忆空间使得写作者永远都不会轻松。

取景框

北宋嘉祐四年（1059年）深冬，苏洵、苏轼、苏辙父子三人乘船在三峡的群山巨浪间缓缓行进。

时年二十二岁意气风发的苏轼看到的景象是：

> 瞿塘迤逦尽，巫峡峥嵘起。
>
> 连峰稍可怪，石色变苍翠。
>
> 天工运神巧，渐欲作奇伟。
>
> 块轧势方深，结构意未遂。

风景画直接对应了人与自然的互动。"与其说是画家不如说是诗人的雅各·雷斯达尔与此相反，他以无限的空间为背景，其中的寂静透过一种气势恢宏的比例对照而变得若有形象。在他的画作中，你几乎可以听到昏昏时分的寂静。这是荷兰风景画的惆怅魔力，它加强了柔弱的意蕴，无之则忧郁不会化为诗意。"（E. M. 齐奥朗《眼泪与圣徒》）

自然已经不只是物化的空间而是诗人或画家的人格映射以及主体性观照。"忧郁有其完整的序列：从一个微笑、一片风景开始，以一口破钟在灵魂中铿然作响告终。"（E. M. 齐奥朗《眼泪与圣徒》）

进而，自然风景还会成为"社会景观"，从而对应于整体性的时间延续或中断。

至于诗人对"风景"的发现和认知也是充满了差异。"所谓风景乃是一种认识性的装置，这个装置一旦成形出现，其起源便被掩盖起

来了。"（柄谷行人《风景之发现》）

一个诗人的取景框总会与他人不同。

> 这座桥在云南的东北部，在昔日的风景中央。它独立的姿态让人无法将它和水联系起来，它沉重的闸门偶尔才在夏天涨水的时候提起，像一扇天空的门。平时它都被放在河沙上，它钢铁的身体牢牢地扎入流沙之中，当河床里的沙流空了，它也会漏水，像缺了门牙的老人，谈话时总会有口沫飞溅，而时光的故事也就由此开始。
>
> ——雷平阳《一座桥》

在雷平阳这里从来都不存在外在的观光化的"风景"，而是主体和空间交互之后产生的"内在化景观"，其重心在于观照方式、认知角度和取景框位置，在于理想和痛苦的时时参与。

R

热带雨林

雷平阳的诗集《雨林叙事》的封面以及插图让我看到了现实和精神世界夹杂下的热带雨林的特异世界，闷热、潮湿、幽暗、迟缓、丰富、原始、神奇，"视线所到之处，只有绿色的植被与斑驳的岩石。在这里，植物的颜色与形状千差万别，各种巨石蔚为壮观，所有植被都生意盎然，但就是没有艳丽的色彩……"（华莱士《马来群岛自然科学考察记》）

植物容易滋生幻觉和巫术，具有突出的宗教和象征功能，"树木，像六翼天使，和回响不绝的山岭，／此后很久仍在自身之间合唱不绝"（华莱士·史蒂文斯《星期天早晨》）。

热带雨林是幽暗而神秘的，充满了丰富而怪异的物种，它具有原生的对人的挑战性。"毫无疑问，热带丛林是特别适合鬼怪聚居的家园。这可能一部分是因为在丛林中，危险的生物比较多，从神秘的疾病到有毒的昆虫，应有尽有。"（薛爱华《朱雀：唐代的南方意象》）

甚至热带雨林因为充满热病和邪魅——比如木魅、山魅、木客、山魈——而成为人们的禁忌，"在难以穿越的树丛的炎热潮湿中，在浸透各种热带腐败物的强烈气息的空气中，在清晨的薄雾中，鬼伸出自己的手臂。欧洲人设想过一种熟知背信弃义的图谋的生活。树林的热病，像铁箍一样包围着头颅，然后突然出现幻影幻觉"（马勒雷《1860年以来法语文学中的印度支那异国情调》）。

　　由树木、茶树、村寨、木楞房、河流、寺庙以及大象、麂子、马鹿构成的热带雨林世界既是现实的生存景观又是寓言化的精神幻象。它们对应于紧张的现实境遇和灵魂视界，"只有飞扬的尘土获取了魂灵／舞者退入林中，掉在地上的绿色棕扇／我们弯腰捡起，仿佛找到了自己／刚刚遗失的衣冠与身体"（雷平阳《舞蹈》）。

　　如果只是从植物学图谱的层面来看的话，云南热带雨林也是一个奇异无比的世界——

> 热带的繁荣，是由264科高等植物
>
> 迅速地完成的，其中还不包括
>
> 那些亚种和变种。当假鹊肾树的纤维
>
> 死死地缠住一棵伞树，我们知道
>
> 一种非植物学的树种又诞生了
>
> 见血飞是另一种藤类植物
>
> 如果它们，彻底地蔓延，带着歹毒的叶片
>
> 龙牙草就将在自己的体液中腐朽……
>
> 我们所看见的密林，雨水的刀闪闪发光
>
> 我们所听见的声音，从根部爬向尖顶的
>
> 是3893种植物在暗中呼叫
>
> 千千万万的亡灵，在一只鸟的带领下

正向天空奔逃。幸运的，是那些

大象、麂子、马鹿……它们在植物的

尸体里，找到了暂时的安乐窝

——雷平阳《读〈西双版纳植物名录〉》

　　植物在云南有着特殊的生态面貌，而在诗人这里则又带有了文化象征意义，"我们所熟知的、陌生的和知之而又未见的——200多科1000多属近4000种植物，在上面繁衍生长。它们亲密无间，搂肩搭臂，彼此深入对方的骨血，寄生者不感耻辱，供养者也不傲慢，粗高者抵天，低伏者贴地，生死由天命，谁也不争先，谁也不恐后，都是大地的毛发，所谓珍稀与滥贱，全系上天命定"（雷平阳《南糯山记》）。

　　在很长的时期里人类与树木的关系是原初意义上的，二者具有天然的血缘和进化关系，"像其他的灵长类动物一样，人类的视觉也是在树林间的生活中进化的。在密集而复杂的热带雨林里，好视力比敏锐的嗅觉重要得多。在灵长目动物漫长的进化历史中，其成员们眼睛变大，而口鼻部分则缩短了，让视野更为开阔"（段义孚《恋地情结》）。

　　甚至人类伟大的精神原型的母体就是从树开始的："在一本神话读物中，孔丘和王梵志都是诞生于树洞的瘿生之子，是人世的孤儿同时又是老天爷的使者。那生他们的树木，我想也应该是从天而来，这与德昂族人所信奉的起源学是一致的：德昂族人认为他们是茶树的子孙。"（雷平阳《梦见》）

　　《圣经》记述："上帝说，地要发生青草，和结种子的菜蔬，并结果子的树木，各从其类，果子都包着核。事就这样成了。"

　　在人类毁灭的大洪水中唯一保留了生命和记忆的载体正是一艘

木舟。

认知测绘学

任何人对于自然和山水都会怀有本能的眷顾和亲近，作家更是如此，他们往往是称职的地图测绘者。"福建多山。闽中、闽西两大山带斜贯而过，为全省山势之纲领，向各方延伸出支脉。从空中看，像青绿色袍袖上纵横的褶皱。褶皱间有较大平地的，则为村、为县、为市。我家乡屏南县在闽东的深山里。从宁德市到屏南，有两小时车程，沿途均是山。我非常喜欢这段路。这些山多不高。除了到霍童镇一带，诸峰较为秀拔外，其余多是些连绵小山，线条柔和，草木蔚然，永远给人一种温厚的印象，很耐看。"（陈春成《竹峰寺》）

雷平阳关于空间及其构成的认知方式和抒写正印证了詹姆逊的"认知测绘"。

詹姆逊的"认知测绘"专注于全球化和晚期资本主义文化逻辑，而雷平阳的"认知测绘"也与全球化时代的"空间生存"命题发生密切关联，只是这一关联的认知点是专属于雷平阳的"云南地图"的，带有明确的空间现象学意味。

值得注意的是私人空间、公共空间与世俗时间、精神时间兼具的地图测绘和认知在雷平阳这里既是现实的又是虚构的，这一特殊的"地图"构造既是空间的又是超空间的，而空间在本质上又是时间化的。尤其是当崭新的空间突降而旧空间瓦解和坍毁的时刻，在两种空间和时间的紧张、分化甚至对立中，一个诗人必须认知自己的位置并重建精神空间和时间秩序，以认知、理性或超验来面对周遭的异质空间和断裂的世界。这需要诗人具备建立于个体主体性基础之上的整体认知能力、历史化的个人想象力和语言行动能力。

为了维护"最后"性质的破碎的、衰败的记忆，忧心忡忡、失魂落魄的诗人必须重新在加速度的流动时代强化在场意识，把那些破碎之物重新聚拢、捏合在一起。这是一个类似于灵魂受难者和怀旧式的慢动作的写作过程，是快与慢、新与旧的终极较量，尽管谁都知道老式的、缓慢的一方必将是失败者。"我幼小的时候见过乡村，我一直想回去。我不能确定准确的起源，可是我知道可以追溯得很远。对'乡村'怀有这种感情，促使我发问，我想我问的问题对很多同代人来说算是古怪的，可是这些问题变得越来越平常了，随着我们这一物种的困境越发严重，我们的行动也是被困境所决定。小时候，我常常感到一种隐秘的恐怖——不断出现的噩梦——整个世界都变成了城市，被水泥、高楼和街道覆盖。不再有乡村，不再有树林。这似乎并非那样遥远，虽然我不相信这样的世界能够长久继续，我也绝不想生活在这样的地方。"（W.S.默温）

荣格的塔楼

由雷平阳笔下的废墟，我想到了荣格的塔楼。

塔楼的完工是在其妻子亡故一年之后。在荣格这里，塔楼与死者直接建立起了物证式的联系，"从一开始，塔楼就成为我的成熟之所，母腹或者母性形象，我在其中可以成为现在、过去和将来的我。塔楼给我感觉仿佛在石头中重生，它看来是先前预感之事变成现实"（《荣格自传：回忆·梦·思考》）。

荣格与塔楼的关系，近似于雷平阳之于昭通，类似于回忆与物证，类似于灵魂与废墟，"现在才来讨论昭通城在以往的时光中跟其他云南城市相比，是大还是小，或者纠缠于它的那些法式建筑和梧桐树是否比其他城市更时髦，我想，这对于我们来说，都已经没有任何意义了。因为时光所改变的东西，或说时光所忘记的东西，对于每一个人来说，其剩下的只有想象和情感了，它并不能成为将来的证据"（雷平阳《奔跑》）。

S

380 公里

当交通网络急速扩散以及钢铁水泥玻璃幕墙的现代景观矗立并无限复制的时候,这个世界的物理距离、陡峭度、陌生感和未知性已经空前降低。

雷平阳居住的昆明翠湖边上的小吉坡距他的老家昭通 380 公里,开车需要 5 个半小时。在一个交通如此迅捷的时代这基本是可以忽略不计的距离,但是从心理来说雷平阳似乎再也回不到故乡了。

作家对世界的认知程度和理解方式会直接影响到写作。

葡萄牙诗人佩索阿说:"即使整个世界被我握在手中,我也会把它统统换成一张返回道拉多雷斯大街的电车票。"希腊作家尼科斯·卡赞扎斯基在 1934 年出版的《非常感谢》中则写道:"我就像是奥德修斯船上的一名水手,有一颗火热的心,但是思维却清晰而冷酷。"雷平阳说出的则是:"一个丧家犬的乡愁,早已没有一块发热的土地作为支撑。"

当年伊夫·博纳富瓦曾幻想着有这样的一条"大地之路"："我想到这个穹顶、城堡和峰顶燃烧着火焰的地方不是渐行渐远通向人们渴望的彼岸之路，更非通向佛教的虚空边缘之路。这是大地之路，这条路是大地本身。它指引着——回归自我，心有灵犀——圣迹的显现，以及未来。"（《隐匿的国度》）

这是焦灼中对空间和时间的伦理化指认。语言和存在本来是一体的，词与物是平衡结构，但是当整体性、稳定感从大地上消失之后语言和存在是对立的，词与物是失衡的。那么，诗人如何重新获得和使用语言来面对现实？这近乎是无望的过程，是卡夫卡笔下的土地测绘员K，看似近在咫尺的"城堡"却永远不可企及，永远不能靠近也永远无法原路返回。"K到村子的时候，已经是后半夜了。村子深深地陷在雪地里。城堡所在的那个山冈笼罩在雾霭和夜色里看不见了，连一星儿显示出有一座城堡屹立在那儿的亮光也看不见。K站在一座从大路通向村子的木桥上，对着他头上那一片空洞虚无的幻景，凝视了好一会儿。"（卡夫卡《城堡》）

三个维度

尽管"云南"以及"世界"足够阔大，但是到了雷平阳这里则不断被收缩成个人化的针尖般的精神构造。

他不断在高原上攀爬，在河流间跋涉，不断敲打着那些石块，他心甘情愿地在这片领空里"故步自封"做"自己的王"。在这里一切都可以独立，一切都可以有灵，"哀牢山的树，一棵／想变成两棵，它们都爱上了自己"。

雷平阳文本中的空间、场景以及意象基本上是在三个维度展开和相互交织的。

"上"：高原、山脉、天空、飞鸟、丛林、教堂、寺庙、僧人。

"中"：城市、街道、工厂、郊区、小区、广场、车站。

"下"：河流、土地、旷野、矿区、乡村、房屋、地下室、废墟、洞穴、坟墓。

这三个精神维度或分类学是自然范畴和精神畛域同构的过程，既有临场感、黏着性又有象征性和元素化，呈现了诗人繁复而纠结的思虑。它们对应于诗人特有的观照方式、思维方式以及世界观。

多年来，我一直记着雷平阳曾经说过的一句话："一声不吭地生活在昭通，像活在岩层里。"

丧葬仪

2008 年春天，在西双版纳靠近缅甸的一个小镇上，雷平阳目睹了一场葬礼。"人们把一个大鼓改制成棺木，安埋一个殉情的女孩。问及鼓葬之因，人们都说，鼓魂不散，咚咚而响，这个女孩就会永远活着，爱着，不管在地上还是地底。以我的阅历和经验，这儿没有象征意义，它只是强化了现实主义的无边性，即人性和神性，基于对鼓的认识、对爱的理解和对生命的珍爱。鼓声咚咚，对我而言，利于治疗自己的失忆症。"（雷平阳《云南记·自序》）

死亡对于任何族群和个体来说都是大事，动荡的时代一切都发生了变化，唯独人们对待死亡的态度以及长久以来形成的特定葬仪习俗保持了一定的原始面貌。"母亲照例早早地就起床了，现在正坐在门前的石台阶上，认真地划着一刀刀纸钱。纸都出自深山的小作坊，工艺差，工人又粗糙，做得皮断肉不断、筋骨参差不齐，压在一起后，想一张张分开，若缺少耐心，乱用力气，那就休想得到一张完整的。母亲已经七十岁了，眼睛还不含糊，双手也还听使唤，只见她像在坎坷不平的锅底上揭鲜嫩而又热乎乎的面皮，'神三鬼四'，敬神的三张一叠，给鬼的四张一叠，小心翼翼地将一张张纸揭起来，折叠成纸钱。"（雷平阳《上坟记》）

昭通丧葬习俗可以在雷平阳的《祭父帖》《土城乡鼓舞》等文本中找到诸多对应，比如"爷爷黑色的灵柩上站着一只鲜艳的公鸡，它们被人们高高地抬起"，"我的大爹走在队伍的最前面，他双手捧着装满了五谷杂粮的宝瓶罐，那里面装着爷爷今后维系千千万万年生命时光的粮食"（《土城乡鼓舞》）。

长诗《祭父帖》则更为全面地展示了昭通乡间的丧葬仪式："围着他的棺木，我团团乱转，一圈又一圈／给长明灯加油时，请来的道士，喊我／一定要多给他烧些纸钱，寒露太重，路太远"，"我的膝盖，疼得钻心，弟弟也换了几次姿态／那时，夜已深沉，一颗颗飞起的尘埃正落向地面／香灯师把嘴贴着我的耳朵：'这么多孙子／把他们换上来，你们不能跪久了，明天还要出殡'"，"明天就要入土。灵柩已擦了无数遍，暗淡之光的镜子／照得出人影，可以梳头。我劝母亲，坐一下吧／那遗世的，像隐形的敌人／把母亲等同于灵前的香火，盖棺的泥土"，"我跪在他的灵前，烧纸，上香／灵堂中，只有他和我时，我便取出刚出的新书／《我的云南血统》，一页一页烧给他／火焰的朗读，有时高音，烧着了我的眉毛／有时低语，压住了我的心跳，白蝴蝶抱着汉字／黑蝴蝶举着图片，一切都很生僻，为难他了／我想请那个扎纸火的道士，给他扎一个书生／他也该识文断字，打开慧眼。但忍住了，听天由命"。

《祭父帖》是被死亡阵痛而分娩出来的时光血粒，也是用语言垒筑的家族纪念碑。

沙坝中学

1980年夏天，雷平阳和班内的另外两个同学考上了沙坝中学。

学校距离昭通城4里路，较为偏僻，学校在一个山包上。站在学校的大铁门前，雷平阳就能看到自家屋顶了。学校四周全是墓地，然后就是上百亩的稻田和苞谷地，每周有两个下午的劳动课。

课间或午饭后，雷平阳会独自跑出来到坟堆上读书或者打个盹、晒晒太阳。这一举动确实怪异得很。

那时的昭通师专成了同学们的最高奋斗目标："为了能进入天堂一般的师专，为了能过上神仙一般的日子，就用墨水瓶自己制造煤油灯，在学校熄灯后看书到深夜，教室的墙上，就到处挂满了墨水瓶制作的煤油灯。"（黄代本《雷平阳：为云南的大山立传》）

雷平阳在《我的老师们》一文中专门提到过小学和中学教他的一些老师以及学生形形色色的恶作剧："另一个以贩卖火腿为生的老师是我们的英语老师，兔唇，不可能把音发准，但她教了我们三年。他教的'早上好'，我们念成：'姑爹摸你。'"

《杀狗的过程》

《杀狗的过程》被认为是雷平阳最为酷烈和残忍之作，雷平阳也强调："写作《杀狗的过程》时，我考虑得最多的是，死亡、奴性、忠诚和暴力都不是过去式，而是在现场上，在我们生活的任何一个角落，所以我要写下的诗稿，也应该出现在人多的地方，它需要观众，

断头台的旁边，需要一个审判台。"（《"我只是自己灵魂阅历的记录者"——雷平阳访谈》）

这首诗有具体到不能再具体的时间、地点以及杀狗的每一个细节。

说其是米沃什那样的"见证之诗"也没问题。

生命的残忍、死亡的残忍和暴力的残忍、文本的残忍一同挑战着每一个读者的极限。

谢冕先生曾很多次对我说："雷平阳这首诗写得好，可是每次我都没有读完，因为实在不忍读下去。"确实，很多读者都有这种"不忍"之心。可惜，残酷的现实、人性以及历史并不会因为你的"不忍"而有丝毫退减。

叙事性因素在《杀狗的过程》中得以淋漓尽致地体现，这方面的代表性作品还有《八哥提问记》《存文学讲的故事》。很多人之所以对《杀狗的过程》印象深刻甚至难以抹掉阅读之后的恐怖后遗症，其原因就在于整首诗的空间、细节、场景、人物通过小说化的描述和反复强化的残忍的动作而逼视着每一个人的人性及其限度。这里有血淋淋的场面，有旁观者的镜头和作案现场笔录般的逼近和放大。"它几乎全然地交给了叙事，为了强化其真实性，雷平阳甚至不得不牺牲部分的'诗意'而将时间（今天早上 10 点 25 分）、地点（金鼎山农贸市场 3 单元，靠南的最后一个铺面前的空地上）落实，努力让我们'信以为真'，仿佛这一过程就在眼前发生，仿佛我们是其中的旁观者，是想要抽身都有些困难的经历者——那种弥漫着血的腥气被我们嗅到了，那种痛感也因此作用于我们的神经末梢，仿佛我们始终'看见'。这种看见的、仿佛在场的力量与一般抒情相比较，我以为它或许更震撼一些，也更为直接、浓厚。"（李浩《叙事，包含于诗中》）

《杀狗的过程》确实是雷平阳最为擅长的写作方式，即叙事性因素的强力介入。"我在《杀狗的过程》写作过程中所采用的'方式'，是我叙事诗的方式之一，特点是剔除杂芜，心无旁骛，刀尖直抵心脏或骨头。"（《"我只是自己灵魂阅历的记录者"——雷平阳访谈》）

《杀狗的过程》之所以在读者和批评者阅读中成为过目不忘之作，不仅在于人性的狰狞超出了你的想象，狗的无辜、善良和忠贞超出了你的想象，而且还在于这首诗提出的种种疑问至今仍没有过时。这刺目的场面更多来自历史话语构成的强大势能。这是自戕式的挖掘，也是一次次噤声的过程。

必须有人面对难以接受的文字以及背后的无底深渊。

沙制的绳索

现实和现实感的区别首先在于二者的构成材质不同，前者的材料是实有的、物质的，而后者的构成材料则是语言、修辞以及想象力的。华莱士·史蒂文斯进一步区分了经历与现实的关系，"经历之诗与词语之诗的关系不同于现实之诗与想象之诗的关系。经历，对于一个无论是何种级别的诗人来说，要比现实广阔得多"（《徐缓篇》）。

雷平阳提醒我们作家完成的是现象学意义上的"原在"描述，这是对事物"如其所是"的本源和内核的深度理解。还原是对生存真相的重新聚焦，而涣散和碎片却一次次阻止着这一过程。

现实感更像是"沙制的绳索"，是博尔赫斯式的"沙之书"与"现实密码"。这是"沙之书"般的扑朔迷离，是迷宫一样的真实，是经由真实和虚构堆积起来的虚幻和寓言。这些虚幻和寓言比现实更现实，比真实更真实。

近期我又重读了以赛亚·伯林的《现实感》，而这也回应了我近年来对中国诗歌的一些批评。很多写作者都在争抢着赶写"现实"，但是缺乏的恰恰是"现实感"。在现实感问题上我认同以赛亚·伯林的这句话："那些伟大的体系建构者们在他们的作品中既表达又影响了人类对世界的态度——看待各种事件的方式。现实不等同于现实感，生活也不等于写作。"

雷平阳则强调个体主体性和个人化的历史想象力对现实和现场的深度介入或者冒险："激活日常现实与生活经验，使之从个人阅历转变为精神历险，其难度约等于从一个世界到另一个世界。我一直觉得，眼下的很多诗人、作家，因为政治和写作目的的需要，有意识和无意识地都喜欢从自己的心灵史和生活史中向外逃亡，把文字都献给了他们虚拟的故事与贫血的想象，根本不愿接受现实生活的逼视和控诉，渐渐地也就失去了书写现实的心力和勇气。别说'风俗'，就连风景和鸟叫，很多人都写不出来了。"（雷平阳《"肃立在屋顶上等待日出"（访谈）》）

雷平阳的个人化的历史想象力及其彰显的"现实感"都是建立于细节、场景以及日常事物和情境之上的，这强有力地印证了瓦尔特·本雅明的说法："由此可见，想象的能力就是进入无限小的事物中去的能力，就是在每一程度的扩展上发现所凸现之新内容的能力。简言之，就是吸收每一种形象的能力，就像是一把折叠起来的扇子上的画，只有在展开时，那幅画才获得了生气。而且随着扇子渐渐展开，被爱者的容貌才会在扇子中心呈现出来。"（《单向街》）

山　地

昭通地处滇东北，属于金沙江下游，处于四川盆地向云贵高原抬升的过渡地带，"乌蒙山向着四川盆地／倾斜的坡地之上，狼狗耷拉着双耳彷徨／松树遍生凌空的石壁，云朵制造灰色沼泽"（雷平阳《瓮中之蝉》）。

这里属于云贵川交界"鸡鸣三省"之地，为典型的山地地形，"山高石头多，出门就是坡"。

昭通居于乌蒙山脉和横断山脉凉山山系五莲峰的交会处，处高山苦寒地区和金沙江下游的断裂带，地势南高北低且落差超过 3700 米。这里属于典型的山地构造，2.3 万平方千米中 97% 都是山区。

其优势是矿产资源和植物资源丰富，"朱提，山出银"（《汉书·地理志上》），"堂螂县，因山名也，出银、铅、白铜、杂药，有堂螂附子"（《华阳国志·卷四·南中志》），"南广郡界蒙山下有城名蒙城，可二顷，地有烧炉四所，高一丈，广一丈五尺。从蒙城渡水南百许步，平地掘深二尺许得铜，又名古掘铜坑，深二丈，并居出处犹存"（《南齐书·刘俊传》）。

其劣势则是"九分山和原，一分坝和田"，这说明农业生产条件很差。

昭通又因处于地质结构的过渡地带而生态更为敏感、脆弱。这里还处于地震带，滑坡、泥石流、洪灾、旱灾等时有发生。

昭通作家夏天敏对此做过一番触目惊心的描述："这道地缝顺着山势环绕，宽的地方有半米多，深的地方黑漆漆见不到底，地缝有一里多长，整个村子都在地缝的外侧，那就是地缝一旦裂开，整个村子都将随着地块的移动而坠入深渊里去，老武听到一声震天撼地的声音，声音沉闷但带有巨大的回响，瞬间就弥漫了天际，填满了山壑，他看到一片黄色的烟尘像巨大的横幅升腾起来，天空立即灰暗，日月无光，漫天的黄尘里阴风惨烈。"（《地缝》）

山　冈

物性的自足、自主状态在很长时间内代表了"大地伦理"，而人性和物性的互动则构成了循环结构。在人类发展的不同时期，这一循环结构既可能是良性的也可能是恶性的。"我想要做的，并不是去学得这山谷中各种蓬勃生命的名称，而是要让自己对其意义保持开放的态度，也就是要尝试让自己时时刻刻对感受到它们的存在所可能具有的最大力量，留下印象。我希望事物能以最多样、最繁复的方式存在并显现在我的脑海中。"（安妮·迪拉德《听客溪的朝圣》）

雷平阳笔下的昭通不再是自然的原生之物，而是物性和他者化的时间在主体的观照之下发生了畸形、裂变的产物，"没有人的时候，山冈的颜色非常单调，或者说非常纯粹。雪白的燕麦、褐色的石头再加上红色的泥土。树很少，绿色十分有限，树的影子是黑色的，也很少，阳光可以唤醒很多东西，可还是改变不了固定的黑色"（雷平阳《山冈》）。

雷平阳的"山冈"与史蒂文斯的"坛子"有着写作谱系上的精神呼应，对此雷平阳也直言不讳："《坛子轶事》与山冈有关，'美国的田纳西'的'山冈'，史蒂文斯的血，我的遥远的泪。诗歌语言中的真实，我诵读过程中的想象。如果史蒂文斯把那坛子，上了釉的坛子放在中国的任何一座山上，那坛子一样地不朽，那坛子一样的可以让我的故乡云南所有的群山向它涌去。"（雷平阳《山冈》）

山谷的子宫

在文化人类学家看来，山谷是阴性而神秘的。

山谷是人类的子宫。

当置身于云南山谷中的时候，雷平阳曾经感受到类似于人类童年期伟大母亲子宫一样的呵护而免于惊扰，但是这种惬意的感受很快有了变故，前所未有的挑战猝然降临。"最先逡巡其间的是先于人类早早醒来的万物之神，是不变的神灵世界中瞬息万变的人间悲喜戏剧，是一层覆盖另一层的以存在为永恒命题的客观生活现场；之后，佛陀和娑婆世界渗入，古老图腾、山川草木和人们的内心，所有的空间为之腾出一块块宝地；同时，汉文化和傣文化亦以其端庄抑或妖冶的形象到此播种火焰、闪电和雷霆的种子；之后，耶稣和天堂、工业文明与拜物教、极端未来主义与仇古运动等等潮流，无时无刻地没有停止过融入、鲸吞与肢解。"（雷平阳《关双山的空寂与焦虑》）

云南曾经是原初意义上的人类童年期的子宫，具有稳定的元空间和元时间的稳定的心理结构，延续性维持了事物的完整。"承蒙上天的恩赐，落生于此，让我知道，在云南，山上的万千物种，都有神灵附体，就连人的身上，也住着不同的灵魂，手有手魂，鼻有鼻魂，心有心魂，心不能冒犯手，手不能羞辱鼻子，鼻子不能欺骗心灵……我被一再告知，这是人类的童年期，干净，圣洁，知道敬畏。与此同时，几乎每时每刻都在举行的心灵和肉身的祭祀仪典，谢天，谢地，谢树，谢石头，谢水，谢祖，谢一切可谢之物，使我明白，感恩乃是一种生活。"（雷平阳《诗歌不是高高在上的》）

人类的童年期早已结束，子宫早已劈裂，原乡已经成为残骸。我们已然听到了隆隆的推土机的声响，这并不只是从云南的某一个山谷和角落传出来的，而是来自整个世界！

一起去看看德里克·沃尔科特的感受，一切都知晓了："一切终将消失，古风犹存的山谷终将凋零，艺术家将沦为人类学家、民俗学家。但在这之前，仍有些值得珍惜的地方，有些并未与时俱进的山坳，生活周而复始，不为世事变迁所侵扰。它们不是寄托乡愁的所在，而是人迹罕至的圣地，寻常而纯朴，就像那里的阳光。平庸威胁着这些地方，正如推土机威胁着海岬，勘测线威胁着榄仁树，枯萎病威胁着山月桂。"（《安的列斯：史诗记忆之碎片》）

对于威廉·福克纳而言，密西西比州也曾经存在着一个人类童年期的图景和记忆："在这里，最初出现的是携带简陋器具匍匐前进的先民，他们垒起了土墩然后就消失湮没了，只留下了土墩。在这些土墩里，接踵而来有史可稽的阿尔冈昆族裔会留下他们战士、酋长、婴儿和猎杀的熊的头颅，瓦罐的碎片和斧头、箭镞，偶尔还会有一只沉甸甸的西班牙银马刺。那时，成群麋鹿不加警觉地如烟雾般飘忽而至，在矮树林里喝溪谷的底部，则有熊、狼、美洲豹以及各种小一些的动物——浣熊、负鼠、河狸、水貂和沼鼠（不是麝鼠，是沼鼠）；二十世纪初，这些兽类仍在那儿出没，有些地方仍未开发，当时，那男孩自己也就是在这地方开始狩猎的。但是，除了偶尔在某张白人或黑人的脸上可以寻见印第安人的一些血统之外，奇克索人、乔克托人、纳齐兹人和亚祖人都如先民一样迁走了。"（《密西西比》）

人类童年期代表了精神源始和语言、文化以及记忆的中心，这成为文学和艺术的伟大起点和开端："诞生和起源的那个时刻，它在历史语境中就是所有这些材料，它们进入了思考一种既定过程、它的确立和体制、生命、规划等如何得以开始之中……心灵在某些时候有必要回顾性地把起源的问题本身，定位于事物在诞生的最为初步的意义上如何开始。在历史和文化研究那样的领域里，记忆与回想把我引向了各种重要事情的肇始。"（爱德华·萨义德《论晚期风格——反本质的音乐与文学》）

如果这一子宫式的精神起源和记忆中心遭受到了挑战，那么也必将产生对抗与虚妄掺杂的言说方式。在雷平阳这里，"云南"是现代性履带碾压下"人类童年期"剩余一角的隐喻，但是他最终指向的终极精神是虚妄的，因为这一切势必遭受前所未有的规训。"说实话，我理想中的诗歌是优雅的、高贵的，甚至是不食人间烟火的。可是从在建筑公司工作到现在 20 多年的云南山水般的课堂上，山水般的教堂里，现实生活带给我的震撼与胁迫，不仅彻底取代了灵感似写作，而且将我引向了试图动用山水反抗工业文明的注定要失败的精神战役之中。这场战役，对抗的不是时代，而是声势浩大的受伤的文明。它具有悲剧性，正如我的诗歌中不乏挽歌与悲鸣。我之所以一个人炮火连天，一个人电闪雷鸣，因为我爱着那一片山水，恶狠狠地爱着，不管不顾。"（雷平阳《山水之间的"灵感"》）

山水课

多年来，雷平阳一直听命于山水，以山水为师，以自然为宗教，"让我仍然向古老的山水诗求救／求一叠白纸，一支毛笔，山水之间／酒醉之后，尽情享受书写的自由"（《山水诗》）。但是，他同样是一个背着巨石上山的人，一个疲倦、虚妄而又孜孜以求的求证者："我独自去过很多次凤凰山，没人可为我作证，我似乎也不需要谁为我作证。这就像一棵树生长在山上，一只鸟飞到了这棵树上，它们互相不是证人，它们也不用其他树或其他鸟为它们作证。"（《在凤凰山上想》）

早在 2001 年夏天，昆明西山，小说家陈家桥和《大家》的编辑韩旭就领略了雷平阳对大自然超群的认知能力，韩旭还惊呼雷平阳是"自然之子"。

神·鬼·人

在现代性时间还未全面抵达和覆盖之前，生死的界限以及人与世界的关系是原生、和谐、复杂而奇异的。"对于外祖母来说，生者与死者之间并没有什么明确的界限。鬼怪神奇的故事一经她娓娓道来，便轻松平凡。"（加西亚·马尔克斯《番石榴飘香》）

在基诺族的禁忌当中，人界和鬼界是要严格区别开来的，把逝者埋葬入土之后还要举行人鬼分离的仪式"阿买喝"。"阿买"——"恶"，"喝"——分，即生者与恶鬼的分离，其仪式是比较烦琐的，这也体现了对"鬼"和"亡灵"的极度重视和谦敬心理。"如死者是儿辈或孙辈，这一仪式要在埋葬死者后的当晚举行，如死者是年长的父母或祖父母辈，则不必连夜举行，可改在第二天举行。主人家在埋葬死者后的当天第一次向墓地茅房篾桌上献饭后，即赶紧把楼上楼下打扫干净，将所有的渣子扫除，将所有的剩饭剩菜丢弃，碗筷要洗涮一遍，然后去请祭司。家长请祭司时手拿一包用芭蕉叶包成方形的盐巴包（约四两），到祭司家后放在他们家火塘上边竹架上的竹篮内，说一声：'请今晚到我家举行人鬼分离仪式。'祭司点头后即回家。主人返家后杀一对公母鸡（忌白色和反毛鸡），杀一半大猪，然后再第二次请祭司，并与祭司同回。家长还要代祭司背着一个大挎包，端一内装一斤米，米上有一块盐巴和一只小干鸡的瓢。祭司登上死者家竹楼梯时，这里也摆好一个篾桌，桌上有酸渣肉一包，一个装有米的瓢，四只装有米、肉、水、酒的小竹筒，四个槟榔（或四片可嚼的胖光叶）。祭司面对楼梯下，坐在篾桌上念词，边念词边抓瓢内的米撒到楼梯下，边向桌子倒四个竹筒内的祭物。"（《中国各民族原始宗教资料集成：彝族卷·白族卷·基诺族卷》）

基诺族的"九岔路口"就是天界（神）、鬼界（鬼）和人间（人）的分界点，但是文化空间和秩序被冲破之后原有的习俗、界限、常规、禁忌都处于失范状态，并且最终消失——

> 在基诺洛克小镇。从九岔路口／返回来的人，身上带着不止一个多余的魂体／他们捣碎兽骨做酱，把变酸的茶叶放入坛子／并且敦促那些被死去的少女们／深深爱着的猎手，在预设了多个出口的迷宫／大碗大碗地喝下迷药。谁也无权单方面选择遗忘／对死亡与爱的多种尊重之中，把挥刀或射箭者／关进看不见的金笼子，这只是最仁慈的一种／祭司已经老眼昏花，祷词和咒语／仅仅记得没有形容词和副词的那一部分／本来应该将一根根新纺的白纱线拴在路边的／芒果树上，让仍然热衷于丧葬的鬼魂／在上面冲浪、赛跑、表演杂技，或学习蝉叫
>
> ——雷平阳《鲜花寺》（长诗节选）

神示·人事

雷平阳有着漫长的乡村生活经历，民间文化深深地影响着他，这自然包括神鬼故事。神示与人事之间获得了戏剧化的相互阐释和印证，而神示在雷平阳这里更接近于自然的本性以及原初的人性，接近于一

切不可见之物的幻象以及它们在现实境遇中带来的启示。

民间文化和神示一样已经成为镜框中的过去之物，它们只是依稀存在于一些语言操持者的纸上，存在于占卜者的梦中之境。

这是伟大精神元素的最后示意。"在那鬼喊傩叫的地方，无数鬼魂传说、不可知事件，纷纷成了我破译世界的密码。长时期以来，我还行走于基诺山、布朗山、佤山、莽枝山、架布山等神灵和鬼魂游荡的地方，那些山上的人们解读、敬畏万物的方式，为我呈现了另一个远方、珠峰和世界，作为贴地而生的文化，我痴迷于它们的谦卑和圣洁。他们的生死观，未必是道或佛，上而不骄，下而不媚，不生不灭，不垢不净，不增不减，对他们来说，类似于痴人说梦，但他们屡屡以最真诚、直接、彻底的方式，礼赞着生与死、肉身和灵魂，由不得我不在魂不守舍的语言迷宫中，一次又一次地实施自我拯救。"（雷平阳《在神示之前，一切都只是尽人事（访谈）》）

生死考验

有缘无分的人只能一个向东一个往西。在盐津少有的下雪的一天，雷平阳和女友还是命中注定似的分手了……

此前，雷平阳还经历过生死的考验。那时他到金沙江边的一个小城去开一个诗歌笔会，雷平阳带上了女友。那是个烈日当空的中午，一群人悄悄地在他们身边，他们带来了凶器和死神。"我的反抗是徒劳的，一瞬间，我就看见了我的血，它们迅速地跑出了我的体外，那不停地扩散的红颜色，神秘地把我带走了。接下来，我的世界变了，黑色，白色，黑色，白色，除此之外，就是陌生的人，他们在狞笑、嘶鸣，在黑色与白色之间飘来飘去。我躺在那儿，谁也不理我，几天后，才有一个慈祥的老人叫我走，他叫我离开。他的话音刚落，我用双手撑着冰冷的地面，果然就站了起来。这时候，很多声音在我的耳边响，他醒了，他醒过来了。我又回到了那个涛声中的江边小城，医院、床、医生、护士、诗人、领导和我的女友。女友抱着我缠满了绷带的头颅，悄悄地告诉我，她一辈子都将跟着我。那一次我足足睡了三天，只把开裂的头颅摆在了睡眠之外。云南小说家刘广雄当时还是一个孩子，他在一张纸上写下了这样一句留言：'什么是诗，今天，我看见一群人，在诗人的头上，写下了无数血淋淋的诗句。'许多年后，我当时的女友远嫁他乡，而我也离开了金沙江边的小城。"（《死亡》）

2019 年，我看到了雷平阳拍摄于 1988 年 3 月的一张照片。那时，他和陈衍强、冉旗等人正在创办《大家》诗报。照片上雷平阳的头部还缠裹着一层纱布，那是他经历的生死考验的见证！

雷平阳提到的刘广雄于 1970 年出生于四川广安，后随父母迁居昭通，1995 年开始发表小说作品。多年后，我看到了刘广雄拍摄的基诺山原住民的那些黑白照片，真实而恍惚。

2021 年 7 月 12 日深夜，我一抵达昭通就听王单单说刘广雄已经喝多了，需要找人扛回来。他的妻子当时正好在酒店大堂，什么也没说就跟着朋友们出去找他了。

第二天，我见到了刘广雄，光头，个子中等，瘦弱。

声　音

德勒兹曾谈到声音在空间上的相近性特征："一个动物的声音与其颜色、姿态、外形并存；或者，一个物种的声音与其他物种的声音并存，这些物种之间往往是极为不同的，但在空间上却是接近的。"

（《千高原：资本主义与精神分裂》）

任何一个自然空间和社会空间总是充塞着各种声音，云南的热带雨林更是充满了陌生而神秘的声音："一个人在热带森林里最主要的感觉，就是那些陌生而神秘的声音。许多声音会永远神秘下去，除非他在那里待了很久，并且不懈地去寻找其来源。"（富尔蒂《热带鸟类的声音印象》）这时听觉就会显得格外敏感而突出，并选择性地听取其中的声音……

雷平阳的文字中一直回荡着这样一个声音——

> 询问那个小女孩："你喜欢以前还是现在的江？"她的回答非常简单、干脆："现在。"她即他们。他们有太多的理由喜欢现在，而不是过去。
>
> ——《农家乐》

这一"声音"并非单纯个体、自然和物理化的，而是具有精神区域的发声学意义，由空间所生发出来的差异性的声音还维护了地方性知识，只是在趋同化的空间这些"声音"的差异越来越小了，看似漫不经心的反自然的声音越来越响亮和理直气壮了。

诗歌现实

故事、现实和人物都在作家这里经过了个体主体性的重新审视以及修辞化的观照，语言、修辞化的现实和叙述化的现实得以同步生成。"诗歌写作的难度，对我来说，就是如何将'现实'变成'诗歌中的现实'，一些人容易将它们混为一谈，一些人则喜欢用后者彻底颠覆前

者，我奔波在两者之间，就像基诺人或者乌蒙山人亡命于人间与天国之间的那条盘山路。"（雷平阳《基诺山·序》）

显然，日常现实和诗歌中的现实以及现实感是递进、变形、过滤、修辞和想象的关系。但是，这里仍然存在着一个显豁的悖论，甚至这是当代很多中国作家都必须面对的难题。无论你虚构和想象出了如何复杂的"文学中的现实"，无论这一精神化的现实对于个体来说多么重要，实际发生着的日常现实对作家的想象力以及想象性的现实构成了巨大的挑战。与此同时，我们还要意识到，日常现实和文学中的现实并不是替代和被替代的关系，也不存在重要或非重要的区别，而是分别承担了各自的功能。

失眠症

这几年，我看到的雷平阳已然发生了一些或显或隐的变化，比如皱纹深度、面部表情、说话语气、服装类型、行动姿势以及行事作风。最为明显的，他的白头发越来越多了！

有一段时间，雷平阳失眠比较严重，整个人显得有气无力，话也越来越少。E. M. 齐奥朗说过的一句令人惊颤的话——

失眠之夜的辗转挖成了沟壑，其间有记忆的沉尸朽烂。

2019 年，雷平阳更是苦不堪言，因为结石住进医院做了手术……自此雷平阳电话不接、手机换号、微信停用，很多人说雷平阳"失联"了。

2019 年 10 月 18 日，雷平阳经北京去多米尼加。当晚，我们俩以及臧棣、江汀在中国作协南边的一个火锅店小聚。雷平阳的酒量和饭量还在继续保持，看来身体是恢复了。

10月21日，身在圣多明各的雷平阳仍然时有失眠，异国的教堂、黑铁椅、黏稠而动荡的加勒比海都在午夜和凌晨渗透进他的诗中。这是"世界时间"与"云南时间"的碰面和龃龉，在雷平阳看来，加勒比海远没有澜沧江那么激动人心。

2019年10月23日凌晨三点的圣多明各，一个失眠的人写下了这样的诗行："十二个小时的时差正好反转／我的生活。在云南，此时此刻／我应该在读安妮·普鲁的长篇小说《船讯》／抑或是沃尔科特的诗集《白鹭》／书房是间黑屋子，窗户／被另一栋楼的山墙堵住光源／老花眼镜放大字体，内心平和／纽芬兰岛，大海、巨浪／冰雪、疾风、一块儿涌向／小报记者奎尔，以及他的两个女儿／和年老的姑妈。活命仿佛就是把家／安置在鲨鱼腹，未被消化之前／必须尝试着去爱，去挣扎／而当'天空如同被浸透的帆布／在绝望地航行'，加勒比海变成了／我鼓足勇气绝望面对的死神游泳池／汹渡，缅怀，如一只白鹭／'扭着它的脖子吞咽食物'。但此刻／我躺在圣多明各旅馆的小床上／朗姆酒试图修改失眠的合法性没能如愿／天空的皮肤犹如所有的黑人裸身／航行到达了天上，而且只留下一只／眼睛在回望——那是弯月亮／它停止于旅馆对面另一座旅馆的／露台。我也首先想到它是一只白鹭／是天使的灵魂，能换替安息者／静立的灵魂。然而，它却不是／我的良伴，像黑色人流中挺立的／一个旧时代的白人女警探／我担心，当我入睡，她会从梦中／把我送到海上去服役；因为我／随身携带着噩梦、哑剧／木偶和黑色天空中火焰的种子／哦，月亮，月亮历史学课程里／加勒比海的弯月亮，傲慢地弯曲着／向黑色天心翘起内陷的弧形锋刃"（雷平阳《圣多明各日记·2019年10月23日晨3：00》）。

诗人散文

在我们的文学胃口被不断败坏，沮丧的阅读经验一再上演时，是否存在着散文的"新因子"？看看时下的散文吧！琐碎的世故、温情的自欺、文化的贩卖、历史的解说词、道德化的仿品、思想的余唾、低级的励志、作料过期的心灵鸡汤……由此，我所指认"诗人散文"正是为了强化散文应该具备的写作难度和精神难度。

关于散文尤其是"诗人散文"，我想到本雅明曾经提示过的三点要求："写一篇好散文要经过三个台阶：一个是音乐的，这时它被构思；一个是建筑的，这时它被搭建起来；最后一个是纺织的，这时它被织成。"（《单行道》）

我之所以要谈论雷平阳的"诗人散文"，就是为了与当下一般意义上的散文写作区别开来。其散文最重要的特质就是寓言化特征，而其写作方式显然又拓展了散文的边界和内涵。"他不仅诗赋融合，还频频虚构细节，追求精神真实与艺术真实，这也是对散文自由自在的一种文体实践。"（张燕玲《人神世界的别样文本》）

雷平阳把一部分精力投入散文，这也是对诗歌写作的必要补充。诗人的"散文"必须和他的诗具有同等的重要性和独立品质，而不是非此即彼或相互代替。在我看来"诗人散文"是一个特殊而充满了可能性的新文体，并非等同于"诗人的散文""诗人写的散文"。在诗人这里诗歌和散文不存在主次和从属关系，但是很多情势下"散文"却被视为"诗歌"的下脚料和衍生品。至于诗人为什么要写作"散文"，其最终动因在于他能够在"散文"的表达中找到不属于或区别于"诗歌"的东西。这一点，至关重要。

"诗人身份"和"散文写作"二者是双向往返和彼此借重的关系。这也是对"散文"惯有界限的重新思考。"诗人散文"在内质和边界上都更为自有也更为开放，自然也更能凸显一个诗人精神肖像的多样性。还应该注意到很多的"诗人散文"具有"反散文"的特征，而"反散文"无疑是"返回散文"的有效途径。这正是"诗人散文"的活力和有效性所在。

诗人作为小说家

对雷平阳比较熟悉的朋友知道他曾经写过小说还出版了小说集《石城猜谜记》（云南人民出版社2009年版），但是最终雷平阳转向了诗歌和散文创作。其原因在于他不习惯小说那种说话方式："从20世纪80年代中期开始诗歌创作，迄今30年，途中曾因为稻粱谋而中断写作，亦曾因小说和散文的介入而远离诗歌。2001年前后，经过一段时间的内省，确定诗歌写作的方向并切断与小说的不快乐关系。"（雷平阳《"诗艺"是隐形的，不是模具》）

李敬泽曾指出雷平阳小说创作的"短板"，这可以作为雷平阳停止小说写作的一个佐证："我为《乡村案件》的作者感到惋惜，在故事资源普遍匮乏的时候，他把许多故事成堆地处理掉了。这些材料本来是足够写出几个中篇几个短篇或者一个长篇的。"（《凹凸三记》）

"讲故事的人"本来专属于小说家们，但是单一的文体已然很难应付越来越复杂莫名的当代经验了。诗人和小说家站在了同一个序列里，他们的职责大体相同，都是叙述者，都是讲故事的人，都属于"叙事性的历史"，而最终考验他们的则是讲述方式的有效和活力。"天苍苍，野茫茫，风吹草低，又多了一张迷茫的脸庞。讲吧，昼短苦夜长；讲吧，心里闷得慌；讲吧，礼崩乐坏；讲吧，诗言志，文载道，天下不能没有道德文章……讲了几千年，不知讲坏了多少张嘴，绵绵不绝的人类，仍然团结在一起，齐声命令讲故事的人：讲，请讲，请好好地讲！从来我都同情小说家，上帝又没多给他们一张嘴，他们干吗要承担只有多生几十张嘴才能勉强胜任的工作？"（雷平阳《小体会》）

"小说家"擅长讲故事那是本分，但是在特殊的时代"讲故事的人"往往与乡土文化联系在一起。"有一段时间，集市上来了一个说书人。我偷偷地跑去听书，忘记了她分配给我的活儿。为此，母亲批评了我，晚上当她就着一盏小油灯为家人赶制棉衣时，我忍不住把白天从说书人听来的故事复述给她听，起初她有些不耐烦，因为在她心目中说书人都是油嘴滑舌，不务正业的人，从他们嘴里冒不出好话来。但我复述的故事渐渐地吸引了她，以后每逢集日她便不再给我排活，默许我去集上听书。为了报答母亲的恩情，也为了向她炫耀我的记忆力，我会把白天听到的故事，绘声绘色地讲给她听。很快地，我就不满足复述说书人讲的故事了，我在复述的过程中不断地添油加醋，我会投我母亲所好，编造一些情节，有时候甚至改变故事的结局。我的听众也不仅仅是我的母亲，连我的姐姐、我的婶婶、我的奶奶都成为我的听众。我母亲在听完我的故事后，有时会忧心忡忡地，像是对我说，又像是自言自语：'儿啊，你长大后会成为一个什么人呢，难道要靠耍贫嘴吃饭吗？'"（莫言《讲故事的人》）

诗人正在代替小说家。

我们不仅会被讲述者的语气吸引，被那些古怪难解的故事吸引，也会被他特有的精神气息和缠裹的斑杂命运吸引。

诗史·枕杜记

    雷平阳这里的"记"强化的是记录、见证和记忆的功能，这是雷平阳最为看重的杜甫式的"诗事""诗史""诗传"的传统的接续或再造——

> 最出格的一次，我模仿中唐诗人张籍
> 偷来一本《杜工部全集》，在街边
> 把它烧成了灰，拌入饭中
> 吃得热泪滚滚
>
>   ——雷平阳《行为艺术》

    雷平阳反复提及杜甫，这是摄入灵魂的共时体的肖像，"想起杜甫《离家别》，我泪如泉涌"（《访隐者不遇》），"因为焚烧王维和杜甫的诗篇／拌在饭食里吞咽，我已经吃相不雅／手中的竹筷燃起了火苗"（《如果某一天》），"杜甫不仅仅意味着叙事，对我来说，他诗歌中的'现实'，是诗歌史上一个无人比肩的王国。他存在于自己的诗歌中，形象、呼吸、血泪、白色的头发和骨头、秋风一样的背景，这些元素其实也不是唯一的诗歌材料，美食、美人、美酒、美声、美景，美的一切，同样可以组成动人心魄的诗歌。杜甫的意义不在于他写出了诗歌里的悲苦，在于他一直寄身在生活与诗歌的现场，他的写作剜肉泣血，呈现了生命渐渐耗尽的过程。比之于我们那些苍白的伪道士、用假嗓子高歌的诗人，他是我最敬仰的诗人"（雷平阳《诗歌本未没落何来复兴》）。

不只是雷平阳，实际上杜甫作为伟大的精神共时体和命运共同体总会来到每一个时代的"当代人"中间。"那一晚，微山湖上，我在一个剧组里拍夜戏，天快亮的时候，大风突起，霜寒露重，我便躲进了一大丛芦苇之中，芦苇丛里竟然还有一条小船，我干脆在船里蜷缩下来，不知不觉便睡着了。也不知道睡了多久，船舷上飞来一只鹧鸪，低低的鸣叫，将我惊醒，当我惺忪着打量天上的月亮和湖上的微波，再清晰地闻见芦苇根部被湖水浸泡之后发出的清苦气息，不自禁地，我便想起了杜甫，还有他的死。"（李修文《枕杜记》）

　　无论你病愁失意、逆旅伤怀、穷途末路还是登高怀秋、心系苍生，杜甫总会是你的命运伙伴和灵魂朋友。在草木人间每一个人都有自己的命数，而只有杜甫成了每一人的同路人或引路人。"至于我，当浓雾被阳光刺破，渐至消散，和那些没有名字的人一样，哪怕相隔千年，我也在杜甫身上，在他的诗歌里，获得了一寸一尺的实在，骤然间，我突然想要一本他的诗集，于是，片刻也未停留，我跑出了村子，坐上了前往县城的客车，在县城里，我几乎跑遍了所有的书店，最后，在一所中学门口黑黢黢的租书店里，在一堆油腻的漫画书的中间，我找见了一本《杜诗选注》……其实，那几天，因为天寒地冻，我一直发着高烧，尽管如此，在我借宿的人家里，还是借着微弱的灯光将那本《杜诗选注》看到了后半夜，那一字一词呵，有时候像雨，但我又恨不得立刻就被它打湿，有时候像药，不用煎熟，我也能将它们全部喝下，渐渐地，高烧开始剧烈地作用于身体，我疲惫难支，还是睡着了；在梦里，我又看见了杜甫，和上次见到他时一样，他挤在人堆里，仍在登上渡船，实际上，还是连个照面都没有打上，但我知道，他就在那里，他就在人堆里。"（李修文《枕杜记》）

　　雷平阳对杜甫的偏爱甚至带有排他性成分，"就诗歌的写作方向而言，我个人认为，今天我们更需要的是杜甫，而不是李白"，"也正是因为生活的牢狱所困，他成为诗歌之圣，也成了不多几个看见诗歌之血汩汩流光的证人"（雷平阳《向杜甫致敬》）。李白和杜甫的差异比较适合于王国维所说的"主观之诗人"和"客观之诗人"，李白是"不可学"的，而杜甫是"可学"的，恰恰是杜甫为诗人和诗歌树立了范本意义上的"诗艺法度"以及"诗性正义"的尺度。"一部中国诗歌史，完全可以分为杜甫前和杜甫后，杜甫特立独出，开辟了新天新地，从此确立了不可动摇的诗歌标准。世上有两种艺术家，有的艺术家令人目眩神摇，但是你不会想到学他，比如李白，几乎所有的人都爱李白，包括杜甫也包括皇帝；但是，无论当时还是后世，几乎没有什么诗人会想到学习李白，李白不可学、学不像，他天马行空，冲破了人类生活的正常尺度；而杜甫属于另一种艺术家，他是高山，令人仰望，但是，你知道，他也像山一样安稳，他开辟和界定了一系列基本的艺术原则和路径，你可以一步一步地走近他、攀登他。"（李敬泽《江河及其方向——杜甫一千四百年》）

雷平阳的文学观和世界观通过对杜甫的强调而呈现出沉郁顿挫的文学品质："我是个悲观主义者，在读《杜工部全集》的时候，我看到的最多的两个关键词就是'白发'和'白骨'，它们是轮番挥舞的两把铁锤，不停地砸在我的头顶，将我铁钉一般地砸入地心。《垂老别》《无家别》，今天仍然在生活现场上不断地出现，就算我待在地心里，我也为之肝肠寸断。我理解诗人张籍，他将杜工部的诗烧成灰，拌在饭里吃下，这不是行为艺术，但这行为有着双重的沉重与悲恸。"（《"我只是自己灵魂阅历的记录者"——雷平阳访谈》）

是的，杜甫不在古书里，而在每一个当代人的命脉和精神漩涡里。"我们中国人，无论你身处在什么样的境地中，总有那么一句两句诗词在等待着我们，见证着我们，或早或晚，我们都要和它们破镜重圆，互相指认着彼此。"（李修文《诗来见我》）

诗性正义

我想在一切终结的时候，能够像一个真正的诗人那样说：我们不是懦夫，我们做完了所有能做的。

这是只活了 36 岁的阿根廷女诗人阿莱杭德娜·皮扎尼克所说的话。

我相信，那个时候黑暗、孤独和忧郁症正紧迫地包裹着她，而她的确在短暂的一生中完成了一个诗人应该做的。这就是诗性正义，"伟大的目标是去获得不仅仅诗歌之真，而且还有诗意之真"（华莱士·史蒂文斯《徐缓篇》）。

奥克塔维奥·帕斯说"我们都是时间"，约瑟夫·布罗茨基则强调"诗歌是对人类记忆的表达"。"时间"和"记忆"都指向了诗歌的终的，但是在严峻和动荡的时刻诗人维持记忆和诗性正义是要付出代价的，这是源头被切断而分裂、虚无的无解时刻。

失忆症

倍感虚无的诗人一次次眩晕、失重，一次次被时代巨大的离心力甩向无地。在此窘迫情势之下，诗人的"祷辞""隐语""暗疾"必将发生，更为严重的则患上了失忆症。

雷平阳仍有谈龙谈虎之心，仍有以卵击石的妄人之举，但是这也不能保证诗人能够治疗自己的失忆症，而"失忆"几乎成了所有写作者面对的首要难题，"整个安的列斯，每一座岛都是记忆努力的结果；每一个人的思想，每一部种族的传记，终将陷入失忆和浓雾"（德里克·沃尔科特《安的列斯：史诗记忆之碎片》）。

记忆被格外强化的时候往往是人们普遍开始遗忘过去的时刻，正如德里克·沃尔科特说的："失忆才是新大陆的正史。"

包括乡土在内的过去世界被彻底地改变了，每个人的精神世界和现实情势也因此变得不可捉摸而愈发焦虑，尤其是作为考察过去的重要媒介的记忆也遭受到了挑战。忘却和失忆成为常态，这一常态的形成既出自大多人的不自知又出自严峻情势的整体逼迫和泥沙俱下式的裹挟。

阿米亥也曾对着记忆和忘却的拉锯战而写下异常尴尬的诗，"世界充满了回忆和忘却／就像大海和干燥的陆地。有时记忆／是我们站立的坚固的陆地，／有时，记忆是洪水一般覆盖了／一切的大海。而忘却却是干燥的陆地，能像阿勒山一样救命"（《在我的生命里，在我生命之上》）。

关于过去的记忆已经彻底沦丧，而一个抹平记忆的新世界已经昂然诞生，"我们枯站了一会儿，专心于遗忘与遗恨／他划着小船离开，我继续／理智地住在灯塔里。海中灯塔的倒影／摇晃起来，从实相中脱身，像一条朝下的／眩晕的，直接通向海底的输油管道"（雷平阳《海边》）。这里的灯塔成了最后的乌托邦和精神栖息之所，但是雷平阳已然意识到灯塔在精神世界已经不再起到照彻和指引的作用了，而"黑屋子"却无处不在，"身体和心受尽磨难。还以为——／船只已经靠岸，舱门即将打开／哦，灯塔！灯塔和灯塔形状的建筑就在头顶／但你们已经是砌入础石的骷髅"（雷平阳《灯塔博物馆》）。

诗与真

无论是日常时期还是非常时刻，"诗与真"一直在考验着每一个写作者："无疑，在今天的具体历史语境中谈诗歌之'真'，肯定不是指本质主义、整体主义意义上的逻各斯'真理'，亦非反映论意义上的本事的'真实性'。而是指个人化历史想象力和生命体验之真切，以及强大的语言修辞能力所带来的深度的'可信感'。"（陈超《诗与真新论·自序》）

正如当年的马尔克斯在《霍乱时期的爱情》（1985年）中穷尽了"忠贞的、隐秘的、粗暴的、羞怯的、柏拉图式的、放荡的、转瞬即逝的、生死相依的"各种爱情可能性，正如阿尔贝·加缪通过《鼠疫》（1947年）揭示了各色人等形形色色的心理、动机和不可思议的行为一样，雷平阳通过"故乡""云南"最大化地展现了人性和时代的可能性，而不是提供单一的答案。

时间隧道

照片往往与消逝以及死亡联系在一起，这是一个特殊的能够回溯和往返的时间隧道，因为照片和摄影术的存在，记忆、时间具备了精神的可逆性，"凝视自己的旧照，或我们认识的任何人的旧照，或某位经常被拍摄的公共人物的旧照，第一个感觉就是：我（她、他）那时年轻多了。摄影是倏忽的生命的存货清单。如今，手指一碰就足以使一个瞬间充满死后的反讽"（苏珊·桑塔格《论摄影》）。

2019 年第 5 期《大家》杂志的封面人物是雷平阳。

这张照片是近年雷平阳最爱在刊物和媒体上使用的。

这是一张面向左侧的头像，照例是黑白照。雷平阳用手机拍照时从来都是选择黑白颜色的模式。

照片上的雷平阳显得慈祥而沧桑，头发短硬且根根向上直刺着，夹杂的变白的头发楂更为醒目。额头、脸上和脖子上的皮肤纹理以及毛孔清晰可见，脸上沟壑正在加深。

这是一个人到中年的标准影像。透过它，我们能够想到什么呢？

后来，我看到了 1988 年雷平阳与陈衍强在昭通的一张合影。

背景是山顶的一片草地，其间还有野花盛开。二人那时还非常年轻——都是二十多岁，表情都有些拘谨，动作有些僵硬，明显还不太适应镜头。他们穿着毛衣——居然都是黄色的毛衣，再有就是深色外套和牛仔裤。如果我们不清楚照片的时间和人物背景，这两个人很容易被认定是农民或民工——身体结实，面容憨厚，表情低调。

2005 年冬天，雷平阳在昆明抄录了郁达夫的诗《钓台题壁》赠给陈衍强：“不是樽前爱惜身，佯狂难免假成真。曾因酒醉鞭名马，生怕情多累美人。劫数东南天作孽，鸡鸣风雨海扬尘。悲歌痛哭终何补，义士纷纷说帝秦。”对这首作于 1931 年 1 月 23 日的诗，郁达夫有所说明：“旧友二三，相逢海上，席间偶谈时事，嗒然若失，为之衔杯不饮者久之，或问昔年走马章台，痛饮狂歌意气今安在耶，因而有作。”

每个人都有过青春孟浪、鲜衣怒马、踌躇满志的时候，那一时期雷平阳的照片青春朝气、神采焕发，真真是“大胆文章拼命酒，坎坷生涯断肠诗”。

雷平阳是第二届华文青年诗人奖的获得者。在 2003 年 4 月海南文昌文庙前的合影中雷平阳穿着黑色 T 恤和休闲短裤，脚底踩着黑色的凉鞋。那次合影的还有北野、江非、刘春和江一郎，而江一郎在 2018

年 2 月 5 日英年早逝，提前去了另一个世界，"我相信天堂的存在／凡是人生征途走到尽头的人／都应该去那儿居住。但至今我还没有／聆听过来自天堂的诗篇，你去了／可以把没有写完的诗句慢慢写完／在梦境里披着月光一样的长发／为我们朗读。为此，我特意为诗人之死／献上花环，而不是写一首挽歌，用文字的泥沙／将生与死中间的河流傲慢地填平"（雷平阳《挽歌，寄江一郎》）。

时空体

奥斯卡·米沃什说过："我们的所有想法都源自地点的概念。"

雷平阳笔下的云南空间作为写作背景和精神视域已经被充分时间化、存在化、现实化和历史化了，"我的写作全围绕着我生命息息相关的具体地点来展开，目前我正写作的诗歌和小说，无一例外"（雷平阳）。

尤其是经过个体主体性和个人化的历史想象力以及现实的求真意志的参与之后，这些空间成为现实、历史和语言三位一体的复合结构。正如巴赫金在《小说的时间形式和时空体形式》中所指出的："文学中已经艺术地把握了的时间关系和空间关系相互间的重要联系，我们称之为时空体。"

具体到雷平阳，时空体涉及的是人性、存在感、现实境遇和历史性的互相打开的特殊结构，其中人和人性是雷平阳写作的持续动因："他有版画家的耐心，说书人般对故事的敏感，还有一种为正在消失的世界作史立传的野心。他为丛林和树木作传，为乌蒙山和哀牢山作传，为红河和怒江作传。但无论是作传还是写史，最动人的，永远是其中的'人'。"（沈浩波《雷平阳：这是杀狗的唯一方式》）

时空体要求空间与时间是不可分地融合在一起的，一旦其中任何一方发生了变动都会直接甚至根本地影响到另一方的存在以及功能变化："随着时间悬停，意识在对空间的感知中耗尽自身，我们遂养成一种埃利亚学派的风范。宇宙万物的寂静在一个永恒瞬间废除了我们的记忆。空间令我们沉迷，世界似乎变成无用、无穷的期望。在那样的时刻，对寂静的渴望占据了我们的身心，因为空间就是来自静止的一阵遥不可及的颤抖。"（E. M. 齐奥朗《眼泪与圣徒》）

十三年

1992 年，经过多方辗转，雷平阳在云南建工集团谋得一份差事，做企业宣传干部。

当时雷平阳住在昆明西郊一个叫二十八公里的地方。这里地处偏僻，树密林深，荒冢遍地，经常有小动物出没，但是雷平阳一干就是十三年。

那时，雷平阳最熟悉的就是大大小小的轰鸣不已的工地。"终点是一处由二三十间低矮平房组成的院落，这里是雷平阳曾工作了十三年的云南建工集团的文海水库施工处。得知他要带着诗人和作家们前来参观采风，施工处杀了一头牦牛作为款待，在七八张桌子摆成的流水席前我们各自落座，空旷的院子里洒满了阳光，对面的屋脊上挂着露出一截白头的玉龙雪山，我们就那样远远地望着它开始喝酒吃肉。午饭之后去看文海，路过的小院子里还有工人正在蹲着吃饭，一只手里端着菜，一只手里拿着馒头，两团热气冒个不停。到了湖边，堤坝下有几个工人在塔吊下施工，粗大的手掌抡起扳手，落在塔吊的铁臂上，也正落在他们背后的玉龙雪山顶上。在多年以前，雷平阳应该也来这

里采访过，和这些或另外一些工人们同吃同住，一起喝酒、抽烟、聊天，或者沉默。"（林东林《雷平阳：行走在故乡云南》）

再次回到 1992 年。

雷平阳最初住在公司的办公室，几乎天天吃椒盐饼泡热水，偶尔才出去喝一两次酒，那时他的朋友也不多。

1994 年冬天，雷平阳住到了东风路的一个大杂院里，那是 20 世纪 50 年代的老建筑，房间小得只能容纳一张床。在这一年，雷平阳写下了一批与废墟有关的文字。

如果这十三年的生命压缩在一首诗中会是怎样的情形呢？

> 有两年时间／我存活在张之广的记忆里／有五年的时间，我和李小薇／在一起；有四年时间／刘芳菲代替了李小薇／最近两年，为了养家／我已经很少写诗／而是用最多的时间／为一个名叫普云的广告商／抒写广告词。十三年的昆明生活／我没有更多的朋友／除了他们四个／更多的是隐形的敌人
>
> ——雷平阳《朋友们》

在这十三年中雷平阳目睹和遭逢了社会剧变和纷乱的众生相，"借到建筑工地采访之机，我到过了云南无数的小地方，也深刻地体认到了底层人的悲惨命运"。

石头·西西弗

我注意到雷平阳的这样一张照片。

他站废墟中，身旁就是一个没有了佛头的残缺雕像。那是否是神

性和原初精神在石像上的再一次沦落？正如雷平阳所说："诗歌也是我跟自然和神鬼交流的渠道，我因为有了这一渠道而知道了敬畏，它跟香客的烛火和祷语没什么不同，与云南山水间那些祭拜万物之神的人们所奉献的牺牲，更是相等的。"（雷平阳《故乡对我写作的影响如土地之于物种》）这验证了中国传统诗学的古训："正得失，动天地，感鬼神，莫近于诗。"（《毛诗序》）

自然的物性、奇异性、陌生化以及神性总是在时时验证着人类自身认知的局限。"发现世界'厚实'，看出一块石头陌生到何种程度，我们感到无能为力，大自然显示何等强度，一处风景就可以否定我们。自然美的深处，无不潜伏着非人的东西：就说这些山峦、天空的晴和，这些树木曼妙的图景，转瞬就丧失了我们所赋予的幻想的意义，从此就跟失去的天堂一样遥不可及了。世界原初的敌意，穿越了数千年，又追上了我们。"（阿尔贝·加缪《西西弗神话》）

歌德在晚年总结一生时说这不过是将山下的石头推向山上而已。一个带着石头上山的人，不正是西西弗吗？

> 抱着石头，我登上了山冈，把石头放在了山冈下面。它的旁边站着一棵松树。松树有着在逆境和孤冷中生长的异禀，也在心里装着火焰与灰烬。石头受雇于时间之外的法术和技艺，早已挣脱了菩萨为其量身定做的所有虚无角色，更喜欢站在广场上或坟地中。
>
> ——雷平阳《烟云》

雷平阳通过一个名叫德泽古的村庄演绎了云南版的西西弗——

> 人们普遍认为，山上的巨石迟早会被搬空，万人坑也迟早会

被填平，但对德泽古村的居民来说，真理是可怕的，他们并不希望那一天在几千年甚至几万年之后突然来临。他们希望自己的子子孙孙永远有一条盲道，背巨石下山，填充万人坑。这样的活计，他们没有想过要放弃。

——雷平阳《背巨石下山》

我见过雷平阳的一张照片，他弯着腰双手伸直向后张开，背后是一块硕大无比的巨石。

2021年7月14日中午，在昭通的大山包山顶我终于看到了这块石头。山下依稀是白线般的牛栏江，听不到任何水声。雷平阳让我模仿着他的动作去背负这块巨石……

在大山包山顶的浓雾和大风中我们不得不关注这个近乎是人类终极命运的象征化动作——

诸神判罚西西弗将一块巨石不断地推上山顶，巨石又因自身重量再滚落下来。诸神当初不无道理地认为，最可怕的惩罚，莫过于无用而又无望的劳作。

——阿尔贝·加缪《西西弗神话》

雷平阳诗歌中的"溺水者""绕圈人""游荡者"实则都是背负巨石的西西弗的化身，"老和尚见我醒了，就把我推进水库中，笑嘻嘻地看着我与死神搏斗，直到我认可自己死了，他才把我捞上船；见我醒了，又把我推进水库中，直到我放弃搏斗，才又把我捞上船"（雷平阳《梦见》）。

世 界

雷平阳笔下的云南、昭通、欧家营不是伦理化的"故乡""出生地",而是"世界"和人心世道本身。这是精神视界不断辐射、扩散的过程,也是不断收拢、围聚的过程,"令他害怕的童年永恒地在马孔多的魔法世界里成形,其中,从马尔克斯上校家望出去,视野不只包括阿拉卡塔卡这个小镇,并且扩及他所出生的哥伦比亚,以及实际上的拉丁美洲,甚至更远之处"(杰拉德·马丁《加西亚·马尔克斯传》)。

一个个具体而微的事物和地点构成了一个作家的世界观,就如甘地所言的"就物质生活而言,我的村庄就是世界;就精神生活而言,世界就是我的村庄"。

雷平阳有着为世界立法的执念,为历史写挽歌的求真意志。当他一次次回溯的时候,以往的空间、地点和场所就具备了召唤结构,尽管这一召唤结构是以焦虑、孤独和虚无为前提的。一个成年人之所以要不断回到出生地,回到那些记忆之物,这是因为他仍然希望在幻想中有可依赖的安慰之物和栖身之所,这也是现代性和工具理性变成灾难时刻的精神上的逃避和缺失心理的补偿。人和环境以及事物的关系发生了根本性变化,它们不再是空间关系而是意识系统。当然,安慰之物和栖身之所可以是具体的、现实的,也可以是虚构的。如今,这些记忆更多存在于废弃之物、废墟和幻象之中。无论是现实的物象还是精神的幻象,它们都一同直指向了生命和血缘的源头,一旦源头被切断,那么一切都将成为虚空而最终丧失意义。

具体到雷平阳的"世界",这是面向内心真实和修辞真实的不断紧缩的过程，"诗歌，像一条船，载我驶向他乡／后来，我对大海充满了恐惧／就把诗歌当成了目的地，整天／龟缩在狭小的船舱里。波涛的声音／来自船舷之外，我的船舱／则继续向内，只堪藏身。微型的国度"（《大江东去帖》）。

这一确凿的写作方向有时候是双刃剑。一个写作者的风格和肖像在愈加凸显的时候，随之而来的是写作伦理和身份意识的强化。"他甚至把诗集命名为《云南记》。这是一种大胆的'逆袭'，很危险，但有时有效，比如在钱钟书的回忆中，沈从文当年就是这么干的。诗人或小说家在一种边缘的地理文化精神综合体中确立起一种认同、一种身份，这使他获得鲜明的形象至少会使批评家自信地展开论述；但问题是，这也会遮蔽他的内在性，当我们把一个诗人放在他与世界的坐标上衡量时，这是一种外在化或外部化，于是我们忘了，在另一重更根本的意义上，他自身就是世界。"　　（李敬泽《三段旁批：关于雷平阳》）

"世界诗歌"

2018 年冬天去西双版纳参加雷平阳诗歌研讨会的时候，我又重读了宇文所安写于 1990 年的那篇影响甚深的《什么是世界诗歌?》。

在宇文所安看来，包括北岛在内的中国当代诗人都在一种想象中的"读者"（比如"世界读者""未来读者""瑞典读者"）和走向"世界诗歌"的途中使得诗歌的语言、意象、修辞、写法以及想象方式都不断向"可译"的"世界诗歌"靠拢，从而使得诗歌的人性、地方性、民族性和创造性受到很大的遮蔽，而中国当代汉语诗歌，包括一部分东亚诗歌因此而变得"单薄""空落""甜腻""滥情"。

显然，雷平阳不属于宇文所安所批评的那种积极投靠于世界语境的反本土语言的时尚型写作者，但是很多诗人主动选择离开了自己的土地、现实和文化语境而主动加入"世界一体化"的写作浪潮之中，从而成了仿写者和二手货色的"世界诗人"。"中国近30年来出现了数不胜数的杰出诗人，如果翻译家介绍的诗歌就是'国际诗歌'的话，我认为当下的中国诗歌大师云集，群星闪耀，一点也不比'国际诗歌'逊色。我们之所以依然仰人鼻息，自惭自怜，原因在于我们的奴性仍然存在，我们的文化观屈从于西方的话语谱系。本土性，它在野，近年渐渐成为诗歌中的重要话题，即地域性或地方主义，应该说这次浪潮可能带来新诗最具价值的革命，但人们没看见或装着没看见。不可否认的是，第三代之后的汉语诗歌取得了杰出成就，是世界性的。"（雷平阳《"诗艺"是隐形的，不是模具》）

　　就连米沃什都坦陈自己也曾有过向"国际诗歌"靠拢的心态："曾经有过一个时候，我梦想让自己扮演一个国际角色，闻名世界——内疚地、踌躇地——尽管我的幻想没有任何明确形状，但它们依然显得那么真实。"但最终，米沃什还是重新找回了母语和本土。"现在我是多么开心啊，开心于我紧贴我的母语（仅仅因为我是一位波兰语诗人而不可能是别的什么）；开心于我不模仿法国和美国的那些流亡者，他们剥掉一层皮和一种语言，换上另一层皮和另一种语言。"（米沃什《我是谁？》）

　　早在1987年，骆一禾就强调："在这个世界里，我们的诗乃有自己的矿源，而不是在别人采出的矿里开掘哪怕是很美的石头，诗作为精神现象乃是生命的世界观，因为审美本身就是一种世界观。"（《美神·自序》）

视觉引导物

诗人通过时代景观中的"视觉引导物"或者雷平阳所说的"咔嚓学"来投射出内心情感的潮汐、时代的晴雨表以及现实境遇中的身份焦虑。

摄影作为视觉引导物会因为扮演道德化或意识形态化的角色而维持一种社会秩序和时代伦理，这同时也是偏离了事实和真相的修辞化的过程："一个摄影师在昆明搞了个影展。作品全是他'深入'云南边寨拍摄的，内容清一色的儿童百相。请了我去，意思是希望我为之写篇文章，吹吹他。看了不到三分之一，我掉头就走了。他来电话催文章，我告诉他，他的摄影作品让我非常恶心。第一，他冒充了上帝；第二，他可以是个慈善家但不具备艺术工作者的素质；第三，他与乡村生活隔着一堵墙……我还告诉了他，在三十年前，我亦是那些孩子中的一个，贫穷固然让我痛彻心脾，但快乐也让我成了一个小神仙，如果艺术成为方法论，他所用的'艺术'是虚假的、伪善的，和我搭的不是一辆车，用的不是一本字典。"（雷平阳《我为什么要歌唱故乡和亲人》）

世　说

这是另一个时代的"世说新语"和"酉阳杂俎"："十年前，我还在建筑公司工作，任务就是不停地跑工地，给企业的内部小报写新闻稿。有一天，我去到了地处小凉山的一个建筑工地，采访完毕，便坐在工棚里读随身携带的段成式的《酉阳杂俎》。那是个世界之外的地方，刚刚搭建起来的工棚，四周的荒草一度被铲除，但又迅速长得比羊背还高，它们以大地主人的身份，与荆棘和灌木丛结成集体，凡有泥尘处，葳蕤繁荣，浩浩荡荡，直抵百米之外的群山。山都是些无名山，没有寺庙、摩崖、遗址和陵园，是山本身的样子，土很红，石很白，坡岭跌宕，谷峡浮云。静耳聆听，有一条江在山背后流淌，状若几万筒木鼓在天外擂响……"（雷平阳《我诗歌的三个侧面》）

这是极其荒诞而富有戏剧性效果的现实与寓言并置的世界，可解与不可解、真实与魔幻如此复杂地融合为一体。其中最典型的文本是《石城猜谜记》。这里面所涉及的人物甚至是现实中的人物——比如《滇池》原主编张庆国先生，但是故事却很难说是真实发生的，作者的冥想、虚构和想象参与的成分更多。"白天乘坐的车在乌蒙山的峰岭间颠扑了一整天，我早已累坏了，再加之不想吃饭，于是就合衣躺下了。大约睡了四个小时，也就是晚上 11 点钟左右，我醒了过来。睁开眼，最先看到的是窗外白晃晃的一轮圆月，转个身，就看见月亮的一束白光中，房间门边的木凳上坐着旅馆的主人。我没从惊恐中回过神来，旅馆主人就说，小伙子，你一定梦见了什么，你一直在讲着梦话。我本想告诉他我梦见了朱厚照设在宫廷里的那一件裁缝店，可我还是脱口而出，你是怎么进来的？"

至于雷平阳在其间提及的明史则更像是纪晓岚《阅微草堂笔记》的写法，是志异列怪或痴人说梦："也就是那一天晚上，围着北京城奔跑的银狐，像荒芜的雾气一样消失了。在一本流传于云南会泽县民间的明代一个叫水嫣的宫女的日记中，曾提到了这事。同时提到的还有朱厚熜那天夜里的表现，大意是：那天晚上，朱厚熜下令把皇宫里所有的烛火都弄灭了，不准有半点光亮，使得来来往往的宫女和宦臣像鬼影一样。奇怪的是，到了午夜，整个皇城都飞满了只有湖北才有的离斑水蜡蛾，它们像潮水一样，一浪推涌着一浪，那翅膀击打空气或互相碰撞的声音，乃至碰到墙壁、柱子、假山、花树以及家什的声音，是软绵绵的，同时又仿佛千千万万个小小雷霆。水娲的日记最后说，这些蛾子是黎明前离开的，一只不剩，也没有谁看见它们的一个尸体。"

为什么雷平阳会反复提及《聊斋志异》《世说新语》《酉阳杂俎》以及《阅微草堂笔记》？

这并非是一个诗人一味地向"传统"示好，对此，陈超先生一语道破天机："魏晋志怪既可以看作'前小说'，也可看作'先锋派'；'断竹，续竹，飞土，逐肉'既可视为'前诗歌'，亦可视为'新客观主义'。东西没变，是眼光变了。"（《讽喻的织体》）

雷平阳所提及的笔记体文本实则代表了一种类型的文学路径和精神方法，看似荒诞实则无比现实，怪诞不经却能直入腠理，比如《阅微草堂笔记》中提及的"以人为粮的菜人"不正是真正的"现实主义"传统吗？

至今，读到纪晓岚的这些文字，仍有惊悸不已之感："盖前明崇祯末，河南山东大旱蝗，草根木皮皆尽，乃以人为粮。官吏弗能禁，妇女幼孩，反接鬻于市，谓之菜人。屠者买去，如屠羊豕。周氏之祖，自东昌商贩归，至肆午餐，屠者曰：'肉尽，请少待。'俄见曳二女子入厨下，呼曰：'客待久，可先取一蹄来。'急出止之，闻长号一声，则一女已生断右臂，宛转地上，一女战栗无人色，见周并哀呼，一求速死，一求救。周恻然心动，并出资赎之。一无生理，急刺其心死；一携归，因无子，纳为妾，竟生一男，右臂有红丝，自腋下绕肩胛，宛然断臂女也。后传三世乃绝。皆言周本无子，此三世乃一善所延云。"（《阅微草堂笔记·滦阳消夏录》）

手　稿

　　手稿保留了一个人的体温和呼吸，复原了写作现场。"一个人会撒谎，他会伪装，会否定他先前说过的话，一幅画会改变他美化他，一本书会说谎，一封信也会。但是有一样东西却让人们和他的本质中最内在的真实无法分离地连接在一起——那就是他的文字，手写的文字会出卖人，不管他愿意还是不愿意，总有一次笔迹好似和他本人契合的，有时文字说出了他没有说出的东西……但是所有把我们的视线从外在引到内在，从易逝的事物引到不朽的事物上去的东西都应该得到赐福，所以因为手稿内在的美丽我们应该怀着更加敬畏的情感去看待这些表面并不显眼的纸页，因为没有什么事比内在美更加纯洁。"（茨威格《手稿的意义和美丽》）

　　手稿是另一种"摄影术"，是特殊的个人性格、视觉形式和"物质文化"的融合体，也最能体现一个人的性格、书写习惯、思维方式以及书写时的环境和心态变化。

　　手稿是活着的档案和纪念碑。

　　手稿这种手写体方式还与阅读习惯和思维方式有关。雷平阳的阅读习惯比较古老，基本靠纸质阅读，阅读的时候用笔在上面勾画和做批注。他曾经练习过一段时间的电脑输入法，但最终还是放弃了。

　　丁酉年元月初八之夜，雷平阳手写了如下一段"夫子自道"式的文字："自 20 世纪八十年代中期开始写作以来，我一直坚持手写。这没有半点抵制电脑的意思，而是始终难以和电脑建立亲密的倾诉关系。保持手写当然有许多的不便，比如修改，比如录入及发稿，但它也让我和汉字有了不变的肌肤相亲，有了无法拆散的互相依偎，以及同病相怜和共同喜悦。"

手稿是最能体现一个写作者的态度的，他对词语、文体以及自我精神的态度都在这些大大小小的稿纸上得以体现，"从黑塞的手稿可以看出，在写诗这件事上他最不满足并对自己最挑剔，同他的散文相比，他的诗稿上修改和删除比比皆是，甚至有许多新的文本，直至最终在幸运的情况下达到那种轻盈和旋律感"（福尔克·米歇尔斯《黑塞诗选·德文版后记》）。

手写体

在复制时代和电脑写作的整体情势下，我们再来看看雷平阳这位手艺人及其"手写体的灵魂"，其启示和寓意不言自明，也有无可奈何的持守况味。

如果网络搜索"雷平阳"的图片，就会发现除了一部分是雷平阳的肖像和书影之外，更多的是他的诗歌、散文的手稿以及抄写的经文和诗句。"我不练书法，二十多年来，我在睡前一直坚持用毛笔抄诗经、李白、王维、杜甫、苏轼。时间久了，有朋友说是书法。我不奢望在书法上有所谓的造诣，倒是想一直抄写下去，有性情，是活着的线条，是生机勃勃的字，而不是装裱店里令人作呕的'宁静致远''天道酬勤''厚德载物'之流。"（雷平阳《书写时代的个人命运感》）

我们可以看看这些白纸黑字："门前一湾金沙水，我当五湖四海看""身入菩提海，心似莲花开""长剑一杯酒，高楼万里心""空庭不种树，尽日好看云""丽服映颓颜，朱灯照华发""我笑你作诗，如盲徒咏日""人在诗心，神无我相""世事浮云何足问，不如高卧且加餐""天地知我""白天看人，晚上读书""所居人不见，枕席生云烟""九万里风斯下，五百年贤者生""磨砖作镜，积雪为粮""诗传千古话，碑断六朝文""与天为徒，立地作文""聚石为徒""生而为人，我很惭愧""松下读书亦望云，野草漫至心头时""无心无愧""在别人的故事里把自己的眼泪流空""腹盈积稿难尽晒，手倦抛书但欲眠"……

雷平阳坚持手写并不是有意为之或故意作秀，也不是提前为进入博物馆、档案馆和图书馆做准备，而是与他一贯的写作方式和思考方式有关。任何人都有自己的生活习惯，比如挤牙膏的方式，比如进门是先迈左腿还是右腿，接听电话是用左手还是右手等等。

手写体的生活从雷平阳的高中时代就开始了。"'以抄代读'往往是在深夜，我希望黑夜静下来，让我有一席妥帖的床榻，再不要在梦中仓皇地奔走。"（雷平阳《酒是中国人的另一种血液——答〈世界之醉〉记者问》）这导致了雷平阳从来不用电脑。"我不会用电脑，也不是学不会，而是觉得一个诗歌越写越短的人，用了电脑，像个小说家似的，不好意思。而且，许多年以来，我始终迷恋动手在纸上书写的感觉，很多时候，与朋友通信，我还用八行笺、毛笔和墨。写信，有地址，有送信的人，缓慢地送达，写与读的仪式感……至于诗歌的流传，没纸或说纸笔不便的时代，诗人把诗写在墙上，一样地流传至今。后来出书，一样流传。如果说，现在出书和发表在刊物上，已经是诗歌流传的一种古老方式，我且再继续坚持一会儿。"（雷平阳《故乡对我写作的影响如土地之于物种》）

有一段时间雷平阳还苦练五笔字的指法，把键盘砸得通通作响。但是，他失败了。更多的时候，他在闪烁的屏幕前枯坐无语如颓败的老僧。他的一切神经、感官、灵感和语言以及想象力的线路都在此面前突然短路、失效了。

他在技术时代的电子大门前一次次输错了密码，一条看起来光芒四射的新技术的乌托邦大门最终向他关闭了。只有当铺开纸张，提起笔，他才成为一个"抒情"诗人，一个思想迸发而又沉郁顿挫的写作者，一个语言的行动者。这是手、笔、纸和人之间建立的肌肤相亲、互相依偎、倾诉和彼此信赖。纸的质感是有生命力的，带有地方性格和体温，比如雷平阳近年来喜欢的坚韧、厚实、纤毫毕现的云南手工土纸。

手写，就是以直接的倾诉，是对另一个我的凝视或对话，而面对屏幕的写作总像是写给看客或异己的。

守　夜

"黄昏"成为哲学家和诗人的诉说时间，语调缓慢而低沉。当"黄昏"所代表的前现代性时间被黑夜这一现代性时间笼罩和取代的时候，诉说者关于"黄昏"的声调将变得更为不同，甚至会恍惚觉得曾经拥有过的"黄昏时间"是不真实的，"耀眼的夕阳，如同老式铜灯的光晕，在召唤孩子们回家。我们城市里的光，还保持着田园生活的节奏，那最后归巢的车流像是在无声的雨中，冲破从城郊沼泽或树林袭来的黑暗。而在真实的城里，另一种生活却正在萌动"（德里克·沃尔科特《黄昏的诉说》）。

如果黑暗中的诗人要继续说话，那么他的文字就必须自带光源，当然也可以采用比黑夜更黑夜的方式。"我坚信这是天空又在创世，我们虚构多年的／天堂，天黑之前，／正在朝着未知的星空转移。"（雷平阳《暮晚观云》）

如果你仍然坚持从黄昏到黑夜一直做一个凝视者、空想者，那么你就成了一个守夜人或者守灵人，"坐在黄昏的山顶／猛虎的餐桌上，松涛震耳，落日伤心／我喃喃自语。看见那条虎脊一样／有着优雅弧线的下山路，几米之外就是断头／一头彩云之虎，正从下面升跃上来"（雷平阳《猛虎的宗教》）。

手艺人

雷平阳是机械复制时代少有的手艺人，他有自己特殊的作坊和产品。

手艺人以行动的方式保存了记忆和自我。笔在纸上沙沙划过时内心的感应，正如一棵树在风中会经受细微的颤动一样……

手写给了雷平阳精神上的自由，在一个取消了空间差异性的时代他还能继续在纸上旷野和山林中攀爬、驻足、出神和远行，"我之于书法，法心法手法纸法笔墨法世间万物，法人文精神高于法古人帖。我将其视为纸面上的远行，一个人最自由、从容，诗歌也一样。有人围观，就是表演艺术家了"（雷平阳《诗歌本未没落何来复兴》）。

抒情诗人

雷平阳也曾经是一位"抒情诗人"。

尤其当青春和爱情碰撞在一起擦出火花和伤痕的时候——

在昭通的北面，我曾经坐在一片冬天的乱石堆里对着一只死去的鸟儿唱歌。它洁白的羽毛像纸，像雪地上的红纸。那些年，我的孟浪总是以激情和孤傲的形式出现，在享有秩序和规律的爱情帝国中，让许多充满了幸福和安全感的桃叶冷得发抖。我总喜欢说：爱情是原始部落中的一种魔法。

写《风中的诺言》这段话的时候，雷平阳二十七岁。

属地性格

山地、坝子使得昭通作家更具有生存危机意识。

从属地性格来看，山地给原住民带来了典型的性格特征和心理模式，甚至带有天然的局限性。"对于一个时刻都试图扩展自己眼界的人来说，这个群山环抱的地方时时会显出一种不太宽广的固守。但更为重要的是，我知道，只有在这个时候，这片大地所赋予我的一切最重要的地方，不会因为将来纷纭多变的生活而有所改变。有时候，离开是一种更本质意义上的切近与归来。"（阿来《离开就是一种归来》）

山民往往被视为"另类"和"边缘群体"。"在平地生活的人们对山里人的偏见与刻板印象无处不在。我曾向一位在迪庆文化局工作的藏族女性询问当地藏族跨族通婚的情况，她回答说，藏族与汉族和其他民族通婚常见，但一般不与山上的人通婚。她所谓'山上的人'指彝族和傈僳族。我问为什么。她说他们不老实，比较懒惰。她的反应与其说是族群性的体现，不如说是对山里人的偏见，类似的反应在其他地方也经常可以看到。"（范可《略论"山地文明"》）

雷平阳曾经将 20 世纪 80 年代的地方诗人概括为：整体上的荷尔蒙写作，特立独行又狂妄自大，随时陷入绝望又突然神秘失踪，身无分文而又逢酒必醉、逢醉必歌，秉烛的夜行者和贫穷的读书人……

（《条形峡谷》）

树上的男爵在催眠术与苏醒之间犹豫

卡尔维诺想象和虚构出了一个"树上的男爵"，雷平阳则写出了《树上旅馆》和《集体主义的虫叫》。

"陌生人"在故乡已经变得如此怪异而不为人所理解，"柯希莫可能是疯子，自从他十二岁时上树不肯再下地之后，在翁布罗萨人们一直是这么说他的，但后来，实际上，他的这种疯狂被大家接受了。我不只是说他坚持在树上生活，而是说他的性格中的各种乖戾之处，没有人不认为他是一个特殊的人物。往后，在他对薇莪拉的爱情顺利的那段时期内，他操着别人听不懂的语言做出一些动作，特别是在守护神节那天的举动，很多人认为是渎圣行为，把他的话解释成一种异教徒的呼喊"（卡尔维诺《树上的男爵》）。

树上的生活是用来区别于日常现实的。

树木具有高于日常民居的高度，属于区别于日常视觉的特殊过渡层，"树是大地和天空的过渡者，处在地狱之神和天空之神之间，它参与了死亡和再生的过程。贺拉斯把它比作墨丘利（Mercure），是在天地之间穿梭和勾连的信使"（阿兰·科尔班《树荫的温柔：亘古人类激情之源》）。

如果把树的生存意志与人的生存意志相比，我们并不确信到底谁是最终的强者。对于人类在空间上的过度扩展，植物的命运并不是生存意志、生态秩序和森林法则所能把握得了的了。"我生活的镇上，到处都长满了桦树，而且数量越来越多，但是松树却没有几棵，甚至越来越少。所以，我对松树的偏心可能源自我对弱者的同情。"（奥尔

多·利奥波德《沙乡年鉴》）

当树木以丛林的形式出现在我们面前，人类会感到格外孤单又极度恐惧，因为那不再是属于人的世界，而是另一个陌生的世界。那夜晚的黑魆魆的发出各种声响的树林似乎总是会随时出现可怕的事物，对于诗人来说他们的视力和听觉都应该异于常人，但是森林的世界除了天然的神秘属性之外也对应于人类的现实社会伦理和生存法则。"整整一个晚上，坐在树上旅馆的床上 / 我总是觉得，阴差阳错，自己闯入了 / 昆虫世界愤怒的集中营，四周 / 无限辽阔的四周，全部高举着密集的 / 努力张大的嘴，眼睛圆睁，胸怀起伏 / 叫，是大叫，恶狠狠地叫，叫声里 / 翻飞着带出的心肝和肺。我多次 / 打开房门，走到外面，想知道 / 除了蛙，都是些什么在叫，为什么 / 要这么叫。黑黝黝的森林、夜幕 / 都由叫声组成，而我休想 / 在一根树枝上，找到一个叫声的发源地 / 尽管这根树枝，它的每张叶子，上面 / 都掉满了舌头和牙齿。我不认为 / 那是静谧，也非天籁，排除本能 / 和无意识，排除个体的恐惧和集体的 / 焦虑，我乐于接受这样的观点：森林 / 太大，太黑，每只虫子，只有叫 / 才能明确自己的身份，也才能 / 传达自己所在位置。"（雷平阳《集体主义的虫叫》）

树的高度代表了特殊的区别于日常眼界的可能，在那一高度所看到的一切已经发生了变化，视角变了，精神世界也随之发生变化。树不只是代表了自然的力量，也代表了精神的能量，"坐上窗台，一个魂不守舍的斜坡 / 一直向下，下到几十公里外的 / 澜沧江河谷。它的竹林和树冠 / 常常顶着一轮落日。我客居那儿 / 的日子，木门从来没有关过 / 它对着树丛中的一汪碧水 / 水上的睡莲，每天都托清风 / 送一些香气过来，对一个 / 悬空的人来说，那几乎是个妙香国"（雷平阳《树上旅馆》）。

爬到树上的人往往具有异质感或不祥之兆，雷平阳这里反复出现了攀爬者的形象，但他们都具有反常性，一个是"傻子"，一个是走投无路被自己儿子追杀的"父亲"："暮秋的月亮升起在古老的天空上，泛着黄色的光。夜牧的羊倌赶着羊羔出了村，守夜人提着一瓶酒，边喝边往田野上走去，傻子从梨树上下来了，在一堆草垛里睡着了。年老的父亲被追杀自己的儿子逼到了梨树下，走投无路之时，体内竟然生出了傻子才有的爬树功夫，猴子似的，一眨眼，便蹿到了高高的梨树上。"（雷平阳《弑父》）

树与人的关系是复杂的，甚至还充满了禁忌和迷信："父亲曾经告诉过我，乌鸦歇脚的树上都有过吊死鬼。我从来没有看见父亲爬过树，而我倒是一直喜欢爬到树上去"（雷平阳《回乡记》），"梨树的枝叶，是不能当柴火使用的，有人低声对我讲，谁烧了梨树的枝叶，全身就要烂掉。"（雷平阳《在梨树上歌唱》）梨树在雷平阳这里显然成了特有的乡村时间的记忆，即使遍地都是废墟，即使一切都被更改和损毁，"寂静，枝条的古老欲望／新屋被废墟取代，我还是觉得／有人居住在时间的梨树上／／这一切都不重要。包括雪／种梨树的人，神的理想。但我会小心／维护记忆中自在的美，丢下婆娑世界／伸手去接神赐的小礼物"（雷平阳《神赐的小礼物》）。

这是自然主义的灵魂被清空的过程，是连根拔起的过程，是在废墟上建立废墟的过程。

由那个被"儿子"（代表了"新时间"）追杀骑在梨树枝上的"父亲"（代表了"旧时间"）我听到的是一个时代的杀伐之声。那些可见和不可见的"新时代"庞然大物对"旧时代""旧物"满怀杀戮之心——

父亲在梨树上诅咒着，老泪纵横，儿子用铁剑砍伐着梨树，嘴巴里也在不停地诅咒。老人和孩子都知道，再粗的梨树总会在天亮之前被砍倒，但谁也没有力量去阻止，也阻止不了。后来，大家就散了，没人在意月光里响着的伐树的声音。

——雷平阳《弑父》

诗人是一个攀爬树木的人，因为大地上已经没有其他的安栖之所了——

一个避开人烟爬到树枝上
做作业的少年，注定是多年后
住在空中楼阁里的诗人
再过些年头，大海和天空
被雷霆串在了一起，他埋首于海浪
孤岛和云朵中间，人已垂暮
心仍在飞升，拒绝下沉

——雷平阳《去须弥山之前》

树木和<u>丛林</u>处于人与自然的边界，它们因此对应于人类的原生经验，这是人与自然的对话，是人对自然的生存依赖和精神寄托。这种来自树木的古老的激情和原生的经验在今天基本已经绝迹了，只是在一些特殊的地方才能依稀看到一些远古式的场景："一伙人相约从曼赛镇去阿卡寨，途中，有人看见路边的橄榄熟了，停下来，吃了一捧，倒在树荫里便沉沉睡去；有人路遇猎山的朋友，朋友开口相约，瞬间便消失在原始森林之中；有人见茶山上采茶的少女，站在高高的茶树上，像只凤凰，猿子一样，很快便蹿到了茶树上……到阿卡寨时，就我一人了。"（雷平阳《我诗歌的三个侧面》）

树林是高于人的自然之物和精神之物的结合体，因而它们具有了区别于日常意义的神秘性和精神意指，"我仍然坐在一棵树底／一身漆黑，却内心柔和／仿佛有一头大象在我的血管里穿行"（雷平阳《池塘》）。由此，树木总会引发人们的诸多想象，比如亨利·戴维·梭罗对落叶的注视和思考："它们千真万确地走向坟墓！如此甜蜜地飘落大地，把自己变成沃土，描绘出千变万化的图景，这值得人们把它做成活人的床！如此轻盈，如此娇弱，它们成群结队地走向坟墓。它们没有穿孝，快乐地前往，在地面追逐，挑选自己的坟墓，在林间低语。"（《树荫的温柔：亘古人类激情之源》）至于老杜甫的"无边落木萧萧下"更是道尽了生存晚景和时间况味，而 W. H. 奥登诗歌中的树叶所寓意的生存之悲与杜甫相似，"现在开始树叶凋零得很快，／保姆手中的花不会常开不败，／她们走向坟冢踪影已不见，／而童车滚动着继续向前"（《秋日之歌》）。

树木也会成为精神的化身："我曾经梦见过一个桑葚王国，在乌黑的桑葚间，移动着一条甜蜜的河流。那同时也是一条没有终结的河流，没因，没果，没有潮汐，没有旱涝，充盈的甜蜜，泛着乌黑的光芒。"（雷平阳《桑树之一》）

树木代表了长时间以来人与自然万物和神性的相遇，而自然的神性几乎是语言无法转述的，而这正是世界的核心和奥秘所在，"大理苍山，靠近玉局峰／一个山谷中。乔木杜鹃，每年春天／都把花粉，一点不剩地／给了一座悬崖。登高看雪的那天／我路过那里，怎么也不习惯／一座石头的悬崖，从里到外／都被渗红了"（雷平阳《浮华》）。

在雷平阳这里，树木也是有身体、骨骼、心跳、血液和灵魂的，它们所产生的正是原生的宗教和万物有灵，它们身上带有原始的不可解的神秘元素以及息息相关的命运感："到了第二年初春，凡是吸收了樱桃树影子的那一小片土地就会长出新的樱桃树来。短短的几年，他家的那片菜地就变成了樱桃园。他的父亲曾找了一张虎皮披着，戴着狮子的面具，用斧头去砍伐樱桃树，每砍一斧，树上就会流出红色的血液，树林里还会响起一阵尖叫，这位父亲只好罢手，任由樱桃树向着四面八方蔓延。现在，樱桃树已经长满了他生活过的那座山中平原，那密集的、红得滴血的、压弯了枝头的樱桃，像火焰，也像瘟疫。他父亲的坟，就在当年第一棵樱桃树下。"（雷平阳《樱桃》）

雷平阳也是"树上的男爵"。树木对应于现实的残酷和精神世界的代价，如果足够幸运的话它们还会成为个人史和时代史的见证。"村庄旁边的墓碑见证了灰衣服、黄衣服和红衣服等不同颜色的大军对村庄的征服与占领，人丁兴旺的村庄一次次沦为荒无人烟，又一次牛羊成群，槐树也总是茂密之后毁于刀斧和战火，然后又从地下不死的根盘上抽出新苗。现在，这个村庄仍然名叫槐树庄。"（雷平阳《槐树》）

在云南的树木以及热带雨林中雷平阳一直是一个仰望者、凝神屏息者、倾听者以及朝拜者。他是"精神原乡"意义上的红土高原上的土地测绘员，因为他知道自己每天生活在"更多的反自然的恶棍中间"，为此必须有人一遍遍地播放安魂曲。甚至，树林也不可能成为理想王国的最后一块飞地。

雷平阳借此注视着当下，也凝视着历史，比如五十多年前的一个中午经由文字来到我们面前，"那是春天，土城镇四周的丘陵上桃花开得正旺。一波接一波的丘陵高举着一棵棵桃树，就像大街上的人潮挥舞着鲜艳的红旗"（雷平阳《空信封》）。

树木和其他植物对应的不仅是自然史，而且是社会史和心灵史。"历史并没有让自然史研究变得轻松，等待着我们这些自然主义者去补救的过失还有很多。曾经有一段时间，田野成了绅士和淑女喜爱的漫步场所。然而，那些人并不想探索世界是如何形成的，而是为了增加一点儿茶余饭后的谈资。那是任何一种鸟都被称作'鸟'的时代，是一个用粗俗的文字描述植物学的时代，是一个所有人都只会喊喊着'大自然是多么壮丽啊'的时代。"（奥尔多·利奥波德《沙乡年鉴》）

我们不得不正视树木和人一样都遭遇了"人心不古"的时刻，它们的命运同样接近于历史寓言和怪诞的现实幻象，恍惚而不真实，却具有现代性景观中知识分子心灵史的功能，"这棵松树在石头的注视下，变魔术一样，一会儿把自己变成大床、供桌和灵牌，一会儿又把自己变成刀柄、惊堂木和哨棒，还把自己变成了棺材、木偶、审讯室里撬开牙关或击打肋骨的木棍，以及木虎、木象、木鬼、木菩萨、木枪和木阳具。当松树恢复原形之后，石头还沉浸在这出自我预设的死亡戏剧中。之后，松树又开始不停地折断肢体上的枝条，发出一阵阵骨折的响声"（雷平阳《烟云》）。

树木的幻象有时候来自一个人的精神渊薮和时代的杀伐之心，这需要诗人具有精神自剖的能力。由己及人，由物及理，树所面对的正是万物所面对的，人心世相中永远会有杀伐的刀斧在暗中闪亮，"唯一的意外／那棵大树还在／黑铁的阴影／像几亩菜地站了起来／／大伯一直想，贴着地皮砍倒它／树冠向上，根蔓下插／他不喜欢这样的拔河比赛／他想，剥掉它的皮／／想在它体内来回拉动／锯片。他还想，最好让它／自己长成家具，甚至／长成一副黑漆漆的棺材，装下他的未来／／大伯想了几十年／凿子越来越短／斧头，在心底腐烂"（雷平阳《我的大伯是个木匠》）。

桓温北征途中经过金城，看见年轻时自己所栽种的柳树已达十围，乃慨然曰："木犹如此，人何以堪！"（《世说新语》）面对着攀枝执条、泫然流泪的桓温以及"木犹如此，人何以堪"的唏嘘感叹，这再次印证了人与树之间存在着天然的对照法则——

某些黯然神伤的节日，我想我就是

一棵麻栎，叶片上挂着闪光的露珠儿

在它们的领空内

像个孤儿院里饱含热泪的孩子

——雷平阳《光芒山》

树神之死

2018 年的 10 月，我曾经和朋友们在德宏的一个寨子中参加一对傣族青年人的婚礼，他们对着村头的两棵大树下拜，据说那是村寨的树神。

人总是能够从树木那里找到一些精神的源始和生命的源头，"我站立着，体内所有的血液冲向双足又立即冲向头顶，我因而眼盲而面赤，如同一棵树，向树叶猛送由根部卷起而喷涌而出来的水。我是怎么了呢？我站在桐叶枫前目瞪口呆，我凝视着巨大的树干。大树唤起回忆。你站在树下幽暗处，此处的光是蓝的，你心不在焉地凝视树干最粗的部分，仿佛那是一条又长又暗的隧道"（安妮·迪拉德《听客溪的朝圣》）。

树神崇拜古已有之，甚至天经地义。

茶树王"沙归拔玛"（意思是"茶树的母亲"）是作为僾尼人创世史诗般的活化石，它身上附着了太多的民族的信息、文化根系以及历史档案式的象征。"在漫长的僾尼人史诗般的生命传承史上，'沙归拔玛'一直有云霞所笼罩，有金蛇护卫着她的每一根枝条和每一片叶子。这一场造神运动旷日弥久，非某一代人接一代人在某一时间段上的即兴之作，而是一代人接一代人火炬接力式地延续到今天，这当然就会让我们在体察如此宏阔的史诗结构的过程中惊讶地发现，在谁也无力改动的创世史的页面上，尚有一条条创世的支流在起源，在流淌，在哺乳。"（雷平阳《驿站：南糯山记（二）》）

但是，悲剧还是发生了！这棵傈尼人的神树却在 1995 年死去了。这并不是简单的一棵古树的自然死亡，而是神一般形象的坍毁，其承载的边地民族记忆和文化源头之物也随之烟消云散，仪式、敬畏和崇拜没有了依托。正如当年叶芝所慨叹、悲鸣的那样"一切都四散了，再也保不住中心，／世界上到处弥散着一片混乱"（《基督重临》）。

物的象征在现代技术和现代性景观中已经面向了终结："实际上，形式的完成遮蔽了一个基本的欠缺：经由形式的普遍传导性，我们的技术文明尝试去补偿，与传统工作手势相连的象征关系的隐退，去补偿我们的技术威力所导致的不真实感和象征面的孔洞。"（让·鲍德里亚《物体系》）

经由傈尼人的"神树之死"，我们目睹了"最后的象征之物"的消亡，风景的中心也不再是人而是技术和速度的高铁超人："二十年前的那个春天，通往已经枯死的，也是最先被命名为栽培型茶树王的那棵古茶树的八百级阶梯上，潮湿的树叶紧贴着石块，石缝里新生的藤条仿佛蝴蝶从地心里牵引出来的装饰物。台阶两边，构树、栎树、桤木和红毛榉互相勾连却又彼此独立，已经开放和等待开放的花朵比乔木低矮但又高于藤蓬与草丛，以中产阶级特有的夸张品格无所顾忌地炫耀着浓郁的色彩和味道。"（雷平阳《驿站：南糯山记（二）》）

树荫 VS 死亡

在一些地方仍保持着一个习俗，即在一个孩子降生的当天由族人栽下一棵树，这棵树和这个孩子就具有了相依为命的性质。他们也因此构成了既平行又交叉的世界。当有一天这个人死了，这棵树也将成为盛放他的棺木。树木和人之间产生了生死对应，但是又有区别，比如树木的死亡就与人类以及动物有别，比如它们不需要在死后另寻葬身之地，"它就在生长的地方耸立、死亡，看着它令人产生一种震撼和一系列特殊的激情；就像有些奇特的东西正在上演从脚下开始死亡的剧目"（阿兰·科尔班《树荫的温柔：亘古人类激情之源》）。

雷平阳注视着树木的死亡，"林中／有很多树，没有长高长直，也死了／它们死于生长?"（雷平阳《光辉》）甚至雷平阳还注意到乡下树木的"重生"，"那些我爬过的树几乎都被砍光了，这一棵梨树还在。父亲死的那年，母亲说这梨树死了一年，第二年又重生了。我不相信，母亲说：'不相信就算了。'"（雷平阳《回乡记》）归根结底，这都是对世界上所有死亡形式、内容以及终极本质的叩访，"死人躺在墓穴中，他梦见／自己还活着：用行李箱装着墓碑／以幸存者的身份，在人世上旅行"（雷平阳《悬念》）。

当树木被种植在墓地，在终极的意义上我们目睹的正是但丁经历炼狱般的幽晦和哀鸣。

这正是诗人的心象对应，是精神的炼狱、灵魂的盘诘以及终极关怀的本质回声："我们就走进一个树林，那里没有一条路径可以看得出来，也没有青色的树叶，只是灰色的；也没有平正的树枝，只是纠缠扭曲，多节多瘤；也不结果子，只是生着毒刺……我听见悲泣之声从四面送来，但是又看不见一个人，因此吓得我呆在那里。我相信我的老师以为我在那里想着，这些声音是从那些躲在树林里的灵魂发出来的。"（但丁《神曲·地狱篇》）

彼得·汉德克的母亲在临终前发出最后的呼救，这是死亡的恐惧以及无比痛苦和无助的严峻时刻，最终彼得·汉德克也在那些柏树身上看到了"古人那些神奇的树棺"（《圣山启示录》）。

丧葬习俗实际上代表了一个地区长久以来形成的本土民间文化以及世界观和生死观念，"一个台湾来的／茶客，悄悄跟我说：'死了，我就／来云南，砍棵茶树做棺木……'／每个寨子里，都有寺庙，我领着他／听诵经，接受约束。花，菩萨说／开吧，花就开了；树，菩萨说／绿吧，树就绿了……'在这片土地上／每一种物体内，都住着菩萨或其他神灵。'／我跟他边走边说，他若有所悟／又一次悄悄地对我说：'死了，我就／埋在茶树下，但我希望，草不要长高／一定要让我，躺在土里，也能看见／寺庙、江水和日出……'我们俩／在寺庙的旁边，嚼食着甘蔗／树上掉下一个芒果，打中了他的头颅"（雷平阳《菩萨》）。

生死观念和葬仪习俗又与具体的生活环境和生存空间、地缘文化密切联系，比如大海、山地、草原、森林、沙漠和平原地区的丧葬差异就很大，至于边缘地区、少数民族以及人口较少民族地区的丧葬习俗就更是多种多样了。这一定程度上是环境与人类意识互动而最终形成的具有差异化的自我中心主义、民族中心主义以及世界观的构成，"人类，无论是个体还是群体，都愿意把自己当作世界的中心。自我中心主义和民族中心主义在全世界似乎是普遍存在的，不过其强度在个体和群体之间是不大相同的"（段义孚《恋地情结》）。

死者为大，对于尊崇万物有灵的民族来说人和物的死亡都是平等的，"在某些哈尼人毕摩的神符图卷中，一具尸首往往比祭坛的体量还大得多，焚尸的火焰或坟堆也总是高过山峰。而且，在《百乐书》的签画中，人们可以看到，在葬礼的现场，那些活着或者死去的鸡、鸭、狗、羊，形体与死者或活着的人一样大，禽兽的命，与人同等，它们的死亡，也有奠祭，人们在以尊重它们的行为进而尊重自己"（雷平阳《构树小径》）。

雷平阳曾经详细记述过僾尼人的丧葬场面。

祭奠亡者的祭品是茶叶，这显然是就地取材。雷平阳尤其对僾尼人的棺木（分为公棺和母棺，公棺在上、母棺在下）制作过程进行了深度描写："公的在上，背部凿出镂空状，棺头和棺尾分别留出两根对刺状的剑尖式的木刃。两个'剑尖'中间尚有近一尺的空隙。'剑尖'本是原木的表层，所以悬空，其下又有顺棺而成的'工'字形木格，'工'字中竖着的那笔，在两个'剑尖'对刺的空隙处，凸起一方块……各具象征性，总的来说，就是要让死者入土为安，且要让其鬼魂静处地下，不要再回寨子去吃人。"（《南糯山记》）

谁？雷平阳？拉格利？周家庄的宰猪匠？

1977 年的时候，伟大的作家和知识分子切斯瓦夫·米沃什对自己提出了一个莫大的又永远充满着困惑和无解的难题："我原来是谁？我现在是谁？"

此刻，我想问的是：谁是雷平阳？雷平阳是谁？

"拉格利，你知道拉格利这个人吗？"

2012 年，距拉格利与昭通神父神秘失踪 147 年后的一天，在昆明翠湖边的一家茶馆里，建筑规划师章远问我。他的问话让我吃惊、好奇。我还没回答他，他接着说："墓碑上刻着拉格利名字的坟墓里，埋了两个人……"

这是雷平阳的一篇随笔《远征》的开头。

我肯定从来没听说过这个"拉格利"，我在昭通短暂停留时更没看到过什么教堂和神父，反倒是雷平阳破败的乡下老屋让我印象深刻。

雷平阳，我们都会认为他是诗人，也是散文家。2021 年 1 月雷平阳在刚出版的诗集《西双版纳在天边》中格外注明自己是一个"写作者"。

在世俗社会的眼中无论是"诗人"还是"写作者"仍然是无比尴尬的词，无论是在城市还是在乡村，这奇怪的字眼总会招惹来不解和异样的目光："虽然会绣花但不识字的母亲不知道儿子在昆明干什么，村子里的人问雷平阳的母亲，诗人是干什么的？她的母亲说，我也不晓得是干啥子的。在离他的家乡一公里的平滩子，说起雷平阳的父亲，一个姓王的老人说有点印象。雷平阳说，在他的家乡，有点印象就是没有印象。问是否知道雷平阳，这个姓王的老人说，知道知道，雷平阳是周家庄的宰猪匠。"（黄代本《雷平阳：为云南的大山立传》）

模仿《远征》的语气，我会接着问："你知道雷平阳这个人吗？"

肯定会有人说"知道"，因为现实生活中的雷平阳还是比较喜欢热闹的，许多文艺青年都对他敬仰、仰慕有加。

也有人会说不认识现实生活中的雷平阳，但是在他的诗歌、散文以及早期的小说中认识了这个人，还知道了欧家营、昭通以及云南。

多年前，沉河在《影子主人雷平阳》一文的开头就提出过这个问题："雷平阳是谁？他是你的兄弟。说不清，道不明。同时，他是一个影子主人，这有些来历。我写过的唯一的故事里有这样一个细节，它说某城来了一队灵魂考察组，结果他们遍寻无获，离开的路上，回头眺望，发现城市里的某个房间飘逸出一丝灵魂的轻烟。那个飘逸出轻烟的房子里居住的就是影子主人。雷平阳是他的城市的影子主人，他统率着云贵高原的山山水水，城市村庄里出没的幽灵，并伸出长长的手来和我相握，到其他的城市和其他兄弟朋友相握。"

我想，这些肯定或否定、清晰或模糊的回答，实则从现实交往和精神文本的角度一起呈现出一个复义的或者相互支撑、彼此补充的"雷平阳形象"。显然有两个甚至更多个"雷平阳"。

无论是现实中的雷平阳还是文字世界中的雷平阳，他们都是如此地复杂，既是真实的又是虚拟的，既是可见可感的又是不可见不可知的。任何一位传记作家，即使是那些最伟大的传记作家也永远无法完备地还原出传主的全部真实，任何一个人都有只属于他个人的秘密和精神指纹锁，连米沃什都说过："没有几个人是我可以向他们吐露我的希望和恐惧的。"（《我是谁?》）

而作为一个作家，雷平阳多年来尽了一个最大的责任，这就是他一次次在文本中重建自我、故乡、大地伦理、地方性知识以及精神乌托邦，但极富戏剧性和悲剧效果的是它们又一次次被无情地摧毁而成为废墟。

水

水在雷平阳这里有时候对应的是自然形态，而有时则是对应于大江大河以及相伴而生的大坝、水电站和截流的反自然时刻。

对大坝、水电站雷平阳毫不掩饰他的恐惧和反感，"这条柔软的大江／它头重脚轻，语无伦次／在经过漫湾的那一天，我看见白色的大坝／它几乎高过了四周所有的山峰／但是在它的脚下：那些没有撤走的／水电工人，他们守着生锈的钢模／慵倦地，往江水中投掷着细小的石头"（《白色大坝》）。

雷平阳总是在各种自然空间与这些异质物一次次遭遇——

> 近年来
> 也有一些电站，在他的坟上
> 迅速崛起，电线杆的十字架
> 似乎想把他的灵魂，从云南
> 送归故里
>
> ——《想起马骅》

此外，暴雨、眼泪（痛哭）、汗水、血液作为"水"的特殊样态也反复出现在雷平阳的文本中，"已是午夜，昆明又开始下雨／先是闪电，光的手，撕开一层黑色的皮／露出街道、水塔、电信大楼，尽管只是一瞬／接下来是雷声，丧心病狂的失眠巨人／他把睡了的胆小鬼全喊到窗前／看他在伸手可触的地方，扮演失败的皇帝／最后才是汗水，顺着每一寸皮肤，落向不明"（《暴雨之夜》）。雷声往往伴随着雨声，但是在诗人看来雷声代表了更为恐惧的力量，使人惴惴不安，它们代表了严峻的时刻，"我曾经在靠近越南／的一座山上，伐木、养马、种植木瓜／平静的生活，使我远离了惊吓／也很少在梦中参与集会或者谋杀／我喜欢这样的时光，我的家人／也乐意看见一堆焚烧的篝火，意外地／拒绝了所有方向的蔓延和一个方向的升高／但是，谁都清楚，这是假象／因为所有人，包括我自己，最容易忽略的／就是一声声的闷响，像木瓜落在地上"（《雷声》）。在雷平阳这里，雷声是对秩序、人间以及日常惯性空间的摧毁。

雷平阳还说过："诗歌之血一直是红的。"

水　国

水，天然地具备人类的诸多原初的精神元素："人性之善也，犹水之就下也。人无有不善，水无有不下。今夫水，搏而跃之，可使过颡；激而行之，可使在山。是岂水之性哉？其势则然也。人之可使为不善，其性亦犹是也。"（孟子）

水是发声器也是回音装置，释放着自身的能量，也具有魔力般的吸纳和覆盖周遭的事物，"任何明净的东西使我们惊讶得目眩，／你的静默的远航和明亮的捕捞"（罗伯特·洛威尔《渔网》）。实际上，水是另一种精神意义上的血液，尤其对于诗人、哲学家、土著族裔和田野考察者来说更是如此。

> 它是与光和空气并列的第三种共性，
> 一套流程，一种活力，一种本地的抽象……
> 再一次，称它为一条河，一种未命名的流淌，
>
> 充满了空间，反映着四季，每一种感官
> 的民间文学；称它为，一遍又一遍，
> 无处流淌的河，像一片海洋。
>
> ——华莱士·史蒂文斯《康涅狄格州的众河之河》

雷平阳关于怒江、金沙江和澜沧江以及其他水系的诗歌带有空间和物质的自然属性，也携带着地方性知识、原初的文化基因以及记忆编码，"水把各种形象聚合在一起，溶解实体，在想象的非客观化使命

中，在它的吸收使命中，帮助了想象。水还带来了一种句法结构，形象的持续连贯，以及形象的温和的运动，这种运动激发事物连在一切的遐想"（加斯东·巴什拉《水与梦：论物质的想象》）。

雷平阳笔下的江湖河流既是悲悯的又是苦难的，既是现实的也是虚构的，既是属于云南的又是属于世界的。它们构成了一个人的幻象水国，"很多人歌颂过怒江／用它的波涛平息内心的火／用它两岸的山峰／开辟身体的高度、宽度和长度／他们都是优质的歌手／喉咙里有着黄金的小号／我是谁？江边的一个渔翁／我只能这么写：'用一条江的鱼养家／用一条江的水洗脸；用一条江劈／开的山，掩埋一生的梦／用一条江擦亮的天空，做镜子／借以羞辱自己。我都以失败告终。'／你们看吧，我衰老的身体／浑身都是裂缝"（雷平阳《怒江》）。

在雷平阳这里大江大河以最大化的多变空间对应了集体心理、宗教意识、边地记忆以及区域编码。这印证了罗兰·巴尔特所说的水具有极强的容纳性和吸附力："水能够承受质料的无数中间状态：清澈、晶莹、透亮、流逝、胶质、黏性、泛白、浮动、圆润、弹性；在水与人之间，一切辩证的变化都是可能的。"（《米什莱》）就"水"的抒写而言，这一切都是以雷平阳擅长的真实和幻象夹杂的方式表现出来的。"坐船过澜沧江，江面上／水神抱来的石头，大如房屋／不知是为了制造还是镇压／江底的暗流。铁皮船偏离了航线／擦石而过，一朵朵火花／引出一声声呼救。久历逃亡／胆小如鼠，船上的布朗、哈尼和拉祜／刚在荒山里找到落脚之所／不知道身后还有死神／寸步不离地跟着。他们的黑脸／瞬间苍白。在汉人的激流上死去／死得无缘无故，他们经历得太多了／但并不等于说，他们已被剥夺了／对死亡充满恐惧的权利／同渡的几个和尚，怀里揣着贝叶经／闭目听水怒吼，暗红色的袈裟／被横斜而来的风，吹得像一张张／彩色的投降书。我和茶农王稳／都是汉人，坐在船尾。经常往返于江上／我们深谙江涛

的疯狂与虚幻 / 所以一直面不改色地说着 / 无量山中的趣闻, 开心地笑着 / 像两个没心没肺的匪徒。"(雷平阳《过澜沧江》)

水经注

雷平阳的《澜沧江在云南兰坪县境内的三十三条支流》是值得反复讨论和深读的文本。

在当年那场争论中处于风口浪尖的雷平阳保持了沉默,沉默也是捍卫。"那场讨论,我保持了沉默。一是因为我不会电脑,上不了网;二是因为我也想静静地做一个旁观者,真诚地去聆听一下人们的声音。至于为什么人们突然要去讨论它,一切出于意外。海南尖峰岭诗会上,这首诗引起了一定争端,《羊城晚报》的陈桥生老兄在座,遂将其弄上了花地版,希望有兴趣的人们都来回答'这是诗吗?'这样一个问题,没想波及网上,于是就引来了更多的人。"(雷平阳《故乡对我写作的影响如土地之于物种》)

一定程度上雷平阳借助了"水经注"的"公式化"方式对河流和地理空间予以还原,这是有意为之的结果,在特殊的时代转捩点上诗歌的"写法"会变得愈发重要。"写这首诗倒不是突发奇想,文体上遵循了古老的《水经注》;文本上则依托于山河的纵横、伟大神奇的云南高原。我至今依然偏爱这首诗,尽管它确定是一份地理资料。只是每读这份资料,我的灵魂都会由衷地颤栗。三十三条支流,每一条,都通向一个世界,我以笨拙藏下了无尽的想象。"(雷平阳《故乡对我写作的影响如土地之于物种》)

尤其是在现代性和城市化空间取代乡土时间和前现代时间的境遇下,一首诗的写作背景是非常关键的。具体到《澜沧江在云南兰坪县境内的三十三条支流》这首诗，我们不得不正视现代性背景下地方性知识被抹平和清零的严峻情势，个人的现实境遇、乡土剧变以及现代性冲荡下的乡愁如此复杂地搅拌在一起。这是具有尝试性和行动化色彩的一次性的诗歌写作，看似拒绝了情感和修辞成分介入的这首诗实则蕴含了极其复杂的情感、态度以及认知。这首诗所带有的文化象征和生态学意义更是绕不开的时代话题："澜沧江是一条伟大的河流，对云南及东南亚稍有了解的人都知道，从其发端到入海，两岸寺庙林立，生活着无数的佛教和基督教信徒，作为人世之江，它是母亲河，作为宗教之江，它是前往天国的走廊。然而，随着工业文明对时代策反的成功，漫湾、大朝山、小湾、糯扎渡、景洪等一座座巨型电站，以及其支流上数不清的小电站，迅速地将这条江腰斩了、解构了、五马分尸了。我所写的'又南流''一意向南'，方向还在，流淌则断断续续，俨然是一条生产流水线。"

如果在这三十三条支流中的任何一条中停留，我们就会发现它们并不是地理图册上的一个个细小的点或线，而既是地理、现实的又是历史和文化的，即使单单进行纯粹的自然地貌的客观描述它们也具有差异性和各自的独特面貌。在这些河流以及相应的区域、生态、历史和记忆都发生巨大变化的时刻，我们亟须的正是重组和还原。"通甸河由 2 条支沟在通甸镇南侧约 1km 处汇集后，经通甸镇由东南向西北方经河边村流入河西乡境内，至热水塘村后折向西南方向经中排乡的碧玉村，在多依村北注入澜沧江。全长 81.4km，流域面积 1388km^2，天然落差 573m，平均坡降 11‰，年平均流量 4.5m^3/ s。由于兰坪县地处青藏高原东南边缘，是金沙江、澜沧江、怒江'三江并流'世界自然遗产保护区的中心地带。区内山高陡坡，坡度大于 25°坡地面积占县域面积的 63.3%，其中坡度在 35°以上陡坡占总面积的 25%以上。县域西部澜沧江沿岸属高山峡谷地貌，东部则为构造侵蚀高中山及槽谷地

形。"(《云南怒江州兰坪县地质灾害特征及防治对策》)

　　围绕三十三条水系展开的水电站、峡谷、岩系、山地、地势、地层、植被、动物、村落、湿度、气候等构成了具体而微的场域。质言之，地图上的任何一个点和线都是极其具体的，是一个个空前复杂的地质结构和生命文化空间的汇聚。"它的每一个数字、地名、河流名称都是真实的，有据可查的，完全可用作人文地理学资料。尽管在写作此诗之前，我对重复和铺张可能潜藏着的冲击已有所提防，但是，我还是得承认，我远远低估了这纯自然的扑面而来的强大力量。它逾越了想象，它依附着的神鬼莫测的一次次'又南流'，仿佛一把把锄头，不掏空你，它就不罢休；不把你的每一个毛孔彻底洞开，它就不收手。而且，这纸面上的又一次澜沧江精神之旅，江水在向南流，在一次次地收留子孙的队伍，我却在写作的过程中，一次次涌起卸掉重负的快感，'东纳'和'西纳'——纳入的一条条支流，分明是我的机械库，它们的到来，只是我写作史上不多的快乐写作的个案之一。那天晚上，我睡得很熟。第二天才知道，我做梦的时候，苍山顶上下起了那年的第一场鹅毛大雪。"(雷平阳《创作手记：我为何写作此诗》)。

　　自然永远会超出人类的想象，河流也是如此。如果其中的点和线有朝一日在地图上消失，那么这就意味着连带其上的自然空间、文化秩序以及社会结构、情感依据也都消失了。只有意识到这一点，我们才能真正进入雷平阳《澜沧江在云南兰坪县境内的三十三条支流》这首诗的内部构造和写作动因，才能真正理解作者的心理状态、社会构造、自然环境与时代剧变等要素的参与过程。

说书式的诗人

江岸上的两座小镇。上游的那座

靠近雪山，四面都有白光照射

人们把木船拆散了，用船板制造棺椁

下游的那座，离大海不远

波涛连着屋顶。制造棺椁的木头

人们用来制造船只。两座小镇相距不知几千里

雪山小镇的人们总是顺江而下

去大海小镇收购旧船，大海小镇的人们

则守在江心，打捞江面上漂来的棺椁

那同一批木头，两个小镇的人们一代代

反复使用，至今没有一块丢失或腐朽

——雷平阳《小镇》

在一个新时代讲述旧时代，故事就只能成为"陈芝麻烂谷子"式的寓言了，寓言是在现实生活中绝对不会发生的事情，它唯一的功能就是现实指涉和社会寓意。

显然，雷平阳的写作从记忆和讲述的角度看确实承担了过去时寓言的功能。正如沈浩波所评价的那样："当代诗人越来越重视叙述在诗歌中的作用，但很少有诗人像雷平阳这样，有在诗歌中讲述完整故事的企图。通常状况下，叙述是诗人让诗歌具备现代质感的一种语言手段，但在雷平阳的很多诗中，叙述的功能被放大到用来写史立传。从

这个角度讲，他有点像古代的行吟诗人，最初的诗人，用诗体语言记录历史的说书式诗人。而他所选择的题材——文明边缘，莽荒深处的云南——恰好也具备了这种古典的原始感。这是一种天然处在某种沉寂的，被时间遗忘的，渴望被表达，被记录，被呈现的原始，恰好碰到了一位有足够耐心的，爱讲故事的方式写诗的诗人。"（沈浩波《雷平阳：这是杀狗的唯一方式》）

在雷平阳类似于说书人的讲述中我们大体会遇到两种类型的人物肖像，一是切近的家族群体和身边人物，二是那些分布在山川、江河、丛林、寺庙和旷野上的群体。二者的区别大体在于空间区隔，从精神本质上来看他们往往是一体化的不同表象。这些人物所携带的正是越来越无法辨识的过去时的陌生经验以及新鲜的时代经验的猛烈撞击，"我假装，荒废或拆除的房屋中／没有庙宇，抛在水泥地上／的白骨，不是我的亲人／我假装自己就是个伪道士／左手握着十三经，右手／则在烹狗或屠牛。我假装什么／都没看见，纪念碑烧制石灰／神像炼成黄金，躲到天外／的河山，也被剥皮抽筋，空遗／残山剩水……我假装一切正常／假装心中没有插着匕首／假装我一点都不疼"（雷平阳《在蒙自》）。

死亡叙事

诗人"向死而生"。

"死亡"被称为本质命题，而关于死亡的抒写总是与生命体验和终极想象有关，自然、景观以及事件给了我们面对这一终极时刻的观望平台，"走了这么久。一天的路程／走了五十多年。见到了什么？多数的葬礼／均是死人在埋葬死人。听到了／什么？大海的波涛上／轻轻传来了安宁的脚步声／想到了什么？橄榄树上／长出了野橄榄的枝条，我想是其中一枝／被遮住的，还没有结果的那一枝"（雷平阳《什么》）。

这不单是心灵冲击和检省自我的严峻时刻。"最爱生命的时刻，也是我感到最接近死亡的时刻，无以过之。恐怖将我束缚于这个世界，比酒色之欢的丰盛更有过之。若不是身后拖着死亡在生命中载沉载浮，我会找个地方与野兽同群，像它们一样在无意识的怠惰中沉沉睡去。难道我沉迷死亡只是出于植物般的隐秘渴望，是与大自然的葬礼乐章沆瀣一气？更有甚者，那难道不是，拒绝对我们必死的事实视而不见？因为没有什么能比对死亡的思索更讨巧——但只是思索，不是死亡本身。"（E. M. 齐奥朗《眼泪与圣徒》）

"死亡叙事"几乎贯穿在雷平阳不同时期的写作中，能够与之并行谈论的似乎只有当年的余华了。"当我还来不及用手去捂住肠子时，那个女人挥着一把锄头朝我脑袋劈了下来，我赶紧歪一下脑袋，锄头劈在了肩胛上，像是砍柴一样地将我的肩胛骨砍成了两半。我听到肩胛骨断裂时发出的'吱呀'一声，但是打开一扇门的声音。大汉是第三个蹿过来的，他手里挥着的是一把铁锸。那女人的锄头还没有拔出时，铁锸的四个刺已经砍入了我的胸膛。中间的两个铁刺分别砍断了肺动脉和主动脉，动脉里的血'哗'的一片涌了出来，像是倒出去一盆洗脚水似的。而两旁的铁刺则插入了左右两叶肺中。左侧的铁刺穿过肺后又插入了心脏。随后那大汉一用手劲，铁锸被拔了出去，铁锸拔出后我的两个肺也随之荡到胸膛外面去了。然后我才倒在了地上，我仰脸躺在那里，我的鲜血往四周爬去。我的鲜血很像一棵百年老树隆出地面的根须。我死了。"（余华《死亡叙述》）

雷平阳的"死亡叙事"更多是以乡村为背景，有的属于冷静、中性的描述，有的则是令人毛骨悚然带有强烈不适感的，比如《白毛记》《金色池塘》《丧心病狂》《斧头》《乌鸦之死》《意外》《临终之夜》《诅咒》《自由落体》《屋顶上的歌者》《守碉人李长根》《小翠》《放蛊人王国》《毒药》（以上归入《乡村案件》，名为"一个村庄的札记"）。

曾有人统计过雷平阳诗集《云南记》，150 首诗中涉及死亡的居然超过了 100 首。雷平阳在叙述死亡时既是一个参与者也是一个旁观者，尽管他有时候也会变成一个狠角色。"有一种残忍的温柔。连续的重复，残酷的比喻，锯齿反复在阅读者心中来回切拉。雷平阳诗风本就拙朴，所以这锯齿，也是粗硬的。而当我在此处复述他的这一写作过程中，竟觉得自己也像一个刽子手。正因为这种在雷平阳的诗歌中并不多见的'狠'，同时也因为这首诗具备放在任何背景和语境下都成立的共通感，使得《杀狗的过程》与雷平阳的云南叙事相比，具备了更普遍的现代性。"（沈浩波《雷平阳：这是杀狗的唯一方式》）

对于死亡和酷烈场景雷平阳最擅长的是超级细写，这不单是现实境遇的回应，更是对整体现代性景观深入腠理的剖析、直击与痛彻反思。

寺　庙

雷平阳关于寺庙空间的抒写既是携带元素的"观念的容器"，又带有明显的个体乌托邦对抗现实的退守的精神姿态。

寺庙是精神的中介和阶梯。在雷平阳这里它们构成了深度意象，凸显了雷平阳一直借用的刘文典的"观世音法则"。

为了精神原乡和个体乌托邦的重建，雷平阳在文字中不断修筑着庙宇，维系和固守着房基、废墟、坟冢。这是艰难处境里的救赎者和西西弗，是道成肉身的苦熬，是行脚僧暂时落脚的废墟，是且作心僧的放下，是一切皆入眼的大观广记，是万物有灵的灰烬在最后时刻的余温，"我真的像一个／乡下的木匠，建起了永恒的圣殿"（《德钦县的天空下》），"在丙中洛，我想有一座房子／建在飘着经幡的雪山脚下／在丙中洛，我还想有一座／插着十字架的坟墓"（《怒江上》），"有没有一个寺庙，只住一个人／让我在那儿，心不在焉地度过一生"（《寺庙》），"他在山中建了一座小庙／光头，袈裟，一个人／兴致勃勃地守着／功德箱很大，很沉，晚上／他就用它抵住庙门／酒多的时候，门外松涛虎狼奔突／他就搂着一尊泥菩萨"（《建庙记》），"江边，有座一个人的／尼姑庵。一个尼姑住在里面／已经很多年。那儿是滇东北峡谷／海拔最低的地方，贴着地心／在世界的下面"（《养猫记》）。

松树开花

松树开花？

疑问来自我们身边司空见惯的事物，来自惯性的盲区。

雷平阳一再关注那些高原上的树木（包括特有的古茶树）的深层动因在于其特殊的观察角度和精神视野。热带雨林的繁茂树木天然地具有令人惊异的形貌、体量以及特殊的神秘力量和精神能量，树神崇拜更是至今仍在云南的一些少数民族中微弱地存在着，"劈柴的时候，误伤了手指／他们就会放下斧头／祈求树神的宽恕，也向手指致歉／祈求手指的灵魂不要借故远走"（《离合》）。

流行的说法是每一片树叶的正面和反面都已经被诗人和植物学家

反复掂量和查勘过了，但是事实却远非如此。发现能力，变得愈加紧要。一些树木的复杂面貌并没有越来越清晰，这恰恰印证了人类经验仍存在着局限。"知道松树会开花的人数寥寥。即使有幸见过松树开花的人，其中大多数也因缺乏想象力，错把这场开花的嘉年华看作是平常的生物的自然现象。但凡想知道松树的开花状况的人，就应该在五月的第二个星期在松树林里度过。"（奥尔多·利奥波德《沙乡年鉴》）

从认知和发现能力来说，诗人有着特殊的取景框和变形手段。"关于威信县的灌木丛，不管是扎西镇的，还是水田乡的，都必须要一棵一棵地去数，然后分出其科属和种类。他认为'至少要分甄出雄的或雌的'。按照通常的说法，雄的上面系一根红飘带，雌的上面涂一点白油漆。假如这不是什么浩大的工程，我们可以进一步细分，几百几万亩灌木，有多少万亩可以系上红飘带，有多少万亩可以涂上白油漆。事实上，我们都在期待那一天的来临——威信县密密麻麻的灌木丛，它们有了标志，就像解除劳教后的囚徒重新有了姓名，而不用惧怕天空和大雾一再地压低。"（雷平阳《威信县的灌木丛》）

一个个命运的叶片和枝干最终形成的是整体性的时代大树，它们的外形、内在结构、个人记忆、地方根性构成了一个空间的气候，而历史的风雨雷电、季节轮回都在这棵树上得以对应和留痕。

2008 年，以色列、法国和德国合拍了一部电影《柠檬树》。寡居多年的果园主萨玛为了保护这片栽种了六十多年的柠檬树果园，更确切地说为了保护自己的记忆和父亲的记忆而将位高权重的邻居——以色列新任的国防部长——告上了法庭。

宋朝的病

瓦拉娜·博伊姆认为："怀乡是对已不存在，或者说根本就没有存在过的家园的一种怀念。怀乡是一种若有所失、流落他乡的情感。"（《怀乡的未来》）

大大小小的工地带来的是无望、谵妄和怀旧的暗沉时刻，带来的是不可医治的怀乡病。"有一段日子，昆明的正义路拆得热火朝天，庞晃也就适时地消失了。照我们的想法，他一定又在各个院落之间疾疾奔走，或匍匐在某堵墙下，等黑夜一来，工人收工，他便像箭一样射出去，抱起早已相准的东西，一转身，就消失在茫茫的夜色之中。然而，事实并非如此，那一段时间，庞晃不得不中止了他一生的寻宝记，而是充满茫然与恐惧地徘徊在昆明的每所医院的皮肤科。他的妻子在跟一个朋友打电话时，不小心泄露了秘密：庞晃的脖子和脸，先是长出了一种奇怪的红点，继而疯狂地浮肿。更让人不可思议的是，昆明这么多穿白大褂的人，有着数不胜数的精密仪器，却没有谁知道他得的是什么病。"（雷平阳《宋朝的病》）

雷平阳也从来不否认自己是"怀乡病者"，但是这一切都是以自审、反思和疑问为前提的，而非自恋、膨胀或乡土主义的自怨自艾。"思乡病：现代诗的一个基本母题。有些诗人找到的是精神避难的伊甸园，另一些诗人却寻找另一种更危险的精神家乡。前者以安恬为终的，后者以历险为终的。前者自恋，后者自审。我热爱那些历险的诗人。说到底，精神的家园除去我们自身地火般的挣扎过程外，能到哪里寻找呢?"（陈超《思乡病》）

T

坛　城

　　由雷平阳的微观视野和超级细写，由他笔下构建起来的房屋、寺庙、废墟、土地、旷野、坟墓、乡村、河流、大山、热带雨林乃至整个世界，我想到的是藏传佛教里的"坛城"。对于雷平阳而言，这一"坛城"是维系自我、人格以及记忆完整度的手段。"我渐渐才悟出，曼陀罗究竟是什么：'塑造——改造、恒久维持永恒的意义'。而这是自我，是整体的人格，若一切情况良好，整体人格就是和谐的，但不会忍受自欺。"（《荣格自传：回忆·梦·思考》）

　　坛城的梵文是 mandala，音译为"曼荼罗""曼陀罗"，又称"金廓""吉廓""满达""曼达""曼扎""魔圈"。

　　坛城，是视觉化的佛之城——轮圆具足，是"获得本质"的法门，也是心力、心象和世界、因缘场域相遇和交互的过程。

　　人格分析心理学创始人荣格就绘制过多幅曼陀罗，最早的一幅绘制于 1916 年，有些曼陀罗的图案和结构则来自他梦中的启示。"由此形成情意丛的原型表现一种秩序模式，这种秩序模式作为心理十字线或作为四等分圆周某种程度上被置于心理混乱之上，由此，每项内容各得其所，四散不定的整体由防患于未然的圆周加以集聚。"（荣格《现代神话——论天空中所见事物》）

2015 年夏天我在布达拉宫第一次与坛城相遇，这一"心中宇宙图""四曼为相"是如此微缩、具象又如此直抵世界的本体和终极核心。

这些极其微观、窄促的空间却足以支撑起一个强大的无限延展的本质性的精神空间与幻象世界，这是精神和心髓模型与灵魂证悟的微观缩影。

> 这只可怜的蝉
> 它将土瓮当成了世界唯一的扩音器，尖叫声的
> 体积和重量，一度远高于地下河流上航行的水手
> 在瓮内，热气腾腾地书写着一部与我同时代
> 有自传性质的声音史。
>
> ——雷平阳《瓮中之蝉》

雷平阳的这只"瓮中之蝉"类似于史蒂文斯在田纳西州放置的那个修辞的坛子，也类似于博物学家戴维·乔治·哈斯凯尔用一年的时间凝视田纳西州森林里一平方米大小的空间。

围绕着一平方米大小的"坛城"，哈斯凯尔发现了脚印、苔藓、蝾螈、蜗牛、花多长、飞蛾、鸟、种子、地震、日出、植食性昆虫、蕨类、真菌、萤火虫、水蜥、郊狼、蝈蝈、毛虫、秃鹫、翅果、纹腹鹰、落叶、地下动物等，而这些事物足已形成大千世界，甚至这些微小之物就是宏观的宇宙本身（坛城）。"我就坐在坛城旁边一块平坦的

砂岩上。在坛城上，我的规则非常简单：频繁到访，观察一年中的变化；保持安静，尽量减少惊扰；不杀生，不随意移动生物，也不在坛城上挖土或是在上面鬼鬼祟祟地爬行。间或的思想触动足矣。我并未制订访问安排，不过我每周都会来观察好几次。"（戴维·乔治·哈斯凯尔《看不见的森林》）

优异的视力和凝视的状态都是为了保存细节，因此要格外留意那些一闪而逝再不回还的事物。雷平阳借助细小事物和具体空间构筑了自己的"坛城"，同时打通了个人与现实、历史之间的幽暗通道，也提前领受了黑暗、惊惧以及孤独、焦灼。这不是神秘主义者布莱克的"一粒沙中见世界"，作为一个凝视者和游荡者雷平阳只能在废墟和旷野中不断徘徊，除了用诗歌的坛城来返乡、返回自我，他已经没有任何其他可凭依之物了。

坛　子

"单读"曾经给雷平阳制作过一个短视频"我最喜欢的一本书"，雷平阳推荐的是华莱士·史蒂文斯的《坛子轶事》。在视频中雷平阳说，每个人都在寻找灵魂接近的人，在读灵魂接近的书。

自从有了人的体验、记忆和主观能动性的参与之后，任何一个空间都不再是纯粹物性的了，而是心智过滤之后的精神产物，比如当年44岁的史蒂文斯放置在田纳西州山上的那只特异而具有巨大吸附力的"坛子"，"我把一只坛放在田纳西，／它是圆的，置在山巅。／它使凌乱的荒野，／围着山峰排列。／／于是荒野向坛子涌起，／匍匐在四周，再不荒莽。／坛子圆圆地置在地上／高高屹立，巍峨庄严。／／它君临着四面八方。／坛是灰色的，未施彩妆。／它无法产生鸟或树丛／不像田纳西别的东西"（赵毅衡译）。

史蒂文斯放置在田纳西州的那个"坛子"代表了最高秩序和纯粹意志，雷平阳则将这只"坛子"替换为了"石头"和"死鸟"——

> 深夜十二点
>
> 我将屋顶上的蜡烛全部点燃
>
> 然后撕开一块
>
> 石头，把里面的那只死鸟
>
> 拿了出来
>
> 安葬在云南东北部的沙丘地带
>
> ——《深夜的祭典》

史蒂文斯在田纳西州安放的这一只坛子是最高虚构和终极意象的现身。非常有意思的是，具有精神共通性质的"坛子"意象在雷平阳这里也出现了。

世界被社会化的时间伦理区分为两个区域，大体就是新世界和旧世界，至于该如何同时处理和认识这两个时代空间就因人而异了。"有些年，革命的春风吹进了山谷，山野上百花盛开，天空里阳光明亮，一只只飞鸟在山谷里四处传送着改天换地的喜讯。山谷里的人仍然把坛子当成图腾，但也接受了坛子是时间和生命的罪证的说法，把坛子抬到大街上去游行、展示、批斗。人们觉得坛子无用了，提着铁锤要砸碎坛子的时候，他们却不再妥协，纷纷钻进了坛子，决心与坛子共同接受击打和破碎的古老结局。最终，在这场坛子外的人与坛子里的人的对峙中，坛子里的人被人们从坛子里捞出来，装进了一个个铁坛子，撒进一些石灰粉，滚动着，在街道和乡村里游行。"（《坛子》）

雷平阳强化的是"坛子"所喻指的时代荒诞感，就如当年志怪笔记体小说中橘子里对弈的老人一样不可思议："有巴邛人，不知姓名，家有橘园。因霜后，诸橘尽收，余有两大橘，如三斗盎。巴人录之，即令攀摘，轻重亦如常橘。剖开，每橘有二老叟，鬓眉皤然，肌体红润，皆相对象戏，身长尺余，谈笑自若，剖开后亦不惊怖，但相与决赌……又有一叟曰：'王先生许来，竟待不得，橘中之乐，不减商山，但不得深根固蒂，为愚人摘下耳。'又一叟曰：'仆饥矣，须龙根脯食之。'即于袖中抽出一草根，方圆径寸，形状宛转如龙，毫厘罔不周悉，因削食之，随削随满。食讫，以水噀之，化为一龙，四叟共乘之，足下泄泄云起。须臾，风雨晦暝，不知所在。"（牛僧孺《玄怪录·卷三·巴邛人》）

掏　空

基石被搬走，一切都是废墟，曾经附着其上的灵魂也将无可归依。

最可怕的正是震裂或者滑坡之后产生的残骸和碎片，这是不可阻挡的飞速的下坠和眩晕，是内脏和精神被瞬间掏空的过程。这已然成了"决定性的瞬间"。与此同时，"地方主义""故乡主义"的坚守者还必须承受身体和灵魂被强行剥离的过程。

在断裂的地带和飞石的隆隆巨响中，我们又看到了高加索山的悬崖上那位被嗜血的巨鹰啄食肝脏的英雄——普罗米修斯。

忒修斯悖论

土地的温度消失了，"大地伦理"已不复存在，寄居其上的肉体和灵魂也都变质、变异了。"1988年深秋,我在山丘上的草丛中采集一种叫作'手'的怪异的植物标本,荒凉的山地上传来过这样的歌吟:'噢,土豆,我的金土豆;噢,玉米,我的金玉米。'当时,我不得不停止我的采集活动,抽身就下了山,我讨厌这种虚妄的梦想。我知道,神已经改变了我的亲戚们的意志。一只手,一条腿,人的面目,兽的身体。这正是他们的本质。后来,我又一次回到了山丘,亲戚们已经学会了如何抛开土地,他们毫无节制地涌向了城市的每一个角落。"(雷平阳《面具》)

这正是忒修斯悖论。

丧失了土地依托的人只能向上仰望。"泪水穿越大地,在另一片天空中上升为点点繁星。真想知道是谁哭出了我们的繁星?"(E. M. 齐奥朗《眼泪与圣徒》)

公元一世纪,希腊的普鲁塔克提出,如果忒修斯船上的部件被逐一替换直至所有的部件都不再是原来的,那么这条船还是原来的船吗?

频频回顾的姿势使得过去时越来越成为幻象,面目全非的时空成为普遍性现实。"我们在谈到过去时,总是建造神话,因为忠实地重构飞逝的时刻是不可能的。"(米沃什《幸福》)

替代生活

诗歌只是一种特殊的"替代性现实"。即使只是谈论"现实",我们也最终会发现每个人谈论的"现实"并不相同。对于雷平阳而言,写作就是替代生活,而写作与生活之间既是交叉的又是平行的。

华莱士·史蒂文斯说过:"诗人的角色是帮助人们过自己的生活。他与生活所应有的任何滋味都关系甚大。他与想象和感觉在世界中创

造的一切关系甚大。事实上，他与生活的关系并不像智者与生活的关系。"（《高贵的骑士和词语的声音》）

那么诗人与生活存在着怎样的关系呢？E.M.齐奥朗给出的答案是："圣徒活在火焰之中，智者活在火焰之侧。"（《眼泪与圣徒》）

田　鼠

从雷平阳几十年的写作历程和精神方向来说他并没有刻意避免或缩小"黑暗"，而是返回逆行到了黑暗之中。"更多的时候，我觉得自己像一只田鼠，活在地下，仿佛是在进行一次永无尽头的睡眠，也仿佛是在对着地下立体的暗面独自发呆，也许人们都希望田鼠能浮到地面上来，自由地奔跑，享受阳光和雨水，可我觉得那是鸟兽们的工作。我一直觉得，我的生活带有很强的排他性，我以唯美自慰，以疼痛传达大地的喘息、撕裂和哗变。至于悲悯，蚯蚓具备，田鼠具备，人当然也应该具备，因为它是生命的根本品质。"（雷平阳《83 路车上的一个乘客》）

黑暗隐匿了一切，"许多对立的东西／纷纷登场，就像黄昏的群山／隐入了黑暗和混乱"（雷平阳《石头之歌》）。那些就像从来都不曾存在过的无名者，那些黑暗中生存而又最终湮灭的卑微生命的灰烬，也只有诗人能够发现它们，"地下有一些田鼠／悄悄地死了，不须埋葬／它们死于无光？人世间／有很多人，死得不明不白／像它们一样"（雷平阳《光辉》）。黑夜中的发声者、观察者和游荡者要具有迥异于他人的超常眼力和听力，最终落实为精神能见度和穿透力。

雷平阳的"黑暗传"不只是关注自我灵魂遭际和草民的不堪命运，而且是对"同病相怜"事物的整体观照，"三只田鼠找到大地的主人／说：'要么让黑暗继续下去，要么／让我们表演绵绵不绝的／自由戏剧。反正我们生活在底层……'"（雷平阳《挣扎》）。"田鼠"已然成为雷平阳的核心意象，它们代表了命运本身，这对应于所有物种无处不在的黑暗和潮湿、压抑、焦躁的洞穴般的地下生活状态。当年的铁屋子变成了如今的地下室，"田鼠在地下歌唱，它们黑暗的声音／穿透了自己黑暗的身体。它们／迷宫般的洞穴与人世有别，伦理、美学／和立场自成一体。谁都知道顶上就是／黄金堆集的稻田，再高一层／就是透明的天庭，但它们乐此不疲／张着一张张小嘴，在暗处／唱个不停，细碎的牙齿跃跃欲飞／仿佛地下建起了一座伟大而自由的演播厅"（雷平阳《田鼠的歌唱》）。

"田鼠""地下室"和"洞穴"只是验证了黑暗的存在而已，面对黑暗的心态和精神选择显得更为重要。"那我的空间在哪儿呢？我想到的是地下室、防空洞、太平间，我所拥有的独立与自由都在地下室、防空洞和太平间里，不是这几个地方没人，而是这几个地方相对安静。在安静的地方独处，我的思想才会迸发出电光石火，汉字也才会在黑暗的死亡的床榻上复活。诗人注定是手无寸铁但又满身锋刃的人，也注定是呼吸困难但又满纸飞奔的人，他得一边流鼻血，一边燃烧直到化成灰烬。"（《"我只是自己灵魂阅历的记录者"——雷平阳访谈》）

这些黑暗空间不仅是时间化、感觉化的，而且是意识和思想化的。

跳丧鼓

古代昭通的铜文化、鼓文化非常发达，昭通出土了铜釜、铜镜、铜印、铜天鸡羽人炉、铜摇钱树、铜朱雀舞人、牛头人人物出行铜扣饰、铜提梁壶灯等，而其中出土最多的是铜鼓，"铜鼓由昭通瑶堆中先后掘获二具，一为陈锋购去，今不知何所。一现藏李氏家庙，形如坐墩，其下空，满被花纹，击之声如鼙鼓"（《民国昭通县志》）。昭通出土的铜鼓最早可以追溯到西汉时期。1997 年 5 月 25 日，威信县旧城天蓬办事处麻湾出土了一个汉代铜鼓，净重 47 公斤，直径 67 厘米，高 39 厘米，有 4 耳。

先来看看童年时期雷平阳对送葬场面的记忆："有一回，一户曹姓人家发丧，时间选在拂晓，土城乡一片漆黑，欧家营也只有曹家的门前亮着一盏汽灯。为了看鼓舞，我在曹家的草垛里候了一夜，可是，当鼓舞跳起来，我却什么也看不见，尾随着一个个送葬的黑影，只听见黑暗处传来一阵阵鼓声和舞者跺地的响声。觉得无聊，靠在利济河边的一棵核桃树下就睡着了，醒来时，阳光照亮了大地，利济河的河堤上一个人影也没有。"（《土城乡鼓舞》）

雷平阳提到的四筒鼓舞又称"跳鼓""跳丧鼓"，这是他老家特有的一种民间丧葬文化样式。这是沿袭下来的多用在汉族丧葬礼上的一种祭祀舞蹈，"以路鼓鼓鬼享"（《周礼》），"四筒鼓，形长，削木为之，两头蒙以皮，乡人丧礼，用之以为跳舞"（《昭通志稿》）。

昭通地区的鼓舞套路很多，主要的动作包括"脚勾脚""脚连脚""脚踩脚""公羊打架""小牛擦背""新人坐轿""苦竹盘根""蛤蟆晒肚""二龙抢宝""喜鹊登枝""猴子捞月""犀牛望月""蛇蜕皮"等。当地汉族为木棺土葬，祭奠、发丧、召灵、送魂过程中除了四筒鼓舞之外，还要请来道士"打绕棺"以安亡灵。

居住于尼罗-刚果分水岭地带的阿赞德人在举行巫术和降神会仪式时也借助击鼓和敲锣来进行。"除了巫医之外，还有其他人也会出席降神会，我们可以把这些人分为观众、鼓手和合唱男孩来分别描述。男人和男孩坐在离鼓很近的树上或谷仓下面，女人则离男人远远地坐在这户人家的另一边。"（E. E. 埃文思-普里查德《阿赞德人的巫术、

神谕和魔法》）

铁　轨

　　铁路和铁轨不只是充当了物理空间的搬运功能，甚至改变了每个人与世界的关系。"铁路具有强烈的疯狂特点，这是它所固有的，能够解释一个孩子对于铁路的天生感觉，也能解释一个大人对铁路不以为耻的热爱，好像完全没理由担心铁路的现状会有任何令人不安的改进。"（E. B. 怀特《从街角数起的第二棵树》）

　　火车以快速和力量把空间和时间一劈为二，它带来了令人眩晕的惊异和新景观，同时也打破了原有的空间秩序和时间伦理。"眼前的世界变了。种植园大道分布在铁轨两侧，平行地蔓延开去，供运送青香蕉的牛车通行。突然，在不宜播种的土地上出现了红砖营地，挂着粗麻布窗帘和吊扇的办公室以及孤零零地矗立在虞美人田野上的医院。每条河边都有一座村庄，火车怪叫着驶过铁桥，在冰冷的河水中洗澡的女孩们如鲱鱼般跳了起来，乳房一闪，让乘客们有些不知所措。"（加西亚·马尔克斯《活着为了讲述》）

童　年

　　童年经验以及成长的环境会成为每一个人日后得以维系的原初记忆。"他不愿意迷失。对周围的环境，他必须认真仔细地看待每一个形态，不管它多么微小——石头上的一条裂纹，泥土中的某种颜色变换，被风吹到一株植物前的沙粒，只有一个小孩子才可能如此认真。"（彼

得·汉德克《缓慢的归乡》)

人们在成年后还要不断回溯童年这一特殊的时间和空间。

童年就是一个充满魔力的召唤结构，"只有永恒的孩子才能把神奇的世界还给我们"（加斯东·巴什拉《梦想的诗学》）。

童年记忆使得时间凝固了，每一个人都在原地挖掘。童年视角对于作家来说不可避免，而童年经验几乎会贯穿一个人的一生——甚至会重现于垂老者的梦呓中。"二十年前我住在一座简陋的南方民居中，我不满意于房屋格局与材料的乏味，对家的房屋充满了一种不屑。但是有一年夏天我爬上河对面水泥厂的仓库屋顶，准备练习跳水的时候，我头一次注意了我家屋顶上的那一片蓝黑色的小瓦，它们像鱼鳞那样整齐地排列着，显出一种出人意料的壮美。"（苏童《雨和瓦》）

雷平阳关于欧家营的记忆是从四岁时的一场大雨开始的。"那一天，利济河两岸的白杨和核桃树的叶子，被密集的雨滴打得噼啪作响。有一条通往天边的利济河，就有一条通往天边的音响带。没有雷声，也没有闪电，利济河的狭窄的河床上，流水被一个滩涂所阻挠，也接受着一蓬蓬水草频频的弯腰致敬，作为矮处的景象，它们似乎没把雨滴的敲击当成一回事。雨滴打水溅起的水花圈，总是比最小的漩涡还小，至于那些落向滩涂的雨滴，它们的小躯体，一直都是沙砾的过客，一滑，小脚一滑，就隐身到了沙砾下的稀泥之中。它们也是通向天边的，它们组成的景象，就算连通了天庭，也不会轻易地解散。"（《土城乡鼓舞——兼及我的创作》）

雷平阳从雨开始的故乡记忆与另一个作家颇有精神相通之处，"1965年的时候，一个孩子开始了对黑夜不可名状的恐惧。我回想起了那个细雨飘扬的夜晚，当时我已经睡了，我是那么的小巧，就像玩具似的被放在床上。屋檐滴水所显示的，是寂静的存在，我的逐渐入睡，是对雨中水滴的逐渐遗忘。应该是在这时候，在我安全而又平静地进入睡眠时，仿佛呈现出一条幽静的道路，树木和草丛依次闪开。一个女人的哭泣般的呼喊声从远处传来，嘶哑的声音在当初寂静无比的黑夜里突然响起，使我此刻回想中的童年的我颤抖不已。"（余华《在细雨中呼喊》）

越是随着时间的推移，童年期的事物就越会发挥持续的心理效应，最初是一个火星，然后是一场大火，最后是一团灰烬。"直到今天，看到绿色潮湿的角落、水浸的荒地、柔软而多灯芯草的低洼地，或任何令人想起积水地面和苔原植被的地方，甚至从汽车或火车上的一瞥，都会有一种直接而深切的宁静的吸引力。仿佛我与它们定了亲，而我相信我的定亲发生在一个夏天黄昏，在三十年前，那时另一个男孩和我脱光衣服，露出白皙的乡村皮肤，浸泡在一个苔穴里，踏着肥厚的烂泥。"（谢默斯·希尼《摩斯巴恩》）

童年照

雷平阳的童年照消失了，准确地说是他在童年时期并没有留下任何影像。这是贫穷的乡村生活使然。既然童年影像成了空白，雷平阳就不得不在语言中去缝合当初的面容和景象。

本雅明童年时期的第一张肖像非常富有戏剧性，而难以摆脱的是表情和动作背后的精神世界以及过早成形的阴郁人格。"那是我在一次拍照时遇到的情形。当时，亚麻布景、坐垫、灯座似乎夺走了我的目光，它们想要将我的成像拉进去，如同阴间的影子渴望获得献祭动物的血脉一样。最终，人们给了我一张照片，照片背景为阿尔卑斯山。人们将我的右手放在云彩上方，同时，我的右手中必须举着羚羊胡小帽，将横贯的雪峰置于阴影之上。不过，照片上我的脸上从室内棕榈

树阴影中展现出的阴沉目光，比起画上那个阿尔卑斯山小孩嘴角刻意展露的笑容更加郁郁不振。"（本雅明《柏林童年》）

童年乌有乡

个体的童年期与人类的童年期几乎一样，它们都意味着古老的原初秩序，意味着时间和空间的游戏精神，意味着第一次打量时带来的惊异，意味着他们对子宫的眷恋。"就像我童年家乡土地上那棵树，它得到一种强大的有形存在的支持，并且充满着见诸诗人与其所处地点之间的种种识别标志；它象征着根植于社区生活的深情，其背后有一种想象力做依靠，该想象力仍未放弃其源头，如同仍未断奶，也就是说，是一种依附的功能而非脱离的功能。"（谢默斯·希尼《无地点的天堂：从另一个角度看卡瓦纳》）

"童年期"还意味着生活习惯、精神原型，意味着原初母体的物性、神性以及家族的文化教养，意味着一个个幻化的替身和泡影似的芸芸日常过客。

一个人如何将出生地、童年经验转化为语言现实和普遍经验？"他总算明白，与其写一本关于童年的书，不如写下他的童年记忆；与其写一本关于真实的书，不如写下真实所呈现出来的样貌；与其写下阿拉卡塔卡与当地人的生活，不如写下他们眼中所见的世界；与其让阿拉卡塔卡在他的书中复活，不如以说故事的方式向它告别——不仅通过当地人的观点，也通过所有发生在自己身上的故事，通过他所理解的世界，过去的他，也通过他身为20世纪末拉丁美洲人所体会到的一切。换句话说，与其把阿拉卡塔卡与那间房子从世界中抽离出来，不如带领世界进入阿拉卡塔卡。"（杰拉德·马丁《加西亚·马尔克斯

传》)

统计学

　　我们应该找到一首范本化的"元诗"，看看雷平阳的诗学观念以及他对自己写作的认知和判断。

　　《新年统计学，致王单单》正是这样的一首"元诗"——

　　　　新的一年开始，我得

　　　　统计一下：三十多年来

　　　　我写下了多少关于天空和山巅的作品

　　　　高度中的高，高至多少米

　　　　飞升的愿望为什么这般迫切

　　　　我用多少笔墨书写了大海和草原

　　　　辽阔与自由比例各占多少

　　　　深度里的深，深到了何等程度

　　　　神秘莫测的死亡，诱因

　　　　到底是一些什么非物质元素

　　　　我还写了，那么多的寺庙

　　　　圣徒和菩萨，从中我得到了

　　　　多少安慰、启示和洗礼

　　　　写爱，写美，写独立性，写尊严

　　　　写思想的纯洁，它们究竟给我带来了什么

　　　　以黑暗写光明，用谬论开显真理

　　　　在巨鲨游荡的水域，寻找小人物的生路

在黑豹与豺狼的撕抢中

舍命救下苍白的道士，我使用了多少

并不优雅的子弹一样呼啸的文字

对了，我写过多少死亡与牺牲？写过

多少种死亡的方式和祭奠

雷平阳提供的这份统计学不是简单罗列，而是最大化地揭示了自己诗歌的特质。他以"关键词"的方式在"词与物"互相校对的意义上总结了一个人的生活史、感受史、语言史以及思想史。

《新年统计学，致王单单》这首"元诗"涉及了天空、山巅、寺庙、家园、江河、旷野、墓地、小人物，涉及了死亡、牺牲、祭奠、尊严、黑暗、爱、美、光明、自由、安慰、启示、洗礼、独立性、思想、谬论、真理。它们让我们再一次感受到了一个人一直处于紧张、焦灼的境地，他试图自救，他一直站在光明和黑暗、悖谬和真理的撕扯之中。

这么多年来，雷平阳写下了那么多的死亡和牺牲以及祭奠的时刻，尤其是在精神境遇层面这首"元诗"带有炼狱精神和末日审判般的意味。

诗歌带来了安慰、拯救、启示和洗礼，同时也带来了更多的虚无、阵痛、牺牲、死亡。

这就是雷平阳试图通过诗歌所要回答的终极问题："我为什么要这么写？"

"元诗"或"元写作"让我们极其清晰地目睹了一个诗人的诗歌观念、写作面貌以及精神肖像。

具体到雷平阳，这一精神肖像是复杂的、尴尬的、灰暗的、异端的，甚至是充满了忏悔和自赎意识的。"敏感的阅读者肯定还是可以找到变化中的真理似的异端：自我的多次否决、思想的死灰复燃或划归于谬论、镜子里的狮子来到了山野中、令人醍醐灌顶的佛爷还俗、满脸笑容的人下落不明而怒目圆睁的人正站立在道路的中央……我的书桌摆放在风暴眼里，很多个不眠之夜我都试图说服自己：在沸反盈天的时刻，写作本身完全不蔑视对时间差所带来的低速生活的变化进行有效的记录，相反类似的记录可能更有道德感、文献性和普世价值。可我还是没能说服自己。"（雷平阳《茶神在山上·自序》）

雷平阳通过"元诗"的方式直接处理了写作经验，涉及诗歌的生成、技艺、修辞、语言、结构和功能等"元问题"，涉及一些写作者的态度、伦理、价值判断以及世界观。值得强调的是雷平阳的"元诗"不仅印证了他的诗学观念以及现实观，而且还凸显了一个写作者的精神隐忧和旷世之难。

这是一个不断向下、向过去的挖掘者，而那些掘出来的土块、草茎、碎片和残骸更像是一个诗人的衣冠冢。"地层，即1000米左右深的深处，复兴是革命的主题。／我在那儿开凿了一间书房，枯骨之间／摆放了一张巨大的书桌，供神灵与幽灵共用。／我一字未写，担心没有一个字经得起它们的审判。／向下的征程上，秘道上空偶有坠物，／时代的异端、垃圾、未经命名的新玩具落叶似的／盘旋而至，与锄头下面火星闪闪中露出的／某尊菩萨的头颅汇合，从两个方面试图阐释／挖掘的合法性或非法性。"（雷平阳《内心的喜剧》）

投石器

"大地伦理"既然处于时间和空间的维度，那么也必然随着社会体制和秩序的变动而变动，甚至有朝一日会挫骨扬灰、面目全非。"这样一个关于土地和人的观点总会因为个人的经验或个人的偏见而被混淆和扭曲的。但是不管真相在哪里，有一点却如水晶般清晰，那就是我们这个越来越强大、美好的社会现在就像一个疑难病症的患者，只痴迷于自身的经济健康，反而忘记了保持身体健康的能力。"（奥尔多·利奥波德《沙乡年鉴·作者序》）

20世纪80年代，海子在《黑夜的献诗——献给黑夜的女儿》一诗中道出了乡村和大地的真相，"黑暗从大地上升起"。

诗人的投石器遇到了无边的黑暗和虚空。

雷平阳看到的则是"一个赤子／一个圣徒，他看见了大地在喧哗中变得／愈发的荒芜，他当然也能看见／他死后，那仍属于他的红色的孤独"（《纪念苇岸》）。

土坯房

诗人生命意象的产生来自"故乡之屋"的落成或拆毁的时刻，正如瓦尔特·本雅明所说："拥有意象的时辰，在那间做梦之屋逝去。"

海德格尔在南黑森林中一个陡坡上的滑雪小屋只能成为历史了。"严格来说，我自己从来不'观察'这里的风景。我只是在季节变换之际，日夜地体验它每一刻的幻化。群山无言的庄重，岩石原始的坚硬，杉树缓慢精心的生长，花朵怒放的草地绚丽而又朴素的光彩，漫长的秋夜里山溪的奔涌，积雪的平坡肃穆的单一——所有这些风物变幻，都穿透日常存在，在这里突现出来，不是在'审美的'沉浸或人为勉强的移情发生的时候，而仅仅是在人自身的存在整个儿融入其中之际……"（《人，诗意的安居》）

这个闪着安静的智性光辉的诗意观察者、体验者和沉思者也永远封存在了历史的冰河和社会的相框之中，此后一切都变了。

无根、无着的现实体验使得作家必须在虚空中重建根性，如此吊诡而又不容争辩。"乡愁"和"怀旧"如鲠在喉，谁也别想一吐为快或逃脱了事。乡愁已经不再是酒杯和马鞍，不再是一个冒着炊烟和开满桃花的居所，而是成了一个巨大的粉碎机和搅拌器，"差不多每年我都要回一趟欧家营，尽管它的线性的、看不见更多希望的变化，带给我的苦楚比欢快还多，可它还是像一个由蜂蜜营造出来的涡，其吸力也许引不回一只飞鸟，却能牢牢地把我卷回。我的探视父母流程之慢，一再为他们的苍老提速"（雷平阳《土城乡鼓舞》）。

2016年的深秋的一个下午，我随雷平阳来到利济河和昭鲁大河交汇处的欧家营。这是雷平阳的精神出处和胎记所在地。

命运如此相似！

雷平阳的故乡实则是每一个人的故乡，"去年秋天，几个朋友，想看一眼诗人的故乡／辽阔的昭通坝子，水稻和蜻蜓翅膀下的路／越野车一再熄灭，坑连着坑，我们仿佛是去造访山顶洞人／从昭通城出发，五公里路，用时近两小时。门前的小路／比几个月前我来的时候更荒，青草盖住了月季／水沟很久没人光顾了，青苔封住了水。几棵花椒树／满身是刺，被蛛网一层一层地包裹，像几个巨大的棉球"（雷平阳《祭父帖》）。

我终于目睹了破败不堪的三间土坯房。"上下两层，门后一副木楼梯通向楼上，楼枕和铺在楼面的竹条子，看上去都被烟火熏得黑漆漆的，挂满了灰尘吊子和各种杂屑。靠门洞的那堵墙有几处炸裂了，裂缝里钉了几个木楔子，挂满犁铧、板锄和镰刀等农具。从门里进来的右手边，是灶台和水缸，左边是火塘和吃饭的地方。"（雷平阳《白鹭在冰面上站着》）

这三间土坯房见证了当年贫困交加的乡下生活，雷平阳曾说：

"1970年代末期，我们家从村庄里搬了出来，在村东造屋独住。房子都是土坯房，土坯与土坯之间有很大的空隙，冬天的时候，寒冷的北风飕地从空隙间吹到屋里来，冷得一家人直打颤。"

似乎曾经灰暗的日子以及贮存的记忆和灵魂早已经随风散去了。由雷平阳的村庄和老宅我们会看到在世界其他空间的精神对跖点和神奇的呼应。"眼下我却来到了这里。来到这个没有任何喧闹声的村庄。我清清楚楚地听到了双脚踩踏圆石铺砌而成的道路的脚步声，这空心的脚步声在映照着夕阳的墙上产生了回声。此时我在村里的那条大道上走着，目光扫视着那一处处空无一人的住宅，家徒四壁，杂草丛生，房门破败不堪。刚才那个不知姓名的对我说这种草叫什么来着？'这种草叫'格壁塔娜'，先生。这种草一俟人去房空，便迅速蔓延到房子里。你瞧，这里不都长满了这种野草了吗？'"（胡安·鲁尔福《佩德罗·巴拉莫》）。

我看到了屋前几棵桃树枝叶间遍布的蛛网以及被粘住的蚊蚋——"我和它们，这些自生自灭的小灵魂／一块儿生活在穷乡僻壤"（《蚂蚁和蜘蛛》），看到了那些散落的废弃的农具和满是泥土的破损的胶鞋……

我随手从茄秧上拧下一个茄子吃起来，我听见有人惊呼："茄子能生吃吗？"

雷家的老宅位于大坝的低洼地，按照风水学来说低洼处不利于生财，所以有穷困之相。但是房屋前面比较开阔，除了河道、沟渠之外四处都是平整的田地——基本是水稻田和苞米地，远处则是连绵不断的群山。"我们的村庄虽说是建在一片红颜色的山地上，四面也没什么高耸入云的山峰，但这片红颜色的山地的每一个方向的尽头，凭肉眼可以清晰地看到连绵不断的群山。"（雷平阳《意外》）

这所宅子建成于20世纪80年代，当时雷平阳还亲自写了对联，其中有"独居村东旭日最先照我家"。

2021年7月13日，我和雷平阳再次来到老宅。极其不幸而又预料之中的，它已经被拆掉了三分之二。没被拆掉的一间房之所以暂时幸免，是因为里面存放着六吨酒，"父亲去世后，母亲也搬到了城里，房子借给了一个亲戚暂住。昭通产美酒，我的一个朋友在六年前购置了六吨，没有适合的地方存放，就用汽车拉了来，存放在一间土坯房里"（雷平阳《老屋》）。

我曾经看到的桃树、茄秧、黄瓜架、蔬菜、苞米地以及蛛网、蚊蚋都消失了……而它们曾经是作为"大地伦理"的组成部分见证了一个乡下人的童年、成长和记忆。"我不知道当我迷失在屋后田野的豌豆条播沟里时我有几岁大，但对我来说，那是一种半梦状态，而我是如此经常地听人说起它，以至我怀疑这是我的想象。然而，如今我是如此长期而经常地想象它，以至我知道它是什么样的：一个绿色网状物，一个由有条纹的光构成的网膜，一团由棍棒和豆荚、叶柄和卷须构成的纠结，充满怡人的泥土和叶子的味道，一个阳光照射的藏匿处。"（谢默斯·希尼《摩斯巴恩》）

老房屋作为旧时代和乡村生活的最后见证即将暴露出它最后的地基，而这一切都是以拆毁和移除为前提的，是以抹平记忆为代价的。"这个地基里还藏有哪些令人耗尽精力的怪异古物没有暴露出来啊！还有哪些东西没有全部被咒语埋入土中和献祭的啊！还有下面那令人毛骨悚然的珍品收藏室，那里是个为日常之物留存的最深的通风井。"（瓦尔特·本雅明《单向街》）

土司的末世

雷平阳并不是一个观念性的写作者，但是他建立"地方空间""乡野伦理""文化秩序"的努力是明显的。

元朝开始在少数民族地区和部落设置土司，又称土官。明朝在西南边疆逐渐建立起一套"内边区"与"外边区"分层管理的政区体制，即"内外分野"。明代中叶开始推行"改土归流"政策，但是规模很小，影响不大。真正对土司制度产生颠覆性影响的是清代，地方政治秩序、经济结构、文化传统、族裔习惯、人口构成以及流动都发生了巨大变化。

雷平阳更像是一场硝烟过后于白日梦中枯坐在官寨的废墟上的末世土司。"在那些绿色中间，土司官寨变成了一大堆石头，低处是自身投下的阴影，高处，则辉映着阳光，闪烁着金属般的光泽。望着眼前的景象，我的眼里涌出了泪水。一股旋风从石碓里披身而起，带起了许多的尘埃，在废墟上旋转。"（阿来《尘埃落定》）

刘年在献给雷平阳的诗中写道："这位云南的土司，封我为骑士／并为我点了一支云烟。"

雷平阳企图为人性、故地与自然重新规划属于旧时代的空间与秩序，然而这只能是一场不合时宜的幻梦。

"它是中国的末端，也是中国的前沿。"

这句话出自 20 世纪 30 年代来到云南的埃德加·斯诺，用它来评价几十年后雷平阳的写作心态和文本姿态仍然有效。

土　纸

　　2017 年夏天，我和雷平阳在西汉水上游的西和县城随当地朋友走进一家手工土纸店，出来时每人买了两包发黄的粗糙土纸。我也曾从云南大理和丽江买过一些土纸，而雷平阳更倾心于云南的土纸，这似乎维护了写作的"地方"特征，"乙未年初春，我有过一次西双版纳行。与之前无数次的漫游有所不同，这一次我是去采购勐混等地生产的手工土纸，用这种生产出来就仿佛旧纸的纸抄诗，我已坚持多年。这种以构树皮加工而成的纸，坚韧、厚实、纤维毕露，多用于佛寺中抄写贝叶经"（雷平阳《袈裟与旧纸·后记》）。

　　那一年春天，雷平阳独自在土作坊、茶山、茶厂、寺庙、傣寨寻访和收购土纸，仿佛是在寻找失散多年的兄弟或血亲。

　　雷平阳钟爱土纸，"兄所赠宣纸已经收到，我已开始用它写字，感觉与平时所用的云南土纸大异"（雷平阳《杂记一则》）。这些土纸上有草木味，也有一个书写者的汗味和烟草味，还有雷平阳常年猛灌的普洱茶的味道，甚至有云南独特的"地气"和"天气"融合之后的宽顺秉性。那些钢丝一样坚硬的笔画，正出于一个曾经握着铁锨、锄头、瓦刀、草镰的云南"老汉"温热之手。我们看到了修改、涂抹，看到了墨水滴在纸上的斑痕，看到了那些纸张的折痕和破损处。这是他的手肘和手掌曾经摩擦过的地方，上面有着身体与纸面交互的过往。雷平阳手写的这些文字，像废墟上的尘埃似的落在每个人面前。

　　然而，这一切都是要被复制技术和印刷机整体取消掉的。这是纸上的枯山水，是喘息的残垣断壁，是庙宇和村庄的砖瓦，是经幡残破的一角，是旧衣上的几粒尘土。

土著的表情

像当年的结构人类学家克洛德·列维-斯特劳斯带来"忧郁的热带"一样，雷平阳带来的是土著的表情和"忧郁的云南"。

列维-斯特劳斯对现代性的焦虑症是非常突出的。《忧郁的热带》中关于热带丛林地带的卡都卫欧、南比克瓦拉、瓦克雷托苦、波洛洛、蒙蝶、吐比卡瓦希普等部落、土著的肖像（脸画、穿鼻针、唇塞）、民俗（服饰、进餐方式、狩猎手段、射箭方法、阳具护套、嘴唇装饰、干草冠头饰、牛吼器）、仪式（鼻孔插着羽毛的巫师、女巫、少女发情期仪式、成年仪式、葬礼仪式、祭祀仪式）、建筑、工具、家庭私密生活（午睡、哺乳、亲密时刻、一夫多妻围坐的场面）的照片和描述实则是对人类原初记忆的强化和"失去的世界"的挽留。"原住民的裸体似乎受房屋外墙那种草性的天鹅绒，以及附近的棕榈树所保护；他们走出房子以外的时候，似乎就像脱掉一层巨大的鸵鸟羽毛所织成的披挂一样。他们的身体，这些多汗毛的珠宝箱，建筑得异常精细，他们明亮的化妆与绘彩使肌肉的色调更为突出；华丽的其他饰物：牙齿的闪亮，羽毛和花卉簇拥之中的野兽牙。似乎整个文明都蓄意强烈热衷于喜爱生命所展现的颜色、特质与形状，而且为了把生命最丰富的特质保存于人体四周，便采用展现生命面貌的各项特质之中那些最能持久的，或是最易消逝却又刚好是最宝贵的部分。"（《忧郁的热带》）

雷平阳同样是以"土著"的眼光甚至"神性"的视野来看待"云南"这一特殊的地带和精神构造，尽管此刻的云南已经不再是以往亘古不变的凝恒状态。"我自己很喜欢小乘佛教里所传达的那种生活现场。热带雨林、壁画、寺庙，那些形形色色的人，我特别喜欢靠近这一带，即东南亚这一边。80 年代我第一次到西双版纳就很喜欢，那种欣欣向荣、勃勃生机，跟我们老家特别不一样。所以说云南的丰富性就是在这了。像我们老家乌蒙山脉，整个生态特别像山西、陕西，一样的松树、白杨树，一点也不像云南。"

时代骤变，天柱折断，四维撕裂。"遥远的目光"被匆促的现代性世界景观所终止。为此，列维-斯特劳斯不得不发布警告，尽管他知道这些警告是徒劳的——因为人类似乎已经走上了不归路："人类的一切作为，即使都避免不了失败的命运，也并没有能扭转整个宇宙性的衰亡程序，相反的，人类自己似乎成为整个世界事物秩序瓦解过程最强有力的催化剂，在急速地促使越来越强有力的事物进入惰性不动的状态，一种有一天将会导致终极的惰性不动的状态。从人类开始呼吸开始进食的时候起，经过发现和使用火，一直到目前原子与热核的装置发明为止，除了生儿育女以外，人类所做的一切事情，就只是不断地破坏数以亿万计的结构，把那些结构支解分裂到无法重新整合的地步。"（《忧郁的热带》）

在本质上，列维-斯特劳斯的焦虑、忧郁是出于对人类心灵史和地方性知识的维护与拯救，但是这一维护和拯救只能增加更多的苦痛与尴尬。

必须付出代价的时刻已经猝然降临。"斗南在滇池东侧，是昆明的东郊。滇池一派大水，拥着一座昆明城。今天下午，乘缆车上西山，半空中风吹车厢，摇摇欲坠，低头看，滇池就在脚下，忍不住说：要是跳下去能不能游到岸边？同行的昆明人忙劝：还是别跳吧，水脏。"（李敬泽《两封信，自昆明》）

陀思妥耶夫斯基的旷野

陀思妥耶夫斯基（1821—1881）患有癫痫，从 9 岁开始第一次发病，此后癫痫伴其一生。鲁迅称其为"人类灵魂的伟大的审问者"。

陀思妥耶夫斯基逼视着人性、心理和意识的阴暗面，正如一个人在暗夜中逼视着旷野并发出阵阵低吼和不屑一样。

奥尔多·利奥波德曾经在《沙乡年鉴》中提到"荒野"的丰富质地："一种原初、本真的处所和存在，是人类一切物质创造的原材料，同时荒野本有的存在并不受其他因素所影响，它具有丰富性，因此，它也产生了诸多丰富的成品。"雷平阳的"旷野"仍然带有人类童年期的基因遗留，但是旷野的丰富性被荒野和废墟的单一性取代，"不想高出地面的安身立命者／却命令我，继续深入无人的荒野／无条件地接受山水教育／对不起这一座座灵魂居住的／山巅"（雷平阳《哀牢山行》）。

旷野和荒野仍是雷平阳寻找的安魂之地，也是不可控的被放逐到无望之地的荒诞精神现实。"在很多诗篇和散文里，因为强调对盲目工业化的反对，我把本已面目全非的故乡、这一条河，当成了'纸上原野'的美好元素，并将其写成了乌有乡，这算不算犯罪？算不算遮人耳目、为虎作伥？"（雷平阳《上坟记》）

雷平阳将他所目睹和感怀的地方空间都当作旷野来写作。"旷野在缩小，我能想象到它的消失，代之的'天国'即'工业文明天国'会是什么样子，或说为之付出的代价会有多大，我们现在都难以测度，我现在能做的，只是不停地将旷野平移到纸面上。这旷野的样子，一如泡影。"（雷平阳《"肃立在屋顶上等待日出"（访谈）》）

雷平阳一次次目睹了通往"天国""乌托邦"的路被损毁的真相，他带给我们的只能是虚妄。"陀思妥耶夫斯基是最后一个试图挽救天国的人。但他只不过成功加深了对堕落的嗜好。他就这样给天国，以及给我们对天国的热望，以最终一击。"（E. M. 齐奥朗《眼泪与圣徒》）

　　旷野无人，孤独、独立、四顾茫然，前行无路……

　　他不能在旷野中避难或偷生，只能发出与旷野相应的低吼或者狂啸。尽管到最后，诗人连反对的力气都被耗尽了："只愿我记录下来的场景和故事，能成为时间的骨头和血液，一直存在于我个体历史的出发点，继续坚硬，继续燃烧。"（雷平阳《旧山水·序》）

W

挖 掘

在乡土时代，在大地共同体延续和发挥效力的时代，"父亲"总是与土地、作物和常年的劳作黏着在一起的。

窗下，响起清脆刺耳的声音
铁锹正深深切入多石的土地：
我的父亲在挖掘。我往窗下看去

直到他紧绷的臀部在苗圃间
低低弯下，又直起，二十年以来
这起伏的节奏穿过马铃薯垄
他曾在那儿挖掘。

粗糙的长筒靴稳踏在铁锹上，长柄

紧贴着膝盖内侧结实地撬动。

他根除高高的株干，雪亮的锹边深深插入土中

我们捡拾他撒出的新薯，

爱它们在手中又凉又硬。

——谢默斯·希尼《挖掘》

然而突然有一天，"精于使用铁锹"的人已经从大地上消失，铁锹再也没有用处，而是渐渐生起红锈。你的精神掩体和寄居之所也随之坍塌、消亡。甚至连曾经被挖掘的大地也变得空无一物，"像土豆，每年都把自己埋一次，但又一次次／被刨出土壤"（雷平阳《旷野上》）。在此境遇下，如果你想再次获得精神支撑就必须进行类似于废墟上的"挖掘"工作。"挖掘会欺骗自己，它只制造出一个被发掘物品的清单，却不能在今天的土地上标明旧物保存的地点和位置。而真正的回忆应该比准确标明的地点，即回忆的研究者获得某物的地点报告的东西更少。所以，严格地讲，真正的回忆必须再现一幅回忆者同时想起的史诗和漫游艺人演唱的图像，就像一份好的考古报告那样，不仅必须标明被发掘物所出自的地层，而且必须首先给出那之前必须突破的其他地层。"（本雅明《挖掘与回忆》）

雷平阳却是认准了一个地方就要以一生之力挖掘到底的写作者，而挖掘与回忆是同坍塌的地方空间一同发生的。"语言曾准确无误地表示，记忆不是考察过去的工具，更确切地说是一种媒介。记忆是所经历事情的媒介，就像土壤是媒介那样，在土壤里，古老的城市躺在那里，是倒塌的。谁想就近观察自己倒塌的过去，谁就必须表现得像一个正在挖掘的人那样。首先，他不应畏惧于一次又一次地回到同一件事情的真相上——要像撒开土壤一样撒开它，像挖掘土壤一样挖掘它。因为'事实真相'不再是一层一层的，这时候它首先听任最仔细考察

的摆布，为了弄清事实真相，挖掘是值得的。"（瓦尔特·本雅明《挖掘与回忆》）

雷平阳为了"事实真相"和维系记忆一直在挖掘，而挖掘和回忆的动作在一个新的时代看起来显得更加虚无和另类——甚至显得有些滑稽，而他挖出来的则是幽暗和冷峭之中的隐匿之物、破碎之物以及死亡之物。这是一个挖掘者的清单，也是被掩埋的事实真相本身。

外来者

美国教授罗·兰开斯特曾说在美国至少有 100 万人知道中国云南大理的苍山，因为苍山有美丽的杜鹃花。较之经由植物和地方特产所产生的影响力，田野考察者以及诗人对事物和空间带来了什么样的影响和传播效果呢？

在写出了《空谷幽兰》《禅的行囊》《寻人不遇》《彩云之南》《丝绸之路》《江南之旅》《黄河之旅》的美国旅行家、汉学家比尔·波特这里，云南更多是外来者观光状态下的特异地貌、好奇风俗和陌生景观。"我每次进寨都是爬山路或者在向导的带领下走小路前往，有时也会在当地少数民族家中借住一晚，通过与主人面对面的交谈和对他们实际生活的体验，以及听他们讲述本民族的历史神话传说深层次地了解这些民族的饮食起居、历史文化与民族风情。"（《彩云之南》）

"外来者"更多注意的是具有吸引力和惊奇效果的事物外表，而缺乏深入的"在地经验"。"外来者本质上是从审美的角度去评价环境的，是一种置身于世外的视角。世外人看重的是外在，其评价依据是一般意义上的审美标准。"（段义孚《恋地情结》）

对于"土著"和"本土"诗人来说，山水、自然已经发生了僭越人性的地震，断裂带由此产生，一切人类童年期的存在和记忆都来到了至暗时刻。"山就是山本身，水就是水本身，我热爱的山水是隐匿的，远在天边。但是，随着工业文明犁庭扫穴的风暴一再地扫荡，它们只存在于纸面上了。我试图以纸面上干净而神圣的山水去对抗风暴，也试图从风暴中横刀夺取几座好山几条好水，事实上，一切都只是一厢情愿。"（雷平阳《空身无获者的旷野（访谈）》）

完全小学

雷平阳在 1972 年上小学，小学和初中都是在土城村的完全小学上的——这所小学内设初中班。

教室是生产队清扫出来的马棚和牛厩。这座学校，据说早年经常闹鬼，一下雨就凄凄惨惨的各种声音，甚是瘆人。地下埋的就是清军屠城的大量白骨……

雷平阳有一个姓孟的同学，四五岁就沾染上了烟瘾，又没钱买烟，于是就在上学的路上瞪大了眼睛四处趸摸捡烟屁股抽。甚至这小子从送葬的纸钱中寻找真钱，然后飞奔着去小卖部买几分钱一包的春耕牌或者红缨牌的香烟。

那时家贫如洗，雷平阳上下学几乎都没穿过鞋子。这个"赤脚少年"犹如当年饥寒交迫的冰面上一只孤冷的白鹭。"小男孩从旧庙改成的小学校出来，低着头，匆匆忙忙地就往家里赶。脚上的布鞋是父亲穿烂了的，母亲缝上几个补丁让他接着穿，尺码显然大了很多，他在鞋尖里塞了布团子，仍然不合脚，走在土路上，一拐一滑，看上去十分费力。土路两边都是收割干净的稻田，蓄了水，从上面吹来的北风既刺骨又阴冷。小男孩身上只穿了两件补丁成堆的单衣，下身就是一条有了几个破洞的劳动布单裤，所以，尽管走路很费劲，他还是一个哆嗦接着一个哆嗦，脸上吊着长长的鼻涕。"（雷平阳《白鹭在冰面上站着》）

晚 祷

米勒有一幅《晚祷》。

两个农人夫妇已经劳累了一整天，时已黄昏，暮野四合。

他们处于近景的逆光之中，一半身体处于黄昏最后的亮光之中，另一半身体则浸入模糊和黑暗的边界。画面的最远处是地平线以及一座教堂，教堂和夕阳正好处于同一个位置，它们一起承担了发光体的功能。

教堂的晚钟敲响了，这是肃穆的黄昏，属于宗教的时间。

男人放下手中的叉子，女人放下土豆筐。男人脱帽低头，女人双手紧握于胸前。他们开始了祈祷。他们身边是一个手推车，上面的袋子里是少得可怜的土豆。这是土地的黄昏，是农人疲倦而又肃穆的时刻，是黑夜即将到来覆盖土地的一刻，也是农民劳累的、穷苦的并不轻松的精神生活的缩影。

对于不同阶层和不同历史时期的人们而言，时间具有不同的日常功能和精神意义。当年梵·高受米勒的影响一直想做一个农民，在油画《吃土豆的人》当中我们可以看到粗粝、朴拙的笔触下五个看起来面容和身体有些变形的农民围坐在简陋的木桌上，吃着土豆，喝着咖啡。这是一间低矮的农舍，外面是无尽的黑夜和寒冷。唯一的微弱的光源来自五个人头顶上的那盏灯……此时，时间和黑夜对于他们而言意味着饥饿的胃和贫穷的乡下生活。

雷平阳也有过一次次的"晚祷"时刻，但那时他面对着荒山的夜空，面对着黑暗中崩溃的不明之物，面对着耗损的身体以及失散的灵魂——

原谅了中途击破的暮鼓
放下手里的弓箭与药罐
对着仍将倒向人世
的悬崖，平静地告别：
"晚安，老虎，晚安，活佛！"

——《晚祷》

晚熟的人

诗歌写作上，雷平阳算是一个晚熟的人。

他不属于天才的早熟类型，而是王国维所说的阅世之诗人、客观之诗人。"阅世愈深，则材料愈丰富，愈变化。"（王国维《人间词话》）正如雷平阳自己所说："从阅历中来，这是我私底下恪守的不多的写作规矩之一。"

语言方式、修辞手段以及诗歌腔调都会因人而异，而阅历和材料则是写作的最基本来源，这最终也会决定文本的面貌和写作者的精神属性。"在我的阅读记忆中，雷平阳从 20 世纪 80 年代末即开始发表诗歌。但他的作品真正给人留下较深刻的印象，却是 90 年代末期以降的事。新世纪以来，诗人日益精进，以独特的生命经验之圈和个人语型，成为现代汉语写作中的少数翘楚之一。"（陈超《"融汇"的诗学和特

殊的"记忆"》)

需要补充的是人生阅历和现实经验只是诗歌写作中的一个环节，如果完全倚赖日常经验的话，写作势必会越来越狭促、僵化。显然，雷平阳的语言禀赋、精敏感受力以及虚构才能一直都是非常突出的，它们和日常经验恰好形成了调校的关系。

直至 2006 年 12 月，时年 40 岁的"新锐诗人"雷平阳才出版了自己人生中的第一本诗集，即长江文艺出版社出版的《雷平阳诗选》。该诗集系"中国二十一世纪诗丛"中的一本，印数是 6000 册。

值得注意的是《雷平阳诗选》的封面。

偏上居中的部分是烫银工艺，图形类似于一个半张开的眼睛。如果细看，眼睛的中部有一些文字，其中最显眼的三个大一号的文字是"昭通市"。

万物有灵

汉学家金介甫在评价沈从文时，注意到人类朴素的生活方式与"神"的关系。"在沈从文看来，正是在神的面前，在礼节上负担过重的汉人文化破产处境暴露无遗。人必须面对神，不管是西南边陲的原始精灵，还是 20 世纪生活中机构复杂的教会。尽管汉人和他们的文明同他们的经济才能和空洞的礼仪分不开，把部落民族看作蛮人，但苗民的生活方式只是人类初级的朴素生活。汉人从前也具有苗民的文化和活力，那是在汉人变得麻木不仁、目光短浅之前。在沈从文的想象中，苗民的生活方式是中华民族年轻时期的生活方式。"（《沈从文传》）

就基诺族而言，无论是年节、祭祖、成年礼、婚礼、生育礼、葬礼还是盖房（上新房）、捕猎、打铁、播种、烧地都体现了万物有灵的原始思维。

无论是复杂的现实空间还是更为怪诞和不可思议的寓言化空间，雷平阳一直关注的是"人性""神性""物性"，这也构成了雷平阳诗歌的独特魅力。雷平阳通过一次次对"人"和"物"的内在化和生命化的关注重新激活了日常现实和个体经验，进而又将之转化为公共经验和精神现实。

万物有灵在雷平阳这里最终都是为了有效地书写"人性""物性"的精神"现实"以及晦暗不明的"命运"。"在我的故乡云南，哈尼族、佤族、布朗族和基诺族等民族，都相信万物有灵，人与各类物种是平等的，动植物是人或鬼神的另一种存活方式，对此我没有异议并乐于遵守其善待之道。我屡屡写到动物和植物，都觉得它们是命，尊严和慈悲通常比人拥有的还要多！"（雷平阳《空身无获者的旷野》）

物性和神性必然是与人性联系在一起的，反之它们的存在就只能是幻象或纯文化层面的符号而已。"我开始意识到佛陀文明的世界之外，确有另一个鬼神世界存在着，而且这两个世界又与他们眼中单纯的现实世界组合在一起，如三个平行的空间，既上天入地，又稳稳当当地安置着人们的肉身和灵魂。任何一个人都没有分裂成三个人，他们相反动用了三种力量来支撑一个人，从而让自己得以坦然地存活在真正怪力乱神的人世间。"（雷平阳《西定巴达：佛陀的茶园》）

胃

对于雷平阳而言，他的诗歌之胃所消化的物质已经足够庞杂。"不论是什么，它必须有／足够的胃口消化／橡胶、煤炭、铀、星月和诗

歌。／如同一头大鲨，吞下一只鞋。／它必须能在茫茫大漠长途游弋，／用近乎人类的声音发出呐喊。"（辛普森《美国诗歌》）

叙事、寓言、散文化以及戏剧化等手段的参与使得诗歌的书写空间得以拓展，诗人的消化能力和精神载力得以扩容，诗歌的容留性、可能性以及有效性、复杂性得以增强。

显然，在雷平阳这里，诗歌的视野、综合能量、开放姿态以及跨文体特征越来越突出了。

雷平阳也在不断地纠正精神洁癖或单一趣味，一个诗人心中应该能够同时容纳杜甫和李白。尽管对于雷平阳而言他的胃更适合消化"杜甫"而不是"李白"，"说实话，我也几次梦见过构树小径，还梦见过我和他坐在他的坟头上，讨论李白和杜甫的诗歌。你知道，他喜欢李白，我推崇杜甫，我们争得赌酒发咒，互不相让。我说《全唐诗》里，抽掉李白无关紧要，若把杜甫拿掉，唐诗的金字塔就会瞬间倒塌，哈哈，他气得用双拳狠狠地砸向自己的坟，声嘶力竭地说，如果抽掉李白，对唐诗来说，就是抽心一灭……"（雷平阳《构树小径》）

未来·乡村教师

一个作家的忧虑，既是现实命名层面的又是面向历史记忆和未来读者的终极层面的。"在我的写作经验中，'未来'一词具有审美性质，可它又是可疑的。于审美性质的范畴，它意味着尚未呈现的一切，想象中的一切和虚空的一切，这几乎就是诗歌写作过程中全部的精神家当和永远也了却不掉的天国梦。而它的可疑之处又在于，我们处于现在，处于虚弱的写作与思想贫血相互矛盾的漩涡中，处于对现实失控和对未来一无所知的崩溃与惶惑中，却又总是号称我们的写作只针对未来，是为未来的人们而写作，仿佛未来真的就是所有因为写作而悲伤地死去的写作者的天堂。"（雷平阳《关于未来的写作》）

雷平阳在《在巧家县的天空下》设置了一个乡村语文教师，他每天都在给一个开在未来时空里的"狮子吼"书店写信或订购文学作品，而他也果真收到了一封封回信和一本本在未来出版的文学著作。让他最为意外的是在未来出版的作品中很多作者竟是现在闻所未闻的匿名者。这一写作不对等的情形也正如约翰·厄普代克所慨叹的："在我死后的不可思议的未来，／谁还会阅读呢？印刷的书页／只是五百年的短暂奇迹而已。"

雷平阳笔下给未来写信的乡村语文教师让我想到了刘慈欣，想到了日渐空无而只剩下老人和孩子的村庄，想到了患食道癌的乡村教师，想到平行世界的幻象和现实，想到银河系中心的星际舰队和战争。"月光映在窗纸上，银亮亮的，使小小的窗户看上去像是通向另一个世界的门，那个世界的一切一定都是银亮亮的，像用银子和不冻人的雪做成的盆景。他颤颤地抬起头，从窗纸的破洞中望出去，幻觉立刻消失了，他看到了远处自己度过了一生的村庄。"（刘慈欣《乡村教师》）

有生命的文字都应该获得回响，因为这是时间选择的结果，这既是对写作者创造力和命名能力的肯定也是对其用文字弥补现实危机的精神慰藉。

对于雷平阳来说，写作成了自我拯救，而未来也正在选择属于它的真正的作者。

位　移

地方性知识和"小地方癖性"都已经被迫离开了原地，这是一切都在时时位移的平面化景观时代。与现实空间和精神空间之间的差异和位移相应的是分裂的心理、无根的"乡愁"和悬空的生存状态，但是又偏偏有些人必须生活在曾经的世界和空间，如果没有记忆作为凭依的话他们将变得更为分裂。"他们属于这样一个地方，它明显地被各种有关属于另一些地方的概念撕裂。在乌尔斯特，每一个人首先都生活在实际当下的乌尔斯特，然后又生活在这个或那个心灵的乌尔斯特。"（谢默斯·希尼《地方与位移：北爱尔兰近期诗歌》）

时至今日，人类旅行时的速度远远超过我们祖先的想象。快速移动的工具、技术以及交通网络让人类可以从拥挤得透不过气来的市中心移居到边缘地带和"远方"。工具和空间成为达到移动、输送和疏解目的的重要手段。"移动中的身体所处的状态也加大了身体与空间的隔断。光是速度本身就让人难以留意那些飞逝而过的景致。配合着速度，驾驶汽车，颇耗费心神，轻踩着油门与踩刹车，眼光还要在前方与后视镜之间来回扫视。"（理查德·桑内特《肉体与石头——西方文明中的身体与城市》）

快速而匀速的推进和移动使得人们的目光在事物上停留的时间也大体是均匀的，质言之，中心和重点被速度取消了。这个时代的人们更多只是看到了各种道路以及道路两旁已经设定好的"风景"廊道，而普遍忽视了拆除、填补、夷平和碾压的过程，忽视了这一过程之中那些付出了代价的人和物的命运。

雷平阳是为地方命运和山水剧变作注的目击者，但是曾经宝相庄严的山野已不存在了。这并非一些评论家所指认的类型化和简单化的文本，也不是故意制造惊异效果的"野狐禅"之作，而是生成性的阴郁的精神之作。

《文城》

速度景观取代了记忆史。艺术家张晓刚创作过系列作品《失忆与记忆》。2021 年，余华最新的长篇小说《文城》将其中一幅《失忆与记忆：男人》（200cm×260cm，2003 年）作为了封面。这也让我想到多年来雷平阳的写作与记忆、失忆的关系。

时间改变了空间，空间改变了人与物的关系。城市环境里的雷平阳成了失忆症患者。"我的家住在几幢几单元几楼／几号房？我期待着保安向我提问／而我也一直在冥思苦想，到底是几幢？几单元？几楼？几号房？"（雷平阳《圣诞夜》）

荣格早就意识到都市文化所携带的巨大的胁迫能量是超乎想象的，必须格外警惕才行。"看来是都市世界，对乡间世界，对山脉、森林、百川、动物和上帝观念（可解读成植物和晶体）的现实世界一无所知。我觉得这种解释令人宽慰，无论如何，暂且增加了自信；因为我明白，虽然充满高深玄妙的知识，都市世界仍然眼界狭隘。这种洞见对我是危险的，因为它诱导人产生优越感、妄下雌黄、富于攻击性，招致别人理所当然对我反感。这些反感随后又带回了旧有的怀疑、自卑感和抑郁，我决定不惜代价中断这种恶性循环。我不想再遗世独立，落得怪人的污名。"（《荣格自传：回忆·梦·思考》）

文人字·贾平凹·傅山

在文人传统中诗、书、画、印是四位一体的，而其轴心是诗。苏东坡早就说过："诗不能尽，溢而为书，变而为画，皆诗之余。"

诗和字以及古琴一样，作为一种特殊的文人生活都更需要知音。

如果从书法的角度看，雷平阳的"文人字"也赢得了业内人士以及评论家们的好评，比如贾平凹所称道的："每寄来一种茶，都会用毛笔在民间土纸上写几段话附上，说明这茶出自哪座山，哪个作坊，采自何时，系何人所制。我平时很喜欢读这些便签、手札的，它最能见出一个人的性情和旨趣。我想起林散之的话，但凡写字，笔画要交代清楚，一丝不苟，不能滑俗。'写张纸条子也不能马马虎虎，滑不可救药。'雷平阳的字，最可贵的一点，就是有拙正、庄重的味道，所以在他的笔端，常见方笔，他的笔是定得住的，意到，笔才到，入了一种境界。"（《碑帖入了心，咀嚼出来才叫个人风格》）再比如谢有顺的评价："这种往下扎根的感觉，见之雷平阳的书法，就表现为一种定力。看雷平阳的笔法走势，就知道，这是一个定得住的人，笔从不打滑，但也不迟滞，更无板结的症状，动静分明，就此而言，这也是一种书卷气——缓慢的，沉着的，清雅的，庄严的。"（《书法中的心力与深情》）

贾平凹谈及雷平阳书法时特别提到了"拙正""庄重"以及更多方笔的使用。这使我想到当年的傅山反"雅俗"而倡"支离""抽抽"的个性书法美学："宁拙毋巧，宁丑毋媚，宁支离毋轻滑，宁率直毋安排，足以回临池既倒之狂澜矣。"（傅山《训子帖》）

诗画一体，"文人字"和"士人画"同理。

"士人画"一说出自苏轼,用来区别于画工、画匠、画师等专业画家。"观士人画,如阅天下马,取其意气所到。"(《又跋汉杰画山二首》)

但是雷平阳的字并非人人能懂,连他的好友陈衍强也不例外:"雷平阳的字,我早在 1980 年代就见过不少,比如他给我看的诗稿,他写给我的信,单看字就很舒服。他还在便签上潇洒风流地行书了好多张丢在我家中的书桌上,有个朋友拿了几张去临摹,连有我县书法第一高手之称的时任县委宣传部部长,在我的书桌见了雷平阳的字,也十分喜欢,要了一张压在办公桌的玻璃板下。我至今还保存着雷平阳写给我的一些信,特别是他用毛笔写的几封,本身就是书法作品。说实话,我偏爱雷平阳以前的字,他现在写的与以前写的已经面目全非。"

屋 顶

如果你曾经到过基诺族的老寨,你就会发现这些屋脊两端有茅草扎成头颅形状的"耳环花",它们象征父母的灵魂。"当一个民族如此确切地把生死的地图,等同于地理学上的地图,并把活着的父母的灵魂安放于屋顶作为护宅的神灵,我想,这一个民族,一定还是天地的组成部分,一切都尚未分开,他们的灵肉中依然激荡着创世之神的梦想和意志。"(雷平阳《基诺山记》)

屋顶,是特殊的过渡空间。它是作为日常生活空间房屋的最高点,蹲或坐在屋顶的人对地面和远处的事物以及自我认知都有了不一样的眼光。

当屋顶上的急流仍在喻喻作响

他感觉到了安第斯山的气息。他的心灵自由了

并且不只是自由，是激扬，热切，深邃

并专注于一个占据着他的自我

——华莱士·史蒂文斯《作为字母 C 的喜剧演员》

雷平阳更像是屋顶上的巫师，用文字招魂、做法和祈祷，然后将文字烧成去往另一个空间的骨灰，"父亲老了，他坐在／鹰栖河北岸的屋顶上。白发飘飘／他看见的空旷的水面上／只有时间在燃烧。只有／一个衰老的影子在跟水赛跑"（雷平阳《屋顶上的巫师》）。屋顶上的父亲，屋顶上的巫师。这一偏离了日常举动的怪异场景很像是保罗·高更笔下的那些印象派式的田园景物和粗线条的朴拙人物。

显然，雷平阳重复着"复活"的工作，就像当年他的父亲在油灯下窸窸窣窣地编束稻草一样。"偶尔也抄起脚边的木槌，空洞洞地锤草，将在水里浸过的草锤柔。接着嘴里含一束，手里拿一束，手脚并用打草墩。黄黄的灯光照到他的身上，就像落叶抛在石头上一样无力。他一声不吭，只是在用力的时候发出粗重的呼吸，额头上那密密麻麻的汗珠间，粘着小片小片的草屑。"（雷平阳《草市》）

房屋已被点燃，在灼热的屋顶上仍然蹲着一个走投无路者。这正是一个火热的新闻化现场，但是没有几个人能看到最终的灰烬。

乌鸦目

乌鸦，又称鸦乌、老雅、鹎鵙、楚乌，"乌鸦大嘴而性贪鸷，好鸣，善避矰缴，古有《鸦经》以占吉凶。然北人喜鸦恶鹊，南人喜鹊恶鸦，惟师旷以白项者为不祥"（《本草纲目》）。

乌鸦的智商非常高，它也被视为具有暗示能力的神秘之物，是传递预言的信使。但是，在文化的有色滤镜中乌鸦又是"不祥之鸟"，它能一次次映射世俗的成见，"我们为什么对它／永远怀着警惕？真的很不幸／有些生命天生就不受欢迎，比如乌鸦／比如那些心中藏着乌鸦的人"（雷平阳《乌鸦》）。

　　1988年，何多苓完成了油画《乌鸦是美丽的》（89.9cm×70cm）。

　　这幅画作上的彝族女人以及她头顶上飞过的一只乌鸦从构图上来看有些怪异和突兀，而这正是一个创作者对物象及其深度文化空间予以诗性思考的结果。"前面是一个彝族妇女在低头沉思，构图很稳定，像金字塔一样，但突然有一只乌鸦在她背后掠过，两个完全不同的意象并置在一起，就创造出错位的、破坏的因素。人们就会想：'为什么这两个符号要摆在一起？'进而引起联想和思索，它有一种张力。这就是当代诗歌带给我的东西，我的创作大量受到这种语言系统的影响，只是把它转换成绘画的语言表达出来。"（何多苓《草木本心，自成佳色》）

　　关于乌鸦目，昭通民间有这样的说法："乌鸦是在人间与地府间来来往往的一种鸟，据老辈人讲，用乌鸦的血肉擦过眼睛，人就能看见鬼的世界，而且这几乎是乡下的一个真理，人人都信，有不信的人，村里人就会威胁他，让他试试，可还是没人敢试。传说，在我的爷爷辈分上，村里有一个胆大气盛的人，他果然用乌鸦的血肉擦了眼睛，之后，每次到黄昏就不敢出门，因为他看见了另外一个世界，那些村里早已去世的人，仍旧在村子里安静地生活着，劳动或者游荡，跟活着时没什么区别。"（雷平阳《医院》）

　　雷平阳讲的这个怪异故事来自《本草纲目》。

　　据说，乌鸦目具有开阴阳眼和驱魔的神奇功效："乌目吞之，令人见诸魅。或研汁注目中，夜能见鬼。"（《本草纲目》）

无限小

戴维·乔治·哈斯凯尔说："从无限小的事物中寻找整个宇宙。"

雷平阳一贯坚持的正是细小切口，纤毫毕现的残酷细节和真相袒露无疑。它们让人不敢直视却又一再逼迫着你。"我之所以一再地敦促自己，让自己尽最大的力量去发现生活之小，蚂蚁肚腹中的天空，母亲针尖上的蜂蜜，吃农药自杀的堂姐心头上最后的对爱情的梦想，乃是因为我觉得这些事物，除了没有子宫和乳房那么大，他们比什么都大，我再不是一个胸怀天下的没有心肝的少年，我知道在构成诗歌的众多材料中，我要什么，什么更有力量，什么更通灵。"（雷平阳《故乡对我写作的影响如土地之于物种》）

"场景""细节"在雷平阳这里是微观化、象征化和寓言化的。这一逐渐缩小的过程是生命诗学层面的呈现和还原，具体的物象、场景和空间也因此带有更为强烈的生命内涵。"小"一直是雷平阳的着眼点和审视这个世界的入口，因此他的眼光、态度和取景框就与同时代的写作者有了差别。

"小"与普通人和卑微事物的存在方式直接关联，这是经验与超验融合的精神"小事件"。"小"的事物及其命运最容易被忽略，由此那些凝视着它们的人必定是充满了悲悯和焦虑的。这是属于普通人的如同草芥、蝼蚁般的"小命运"，是具体而微的细节和粗粝、硌人的生存现场，但也携带了强大的象征载力、灵魂重力以及持续的精神刺穿力。

这是层层剥茧，是直取核心的现象学还原。"小"更容易抵达内在真实和个人化的现实感，而这一切又与人性、历史和普世关怀相关联，"多少根青草才能长成一根羊毛／多少亩红土才能约等于一张羊皮／多少个春天，多少条河流／才能换取羊肝、羊肺和羊心／迟缓的羊眼、羊角和羊蹄／它们该耗尽多少光阴才能把／满肚子的羊奶送抵生的反面／在滇东北，在我的故乡昭通／有个疑问我一直无法问：多少柄小刀／才能结束一头羊的性命？多少头羊／才能组合成一个牧羊人？我知道／所有人都会选择终身沉默／因为一个牧羊人和一根草／他们的尺寸相等"（雷平阳《疑问》）。

我只爱我寄宿的云南，因为其他省

我都不爱；我只爱云南的昭通市

因为其他市我都不爱；我只爱昭通市的土城乡

因为其他乡我都不爱……

我的爱狭隘、偏执，像针尖上的蜂蜜

假如有一天我再不能继续下去

我会只爱我的亲人——这逐渐缩小的过程

耗尽了我的青春和悲悯

——雷平阳《亲人》

这首诗被雷平阳放在 2003 年出版的第一本诗集《雷平阳诗选》的开篇。

从世界到中国，从中国到云南，从云南到昭通，从昭通再到土城乡，这是逐渐缩小、收紧和具体化的过程，而这一过程也可以反过来向外辐射。这两个过程最终都要回归到个体的生存空间和心理空间。"小"和"具体"并不是狭隘，而应该成为共振的精神共时体。"我认同诗人对'针尖上的蜂蜜'的表述，但我宁愿从最朴素的视点来理解'蜂蜜'说，而不想将此简单地整合到当下'以地方性对抗全球化'

的时髦理论谱系中。我认为这一谱系才是真正利用了'全球化'的舆论背景，它在很大程度上也是后现代理论中的'东方主义'的小人书版。在我看来，'蜂蜜'在此暗示的更多是大地、故乡、个人记忆、经验、灵魂履历，乃至母语，如此等等。这本是那些忠实于个人经验的自觉的诗人写作的通则。"（陈超《"融汇"的诗学和特殊的"记忆"》）

通过"小"抵达"宏阔"，这是雷平阳的微观史和细节考辨策略。"表现个体生命的诗，它聚集辐辏得越是狭小，张力反而越大。每个独立的生命体验都是有机性的，它不会因为狭小而失去与人类生存的天然呼应。"（陈超《讽喻的织体》）其中涉及的细节、印象和记忆就不再是个体的，而是具有了普泛性和整体象征意义。个体的感受史也是时代的效果史。"我们怎么会在分别多年之后认出久别的亲人（在他的面容已经发生变化之后），怎么会在墙上贴出新的海报，或者街角的商店粉刷了新的颜色之后，依旧能够找到回家的路呢？因为对于亲人的面容或者熟识的路线我们只是记住了一些最基本的特征，就如同一个提纲，在表面诸多变化之下，这些东西是一成不变的。否则，我们的母亲只要再长出一根白头发，或者家里的百叶窗涂上了新的油漆，这些对于我们来说都会成为全新的体验，我们就无法辨识了。"（翁贝托·艾柯《植物的记忆》）

芥子纳须弥，细节即象征，微观即大千。显然，雷平阳深谙此道。

五祖寺

五祖寺位于湖北黄梅县五祖镇的东山，曾称东山寺。

建于北宋宣和年间的东山古道并不宽，仅能容两个人并肩行走，

"东山古道南能北秀，真慧禅风种竹栽松"。

长达四公里的古道两边多是松树、青檀和柏树，其间依稀是错落的佛塔、石碑、坟冢以及一人多高疯长的菁茅草（苞茅）和白头的芦花，"现世／仿佛是唐朝的废墟，通往寺庙的路边／只剩下和尚和诗人的坟墓"（雷平阳《镜池边上》）。

2017年10月，长江文艺出版社推出了雷平阳的诗集《送流水》。翻开插页，里面是雷平阳的一张黑白照片。画面上的雷平阳穿着黑色T恤和深色长裤，右手拿着外套，面对镜头微笑。这张照片就是当时我和雷平阳以及沉河、钱文亮、剑男、田华、石头等人从五祖寺的古道上下来时的情形。照片是沉河随手拍的。"引路塔四周的青檀、松树／山茅草，它们各有外象／但都在道旁，同时关照了我／见一头羊，我给僧人让路／见一块石头，我给僧人让路／见一团林中阳光，我给僧人让路／见了出家人，我给僧人让路／东坡居士来过五祖寺，如今观之／无非草丛里的一头黄牛／我是谁呢？一团云雾／四海为家，万山峰谷中升降／等候着召唤，也要变成一头黄牛"（雷平阳《去五祖寺》）。

为什么《送流水》这本诗集偏偏选了雷平阳的这张照片？沉河说这是他眼中的雷平阳应该有的样子——沉河还说过他对雷平阳这个长着一副农民工模样的兄长有天然的亲切感。"几个月前，雷平阳把他的最新诗集《送流水》的电子稿发给我。这是我给他编的第四本诗集了。书上要放他一张照片，他发来一张背靠在北方低矮的天空忧郁仰望的近照，被我当即否定。我对他说，有那么苦大仇深吗？有那么愤怒吗？即使有，有必要在脸上表现出来吗？我不等他反驳便挂了电话，换上了我给他偷拍的一张。那张照片是我们一帮朋友在五祖寺住了一晚上第二天早上步行下山时我给他抓拍的，他满面孩童般略带着羞涩又特别开心的笑，步调轻松从容。这是我印象中本真的雷平阳，从我二十年前认识他这印象一直保存至今的善良、聪慧、真诚、信义的雷平阳。这个笑容和十多年前他第一本诗集《雷平阳诗选》中的一幅照片里的笑容完全一样，像一个复制品。因此，我认定了，'送走流水'后的雷平阳就是这个笑嘻嘻的样子，哪怕他真的做了个心僧，也应该是快乐的。但没法子否认，每个人都有着不为人知的痛苦，平阳的痛苦不仅有，也应该不少，这和他的身份有关。"（《"把诗歌写在密封的心脏"——我给雷平阳做编辑》）

就雷平阳这张少有的放松、微笑的照片，李琦也格外喜欢。"《送流水》诗集上，诗人在照片上微笑着，拎着一件衣服悠然前行。这个照片恰好印证了我的感觉。可能是随意的选择，但是，事物之间总是有一种微妙的联系。那就是雷平阳找到了属于自己的路径，接通了密码，他不喜欢再眉头紧锁，对着镜头凝视神思了。"（《雷平阳：携带山河的诗人》）

当时下山途中我出了一身汗，经山风一吹竟然无比通透、舒畅。一时我想到了当年废名所写的《五祖寺》："常常觉得成人的不幸，凡事应该知道临深履薄的戒惧了，自己做主是很不容易的。因之我又常常羡慕我自己做小孩时的心境，那真是可以赞美的，在一般的世界里，自己那么的繁荣自己那么的廉贞了。五祖寺是我小时候所想去的地方，在大人从四祖、五祖带了喇叭、木鱼给我们的时候，幼稚的心灵，四祖寺、五祖寺真是心向往之，五祖寺又更是那么有名，天气晴朗站在城上可以望得见那个庙那个山了。从县城到五祖山脚下有二十五里，从山脚下到庙里有五里。这么远的距离，那时我，一个小孩子，自己知道到五祖寺去玩是不可能的了。"

也许，在滚滚红尘中我们都是未曾长大的孩子，不应泯了童心和本真。

法慧法师（出生于 1987 年，江苏南通人）几年前在一个大雪纷飞的下午来到五祖寺，因为机缘而剃度修行。这天他送我们这些俗世中人下山，告别后，我们就相背而行了。我们还要继续回到喧嚣的市井中去在尘世中浸淫，"下山的时候／落在后面的霍俊明／急急的／披着一头长发／像要赶往宋朝／老雷说，瞧，下来一个苏东坡／我往青草深处一指／'在那'／／满坡青草淹没了一头牛犊子／它举起头来／正好把一座大山咬破"（石头《拜寺记》）。

在五祖寺的阵雨中，传慈法师到菜园子里为我摘了一根清脆的黄瓜。晚风习习之际，我和雷平阳、沉河等人又到他的房间喝茶。墙上挂着蓑衣，墙隅放着一根竹杖，这自然让人想到苏东坡的"竹杖芒鞋轻胜马，谁怕？一蓑烟雨任平生"。甚至他庞大的身躯里还藏着纤细、灵巧、生动的一面，他当众演唱的京剧令人拍案叫绝。

回京后，我读到了他的禅诗《登东山古道有感》：

> 梵宇深藏万壑阴，萧条劫后此登临。
> 老僧锡杖归云水，辇路葵禾幻古今。
> 薪火续传初祖意，江风如作胜潮音。
> 可堪薄日山河下，犹听弘忍说禅心。

物体系

没有了亲人，老物件、房屋、乡村已经不再具备共时体层面的精神容器的象征功能和心理载力。

支撑乡村和故土生命力和合法性的恰恰是这些物与人的日常关系。"在私生活的环境里，这些物品形成一个更加私密的领域：它们与其说是拥有之物，不如说是象征上有善意影响力的物品，就像是祖先——而祖先们总是'最私人的'。它们是日常生活中的逃避，而逃避只有在时间中才能最为彻底，也只有在自己的童年中才最为深沉。"（让·鲍德里亚《物体系》）

"童年记忆"已彻底丧失了根基。"这是因为大家都记得并不断重复一个事实，也即那株栗树是我出生那年植的；还因为我是那位姑姑特别喜爱的人，因此她的喜爱也被象征化在那株树身上；也许还因为那株栗树是随着我长大而长大的重要事物。周围其他树和篱笆全都是成年的，因此都像是那个世界的既有特征；而那株栗树则是年幼的，被看护着，如同其他儿童和我本人被看护和品评着——慈爱地、坦率地、不留情面地。"（谢默斯·希尼《无地点的天堂：从另一个角度看卡瓦纳》）

这些残存之物或记忆之物给诗人和作家留有一个特殊的孔洞，可以使他们经由文字穿越回童年和过去。当这些可以凭依之物消失的时候这些特殊的孔洞也就彻底弥合了……

当这些携带时代痕迹的物体终有一天隐身地下，故乡最后的黄昏就到来了，此后是漫漫黑夜。

西双版纳

1867 年 10 月，一支法国考察队在西双版纳做短暂停留。

其中 24 岁的摄影记者兼画家路易·德拉波特回到法国后制作了
100 多幅关于云南的铜版画，其中 20 多幅是关于西双版纳的。这些版
画涉及西双版纳的哈尼人和滇南少数民族的寨子、服饰、文身、泼水
节、放高升、赛龙舟、集市、曼飞龙塔、人像、热带雨林植物、竹制
吊桥、石桥、渡口、澜沧江的河谷以及激流险滩、野象群、竹筏、热
带丛林中捕食麋鹿的猛虎、茶马古道上的商队……

西双版纳处于北回归线以南的热带北部边沿，横跨唐古拉 - 昌都 -
兰坪 - 思茅和贡山 - 腾冲两个褶皱系，以澜沧江断裂为分界线。因为特
殊的地理特征，西双版纳素有"植物王国""动物王国""生物基因
库"之称。

西双版纳，古称勐泐，别名是勐巴拉娜西。"西双版纳"系傣语，
"西双"是"十二"，"版纳"指的是一个提供赋税的行政单位。西双

版纳，直译过来是"十二千块稻田"，实际上是指十二个傣族部落。西双版纳的先民属于古代越人的一支。

西双版纳，光是这四个字汉语的发音就是令人愉悦的。"有些词是神奇的，比如，西双版纳，在汉语中，这个词读作西——双——版纳，光滑的拖音后，版纳二字干脆利落地弹跳出来，这时，你有一种快感，你可以感到四个音节之间舞步般花巧流利的节奏。是的，西双版纳，西双版纳。"（李敬泽《与西双版纳共舞》）

有一段时间，雷平阳一直在景洪的一个山寨里读傣族的史诗——只有少量的手抄本，有时候他从民间传唱艺人口中——多为长者和病者——得到了更为真切而又陌生的信息。

据统计，傣族的叙事长诗有 550 部之多，包括创世史诗、神话史诗、英雄史诗和悲剧叙事诗。创世史诗有《巴塔麻嘎捧尚罗》，神话史诗有《鸟沙巴罗》《粘芭细敦》《兰嘎西贺》，英雄史诗有《沾响》，它们被称为"五大诗王"。悲剧叙事诗，则有《线秀》《葫芦信》《楠波冠》《宛纳与帕丽》《娥娜与桑洛》《叶罕佐与冒弄养》。

然而西双版纳并不是一块能够幸免的时代"飞地"。

从 2020 年 3 月到 2021 年 6 月，已经有 3 群共计 42 头亚洲象从西双版纳自然保护区"出走"，对此社会各界给出了各种猜测，但其中一个重要原因就是生态环境的破坏。尤其是经济利益驱动下橡胶林被大面积种植。

西双版纳是全国第二大橡胶林生产基地。1975 年到 2014 年间，西双版纳、临沧、普洱等地的橡胶林面积扩大了 23.4 倍之多，而热带雨林的面积则下降了 48.2%。

2007 年 6 月的一个黄昏，雷平阳直接目睹了西双版纳的橡胶林：

橡胶林的队伍，在海拔 1000 米

以下，集结、跑步、喊口号

版纳的热带雨林

一步步后退，退过了澜沧江

退到了苦寒的山顶上

有几次，路过刚刚毁掉的山林

像置身于无边的屠宰场

砍倒或烧死的大树边，空气里

设了一个个灵堂。后娘养的橡胶苗

弱不禁风，在骨灰里成长

夏多布里昂

雷平阳无比忧郁甚至痛心疾首地说出"我的家乡已面目全非"。这是回望的结果，其中有一个时间差，起码雷平阳曾经拥有过一个摇篮般的乡村。

夏多布里昂是不合时宜者。

他有一年多的时间在北美洲南部的丛林历险，面对着身后革命动荡中的巴黎，他异常痛苦而分裂地说："我刚刚离开我的摇篮，世界已经面目全非。"

他回到巴黎后又遭到了拿破仑的放逐，而不得已隐居在巴黎西郊的"狼谷"。那里是一片荒芜的苹果园，在空前的挫败和孤独中夏多布里昂于八角形塔楼上完成了散文史诗《殉道者》以及《从巴黎到耶路撒冷》，并开始着手写作《墓畔回忆录》和《历史研究》。

夏多布里昂影响到了后来的雨果，那时雨果还是一个少年。

少年雨果斩钉截铁地说：“要么做夏多布里昂，要么一事无成。”

现代性秩序

现代性秩序是以排斥、拆解和终止前现代性时间和空间为首要前提的。“现代性秩序因为是外显的、属于空间性和客观关系的，它要拒绝的便是这个和时间的实体融合并加以同化吸收的过程，而它拒绝时间绵延之存在，正和它拒绝其他内化程序中心的理由一致。”（让·鲍德里亚《物体系》）与此相应，系列的连锁心理反应发生。这对每一个人的情感态度、思维方式和世界观都提出了新的要求。这印证了恩格斯在《家庭、私有制和国家的起源》中所下的定论——“以改变名称来改变事物，这是人类天生的诡辩行为。”

雷平阳借助家族和地方性知识将个人史提升、拓展为时代的断代史：“推陈出新的家族史，带得更多的是自然成分，而非人工痕迹。人可以撰辑家谱，却不能安排没有形成事实的明日秩序。如同人们坐在秋天的屋檐下，可供选择和计算的只有已收回的谷物，却不敢推算择出的种子在次年能够带回的时间和利润。”（雷平阳《家族》）

世界的连贯性被打破了，过去时的时间、空间以及具体的器物和抽象的符号都终结了。家庭和家族史在断裂中充满了忧虑和悖论，而随着全新的现代性命名制度对事物和地名的更名换姓，随之而来的则是真相的遮蔽以至于个人史和地方志的最终湮灭。

"现实主义者"

很多人都会指认雷平阳是一个"现实主义"写作者，我想雷平阳不会完全认同。

切斯瓦夫·米沃什强调诗人必须是见证者，也即诗人要具备与社会对话的及物能力，但是我们还要进一步强调一个重要的诗人还必须具备将个人经验、即时性见闻和社会现实转化为普世性经验和历史经验的特殊能力——亦即一个诗人应该能从日常生活中提炼出神奇的想象并使得人和历史同时复活。

阿尔贝·加缪说："我们都是现实主义者，而又都不是。"

真正的诗人，无论其处理的是什么题材和主题，能够一次次打动读者甚至能够穿越时代抵达未来的作品都能让我们在人类精神共时体和命运共同体的意义上看到人性、命运以及大时代的斑驳光影、炫目奇观和复杂内里。

"现实主义者"是时代必需的，也是危险的，真正的写作者总会在"词与物"的层面提供给我们关于现实的多重可能，而非庸俗化的表层浮土和浅层描摹——

　　他首先，作为现实主义者，承认了
　　无论谁搜猎一个晨光的大陆
　　都可能，终究，突然停在一棵李子树前
　　而满足并依然是现实主义者。
　　事物的词语纠缠而混乱。
　　李子比它的诗篇活得长。它可能悬

在阳光里安静不动，被下面经过的

那些人碎烂的胡思乱想着色，

成了丑角，沾着迷乱的露水，绽开紫红

的花。然而它是以自己的形式幸存，

超越这些变化，上好的，肥胖的，狂吞的果子。

——华莱士·史蒂文斯《作为字母 C 的喜剧演员》

"乡愁写作"

2003 年 11 月 19 日至 23 日，雷平阳参加了《诗刊》社第十九届"青春诗会"。

该年《诗刊》11 月号下半月刊"青春诗会"专号刊发了雷平阳的《亲人》《背着母亲上高山》《小学校》《早安，昆明》《圆通街的樱花》《空中运来的石头》等诗作。

那时的雷平阳希望投身于一种以"乡愁"为核心的诗歌。"它具有秋风与月亮的品质。为了能自由地靠近这种指向尽可能简单的'艺术'，我很乐意成为一个茧人，缩身于乡愁。空中搬来石头，梦中背着泥土，我建造了一座小小的修道院，它们代表着父亲结疤的骨头，母亲开花的泪，村庄疼痛而又虚无的断代史……"（雷平阳《片断感想》）

雷平阳这些早期的诗歌介入乡村、城市和郊区的现实化空间，无论是细节呈现还是整体象征都写得比较出色，而从一个诗人的精神能力和思想载力来说雷平阳是那一时期青年诗人写作中的代表。今天看来，雷平阳《片段感想》中的这段话还提前揭示了此后普遍流行的

"乡愁诗歌"的写作现象，而能够进行与"乡愁"有关的"有效写作"则变得愈发艰难了。

随着写作的逐渐深入以及时代复杂剧变带来的深刻影响，雷平阳意识到"乡愁诗歌"越来越成为一个暧昧的界定或姿态，而诗人更多呈现为一种无措中的等待和茫然，这使得诗歌的"信任""允诺"以及"应许"功能随之消失了，"我们看到了这个世纪的无法消除的暴虐，诗也置身于茫茫的等待之中。事实上，这既不是对时间的忠诚，也不是对未来的许诺，更不是纯粹的乡愁。诗如此在等待中伫立，它创造了一种等待的主体性"（阿兰·巴迪欧）。

乡 村

乡村在雷平阳文本中的重要性不言而喻，它们带有强大的精神重力和时间压力，进而这些压力也对一个时代的诗歌及其语言构成形成了影响，"在一个时代的词语的声音与另一个时代的词语的声音之间的一种变化是现实压力"（华莱士·史蒂文斯）。

雷平阳关注的正是被忽视的生活在深处、低处、暗处的人群："村里人都坐在土墙根边，一脸倦容，浑身泥土，目光散乱。泥土的组成部分，从他们的身上，不可能找到与泥土的界限。走进任何一家，屋内都黑得像夜色，谁都很难从黑色中分析出几件像样的东西。邮票般大小的村子，照例有最大比例的男人去了远方的城市，或落拓地归来，或音讯杳无，或只有骨灰被运回来。"（雷平阳《诗歌的依据》）

雷平阳这里提到的"邮票般大小的村子"自然让我们想到威廉·福克纳在他的小说和散文中反复虚构的那个密西西比州的"约克纳帕塔法世系"和"约克纳帕塔法神话"。这再次印证了虚构和想象的空间比现实世界更具有精神共振和说服力的道理。

画家何多苓反复强调平庸的现实是不能直接进入艺术的，尽管他一直关注着现实，但是现实和艺术是两回事儿。

现实与虚构融合之后生成了"第三空间"。这一特殊的地点、场所成为一个个作家的精神原点。"是什么地方关系不大，只要你能记住它也不为这个地方感到羞愧就行了。因为，有一个地方作为起点是极其重要的。你是一个乡下小伙子；你所知道的一切也就是你开始自己事业的密西西比州的那一小块地方。不过这也可以了，它也是美国，把它抽取出来，显然它那么小，那么不为人知，你可以牵一发而动全身，就像拿掉一块砖整面墙会坍塌一样。"（福克纳《记舍伍德·安德森》）

雷平阳反复描述的村庄正是他的精神起点、灵魂支撑以及肉身，如果这个空间坍塌或不复存在的话，那么写作还有什么意义和效力可言呢？

乡村病人

雷平阳不会料到曾经盯着"乡村"以及地方事物的凝视者会很快被另一种时间和空间强行打断，而那些精神离乱者更是无路可返了。"深深地爱着这里虽然他也无法不恨这里的东西，因为他现在知道你不是因为什么而爱的；你是无法不爱；不是因为那里有美好的东西，而是因为尽管有不美好的东西你也无法不爱。"（威廉·福克纳《密西西比比》）

这让我想到一句话："历史是有问题的烟云，艺术史也不例外。"（吕澎《20 世纪中国艺术史》）

卡夫卡曾经描述过一个几乎无法进入乡村的医生。

大风雪之夜他要去十里之外的村庄给一个重病人看病，但是路上一再被耽搁。"狂风大雪阻塞了我与他之间的茫茫原野。我有一辆马车，轻便，大轮子，很适合在我们乡间道路上行驶。我穿上皮大衣，提上出诊包，站在院子里准备启程，但是，没有马，马没有啦，我自己的马在昨天严寒的冬夜里劳累过度而死了。我的女佣现在满村子里跑东跑西，想借到一匹马，然而我知道这纯属徒劳。雪越积越厚，行走越来越困难，我茫然地站在那里。这时那姑娘出现在门口，独自一人，摇晃着马灯。当然，有谁在这种时候会借他的马给别人跑这差事？我又在院子里踱来踱去，不知所措。我心烦意乱，苦恼不堪，用脚踢了一下那已经多年不用的猪圈的破门。门开了，摆来摆去拍得门枢啪啪直响。"（卡夫卡《乡村医生》）

村里有病人，有重病患者，但是医生却无法及时赶过来医治。这一再被延宕的前往乡村的"疗治"过程实则直指乡村的真相和病灶。对于那些病人和无法还乡者们来说，遥不可及的医生正是无妄的寓言……

在这最不幸时代的严冬里，我一个老人赤身裸体，坐在人间的车子上，而驾着非人间的马，四处奔波，饱受严寒的折磨。我的皮大衣挂在马车后面，而我却够不着它，那伙手脚灵活的病人呢，也不肯动一动指头帮我一把。

——卡夫卡《乡村医生》

乡下镜头

在镜头面前，有着乡村经验的人总会有近乎本能的不适。"当昆明电视台的两位记者带着两台摄像机态度坚决地要求与我同往时，我又犹豫了，不是因为怕他们摄走老家的饥寒气象，露出自己的根底，而是不习惯在镜头下与父母相见，同时，也不愿给任何一个人留下'衣锦还乡'的印象。作家、诗人的世俗华彩，对我的父母来说，不值分文。"（雷平阳《关于母亲的札记》）

橡胶林

基诺山区的土质和环境构造本来不适合种植橡胶树，而经济利益驱动下的橡胶树的普遍栽种使得生态环境和民族文化再生产都受到了影响。

早在几十年前，沈从文就注意到了中国乡村经济破败的深层原因，不只是战乱，还有种植业自身的问题，"各处种五谷的地面都成了荒田，加之毒物的普遍移植，农村经济因而就宣告了整个破产，各处大小乡村皆显得贫穷和萧条"（沈从文《黄昏》）。

1963 年，橡胶树在基诺山栽种成功。当地农场喊出响亮的口号——"一切为橡胶让路"。截至 2013 年，基诺山橡胶林的种植面积已近 20 万亩。

基诺山只是"橡胶林法则"的一个"示范区"，很快，基诺山区的种植经验在云南的其他地方被推广。

我们可以回看一下 1981 年发生在西双版纳的触目惊心的场景——

> 熊熊的烈火正在无情地烧尽一片片的森林，吞噬着一座座的青山。我们是 4 月 7 日从昆明出发乘车来西双版纳的。沿公路两旁视野所及，天天都见到毁林之火在燃烧。从小勐养到自治州首府允景洪的几十公里的一段路上，可说是"山山点火，处处冒烟"。
>
> ——《西双版纳毁林之火为什么越烧越严重!》

烧山、毁林开荒以及橡胶林的大面积种植直接导致原始森林的大幅退减，这直接对基诺族、傣族敬畏自然、万物有灵造成毁灭性冲击。人们的生存观念、人际关系和处事法则也随之变化，"人群中始终存在的面具与坏笑，那颠覆了庙宇的暴力／同样被视而不见，以为'有某种慈悲电流一样／令人发抖'。时间很快就将证明的'同谋'关系／在哈尼语、傣语、基诺和汉语中／悄然翻译为'灵魂的伙伴'。他们不再羞涩／逐渐地通过语言而变成同一个阵营里／有不同意见但方向一致的同仁／有时，互相朝对方的脸上吐唾沫，恶语相向／有时，在澜沧江边的客栈内共用一个没有出处的／绝色流莺。像共用同一种变质的语言那么坦荡／把所做的一切公示于微信的朋友圈"（雷平阳《鲜花寺》）。

消失的象征

在绝对化的现代性时刻，城市以及自然界都被征服且趋同化了，原生的物性、神秘元素以及象征体系被抽空和符号化了，正如让·鲍德里亚所敏锐发现的那样："象征关系消失了：通过符号所浮现的，是一个持续被征服的、被提炼的、抽象的自然，一个挽救于时间和焦虑中的自然，它不断通过符号之助进入文化，这是一个被系统化的自然。"（《物体系》）

城市无处不在的喧嚣以及幻象、病症、疯子和钢铁巨兽一起向雷平阳涌来，城市时间以及无处不在的现代性碎片已经整体取消了诗人的凝视和慢节奏，而现实空间也变得越来越魔幻和不可思议。"正如初来昆明的时候，这座城尚有人间烟火，久历风尘，好不容易在千年时光里变旧了，是一个安身立命的地方，我以为自己的心找到了故乡。可接下来的二十年，它一下子变成一个工地、赛车场、报警器加工厂，窗外天天晃荡着塔吊，半夜还有人开车疯了似的轰油门按喇叭，楼脚下总有人撬石板换石板，而且一直如此，没有收敛和重归平静的苗头，这怎么令人不心生烦恼呢？"（雷平阳《建水追忆》）

消亡学

一个时代和另一个时代是不同的。20 世纪 40 年代汪曾祺在昆明写过一首诗，"莲花池外少行人，野店苔痕一寸深。浊酒一杯天过午，木香花湿雨沉沉"。而今天的昆明作家，像雷平阳，能有这种情致和淡然吗？"有人说关门即深山，我也试图如此，要命的是，书房的窗口下就是一家用状元故居改建的餐馆，白天门前停满电动车，行人一碰报警器便毫无美感地乱叫，晚上则应酬之声鼎沸，醉鬼嚣张，所谓'深山'，活活被掀得底朝天。"（雷平阳《建水追忆》）

一个显豁的境遇是很多事物都快速消逝了，越来越多的陌生之物在新的空间快速成长。

尤其是在一个"地方性知识"被清零的现代性、城市化语境之下，残山剩水也注定了雷平阳"残稿"式的写作命运。雷平阳就是在残山剩水间蹲下查勘的失败者，他身不由己地被推搡着关注着现代性语境下的"消亡学"。

这是诗人的"分裂"——心理化、语言化和想象性的"分裂"，"文化接引"和灵魂救赎的过程也随之消失。"某次，我很意外地先醉了，抱着松树睡去，醒来时，看见他一副李白的扮相，骑在荒草中的石狮上模仿暮年的李白辞长安，松枝当剑，挥得剑气飕飕。隐逸，孤愤，孤立于世俗之外，这样的人一般都另有使命。但他们怀抱的风骨与言行，已经自绝于传统文明惨遭颠覆的工商文明时代。"（雷平阳《构树小径》）

雷平阳只能缩身于写作之中，文字成为疗治的药方。"只有在意识到危险在威胁我们所爱的事物时，我们才会感到时间的向度，并且在我们所看见和触碰的一切事物中感到过去一代代人的存在。"（切斯瓦夫·米沃什《诗的见证》）

小地方癖性

一个人的精神重力和词源学是从"小地方"诞生和激发出来的，是电光火石之间迸发出来的精神幻象。

由雷平阳的写作我们极其清晰地看到了一个诗人的精神出处和生存背景。雷平阳立足的是"小地方"；"如果我要谈谈乡村，谈的肯定不是江南的乡村，而是偶尔会在媒体上看到的、像贵州威宁那样的地方。我的老家——云南的昭通，就刚好跟贵州的威宁——也就是整个乌蒙山区连在一起。它对我的最大意义就是'那是故乡'，永远得回去的地方。并且，我最早的写作也是从那儿开始，我的生活也是从那儿开始，我的母亲也依然在那儿生活……我没走出云南，我生活在云南。"

这也是切斯瓦夫·米沃什所说的"小地方癖性"："我到过许多城市、许多国家，但没有养成世界主义的习惯。相反，我保持着一个小地方人的谨慎。"（《米沃什词典》）

"小地方"和"诗人"之间存在着更为天然的关系，类似于呼吸、血液或胎记，你往往感觉不到或已经忽略它的存在，却不能失去。"小地方"是现实实体和文化象征体系的融合结构。它们曾经更多地指向了自由、独立、安静、自我和封闭，它们是诗人的"原乡"，是梭罗的瓦尔登湖，是马尔克斯的马孔多小镇，是利奥波德的沙乡，是雷平阳的昭通。

"小地方癖性"可以成就一个诗人，也可以毁掉一个诗人。

这让我想到谢默斯·希尼对特德·休斯的评价，这段话非常适合用在雷平阳身上："感受力是原始意义上的异端感受力：他是一个小地方的出没者，一个荒野居民，一个异教徒；他凭直觉在远离都市的丛林里活动；他既不是城市的也不是温文尔雅的。他的诗歌令人想起兽穴，一点不亚于令人想起图书馆。"（《心灵的诸英格兰》）

从"小地方癖性"和"异端感受力"出发，从雷平阳的身体和词语中走出来一头头大象、一只只老虎、一座座丛林、一个个僧侣、一个个精神的亡命徒、一个个旷野以及一处处废墟……

肖像条形码

善于在散文和诗歌中讲故事的雷平阳，通过文本累积成特有的肖像条形码。

　　我一次次想到当年苏珊·桑塔格描述的本雅明的那幅肖像："在他的大多数肖像照中，他的头都低着，目光俯视，右手托腮。我知道的最早一张摄于一九二七年——他当时三十五岁，深色卷发盖在高高的额头上，下唇丰满，上面蓄着小胡子：他显得年轻，差不多可以说是英俊了。他因为低着头，穿着夹克的肩膀仿佛从他耳朵后面耸起；他的大拇指靠着下颌；其他手指挡住下巴，弯曲的食指和中指之间夹着香烟；透过眼镜向下看的眼神——一个近视者温柔的、白日梦般的那种凝视。"（《在土星的标志下》）

　　雷平阳的"自画像""肖像"能够折射出写作者的性格、心态以及三观，进而又与文学创作的特质、气质产生内在化的关联，比如张枣在谈论华莱士·史蒂文斯时就注意到："他的兢兢业业，他的条理分明，他丰富的内心和隐忍的语言分寸感，不仅打理了必要的日常事务，也成就了诗歌这个超级虚构的美丽事业。他使我们相信，诗歌就是一种因地制宜，是对深陷于现实中的个人内心的安慰。"（张枣《"世界是一种力量，而不仅仅是存在"》）

　　与此同时，这一"肖像"又对应于外部环境、社会文化氛围以及时代症候的综合效应。"我的洞察力，已经衰微／想象力和表现力，也已经不能／与怒江边上的傈僳人相比／多年来，我极尽谦卑之能事／委身尘土，与草木称兄道弟／但谁都知道，我的内心装着千山万水／一个骄傲的人，并没有真正地／压弯自己的骨头，向下献出／所有的慈悲，更没有抽出自己的骨头／让穷人啃一啃。"（雷平阳《穷人啃骨头舞》）。

　　个人史、生活细节以及当事人的见证说辞和回忆录都是这一肖像的构成元素，它们会弥补公开历史中的缝隙甚至空白，正如以赛亚·柏林所揭示的帕斯捷尔纳克不为人知的另一面一样："她说，只有当帕斯捷尔纳克处于低潮的时候，他才会表达与她在一起的愿望。然后他会到她这里来，常常会在一些感情投入之后发一阵子狂，筋疲力尽，他的妻子会很快赶来把他领回去。帕斯捷尔纳克和阿赫玛托娃都很容易陷入恋爱。帕斯捷尔纳克偶尔会向她求婚，但阿赫玛托娃都没有严肃考虑过。她们从来都不可能真正地爱上对方。虽然没有恋爱，但他们都深爱和敬慕对方，曼德尔施塔姆和茨维塔耶娃死后，他们都成了孤身一人。得知对方还活着并且还在创作，对他们两人来说都是莫大的安慰。他们彼此批评对方，但从不允许其他任何人这样做。"（《个人印象》）

对于一个人的印象或精神肖像而言，有的已然是公共世界所熟悉的性格、怪癖以及传奇经历，而另一部分则永远隐藏和沉睡于那些表层甚至刻板的面孔之下而永远不为人所知。"可是现在才看清楚，这原来是一幅画，是一个五十光景的男人的半身像。他的头低低地耷拉在胸前，低得连眼睛也几乎看不见了，又高又大的前额和结实的鹰钩鼻重得似乎使脑袋都抬不起来。由于这样的姿势，他那满腮的大胡子就都给下巴颏压住了，而且还往下披散。他的左手掩没在浓密的头发里，但是好像没法子把脑袋撑起来似的。'他是谁？'"（卡夫卡《城堡》）

无疑，任何一个人都会有自己的肖像，即使是那些籍籍无名者。

一个人的肖像并不只是落实在一张张出生、成长或老去时刻的照片上。社会身份、性格特征以及精神世界的多样性都会使得肖像如此复杂甚至多变。"我们未尝不可说，苏东坡是个秉性难改的乐天派，是悲天悯人的道德家，是黎民百姓的好朋友，是散文作家，是新派的画家，是伟大的书法家，是酿酒的实验者，是工程师，是假道学的反对派，是瑜伽术的修炼者，是佛教徒，是士大夫，是皇帝的秘书，是饮酒成癖者，是心肠慈善的法官，是政治上的坚持己见者，是月下的漫步者，是诗人，是生性诙谐爱开玩笑的人。可是这些也许还不足以勾

绘出苏东坡的全貌。"（林语堂《苏东坡传·序》）

如果将个体的精神肖像与同时代人联系在一起，我们就会发现不同时代的知识分子肖像差异非常大。陈丹青曾经专门谈论过鲁迅那代人的精神肖像——

老先生的相貌先就长得和他们不一样，这张脸非常不买账，又非常无所谓，非常酷，又非常慈悲，看上去一脸的清苦、刚直、坦然，骨子里却透着风流与俏皮……可是他拍照片似乎不做什么表情，就那么对着镜头，意思是说：怎么样！我就是这样！

——《笑谈大先生》

写作伦理

对于雷平阳来说，恰恰是逝去的、破碎的空间和器物成为他写作的母体和不衰的召唤结构。"我过滤了午后的时光，召唤回一个逝去的印度。可为什么是'召唤'？为什么不是'赞颂一个真实的此在'？为什么印度已经'逝去'，而村民却浑然不觉？"（德里克·沃尔科特《安的列斯：史诗记忆之碎片》）

"召唤"成了雷平阳的写作伦理，与此同时这也印证了雷平阳"命名"焦虑感的深层动因，因为以往记述中的"地方"往往空白或语焉不详——它们实际上等同于不存在。"梦幻中最容易衍生出乌托邦。但事实远非如此，我们需要为之焦虑的，不仅仅是一本志书的得失，也不仅仅是对一种'梦幻结局'的外部审视。20世纪80年代末，我曾翻读过云南省的几个县所编制的地名志，它们语焉不详，缺少记

述之功，仍旧是空对空的旧志翻版，有的甚至弥漫着癫狂的浪漫主义气息，形同废纸。"（雷平阳《游走的备注》）

雷平阳对自己以往的写作及其"地方话语"伦理化倾向进行了反思与自剖，这同样是写作伦理当中的一个必备环节，只是很多作家不能主动、自觉地去践行罢了。"《脸谱》这首诗，在逆向掘现人性之恶时显然已经误伤了制作脸谱的老人，对博尚镇也非常失敬。我只希望人们在阅读这首诗歌的时候，把博尚镇和这位老人看成是我虚拟的地名和人物，甚至把他们改编成自己所处浊世中的地点与人物。在时间面前，我为让博尚镇的制作脸谱的老人因为自己的一首诗蒙耻而深感不安。"（雷平阳《构树小径》）

新时态

从动态结构来看，一个个阶段构成了新旧交替，"风景"以及相应的观看者的目光和心态也随之发生变动。

尤其是 21 世纪几乎构成了时时维新的时代，时代意识成为主导性力量，个体的私人时间被世界时间所整体取消。"时间是一种慰藉。可是意识挫败了时间。没有什么轻松的疗程可以治愈意识。"（E. M. 齐奥朗《眼泪与圣徒》）

新时态中的高速路、水泥路、柏油路可能留下了货车碾压以及急速刹车的刮痕，而只有那条经由一双双粗糙的手和凿子錾刻铺成的石板路留下了光可鉴人的过往和每一个回乡者深浅不一的足迹。曾经，返乡是如此令人愉悦，"过牛栏江时，天空／比两个月前蓝了一点。车过昭通城／又蓝了一点。跟着一朵白云／跑向欧家营的那半个小时／它蓝到了极限……"（雷平阳《蓝》）

是的，太多的人回不去了。"君不见，诗词丛林里，往往是走投无路的孤臣孽子写故乡最多最苦乎?"（李修文《偷路回故乡》）

终有一天，在新时态的高速路上，一个返乡者却再也无路可返，无乡可归。"到底是怎样的一种命运，命令你／向后转，却又怎么也转不过身来／像颗铁针，一直存在于刀刃里"（雷平阳《在孤鹤亭》）。确实，回乡多歧路! 故乡成为废园，自古以来就是诗歌的重要主题，这是兴衰更替使然，是时间法则使然，"管他失国还是失乡，一切痛楚、眼泪和热望的深处，都站着杜甫，所以，我们便会经常见到，于那些孤臣孽子而言，故乡入梦之时，往往也是杜甫入魂入魄之时"（李修文《偷路回故乡》）。

新闻碾压

新闻成了最大化的现实。"巴勃罗·聂鲁达曾用诗歌辉耀此地。那之后，拉丁美洲亦真亦幻的新闻如潮水般涌入了心地善良抑或居心不良的欧洲人的视野。在那片广袤的土地上，有胡思乱想的男人，有载入史册的女人，永不妥协的精神铸就了一段段传奇。而生活在其中的我们，从未享过片刻安宁。"（马尔克斯《拉丁美洲的孤独》）

新闻以前所未有的碾压姿势成为世界性的主导话语权，"过去的十多年里一直存在着一种来自新闻的异乎寻常的压力——我们不妨说，是自负到无与伦比甚于任何描述的新闻，首先是体系的——或者干脆称为生活的——崩坏的新闻；然后是新世界的新闻，但是属于一个如此不确定以至于人们对它的特性全然不知的新世界"（华莱士·史蒂文斯《高贵的骑手与词语的声音》）。

很多小说家和诗人面对新闻化的现实感到左右为难，"我曾经反对诗歌中的任何新闻关注，而在这方面并非只有我持这样的态度。对大叫大嚷、没有中介的抗议（而抗议的理由多不胜数）的频繁尝试，就优秀技艺的规则而言，会使人感到难受、羞耻和背叛"（米沃什《一封关于诗歌的半公开信》）。

华莱士·史蒂文斯意识到新闻对生活和写作造成的压力和妨害，"到现在为止，超过十年，一直存在一种来自新闻的异常压力——我们说，比任何新闻的描述都无比做作的新闻，首先是有关我们的体系崩溃的新闻，或者说是我们的生活；然后是有关新世界的新闻，却是一个不确定的世界，任何人都不知道它的性质，现在也不知道"（《高贵的骑士和词语的声音》）。

然而雷平阳的看法与米沃什和史蒂文斯都不同，他恰恰发现了"新闻性""现实感"与"文学性"之间的共通质素："超越想象力的新闻事件，比平庸的诗歌更震撼人心，我所理解的艺术性，就是'永恒的新闻性'。大凡优秀的艺术作品，审美追求、语言拓边、时空建设、社会功能等方面，无一不具有永不散失的新闻性，无一不是'绝学'，无一不是对任何一代人都有神启性的'传统'。我不排斥诗歌的新闻性，相反我对诗歌中存在'永恒的新闻性'怀着热切的愿望。这就是我借用'摄影术'，大面积、大幅度罗列生活现场的原因所在。生活现场上发生的铺天盖地的事件，我感到有很多都内含了暴烈的史诗性结构和残酷的诗歌美学，以及我们一直在追问的世界的真相和我们不堪一击的命运。"（雷平阳《"肃立在屋顶上等待日出"（访谈）》）

行　动

字如其人，见字如晤。

写字就是行动，手中之笔类似于远游人的蓑衣和孤棹。

这是纸上建筑，似乎可以战胜一切，又似乎片刻可成时代的齑粉。

当这一切被说出来的时候，我感觉更像是在和另一个时代告别。

我想到了远游人的蓑衣。

远游人，老了。他正在大雨来临的时候收拾屋外晾晒的衣物，或在正午的太阳下缩在墙角发呆。那件伴随着他远游的蓑衣也老旧了，静静挂在墙上。这是一个物证——是另一种形式的日记、手札、照片、残稿和档案，正如写作者的笔和纸一样。它见证了、伴随了一个人的风雨中的远游，那些雨点、雪片、霜露、树叶、草茎和一阵阵冷峭的雪霰都在蓑衣上凝结、停滞、显影。

手写作为行踪和行动正是汉语灵魂的肉身化凝结。

纸上的一个个字也是遗留物，可供人们在未来去凝视、回溯，去跟随过往再重新经历一次。行动凝结成的物证带有着这个机械复制时代永远都不可能具备的阅读效果——凝视。然而人的凝视状态却被整体消失了，取而代之的是匆匆一瞥或视而不见。

由雷平阳的书写行为和写作行动，我想到了"动天地，感鬼神，莫近于诗"。

性　格

从性格上来看，雷平阳实则长于观察，心思细密，如针似发。

这是一种沉静、冥想、内敛而又略显自闭的思考式性格。"或许是因为家贫所致的自卑，抑或是与生俱来的性格，我从小就不喜欢与人接触，没有什么玩伴，除了与哥哥和弟弟待在一起外，更多的时候，我都像一个梦游者，一个人独自忙着。"（雷平阳《我为什么要歌唱故乡和亲人》）

雷平阳既是一个入世者也是一个出世者，他善于在文字世界中打交道，但又有时把自己封闭或沉溺在文字的地下室中，独自面对幽暗和阴冷。

接下来，我们看看雷平阳对自己的性格的描述：

> 我的当前的自我，乃是地下室里自言自语的自闭症患者。有时候，我看见自己半夜梦游或长出翅膀，乱飞，幻觉正加剧着我的孤立。我乐此不疲。
>
> ——《我非志向远大的写作者（访谈）》

> 我已经有很多个地下室／分别藏匿不同的自己／今天我又在以前那些地下室的下面／开始修建一座新的地下室
>
> ——《地下室》

> 与人对话，通常我会很紧张，尤其是遇上不知道怎么回答的问题，或者当自己一点儿谈话的欲望都没有的时候。这种情况下，

我会点上一支烟，猛吸，让烟雾遮住自己的脸。

——《对话的时候》

修补屋顶的人

罗伯特·费希尔的小说《为自己出征》中的盔甲骑士最终通过坠入万丈悬崖的虚空而飞升"真理之巅"。

当"大地伦理"和"大地共同体"瓦解，一个个乡村的屋顶也被一场场大风吹破、掀翻。乡村诗人们成了不停修补故乡屋顶的人。"我们预约了好几个星期，一天早上他／出乎意料地来了，自行车上驮着／一袋刀子一个轻便梯。／他捅了捅屋檐，察看了旧索具。／／打开一捆捆麦秆处理妥当。／抽出捆着的柳枝榛条／用手甩着试其重量，拧弯看会不会断折。／整个早上他似乎都在做准备。／／然后他搭好梯子，摆出磨快的刀／修剪麦秆将枝条的两端削尖／再把两头弯下，做成门形白色尖头钉／为压住他的世界，一把接一把的麦秸。／／他每天都蹲在屋顶椽架的草皮上，／把接头处剪齐嵌平，把麦秆钉在一起／形成蜂窝状的倾斜，如一片收割后的麦地，／让大家惊叹他那米达斯之技。"（谢默斯·希尼《盖屋顶的人》）

谢默斯·希尼长期凝视那个技艺高超的盖屋顶的人，而这正是最深切的记忆方式，童年的乡村经验由此一次次现身。

由谢默斯·希尼笔下的麦秆、柳枝、榛条、草皮以及刀子、轻便梯，我们一次次来到等待修补的乡村屋顶。

经由屋顶，我们看到了不远处已经收割完毕的露着麦茬的田地以及捆扎好的麦束。这让我想到雷平阳笔下反复出现的云南高原上的干草垛、苦荞垛。"从碧色寨出来,我驱车漫无目的地在滇南游荡,就在出了建水,往通海前行的某个地方,我发现了几堆'金字塔一样上升的火焰',它们是草垛,在建水辽阔的田野上,以草的方式,选择了'挺住'。当时乃至现在,我都一直没有想清楚,人们是采用了怎样的手艺,居于怎样的目的,把草,像金字塔一样地垒起,高达 60 米左右。碧色寨的铁器正在生锈化为尘埃,而建水的草垛却在顽强地朝着天空挺进,这不是'硬'与'软'的对比,它们却让我所有的思虑不得要领。在碧色寨我曾露宿于草垛中。在建水的草垛旁过,我曾呆如木鸡般在阳光下站了一个下午。去建水,我倒不认为它的民居建筑能与会泽的会馆和铜匠街的屋舍可以相提并论,可它的草垛的确让我至今感到自己细小如虫子。"(雷平阳《建水的几堆草垛》)

羞 耻

米沃什说:"我为我是一个诗人而感到羞耻,我感到自己就像一个被扒光衣服在公众面前展示身体缺陷的人。我嫉妒那些从不写诗的人,他们因此被我视作正常人——然而我又错了,因为他们之中只有极少数能称得上正常。"

米沃什在诗中继续说道——

> 在恐惧和颤栗中,我想到要完成我的生命,
> 惟有让自己公开地承认,
> 以此公开我和我的时代的羞耻:
> 我们可以以侏儒和魔鬼之舌尖叫,
> 纯洁大度的言辞却被禁止

在如此严厉的惩罚下，无论谁敢于发出一个声音，

他就得将自己认作一个失踪的人。

　　雷平阳呈现了见证者的目光以及在作案现场取证式的记录。他通过一个个与人、人性、现实、时间、空间以及历史有关的惊悚的白日梦般的寓言汇聚成了"羞耻诗学"。

他们认定山峰是牛骨头变成的

我不知道他们杀掉了多少头牛

他们认定始祖是一对兄妹

我不知道始祖如何克服了羞耻

他们还认定：山顶上

第一朵开放的杜鹃花

总会发出疯狂的叫鸣，而且咳血不止。他们说

梦见这朵杜鹃的人就会在春天死去

高山顶上堆满了白骨

对此，我选择了沉默，低头饮酒

——雷平阳《羞耻》

　　羞耻，首先来自自我的正视，其次来自分崩离析的周边环境以及人群、时代语境制造的层层规训。

　　来看看雷平阳的一段话："我生于云南山中，四十余年未曾离开。自慰的理由：一，天边的慢日子，不急，不慌，不用握紧拳头；二，生活在寺庙林立的地方，听得见温暖的诵经声，看得见佛塔和袈裟；三，母亲守着的水井，水还清冽甘甜，山坳上的家山，清明节，走了的人还会回来团圆……我知道，这样的理由，更适合六百年前的人们。

今天，把它们说出，我必须在深夜，无人，无光，耳朵全都关闭了，惊异的目光被黑暗中的睡眠收走了。如果我必须在大庭广众或对着话筒、镜头说出它们，我必须装得像个说谎者，或装成一个遗少。这令我心痛，仿佛有一种无处不在的力量，夺走了我说话的自由，而我也屈从了，隐隐地觉得，说出它们，乃是一种耻辱。人有病，天知否？不过，我还是一直在不停地说出。从肺腑出发，途经喉咙，舌头一弹，一句句人的声音，便飞向了世界。"（雷平阳《在文成山中》）

羞耻，来自连续性的终止，来自失败的自我意识和精神主体的幻灭体验，来自悲剧角色的"失去""失语""失态"以及"失魂落魄"。

此时代的诗人所缺乏的正是"羞耻感"和敬畏之心。

> 我自囚于白纸
>
> 已经很多年，在诗稿上起义
>
> 无非是一个孤立无援的
>
> 美学雇佣兵
>
> ——雷平阳《去小黑江的路上》

徐霞客

雷平阳是当代徐霞客吗？

1637 年，徐霞客时年五十岁。到了知天命的年纪，且抱病在床，但是徐霞客偏偏在此时决定继续西游，"余久拟西游，迁延二载，老病将至，必难再迟"。

崇祯九年（1636年）到崇祯十三年（1640年），徐霞客完成了人生的最后一次出游。

他的游记被后世誉为"世间真文字、大文字、奇文字"。

1639年四月，徐霞客眼中的云南几乎是千百年未曾改变的原始景观："日将过午，食携于路隅。即循西山北行，三里，而西山中逊。又一里，有村倚西山坞中。又半里，绕村之前而北，遂与江遇；盖江之西曲处也。其村，西山后抱，东江前揖，而南北两尖峰，左右夹峙，如旗鼓配合其称。有小溪从后山流出，傍树就水，皆环塍为田；是名喇哈寨，亦山居之胜处也。溯江而北，半里，渡小溪东注之桥，复北上坡。二里，东北循北尖峰之东麓，一里余，仰见尖峰之半，有洞东向，高穹，其门甚峻，上及峰顶，如檐覆飞空，乳垂于外，槛横于内，而其下甚削，似无陟境，盖其路从北坡横陟也。"（《滇游日记》）

雷平阳也曾想做一个自足的"山水诗人"和"土著作家"。

2000年，雷平阳的目光就开始在山水、风物和旧物上停留、摩挲、凝视："那时候我觉得自己是一个山水间的行吟诗人，热爱山水，也能从山水里得到教育和安慰。尤其是云南南方山水里所发生的旧传说和新故事，它们一旦来到我的记忆中，来到我铺开的稿子上，就会成为我饥饿的灵魂无限迷恋的食物。"（雷平阳《旧山水·序》）

雷平阳曾经是一个痴迷于山水的歌唱者。他说："我非常渴望做一个云南山川之间的行者，它的陌生、温暖、梦幻、迷失，它的远在天边的自由与孤独，它的扑面而来的不可知，它人类童年期的记忆，它白银时代的神灵和英雄，它的创世古歌和英雄赞美诗，它还预留着体温的土地，它的阿央白和司岗里……可惜我至今听不懂巫师的符咒，也无力解读那魂路图上不朽的乡愁，更把握不了被切割的自成体系的山川之间的生死哲学……"（雷平阳《故乡对我写作的影响如土地之于物种》）

这是典型的梦想诗学和原型神话，但是世界主义轰响的巨轮已经无处不在，原有的空间秩序和时间结构被彻底击碎。

山水是感恩之所，越是感恩、追怀就越是要完成一次次的救赎，正如一个随时断裂的绳索把一个人从黑暗的深渊一点一点地拉升上来："多年以来，我就这么一寸一寸地靠近云南，并怀着感恩之心，生活在它的山水之间。"（雷平阳《诗歌不是高高在上的》）

但是山水早已今非昔比，皮之不存，毛将焉附？

雷平阳带来的更多的是"残缺"和"废墟"，他没有退路可言。"这些年，我一次次到过哀牢山、乌蒙山、横断山和不少的不知名的山，很多山中小镇和寨子因为人力外出而日渐清冷，甚至沦为废墟，特别是另起炉灶建设新农村集镇，那些搬空了的旧日村寨，当你走进去或站在旁边的山丘上俯瞰，你都会发现它们的灵魂已经不存在了。"（《驿站：南糯山记（二）》）

"山水比德"的文化空间和心理结构已彻底沦丧，徐霞客时代和自然乌托邦一去不复返了。不只是在中国，世界范围都发生了大致相同的情形，神奇的魔毯已经不存在了，因为陌生之地已经被扁平世界整体取消了。"一百年前，一般人由于不熟悉地球偏远地区的情况，便悄悄地贬低它们，把它们归入传奇的王国，至少是当成异国情调的事物。然而，在今天，他们觉得他们获得各种手段，可以同时拥抱全球各个地方和各种事件。"（米沃什《墙上的影子》）景观、文化、习俗甚至认知结构都连带着被强行改变了。"我开始希望我活在能够做真正旅行的时代里，能够真正看到没有被破坏，没有被污染，没有被弄乱的奇观异景的原本面貌；我希望自己是贝尼埃（Bernier），是达维尼埃（Tavernier），是曼努西（Manucci）……我希望自己像他们那样旅行，而不是像我自己这样旅行。"（克洛德·列维-斯特劳斯《忧郁的热带》）

时过境迁，这些山水和旷野竟然有一天也成了短暂和破碎之物，凝恒的状态涣散、消失了，雷平阳只能更加虚无和痛心。"人们正在把'野草和荆棘'这些大地的主人连根拔起，一个时代正兴致勃勃地消灭着旷野和山河。我能做到的，无非就是在纸上留一片旷野，把那些野草和荆棘引种于纸上。"（雷平阳《不要以为有了"生活"，诗歌就会扑面而来》）

进化论是"惩罚的艺术"，它总是以反讽、消灭和抹去为普遍法则的，曾经的稳定整体成为纷纷扬扬的碎片。"一切皆用一种迅速的姿势在改变，在进步，同时这种进步，也就正消灭过去一切。"（沈从文《从文自传》）但是，又偏偏会有时代的异端者和"旧式人物"站出来并行走于残破的山水和旷野，那是灵魂和记忆的最后凭依和乌托邦。"山水与旷野，当它们向我迎面扑来，当我寄身于它们中间，特别是后来，随着工业文明的浪潮席卷中国，到处都涌动着拜物教的海啸和建筑暴力之时，我从山水与旷野的巨大身躯上觉察到了与之对峙的肃穆和崇高。"（雷平阳《山水之间的"灵感"》）。

既然奇迹和原文不可能再现，那么只能用颂诗和挽歌的方式来书写一个个陨灭的故事。最后的招魂者也将面对灭顶之灾，"写作是从人们觉得自己已经不再写作、不再主宰他的行为开始的"（杜拉斯）。

叙事冲动

雷平阳的诗歌观念和诗学抱负暗合了历史法则和时代情势。

在越来越复杂和噬心的整体情势下，诗人不可能再是"纯诗""抒情"诗风的继承人，他必须是破界者和拓边者，这也是为什么雷平阳的诗歌、散文和小说以及田野考察笔记、思想札记之间的边界往往发生变动的根本原因。"我是个不在意文体的写作者，伯恩哈德的小说我当诗歌读，屈原的诗歌我当散文读，博尔赫斯的散文我当小说读，而我的一些诗歌我就只想以'小说'的方式去写。所谓新诗，自由体，我在意其无限的可能性，谁也没有规定一种正在进行的文体必须怎么写，它没有'散文'化，它正在生成，它的优势和弱点存在于未来，只有当它形成了某种形式，我们才能盖棺论定。"（雷平阳《二十四则谈话》）

很多人已经注意到雷平阳诗歌中大量叙事性因素介入的现象，这使得雷平阳的诗歌更像是散文或小说片断，从而出现了"反诗歌"的特异文本。"我迷恋叙事，与我的阅读谱系有关，也与我对诗歌的理解有关。我总是偏执地在不同的诗歌阅读文本中寻找着它们的叙事性，甚至将其认定为诗歌的力量、节奏和空间之源。它从来就不是小说散文的专用技术，诗歌的叙事来得更古老。很多人都把《齐人有一妻一妾》指认为小说的发端，那时候，《击壤歌》和《诗经》中大量的叙事篇章却早已在文学近乎荒渺的源头耸立着。所以我认为诗歌写作中的叙事，是道统而非扩张，它无损于诗歌品质，也不会给诗歌带来危险，关键在于我们是否得体地使用着叙事。我的确想抹平各种文体之间的界限，但更多是建立在阅读感受之上，而非创作过程之中。"（雷平阳《寻找宁静的力量（访谈）》）

20世纪90年代以来中国诗歌中叙事性和戏剧化因素的不断增强正是写作经验的需要，同样也是日常经验的空前复杂程度提出的要求。叙事的介入和形而上的思辨使得雷平阳带有强烈现场意识和寓言色彩的诗歌容留、消化、吞吐的能力更为强大，诗人的综合才能也得以全面施展。

叙事性

雷平阳在给雷抒雁（1942—2013）的信中专门提及诗歌叙事因素的重要性："许多诗人热衷于对西方诗歌的模仿，鲜有人尽力承接古老的中国诗歌传统，在场、叙事、精神与理想方向的操持。"

的确，雷平阳迷恋叙事。

这是一种愈加开放的文体意识，其容纳性更强，开放度更广，个人意志力也更容易得到凸显。而中国诗歌传统一度缺乏的正是"叙事性"。"我所说的诗歌写作方向，特指我现在仍然进行写作的叙述与抒情共生的方向。不久前，孙绍振在接受记者访问时，回答'朦胧诗人'的缺陷，他说最大的缺陷是叙事的缺席。作为论据，他列举了古今很多伟大诗作的叙事性。我在十多年前选择诗歌的叙事性，并非出自对'朦胧诗'的认真考察，而是基于自己内心的美学需要，与孙绍振先生不谋而合，我视其为诗歌常识，在反常识的背景中重新获取常识。有时候，比重辟一个新世界更艰难。"（雷平阳《"诗艺"是隐形的，不是模具》）

雷平阳的确写过"小说不像小说""散文不像散文""诗歌不像诗歌"的"含混"文字。"雷平阳找到了他自己的诗歌表达方式，冷静的叙事、浓烈的抒情二者融为一体，让人读时震撼，读后难忘。"（沉河《"把诗歌写在密封的心脏"——我给雷平阳做编辑》）

叙事性因素的介入和强调印证了修辞经验以及现实经验的双重要求。毫无疑问，20 世纪以来时代经验的复杂程度以及更新速度已然超越了以往任何时代。

关于诗歌的叙事性，雷平阳如是说："重拾诗歌叙事，是对人类伟大诗歌传统的致敬，是诗歌的魂兮归来。在我们这一代人的阅读史上，诗歌沦为了口号和空洞的宣教与说理，背负起了本来不属于诗歌的'历史使命'。叙事、语言属性、个人精神空间和审美追求的复活，终于让诗歌回到了它自己的路上。"（雷平阳《写诗就是说人话，应该让一个个汉字活起来》

如果把诗歌的叙述和叙事性因素与二十世纪八九十年代转折点上的中国当代诗歌历史联系起来，我们就会发现这是为了谋求诗歌写作的有效性以及重建诗歌和现实的有效关系。"在一定意义上，'叙事性'是针对80年代浪漫主义和布尔乔亚的抒情诗风而提出的。叙事性的主要宗旨是要修正诗歌与现实的传统性的关系。"（程光炜《不知所终的旅行：90年代诗歌综论》）

关于诗歌中的叙事性操作技巧，雷平阳做过非常详细的"技术化"说明："说到叙事的方式，我喜欢以下元素：A. 客观的现场（客观得让人产生想象）；B. 尽可能剔除修辞的语言（这种语言甚至不需要隐喻就可以锋利如芒或洁净如光）；C. 语言本身的故事性（很多语言、词都有着自身故事）；D. 故事的有效性……最重要的一点，要有足够的耐心调控好故事的向度和诗歌的内部节奏，其节奏产生于故事结构，又服务于二者新创的语言之外的看不见的空间结构。诗歌的行不是随便分的，这说的是某首诗歌的唯一性、一次性，针对不同的叙事，我们其实还会有太多的不同的分行方式。前提是，分行不是为了强化抒情诗的节奏，而是针对故事的现场流向和诗歌的内部节奏，它是无形的形式，是心灵支配的行为，法度存在于每个诗人不同的美学标准之中。"（《"我只是自己灵魂阅历的记录者"——雷平阳访谈》）

血脉管道

《山海经》中所载"夸父逐日"的故事世人皆知，但是很少有人将此对应和落实为写作的常道。

夸父在逐日过程中喝干了黄河与渭水，后渴死于奔向大泽的途中，死后手杖化作桃林（邓林），身躯化作山川。这正是生命的自然化和自然的生命化交互的过程，只有如此，诗人才能够在外物那里寻求到对应的精神内里，才能让灵魂和命运在自然万有那里得到长久的呼应。

流水像血液流经躯体，它们是大地伦理的具体表现形式，与此同时它们还承担了流动的地方坐标和精神坐标的双重功能。"广阔的河面从河岸的黏土岸边铺展开来——其实他或许可以从河岸上跳下去。这条河漫延向整个地平线，消失在天际之上，不见一些人类踪迹而闪烁着亮光。它自东向西奔涌过这片陆地，同时又不停地流经那些稀疏分布而实际上并没有人住的居民点，转而折向南或北。"（彼得·汉德克《缓慢的归乡》）

水道、水系、水脉对应的正是地理文化的血管和血液。河岸的宽度，水的深度，水流的速度，泛滥或干枯，上游或下游所对应的不仅是居无长物的时间法则，也是精神世界的对应与显影。安妮·迪拉德强调"活水能疗记忆之伤"，所以她带给我们的是"听客溪的朝圣"。这可以进一步引申为"道成肉身"。华莱士·史蒂文斯说过："身体是大诗。"

诗人与自然之物和历史遗迹之间的关系并不是过去时和线性的，而是交互往返和可感可知的"血脉管道"。与此同时，诗人还必须做到将自我的生命体验和独特的发现具体化为身边之物和心系之物。

在雷平阳这里，一个个水系、水脉对应的正是诗人的血脉管道。水系与血液相通，山川自然万有的血肉化、骨骼化、肌理化、灵魂化使得文字得以复活，诗人与世界也真正地建立起"肉身关系"。

雷平阳一直追问和探询的是：哪里才是流淌奶与蜜的应许之地？

Y

盐　津

　　盐津距离昭通城 300 多里。盐津地处滇东北，这里在方言、生活习惯以及地域文化上更接近于四川，"它们距中原之心更近，但在以昆明为心脏的云南地图上，它们则是僻壤"。(雷平阳《地理》)

　　盐津四处环山，境内基本都是山地和河流。

　　盐津全境有 5000 多条河流、溪涧，比如朱提江、白水江（又称牛街河）和兴隆河。

　　朱提江（云南称关河，四川叫横江）是金沙江的最后一条支流，全长 307 公里，贯穿川、滇、黔三省，发源于贵州威宁草海，流经云南彝良、盐津、水富和四川宜宾，形成了兴隆河、拖洛河、洒渔河、牛街河、大关河、昭鲁大河等支流，在小岸坝河口汇入金沙江。著名的朱提江大峡谷全长 300 多公里，从南至北纵贯鲁甸、昭阳、大关、盐津和水富。

　　由于特殊的地理环境以及湿度大，盐津热得出奇，"这个山中小城地处亚热带，夏天的晚上，气候非常闷热，人们都喜欢在街边或者江上的吊桥，摊一凉席，摇一竹扇，小睡或者聊天"（雷平阳《江水三题》）。

在雷平阳看来，盐津与昭通的气候有着天壤之别："盐津那地方湿度大，什么东西往那儿一放都免不了要生霉，因此我常常会找各种借口，请假跑到阳光灿烂的昭通高原去晒太阳，希望能把骨缝中的霉垢蒸发掉。"（雷平阳《老虎》）

盐津素有"滇川门户"之称，因为地处滇川交界而成为"南方丝绸之路"的重要节点。昆明、曲靖和昭通等地的马帮和挑夫要想去四川和中原必须要经过盐津。"在该县豆沙乡石门关一带，至今还保存着一截完好的'五尺道'。青石板上的马蹄痕，深达数寸，弯下腰，还可掏出大把大把的腐叶和杂土，也可想象出昔日往来马帮行走的热闹场面。"（雷平阳《普洱茶记》）

1985 年昭通师专中文系毕业后雷平阳被分配到盐津县委办公室，做了五年的秘书。"生活在盐津的那五年，我是一个人质，正如我现在是昆明的人质一样。'时代'一直在变，表象变得让人眩晕，本质变得让人难以琢磨。我以为在某些剧变的时刻，自己可以从绑架者的手中逃脱，重获自由身，可事实上他们没给我任何机会。相反，变化更接近于翻天覆地的时候，绑在我身上的绳索勒得更紧，他们开出的交换条件也更苛刻。"（雷平阳《国道上的人质》）

1987 年 7 月 15 日，星期三。

雷平阳的中学和大学同学黄代本从昭通城出发乘车往盐津，折腾了一整天才到了延津县委。当他询问雷平阳的时候很多人都是一脸茫然。这印证了雷平阳为人低调的性格，当然也显露出雷平阳在县委办工作"不显山露水"的状态，也说明那时他对这一份工作并不"上心"。

燕子矶上的哆啦A梦

雷平阳说过："我有'记'的愿望。记什么？我越来越觉得这个世界仿佛一个作案现场。为此，我甚至期盼诗歌写作应该具有摄影术的功能，或尽力地去找到摄影术所不能呈现的感人部分。"（雷平阳《我诗歌的三个侧面》）

古老的燕子矶与哆啦A梦卡通风筝以及诗人并置在一起会是什么样的情形呢？

2015年夏天，我与周伦佑、雷平阳、胡弦、梁雪波等人到燕子矶时已近黄昏。

水边的堤坝上空有一个高大的电塔，刚好有人在放一个哆啦A梦图形的卡通风筝。

雷平阳用手机拍下了戏剧性的一幕：周伦佑表情夸张而严肃，头顶就是那个略显滑稽的卡通风筝。

杨　昭

杨昭脸型瘦削，眼神深邃而略显忧郁，戴着黑框眼镜，头发过脖颈甚至披在肩上。

杨昭的头发和表情让我想到的永远是一个20世纪80年代的文学青年和知识分子。他有着那个年代特有的精神肖像，只不过现实世界中的人慢慢变老了。

雷平阳曾经如此描述杨昭："杨昭的头发一直这么长，没有短过，也没有更长过。我们在一起聊天的时候，渊博的学识致使他话语里充满肯定句式，一锤定音，朋友们鸦雀无声。他的酒量并不大，但在他的幻觉里，他的胸腔里有一个装酒的太平洋，为此，喝酒的时候，他总觉得别人不胜酒力，喜欢一再地抢别人的酒杯，很快就把自己灌醉。他写小说，以其小说的品质，他早就应该名满天下，但他始终默默无闻，始终不厌其烦地修改着他不多的那几个作品。我曾经跟他开玩笑：'你作为一个石匠，可以多凿一些石人石马石鬼，不一定非得只凿一尊尊石菩萨……'他笑而不答。"（雷平阳《"肃立在屋顶上等待日出"（访谈）》）

有人说，杨昭是昭通的文学巫师。

2021年7月中旬，在昭通的夜色中我又见到了杨昭。他过来握手寒暄，手劲太大了，这让人怀疑巨大的力量并不是从这个瘦削的身体里发出来的，而是来自另外神奇力量的驱使。

在席间敬酒的时候他总是低下身子，使得你的酒杯和他相碰的时候不能比他更低。我从未见过如此谦逊、真诚的人，他说话的声调总像是来自兄长。在大山包山顶，杨昭时时端着相机拍照。有一次，我突然发现他的镜头都快贴到我的鼻子尖上了。

养　虎

我的批评集《悬崖上的陌生人》的封面和封底使用了云南画家贺奇的一幅画，那是他为雷平阳的诗作《养虎》专门绘制的。

画面上是一个僧人和一只老虎对视的侧面像，仿佛随时都有血盆大口咬向对方，"对峙仍在天空里续接／——老虎想吃和尚，和尚／一如既往将面团扔进虎口／耗着，斗争着，绝望着／老虎与和尚，身体的地下室里／都还养着另一只老虎，都在怒吼／高过生死的欲望比万物／还要古老，还要持久"（《养虎》）。

"老虎"考验着人心和世相。他人即地狱，我不入地狱谁入地狱，而以身饲虎的人毕竟只在公案和传闻当中。当"僧人"和"老虎"并置在一起的时候人们往往想到的是以身饲虎，想到善与恶、人心与地狱。实则这是进退两难又不容回避的境遇，是曾经斑斓梦幻而如今成为黑白挽歌的世界景观。

雷平阳还试图"在老虎背上放了一张琴"，这有垂直降临感，不能解释也无须解释，就如海子"抱着白虎走过海洋"一样。

夜航船

"讲一个刚刚从乌蒙山听来的老故事。"这是雷平阳作为故事讲述人的声音和语调，低沉的昭通普通话令人亲切而恍惚。

雷平阳是一个坐在钢筋水泥丛林里的讲述者，他有点像牧羊人，更像是一个"托钵僧"在故事中布道传教。

由这个"说话人"我不自觉地想到了写作《西湖梦寻》《陶庵梦忆》《夜航船》的张岱，体味到的是那种追怀故人、故我、故地、故事、故国的浸透在骨子里的悲凉，就如张岱那年在绍兴城目睹了几十年不遇的暴雪一样。

夜航船，是世事动荡中的一颗疲惫的心脏。

> 另外的声音则说："金陵城快到了
> 那些唱昆曲的纸人儿
> 全是我遣回世间作乱的幽灵……"

我起身四望，猛然一惊

原来自己是在与鬼魂同船

——雷平阳《夜航》

雷平阳对张岱的喜爱是发自骨子和灵魂的："我同时还可以挑选刘义庆的《世说新语》和段成式的《酉阳杂俎》，但最终选了张岱的《夜航船》。一些古代中国的常识与通识，现在看来怪力乱神，总是在从容不迫地'睁着眼睛说瞎话'。或许这正是我们缺少了常识与通识的原因之一吧。没有常识，只有现代性，悲剧在上演。"

液态复合体

水作为液态的复合体总是在诗人这里被赋予更多流动性或静止性的精神寓意，水对应于特殊时代境遇下自然物态与社会场域的聚合——

贸易风在印第安河的码头一边叮当奏响架子周围的网中的铃铛。

它是水在美洲蒲葵花的河岸下的树根之间的同一种叮当，

它是从雪松中挺胸面对橘树的红雀的同一种叮当。

——华莱士·史蒂文斯《印第安河》

水是一面巨大的明亮的镜像，似乎可以让人在倒影中看清人心、欲望、世相、因果、轮回。由此，水成为印证人心世相、世代更迭的绝好场所，"我形单影孤，抄经时用光了血滴／以和尚的身份过河时／流水没有情义，我的骨头／一根根变细，一根根变轻／我想三言两语，说出一条河流／凌迟与放逐的多义性；说出／河岸隐形的邪教与暴力／说出脚底下永不停息的怒吼／但我进退两难，身在绝境／个体的基诺山王国中，真相即虚无／我不能开口说话，甚至不能在灭顶之际／反反复复地呼救。为此／人云亦云的减法，当它减去了／救命的稻草，减去了我的宽容与仁慈／就为了去到对岸，杳无人迹的地方／我想杀人。就为了肃清落日／带来的恐惧，我想杀人／就为了在卜天河上，捞起水中／一个个孤独奔跑的替死鬼"（雷平阳《卜天河的黄昏》）。

水是天然的镜像，也是幽暗的深渊。

一个坐在故乡山顶上的年轻人，他看到的河流近乎是静止的闪亮的白线，那是在大地的震动还没有发生的时刻，那是大地共同体还在延续的时刻。"在云南的北方，几条河流／在并列奔跑，它们像几个／背着镜子的乡下理发匠。它们在打赌／顶着白茫茫的阳光，看谁／跑得又响又亮／／我喜欢那些河流脊背上的镜子／黑颜色的边框，无休止地耸动着／与远处的山脉保持同一种流向／至于它的玻璃部分，我心慈悲"（雷平阳《有几条河流在赛跑》）。

水是认知的母体，是温习记忆和滋养幻想、幻念的产物。"檐溜，小小的河流，汪洋万顷的大海，莫不对于我有过极大的帮助，我学会用小小脑子去思索一切，全亏得是水，我对于宇宙认识得深一点，也亏得是水。"（沈从文《我的写作与水的关系》）

安静无声的水让人静观自得而给人以安慰，奔腾喧嚣的喷着白沫的水引人不安和惶恐，"与其说平静如镜，不如说微微颤动……／既是间歇又是抚慰，液体的琴弓划过泡沫的合奏"（保尔·克洛代尔《旭日中的黑鸟》）。

水是深不可测的，充满了魔力般的吸力。"假若这样在船上半年，不必读一本书，我一定也聪明多了。河鱼味道我还缺少力量去描写它。"（沈从文《湘行书简》）漩涡之水令人畏惧，尤其是夜晚之水给人带来的更是无以言说的恐惧。"如果说夜里在水边的恐惧是特殊的恐惧，那是因为这是一种具有一定领域的恐惧。它十分不同于在洞穴里，在树林里的那种恐惧。它没那么近，没有那么密，没有那么固定，却更为流动。水上的阴影比陆上的阴影更为活动。"（加斯东·巴什拉《水与梦：论物质的想象》）

水孕育了诸多生物，所以它是孕育的母体和生命象征之地。

愤怒之水则带走了一个个生命，所以它又是令人惊悸的死亡的教诲之地。"寂静的水，深暗的水，沉睡的水，不可测的水，这些就是对死的思索的物质材料。但是，这并不是赫拉克利特式死亡的教诲，那种随着流水，像流水那样，把我们带到远方的死亡。这是一种静止的死亡，在深处的死亡，始终同我们在一起，靠近我们，在我们身心中的死亡的教诲。"（加斯东·巴什拉《水与梦——论物质的想象》）

紧邻水源而居的人感受到的是日常生存景象和静水慈怀的一面，而跟随着水流的方向或逆流而上的谋生者免不了成为溺亡者，摆渡者能够往返两岸，但是水永远是未知的源头。

夜　行

黄昏在不可阻挡地奔赴黑夜。

在不可见的空间里事物的区隔模糊甚至消逝，时间似乎流逝得更快了，一个人的思维流动也不自觉地加速了。"索尔格停下车，想紧紧抓住这一空间事件。然而空间已经不复存在，没有了前景和后景，远近层次感在最终消失，他面前仅剩下一种强劲而缓缓耸起的空敞，并非完全空寂，而是有一种灼热的实在感，他愈加强烈地感受到头顶上方和背后那漆黑的夜空，愈加强烈地感受到两侧和脚下那浓黑的大

地。"（彼得·汉德克《缓慢的归乡》）

黑夜可以区分为两种形态，它们分别对应于静思时刻和恐惧时刻。前者更容易让我们看到一幅亘古未变的夜景图，比如海子的"黑雨滴一样的鸟群／从黄昏飞入黑夜"（《黑夜的献诗——给黑夜的女儿》）。苏轼的"前后赤壁赋"则将古人夜行推至极致的状态。

在古代夜行图中张岱是非常殊异的一位，《湖心亭看雪》更是成为一代代文人心中的乌托邦，尽管满卷之上也弥漫了乱世之音——

> 崇祯五年十二月，余住西湖。大雪三日，湖中人鸟声俱绝。是日更定矣，余挐一小舟，拥毳衣炉火，独往湖心亭看雪。雾凇沆砀，天与云与山与水，上下一白。湖上影子，惟长堤一痕、湖心亭一点、与余舟一芥，舟中人两三粒而已。到亭上，有两人铺毡对坐，一童子烧酒炉正沸。见余，大喜曰："湖中焉得更有此人！"拉余同饮。余强饮三大白而别。问其姓氏，是金陵人，客此。及下船，舟子喃喃曰："莫说相公痴，更有痴似相公者！"

自古至今，我们都看到了携带不安和恐惧感的夜行人形象，"审判庭一样的暮晚／苍鹭从天空收回了翅膀／大金塔的旁边，一群信徒／在竹林中，收起了晒干的袈裟／其他无主的万物，没有被收走／它们围绕在月亮和灯盏的四周／我在山谷中赶路／不知从哪儿传来的钟声／辽阔而又刺骨，把我的影子／一会儿送到身前／一会儿又拦在身后"（雷平阳《暮晚》）。显然，夜行人对应于惊惧化的精神现实和时代整体情势。

雷平阳"审判庭一样的暮晚"让我想到的是 E. M. 齐奥朗的话："在最后审判中，只有眼泪会被称量。"

无论受难者有多么强大的"强力意志"，他总是不可避免地与眼泪联系在一起。

深夜中路的前方更可能是迷津或者悬崖，在此危险而不自知的境遇下，任何人即使做出晚祷和祈念也无济于事，"世界上不能缺少疯子的狂欢 / 我只能在疯人院的围墙外，一个人 / 在墙壁上描绘雪峰、峡谷、小舟、平原和大海 / 想象力衰竭了，却没有画出一毫升的江水 / 今天，我又一次途经金沙江峡谷 / 黄昏的大幕拉开，悬崖如新修的庙堂 / 风变成了僧人，在死寂的江面一遍接一遍地念诵"（雷平阳《金沙江的晚祷》）。

一个事件

2003 年，雷平阳调到昆明文联《滇池》编辑部工作。此前一段时间，他曾在《大家》杂志做过一段时间的编辑，而离开《大家》是因为一个文学事件。

在云南的文学版图上昭通显得格外惹眼。20 世纪 80 年代以来昭通作家群在国内产生了重要影响，而当地的几十个官刊和民刊形成了非常有效的交流平台，比如《野草》《大家》《乌蒙青年报》《茶花林》《昭通文学》《昭通作品》《南高原》《地平线》《南星文学》《山风》《山里人》《山之声》《荒原》《靖安》《红土地》《关河》《红枫》《茂林》《彝良文学》《绥江文学》（原《金江潮》）、《大关文学》《永善文学》《文话巧家》《乌蒙山》《朱提山》《豆沙关》《赤水源》《星火》《扎西》（原《威信文学》）、《北大门》（原《金沙江文学》）等。其中《野草》以及"野草"文学社的影响很大，直接带动了《守望者》《黑颈鹤》《起点》《山味》《方寸天地》《洒渔河文学报》《春潮》《绥江群众文艺》《毛纺织厂报》《昭通烟草报》《云天化报》《水富文艺》《新扎西》《麻园水泥报》《旧城通讯》等昭通文学刊物的成长。

昭通作家群成为重要的文化现象，但是雷平阳对"地域写作""群体写作""团队写作"一直是抱有警惕态度的。"'昭通文学现象'的滥觞，与20世纪80年代的全国性文学热潮有很大的关系，无非是更多的地方偃旗息鼓或写作队伍呈散兵游勇状态了，昭通的一批写作者却苦苦地支撑下来了，还顽强地写着。而当这种写作具有了一定的高度和影响力，它便有了'报道'的价值，亦有了饰美'昭通'的意义。我们应该清楚，这个团队，它的'报道'价值高于文学价值，因为凡是被纳入团队者，写作的方向、目的、意义千差万别，甚至没有形成一定的具有统领性质的文学精神和美学追求。所以，它的'现象学'意义并不站在文学这一边。全国其他地区的文学团体亦如此。"（雷平阳《书写时代的个人命运感》）

为了深入探讨"昭通文学现象"，1999年2月雷平阳组织了一次大规模的文学调查活动。"我们之所以选择昭通这一云南的'地区'进行本期的'文学调查'，主要原因就是昭通和中国的任何一个'地区'一样，都在20世纪80年代涌动过一场罕见的文学热潮；稍有不同的是，许多'地区'的文学热潮减势了，而昭通仍旧在升温。据不完全统计，在那片乌蒙山酝酿出的大山大水之间，几十个文学社团、几十张文学小报正以其健康的文学态度和不同的生存方式演绎着不朽的文学梦幻。这在以经济为生存主旋律的时代，也算是一种'另类'吧。"

调查报告刊发于1999年第3期的《大家》，名为《群峰之上的夏天——云南昭通文学现象调查》。该调查的提问人是雷平阳，回答人有胡性能、夏天敏、潘灵、杨昭、曾令云、蒋仲文、顾泽旭、彭云虹、阚建军、李云飞、黄代本、张正华、宋家宏、张仲全、艾焱、石应平、董晓明、顾泽旭等。

该调查因为涉及面广、参与人数众多、身份复杂（涉及当地宣传部、文联和作协的文化官员、公务员、大学和中学教师、编辑、记者、作家、法官、警察、工人等）以及敏感的社会问题（比如地方性写作、地域闭塞、经济落后、生存环境艰辛）而引发了很大争议。受此影响，雷平阳和朱宵华最终离开了《大家》编辑部。

之后，雷平阳从《滇池》调入了云南省文联的文学院。后来，他还办过一本名为《艺术云南》的杂志。我第一次到雷平阳办公室的时候，过道和走廊上堆积着已经停刊的这本期刊。

1986 年

雷平阳第一次到昆明是 1986 年秋天。

在翠湖边，消瘦的雷平阳顶着高原的阳光拍了一张照。他的眼睛因为光线太强而眯缝着，身穿米黄色的风衣，两手紧握着锈蚀的栏杆。

他此行是为了写盐津县志而到省档案馆查资料，这一待就是三个月。在这段时间里雷平阳几乎天天盼望着盐津女友的来信。

省会昆明的大城市气象给雷平阳带来了不小的震撼，这种震撼首先带来的是陌生和紧张，来自茫然无措。"我明白自己在澄明与恍惚之间已经越陷越深，常常一个人很惬地在昆明的街道上急急奔走。即使回到自己的阁楼中，我也总要将所有与我有关的窗口打开，站在窗前，分析着每一条街道的走向和玄机，老想着这与小寺无关的世相中一定藏着我要的缘。"（雷平阳《昆明游戏》）

1966 年的梦游者

1966 年 9 月 7 日（旧历 7 月 23 日），星期三。这一天是丙午年、丙申月、己巳日。

雷平阳属马，他对马曾有过一次幻象纷至的深度描写——

> 骑着马穿过州府，马身上的火焰熄灭了，骑马人就把马埋葬在天空中。埋完马，天还没亮，骑马人在水边洗手。洗到天亮，手还是一双黑手。恐惧占领了骑马人的心灵，他返回埋马的地方，他想把马从天空里刨出来。刨到黄昏，骑马人刨出了自己的双手，一双干枯了的婴儿的小手。再刨，骑马人刨出了自己的头颅，一颗祖父开裂的头颅。
>
> ——《马》

雷平阳出生于云南省昭通市昭通县（后于 2001 年 6 月改为昭阳区）土城乡土城村（欧家营）十社。

他出生的第二天就是白露。

按照命相来说，雷平阳和缓、慎重、刚毅、英敏、情厚、至诚、智慧，时有疑虑。生肖的本命佛是大势至菩萨。因为是秋季出生，其运势是遇火则贵，却（缺）火则不吉，易遭小人陷害。

个人档案出身一栏填写的是"农民"。

这里地处云、贵、川三省接合部，东邻贵州威宁县，西隔金沙江与四川金阳县相望，南接鲁甸，北与彝良、大关、永善相连。"老家多山，连绵逶迤，小村落就在山洼里，四周除了几块维持生计的田地外，

多是发白的石头和齐腰的杂草。坐在家门口的石墩上，只见在千年不变的绝壁上有条羊肠小道。"（雷平阳《流年》）

从 1966 年干燥而时有闷热的初秋开始，雷平阳与黑夜和寂静、贫穷和孤独、旷野和墓地有了近乎天然的血脉联系，他总是不由自主地陷入发呆和冥想的状态。"在昭通的北面，我曾经坐在一片冬天的乱石堆里对着一只死去的鸟儿唱歌。它洁白的羽毛像纸，雪地上的红纸。"说这句话的时候，雷平阳已经二十八岁了。

当雷平阳出生于暗不见光的漏风、漏雨的粗陋农舍，那时"欧家营"已改名为"爱国村"。

这个离群寡居的"梦游者"，从少年阶段开始就宿命性地以诗人的"非正常"性格冷静而无望地面对着恶劣的生存环境。

医　院

雷平阳过早地面对了建筑工地、堆积的钢材、殡仪馆、戒毒所、肺结核医院和精神病院。"没事的时候，我常常一个人到各种医院里去晃荡，与更加神经质的人们交朋友，喝大酒，醉了，就沿着铁路没完没了地行走。有时候，也会提一瓶酒，坐在山顶上，遥望着殡仪馆的烟囱。只要它冒一阵白烟，我就知道又有一个人去了天堂，便独自喝一口酒。"（雷平阳《山水之间的"灵感"》）

雷平阳把精神疾病气息的场所一股脑都挤到了文字世界当中，"西山的坟地一直铺到太平乡／接着是神经病医院、肺结核医院、戒毒所／和殡仪馆，中间分布着几个村庄／读书铺车站两旁，长满了冷飕飕的桉树"（《在碧鸡关吃羊肉火锅》）。

王小波当年在医院和寺庙的对话中解构了后者应有的神圣性。"早上，我从医院出来，进了万寿寺，踏着满地枯黄的松针，走进了配殿。我真想把鞋脱下来，用赤脚亲近这些松针。古老的榆树，矮小的冬青丛，都让我感到似曾相识；令人遗憾的是，这里有股可疑的气味，与茅厕相似，让人不想多闻。"（《万寿寺》）

医院和坟地刚好代表了生死的两极，而雷平阳同时将它们放置在了身体的两侧，叙说的声调低沉而不祥。阴郁的黑色的反乌托邦气息一直存在着。"医院的围墙在朝向田地的一方，与学校的围墙连在一起，学校的围墙没有后门，医院的围墙有一道破旧的狭狭的后门，后门出来，是一片杂草丛生的坟地，据说坟里埋的都是些死去的病人，而且是些穷苦人家的病死者。死了，没能力让其返回家乡，草草葬此。我们常到那些坟地去，那儿有很纯美的野花，有坟地里最常见的灰挑菜。有时候，也会遇着病死的婴孩，几件花花绿绿的小衣服盖着，很随意地丢在坟岗之间，遇到这种情况，我们就会心里发慌，合了书本，急急地跑回学校去。死了的婴孩，在之后的我们的睡眠中，往往会燃烧着出现，死亡的联想，犹如对生的茫然，它始终追逐着我们，我们的奔跑，梦中的奔跑，始终离它很近，怎么也拉不开距离。"（雷平阳《医院》）

雷平阳早期作品中到处都是病人、医院、哭声、鲜血、嚎叫、死亡、诊治、手术室、太平间。这时我们想到了当年余华的"酷烈"。"那时候我一放学就是去医院，在医院的各个角落游来荡去的，一直到吃饭。我对从手术室里提出来的一桶一桶血肉模糊的东西已经习以为常了，我父亲当时给我最突出的印象，就是他从手术室里出来时的模样，他的胸前是斑斑的血迹，口罩挂在耳朵上，边走过来边脱下沾满鲜血的手术手套。我读小学四年级时，我们干脆搬到医院里住了，我家对面就是太平间，差不多隔几个晚上我就会听到凄惨的哭声。那几年里我听够了哭喊的声音，各种不同的哭声。"（余华《最初的岁

月》)

以"医院"为核心的黑暗地带对应了疾病和死亡，也对应了写作者极其压抑、沉痛和紧张的内心。如果没有可以缓解和安慰之物，那么他就只能直面疾病和死亡，甚至"以病治病"。"倘若世上完全没有疾病，也就完全不会有圣徒，因为直到今天都不曾有过一个健康的圣徒。圣洁是疾病的宇宙顶峰，腐朽的超自然荧光。疾病使天国贴近尘世，若无疾病，天国与尘世不会彼此相认。"（E. M. 齐奥朗《眼泪与圣徒》)

《彝良报》

刚到盐津工作不久，雷平阳即带着一摞复写纸抄的诗稿到彝良县找陈衍强。

路太难走，一路上公共汽车颠簸得厉害，雷平阳好不容易找到陈衍强时已经天黑了。"那时我很贫穷，有朋友来不兴请住旅社，所以雷平阳与我初次见面的当晚就与我'同床'了。第二天吃饭是在食堂打的菜，我给他打的是米饭和肉，我自己打的是苞谷饭和炒白菜，他后来提及此事还说他当时心里很难受和想流泪。"（陈衍强《雷平阳的处女座发在〈彝良报〉》)

陈衍强那时刚调入彝良县委机关报《彝良报》不久。

在简历上雷平阳一直写的是 1986 年开始发表作品，实际上 1985 年 11 月 11 日《彝良报》(第四版) 就发表了诗作《彝良印象》，署名是盐津县委办公室雷平阳。

《彝良报》成了雷平阳文学起步阶段的重要发生地。此后，雷平阳的《洛泽河畔的留言》《背炭者》发表于 1986 年 4 月 12 日《彝良报》，《自言自语之一》发表于 1987 年 1 月 17 日《彝良报》，《金沙江》发表于 1987 年 6 月 13 日《彝良报》，《白水江》发表于 1988 年 12 月 31 日《彝良报》，《空船》发表于 1990 年 4 月 28 日《彝良报》。有意思的是 1993 年 7 月 17 日的《彝良报》还编发了雷平阳的书法，抄录的是毛泽东于 1935 年 10 月赠给彭德怀的六言诗："山高路远坑深，大军纵横驰奔。谁敢横刀立马？唯我彭大将军。"

1988 年 1 月，雷平阳打印了几本诗集，名为《红瀑》。扉页上印着一段话：

> 你从纷乱的人群中蛇行出死亡的等待，走上了多灾多难的文坛，用狼的语言讲释狼的海。记得你曾对所有的人说，在风里面生活，你准备了一生的时间。

该年 3 月 19 日，雷平阳把其中一本送给了陈衍强，"献给衍强大鉴　平阳"。多年后陈衍强又把这个小册子返还给了雷平阳，因为雷平阳自己都没有这本自印诗集了。

异乡人

我在 2016 年出版了两本书，即《陌生人的悬崖》和《萤火时代的闪电——诗歌观察笔记或反省书》。它们接续了我在《新世纪诗歌精神考察》中反复提到的"异乡人"。这已然成为我近年来观照当下诗歌和现实的一个入口。

"异乡人"并不是单纯的乡土情结和乡愁地理学的产物，尽管乡土、乡村发生的巨变我们有目共睹并深陷其中。

————众我之中，尚无一个我，

令众我听命于他。这一场内乱，

他们，长着几十个脑袋的我，还在为

个人自治而荒谬地搏命。

像一群禁闭在悬崖上的中世纪的幽灵。

————雷平阳《众我》

那么，在此严酷境遇之下，"像一群禁闭在悬崖上的中世纪的幽灵"的诗人该经由何处重建文字的道义和语言中的"故乡"或孤岛一样的记忆呢？也许，它们只存在于过去或彼岸，雷平阳曾如此写清迈："清迈是寂静的、安详的、体面的，它的神祇在山中也在社区里，更重要的是那儿的每一个人，似乎身体中都带着菩萨的影子。有一天清晨，妻儿还在睡眠，我到旅馆旁边的社区去走了一圈。所有的人家都有小院，老树、藤蔓、果树和鲜花丛里的家，有鸟儿在鸣叫，松鼠在悠闲地蹿动……看着那景象，我忍不住眼眶一热。"

在"异乡人"这里，"梦想的诗学"彻底破灭了。

加速度的社会推进器使得断崖时代到来，这既是波德莱尔般的城市化空间的游荡者又是无法真正返乡的出离者，而二者最终都指向了"异教徒"式的内心渊薮和焦虑："我在镇雄县到威信县之间的那条野草丛生的路上，遇到过很多从观斗山下来的人。从外表上观察，他们普遍有着到天空安装星斗时所获得的孤独与疲惫，少数人似乎还把灵魂安插在了辽阔的夜空里。他们彼此之间没有任何交流，也没有谁坐在路边，给蚂蚁和小草讲授天文学知识。我给一个摔碎了膝盖的老人让路，顺便向他打听如何才能保持长期仰望的秘诀，他斜眼看了我一下，在拐杖的引导下头也不回地走了。很显然，他把我当成了一个恶

棍一样的异教徒。"（雷平阳《短歌行》）

异乡人、还乡者都在这个时代成了异教徒式的非法化存在，甚至连怀旧的想法都是不容许的。"存在主义和卢梭的精致原始主义一样，也含有浓重的怀旧的成分。同时，它又是病态的，像基西拉岛在法国思想中的不断重现，无论是华托作品中的结核病、热病的意象，还是兰波、波德莱尔笔下同样的昏热与谵妄。诗人们描写'新爱情海'、福佑群岛、幸运列岛、遥远的百慕大、普罗斯帕罗之岛、鲁滨孙的胡安·费尔南德斯群岛，所有名字像念珠一样的岛屿。他们很清楚，所有对天堂的旧观念都会在此触礁。"（德里克·沃尔科特《历史的缪斯》）

对于城市空间和现代性景观雷平阳一直充满了疑虑和不信任，在他看来它们对应了时代病症和不对等的空间伦理，比如"一个下午，我都坐在／第一个高楼的旋转餐厅里／一次次环视自己／生活了二十余年的城市／我以为这儿会很安静／可以当成审判台，见一见／城市后面那些搭积木的人／棋盘上胡乱搅局的人／我知道，拜物教里找不出／唯一的元凶，城市像个作案现场"（《妄想症》）。

雷蒙·威廉斯在《乡村与城市》中得出这样一个极其可怕的结论："城市挽救不了乡村，乡村也挽救不了城市。"

异名·置换法则

雷平阳文本世界的昭通以及其他地名完全可以被置换，甚至地名自身也经历了极具戏剧化和社会化的变动过程。"我会在心理给昭通市的每一个乡镇重取一些名字，没人认可它们，只有我一个人在写作的时候使用。就像旧圃镇，我一直叫它土城乡，竟然让编辑和读者一直以为昭通市有个土城乡。不过,昭通市也的确有过一个土城乡,在我的记忆中,它最先叫土城公社,后来改成新城公社,后来又改成土城区,再后来又改成了新城区,最后,它被并入了旧圃镇,像一个人被活埋在了凤凰山上。"(雷平阳《在凤凰山上想》)

关于"土城乡"的诸多"异名",雷平阳在一首诗中又进行了"复述"——

> 我的老家那个乡,最先叫土城区
>
> 后来改成土城公社,之后
>
> 依次改成新城公社、新城区、土城乡
>
> 后来并入旧圃镇,前些日子
>
> 又并入了到处是坟地的凤凰镇
>
> 我的父母,跟着指挥棒
>
> 在同一个村庄里不停地迁徙
>
> 我身在异乡,则像个追捕中的逃犯
>
> 一直在修改出生地的名字。
>
> ——《挽歌》

通过这些"异名"以及置换法则我们会发现雷平阳的诗歌带有地域性特征,但是更为重要的是他最终又超越了地域性。"因为南方人写的是他自己,而不是他的环境:打个比方来说,他一只手捏着自己内心的那个艺术家,而另一只手则捏着他的环境,并且把一样东西往另一样东西那里塞,就像是要把一只乱抓乱叫的猫往一只麻袋里塞。然而他还是要写。"(威廉·福克纳《喧哗与骚动·前言》)

雷平阳笔下的每一个空间都是现实和想象融合之后的产物,它们实则是整个世界本身。"在一些读者的阅读经验中,我一直都在书写

'故乡'，甚至有读者认为，我的所有文字都与昭通有关。其实不然，我书写故乡或者昭通的文字非常有限。感谢人们的误读，它没有给我造成任何伤害。"（《乌蒙山记·自序》）这使我想到华莱士·史蒂文斯的诗句："世界／在心灵的气候中旋转／意象的花儿开满枝头"（《尤利西斯的航行》）。

现实和写作、个人与地域之间存在着不可解的复杂关系，而它们并非是完全地一一对应，甚至个人经验能够通过话语场转化为公共经验和世界想象，比如河南的一位读者就曾经把雷平阳的诗《亲人》印在 T 恤衫上，只是把"云南省"换成了"河南省"，把"土城乡"换成了他故乡的名字。

异质化的"飞地"

雷平阳一次次写到各种树林、茶园、热带雨林以及橡胶林。

树木代表了人类的原始思维以及精神视野，代表了宗教般的原生力量。它们是神秘的，与人类的居所之间存在着一定的界限。与此同时，棺木代表了死亡观念和族裔的地方性知识。

具体到雷平阳的写作，这些树木大体围绕着乡下、城市以及云南山地空间展开。热带雨林在雷平阳这里代表了最后性质的"飞地"。"事实上，热带雨林和季风海岸，除了滋生衰弱、懒惰、淫荡和智力迟钝之外，也孕育了诸多美好的事物。"（薛爱华《朱雀：唐代的南方意象》）但是随着大面积地种植橡胶和桉树，"飞地"已经在快速缩减。橡胶林和桉树作为热带雨林的异质物以及时代伦理一次次强行进入雷平阳的精神视界。

围绕着古老树木和树种的消失，雷平阳最终看到的正是一个个的热带雨林的废墟，一个个"飞地"因为异质化力量的入侵而加速分解，"有很多，我叫不出名字的树／枝条在空中，已变成了土／它们的主干，手指一戳／马上涌出白蚁的队伍／这些树随时会倒塌／站着的时候，世界上已经没有／这些树。我差一点点／被其中一棵，埋在了／法国人修建的教堂里／那儿，遍地长满了无花果"（《废墟上的雨林》）。有废墟就必然有人无家可归，也自然有了失眠症和虚无者，有了虚无者的自白书和控状，"如果我真的醉了，土地庙的旁边／抱着一棵松树，且让我哭一会儿／——我的白发里，存放着／一个诗人虚无的魂魄与骨灰"（雷平阳《哀牢山的后面》）。

异质面孔

在大山、雨林、旷野、废墟、迷宫以及一个个悬崖上我们目睹的是那些异质的面孔。

他们是非正常人，盲人、哑巴、聋子、瘸子、驼背、六指人、左撇子、傻瓜、侏儒、残废。"村里人命贱，没有严格意义上的自尊，曹木匠因此也没有把自己手指与别人手指的区别当回事，更没有刻意地把一个巴掌上的指头是五或是六这样的问题解决掉。"（雷平阳《六指人》）

我们往往看到的情形是认同就必然意味着削去否定性和天然性的一面，反之亦然。

阴阳错乱

按照风水学的说法和不同的空间属性，房屋、住宅是阳性的，墓地和旷野则是阴性的，如果阳宅为阴性则是大凶之兆。

在雷平阳的写作中，房屋和坟墓以及旷野却是同时出现的，它们的界限消失且往往并置在一起，空间的错乱实则印证了精神世界的龃龉、分裂和癫狂，这是空间秩序沦丧之后的必然结果。雷平阳的文本空间具有记忆和救赎的功能，带有创伤性记忆的逆向、弥合和重生的幻觉。"一切记忆都是用来重新想象的。我们的记忆中有一些微缩胶片，它们只有接受了想象力的强烈光线才能被阅读。"（加斯东·巴什拉《空间的诗学》）

游方僧附体

在黑夜中诗人最终成了发光体，如果不是如此一切都将隐匿不见，一切都将是没有存在过似的。"月亮，一只闪光的鸟，它升起来，它的亮度、遥远的温暖以及它的气息，在秋天的晚上，使天空变薄，使我所处的山冈所代表的大地变轻。我看见了山冈之外的群山，看见了颓废的桉树和金属大门以及大门上的字。还没有被节令杀死的昆虫出现在空中，它们的小翅膀仿佛初春少女的情欲，在辽阔的月光中细微而羞涩地闪动。"（雷平阳《昆明西郊的一道金属大门》）

这一看似日常实则幻化的场景更像是 1436 年冬天一个游方僧在雷平阳这里的附体。"一个游方僧坐在昭通城南面的凤凰山上，左右各是

一棵几十丈高的松树，他眼中看见的是广袤无边的雪野，可心里却是黑的。"（雷平阳《黑》）

2021 年 7 月 14 日，在大山包返回昭通城区的路上，雷平阳指着不远处的两个山包对我说那就是凤凰山。以前凤凰山上有很多坟墓，墓碑上都安装了一个小镜子，太阳一射，满山都是刺眼的光线。仿佛另外一个世界 24 小时都是白昼。这是雷平阳一贯的"黑暗传"和黑白两色世界的显影。

"像空腹的老虎对着寺门绵绵不绝地长啸／然后，袈裟上沾满了虎毛／继续坐下，露出满口白牙，说惑"，这是雷平阳的诗《支硎山》。

支硎山对于雷平阳而言是有深意的，支硎山因为东晋高士支遁（号支硎）隐居于此而得名。在《支硎山》中，雷平阳再一次提到了他最钟爱的苍雪和尚，但是这已不是 21 世纪的禅诗和彻悟之诗，而是再次面对个体境遇的虚妄之诗和沦丧之诗。

无经可讲，无理可说，无人能懂。

语言公民

作家既是社会公民又是语言公民。这涉及的不仅是现实正义和社会良知，而且是诗性正义和语言的求真法则。"诗人尊重语言的民主，并以他们声音的音高或他们题材的普通性来显示他们随时会支持那些怀疑诗歌拥有任何特殊地位的人，事实是，诗歌有其自身的现实，无论诗人在多大程度上屈服于社会、道德、政治和历史现实的矫正压力，最终都要忠实于艺术活动的要求和承诺。"（谢默斯·希尼《舌头的管辖》）

只有始终保持语言公民的标准和底线才能使得"诗歌首先是诗

歌"，然后才是其他功能，才能使得个人文本与同时代人的其他文本标志化地区别开来。

作为语言公民，诗人必须具备个人化的现实想象力和历史想象力。在严峻的异常时刻我们是应该发声还是保持沉默？是付诸行动还是凝思于笔端？

这是任何写作者都必须正视的问题。

华莱士·史蒂文斯说："世界从来就是她唱出的世界，／对她而言，绝非他物"（《基围斯特的秩序观》）。

诗人通过与现实相关的想象力将语言公民和社会公民融合起来，"尽管现实能够升腾跃进成'秩序的激昂'，诗歌却不是现实的对立物，而是它的内蕴物，也就是说，史蒂文斯对想象力的一切赞颂，都可以毫厘不差地被换置为现实本身，因而，现实就是想象，世界不自外于诗歌，词就是物，写作就是生存"（张枣《"世界是一种力量，而不仅仅是存在"》）。

切斯瓦夫·米沃什强调严峻时刻到来的时候诗人必须是见证者，当然只是具备与社会对话的及物能力还不够，一个伟大的诗人还必须具备将个人经验、即时性见闻和社会现实转化为普世性历史经验的能力，亦即一个诗人应该像谢默斯·希尼那样能够从日常生活中提炼出神奇的想象并使历史复活。也就是说，想象力往往是从"现实"的气候中被激活和生发出来的，或确切地说想象力是个体主体性前提下精神气候的深层对应，主体的真实限阈得以拓展，"史蒂文斯坚称想象力是对诸神隐遁后之空白的唯一弥补，是人类遭遇世界时的唯一可能的安慰，'上帝即想象力'。当想象力作用于现实（reality）时，现实便从其单纯的事实显象中脱颖而出，一跃成为'猛虎，可以杀人'，成为'狮子，从天空中跑下来饮水'，成为鲜活的动力，成为我们的紫气缭绕的气候"（张枣《"世界是一种力量，而不仅仅是存在"》）。

如果只是一哄而上、简单粗暴的急于表达和站队式的立场表态，那么我们目睹的将是"伪诗""劣诗"和"反诗"。只有"现实"而没有"诗"必将导致偏狭的社会学习气。

寓　言

雷平阳在很多场合都会用他粗粝低沉的声音诉说发生于云南的特殊故事。雷平阳之所以成为这个时代最会讲故事的诗人，正源自他的血脉与现实和历史之间的互相砥砺的关系。

这些故事就是一个个寓言。

这些寓言的表层和内在寓意形成了紧张而戏剧化的夹层，二者摩擦时时传来隆隆的时代之音以及咚咚的心率失常。这些寓言化景象实则比现实和原型更具有了持久而扩大化的内在力量。

就雷平阳的寓言写作而言，这关乎紧迫的"当代"命题，也关乎乡土结构及其历史叙述的动因。"我在自己虚构的王国中生活和写作，大量的现实事件于我而言近似于虚构，是文字的骨灰在天空里纷纷扬扬。采用真实的地名，乃是基于我对'真实'持有无限想象的嗜好。当然，大量使用乌蒙山的地名，也饱含了我怀抱着的、一些人感受不到的深情。这是一种令人不安的写作，它可能会让我在以后的时光里陷入忏悔与自责，我勠力为之，因为我也想在未来因为它而得到一份违禁般的宁静与沉默。"（雷平阳《乌蒙山记·自序》）

吊诡的是，一再抒写和反刍"寓言"的人最终却没有安身立命之所。这是雷平阳的写作宿命。文字成了致幻剂，寓言也成了精神安慰的药引。

寓言在雷平阳的写作中比比皆是，比如《距离东川十公里》《弑父》《空信封》《鹦鹉》等。这些寓言化文本总会以昭通和云南的地名和具体化空间作为叙述依托，比如《短歌行》中出现的镇雄和威信县以及观斗山。

观斗山海拔 1880 米，位于威信县城东北 40 公里高田乡的华汾山与罗汉山之间，因当年平西王吴三桂到此观星而得名。这些寓言甚至会具体到一个人物、一个村庄、一个集市，但是这些人、物以及空间都只是雷平阳完成"借尸还魂"的一个外壳，他最擅长的正是在实有之物那里通过寓言和象征而赋予修辞意志力和精神载力。

这些空间和人物通过虚构、借喻和寄托以及诡异的方式变成了真实的文本和虚构文本融合之后的第三个文本，因而寓言容纳了现实和想象的多重可能。这正是博尔赫斯式的现实。"作为一位作家，博尔赫斯与现实之间似乎也有一个密码，使迷恋他的读者在他生前，也在他死后都处于科达玛所说的'需要等待'之中，而且'这是一个秘密'。确实是一个秘密，很少有作家像博尔赫斯那样写作，当人们试图从他的作品中眺望现实时，能看到什么呢？他似乎生活在时间的长河里，他的叙述里转身离去的经常是一些古老的背影，来到的又是虚幻的声音，而现实只是昙花一现的景色。"（余华《博尔赫斯的现实》）

这些寓言化的故事在现实的底座上产生，但是最终抵达了精神化的特殊空间。就如当年的马尔克斯虚构的马孔多小镇一样，雷平阳也在虚构着昭通。这一寓言化文本的呈现方法推到极致就是米洛拉德·帕维奇具有"魔鬼气质"的《哈扎尔辞典》式的写作，古代与现代、历史与废墟、现实与幻象、非与非梦以及捕梦、人与鬼都盘根错节地缠绕在一起。

元宝山下

爱情受挫，工作不顺。1990 年春天，雷平阳离开盐津回到昭通。

从盐津到昭通，三百多里都是山路和土路，在一路颠簸中我们能够感受到雷平阳极其复杂的心情。

调回昭通后，雷平阳做《昭通市报》副刊的编辑。当时单位没有住房，雷平阳只得临时租住在昭通城东南郊元宝山下一个废弃的空军师部队营房里。

元宝山为道教龙门派所在地，"宝山环翠"曾为昭通八景之一，但雷平阳在那段时间却如坠深渊而不能自拔。

元宝山下是昭通城。如今的元宝山被两条高速路环绕，远远看去就像是一条血管上的肿瘤。

雷平阳无所事事的时候就在元宝山附近以及昭通城转悠。"昭通不大，我绕着它走一圈大概一百分钟，如果骑车的话，则不用一百分钟。只是它的环城路已经成了街道，它向四周拓展的房屋，人们叫郊区。"（雷平阳《奔跑》）

文青老尹曾在雷平阳的宿舍逗留了一个星期。白天雷平阳去上班，老尹就在房间写武侠小说，晚上二人就着小菜喝劣质的苞谷酒。最终，一身白西装的老尹与雷平阳不欢而散。多年之后，老尹出家做了和尚。

元　诗

雪莱说："所有时代的诗人都在为一首不断发展着的伟大诗篇而做

出贡献。"

自觉的写作者对自己的文本了如指掌，对同时代人的写作他也具备深入的判断力。

元诗总会来到优异的诗人这里。元诗，也就是本体学意义上的"关于诗的诗"，是"诗歌中的诗歌"。

诗歌史上很多大诗人都在公开或秘密地追赴着"以诗论诗"的写作，比如阿齐博尔德·麦克利什的广为人知的"一首诗不应说明什么／而应该本身就是什么"（《诗的艺术》）。

元诗是"我说"与"语言言说"同时进行的共鸣和对话。正如陈超所言："'元诗'（metapoetry），即关于诗本身的诗。这是一种特殊的诗歌类型，意在表达诗人对语言呈现／展开过程的关注，使写作行为直接等同于写作内容。在这类诗人看来，诗歌'语言言说'的可能性实验，本身已经构成写作的目的。诗不仅是表达'我'的情感，更是表述'元诗'本身。"（《论元诗写作中"语言言说"》）

这是"向诗说话"或者"向命要诗"的过程。这是对更高标准诗歌的致敬。"词语因为属性消失而原义趋向无解：众鸟发声／找不到源头。鸱鸮碌然而鸣，不是它的本音／也不是人的话语，疑似它在发出／火车过境时拉响的汽笛，但还存在其他的／可能性。昨天的记忆已然残缺／就像空中的枯叶制造了风，而风把无限增加的破洞／给了它们。"（雷平阳《化念山中》）

元诗是关涉"词与物"的终极写作，是关涉诗歌发生学的总体秘密。正如曼德尔施塔姆所说："词围绕着物自由地徘徊，就像灵魂围绕着一具被抛弃的，却未被遗忘的躯体。"任何人要想做"强力诗人""诗人中的诗人"或"终极诗人"的话，他就必须葆有个人化的历史想象力和达成"词与物"有效互动的求真意志，甚至要创造出属于个人的诗学才能或元诗传统。包括雷平阳在内很多优异的诗人终其一生都是为了写下一首终极意义的元诗。"人言说只是因为他回答语言。语言言说，其言说在它被言说中为我们言说。"（海德格尔《诗·语言·思》）

元诗还必然要放置在历史谱系和整体文化情势下考察才更有效。在严峻的历史时刻，词与物都承担了受难者的角色。"一个英雄时代已在词的生命中开始。词是肉和面包。词与面包和肉具有同样的命运：受难。人民在挨饿。国家更是在饥饿中度日。但仍有一样东西更为饥饿：时间。时间要吞食国家……"（曼德尔施塔姆《词与文化》）任何一个时代的元诗写作者都会面对整体性的精神大势和诗学责任，比如"在词语中重生""在诗歌里献祭"。

由诗到诗，由词到词，由词到物，它们最终解决的是词语的挖掘和精神自审之间的交互过程。这是创造性意义上的词语劳作和精神激荡。从这个层面来讲诗歌是"动词"。从思想意识的方向来看，元诗是"精神事件"，凸显了一个诗人的精神词源和思想当量。特里·伊格尔顿提出"文学事件"的概念，这涉及语言和经验、历史的互动："承认意义不仅是某种以语言'表达'或者'反映'的东西；意义其实是被语言创造出来的。我们并不是先有意义或经验，然后再着手为之穿上语词；我们能够拥有意义和经验仅仅是因为我们拥有一种语言已容纳经验。"（特里·伊格尔顿《二十世纪西方文学理论》）

对于雷平阳来说，元诗写作就是"词与物"的不断较量，这使得诗歌写作成为"语言事件"和"精神事件"，"不安地将现在等同于遗忘。同时又在细小事物的／内部，寻找着不幸的蛛丝马迹，习惯性地／在悲剧性的中药稠汁里加入蜂蜜水，又往／一棵松树保留下来的刀口上倒几袋云南白药／万籁俱寂，仙人掌的刺编织成黑色天鹅绒／被征用和被奴役的词语暂时抛开了／自己的坏脾气和战斗力，而我也不再排查／经常使用的词语中哪一部分身负多重使命"（雷平阳《喜悦》）。

从诗歌史的发展维度来看，元诗不只是局限于"以诗论诗"的文体规定性动作，甚至带有不同代际诗人之间的精神对话、诗学立场上的较量以及影响的焦虑。这构成了个人史、语言史、精神史和写作史之间的互动与摩擦。"当代中国诗歌写作的关键特征是对语言本体的沉浸，也就是在诗歌的程序中让语言的物质实体获得具体的空间感并将其本身作为富于诗意的质量来确立。如此，在诗歌方法论上就势必出现一种新的自我所指和抒情客观性。"（张枣《朝向语言风景的危险旅行》）

这也是语言态度和思想意识的更新所致。"新文学，包括诗歌和小说，开始同时成为对语言的反思和创造出另一种语言的努力：一种促使现实浮现的透明的系统。为了实现这个目标，就必须净化语言，并清除官腔的流毒。因此，作家们不得不面对革命时期继承下来的而最终又完全腐化了的倾向：民族主义和社会承诺美学。"（奥克塔维奥·帕斯《发展与其他幻象》）

元素·五行

由雷平阳的写作我们会直击世界元素与物质观的对话关系。

《尚书·洪范》："五行：一曰水，二曰火，三曰木，四曰金，五曰土。水曰润下，火曰炎上，木曰曲直，金曰从革，土曰稼穑。润下作咸，炎上作苦，曲直作酸，从革作辛，稼穑作甘。"

金代表坚固的物质，木代表生长的物质，水代表流动的物质，火代表散发热能的物质，土代表自然本身。以土为中介，木、火居于土之上，水和金位于土之下。

从金、木、水、火、土对应的辛、酸、咸、苦、甘，我们直观体会到事物与人类情感的对应关联。

从雷平阳文本的意象和空间构成来看，金、木、水、火、土恰恰构成了元素世界，它们之间的复杂关系也印证了一个写作者的世界观。由此，我想到宋代释师范的《偈颂》：

> 金木水火土，
> 大虫元是虎。
> 堪笑李将军，
> 蓝天空没羽。

如果拨转时间的指针，我们就会发现"乡下人"沈从文更是一个专注于元素写作的典范作家。"沈从文对物象、表面和神韵的关注，总是超过对整体秩序或价值的关注。阅读沈从文的快乐，不是去挖掘他头脑中的伟大想法，而是在细节中，在猎人或樵夫的呼吸中，我们得以重返森林。水与火意指不同的时间结构，水让人产生挽留时间的欲望，而火让人产生变化的欲望，加快时间的欲望。"（孙德鹏《乡下人：沈从文与近代中国（1902—1947）》）

云　南

"云南"，这两个字在很长时期内代表了西南文化和少数民族的地方性知识，总是让我们对这一空间充满了各种想象：

> 博南县西山高三十里，越之得兰沧水。有金沙，以火融之为

黄金。有光珠穴，出光珠。有虎魄，能吸芥。又有珊瑚……

云南郡，蜀建兴三年置。属县七，户万，去洛六千三百四十三里。本云川地。有熊仓山。上有神鹿，一身两头，食毒草。有上方、下方夷。亦出桐华布。孔雀常以二月来翔，月余而去。土地有稻田畜牧，但不蚕桑。

——《华阳国志·卷四·南中志》

这里提到的熊仓山在唐代以后称为点苍山，也就是大理的苍山。确确实实，曾经存在过一个类似于真理的安宁的世界——

而世界曾经安宁。一个安宁世界的真理，
其中没有别的意义，它自身

安宁，它自身是夏天和夜，它自身
是读者倾身到晚间并在那里阅读。

——华莱士·史蒂文斯《房子曾经无声而世界曾经安宁》

但是时过境迁，从历史维度来看，今天的云南已经和古时的云南大相径庭，这不只是自然景观和地貌特征的差异，还与社会剧变带来的地缘文化和属地性格的深层断裂有关。

那么，包括云南人在内，我们真的了解"云南"吗？

"云南"是一个极其复杂的动态的时空结构，也是极其复杂多变的"景观"。"景观是由某个特定时空中多样的、互相重叠的、错综复杂的形式所组成的。景观是错综复杂的质地，而质地是我此刻的主体。细节的错综复杂与形式的各种变化构成了质地。"（安妮·迪拉德《听

客溪的朝圣》）

尤其是云南那些奇奇怪怪的花草树木、动物世界、大江大河、大山大野以及高原特殊地貌令人心生遐想。"最为强烈的自然审美体验往往令人惊讶。当遇见从未接触过的事物时，美的感受就会立刻迸发出来，这与沉浸于熟悉环境与地方中的既有温暖感是不一样的。"（段义孚《恋地情结》）

充满了物态美学奇异能量和携带了异域光环的"云南"成了"诗意远方"的代名词以及流溢着"牛奶与蜜"的应许之地。"走向异域是对未知的和不同的经验领域的想望，旅行的最终目的地是异域。如果人生仍然是一种旅行的话它就是走向异域的路程。写作上的越界具有与之相似的属性。不是以固有的思想方式归化异域元素，它指望以来自异域的事物更新自己。异域的力量在于揭示出自身的一种消失了的起源，一种被遮蔽了的相互依存。"（耿占春《异域》）

对于传教士、探险家、观光客、土著和旁观者来说，"云南"的所指更是差异巨大。"云南"的指向如此复杂，是新旧两种时间和空间的叠加或重置，是中原文化、巴蜀文化、夜郎文化、越文化和滇文化的融合物。

就雷平阳写作中的"云南"来看，它们是早已开化但仍然留有"传统"遗风的"小地方"，是文化的、想象的、过去时态的"云南"，是现实的、进行时态的现代性的景观化的"云南"，是不同阶层、群体人眼中的"云南"，是城市、郊区、矿山和工厂、水电站的"云南"，是雨林、大山、大河、高原、旷野、坝子、寺庙的"云南"，是废墟之上"乡愁"中的"云南"，是体制化的普通话的"云南"，是"族裔""方言""民间""草野""乡下"的"云南"……

雷平阳为我们打开了一个无比广阔的"云南"空间。

这一空间既是当下的又是过去时的，是新与旧掺杂在一起的复合景观和精神视域，更是本雅明所说的"充满了现在时间的过去"。

一个人在石碑上錾刻下了这些名字：哀牢山、基诺山、乌蒙山、南糯山、布朗山、苍山、狮子山、易武山、元宝山、凤凰山、奠边府、佤山、司岗里以及怒江、澜沧江、金沙江、牛栏江、他郎江、小黑江、红河、昭鲁大河、利济河、滇池、翠湖、洱海……

哀牢山，是古哀牢国东界的界山，也是云贵高原和横断山脉的分界线，元江和阿墨江的分水岭，横跨亚热带和热带。哀牢山的大山深处的半山腰还有一座土司府，末代土司李润之在 1951 年 3 月 25 日被公审枪决之前已经将大量的宝藏掩埋或转移——据说有 300 箱黄金，至今仍是一个谜。界山、分界线、分水岭，恰好极其戏剧化地对应了此后一个断裂时代的到来。

凿子和石头相撞迸发出火星儿的那一时刻，我们不只是与雷平阳的故乡和云南相遇，而是与自己的精神原乡重逢。那是我们极其熟悉的贫穷和衰败的味道，是温暖而又朽坏的声响，是痛苦和记忆交织的泪腺，是暮晚时分的晚祷者，是旷野和大江之上的招魂人。"我对自己实施了犁庭扫穴式的思想革命／不向暴力索取诗意，不以立场／诱骗众生而内心存满私欲／日落怒江，浩浩荡荡的哀牢山之上／晚风很疾，把松树吹成旗帜／一点也不体恤我这露宿于／天地之间的孤魂野鬼／我与诗歌没什么关联了，风骨耗尽／气血两虚，不如松手／且听遍野哀鸿把自己的心肝叫碎／——当然，它们的诉求里／存着一份对我的怨恨／——我的嗓子破了，不能和它们一起／从生下来的那天便开始哀鸣，哀鸣到死"（雷平阳《过哀牢山，听哀鸿鸣》）。

Z

张　岱

张岱是雷平阳最为喜欢的命运伙伴。

国破家亡之际，张岱在山僧的掩护下藏匿于山野数月，只能居于破庙之中，仅有一子、一仆。"陶庵国破家亡，无所归止，披发入山，骇骇为野人。故旧见之，如毒药猛兽，愕窒不敢与接。"（《陶庵梦忆·自序》）

在崩毁的时刻，张岱有过几次自杀的经历。作为一个见证者还远远不够，作为"史学世家"的后裔，他还必须承担起记述历史的责任。于颠沛流离中，张岱时刻不离身的是他的明史手稿《石匮书》。"明朝灭亡时，张岱四十八岁，尔后他得去面对一个残酷的事实：让他活得多姿多彩的辉煌明朝，被各种竞逐的残暴、野心、绝望、贪婪力量所撕裂，土崩瓦解，蒙羞以终。他反复追思回想，事情愈是清晰：如迷雾笼罩的路径，于眼前重现，诸多遗忘的嘈嘈低语，也咆哮四起。张岱丧失了家园与安逸的生活，书卷与亲朋好友也已四散，如今它后

半辈子的任务，就是要重塑、撑起毁坏前的世界。"（史景迁《前朝梦忆》）

崇祯元年（1628 年）张岱开始撰写《石匮书》。"经十七年，明亡后，携副本屏迹深山，又十年而成书，五易其稿，九正其讹。"（《石匮书·自序》）在 27 年的时间中，张岱最终凭借一人之力完成了 220 卷、计 200 万字的"史记"。家国之恨、山河破碎、游民野鬼、灰飞烟灭的前朝症结都在梦里和墨迹中现身了，"五十年来，总成一梦"。顺治年间，被称为"清代文苑第一人的"谷应泰（1620—1690，直隶丰润人）在任浙江提学时以五百金购买《石匮书》，张岱此时已经家贫如洗。康熙初年，谷应泰编修《明史纪事本末》，其多取材于《石匮书》。张岱在参与的过程中得以见利崇祯朝和南明的大量史料，于是完成了《石匮书后集》（共 63 卷，附录 1 卷）。

总会有人目睹"时代风景"变形并且被修改甚至芟除，而张岱则经历了明王朝历史上最为黑暗的时期，"以泰山压卵之势，逆之者辄糜"。在如此不堪的严峻时刻，"真实之物"不仅不可预期而且变得虚无、滑稽、怪诞、分裂，震惊体验一次次袭来，"为了使真实富饶不真实的东西是必须的"（华莱士·史蒂文斯）。

对于张岱和雷平阳而言，"贴身肉搏"的结果却是"失魂落魄"。雷平阳的文字总会让人脊背发凉，"充军人的后裔，霜迹在脊梁上／白了，像冷风的胚芽／就要长大成冰凌"（雷平阳《晚秋白色》）。

昭通 VS 维尔诺

说到雷平阳，我们总会想到昭通。

昭通下辖 1 个区、10 个县、143 个乡镇、1173 个建制村，其中

114 个乡镇当年不通柏油路，一到下雨便四处黄泥泛滥。

然而文学世界的昭通显然区别于地图上的这些点线和标记，正如米沃什笔下的维尔诺并不等同于他现实中的家乡维尔诺一样，"米沃什的历史经验很大一部分得自他的家乡维尔诺。从某种意义上说，它构成了米沃什诗歌中的地理和意识形态因素"，"维尔诺带给米沃什的不仅是美好，更重要的是，它赋予米沃什以强大的现实感和历史感"。（西川《米沃什的另一个欧洲》）

昭通旅馆

2008 年，雷平阳父亲去世后，母亲跟随女儿住在昭通的城乡接合部。

乡下老屋已破败不堪，雷平阳每次回昭通已经没有地方可住，只能暂时窝身在昭通的小旅馆中。

雷平阳早期的代表作《昭通旅馆》透析出沉暗的众生相，那一个个被忽略的普通人构成了黑夜中闪亮的芒刺，"楼梯的转角处／我站了一下，一个扛着花椒箱的老人／爬了上来，空气中弥漫着又麻又香的气味／接着，是一个理发师，背着一面／肮脏的镜子，他向上攀登的一瞬／我看见他把我带走了，包括一个／十七岁少年的青春……"

小旅馆紧挨着广场、公园、街道和车站，雷平阳趴在窗口看着时刻流动的黑色人群。他是他们中的一员，但又格格不入，"惟一的例外，有一个身份不明的人／每天都坐在二楼的长椅上，从窗口往外看／窗下是一条小街，有几个老头在那儿／以代人写信为生"。

雷平阳借助"昭通旅馆"这一既真实又虚构的空间把底层的众生相予以一览无遗地揭示。

昭通师专

1983 年，雷平阳考上了昭通师范专科学校（今昭通学院）中文系。昭通学院 2020 年优秀人才招聘信息公告中还专门强调："智山慧海传真火，愿随前薪作后薪，40 余年来，昭通学院扎根乌蒙，潜心耕耘，培养了以全国孝老爱亲道德模范吴建智，全国百佳刑警阚建军，鲁迅文学奖获得者夏天敏、雷平阳等优秀学子为代表的五万名优秀人才，为昭通市及周边地区的经济建设和社会发展做出了巨大贡献。"

这是雷平阳经过第一次高考失败之后第二年补习的成果，当时高中是两年。极富戏剧性的是雷平阳当年高考英语只得了三分，按照同学黄代本的记忆雷平阳的高考成绩数学不超过三十分。

当时，雷平阳考上大学的消息无异于地震般的动静，立刻在全村炸开了锅。

这是全家最幸福的时刻——准确地说是悲欣交集的时刻。"我把录取通知书拿了出来，父亲不识字，可还是信了，双眼立马就流出泪来。然后，身子猛然伸长，去到了村子的每一个角落。不到半小时，全村都知道雷平阳考上学校了，雷家将出一个干部了。在地里劳作的母亲知道后，丢下锄头就跑回了家，一边掠衣摆擦泪，一边泡米煮肉，还叫我哥哥去买回了几斤酒。不错，是要大宴宾客。那可是我们家有史以来最开心的一个夜晚了。"（《我为什么要歌唱故乡和亲人》）。

当时雷平阳的父亲已经重感冒一个星期了，但当天中午还是喝了半斤多苞谷酒，浑身冒汗，感冒居然一下子就好了。

那时还有一个小插曲。

从雷平阳考上师专到开学报到这段时间，那个经常给他买椒盐饼的高中女同学专门给雷平阳写来一封长信，显然是想将同学关系再深入一步……

夏末秋初时，雷平阳离开欧家营，开始两年的大学生活。"他十八岁。穿着一身崭新的军装／一脸痤疮。身边的河水，清冽见底／几个捕鱼的人，看见他／撒下去的网，忘记了拉／笑吟吟地跟他说话／他没有想到，那是昭鲁大河／最后一次清冽。"（《昭鲁大河记》）

昭通酒

昭通因为特殊的苦寒环境，女人和老人喜欢烤火，男人则用酒来取暖。

其间鲸吞豪饮者不在少数，即便是最便宜的苞谷烈酒以及更高档些的昭通葡泉二曲他们都能喝出无比幸福的感觉来。

如果有人去做客吃饭，他就会说是去"吃酒"。酒在昭通地区日常生活中的重要性不言而喻，在文青和长发艺术家那里酒更是不可或缺。

雷平阳有一次参观某酒厂的天然山洞酒窖，他的身后是一片黑色的巨大酒坛。他刚好站在一团光线之中，左手抬起平端着一杯白酒原浆，神情严肃地端详着这杯神奇的液体……

雷平阳说过："我只喝酒和遁土。喝酒让我变成一个自我迷失的人，遁土让所有人都找不到我。"

昭通雷氏家谱上有"得鱼便沽酒，一醉卧江流"这样的句子，而"人间诗草无官税，江上狂徒有酒名"或者"大胆文章拼命酒，坎坷生涯断肠诗"则成了雷平阳的"口头禅"。

雷平阳在昭通乡下的老宅，早已经废弃，但是自从放进了朋友暂存的六吨昭通土酒之后就成了名副其实的酒窖了。2021 年 7 月 13 日晚上，我在昭通切实感受到了这种土酒的巨大能量。趁着还清醒，赶快离开酒席下楼……

说到酒，我就想起了雷平阳第一次和王单单喝酒时的情形——两个人都是昭通特产。

一旦"老酒徒"遇到"小酒徒"，这场面自然是不一般。"菜还没有上齐，看见王单单就急吼吼地要用大瓷杯敬朱零和我，而且首敬朱零就来了个仰头干，我马上发现，这头从故乡群山里奔杀出来的野牛，蛮力雄阔，襟袍大开，人品、酒品都没说的，酒量就不过尔尔，嘴巴上他从来是地动山摇，喊朱零或者我，他都是酒杯抬得比肩膀还高：'老师，干了？'行动上也是一点不含糊，说干就干，不留余地……见到王单单如此，我们从心底感到高兴，尽管这高兴只维持了二十分钟左右。王单单后来拼死抵赖过，他不承认自己酒量小，对外号称那天之所以喝醉了，是因为他喝得最多。他怎么说我都不以为意，他喝多少杯，我数着的，不错，就是四杯，也就是八两酒左右的量吧。也就是说，在这二十分钟左右的时间里，他很迅速地四杯酒入腹，马上就扒开餐桌上没有动过筷子的几盘菜，头颅放在上面，醉了，睡着了。"
(雷平阳《初识王单单》)

昭通之水

欧家营位于利济河和昭鲁大河的交汇处。雷平阳在童年和少年时代有几次都险些命丧于这两条河。

对于雷平阳而言，河流成了故乡昭通的血液，成了自童年期开始就逐渐孕育的流动的子宫和轻轻晃动的摇篮。"从汤汤流水上，我明白了多少人事，学会了多少知识，见过了多少世界！我的想象是在这条河水上扩大的。我把过去生活加以温习，或对未来生活有何安排时，必依赖这一条河水。这条河水有多少次差一点儿把我攫去，又幸亏它的流动，帮助我做着那种横海扬帆的远梦，方使我能够依然好好地在人世中过着日子！"（沈从文《我的写作与水的关系》）

昭鲁大河的上游是鲁甸县城，利济河的上游是昭通城。

昭鲁大河注入洒渔河，洒渔河再注入大关河，大关河注入横江，横江最终汇入金沙江。

利济河两岸以及河流上下构成了复杂的动态空间。这个空间既是平静的又是喧嚣的，既是明亮的又是晦暗的，既是利于万物的又是毁灭众生的，既是过去时的又是当下的，"他把河底的亡灵，等同于／空中的闪电，等同于正在消逝的／回不来的，一张父亲的脸"（雷平阳《昭鲁大河记》）。

> 有些沉默不可以骚扰，不可以抵押上
>
> 众多弱势者的悲欢；有些河流
>
> 像一支孕妇的队伍，它们怀着胎儿
>
> ——雷平阳《河流之二》

诗歌如果要承担记忆的功能——"最后一刻的怀乡病——"就得深入到事物隐秘的内部和暗处，必须通过现象学的还原说出褶皱里面的真相。"对于这样一种元诗学来说，水不再仅仅是在游移的静观中，在一系列断断续续的瞬时的遐想中的一组熟悉的形象；水是形象的载体，而且是形象的供给，奠定形象的原则。水便逐渐地在越来越神化的静观中变为物质化想象的本原。"（加斯东·巴什拉《水与梦：论物质的想象》）

从童年时代开始雷平阳便成了河流的凝视者，尤其是离开昭通之后，这一凝视更多掺杂了回溯和追挽的悲剧意味。这一视角既与存在有关又与现实相指涉，"我从中看见了累死于天空的鸟／它们细小的双翅和骨架／堆满了坎坷不平的河床／／站在俯视的角度／我当然更喜欢河流本身／笔直、坚硬，还带着一丝／直面粉碎的悲怆。但我常常紧闭双眼／因为我的体内永远也囤积不起足够的／可以稀释悲恸的能量"（《有几条河流在赛跑》）。

注意到了吧？

白色的河水和黑色的边框构成的正是地方空间的遗像和亡灵之书。

招　魂

在灾难面前，人们总要希求安慰，尽管这种安慰是虚妄的。"我醒来的时候，已是第二天的黎明，作为证人之一的一阵没有出处的音乐正从堤坝的下面朝着堤坝的顶部幽魂一样漫上来。类似的音乐我在西双版纳雨林中遭受瘟疫灭绝的村寨的废墟上听到过，基诺族人认为那是死去的人在给幸存者演奏，借以传达大地之母阿嫫杳芋目睹人间灾难时不安的心跳声。我再次听见，以为它是源于我的幻听，雨林中那些'不知名的乐器'出于仁义而给我的一份安慰。"（雷平阳《梦见》）

在终极问题面前，诗人、哲学家以及僧侣、巫师在做着同一件事，甚至他们会做得更具典范性。"我经常想起古埃及的隐士，他们掘了自己的墓，然后在里面没日没夜地哭。若有人问他们为什么哭，他们就说是在为自己的灵魂流泪。在无边无际的沙漠里，一座坟墓就是一片绿洲，一个令人宽慰的所在。为了在空间中拥有一个固定点，你在沙

漠里挖了个洞。然后你死去而不至于迷路。"（E. M. 齐奥朗《眼泪与圣徒》）

> 张姨妈十八岁的门徒，左手提着
> 一盏马灯，右手抛撒着碎银似的白米
> 正在江面上给弥留之人招魂
> 我裸身横渡大江，到对岸的村庄去击鼓
> 看见她一身道袍，站在顺水漂流的小船上
> 一时兴起，用陌生人古怪的声音
> 一声声："我回来喽，我回来喽……"
> 回应她的呼喊。江面上一层薄雾
> 我俩的声音恍惚，致幻，仿佛出自水底
> 但又压住了波涛。两岸乘凉的人们
> 真的以为那个丢失在江水里的灵魂
> 回来了。

——雷平阳《招魂》

　　无论是阿来小说中云中村的祭师阿巴，还是雷平阳笔下基诺族的巫医以及招魂师，他们的声调都已经发生了变形并最终失去了效力，因为他们已经被迫丧失了那片原生的土地、大山、森林以及附着其上的信仰根系和心理基础。"准备了牛头、麂腿、流着鲜血的公鸡，也准备了／基诺洛克小镇上出售的红牛饮料、塑料梳子／黑色的羽绒服和古怪的铁锤／那个与女神仙结婚的中年男人跪伏在／阿嫫杏孛的祭坛下：'阿嫫杏孛，您这万能的／盖地的妈妈……'他想求取救赎，让一个矮人国里／用血水泡饭充饥的人，能像巨人那样痛饮美酒／想在电站工地上遇见自己的妻儿／可他害怕秘密一旦出口，俗世的私欲只

会换成／阿媄杏孛无边的寂静，而那望天树顶上排着长队／前往人世的妻儿，也将被阿媄杏孛遣返天空／所以他咬紧牙床，丢开了生涩的祷词／浑身颤动地哭了起来。哦，他哭泣的样子"（雷平阳《鲜花寺》）。

真实 VS 幻象

真实和幻象在雷平阳这里是一体化的，真实是幻象的真实，幻象是真实的幻象。

> 然而神秘好过那一道光
>
> 在幽冥中短暂浮现，又消逝
>
> 在准确界定它显现的事物之前，
>
> 只令它双重地晦黯；而视觉
>
> 试图穿透一段永无止境的
>
> 朦胧与无用之幻象最好闭起
>
> 它众多的眼睑
>
> ——华莱士·史蒂文斯《十四行诗之 X》

融合了幻象的真实在整体上构成了最高虚构形态的"现实"。"我们自己的时代，我指的是最近两三代人，包括我们自己，能够以一种大量细节统一为整体的形式来概括，可以这样来描述这个时代——对最高真实的追寻始终是在真实中的追寻，或者是通过真实，甚或是对某种可接受的最高虚构的追寻。"（华莱士·史蒂文斯《诗歌与绘画的关系》）

建立于"内在真实""精神真实"和"修辞真实"基础之上的对"真实"的理解和表达在本质上是对世界和命运的终极看法，雷平阳深谙此理。"'真实'是我所见的'真实'，未必同于他人的目光所见，再说，观念上的'真实'与融入血液的'真实'存在着不小的区别，有时我动用观念，有时我还原，有时还会有意将它们混在一块。"（雷平阳《寻找宁静的力量（访谈）》）

真实和幻象融合之后具有了寓言的惊异和白日梦的素质，而幻象则是建立于对物以及自我的精神分析和现象学描述的基础之上，比如"錾碑人和磨刀匠，天葬师和隐修客／一直坐在树底下玩牌／天空一直空着，所有的幻象／都如唱过的挽歌，飘落无踪"（雷平阳《里面》）。

真实的压力

在新旧时代的转折点上"真实"带来的压力是前所未有的，而写作者必须在新旧两套时间观念、话语体系和思维方式中做出选择，比如沈从文，"他始终远离'进步'的时代吼声，以存'旧俗'的姿态与乡下人共苦乐"（孙德鹏《乡下人：沈从文与近代中国（1902—1948）》）。

如果能够对此予以融合的话他们就很可能会成为重要的诗人，他们所提供给个人和时代的"真实"就既是个人的又是总体性的，既是整体境遇的又是想象和虚构的。"当我谈到真实的压力时，我头脑里想的就是这些东西，这种压力之巨大和长久足以终结想象史的一个时代，如果是这样，那么也就巨大得足以带来另一个时代的开始。想象的特质之一就是它总是处于一个时代的结尾。正在发生的事物总是把自己附着在一个新的真实上面，并遵从它。并不是存在一种新的想象，而是存在一种新的真实。"（华莱士·史蒂文斯《高贵的骑士和词语的声音》）

在雷平阳的写作中，细节与象征、物性与人性、故事与寓言、现实与历史都是密不可分的。雷平阳一直站在时代和生存的现场，他密切而焦虑地观察着所发生的变化，他一直在文字中重建了另一个精神现实和思想空间。这一空间既对应着现实流变又不同于线性的社会化现实，而是上升为个人真实和语言、修辞化的精神现实。"最初，因为口吃，又想说话，我铺开了稿纸。后来，写故乡，是因为我是游子，想回家；再后来，写底层人的苦难，因我的兄弟姐妹，朋友亲戚都是农民和民工，想替他们喊疼；再后来，写云南的山川寺庙、孤魂野鬼、虫鱼植物，则因工业文明让他们都沦为了偷生者……"（雷平阳《写诗就是说人话，应该让一个个汉字活起来》）

枕边书

经验贬值的时代到来了，这既涉及现实经验又关乎写作经验。雷平阳早早就对此做出了判断和选择。

他是这个时代最擅长写作笔记体和讲述民间故事的人。

他借助笔记体的话语方式祖露出来的更多的不是火光而是灰烬，不是黄金的天空而是白骨的废墟，不是现实的新闻而是迷离的寓言。烟火气和宗教意识同时在其间弥散，人神鬼怪共时现身，寓言、笔记体和仿经文相互支撑。

枕边书，最能本真地体现一个人的阅读趣味，比如沈从文，"有一本值六块钱的《云麾碑》，值五块钱的褚遂良的《圣教序》，值两块钱

的《兰亭序》，值五块钱的《虞世南夫子庙堂碑》。还有一部《李义山诗集》。"（《从文自传》）

雷平阳的枕边书一度是《阅微草堂笔记》："一个星期天的早上，吃完早点，我在书房翻《阅微草堂笔记》，读到第二卷中的某则，叙事之功令人震撼，正思忖着要不要用毛笔抄下来"（雷平阳《酒宴记》），"第二天中午，我房间的门铃又响了。这个人站在门外，一身雪白的对襟衣服，手上还提着一瓶酒。想起杨昭说过的话，我毛骨悚然，但还是让他进了房间。当时我正在读《阅微草堂笔记》，他斜眼看了一下"（雷平阳《杨昭的诡计》）。

雷平阳另外一本不可替代的枕边书则是《聊斋志异》："多出来一个世界，就等于说我有了两个世界。我不关心它的隐喻，也很少沉醉于它的鬼喊傩叫，读它，把它当成枕边书，乃是因为那没有边界的世界，向我展示了隐身术并让我爱上了一个个隐形人。"

争　议

雷平阳是一个有争议的诗人和作家。甚至有些人公开表示不喜欢甚至反感雷平阳的诗歌，因为觉得它们太像散文了。

对于一个丰富甚至复杂的写作者来说他的作品总会遇到这些负面的争议性的声音，这很正常，但是这种不负责任的阅读和评价方式显然大大妨害了诗歌。与此同时，对那些不喜欢雷平阳的读者、诗人乃至评论家而言，其中并不排除惯性阅读的成分，比如老掉牙的诗歌观念，比如认为诗歌应该是优美的、典雅的、诗意的、透明的。他们认可的是那些太像诗歌的诗，而西川说过一首太像诗的诗不一定是好诗。很多人对各种复杂形态的诗歌显然早已经消化不了了，但仍然一厢情愿地依靠单一的写作方式、封闭的个人趣味或者滥情易感的抒情诗的套路。显然，他们已经完全不能适应这个时代的现实经验和写作经验的复杂性了。

这个时代，喜欢一个诗人或批评一个诗人都已经变得如此随意、任性而又如此苛刻、吹毛求疵、不负责任，如此明目张胆、大言不惭、真理在握。

即使是那些假装内行的批评者看似在一丝不苟地拿某某诗人的文本说事，但我们看到的结果却是漏洞百出，完全是一些不懂诗歌的门外汉在对诗歌和诗人指指点点。

这荒谬吗？可恨吗？可笑吗？

我觉得一点都不荒谬，一点都不可恨，一点都不可笑，因为现代诗一百年间一直是在这样的戏剧化的阅读环境和评论氛围中艰难走过来的。

雷平阳确实是一个有争议的诗人，而在我看来他更是一位"强力诗人"，而"强力诗人"的标志就是他要形成属于自己特有的个人传统和思想方式。更为重要的，他为同时代人的写作提供了一份参照和启示录，尤其是在诗学和社会学的双重视角下为我们考察一个时代、一个时期的中国诗歌提供了切口和通道。

写作也是行动，雷平阳尤为有力地印证了这一点。

雷平阳是一个始终及物、在场的目击者，也是语言秘密的效忠者。这种写作方式完全是一个人与语言、生存和时代不断博弈的结果。

他有着为世界立法的执念、为历史写挽歌的求真意志以及为人性、灵魂作传的精神词源和思想重力。

在这个涣散莫名的时代，他一直试图重建一个纸上的废墟、荒野和精神家园。而能够旷日持久地坚持精神难度和写作难度的诗人实属罕见，而雷平阳则是这极少数中的代表。

蜘 蛛

2016 年秋天，雷平阳颓败的老房前，花椒树、核桃树、苹果树上有几个大得出奇的蜘蛛网，上面布满了一动不动的蚊蚋。

当人搬出房屋之后，房屋以及周边的这些植物以及动物就成了"无用之物"了，而在断裂的临界点上诗人和哲学家恰恰是对这些"无用之物"保持了长久凝视的特殊群类。"是谁把世界划分为有用和无用，又有什么依据？难道飞廉就没有活着的权利？在仓库里偷吃粮食的老鼠呢？还有黄蜂、雄蜂、野草和玫瑰，它们都没有权利活着吗？谁有这样的智慧去评判孰优孰劣？"（奥尔加·托卡尔丘克《糜骨之壤》）

雷平阳的写作呼应和回应了奥尔加·托卡尔丘克的一系列追问。

田园荒芜，胡不归？

一地颓败，满目怆然。

那近乎静止不动的蜘蛛很像是雷平阳的化身，像卡夫卡一样被世界死死困住，"无法说出蜘蛛的远方／也看不见蚂蚁腹中的天堂／我和它们，这些自生自灭的小灵魂／一块儿生活在穷乡僻壤／最碎小的步伐叫作沉寂、空寂、死寂／最快捷的亡失称之暴死和猝死／它们走着的路，我用一只手就可以折断／它们的葬身之所，我的一只脚掌／就足以压塌任何一座美轮美奂的宫廷／蜘蛛寄身于空中，是暂时的，是虚妄的／它们已经被黑暗浸泡得比黑暗还黑／我和它们没什么两样／身边处处都是庞然大物／如此巨大而彻底的挤压"（雷平阳《蚂蚁和蜘蛛》）。

关于这只近乎荒诞的卡夫卡式的"蜘蛛"以及精神困守的状态，

雷平阳在诗歌和散文中一直采用了"复写"的方式。这既是修辞的强化又是难以排遣和稀释的胸中块垒:"从任何一个角度,我们都可以看清楚这一只美轮美奂的蜘蛛,它像卡夫卡,那一个被世界死死困住的奥地利人。山峰与时间给了它一个梦,它被时间的松脂宿命似的抓住了。我们就置身在它的梦中,看着它。"(雷平阳《蜘蛛》)

痛彻与温暖,赞颂和批判,敬畏与抵触,深情与无望,这一切构成了雷平阳写作的底线或者方向。"多年来,我希望自己永远都是一个有精神出处的写作者,天空、云朵、溶洞、草丛、异乡、寺庙、悬崖,凡是入了我的心,动了我肺腑的,与我的思想和想象契合的,谁都可能成为我文学的诞生地。"(雷平阳《乌蒙山记·自序》)

在很多情势之下,现实的困境抑或修辞的困境几乎是同时到来的。我目睹的是雷平阳文字中的骨灰在天空里纷纷扬扬。这注定是先行到失败中去的写作。现实中没有任何胜利可言,而文学内部也同样伤痕累累。"从某种意义上说,诗的功效为零……从来没有一首诗能阻挡住坦克。但从另一种意义上说,诗的功效又是无限的。这就像当着指责者和被指责者的面,在沙上写字,叫双方都无话可说,并能幡然悔悟。"(谢默斯·希尼《舌头的管辖》)

那么,是谁应该幡然悔悟呢?

这是否像当年的西蒙娜·薇依在1941年夏天所吁求的作家需要对时代的种种不幸负责?这是否就是对作家"良知"和文学"真实度"的考验?

植物的精神分析

在人格分析心理学家荣格这里,植物尤其是树木近乎原始地承担了"神界"的功能："植物界则受制于其生长地的兴衰，它不仅表现出神界之美，而且表达出神界的想法，不抱什么企图，没有背离。尤其是树木神秘莫测，让我觉得直接体现了生命令人费解的意义。因而，人在森林里最为深切地感受到生命的深意和骇人的影响。"（《荣格自传：回忆·梦·思考》）

植物在神话原型上更接近人类的乐园。"为没能成为植物而懊悔，这种心情比任何宗教都更让我们接近乐园。人只能在乐园里做一棵植物。但我们离开那个阶段已经很久了，我们宁可毁了一切也要找回乐园！"（E. M. 齐奥朗《眼泪与圣徒》）

植物的神奇和幻化之功早就是中国文学的传统："大食西南二千里有国，山谷间树枝上，化生人首，如花，不解语。人借问，笑而已，频笑辄落。"（《酉阳杂俎》）

在西方社会树还被视为是"植物教堂"："凝视一座坛城，提升自己的心灵。这种相似性并不止于语言与象征意义上的重合，而是更有深远的内涵。我相信，森林里的生态学故事，在一片坛城大小的区域里便已显露无遗。事实上，步行十里路程，进行数据采集，看似覆盖了整片大陆，实际却发现寥寥。相比之下，凝视一小片区域，或许能更鲜明、生动地揭示出森林的真谛。"（戴维·乔治·哈斯凯尔《看不见的森林》）

而植物与人类族裔和地理区域更是存在着复杂的对应关系，为此列维-斯特劳斯在《野性的思维》中专门提到了多贡人："多贡人把植物分成 22 个主科，其中一些又继续分成 11 个子类。排成适当顺序的 22 个科被分成两个系列，其中一个系列由奇数诸科组成，另一个系列由偶数诸科组成。在象征单个生殖的前一类中，称作阳与阴的植物分别同雨季与旱季相联系；在象征成对生殖的后一类中，同一个关系颠倒了过来。每一种又分属三个属：树、丛、草。最后，每一个科对应着身体的一个部分，一种技能，一种社会阶级和一种制度。"

列维-斯特劳斯在《猞猁的故事》中引述了发端于弗拉特瑞角地区的一个神话，关于年老的丑陋的父亲和年轻优雅的妻子以及年少英俊的儿子之间发生的乱伦故事。斯特劳斯把此引申为"家族气象学"，父亲往南被称为南风，儿子往北被称为北风，而女人被惩罚成为一棵树："临走之前，老头命令女人走进森林深处，人们今后就叫她簇嘎结，一种长满结疤的针叶树。从那时起，南风带来暴风雨，北风带来晴天，簇嘎结生出很旺的火。"

热带雨林一度是人类童年期的母体，"作为一个物种，人类的祖先起初像母亲腹中的胎儿一般，蜗居在雨林内部的庇护所里，后来才走出来，面对更加开敞和难以预测的环境"（段义孚《恋地情结》）。

热带雨林因为高大的树木和丰茂的植被使得人的视野被阻断了，人的视觉局限性更加明显，"那片树林中任何一点／都是中心，桦树干／鬼影般迷惑你的方向感，／并即兴创造一个个魔法圈"（谢默斯·希尼《种植园》）。

人们关注的是近在眼前的事物，所以感受和细节都被放大了。

树木和植物天然地通向了宗教和原乡记忆，它们是特殊的时间见证者，"天上一直落土，元朝被埋没了／东林寺的和尚一直在偷生／在土里活着。这棵山茶也没有枯死／每一年，从和尚的骨肉上／仍然绽放茶花千朵万朵"（雷平阳《东林寺山茶》）。

雷平阳提到的山茶让我想到了云南的山茶对欧洲的重要影响："一百年后，在云南一座寺院中，一个全新的山茶品种被引种到欧洲，使得各种精心培育的粉色、白色山茶（大多数是我们所熟悉的那种山茶的变种）几乎全都黯然失色，这就是滇山茶。这种灌木高可及树，明艳的红花直径能达到九英寸。"（薛爱华《朱雀：唐代的南方意象》）

"山茶"的命名来自唐代写作《酉阳杂俎》的段成式。

热带雨林的季节变化是不明显的，气候、湿度以及生态环境的变化也不大，这使得时间更多是当下和静止的，所以生活在热带雨林的原住民基本上过着封闭而缓慢甚至懒散的生活，这是生活的速度和时间观念被放缓的结果。

在人格分析心理学鼻祖荣格的记忆中，童年正是从树荫下开始的："我躺在树荫下的童车中，夏日煦愉，天空蔚蓝；金晖闪耀，绿叶婆娑；车篷掀起，我正好美滋滋地醒来，觉得通体舒泰，妙不可言。我看着阳光闪烁，树叶憧憧，花枝幢幢。一切奇异至极，斑斓美妙。"（《荣格自传：回忆·梦·思考》）

与荣格充满了阳光和树荫的愉快童年不同，雷平阳的童年充满了饥饿，而从童年开始他就对树木报以格外的留意和关注。当日后有机会走入热带雨林，他看到的却是人类正在加速度改造的现代性景观，在新旧时代的裂缝中遗漏或渗透出来的则是废墟之上的幻象和幻听。

在空间的拆迁法则和经济伦理中，曾经与人的童年经验和乡土生活联系在一起的树木也遭受到了腰斩，连带着的记忆功能也遭到了无情碾压。"细心的读者会留意到，在我上面叙述的梦里有两棵树的影子。一棵是前文提到的立于村南晒场上的被人拐卖的古树，它高大挺拔，气宇轩昂；另一棵则是我自家的枣树。两种意象组合在一起，成就了一个有根有据的梦里故事。谓之'有根有据'，是因为它们或多或少与我年少时的生活经验与感受有关。"（熊培云《一个村庄里的中国》）

树木的根系深深植入土地或岩层，树木让我们直接想到"大地""平原""山地""丘陵""高原"等母体。当这些树木来自故乡，那么诗人被激发起来的感情和记忆就更为长久和热烈，这是一种本能的观察、感受以及相应的心理行动。

一旦诗人离开故乡前往异地或城市，树林和植物对他的牵引力就会越来越强。"列车正从布满栎树、南美杉和湿淋淋的木屋的原野，向智利中部的杨树林和落满尘埃的砖砌建筑物飞驰而去。我在首都和外省之间往返旅行过多次，但每次一离开大森林，离开母亲般召唤我的木材林地，我都感到窒息。那些砖房，那些经历丰富的城镇，在我看来却仿佛张满了蛛网，一片沉寂。从我那时浪迹城市至今，我依然是个心系大自然和寒林的诗人。"（巴勃罗·聂鲁达《我坦言我曾历尽沧桑》）

指认·作证

热衷于处理现实经验的写作者如过江之鲫。

"介入"与"指认"有别，"见证"与"作证"也不同。

"指认"和"作证"就如一个目击者或者犯案者被带到现场，他要重新分辨和指认。指认，是再次发现，也是对旁观者的纠正。

> 坐在炸药堆里，我想抽支烟
>
> 该走的都走了，不该灭绝的那些
>
> 正在灭绝。今年的大旱
>
> 加剧着我违禁的孤苦
>
> 身上装着的这袋干净的泥巴
>
> 化成了乌有，稼禾有灵，在蓝色天幕上
>
> 跪在太阳的面前，有气无力地哭
>
> 我只剩下想象，仿佛在炮火连天的战场
>
> 漠然地独处。一个虚拟的证人
>
> 他不知道世界就像一个作案现场

他也不知道，鹿死谁手

——雷平阳《独处》

《致敬》

雷平阳的很多诗歌带有从诗歌向散文、散文诗、寓言和小说过渡的特异质地，因而它们区别于一般意义上的诗歌面目。

西川早就说过："太像诗人的诗人不是好诗人，太像诗歌的诗歌不是好诗歌。"然而多年来的大众诗歌阅读口味却并没有多大的改观，从20世纪90年代开始西川就对自己的诗进行了近乎面目全非的"革命"，比如写于1992年而1994年发表于《花城》的长诗《致敬》。

在卡车穿城而过的声音里，要使血液安静是多么难哪！要使卡车上的牲口们安静是多么难哪！用什么样的劝说，什么样的许诺，什么样的贿赂，什么样的威胁，才能使它们安静？而它们是安静的。

拱门下的石兽呼吸着月光。磨刀师傅佝偻的身躯宛如月牙。他劳累但不甘于睡眠，吹一声口哨把睡眠中的鸟儿招至桥头，却忘记了月色如银的山崖上，还有一只怀孕的豹子无人照看。蜘蛛拦截圣旨，违背道路的意愿。在大麻地里，灯没有居住权。

《致敬》具有超文体特征，是具有综合思想能力、语言意识和实验精神的超级文本。这首面貌"怪异"且不分行的诗作显然与当时理解的惯常意义上的诗歌观念发生了激烈摩擦和龃龉，它溢出了传统意义上的诗歌边界，甚至西川直接把自己的笔记搬也进这首诗中。

《致敬》在文体上或许更接近于波德莱尔所提到的"诗散文"，但是公众却往往对具有探索、实验、含混、异质、复杂成分的诗歌不买账，仍然钻进"传统抒情诗"的"优美""诗意""高雅"的牛角尖中，仍然津津乐道于西川写于1985年的《在哈尔盖仰望星空》。这首诗发表于《诗神》1986年第2期，是由当时协助刘小放的陈超约稿和编辑的。以至于2014年西川在接受我对他的访谈中仍深感无奈和荒诞："我改变写作路数已有十余年，我想这十余年我还不至于白干了。有点邪门，我的外国诗人朋友、学者朋友（并不太多）都认真对待我现在的写作，而我在国内的读者大多记得我早年的作品，他们可能有点跟不上我。"（西川《答〈新诗界〉问》）

还是让我再重复一遍当年西川说的这句话："我越来越觉得，写不写传统意义上的'诗歌'并不重要，重要的是写出富有创造性的文本。"

志　异

在雷平阳的文本世界中齐谐、杂谈、志怪、奇闻、异录纷至沓来。

雷平阳为这个时代制造了一个又一个并不轻松的现代版寓言和志异。

雷平阳呈现的"志异"是蒲松龄般的孤愤之书、寄托之书、嗟叹之书、偎栏自热之书。"独是子夜荧荧，灯昏欲蕊；萧斋瑟瑟，案冷疑冰。集腋为裘，妄续幽冥之录；浮白载笔，仅成孤愤之书。寄托如此，亦足悲矣。嗟乎！惊霜寒雀，抱树无温；吊月秋虫，偎栏自热。知我者，其在青林黑塞间乎！"（蒲松龄）

这些"志异"迷离惝恍而又真切刻骨!

雷平阳坚信一切都要经过伪托和变形,因为这一切对应的正是分崩离析的自然观、背离的社会观和吊诡的世界观。

钟 表

1601 年 1 月 25 日,来自意大利的天主教传教士利玛窦将一大一小两座自鸣钟进献给万历皇帝。"万历皇帝把小自鸣钟摆放在寝宫,精巧的小钟,利玛窦已经把钟面上罗马数字的时间标记改成了中文的时辰。皇上入迷地注视着指针的跳动,有时候他就一直这么看着,直到小钟内部一阵躁动后发出'当——当——'的鸣响。皇上注视和谛听着时间,反正他有的是时间,闲着也是闲着。"(李敬泽《利玛窦之钟》)

当年,路易斯·芒福德通过观察钟表的秘密,得出了一个令人震悚不已的结论。

公元前 140 年到前 100 年,古希腊人制造了由 30 至 70 个齿轮系统组成的奥林匹克运动会的计时器。117 年,东汉的张衡制造了漏水转浑天仪,用齿轮系统把浑象和计时漏壶联结起来。1092 年,北宋丞相苏颂和韩公廉制作出了世界上第一台天文钟——水运仪像台。1350 年,意大利的丹蒂制造出第一台机械打点塔钟。1657 年,荷兰的惠更斯把重力摆引入机械钟,创立了摆钟。1918 年,第一只手表诞生。

自从被誉为"百器之母"的钟表发明以来,人类生活便丧失了永恒,诗人以往的时间观、记忆方式以及由此生发出来的语言体系被拦腰截断。让·鲍德里亚同样发现随着空间的社会变化,以挂钟或座钟作为过去时间表征的象征物的功能也已丧失:"如果说,就像我们都记得的,在农舍里,占中心位置的是炉火和壁炉,大挂钟在此也是一个

威严庄重、生气蓬勃的要素。"（让·鲍德里亚《物体系》）

既然永恒的时间象征体系已经瓦解，任何想重设时间或再创时间体系都是不可能的，而时间紊乱的体验必然带来难以排遣的焦虑，"阿嬷杏孛现身的次日夜，鲜花寺的高僧法莲／在空深阁书写了十个字：'人老笔椽下，／云生砚瓦边。'暗中嘱咐弟子：'从此寺门不开放／我要另创一种时间、钟表和计算单位。'／他圆寂的托词解救了众僧，寺门之内／另创之物直奔永恒：诵经法万籁俱寂／一只青苔覆背的乌龟就是暮鼓／供果来自冶炼，柏树被凿空，借以储藏／黑袈裟和仿瓷的舍利子。在那条从大雄宝殿／通往塔林的钛合金走廊上，安装着星座、镜面／和赕佛者的木雕座像。塑料花枝闪耀着银光／一群群新发明的鸟儿身体上设计了／飞机那样的舷窗。事物的自身兴之所至地改变着形质／而精神的载体上却一再地旋入锃亮的螺丝钉"（雷平阳《鲜花寺》）。

但是雷平阳一直在折返，试图重新回到"世界时间"之前——

> 我有过一个苍老的邻居，把很多钟表
> 埋进土里，或放入草丛，或装进红色的
> 小木匣，投入溪水。
>
> ——《春风咒》

终极写作

透过雷平阳的人生经历以及复杂的文本世界，我们还能够发现同时代人的生存史、语言史以及社会变动的隐秘构造和深层机制。"里尔克极不适宜这个时代。这位伟大的抒情诗人没有做别的，他只是使德语诗歌破天荒第一次臻于完美罢了。他不是这个时代的巅峰，他是层峦叠嶂中的一座，在这些群山之上，精神的命运超越了各个时代远去……他属于德语文学的世纪经纬，而不属于时光的世纪经纬。"（罗伯特·穆西尔《无个性的人》）

这也是对我心目当中"诗人中的诗人"和"终极写作"的再次印证，我们会一直在"真"的维度上评价一个诗人的优劣。"诗人把自己视为一个脱离服务于虚假价值观的社会的人，一个'地狱城市'的居民，或者，不妨称为荒原的居民，并满怀激情反对它。他是唯一追求真正价值观的人，意识到周围的虚假性，并且必须因为这种意识而受苦。"（米沃什《冷静思考帕斯捷尔纳克》）

当诗歌指向了终极之物和场景的时候，人与世界的关系就带有了时间性和象征性，"物"已不再是日常的物象，而是心象和终极问题的对应，具有了超时间的本质。"在今天，飞机和电话固然是与我们最切近的物了，但当我们意指终极之物时，我们却在想完全不同的东西。终极之物，那是死亡和审判。总的说来，物这个词语在这里是任何全然不是虚无的东西。根据这个意义，艺术作品也是一种物，只要它是某种存在者的话。"（马丁·海德格尔《艺术作品的本源》）

终极之诗

没有比亲人死亡更可怕的事情了！

雷平阳父亲的去世不断将他带入黑夜、坟冈、墓碑、阵痛和死亡当中去，它们所组成的巨大的寒流和闪电包裹着一个诗人远非强大的内心。当诗人不断写出"我像他们留在世上的墓碑"时，我们就能够体味亲人死亡意味着世界坍塌了。

"父亲"及其死亡场景汇聚成了终极意象。一首"终极之诗"得以诞生。

这是死亡带来的虚妄，也印证了"诗中有命"。

> 这日子伟大而强壮——
>
> 但他父亲曾经强壮，如今躺在
>
> 尘土的贫穷里
>
> ——华莱士·史蒂文斯《没有特质的世界》

雷平阳写完《祭父帖》之后，随手把它放在一边，这是从父亲的性命中"索取"来的诗，它的精神分量有多重就可想而知了。"当安葬了父亲，决定将父亲的一生以诗歌的方式写下来的时候，我没有想过要把父亲写得有尊严一些或高大一些，我只是想把我心目中的那个父亲写出来，是不是诗都无所谓，关键是留上几行有关父亲的文字资料。唯其如此，当我写出《祭父帖》，也没有想过要发表，置于书案，听任它沉沦于杂乱的书籍之中。"（雷平阳《关于〈祭父帖〉》）没过多久，《边疆文学》的潘灵来访，在雷平阳的杂乱书籍中读到这首长诗时他竟数次哽咽、泪流满面，一再坚持要在他的刊物发表。这首诗随即发表在 2009 年第 2 期《边疆文学》。

当时朋友们建议这首长诗应该在更为重要的刊物上发表，以便让更多的人读到。经过斟酌，雷平阳把这首诗给了《人民文学》，得到了李敬泽、商震等人的高度肯定。商震希望雷平阳就其中的个别段落修改一下，但雷平阳拒绝了，这首诗他已经无力再读第二遍了……

最终，《祭父帖》只字未改，刊发在 2009 年第 5 期《人民文学》。

这首长诗更像是雷平阳的"渡口"，渡父亲、渡自己。渡死，也渡生。

他完成了道成肉身般的锥心自省与精神盘诘。其戏剧性的结构、真切的细节、还原的死亡现场、寓言的惝恍塑造以及个人化的历史想象力令人称叹和悲怆。

茫然、无望、分裂一次次袭来，虚诞、撕裂、阵痛直抵人心与时代。而现实中已经无船可渡、无路可走，"我也想在澜沧江上草草打发一生／有个渡口以自己的名字命名／想了一下，心脏之上却结了一层寒冰／波涛耸动脊梁，暮色必将诞生"（雷平阳《渡口》）。

雷平阳笔下的"父亲"形象随着不同写作阶段和个人所面对的境遇而略有差异，但我们总会发现这个"父亲"往往是属于乡土和过去世界的，他身上总是携带了更多的贱民的痛苦。然而，当"父亲"带有现实指向性的时候，他所携带的精神能量就会与新的时代境遇发生对撞，二者总是格格不入，"身为父亲／——孩子航向的规划师——你对此在态度上／优柔寡断。不敢告诉孩子你主张什么／你反对什么。因为在远离公园的高速公路上／你正双手死死地握着胸前的方向盘，生活的象征／或者象征性的事物，已经无情地引导你／驱车奔上了岔路。某一个停顿的片刻／在加油站或服务区，孩子充当骑手的照片／由妻子用微信发给你。你用筷子／夹起回锅肉、萝卜条、白菜叶，像夹起／路边墓地上出土的银币并将它们咽下"（雷平阳《玻璃钢孩子》）。

宗教化

雷平阳写作的发生既与个人经历、生存境遇直接联系又与诗学观念及诗歌功能有关。对于雷平阳来说写作已经成为一种类宗教化的存在和行为，但是当同时代人的诗歌写作越来越失去了公众效应和思想难度的时候，诗歌遭受到的争议也越来越多。

诗人作为神的世界的通灵者和宗教的化身早已经成为遥远的过去时。从这一点来说雷平阳是这个时代同时代人中的不合时宜者，他仍然坚持从语言和精神的双重的道义出发，仍然坚持诗歌对于世界尤其是个人的宗教化功能——这本应该是诗歌永恒的功能之一。"诗歌就是这样获得管辖的力量的。在它最伟大的时刻，它会像叶芝所说的那样企图在一个单独的思想中保住现实和公正。然而即使如此，它的作用在本质上也仍然不是恳求或传递。诗歌与其说是一条小径不如说是一个门槛，让人不断接受又不断离开，在这个门槛上，读者和作者各自以不同的方式体会同时被传讯和释放的经验。"（谢默斯·希尼《舌头的管辖》）

如果从这一精神视角出发，雷平阳不得不在现实的诗歌世界和贫乏的诗人经验的情势中一次次失望。"人间已经没有宗教一样孤绝神圣的诗歌学，圣水被倒进了大海，舍利子被混杂在了滚沸的骨头汤锅里，它得屈从于物理学、化学、数学、文化人类学、地理学、天文学、政治学、经济学、考古学、哲学和历史学等无穷无尽可以物化的学科，继而在其中建立自己的试验室、隐修室和灵堂。所以，对殉道者般的诗人来说，那条穿州过府、略城取国的诗歌捷径早就不复存在了，他得尝试在不同的学科王国里，打破行业壁垒，充分汲取各个王国的牛奶和蜜糖，重建一个无处不在的没有边界的，同时又拒绝独立的诗歌国度。"（雷平阳《二十四则谈话》）

传记的真假

"传记"往往被认为是可信的，但恰恰是那些不太相信传记的人去完成传记，也许是还原的忧虑使得他们的叙述和考证更具有精神层面的真实。"诗人的传记多不可信，它们甫一出版便成为虚构，如小说一般设置了情节、事件和对话的前后呼应。真正了解一个人，不在于泛泛谈论其生平，而是对他的一举一动有所会心，因此常常难以言传。如果传主是一名诗人，那么精心炮制的生平经历反而会把他的诗作变成次要情节，读者也只能从脸谱化的叙述中获得愉悦。"（德里克·沃尔科特《论罗伯特·洛威尔》）

确实，"真实"以及"还原"的过程必然离不开写作者的修辞、虚构和想象的参与。即使是作家本人的回忆也未必完全可靠。"任何一个人试图去揭示某个过去时代时，总是带着他所处时代的深深烙印，就是其本人的回忆也同样如此。"（余华《关于回忆和回忆录》）

"诗"和"人"以及"现实"与"历史"之间的关系在"传记"中更为复杂，甚至有可能是摩擦的、分立的。但是这不妨害传记的必要性，尤其对于"诗人传记"来说自有其天然的迷人之处。"传记作家的回忆录，与诗人的回忆录，绝不相同。前者也许阅历有限，但着力如实记述，为我们精确再现许多细节。后者则为我们提供一座画廊，里边陈列着受他那个时代的烈火和黑暗撼动的众多幻影。"（巴勃罗·聂鲁达《我坦言我曾历尽沧桑》）

自供状

雷平阳的自供状来自下面这首《我》：

> 我是来自雪山的瘸子／不想跟上时间和流水的步伐／我是腾云驾雾的盲人／拒绝放射内心枝状的闪电／我是围墙外徘徊的哑巴／为了紧锁喉咙里的诉状、雷霆和秘密／我是迷宫里的左撇子／醉心于反常理、反多数人／我是流亡路上的驼背，弓着的／背脊，已经习惯了高压／我是住在大海里的聋子／一生的假想敌就是电杆上的高音喇叭／我是雨林中修习巫术的六指人／多出来的器官，我把他们献给鬼神／我是六亲不认的傻瓜／反智的年代，喜欢当马戏团的演员／我是理发店里神经质的秃头／偏执地要求手上拿刀的人／数清我满头来历不明的伤口／我是巨人国中心神不宁的侏儒／有人替我挡乱世的子弹，我替人们／收尸、守灵、超度，往返于生死两界之间／我是诗人，一个隐身于众多躯壳中／孤愤而又堕落的残废，健全人拥有的一切／我都没有权利去拥有／就让我站在你们的对立面／一片悬崖之上，向高远的天空／反复投上幽灵般的反对票

这让我想到的是 E. M. 齐奥朗。那时他还是"罗马尼亚时期的"的一位青年，却提早感受到了哲学层面的"异乡人"和"自我放逐者"的孤独、绝望和虚无。"将你的生活局限于你自己，或者最好是局限于一场同上帝的讨论。将人们赶出你的思想，不要让任何外在事物损坏你的孤独。"（E. M. 齐奥朗《在绝望之巅》）

一个诗人应该对生活的多面性尤其是"对立面"具有审慎和思辨的态度，而不能站在二元对立的位置。里尔克早就提醒过："如同月亮一样，生活确实有不断规避我们的一面，但这并不是生活的对立面，而是对它的完满性和丰富性的充实，是对现实的美妙而圆满的空间和存在之球体的充实。"

总体性诗人

在碎片化的时感、物感写作中诗歌也越来越成为窄化的自我遣兴和自闭的修辞练习，诗人不再是大火中的淬炼者，不再是引领时代精神的灯塔和风向标。灯塔效应的诗歌功能以及诗人形象早就受到了瓦解和质疑。"诗人的引领形象在 19 世纪末被抛弃了，而在 20 世纪它遭到了彻底的毁灭。在对马拉美的承袭中，20 世纪建立了另一种形象，诗人成了失落的思想的残余物。"（阿兰·巴迪欧）

在碎片化的时代，一个个诗人的清晰面影和差异性正在被集体取消，这也是诗人精神势能和思想载力不断弱化的必然结果，此时我们最需要的正是"总体性诗人"。

诗人主体精神的建构和话语谱系的达成有时候更容易在"总体性诗人"这里得到验证。"达尔维什早期的诗歌基本都是抗议性的诗歌，当然它们也是极为优秀的，但是从人类精神高度的向度上来看，《壁画》所能达到的高度都是令人称奇的。我个人认为正因为达尔维什有后期的那一系列诗歌，他毫无悬念地成为 20 世纪后半叶最伟大的诗人之一。"（吉狄马加《在时代的天空下——阿多尼斯与吉狄马加对话录》）

毋庸置疑，我们需要的是这个时代具有社会启示录和诗学编年史意义的"总体性诗人"。

最后的告别

雷平阳笔下的大象不得不出现在高速路和隔离带上，不得不出现在不断倒退的热带雨林的边缘。

几头大象从森林中出来
它们想从基诺山，前往大渡岗
曾经自由的通道，被拦腰折断
太阳在上，树被砍光
一条横穿的高速公路，很像
滔滔无阻的澜沧江。只有横穿了
带头的那头大象，一脚，两脚……
费了很大的劲，才把金属隔离栏
踢飞到通往世界的路上

——雷平阳《大象》

这些庞大身形是如此不合时宜。曾经雨林中的王者和大地上的德者，如今成了被驯化的搬运工和肉身做的起重机，成了高速路上随时可能被撞飞的"时代沙包"。

这让我想到了若泽·萨拉马戈的《大象旅行记》。

这只大象完成的是从里斯本到巴拉多利德再到维也纳的荒诞离奇的旅行，也是大象"最后的告别"仪式，"再见了，世界，你变得越来越坏"。

这段漫长的旅程最终是以"大象之死"作为结束的。在此之前人们就已经在不断猜测它的死亡之地和死亡方式："甚至有人预测说大象的旅行将在这里，在罗萨斯的海边结束。要么是因为上甲板的木板没法承受它四吨的重量而断裂，要么是海浪一阵猛烈的摇晃让它失去平衡，头朝下掉进那片浩瀚之中，古老且快乐的所罗门现在悲伤地被改了个野蛮的名字叫苏莱曼，它会就此迎来临终时刻。"

到达目的地两年之后，这头大象终于死了。

这是萨拉马戈《大象旅行记》这部长篇小说的结尾，也是另一个野蛮时代的开始："那是又一个冬天，时年 1553 年。死因不详，当时还没有血检、胸透、内窥镜、核磁共振和其他的检测手段，今天对人们来说这些已经是家常便饭，但对动物还没到那个程度，它们都没有个护士把手放在额头量体温就死了。除了剥皮以外，人们还砍下了它的前掌，经过必要的清洁和加工处理后，可以作为容器，摆放手杖、拐杖、雨伞和夏日阳伞。"

我们也在雷平阳这里一次次目睹了"大象之死"："它送光了巨大身躯里的一切／对没有尽头的雨林，也失去了兴趣／按常理，它对死亡有预知／可以提前上路，独自前往象群埋骨的／圣地，但它对此也不在意了／走过世上的山山水水／只为将死亡奉上，在遍野的白骨间／找个空隙，安插自己？它觉得／仪式感高过了命运。现在／它用体内仅剩的一丝气力／将四根世界之柱提起来，走进了溪水／之后，世界倒下。他的灵魂／任由流水，想带到哪儿／就带到哪儿去。"（雷平阳《大象之死》）

最后的物证

摄影会成为另一个逝去的时代和空间废墟的最后证明和心理慰藉。

"阿巴坐在窗前，回到高原上的干燥地带，折磨人的湿气正从骨头缝里一点点消失。看着镜框里妹妹的照片，他的心头又像锐利的闪电一样掠过一道痛楚。他叫了声妹妹的名字。他抚摸相框。手指轻轻滑过光滑的玻璃镜面。那是死去的妹妹的脸。那不是死去的妹妹的脸"，"他把从移民村带回来表示念想的物件一样样放在一户户人家的废墟上。新家的照片。新朋友的照片。新生孩子的照片。其中两个孩子的照片，要放在四家人的废墟上。那是两个新组合的家庭。"（阿来《云中记》）

显然，前数字化时代的摄影与数字化复制时代的摄影是有明显区别的，比如拍摄频率和被拍照的机会，比如照片的功能和传播途径以及阅读效果，等等。

无论是公共摄影、民间摄影还是佚名摄影以及个人的日常摄影、家庭摄影，它们显然既承担了日常所需同时又起到了维护记忆的功能。而在时代的转捩点上或剧烈的社会变动时期以及突发的自然灾难面前，作家的文字记忆和摄影师的图像记忆就会变得愈发不可或缺，比如苏珊·桑塔格曾经专门提到过赫尔默·列尔斯基在德国衰退最严重的1931 年拍摄了一整册的愁眉苦脸的面孔（《日常脸孔》），这印证了瓦尔特·本雅明所说的："衰退的感觉只要还没有逝去，谁都会毫不迟疑地为他本人对现实的流连、当下的活动以及对混乱世道的参与做专门辩解。"（《单向街》）

摄影在视觉经验上更具有沟通时间的直接性、便利性和有效性，作为一门黄昏艺术和挽歌艺术的摄影，苏珊·桑塔格认为："所有照片都'使人想到死'。拍照就是参与另一个人（或物）的必死性、脆弱性、可变性。所有照片恰恰都是通过切下这一刻并把它冻结，来见证时间的无情流逝。"（《论摄影》）

最后样本

即使那些代表了先民、族裔、地方性知识和"昨日语境"的老物件在博物馆和公共空间予以展示，但是这些"最后的物证"只是印证了现代性话语权力，因为"原本"及其记忆空间、文化语境已经彻底丧失。

公元前 1213 年拉美西斯二世去世，尸身被制成木乃伊之后历经了三千多年的时光，极富戏剧性的是被誉为埃及最帅法老的拉美西斯二世居然在西方的博物馆中腐烂。民族学光照下的"最后样本"彻底消失，最后的证据被抹平。"对于土著民的'发现'和'保护'等同于'文化灭绝'（尽管对土著民的流失和衰落的叙述经常是高度令人存疑的，就他们所代表的传奇化和曲解化而言）。这种'文化灭绝'是从文化的'博物馆化'或'去博物馆化'而造成的。在前者中，土著的对象／手工艺品从其文化语境中被移除，并在展示中被破坏（它们暴露在当代文化的毁灭之光下）；在后者中，把对象／手工艺品放回到原生语境是一种在建构拟真中去重新发现本真性和现实性的努力。"（理查德·J. 莱恩《导读鲍德里亚》）

在一个个碎片化、遗迹式的空间我们看到的是黄昏和黑夜中孤魂野鬼式的"行者"，但是黑暗中的辨认过程是无比艰难的，甚至连"最后的物证"也将化为虚有："如果你仔细辨认必定能看出四十年前桥梁倒塌的残迹。这些路标是天使长也没法记清的。"（威廉·福克纳《做客新英格兰印象》）

醉　酒

　　我似乎没有见雷平阳喝醉过，他往往在喝得已经差不多的时候吐出这样几个字："喝不动喽！"正如叶梦得所说："饮者未必剧饮，醉者未必真醉也。"（《石林诗话》）

　　他醉酒的场面，我们只能去他的文字中找寻："一个佤族老人就捧着满满一水牛角酒，歌之舞之而来，一定要我当众喝下，否则有愧于他的敬意和真诚。我不知道一个巨大的水牛角到底能装多少斤白酒，用眼一瞅，头就晕了，但那样的关口，以我的性格，实在又找不出什么有说服力的辞酒理由，只好双手接过来，众目睽睽之下，定神，吐纳，决死般地昂首而饮。饮至三分之一，牛角沉重；过半时，牛角渐轻；饮完，牛角不在了，佤山也不在了，天地重归司岗里，混沌再现。有酒醉经验的人都知道，有一种醉，是灭顶之醉，人醉了，不吵闹猖狂，不吐，不动，身体是热的、软的，命还在，魂魄却被酒神逼到了体外，漫山遍野去闲逛。要等到几天后，身体渐渐觉得自己需要个主子了，而魂魄也玩累了，两者又才合二为一，人的眼皮也才会艰涩地、沉重地撑开，侥幸地发现自己还活着。但酒神统治过的身体，仍然像战乱后的废墟，狼烟未散，每个器官如喊不醒的、回不来的残肢断臂，让人沮丧得很，茫然得很。"（雷平阳《饮空记》）

昨日的世界

　　雷平阳不得不一次又一次地"费尽心机"地描述"昨日的世界"，

那曾是亘古不变的场景、伦理和秩序，是族裔的基因记忆和地方性知识，是人与空间建立的生命脐带和精神互动——

> 在基诺山，忌从杰卓老寨
> 步行前往司杰卓密
> 从人世到天国，只有一条死路
> 忌猎杀之后不祷告，强取鬼神的家畜
> 供养了生命，也偷越了边界
> 忌横行于村寨，奉命施展魔法
> 把人变成鬼，又把鬼变成人
> 忌偷窥人与鬼恋爱、结婚、繁殖
> 忌有意或无意，把那儿当成
> 魔幻或超现实主义的领土
>
> ——《山中八忌》

各种禁忌已经失效，"昨日的世界"已经诞生。"我似乎觉得，为我们所经历过的那种令人惊诧的紧张而又富有戏剧性的生活作见证，是我应尽的一种义务，因为我们每个人都是那些巨大转变的见证人，都是迫不得已成了见证人。对我们那一代人而言，不存在任何的逃避，不可能像我们先辈那样置身于局外……没有一片可以逃遁的土地，没有一种可以用钱买得到的安宁。命运之手会随时随地把我们攫住，把我们拽到它的永不知足的戏弄之中。"（斯蒂芬·茨威格《昨日的世界》）

"昨日的世界"使得人们都成了异乡人，当 V. S. 奈保尔第一次踏上外祖父的居住地印度的时候他感受到的是前所未有的陌生和疏离感："印度于我是个难以表述的国度，它不是我的家，也不可能成为我的

家，而我对它却不能拒斥或漠视；我的游历不能仅仅是看风景。我离它那么近却又那么远。"（《幽暗国度》）

家族历史和时代记忆中的"外祖父"以及"印度"已经死去了，而从全球化景观和地方性知识的角度出发每一个作家都应该具备"布拉格精神"，这是分立时刻的命名能力和还原精神。正如"第五届华语文学传媒大奖·2006 年度诗人"授奖词对雷平阳的评价："雷平阳的诗歌是记忆的伤怀和大地的赞歌。他的写作旨趣，既有天空般的广袤，又像尘土一样卑微。他站在故乡经验的针尖上，怀想世界天真的童年，也领会个人生命的灿烂与悲情。他以诚恳的地方性视角，有力地抗拒了世界主义的喧嚣，正如他的目光在一山一水、一草一木之间移动，同样能够发现令人惊骇的人生面貌。"

这是时代的不安之书与惊惧之书，因为每个人都面对了"昨日的世界"在今天世界面前崩毁的时刻，它们如此不堪一击，而我们只能作为一个见证人说出曾经看过的、感知过的和记忆过的，以此来冲淡现实中的焦灼和分裂。

既然"我们命该遇到这样的时代"（莎士比亚），那么作为一个现实中的人和写作中的个体，我们没有任何理由去搪塞和躲避，而必须说出、写下并传之后世。这就是文学的记忆能力，为自己更是为了旁人以及时代。"而只有要为他人保存的记忆——也正是我自己要保存的记忆才不会被忘却。所以不妨说，是你们在这里叙述回忆和选择回忆，而不是我，但这些回忆至少也反映了我的生命进入冥府之前的人生。"（斯蒂芬·茨威格《昨日的世界》）

即使人们偶尔对"昨日的世界"报以一瞥，也只能是物是人非、恍若隔世了。"昨日的世界"再也不存在了，崭新的世界景观、秩序和伦理已经强硬地矗立起来。

当"昨日的世界"再次在词语和梦幻中现身，是这近乎人类童年期记忆的"末日景象"的最后闪光。"在西凉山，天空是打开的。在此之前，当你还在山下，你很可能会觉得你走到了世界的尽头，山是世界的城墙，金沙江是世界的护城河，牛栏江那破地开天的大峡谷则是世界的壕沟，而那些大如房屋、遍野安放的石头，毫无疑问的就是守护世界的兵卒。当你走上山来，一切就变了，世界变得没有了边际。"（雷平阳《西凉山的99朵白云》）

作案现场

布洛赫认为地球已经是一个纯然的"施工现场"，而雷平阳则更近一步，将其指认为"作案现场"。

"作案现场"必然牵涉作案人、受害人、证人、旁观者、真相以及证词。

总有什么会被置在被审判的境地。"作为一个生活在诸多'作案现场'上的诗人，从这个案件中，我似乎一下子明白了自己写作者的身份。当真正的罪犯成了隐匿者或偷欢者，我就是一个一厢情愿地投案自首的人，在接受着审判，在审判席上揽罪，滔滔不绝地陈述着。有所不同的是，案件里投案自首的家伙肯定有着个体性隐疾，从其身上认领的身份，则被我赋予了怒目金刚式的角色意义。而且，更多的时候，审问或审判自己的人也就是我自己，我是在自己揽下一身罪责之后，然后投案自首。"（雷平阳《我向自己投案自首》）

"作案现场"对于生态环境和自然伦理而言意味着现代性强权的一次次迫害，意味着延续性的断裂，意味着"纯粹""原生""自然""物体系"状态的终止。"世界的一个极大变化是没有纯粹的自然了。草原、土地、山与河流，自然景观已经渗透了权力的掠夺、资本的污染。它们已经资本化。变成了股份或者垃圾：这是一条清澈的河与严重污染的河流之间的本质区别（本质这个词只有用到坏地方才合适）。"（耿占春《天真的世界观》）

对于雷平阳而言"作案现场"还意味着强大的破坏力量对自然、生态以及记忆的彻底摧毁。"冰川在融化，雪山的高度在一寸一寸地降低，那些古代的山水意象正被现世的刀斧无情地篡改，居住于其间的神灵流离失所，所谓'当代中国的自然山水'意即见水就修电站，见山就挖矿，异力正见怪不怪地成为'自然'，在这种强横的背景下，我笔下的自然山水意象也已经是一个个作案现场。关注它们已经远远不够，我始终认为，此时此刻，一个诗人，他应该置身于山水之间，让灵魂真正守护在地球之上，这人鬼神和万物的家园不能沦为暴力美学的玩具。或许，我们的诗篇阻挡了开山断水的大型机械，但还是可以替山喊疼，替水流泪。哈哈，'自然山水意象'，对诗人来说，多么奢侈！"（雷平阳《空身无获者的旷野（访谈）》）

附录 （霍俊明辑录、整理）

雷平阳创作年表

单行本

《红瀑》，打印诗集，1988 年

《风中的群山》，云南人民出版社，1996 年

《普洱茶记》，云南民族出版社，2000 年

《云南黄昏的秩序》，百花文艺出版社，2003 年

《像袋鼠一样奔跑》，云南教育出版社，2005 年

《普洱茶记》（修订版），云南美术出版社，2005 年

《雷平阳诗选》，长江文艺出版社，2006 年

《天上攸乐——普洱茶的八座山和一座城》，青岛出版社，2007 年

《我的云南血统》，云南大学出版社，2008 年

《云南记》，长江文艺出版社，2009 年

《石城猜谜记》，云南人民出版社，2009 年

《大地有多重》，云南人民出版社，2010 年

《雷平阳书札》（别册），《名作欣赏》杂志社，2012 年

《雷平阳散文选集》，百花文艺出版社，2012 年

《基诺山》，长江文艺出版社，2014 年

《黄昏记》，安徽教育出版社，2014 年

《雨林叙事》，作家出版社，2014 年

《出云南记》，北岳文艺出版社，2014 年

《在云南》，北岳文艺出版社，2015 年

《悬崖上的沉默》，中国青年出版社，2015 年

《天上的日子》，中国青年出版社，2015 年

《大江东去帖》，长江文艺出版社，2015 年

《山水课：雷平阳集 1996—2014》，作家出版社，2015 年

《普洱茶记》（再版），重庆大学出版社，2015 年

《八山记》，重庆大学出版社，2016 年

《旧山水》，广西师范大学出版社，2016 年

《我住在大海上》，新星出版社，2016 年

《乌蒙山记》，中国青年出版社，2016 年

《袈裟与旧纸：雷平阳诗手稿》，中国青年出版社，2017 年

《击壤歌》，中国青年出版社，2017 年

《送流水》，长江文艺出版社，2017 年

《八山记》（再版），重庆大学出版社，2018 年

《云南记》（再版），中国青年出版社，2018 年

《普洱茶记》（再版），重庆大学出版社，2018 年

《风雪除夕》，湖南少年儿童出版社，2019 年

《出云南记》（增订本），北岳文艺出版社，2019 年

《宋朝的病》，花山文艺出版社，2020 年

《鲜花寺》，北京十月文艺出版社，2020 年

《白鹭在冰面上站着》，译林出版社，2020 年

《修灯》，长江文艺出版社，2020 年

《茶神在山上——勐海普洱茶记》，云南人民出版社，2020 年

《长啸与短歌》，中国人口出版社，2020 年

《西双版纳在天边》，长江文艺出版社，2021 年

《喜茫茫空阔无边》，中国文史出版社，2021 年

主编的作品及合集

《古滇王国上的小镇》，雷平阳、雷杰龙、朱宵华著，长江文艺出版社，2011 年

《十二个人的十二版纳》，雷平阳、谢有顺、朱零等著，长江文艺出版社，2014 年

《群峰之上是夏天——云南青年诗人五人集》，雷平阳、谢石相、李发模主编，长江文艺出版社，2016 年

《五人诗选》（雷平阳、陈先发、李少君、潘维、古马），华东师范大学出版社，2017 年

《新五人诗选》（臧棣、张执浩、雷平阳、余怒、陈先发），花城出版社，2017 年

《边疆》（云南文学丛书系列），雷平阳主编，长江文艺出版社／云南人民出版社（2016 年以来）

《诗收获》（丛书），雷平阳主编，长江文艺出版社（2018 年以来）

《双柏县的美学》，雷平阳主编，长江文艺出版社，2018 年

关于雷平阳研究的论著、文集汇编

杨昭：《诗人的魂路图——雷平阳论》，北岳文艺出版社，2014年

李骞编选：《雷平阳诗歌评论集》，云南人民出版社，2016年

杨昭编选：《温暖的钟声：雷平阳对话录》，中国青年出版社，2017年

《末端的前沿——雷平阳作品研讨会文集》，长江文艺出版社，2020年

诗歌、散文、散文诗、小说、创作谈、访谈及书法作品

《彝良印象》，《彝良报》1985年11月11日

《洛泽河畔的留言》《背炭者》，《彝良报》1986年4月12日

《自言自语之一》，《彝良报》1987年1月17日

《遥寄》，《飞天》（"大学生诗苑"）1987年第5期

《金沙江》，《彝良报》1987年6月13日

《白水江》，《彝良报》1988年12月31日

《大岩上》，《山花》1989年第1期

《蝴蝶泉》，《诗刊》1989年第12期

《丧钟为海明威而鸣》，《飞天》1990年第1期

《天堂守门人》，《诗歌报月刊》1990年1—2期（合刊）

《空船》，《彝良报》1990年4月28日

《秋天的情谣》（散文诗），《诗歌报月刊》1991年第4期

《徘徊西凉山（二首）》，《诗刊》1991年第11期

《雷平阳书法》，《彝良报》1993年7月17日

《风中的诺言》，《时代风采》1994 年第 5 期

《夏天的弥撒》，《诗歌报月刊》1994 年第 11 期

《打回故乡去》，《时代风采》1995 年第 3 期

《战争与音乐》，《时代风采》1995 年第 9 期

《悬棺》，《时代风采》1995 年第 10 期

《在故宫里奔跑（外二首）》，《滇池》1995 年第 11 期

《遥远的归途》，《时代风采》1995 年第 12 期

《远方的歌唱》，《时代风采》1996 年第 1 期

《酒香浩荡》，《时代风采》1996 年第 2 期

《信使 货郎 收骨人》，《时代风采》1996 年第 3 期

《最后的萨克斯》，《诗歌报月刊》1996 年第 3 期

《如歌的沧桑》，《滇池》1996 年第 7 期

《散文两题》，《青年文学》1996 年第 8 期

《里面——献给 CH. L》，《大家》1997 年第 3 期

《裂腹鱼》，《上海文学》1997 年第 4 期

《在苦荞地的一家农舍旁》（外一首），《诗歌报月刊》1997 年第
4 期

《记忆仓库和日子的故事》，《滇池》1997 年第 7 期

《采访纸厂》，《诗歌报月刊》1997 年第 11 期

《自然写作者木祥》，《大家》1998 年第 3 期

《乡村案件——〈一个村庄的札记〉之一》，《大家》1999 年第
1 期

《涅槃：作家访谈录》（提问人雷平阳，回答人有格非、洪峰、李
敬泽、于坚、张者、张锐锋、朱朱、海男、叶舟、谢有顺等），《大
家》1999 年第 1 期

《文学能给你什么》（提问人雷平阳，回答人有段培东、李黎、尹

马等），《大家》1999 年第 2 期

《群峰之上的夏天——云南昭通文学现象调查》（提问人雷平阳，回答人有胡性能、夏天敏、潘灵、杨昭、曾令云、蒋仲文、顾泽旭、彭云虹、阚建军、李云飞、黄代本、张正华、宋家宏、张仲全、艾焱、石应平、董晓明、顾泽旭等），《大家》1999 年第 3 期

《地上的阳光》（长诗），《诗歌报月刊》1999 年第 2 期

《乌鸦》，《青年文学》1999 年第 4 期

《远处的——老虎》，《民族工作》2000 年第 1 期

《昆明作为路过的城市》，《民族工作》2000 年第 2 期

《我的身体在旅行》，《山花》2000 年第 6 期

《我的身体在旅行——山岗与一座桥》，《人民文学》2000 年第 10 期

《1999 年 8 月 6 日日记（外一首）》，《山花》2000 年第 10 期

《建水的几堆草垛》，《今日民族》2001 年第 1 期

《酒吧辞典》，《大家》2001 年第 3 期

《澜沧江在云南兰坪县境内的 37 条支流（外二首）》，《滇池》2001 年第 9 期

《西街的西面》，《人民文学》2001 年第 9 期

《无节制的喘息（外二首）》《雷平阳访谈》（雷平阳、张庆国），《滇池》2001 年第 12 期

《曲靖，一年之后》，《诗刊》2002 年 1 月号下半月刊

《三十八公里》，《大家》2002 年第 2 期

《鲁西西小记》，《诗刊》2002 年 10 月号上半月刊

《宿命（外一篇）》，《边疆文学》2003 年第 3 期

《云南秩序的黄昏（节选）》，《散文》2003 年第 5 期

《为一块空地搞策划纪要》，《诗刊》2003 年 5 月号下半月刊

《南高原（三首）》，《诗刊》2003年6月号上半月刊

《远处的秋天》，《诗歌月刊》2003年第6期

《雷平阳的诗（十首）》，《诗歌月刊》2003年第6期

《诗六首》，《诗刊》2003年7月号下半月刊

《诗歌的依据》，《诗刊》2003年7月号下半月刊

《83路车上的一个乘客（访谈）》（雷平阳、温星），《诗刊》2003年7月号下半月刊

《雷平阳的诗》，《诗刊》2003年11月号下半月刊

《小体会——我的诗歌传承》《诗刊》2004年1月号下半月刊

《雷平阳的诗（三首）》，《诗歌月刊》2004年第3期

《桧溪笔记（外一篇）》，《散文》2004年第5期

《雷平阳诗选（二十一首）》，《诗刊》2004年5月号下半月刊

《画卷：母亲的刺绣》，《滇池》2004年第6期

《一分钟年华老去（外四首）》，《诗刊》2004年9月号上半月刊

《雷平阳小辑》，《青年文学》2004年第10期

《我的云南血统》，《滇池》2004年第11期

《诗三首》，《散文诗》2005年第1期

《青衣江小记（外一首）》，《诗刊》2005年4月号上半月刊

《澜沧江在云南兰坪县境内的三十三条支流》，《天涯》2005年第4期

《四吨书》，《人民文学》2005年第7期

《秋风辞》，《人民文学》2005年第7期

《云南之书（组诗）》，《诗刊》2005年7月号下半月刊

《创作手记：我为何写作此诗》，《诗刊》2005年10月号下半月刊

《澜沧江在云南兰坪县境内的三十三条支流》，《诗刊》2005年10月号下半月刊

《雷平阳诗歌及随谈》，《诗选刊》2005年第11—12期（2005中国诗歌年代大展特别专号）

《土城乡鼓舞——兼及我的创作》，《当代作家评论》2007年第6期

《普洱茶记》，《版纳》2005年第6期

《普洱茶记（续）》，《版纳》2006年第1、2、4、5、6期

《土城乡鼓舞》，《天涯》2006年第2期

《切，切入当下农村生活》，《滇池》2006年第9期

《雷平阳的诗》，《青年文学》2006年9月号上半月刊

《雷平阳新诗作四首》（《深夜的祭典》《梨树》《榴莲》《郊区》），《大家》2006年第5期

《雷平阳诗歌及点评》，《诗选刊》2006年第11—12期（2006中国诗歌年代大展特别专号）

《酒诱》，《人民文学》2006年第12期

《天上的日子》，《诗刊》2006年12月号下半月刊

《宋朝的病》，《天涯》2007年第1期

《故乡对我写作的影响如同土地之于物种——雷平阳访谈》（雷平阳、田志凌），《南方都市报》2007年4月8日

《坎坷生活断肠诗：专访著名诗人雷平阳》，《南国都市报》2007年6月

《诗歌不是高高在上的》，《当代作家评论》2007年第3期

《土城乡鼓舞——兼及我的创作》，《当代作家评论》2007年第6期

《1966年之后——个人自述》，《诗探索》2007年第3辑（理论卷）

《雷平阳的诗》，《诗探索》2007年第4辑（作品卷）

《亲人》,《诗潮》2008 年第 1 期

《山冈（外一则）》,《青春》2008 年第 1 期

《2007 年新诗十二首》,《诗刊》2008 年 1 月号下半月刊

《诗十四首》,《诗刊》2008 年 1 月号下半月刊

《诗二首》,《诗潮》2008 年第 2 期

《雷平阳的诗》,《诗选刊》2008 年第 3 期

《2007：尘土（八首）》,《山花》2008 年第 3 期

《蒙自及段落》,《边疆文学》2008 年第 4 期

《基诺山的祷辞》（外八首）,《天涯》2008 年第 4 期

《路过增城》,《人民文学》2008 年第 5 期

《诗歌不是高高在上的》,《文艺争鸣》2008 年第 6 期

《昆明》,《诗选刊》2008 年第 6 期下半月刊

《安魂曲》,《滇池》2008 年第 7 期

《小体会》,《山花》2008 年第 11 期 B 刊

《灵魂不知所往年代的摄魂术》,《边疆文学》2009 年第 1 期

《娜夜小记》,《诗刊》2009 年 1 月号下半月刊

《祭父帖》,《边疆文学》2009 年第 2 期

《想起马骅》,《人民文学》2009 年第 3 期

《雷平阳新作》,《诗刊》2009 年 4 月号下半月刊

《祭父帖》,《人民文学》2009 年第 5 期

《枯水期的诗歌写作》,《当代文坛》2009 年第 6 期

《原色》,《时代风采》2009 年第 7 期

《在文成山中》,《人民文学》2009 年第 7 期

《昭鲁大河记》,《广西文学》2009 年第 7 期

《诗四首》（《木头记》《春风咒》《昭鲁大河记》《牧羊》）,《大家》2009 年第 4 期

《我喜欢的十本书》，《诗选刊》2009 年第 9 期下半月刊

《小学校》，《杂文选刊》2009 年第 11 期上旬刊

《木头记（外一首）》，《花城》2009 年第 6 期

《怒江，怒江集》（诗人自选），《边疆文学》2009 年第 11 期

《云南记》（组诗），《诗刊》2009 年 11 月号下半月刊

《雷平阳的诗》（22 首），《诗歌月刊》2009 年第 12 期

《云南记》，《星星诗刊》2010 年第 1 期

《雷平阳的诗》《诗歌之血一直是红的——雷平阳访谈》（雷平阳、肖远），《山花》2010 年第 1 期 B 刊

《五人谈：诗歌与公共生活》，《人民文学》2010 年第 2 期

《雷平阳作品及创作谈》，《诗选刊》2010 年第 3 期

《对话雷平阳》（雷平阳、朱宵华）、《近几年……》《诗六首》，《文学界》（专辑版）2010 年第 3 期

《大理世内与世外的双向走廊》，《南方人物周刊》2010 年第 18 期

《云南旱灾（五首）》，《星星诗刊》2010 年第 6 期

《八哥提问记》，《诗探索》2010 年第 2 辑（作品卷）

《行路记（外三则）》，《文学界》（原创版）2010 年第 7 期

《在山水间》，《诗刊》2010 年 8 月号上半月刊

《云南记》（组诗），《诗刊》2010 年 8 月号上半月刊

《雷平阳答〈西南学刊〉编辑问》，《西南学刊》2010 年第 1 辑

《雷平阳诗歌及诗观》，《诗选刊》2010 年第 11—12 期（2010 中国诗歌年代大展特别专号）

《从阅历中来》，《文学报》2010 年 10 月 25 日（第 9 版）

《雷平阳新作三首》，《诗潮》2011 年第 1 期

《基诺山上的祷辞》，《西部》2011 年第 1 期

《云之南，雷之音：走近雷平阳（访谈）》（雷平阳、祁鸿升）、

《埋魂记》（随笔）、《雷平阳的诗（十二首）》，《绿风》2011 年第 1 期

《红色的张铁匠》，《视野》2011 年第 3 期

《关于〈祭父帖〉》，《名作欣赏》2011 年 3 月号下旬刊

《天街小雨普洱茶》，《山西青年》2011 年第 4 期

《奔丧途中（外二首）》，《天涯》2011 年第 4 期

《哺鼠小记》《周大爷守夜处》《土城乡鼓舞》《杀蟒记》《求爱记》《埋魂记》，《散文选刊》2011 年第 4 期

《流淌》（组诗），《诗刊》2011 年 6 月号下半月刊

《三甲村氏族》，《边疆文学》2011 年第 7 期

《净口说茶》，《普洱》2011 年第 7—8 期

《雷平阳新诗》，《山花》2011 年第 9 期 B 刊

《腾冲日记四则》，《边疆文学》2012 年第 1 期

《我诗歌的三个侧面》《寻找宁静的力量（访谈）》（雷平阳、罗振亚），《当代作家评论》2012 年第 1 期

《集体主义的虫鸣》，《诗潮》2012 年第 2 期

《与平阳谈诗——雷平阳访谈录》，《星星》2012 年第 2 期

《生活记（外二首）》，《作品》2012 年第 3 期

《河南诗歌日记》《嵩岳与怀古》，《长江文艺》2012 年第 8 期

《向杜甫致敬》，《诗刊》2012 年 10 月号上半月刊

《睡前诗》（组诗）《空身无获者的旷野（访谈）》（雷平阳、邹建军），《中国诗歌》2012 年第 10 期

《雷平阳的诗》，《边疆文学》2012 年第 12 期

《雷平阳诗歌及诗观》，《诗选刊》2012 年第 11—12 期（2012 中国诗歌年代大展特别专号）

《书写时代的个人命运感》（雷平阳、王琪），《延河》2013 年第

2 期

《雷平阳的诗》，《新诗》2013 年第 3 期

《暮秋（外一首）》，《中国诗歌》2013 年第 10 期

《雷平阳诗歌及诗观》，《诗选刊》2013 年第 11—12 期（2013 中国诗歌年代大展特别专号）

《春风祷》，《扬子江诗刊》2014 年第 1 期

《"我只是自己灵魂阅历的记录者"——雷平阳访谈》（雷平阳、刘波），《评诗·被修改的密码》2014 年第 1 卷

《在哀牢山的后面》，《边疆文学》2014 年第 2 期

《关于云南的诗稿》，《诗歌月刊》2014 年第 4 期

《雷平阳的诗（三首）》，《星星诗刊》2014 年 5 月上旬刊

《雷平阳诗歌四人谈》，《红岩》2014 年第 3 期

《"我只是自己灵魂阅历的记录者"——雷平阳访谈》（雷平阳、刘波），《诗刊》2014 年 6 月号上半月刊

《雷平阳的诗》，《西部》2014 年第 7 期

《让我们默哀吧》，《春城晚报》2014 年 8 月 9 日

《过哀牢山，听哀鸿鸣》，《西部》2014 年第 10 期

《让我们默哀吧》，《边疆文学》2014 年第 10 期

《那个与女神结了婚却又孤独守在人间的诗人（访谈）》（雷平阳、何晶），《羊城晚报》2014 年 12 月 28 日

《基诺山（4 首）》，《长江文艺》2015 年第 3 期

《雷平阳的疼痛与原乡（访谈）》（雷平阳、姚霏），《春城晚报》2015 年 2 月 15 日 "悦读周刊"

《赣南八则》，《作品》2015 年第 4 期

《背着母亲上高山》，《文学港》2015 年第 4 期

《遇见周李立》，《青年文学》2015 年第 5 期

《倚邦易武记及其他》，《文学港》2015 年第 5 期

《诗歌本未没落何来复兴（访谈）》（雷平阳、吴若木），《都市时报》2015 年 5 月 1 日

《雷平阳的诗》，《时代文学》2015 年 6 月号上半月刊

《雷平阳的诗（三首）》，《星星诗刊》2015 年 6 月号上旬刊

《山水之间的"灵感"》，《文艺报》2015 年 7 月 1 日（第 3 版）

《越南记（组诗）》，《扬子江诗刊》2015 年第 4 期

《去白衣寨》，《花城》2015 年第 4 期

《南糯山记》，《大理文化》2015 年第 8 期

《葬礼》，《诗选刊》2015 年第 9 期

《不运动，就写诗，写好诗（访谈）》（雷平阳、程一身），《汉诗》2015 年第 3 卷

《奔跑中呼喊》，《名作欣赏》2015 年 9 月号上旬刊

《光辉》，《芳草》（经典阅读版）2015 年第 11—12 期

《乌蒙山记》，《广西文学》2016 年第 2 期

《我非志向远大的写作者（访谈）》（雷平阳、符二），《抵达之路：中国当代重要作家访谈录》，安徽教育出版社 2016 年版

《在上林寺》，《星星诗刊》2016 年 3 月号中旬刊

《我向自己投案自首》，《文艺报》2016 年 4 月 25 日第 2 版

《中国诗人面对面——雷平阳专场》，《中国诗歌》2016 年第 4 期

《在海南文笔峰（外一首）》，《诗潮》2016 年第 6 期

《穷人啃骨头舞》，《作品》2016 年第 7 期

《字是肉做的，有命，有魂——雷平阳访谈》（雷平阳、毛羽），《书法报》2016 年 8 月 10 日

《并不寂静的挽歌——关于陈玲洁〈农事诗〉》，《美术界》2016 年第 9 期

《乌蒙山记》，《作家》2017年第1期

《诗八首》，《南方文学》2017年第1期

《华沙街边》，《诗潮》2017年第3期

《雷平阳诗选》，《山西文学》2017年第4期

《椰子树》，《天涯》2017年第6期

《天空里喝酒（8首）》《白鹤》，《长江文艺》（原创版）2017年第11期

《江水流淌》，《诗潮》2017年第11期

《雷平阳的诗》，《作品》2017年第12期

《雷平阳的诗（二首）》，《广州文艺》2018年第1期

《雷平阳的诗》《"肃立在屋顶上等待日出"（访谈）》（雷平阳、霍俊明），《滇池》2018年第1期

《送流水》，《诗歌月刊》2018年第1期

《击壤歌》，《边疆文学》2018年第4期

《让诗继续拥有唯美与批判的双重力量（访谈）》（雷平阳、邓琼），《羊城晚报》2018年4月22日

《景象（组诗）》，《福建文学》2018年第6期

《春天的男孩》，《青年文学》2018年第6期

《雷平阳作品》，《广州文艺》2018年第7期

《湖畔诗章（节选）》，《扬子江诗刊》2018年第6期

《惊诧》，《中国诗歌》2018年第6期

《我愿你》，《江南诗》2019年第1期

《笔谈两则》，《文艺争鸣》2019年第9期

《没有陈超的世界将更显空寂——关于〈转世的桃花：陈超评传〉》，《诗探索》2019年第3辑（理论卷）

《三川坝观鹭》，《诗潮》2019年第10期

《孤独的老和尚》，《诗刊》2019 年 12 月号下半月刊

《鲜花寺》，《花城》2020 年第 2 期

《圣多明各日记》，《上海文学》2020 年第 2 期

《让万物独立》，《诗刊》2020 年 3 月号下半月刊

《雷平阳书法作品》，《边疆文学》2020 年第 5 期

《计划外的写作》《胡杨》，《诗刊》2020 年 7 月号上半月刊

《蔚蓝（组诗）》，《扬子江诗刊》2020 年第 4 期

《"我们的杜甫"：同时代人与'艺术的幽灵'》，《扬子江诗刊》
2020 年第 5、6 期

《神赐的小礼物》，《福建文学》2020 年第 10 期

《月亮面具》，《飞天》2020 年第 10 期

《回乡记（外四篇）》，《中国校园文学》2020 年 7 月号中旬刊

《悬念》，《诗刊》2020 年 12 月号下半月刊

《雷平阳书法作品》，《飞天》2021 年第 5 期

《杂记一则》，《书法报》2021 年 5 月 19 日

雷平阳小传

曾用笔名欧阳墨、艾克。

1966 年（丙午）农历 7 月 23 日（公历 9 月 7 日）出生于昭通欧
家营。出生次日即二十四节气的白露。

1980 年，由土城村完小附设初中班考入昭通沙坝中学。

1983 年，考入昭通师专中文系，后任"野草"文学社社长。

1985 年，7 月毕业。从毕业证（证书编号 85003）上的照片，可
以看到雷平阳第一次穿上西装、白衬衫还打了领带。分配至盐津县委

办工作，创办《山里人》等民刊。

1986 年，诗作《悬棺》获《青春丛刊》全国大学生诗歌大奖赛一等奖。第一次到昆明，为了写县志，到档案馆查资料，写下许多关于昆明的诗篇。

1988 年 3 月，雷平阳与冉旗、陶永平、陈衍强等十三个人成立"大家"诗社，后改名为"大家"诗群，创办《大家》诗报。到 1990 年初的时候已经铅印了三期《大家》诗报。雷平阳和冉旗各自印制了诗集《红瀑》和《尘缘》。

1989 年，第一次在《诗刊》发表作品《蝴蝶泉》。

1990 年，调昭通市报社工作，参加《诗刊》组织的滇东北诗会。

1991 年，调昆明工作，在云南建工集团工作十二年。在此期间，曾借调云南人民出版社《大家》杂志社。

2003 年 11 月 19—23 日，在深圳参加《诗刊》社第十九届"青春诗会"。

2004 年，参加鲁迅文学院第三届中青年作家高级研讨班，结识娜夜等诗人。该年 4 月，获得第二届华文青年诗人奖。

2005 年 11 月，《秋风辞》（组诗）获第三届"茅台杯"《人民文学》诗歌奖。《澜沧江在云南兰坪县境内的三十三条支流》在海南尖峰岭诗会引发争论。

2006 年，获《人民文学》《南方论坛》主办的第五届青年作家批评家论坛推选的"2006 年度青年作家"。

2007 年，诗集《雷平阳诗选》获得"华语文学传媒大奖·2006 年度诗人"。授奖词："雷平阳的诗歌是记忆的伤怀和大地的赞歌。他的写作旨趣，既有天空般的广袤，又像尘土一样卑微。他站在故乡经验的针尖上，怀想世界天真的童年，也领会个人生命的灿烂与悲情。他以诚恳的地方性视角，有力地抗拒了世界主义的喧嚣，正如他的目光在一山一水、一草一木之间移动，同样能够发现令人惊骇的人生面貌。他的语言粗粝、密实，细节庄重、锋利而富有痛感。出版于2006年度的《雷平阳诗选》，一以贯之地记录日常生活中凸起的部分，关怀细小事物对灵魂的微妙影响，并以赤子之心的温润，描绘了大地质朴的容颜以及他对生命正直的理解。雷平阳的写作，已经成为新一代诗人走向成熟的象征。"（谢有顺撰写）雷平阳发表获奖感言《诗歌不是高高在上的》（刊发于《当代作家评论》2007年第3期）。

2009年，诗集《云南记》由长江文艺出版社出版。《铁匠》获得《小说选刊》主办的首届蒲松龄文学奖（微型小说）。

2010年10月，《云南记》获得第五届（2007—2009）鲁迅文学奖。授奖词："诗人怀着一颗大爱之心，在云南的大地上穿行，在父老乡亲的生命历程中感悟，在现实的土地和历史的星空中往返，打造出一片神奇、凝重、深邃的诗的天空，流贯其中的精神则超越了地域限制，而具有普通人性的价值。"

2011年，9月被云南师范大学聘为中国现当代文学专业兼职硕士研究生指导教师。10月，被确定为全国宣传文化系统"四个一批"人才。组诗《村庄，村庄》获得第九届十月文学奖。

2014年，《诗无邪》（组诗）获得《诗刊》2013年度诗歌奖。长诗《渡口》获得第一届"人民文学诗歌奖"年度诗人奖。授奖词："雷平阳的长诗《渡口》完成了道成肉身般的锥心自省与精神盘诘。其戏剧性的结构、寓言般的塑造和个人化的历史想象力令人称叹。他用'渡口'完成了个人、现实、历史间的精神摆渡并确认诗歌真理与人性法度的重要性。虚诞、撕裂、阵痛、敬畏的精神直抵人心与时代。"（霍俊明撰写）

从2014年开始一直到2020年，连续七年在《钟山》开设专栏"泥丸小记"。2017年，"泥丸小记"专栏获得第二届"《钟山》文学奖"（2015—2016）。

2017年2月，41首诗收入《五人诗选》。4月，获得云南省人民政府"云南省先进工作者"荣誉称号。4月，《二十四则谈话》（创作谈）以及28首诗收入《新五人诗选》。

2018年，参与创办《诗收获》，在韩国参加东亚文学论坛，12月12日雷平阳作品研讨会"末端的前沿"在西双版纳举行。

2019年，被多米尼加共和国首都圣多明各市授予"荣誉市民"称号。

2021年7月12—14日，广西和云南的评论家、作家在昭通举办雷平阳的研讨会、旧居寻访等活动。